LAATSTE WEDUWE

ANDER WERK VAN KARIN SLAUGHTER

Nachtschade
Zoenoffer
Een lichte koude huivering
Onzichtbaar
Trouweloos
Triptiek
Onaantastbaar
Onbegrepen
Versplinterd
Genesis
Verbroken
Ongezien
Gevallen
Doorn in mijn vlees
Genadeloos
Stille zonde
Veroordeeld
Mooie meisjes
Verborgen
Laatste adem
Goede dochter
Gespleten

ALLEEN ALS E-BOOK VERSCHENEN

Kwijt
Gepakt
Koud hart
Diep

KARIN SLAUGHTER

LAATSTE WEDUWE

Vertaling Ineke Lenting

WILL TRENT THRILLER

HarperCollins

MIX
Papier van verantwoorde herkomst
FSC® C083411

Voor dit boek is papier gebruikt dat onafhankelijk is gecertificeerd door FSC®
ten behoeve van verantwoord bosbeheer.
Kijk voor meer informatie op www.harpercollins.co.uk/green

HarperCollins is een imprint van Uitgeverij HarperCollins Holland, Amsterdam

Oorspronkelijke titel: *The Last Widow*

Omslagontwerp: Marry van Baar
Omslagbeeld: © Arcangel/Patricia Turner
Foto auteur: Alison Rosa
Zetwerk: Mat-Zet B.V., Soest
Druk: CPI Books GmbH, Germany

In dit boek worden regels uit de onderstaande songs geciteerd:
'I'm on Fire' (written by Bruce Springsteen)
'Sara Smile' Hall & Oats (written by Daryl Hall, John Oates)
'Whatta Man' Salt-n-Pepa ft. En Vogue (written by Hurby 'Luv Bug' Azor, Cheryl James with samples from the original song written by David Crawford and performed by Linda Lyndell)
'Love and Affection' (written by Joan Armatrading)
'Sure shot' Beastie Boys (written by Adam Keefe Horovitz, Adam Nathaniel Yauch, Jeremy Steig, Mario Caldato, Michael Louis Diamond, Wendell T. Fife)
'Two Doors Down' (written by Dolly Parton)
'Smalltown Boy' Bronski Beat (written by Steve Bronski, Jimmy Somerville, Larry Steinbachek)
'Because the Night' Patti Smith Group (written by Bruce Springsteen, Patti Smith)
'What I Am' Edie Brickell & New Bohemians (written by Edie Brickell, Kenny Withrow, John Houser, John Bush, John Aly)
'Give It Away' Red Hot Chili Peppers (written by Michael Balzary (Flea), John Frusciante, Anthony Kiedis, Chad Smith)

ISBN 978 94 027 0344 3 (paperback)
ISBN 978 94 027 0347 4 (gebonden)
ISBN 978 94 027 5836 8 (e-book)
NUR 305
Eerste druk juni 2019

Originele uitgave verschenen bij HarperCollins Publishers LLC, New York, U.S.A.
Deze uitgave is uitgegeven in samenwerking met HarperCollins Publishers LLC
HarperCollins Holland is een divisie van Harlequin Enterprises Limited

www.harpercollins.nl

'We zijn onvermijdelijk gedoemd het verleden te herhalen.
Dat hoort nu eenmaal bij het leven.'

– KURT VONNEGUT

DEEL EEN

ZONDAG 7 JULI 2019

PROLOOG

Michelle Spivey liep op een drafje door het achterste deel van de winkel en speurde gespannen elk gangpad af op zoek naar haar dochter. Panische gedachten spookten door haar hoofd: *hoe kon ik haar uit het oog verliezen... ik ben een vreselijke moeder... mijn kind is ontvoerd door een pedofiel of een vrouwenhandelaar... zal ik de beveiliging waarschuwen of de politie bellen of...*

Ashley.

Michelle bleef zo plotseling staan dat haar schoen hard tegen de vloer sloeg. Diep inademend probeerde ze haar hart weer in een normaal ritme te dwingen. Haar dochter werd niet als slavin verhandeld. Ze stond bij het make-upschap en probeerde monstertjes uit.

Met het wegtrekken van de paniek vervloog ook de opluchting.

Haar dochter van elf.

Bij het make-upschap.

Ze hadden nog zo tegen Ashley gezegd dat ze in geen geval vóór haar twaalfde verjaardag make-up mocht gebruiken, hooguit wat blush en lipgloss, ongeacht wat haar vriendinnen deden – en daarmee uit.

Michelle legde haar hand op haar borst. Langzaam liep ze het gangpad door om zichzelf de tijd te geven weer in een redelijk, logisch denkend mens te veranderen.

Ashley stond met haar rug naar haar moeder toe de verschillende tinten lippenstift te bestuderen. Met een geroutineerde polsbeweging draaide ze de kokers open, want als ze bij haar vriendinnen was, probeerde ze natuurlijk al hun make-up uit, en ze oefenden op elkaar, want zo waren meiden.

Tenminste, sommige meiden. Zelf had Michelle nooit de neiging gehad zich op te tutten. Ze hoorde nog steeds haar moeders schelle stem toen ze had geweigerd haar benen te scheren. *Dan kun je nooit een panty aan!*

Godzijdank! had Michelle geantwoord.

Dat was jaren geleden. Haar moeder was al een eeuwigheid dood. Michelle was een volwassen vrouw. Ze had inmiddels zelf een kind en had net als iedere andere vrouw gezworen nooit dezelfde fouten te maken als haar moeder.

Was ze op dat punt doorgeschoten?

Beïnvloedde ze haar dochter op een negatieve manier met haar jongensachtige aanleg? Was Ashley eigenlijk oud genoeg voor make-up, maar werd haar een bepaald soort overgangsrite naar het vrouw-zijn onthouden doordat Michelle totaal niet geïnteresseerd was in eyeliners en bronzers en wat Ashley verder nog allemaal bekeek tijdens die eindeloze uren op YouTube?

Michelle had zich grondig verdiept in de mijlpalen op weg naar de volwassenheid. Elf was een belangrijke leeftijd, een overgangsjaar, het punt waarop kinderen ruwweg vijftig procent van de macht hadden overgenomen. Nu moest je met ze onderhandelen in plaats van ze simpelweg te commanderen. Wat in theorie buitengewoon logisch was, maar in de praktijk behoorlijk beangstigend.

'O!' Zodra Ashley haar moeder zag, drukte ze de lippenstift snel terug in de display. 'Ik was –'

'Geeft niet.' Michelle streek het lange haar van haar dochter naar achteren. Ondanks een badkamer vol shampoo, conditioner, zeep en vocht inbrengende crèmes gebruikte ze zelf alleen zweetbestendige zonnebrand.

'Sorry.' Ashley veegde over het vleugje gloss op haar lippen.

'Het staat je mooi,' zei Michelle voorzichtig.

'Echt?' Het meisje keek haar zo stralend aan dat Michelles hart het bijna begaf. 'Heb je dit gezien?' Ze wees naar de lipglossdisplay. 'Ze hebben er een met een kleurtje, en die zou langer blijven zitten. Maar deze is met kersensmaak, en volgens Hailey vinden j–'

In gedachten maakte Michelle haar zin af: *...vinden jongens die lekkerder.*

De verzameling Hemsworths op Ashleys slaapkamermuren was haar niet ontgaan.

'Welke vind je zelf het mooist?' vroeg ze.

'Eh...' Ashley haalde haar schouders op, maar er was maar weinig waar een elfjarige geen mening over had. 'Die met een kleurtje blijft langer zitten, toch?'

'Lijkt mij ook,' zei Michelle.

Ashley had nog steeds geen keuze gemaakt. 'Die met kersen heeft een chemisch smaakje, hè? Want ik kauw het er altijd... Ik bedoel, als ik die opdeed, zou ik het er waarschijnlijk af kauwen omdat het me irriteert.'

Michelle knikte, en ondertussen probeerde ze haar innerlijke tweestrijd de kop in te drukken. *Je bent mooi, je bent slim, je bent heel grappig en begaafd, en je moet alleen maar dingen doen waar je zelf blij van wordt, want dat vinden jongens die de moeite waard zijn aantrekkelijk, jongens die vrolijke, zelfverzekerde meiden interessant vinden.*

In plaats daarvan zei ze: 'Kies maar wat je mooi vindt, dan geef ik je een voorschot op je zakgeld.'

'Mam!' Mensen keken op, zo hard gilde ze. Het dansje dat erop volgde was eerder Teigetje dan Shakira. 'Meen je dat? Maar jullie zeiden...'

Jullie. Inwendig kreunde Michelle. Hoe moest ze deze plotselinge ommezwaai uitleggen, nadat ze hadden besloten dat Ashley pas op haar twaalfde make-up mocht gebruiken?

Het is maar lipgloss!

Ze wordt pas over vijf maanden twaalf!

Ik weet dat het pas vanaf haar verjaardag zou mogen, maar van jou mocht ze die iPhone!

Zo zou ze het aanpakken. De zaak omdraaien zodat het over de iPhone ging, want het lot had beschikt dat zij op dat punt het onderspit had moeten delven.

'Ik handel het wel af met de Chef,' zei ze tegen haar dochter. 'Maar alleen lipgloss. Dat is alles. Neem die waar je blij van wordt.'

En blij was ze. Zo blij dat Michelle onwillekeurig glimlachte tegen de dame in de rij bij de kassa, die ongetwijfeld begreep dat het glitterende kokertje zuurstokroze Sassafras Yo Ass! niet bestemd was voor de negenendertigjarige vrouw in hardloopshort en met een honkbalpet over haar bezwete haren.

'Dat, eh...' Ashley was zo opgetogen dat ze er nauwelijks een woord uit kreeg. 'Dat is echt geweldig, mam. Ik hou zoveel van je, en ik zal er verstandig mee omgaan. Heel verstandig.'

Michelles glimlach vertoonde het beginstadium van lijkstijfheid toen ze hun aankopen in katoenen tasjes stopte.

De iPhone. Ze zou het op de iPhone gooien, want daarover waren ze het ook eens geweest, tot die keer dat Michelle op een congres was en Ashley naar zomerkamp ging en al haar vriendinnen er opeens een hadden en het *Nee, geen sprake van* was veranderd in *Ik kon haar toch niet de enige laten zijn die er geen had?*

Opgewekt pakte Ashley de tassen en zette koers naar de uitgang. Ze had haar iPhone al tevoorschijn gehaald. Haar duim gleed over het scherm toen ze haar vriendinnen op de hoogte bracht van de lipgloss en waarschijnlijk voorspelde dat ze over een week blauwe oogschaduw zou hebben en zo'n boogje bij haar ooghoeken waardoor ze net een kat zou lijken.

In Michelles hoofd voltrok zich de ene ramp na de andere.

Door het delen van oogmake-up zou Ashley bindvliesontsteking, strontjes of ontstoken oogleden kunnen krijgen. Lipgloss en lipliner zouden haar het herpes-simplexvirus of hepatitis C bezorgen, om nog maar te zwijgen van krassen op haar hoornvlies door een mascaraborsteltje. Zaten er in sommige lippenstiften geen zware metalen en lood? Stafylokokken, streptokokken, E.coli. Wat had haar bezield? Misschien was ze haar dochter aan het vergiftigen. Er waren honderdduizenden onderzoeken die aantoonden dat vervuilende stoffen schadelijk waren voor de huid, tegenover ongeveer een handvol waarin een indirect verband werd gelegd tussen hersentumoren en mobiele telefoons.

Verderop hoorde ze Ashley lachen. Haar vriendinnen reageerden. Woest zwaaiend met de tassen stak ze het parkeerterrein over. Ze was elf, geen twaalf, en ook twaalf was toch nog vreselijk jong? Want make-up gaf een signaal af. Het was een teken dat je belangstelling leuk vond, en dat was een verschrikkelijk onfeministische gedachte, maar dit was wel de echte wereld en haar dochter was nog maar een kind dat niet wist hoe ze zich moest weren tegen ongewenste aandacht.

Stilletjes schudde Michelle haar hoofd. Wat een hellend vlak. Van lipgloss naar MRSA naar conservatief antifeminisme. Ze moest haar wilde gedachten intomen, zodat ze bij thuiskomst een beredeneerd antwoord paraat had op de vraag waarom ze make-up voor Ashley had gekocht terwijl ze als ouders toch een plechtige eed hadden gezworen om dat niet te doen.

Net als met de iPhone.

Ze zocht in haar tas naar haar sleutels. Buiten was het donker. Het licht van de straatlantaarns was niet voldoende, of misschien moest ze haar bril opzetten omdat ze oud werd, of in elk geval al oud genoeg was om een dochter te hebben die signalen naar jongens uitzond. Over een paar jaar kon ze oma zijn. Die gedachte was zo beangstigend dat haar maag een salto maakte. Waarom had ze geen wijn gekocht?

Ze keek even op om zichzelf ervan te verzekeren dat Ashley niet al append tegen een auto op was gelopen of van een rots was gevallen.

Haar mond viel open.

Naast haar dochter kwam een busje tot stilstand.

De zijdeur werd opengeschoven.

Een man sprong naar buiten.

Michelle klemde haar sleutels vast. Ze begon keihard te rennen, stormde op haar dochter af.

Ze schreeuwde, maar het was te laat.

Ashley was ervandoor gegaan, precies zoals ze het haar hadden geleerd.

Wat goed was, ook al had de man het niet op haar voorzien.

Hij wilde Michelle.

EEN MAAND LATER

ZONDAG 4 AUGUSTUS 2019

EEN

Zondag 4 augustus, 13.37 uur

Sara Linton leunde achterover in haar stoel. 'Ja, mama,' mompelde ze. Ze vroeg zich af of er ooit een moment zou aanbreken waarop ze te oud zou zijn om door haar moeder over de knie te worden gelegd.

'En dat sussende toontje is nergens voor nodig.' De gifdampen van Cathy's woede hingen boven de keukentafel, terwijl ze driftig een vracht sperziebonen boven een krant doormidden brak. 'Jij bent heel anders dan je zus. Jij rommelt niet zomaar wat aan. Eerst had je Steve, op school, toen Mason om redenen die ik nog steeds niet begrijp, en daarna Jeffrey.' Ze keek even over de rand van haar bril. 'Als je voor Will hebt gekozen, ga dan ook voor hem.'

Nu zou haar tante Bella de lijst wel met een paar ontbrekende namen aanvullen, verwachtte Sara, maar Bella speelde met haar parelketting en nam af en toe een slokje van haar ijsthee.

'Je vader en ik zijn al bijna veertig jaar getrouwd,' vervolgde Cathy.

'Ik heb nooit gezegd –' begon Sara, maar op dat moment maakte Bella een geluid dat het midden hield tussen een hoest en een niezende kat.

Sara negeerde de waarschuwing. 'Mam, Wills scheiding is nog maar net rond. Ik moet mijn draai nog vinden in mijn nieuwe baan. We genieten van ons leven. Je zou blij voor ons moeten zijn.'

Cathy knakte een boon doormidden alsof ze iemands nek brak. 'Het was al erg genoeg dat je met hem omging toen hij nog getrouwd was.'

Sara ademde diep in en hield de lucht even vast.

Ze keek op het ovenklokje.

13.37 uur.

Het voelde als middernacht, en dat nog vóór de lunch.

Langzaam ademde ze uit. Ze concentreerde zich op de verrukkelijke geuren die zich door de keuken verspreidden. Hiervoor had ze haar zondagmiddag opgeofferd: gefrituurde kip, die stond af te koelen op het aanrecht. Kersentaart in de oven. Smeltende boter in de pan met maïsbrood op het fornuis. Zachte broodjes, spliterwten, kousenband, soufflé van zoete aardappel, chocoladecake, pecantaart en ijs dat dik genoeg was om er een lepel op te breken.

Al ging ze volgende week zes uur per dag naar de sportschool, het zou de schade die haar lichaam straks opliep niet compenseren. Niettemin was ze voor maar één ding bang: dat ze zou vergeten de restjes mee naar huis te nemen.

Ze schrok op uit haar gemijmer toen Cathy weer een boon doormidden brak.

IJs tinkelde in Bella's glas.

Sara luisterde of ze de grasmaaier hoorde in de achtertuin. Om voor haar onbegrijpelijke redenen had Will zichzelf als weekendhovenier aan haar tante aangeboden. Bij de gedachte dat hij per ongeluk iets van dit gesprek opving, trilde haar huid als een stemvork.

'Sara.' Met een zucht pakte Cathy de draad van haar betoog weer op. 'Je leeft praktisch al met hem samen. Zijn spullen liggen in jouw kast. Zijn scheerspullen en al zijn toiletartikelen staan in de badkamer.'

'O, schat.' Bella klopte op Sara's hand. 'Nooit een badkamer delen met een man.'

Cathy schudde haar hoofd. 'Je vader overleeft dit niet.'

Eddie ging echt niet dood, maar blij zou hij niet zijn, want dat was hij nooit met de mannen die werk maakten van zijn dochters.

Precies daarom had Sara over hun relatie gezwegen.

Het was in elk geval een deel van de reden.

Bij wijze van repliek zei ze: 'Hé, mam, je hebt net toegegeven dat je in mijn huis hebt rondgesnuffeld. Ik heb recht op privacy.'

'Tss.' Dat kwam van Bella. 'Wat lief, schat, dat je er zo over denkt.'

Sara deed een nieuwe poging. 'Will en ik weten wat we doen. We zijn geen hysterische tieners die elkaar op school briefjes toestoppen. We vinden het fijn om samen te zijn. Dat is het enige wat telt.'

Cathy bromde iets, maar Sara was niet zo dom om de daaropvolgende stilte voor berusting aan te zien.

'Ik ben een expert op dat gebied,' zei Bella. 'Ik ben vijf keer getrouwd geweest, en –'

'Zes keer,' onderbrak Cathy haar.

'Dat huwelijk is nietig verklaard, dat weet je best, zus. Laat dat kind toch zelf uitvinden wat ze wil, dat wou ik maar zeggen.'

'Ik zeg helemaal niet wat ze moet doen. Ik geef alleen advies. Als dat met Will niet serieus is, dan moet ze ermee stoppen en een man zoeken met wie het wel serieus is. Ze is veel te verstandig voor losse relaties.'

'Beter zonder verstand dan zonder gevoel.'

'Charlotte Brontë lijkt me niet echt een expert als het om het emotionele welzijn van mijn dochter gaat.'

Sara wreef over haar slapen in een poging de opkomende hoofdpijn af te wenden. Haar maag rammelde, maar ze gingen pas om twee uur lunchen, wat er eigenlijk niet toe deed, want als dit gesprek nog even doorging, vond een van hen de dood in deze keuken – of misschien zij alle drie wel.

'Liefje, heb je dit gelezen?' vroeg Bella.

Sara keek op.

'Zou ze haar vrouw misschien hebben vermoord omdat ze vreemdging? Een van hen gaat vreemd, als je het mij vraagt, dus de vrouw heeft de vreemdganger gedood.' Ze knipoogde naar Sara. 'Hier maakten al die conservatieve lui zich nu zo druk om. Door het homohuwelijk doen "hij" en "zij" er niet meer toe.'

Sara had moeite de draad van het verhaal te volgen, tot ze besefte dat Bella naar een artikel in de krant wees. Vier weken geleden was Michelle Spivey ontvoerd vanaf het parkeerterrein van een winkelcentrum. Ze was werkzaam als wetenschapper bij de Centers for Disease Control – waar onderzoek werd gedaan naar ziekten en hun verspreiding – en dat betekende dat de FBI de zaak had overgenomen. De foto in de krant was afkomstig van Michelles rijbewijs. Ze was een aantrekkelijke vrouw van eind dertig, met een twinkeling in haar ogen, die zelfs de waardeloze camera van het bureau rijvaardigheidsbewijzen had weten te vangen.

'Heb je het verhaal gevolgd?' vroeg Bella.

Sara schudde haar hoofd. Onwillekeurig schoten haar ogen vol tranen. Vijf jaar geleden was haar man gedood. Het enige wat haar nog erger leek dan het verlies van iemand van wie je hield, was om niet te weten of hij of zij daadwerkelijk dood was.

'Ik ga voor huurmoord,' zei Bella. 'Dat blijkt meestal het geval te zijn. De echtgenote wilde haar vrouw voor een nieuwer model inruilen, maar daarvoor moest ze eerst van het oude model af.'

Eigenlijk had Sara er niet op in moeten gaan, want Cathy zat zich duidelijk te verbijten. Maar omdat Cathy zich zat te verbijten, zei Sara tegen Bella: 'Ik weet het niet. Haar dochter was erbij toen het gebeurde. Ze zag hoe haar moeder een busje in werd gesleurd. Waarschijnlijk klinkt het naïef, maar ik denk niet dat de andere moeder hun kind zoiets zou willen aandoen.'

'Fred Tokars liet zijn vrouw doodschieten waar zijn kinderen bij waren.'

'Dat ging toch om de levensverzekering? En bovendien: was hij niet bij duistere zaken betrokken en was er niet een link met de maffia?'

'En hij was een man. Vrouwen doden toch eerder met hun handen?'

'In godsnaam!' Cathy kon het niet meer aanhoren. 'Zullen we op de dag des Heren niet over moord praten? En jij bent wel de laatste, zus, die het over vreemdgaande echtgenotes mag hebben.'

Bella liet het ijs tinkelen in haar lege glas. 'Wat dacht je van een mojito met deze hitte?'

Cathy was klaar met de bonen en klapte in haar handen. 'Van jou hoef ik ook geen hulp te verwachten,' zei ze tegen Bella.

'O, voor hulp moet je inderdaad niet bij Bella zijn.'

Pas toen Cathy zich had omgedraaid, veegde Sara langs haar ogen. Haar plotselinge tranen waren Bella niet ontgaan, en zodra Sara de keuken uit zou zijn, zou het gesprek ongetwijfeld gaan over het feit dat ze bijna in huilen was uitgebarsten omdat... Waarom eigenlijk? Zelf wist Sara ook niet waarom ze zo jankerig was. De laatste tijd moest ze overal om huilen, van een droevig reclamespotje tot een liefdesliedje op de radio.

Ze pakte de krant en deed alsof ze het artikel las. Er was geen nieuws over de verdwijning van Michelle. Een maand was te lang. Zelfs haar vrouw vroeg niet meer om haar veilige thuiskomst, maar smeekte degene die haar had ontvoerd om te laten weten waar haar lichaam gevonden kon worden.

Sara snufte. Ze had nu een loopneus, maar in plaats van een servet van de stapel te pakken gebruikte ze de rug van haar hand.

Ze kende Michelle Spivey niet, maar vorig jaar had ze kennisgemaakt met haar vrouw, Theresa Lee, op een feestje voor oud-studenten van Emory Medical School. Lee was orthopeed en als docent aan Emory verbonden. Michelle was epidemioloog bij de CDC. Volgens het artikel waren ze in 2015 getrouwd, dus waarschijnlijk waren ze in het huwelijksbootje gestapt zodra de wet dat toestond. Daarvóór waren ze al vijftien jaar samen geweest. Sara ging ervan uit dat ze na een kleine twintig jaar inmiddels de twee meest voorkomende redenen voor echtscheiding hadden overwonnen: gesteggel over de wenselijke thermostaatstand en herrie als je deed alsof je niet wist dat de vaatwasser kon worden uitgeruimd.

Aan de andere kant: zij was niet de huwelijksexpert in de zaal.

'Sara?' Cathy stond met haar rug naar het aanrecht en met haar armen gekruist. 'Ik zeg het recht voor z'n raap.'

Bella grinnikte. 'Laat maar horen.'

'Het is prima om je leven weer op te pakken,' zei Cathy. 'Maak er iets van, samen met Will. Als je daar gelukkig van wordt, heb je mijn zegen. Want waar wacht je anders in godsnaam op?'

Sara vouwde de krant netjes op. Haar blik ging weer naar de klok.

13.43 uur.

'Ik mocht Jeffrey graag, God hebbe zijn ziel,' zei Bella. 'Hij had iets zwierigs. Maar Will is zo'n schat. En hij is gek op je, meid.' Ze klopte op Sara's hand. 'Echt.'

Sara beet op haar lip. Ze was niet van plan van haar zondagmiddag een geïmproviseerde therapiesessie te maken. Ze hoefde niet met haar gevoelens aan de slag. Ze zat verstrikt in een atypisch romantisch probleem: ze was al verliefd op Will, maar ze wist niet hoe ze van hem moest houden.

Met Wills sociale onhandigheid wist ze wel raad, maar zijn gebrek aan communicatievaardigheden had hen bijna genekt. Niet één of twee keer, maar verschillende keren. Aanvankelijk had Sara zichzelf wijsgemaakt dat hij zich alleen maar van zijn beste kant wilde laten zien. Dat was normaal. Zelf had ze pas na een halfjaar haar echte pyjama naar bed aangetrokken.

Maar na een jaar hield hij nog steeds dingen voor zich. Domme dingen die er niet toe deden. Zo zou hij bijvoorbeeld niet even bellen om te zeggen dat hij moest overwerken, dat zijn partijtje basketbal uitliep, dat zijn fiets er halverwege de rit de brui aan had gegeven, dat hij in zijn vrije weekend een vriend ging helpen verhuizen. Hij keek altijd geschrokken wanneer ze kwaad op hem was omdat hij dat soort dingen niet even meldde. Niet dat ze hem in de gaten wilde houden. Ze wilde alleen het avondeten kunnen plannen.

Hoe irritant dat soort dingetjes ook waren, er waren andere zaken die er écht toe deden. Zonder rechtstreeks te liegen wist Will altijd wel een slimme manier te bedenken om de waarheid te omzeilen, of het nu ging om een gevaarlijke situatie op het werk, om iets vreselijks uit zijn jeugd of, erger nog, om een recente wandaad van zijn ex-vrouw, dat valse, narcistische kreng.

Uiteraard begreep Sara waar Wills gedrag vandaan kwam. Hij had zijn jeugd in tehuizen en bij pleeggezinnen doorgebracht, waar verwaarlozing en misbruik elkaar afwisselden. Zijn ex-vrouw had zijn gevoelens als wapen tegen hem ingezet. Hij had nooit een gezonde relatie gehad. Gruwelijke geheimen uit zijn verleden bleven hem achtervolgen. Misschien had Will het gevoel dat hij Sara beschermde. Of dat hij zichzelf beschermde. Het punt was dat ze geen flauw idee had welke van de twee het was, want hij weigerde te erkennen dat er een probleem was.

'Sara, schat,' zei Bella. 'Wat ik je nog wilde vertellen… laatst dacht ik weer aan toen je hier woonde, tijdens je studie. Weet je nog?'

Sara glimlachte bij de gedachte aan haar studiejaren, maar haar mondhoeken trokken weer naar beneden toen ze de blik opving die haar tante en haar moeder wisselden.

Nu kwam de aap uit de mouw.

Die gefrituurde kip was een lokkertje geweest om haar hier te krijgen.

'Kind, ik zal eerlijk zeggen waar het op staat,' zei Bella. 'Dit ouwe krot wordt veel te groot voor je lieve tante Bella. Wat zou je ervan vinden om weer hier te komen wonen?'

Sara lachte, tot ze zag dat haar tante het meende.

'Dan knappen jullie het huis op, helemaal zoals jullie zelf willen,' zei Bella.

Sara bewoog haar lippen, maar ze kreeg er geen woord uit.

'Schat.' Nu pakte Bella haar hand. 'Ik ben altijd al van plan geweest het huis aan jou na te laten, maar volgens mijn accountant is het belastingtechnisch beter als ik het nu in een trust onderbreng, op jouw naam. Ik heb al een aanbetaling gedaan voor een appartement in de binnenstad. Will en jij kunnen hier met kerst in. In de hal past een boom van zes meter, en er is meer dan genoeg ruimte voor...'

Heel even hoorde Sara niets meer.

Ze had het imposante huis van vlak voor de crisis van de jaren dertig altijd prachtig gevonden. Zes slaapkamers, vijf badkamers, een koetshuis met twee slaapkamers, een tuinschuur met alles erop en eraan, anderhalve hectare grond in een van de welvarendste postcodegebieden van de staat. Het was tien minuten rijden naar het centrum. Tien minuten lopen en je was midden op de campus van Emory University. De wijk was een van de laatste projecten die de landschapsarchitect Frederick Law Olmstead voor zijn dood had voltooid; de parken en bomen vloeiden prachtig over in het Fernbank Forest.

Het was een verleidelijk aanbod, tot de getallen in haar hoofd voorbijtrokken.

Sinds de jaren tachtig had Bella niets meer vervangen. Centrale verwarming, airco. Sanitair. Elektriciteit. Het pleisterwerk moest hersteld. De ramen moesten vernieuwd. Het dak. De goten. Gedoe met de Historical Society om minuscule architectonische details. Om nog maar te zwijgen van de tijd die ze eraan kwijt zouden zijn, want Will zou natuurlijk alles zelf willen doen, en Sara's schaarse vrije avonden en lange, luie weekends zouden opgaan aan gekibbel over verftinten en geld.

Geld.

Dat was het echte obstakel. Sara had veel meer geld dan Will. Dat was tijdens haar huwelijk niet anders geweest. Ze zou Jeffreys gezicht nooit vergeten toen hij voor het eerst het saldo op haar beleggingsrekening had gezien. Sara had het geknars kunnen horen waarmee zijn ballen zich hadden teruggetrokken in zijn lijf. Er was allejezus veel zuigkracht voor nodig geweest om ze er weer uit te krijgen.

'En uiteraard kan ik helpen met de belasting,' zei Bella, 'maar –'

'Dank je.' Sara probeerde ertussen te komen. 'Dat is geweldig van je, maar –'

'Je zou het als een huwelijksgeschenk kunnen zien.' Lief glimlachend ging Cathy weer aan tafel zitten. 'Zou dat niet mooi zijn?'

Sara schudde haar hoofd, maar niet tegen haar moeder. Wat mankeerde haar? Waarom maakte ze zich zorgen om Wills reactie? Ze had geen idee hoeveel geld hij had. Hij betaalde alles altijd contant. Of dat kwam doordat hij niets met creditcards had of doordat zijn krediet een puinhoop was, was ook zo'n vraag die ze uit de weg gingen.

'Wat was dat?' Bella hield haar hoofd schuin. 'Hoorden jullie ook iets? Rotjes of zo?'

Cathy negeerde haar. 'Will en jij kunnen hier je thuis van maken. En dan neemt je zus het appartement boven de garage.'

Nu was de aap helemaal uit de mouw. Haar moeder probeerde niet alleen háár leven te sturen. Voor de goede orde nam ze dat van Tessa erbij.

'Ik denk niet dat Tess nog eens boven een garage wil wonen,' zei Sara.

'Ze woont nu toch in een lemen hut?' vroeg Bella.

'Ssst, zus,' zei Cathy. Aan Sara vroeg ze: 'Heb je het er al met Tessa over gehad of ze weer hier komt wonen?'

'Niet echt, nee,' loog Sara. Het huwelijk van haar jongere zus stond op springen. Ze skypeten minstens twee keer per dag, ook al woonde Tessa in Zuid-Afrika. 'Mam, je moet het loslaten. We leven niet meer in de jaren vijftig. Ik kan mijn eigen rekeningen betalen. Mijn pensioen is geregeld. Ik hoef niet voor de wet aan een man gebonden te zijn. Ik kan voor mezelf zorgen.'

Cathy's blik deed de temperatuur in de kamer een paar graden zakken. 'Als je zo over het huwelijk denkt, heb ik er verder niets aan toe te voegen.' Ze duwde zich van de tafel overeind en keerde terug naar het fornuis. 'Zeg tegen Will dat hij zich opfrist. We gaan zo eten.'

Om niet met haar ogen te rollen deed Sara ze snel dicht.

Ze stond op en liep de keuken uit.

Haar voetstappen weergalmden door de grote, holle woonkamer toen ze langs de rand van het oude Perzische tapijt stapte. Bij het eerste paar tuindeuren bleef ze staan. Ze drukte haar voorhoofd tegen het glas. Opgewekt duwde Will de grasmaaier de schuur in. De tuin zag er indrukwekkend uit. Hij had zelfs de buxusstruiken tot keurige rechthoeken gesnoeid, met randen die van een chirurgische precisie getuigden.

Wat zou hij vinden van een opknaphuis ter waarde van tweeënhalf miljoen?

Eigenlijk wist Sara niet of ze zo'n enorme verantwoordelijkheid wilde. De eerste jaren van haar huwelijk had ze samen met Jeffrey haar arts-and-craftshuisje opnieuw ingericht. Het stond haar nog scherp voor de geest hoe uitgeput ze was geweest van al dat behang strippen en trapspijlen verven, en wat een kwellende gedachte het was geweest dat ze alleen maar een cheque had hoeven uitschrijven om het door iemand anders te laten doen, als haar man niet de koppigheid van een ezel had gehad.

Haar man.

Dat was het hete hangijzer waarnaar haar moeder in de keuken had gereikt: hield Sara evenveel van Will als ze van Jeffrey had gehouden, en zo ja, waarom trouwde ze dan niet met hem, en zo nee, waarom verspilde ze haar tijd?

Allemaal goede vragen, maar Sara voelde zich net Scarlett O'Hara, die zichzelf steeds maar weer voorhield dat ze er de volgende dag over na zou denken.

Met haar schouder duwde ze de deur open, en meteen sloeg de hitte haar tegemoet. De lucht zelf leek te zweten, zo vochtig was het buiten. Desondanks bracht ze haar hand naar haar hoofd en trok de band uit haar haar. De extra laag in haar nek voelde als een warme ovenhandschoen. Afgezien van de geur van pasgemaaid gras had ze evengoed een stoomkamer binnen kunnen lopen. Ze sjokte de helling op. Haar sneakers slipten over een paar losse stenen. Muggen zwermden om haar gezicht. Ze sloeg ze weg terwijl ze naar de schuur liep, zoals Bella het gebouw noemde dat in werkelijkheid een verbouwde stal was met een blauwe stenen vloer en ruimte voor twee paarden en een rijtuig.

De deur was open. Will stond midden in de ruimte. Met zijn handen op de werkbank staarde hij uit het raam. Er hing zo'n stilte om hem heen dat Sara zich afvroeg of ze hem wel kon storen. Er zat hem al een paar maanden iets dwars. Ze voelde hoe het vrijwel elk deel van hun leven binnensloop. Ze had hem ernaar gevraagd. Ze had hem ruimte gegeven om erover na te denken. Ze had het uit hem los proberen te neuken. Hij bleef maar zeggen dat er niets aan de hand was, maar dan betrapte ze hem weer op wat hij nu deed: met een gekwelde blik uit een raam staren.

Sara kuchte.

Will draaide zich om. Hij had een schoon shirt aangetrokken, maar door de hitte plakte de stof alweer tegen zijn borst. Grassprietjes kleefden aan zijn gespierde benen. Hij was lang en slank, en toen hij naar haar glimlachte, vergat ze heel even alle problemen die ze met hem had.

'Lunchtijd?' vroeg hij.

Ze keek op haar horloge. 'Het is kwart voor twee geweest. We hebben precies veertien minuten rust voor de storm losbarst.'

Zijn glimlach ging over in een grijns. 'Heb je de schuur gezien? Echt gezien, bedoel ik?'

In Sara's ogen was het nog steeds een gewone schuur, maar Will was zichtbaar opgetogen.

Hij wees naar een afgescheiden gedeelte in de hoek. 'Er is daar een urinoir. En het werkt nog ook. Hoe cool is dat?'

'Gaaf,' mompelde ze niet al te geloofwaardig.

'En kijk eens hoe stevig deze balken zijn.' Will was één meter negentig, lang genoeg om zich aan een balk vast te grijpen en zich een paar keer op te trekken. 'En moet je hier zien. Een oude tv, maar hij doet het nog. En er staan een volle koelkast en een magnetron op de plek waar volgens mij de paarden woonden.'

Sara's lippen krulden op tot een glimlach. De stadsjongen die hij was, wist niet dat zoiets een paardenbox heette.

'En de bank is een beetje muf, maar hij zit heel lekker.' Hij liet zich stuiterend op het gescheurde leer vallen en trok haar naast zich. 'Het is hier geweldig, vind je niet?'

Sara moest hoesten van het rondwervelende stof. Ze probeerde de stapel oude *Playboys* van haar oom niet met de krakende bank te associëren.

'Zullen we hier gaan wonen?' vroeg Will. 'Ik bedoel het maar half als grapje.'

Sara beet op haar lip. Ze had geen behoefte aan zijn grapjes. Zei hij maar eens wat hij echt wilde.

'Kijk, een gitaar.' Hij pakte het instrument en spande de snaren. Na wat getokkel produceerde hij zowaar herkenbare klanken. En toen maakte hij er een lied van.

Weer voelde Sara die schok van verbazing die altijd door haar heen trok wanneer ze iets nieuws aan hem ontdekte.

Will neuriede de eerste regels van 'I'm On Fire' van Bruce Springsteen.

Toen stopte hij. 'Wel een beetje ranzig, hè? "*Hey little girl is your daddy home?*"'

'Wat dacht je van "Girl, You'll Be a Woman Soon"? Of "Don't Stand So Close to Me"? Of de eerste regel van "Sara Smile"?'

'Shit.' Hij plukte aan de snaren. 'Hall & Oates ook al?'

'Panic! At the Disco heeft een mooiere versie.' Sara keek hoe zijn lange vingers over de snaren gleden. Ze hield van zijn handen. 'Wanneer heb je leren spelen?'

'Op school. Ik heb het mezelf geleerd.' Will keek haar wat sullig aan. 'Alles wat een jongen van zestien doet om indruk te maken op een meisje van zestien, heb ik gedaan.'

Ze moest lachen, want het was niet moeilijk voor te stellen. 'Had je ook een opgeschoren kapsel?'

'Duh.' Hij bleef tokkelen. 'En dan deed ik de stem van Pee-wee Herman na. Ik kon de flip doen op mijn skateboard. Ik kende de hele tekst van "Thriller" uit mijn hoofd. Je had me moeten zien in mijn *acid-washed* jeans en mijn jasje van Nember's Only.'

'Nember?'

'Een merk van Dollar Store. Ik zei niet dat ik miljonair was.' Hij keek op van de gitaar en genoot zichtbaar van haar geamuseerde blik. Maar toen vroeg hij met een knikje naar haar hoofd: 'Wat gebeurt er allemaal daarboven?'

Sara voelde haar eerdere neiging tot janken weer de kop opsteken. Ze werd door liefde overmand. Hij voelde haar zo goed aan. Kon hij maar accepteren dat het heel normaal zou zijn als het omgekeerde ook gold, maar dan moest hij haar wel zijn emoties tonen.

Will legde de gitaar weg. Hij reikte naar haar gezicht en streek met zijn duim de zorgrimpels uit haar voorhoofd. 'Zo is het beter.'

Sara kuste hem. Het was een echte kus. Dat ging altijd moeiteloos. Ze trok haar vingers door zijn bezwete haar. Will kuste haar hals en ging toen met zijn mond naar beneden. Sara welfde haar lichaam tegen het zijne. Ze sloot haar ogen en liet zijn mond en handen al haar twijfels wegstrijken.

Opeens stopten ze, want er ging een krachtige schok door de bank.

'Jezus, wat was dat?' vroeg Sara.

Will kwam niet aanzetten met de belegen grap dat hij de aarde kon laten bewegen. Hij keek onder de bank. Hij stond op, voelde aan de balken boven hun hoofd en tikte met zijn knokkels op het versteende hout. 'Weet je nog van die aardbeving in Alabama een paar jaar geleden? Die voelde net zo, alleen nog krachtiger.'

Sara trok haar kleren recht. 'De countryclub geeft weleens een vuurwerkshow. Zouden ze iets nieuws aan het testen zijn?'

'Op klaarlichte dag?' Will had zijn twijfels. Hij pakte zijn telefoon van de werkbank. 'Er is geen alarm.' Hij scrolde door zijn berichten en belde een nummer. En nog een nummer. Hij probeerde het een derde keer. Sara keek afwachtend toe, maar ten slotte schudde hij zijn hoofd. Hij hield het apparaat omhoog zodat ze de automatische mededeling kon horen dat alle lijnen bezet waren.

In de hoek van het scherm zag ze de tijd.

13.51 uur.

'Emory heeft een noodsirene,' zei ze. 'Die gaat af bij een natuurra–'

Boem!

Weer schokte de aarde. Sara hield zich overeind aan de bank en volgde Will toen naar de achtertuin.

Hij keek op naar de lucht. Achter de bomen kringelde een donkere rookpluim omhoog. Sara kende de campus van Emory University tot in detail.

Vijftienduizend studenten.

Zesduizend faculteits- en personeelsleden.

Twee explosies die de aarde deden schudden.

'Kom mee.' Will liep op een drafje naar de auto. Hij was special agent bij het Georgia Bureau of Investigation. Sara was arts. Ze hoefden niet te overleggen wat hun te doen stond.

'Sara!' riep Cathy vanuit de achterdeur. 'Heb je dat gehoord?'

'Het kwam van Emory.' Sara rende het huis in om haar autosleutels te pakken. Angst kreeg greep op haar malende gedachten. De stadscampus besloeg tweehonderdvijftig hectare. Het Emory University Hospital. Het Egleston Children's Hospital. De Centers for Disease Control. Het National Public Health Institute. Het Yerkes National Primate Research Center. Het Winship Cancer Institute. Overheidslaboratoria. Ziekteverwekkers. Virussen. Was het een terroristische aanslag? Een schoolschutter? Een gewapende eenling?

'Zou het de bank zijn?' vroeg Cathy. 'Laatst wilden bankovervallers de gevangenis opblazen.'

Martin Novak. Sara wist dat er in de stad een belangrijke vergadering plaatsvond, maar de gevangene zat opgeborgen in een safehouse, ergens ver weg.

'Wat het ook is, het is nog niet op het nieuws,' zei Bella. Ze had de tv in de keuken aangezet. 'Buddy's jachtgeweer moet hier nog ergens zijn.'

Sara vond haar sleutelbos in haar handtas. 'Binnen blijven.' Ze pakte haar moeders hand en kneep er stevig in. 'Bel papa en Tessa en zeg dat je veilig bent.'

Op weg naar de deur stak ze haar haar op. Halverwege bleef ze stokstijf staan.

Geen van allen verroerden ze zich.

Het diepe, klaaglijke geloei van de noodsirene vulde de lucht.

TWEE

Zondag 4 augustus, 13.33 uur

Will Trent nam zijn hand van de grasmaaier om het zweet uit zijn ogen te vegen. Dat ging niet zonder moeite. Eerst moest hij het zweet van zijn hand schudden. Daarna moest hij met de binnenkant van zijn shirt het gruis van zijn vingers wrijven. Pas toen kon hij met de zijkant van zijn vuist het vocht uit zijn wenkbrauwen wissen. Vóór hij weer zo goed als blind was, keek hij op zijn horloge.

13.33 uur.

Welke gek haalde het in zijn hoofd om op een middag in augustus een glooiende anderhalve hectare gras te gaan maaien? Waarschijnlijk het soort gek dat de hele ochtend met zijn vriendin in bed had gelegen. Het was heerlijk geweest, maar het liefst zou hij teruggaan in de tijd om aan Will-van-toen uit te leggen hoe ronduit klote Will-van-nu zich voelde.

Hij ging de bocht om en manoeuvreerde de maaier door een kuil in het ruwe terrein. Zijn voet bleef steken in het hol van een grondeekhoorn. Muggen jengelden voor zijn gezicht. De zon striemde als een riem over zijn nek. De enige verklaring waarom hij zijn ballen er nog niet af had gezweet, was dat ze met een dikke lijmlaag van aarde, grasprieten en zweet aan zijn lijf zaten geplakt.

Bij de volgende baan keek Will even op naar Bella's huis. Hij kon er maar niet over uit hoe gigantisch het was. Het geld droop zo ongeveer van de daklijsten. Er was over het onderwerp zelfs een boek geschreven, dat hij van Bella had geleend. Het gebrandschilderde glas in het trappenhuis was gemaakt door Louis Comfort Tiffany. Voor het sierstucwerk waren handwerklieden uit Italië overgekomen. Vloeren van ingelegd eiken. Verzonken plafonds. Een binnenfontein. Een bibliotheek met mahoniehouten lambrisering en gevuld met lijvige oude boeken. In elke kast cederhouten bekleding. Echt goud op de protserige kroonluchters. In het souterrain een toilet voor het personeel, nog uit de tijd van de rassenscheiding. Achter een verborgen paneel in de keukenprovisiekast was zelfs een manshoge kluis die bestemd was voor het familiezilver.

Telkens als Will de oprit opreed, voelde hij zich net neef Jethro Bodine uit *The Beverly Hillbillies*.

Grommend stortte hij zich op een bos kattenklauw, die groter was dan een echte kat.

Niet lang nadat Will Sara had ontmoet, had hij al ontdekt dat ze geld had. Niet dat ze zich anders gedroeg of anders sprak, maar hij was niet voor niets rechercheur. Hij was een geoefend observator. Observatie één: haar appartement was het penthouse van een exclusief gebouw. Observatie twee: ze reed in een BMW. Drie: ze was arts, dus eigenlijk hoefde je geen rechercheur te zijn om te bedenken dat ze een behoorlijke bankrekening had.

Wat het lastiger maakte was dat Sara hem had verteld dat haar vader loodgieter was. Dat klopte. Ze had er niet bij verteld dat Eddie Linton ook investeerde in onroerend goed. En dat hij Sara partner had gemaakt in het familiebedrijf. En dat ze veel geld had verdiend met de verhuur en verkoop van huizen, dat haar studieschuld was afbetaald. Bovendien had ze haar praktijk als kinderarts in Grant County verkocht toen ze naar Atlanta verhuisde, ontving ze geld uit de levensverzekering en het pensioen van haar overleden echtgenoot en was ze als weduwe van een politieman vrijgesteld van staatsbelasting, dus financieel gesproken was Sara de Uncle Phil tegenover zijn minder geslaagde Fresh Prince.

Maar daar zat hij niet mee.

Op zijn achttiende had Will voor het eerst geld toegestopt gekregen, maar dat was voor de bus naar het daklozencentrum geweest omdat hij te oud was geworden voor pleegzorg. Hij was in aanmerking gekomen voor een staatsstudiebeurs, en uiteindelijk werkte hij nu voor dezelfde staat die hem had grootgebracht. Als politieman was hij eraan gewend het armste lid van elk gezelschap te zijn, en ook degene die de grootste kans liep op een kogel door zijn hoofd tijdens de uitoefening van zijn beroep.

Dus de echte vraag luidde: was dat een probleem voor Sara?

Will hoestte een kluitje aarde uit dat als een Tridentraket vanaf het achterwiel van de grasmaaier was gelanceerd en recht in zijn gezicht was beland. Hij spuwde op de grond. Bij de gedachte aan lunch begon zijn maag te rammelen.

Wat hem dwarszat was Bella's villa. Wat die vertegenwoordigde. Wat die zei over de ongelijkheid tussen hem en Sara, want het huis waarin Will tijdens zijn studie had gewoond was vanwege asbest onbewoonbaar verklaard en had bepaald niet op de nationale lijst van historische gebouwen gestaan.

Sara's tante was een klasse apart. Ze zat goed in de slappe was, en te oordelen naar de geur van haar ijsthee hield ze overdag wel van een borrel. Voor zover Will wist, had ze haar geld verdiend door boven haar stand te trouwen. Telkens een stapje hoger. En hoger. Het ging hem niet aan, tot haar ongelooflijke vrijgevigheid daar verandering in had gebracht.

Vorige week had Bella hem een trimmer van minstens tweehonderd dollar gegeven. De week daarvoor was het haar opgevallen dat hij vol bewondering de platenverzameling van haar overleden man had bekeken, en prompt had ze hem bij zijn vertrek een doos vol platen in handen geduwd.

De originele *A Night at the Opera* van Queen. *Parallel Lines* van Blondie. De 12 inch-single van John Lennons 'Imagine', met een smetteloos groene appel op het label.

Al bleef Will de eerstvolgende tweeduizend jaar dat stomme gazon maaien, dan nog kon hij haar bij lange na niet terugbetalen.

Hij stond even stil om met zijn arm over zijn voorhoofd te vegen, maar uiteindelijk smeerde hij het zweet alleen maar uit. Hij ademde diep in en zoog een mug naar binnen.

13.37 uur.

Eigenlijk hoorde hij hier helemaal niet te zijn.

Op datzelfde moment was er in de stad een grote vergadering waar allerlei politiebonzen bij aanwezig waren. Deze bijeenkomsten, die voorheen tweemaandelijks waren geweest, werden de laatste maand vaker gehouden. Het GBI overlegde met de federale politie, het Bureau of Alcohol, Tobacco, Firearms and Explosives – oftewel het ATF – en de FBI over het vervoer van een veroordeelde bankovervaller. Martin Novak verbleef momenteel in een geheim safehouse in afwachting van zijn vonnis in het Russell Federal Building. De reden dat hij de rechtszaak niet in een politiecel afwachtte, was dat zijn collega-overvallers hadden geprobeerd een gat ter grootte van Novak in de zijkant van het gebouw te blazen. De poging was mislukt, maar er werd geen enkel risico meer genomen.

Novak was geen gewone gedetineerde. Hij was een onvervalst crimineel brein en stond aan het hoofd van een groep zeer ervaren misdadigers. Ze doodden zonder aanziens des persoons. Burgers. Beveiligers. Agenten. Het maakte niet uit wie ze tegenover zich hadden als ze de trekker overhaalden. De groep werkte als een geoliede machine de banken af waarop ze het voorzien hadden. Alles wees erop dat Novaks mannen hun leider niet zouden laten creperen in de krochten van een federale gevangenis.

Als politieman had Will de grootst mogelijke minachting voor dat soort criminelen – er was niets ergers of zeldzamers dan een buitengewoon slimme misdadiger – maar als mens popelde hij om bij de zaak betrokken te zijn. Hij had zich er lang geleden bij neergelegd dat hij de jacht het alleraantrekkelijkste aspect van zijn werk vond. Hij zou geen dier kunnen doden, maar alleen al de gedachte om in hinderlaag te liggen, met zijn geweer gericht op de borst van een crimineel terwijl zijn wijsvinger jeukte om de wereld van de smeerlap te verlossen, gaf een ongelooflijke kick.

Maar dat zou hij nooit tegen Sara zeggen. Uit goede bron had hij vernomen dat haar man uit hetzelfde hout gesneden was geweest, dat Jeffrey Tollivers voorliefde voor de jacht hem waarschijnlijk het leven had gekost. Ook Will verkoos het gevecht boven de vlucht, maar hij wilde Sara niet in doodsangst achterlaten telkens als hij het appartement verliet.

Onder het maaien van de zoveelste baan keek hij even op naar het huis.

Afgezien van rijke, benevelde tantes had hij het gevoel dat het goed ging tussen Sara en hem. Ze hadden inmiddels een vaste routine. Ze hadden elkaars tekortkomingen leren accepteren, of in elk geval geleerd de ergste ervan door de vingers te zien, zoals de afwezigheid van iedere aandrang om als een verantwoordelijke volwassene 's morgens het bed op te maken en de halsstarrige weigering om te breken met de gewoonte een pot mayonaise al weg te gooien als er nog genoeg onderin zat om een half broodje mee te besmeren.

Zelf deed Will zijn best om zijn gevoelens beter met Sara te delen. Het was gemakkelijker dan hij had gedacht. Hij gaf gewoon elke maandag in zijn agenda aan dat hij haar iets ging vertellen wat hem dwarszat.

Een van zijn grootste angsten had zich nog vóór een maandagse biecht opgelost. Hij had zich behoorlijk zorgen gemaakt toen Sara met hem ging samenwerken op het Georgia Bureau of Investigation. Maar het was uiteindelijk goed gekomen, en dat was vooral aan Sara te danken. Ze bleven uit elkaars vaarwater. Sara was arts en patholoog-anatoom, net als destijds in Grant County. Haar man was commissaris van politie geweest, dus ze wist hoe ze met een smeris moest omgaan. Jeffrey Tolliver was evenmin als Will voor promotie in aanmerking gekomen, maar het verschil was dat hij al bovenaan de voedselketen had gestaan.

Will zette die gedachte snel van zich af, voor hij zich in somberheid verloor.

Sara's moeder leek bij te trekken, dat was in elk geval iets. De vorige avond had Cathy hem wel een halfuur verhalen gevoerd over de eerste jaren van haar huwelijk. Dat moest hij maar als vooruitgang beschouwen. De eerste keer dat hij Cathy had ontmoet, had ze zo ongeveer vuur naar hem gespuwd. Misschien dat zijn sisyfusstrijd met het gazon van haar dronken zus haar ervan had overtuigd dat hij de kwaadste niet was. Of misschien zag ze nu hoeveel Will van haar dochter hield. Dat moest toch gewicht in de schaal leggen?

Hij struikelde toen de maaier vastliep in het zoveelste grondeekhoornhol. Hij keek op, en tot zijn verbijstering zag hij dat hij al bijna klaar was. Hij keek op zijn horloge.

13.44 uur.

Als hij opschoot, had hij nog een paar minuten in de schuur om zich te wassen en af te koelen voor het etenstijd was.

Will worstelde zich door de laatste lange grasstrook en liep bijna op een drafje terug naar de schuur. Hij liet de maaier afkoelen op de stenen vloer. Het liefst had hij het oude ding een schop na gegeven, maar zijn benen leken wel van elastiek.

Hij pelde zijn shirt van zijn lijf, liep naar de spoelbak en stak zijn hoofd onder de ijskoude waterstraal. Hij waste alle belangrijke lichaamsdelen met een stuk zeep dat de structuur had van schuurpapier. Zijn schone shirt gleed over zijn vochtige huid. Hij liep naar de werkbank, legde zijn handen erop, spreidde zijn benen en liet alles aan de lucht drogen.

Op zijn telefoon stond een bericht. Faith had hem geappt vanuit het bonzenberaad waarvoor Will niet was uitgenodigd. Ze had hem een clowntje gestuurd met een waterpistool tegen zijn hoofd. Toen een mes. Vervolgens een hamer. Toen weer een clown en om de een of andere reden een zoete aardappel.

Als ze hem wilde opvrolijken, kreeg ze hem met een zoete aardappel niet over de streep.

Will keek uit het raam. Aan navelstaren deed hij niet, maar hij kon niet veel anders dan nadenken terwijl hij naar het vakkundig verzorgde gazon keek.

Waarom was hij niet op het bonzenberaad uitgenodigd?

Natuurlijk misgunde hij Faith de kans niet. Of de vriendjespolitiek. Amanda, hun chef, had aan het begin van haar carrière samengewerkt met Faiths moeder. Ze waren beste vriendinnen. Niet dat Faith misbruik maakte van haar connecties. Ze had zich opgewerkt van de straatdienst tot de afdeling zware delicten van het Atlanta Police Department en vervolgens tot special agent bij het Georgia Bureau of Investigation. Ze was een prima agent. Elke promotie waarvoor ze in aanmerking kwam, had ze dubbel en dwars verdiend.

Wat daarna kwam zou pas echt vernederend voor Will zijn. Niet alleen zou hij Sara moeten vertellen dat Faith het hogerop had gezocht terwijl hij pas op de plaats maakte, maar ook zou hij een nieuwe partner moeten inwerken. Of liever gezegd: een nieuwe partner zou Will moeten inwerken. Hij was niet goed met mensen. In elk geval niet met collega-politiemensen. Praten met criminelen kon hij als de beste. Will had het grootste deel van zijn jeugd op het randje van de wet gebalanceerd. Hij wist hoe criminelen dachten: sluit ze op in een kamer en ze bedenken zestien verschillende manieren om uit te breken, maar iemand vragen om de deur van het slot te doen komt niet in hen op.

Waar het op neerkwam was dat Will zaken afrondde. Hij boekte goede resultaten. Hij was een eersteklasschutter. Hij eiste niet alle aandacht op. Hij hoefde geen medaille omdat hij zijn werk deed.

Hij wilde alleen weten waarom hij niet was uitgenodigd voor de vergadering.

Weer keek Will op zijn telefoon.

Alleen maar zoete aardappel.

Hij staarde uit het raam. Het was alsof er iemand naar hem keek.

Sara kuchte.

Wills slechte humeur was in één klap verdwenen. Hij kon de domme grijns niet tegenhouden die op zijn gezicht verscheen telkens wanneer hij haar zag. Haar lange, kastanjebruine haar hing los. Hij vond het prachtig, dat losse haar. 'Lunchtijd?'

Sara keek op haar horloge. 'Het is kwart voor twee geweest. We hebben precies veertien minuten rust voor de storm losbarst.'

Will liet zijn blik over haar gezicht gaan, dat mooi was, ondanks de veeg boven haar wenkbrauw, die verdacht veel leek op de uitgesmeerde ingewanden van een dood insect.

Ze keek hem onderzoekend aan.

'Heb je de schuur gezien?' Hij bood haar een rondleiding aan, maar alleen als truc om haar op de bank te krijgen. Het maaien had hem uitgeput. Hij had honger als een paard. Hij was bang dat Sara een arme smeris alleen zag zitten zolang die arme smeris ambities had.

'Het is hier geweldig, vind je niet?' vroeg hij.

Sara moest hoesten van het stof dat van de bank opwolkte. Toch haakte ze haar been over het zijne. Ze legde haar arm om zijn schouders. Met haar vingers streek ze over zijn natte haarpunten. Er kwam altijd een plotselinge rust over hem als Sara bij hem was, alsof er maar één ding belangrijk was, namelijk de band die hen aan elkaar kluisterde.

'Zullen we hier gaan wonen?' vroeg Will. 'Ik bedoel het maar half als grapje.'

Sara's onderzoekende blik kreeg iets behoedzaams.

Wills adem stokte. Het grapje was verkeerd gevallen. Of misschien was het geen grapje, want samenwonen was al enige tijd een gevoelig punt. Eigenlijk woonde hij al bij Sara, maar ze had hem niet officieel gevraagd bij haar in te trekken, en hij wist niet of dat een teken was, en als het een teken was, of het misschien een stopteken was of het soort teken waarmee ze hem vaker om zijn oren sloeg zonder dat hij het doorhad.

Wanhopig zocht hij naar een ander onderwerp. 'Kijk, een gitaar.'

Hij morrelde aan de snaren. Als tiener had hij met veel geduld precies één nummer helemaal uit zijn hoofd geleerd. Hij begon langzaam en neuriede de melodie om de juiste akkoorden te vinden. Toen stopte hij, want hij vroeg zich af waarom hij ooit had gedacht dat 'I'm On Fire' bij uitstek het nummer was waarmee hij een meisje zover kreeg dat hij haar borsten mocht aanraken. 'Wel een beetje ranzig, hè? "*Hey little girl is your daddy home?*"'

'Wat dacht je van "Girl, You'll Be a Woman Soon"? Of "Don't Stand So Close to Me"? Of de eerste regel van "Sara Smile"?'

Hij plukte aan de snaren, en in gedachten hoorde hij Daryl Hall zingen...

Baby hair with a woman's eyes.

'Shit,' mompelde Will. Waarom was elk softrockhitje uit zijn jeugd tegenwoordig een ernstig misdrijf? 'Hall & Oates ook al?'

'Panic! At the Disco heeft een mooiere versie.'

Will vond het prachtig dat ze dat wist. Aanvankelijk was hij geschrokken van alle Dolly Parton-cd's in haar auto. Toen had hij haar afspeellijst op iTunes gezien, waar zo ongeveer alles op stond, van Adam Ant tot Kraftwerk tot Led Zeppelin, en hij had meteen geweten dat het goed zat.

Glimlachend keek ze naar zijn vingers, die over de snaren gleden. 'Wanneer heb je leren spelen?'

'Op school. Ik heb het mezelf geleerd.' Hij streek haar haar naar achteren zodat hij haar gezicht kon zien. 'Alles wat een jongen van zestien doet om indruk te maken op een meisje van zestien, heb ik gedaan.'

Nu moest ze lachen. 'Had je ook een opgeschoren kapsel?'

'Duh.' Hij somde alle treurige wapenfeiten op waarmee hij welgeteld nul meisjes had versierd. 'Je had me moeten zien in mijn acid-washed jeans en mijn jasje van Nember's Only.'

'Nember?'

'Een merk van Dollar Store. Ik zei niet dat ik miljonair was.' Hij kon het dode insect niet langer negeren en knikte naar de veeg muggendarmen boven haar wenkbrauw. 'Wat gebeurt er allemaal daarboven?'

Sara schudde haar hoofd.

Will zette de gitaar weer op de standaard. Met zijn duim veegde hij de troep weg. 'Zo is het beter.'

Om de een of andere reden begon ze hem te kussen. Het was een echte kus. Hij liet zijn handen langs haar middel glijden. Sara schoof dichter naar hem toe. Kuste hem nog hartstochtelijker. Met haar vingertoppen drukte ze op zijn schouders. Toen duwde ze hem met haar handen naar beneden totdat hij op zijn knieën zat, en net toen hij dacht dat haar smaak hem nooit zou vervelen, begon de aarde te beven.

Sara schrok op. 'Jezus, wat was dat?'

Will haalde zijn hand langs zijn mond. Hij kon niet bij wijze van grap zeggen dat hij de aarde voor haar liet beven, want de aarde had echt gebeefd. Hij keek onder de oude bank om te zien of die uit elkaar viel. Hij stond op en klopte op de balken, wat waarschijnlijk heel dom was, want de hele schuur kon boven hun hoofd in elkaar storten.

'Weet je nog van die aardbeving in Alabama een paar jaar geleden?' Will had destijds meegedaan aan een surveillanceoperatie in het noorden van Georgia. De auto was met een slinger van de stoeprand gegleden. 'Die voelde net zo, alleen krachtiger.'

Sara knoopte haar short dicht. 'Er was ook een geluid. De countryclub geeft weleens vuurwerkshows. Zouden ze iets nieuws aan het testen zijn?'

'Op klaarlichte dag?' Will liep naar de werkbank om zijn telefoon te pakken. Het scherm gaf de tijd aan.

13.49 uur.

'Er is geen alarm,' zei hij. Sara werkte ook bij het GBI. Ze wist dat de staat over een noodcontactsysteem beschikte dat alle politietelefoons pingde in het geval van een terroristische aanval.

Will bedacht wat voor soort catastrofale gebeurtenis gevoeld kon worden op de coördinaten van de plek waar ze zich bevonden. Hij had ooit een seminar bijgewoond dat gegeven werd door een FBI-agent die aanwezig was geweest op Ground Zero. Tien jaar later kon de man nog geen woorden vinden om de ontzagwekkende kinetische energie te beschrijven die zich door de aardbodem verplaatste toen een wolkenkrabber instortte.

Als een aardbeving van de buitencategorie.

Het vliegveld van Atlanta bevond zich op elf kilometer van het centrum. Elke dag passeerden daar ruim een kwart miljoen luchtreizigers.

Will richtte zich weer op zijn telefoon. Hij probeerde zijn berichten en e-mails te checken, maar hij had geen verbinding. Hij belde Faith, maar kreeg geen gehoor. Hij probeerde Amanda's nummer, met hetzelfde resultaat. Hij belde naar het hoofdkantoor van het GBI.

Alles lag eruit.

Hij hield zijn telefoon omhoog zodat Sara de drie tonen kon horen en daarna de telefonist die meldde dat alle lijnen bezet waren. Hij legde het toestel weer op de werkbank. Het ding had evengoed een baksteen kunnen zijn.

De ontzetting stond op Sara's gezicht geschreven. 'Emory heeft een noodsirene,' zei ze. 'Die gaat af wanneer er een natuurra–'

Boem!

Will ging bijna onderuit. Hij rende de tuin in en keek naar boven. Achter de bomen kringelde een donkere rookpluim omhoog.

Het was geen vuurwerk.

Het waren twee explosies.

‘Kom mee.’ Hij rende al naar de oprit.

‘Sara!’ riep Cathy vanuit de achterdeur. ‘Heb je dat gehoord?’

Hij zag Sara het huis binnenstormen. Waarschijnlijk ging ze haar sleutels halen. Hij wilde dat ze binnen bleef, maar wist dat ze dat niet zou doen.

Will racete over de glooiende voortuin. De politie richtte straks wegversperringen op. Er zou nergens meer plek zijn om te parkeren, en rennend was hij er sneller. Hij dacht aan zijn pistool, dat was opgeborgen in het dashboardkastje van Sara’s BMW, maar misschien kon de plaatselijke politie hem gebruiken om het publiek rustig te houden.

Nauwelijks had hij de straat bereikt of het geloei van een noodsirene vulde de lucht. Bella’s huis stond aan een recht stuk van Lullwater Road. Vijftig meter verderop was een bocht die de contouren van de golfbaan Druid Hills volgde. Met pompende benen en zijn armen stijf tegen zijn lichaam rende Will op de bocht af.

Hij was er bijna toen hij weer een geluid hoorde. Deze keer was het geen explosie, maar de eigenaardige knal waarmee twee auto’s op elkaar botsen. Opnieuw klonk er een knal. Met opeengeklemde kiezen liet hij de daaropvolgende stilte over zich heen komen. Het geluid van een autoclaxon voegde zich bij het geloei van de sirene.

Pas toen Will eindelijk de bocht om was, zag hij wat er was gebeurd: twee auto’s hadden een blauwe pick-up gemangeld.

Vooraan stond een rode Porsche Boxter S. Een ouder model, met een niet-geblazen zescilinder boxermotor en een derde radiator in de onderzijde van de voorbumper. De klep van de kofferbak was opengesprongen. De bestuurder hing ineengezakt achter het stuur en drukte met zijn gezicht op de claxon.

Erachter stond een Ford F-150, met de portieren in de kreukels. Een man probeerde uit het open raam naar buiten te klimmen. Een tweede man leunde tegen de motorkap; het bloed droop van zijn gezicht.

Achteraan stond een zilverkleurige Chevy Malibu. Voorin de bestuurder, achterin twee passagiers, en geen van hen bewoog.

Will keek naar de rotonde bij North Decatur Road, die vol stond met geparkeerde wagens. Een minivan. Een vrachtwagentje. Een Mercedes. Een BMW. Een Audi. Allemaal verlaten en met openhangende portieren. Bestuurders en passagiers stonden op straat naar de rook te kijken die de blauwe lucht in kringelde.

Will minderde vaart en ging op een drafje over, tot hij uiteindelijk ook bleef staan.

Vogels kwetterden in de bomen. Een licht briesje ritselde door de bladeren. De rook kwam van de Emorycampus. Studenten, personeel, twee ziekenhuizen, het hoofdkwartier van de FBI, de CDC.

'Will.'

Hij schrok op. Sara had haar auto naast hem stilgezet. Haar BMW X5 was een hybride. Bij lage snelheden liep de motor op een accu.

'Ik kan triage op hen toepassen,' zei ze, 'maar ik heb je hulp nodig.'

Hij kuchte even om weer naar het hier en nu terug te keren. 'De bestuurder van de Porsche ziet er niet best uit.'

Sara stapte uit. 'Er loopt benzine onder de motor uit.'

Ze rende naar de Porsche. De bestuurder hing nog steeds over het stuur. De raampjes zaten dicht. Ook het vouwdak zat dicht.

Sara deed een vruchteloze poging het portier te openen. Ze sloeg met haar vuist tegen het raam. '*Sir*?' De claxon bleef loeien. Op luidere toon zei ze: 'We moeten u uit de auto halen, sir.'

De benzinelucht brandde in Wills ogen. Hij kon allerlei manieren bedenken waarop de elektriciteit die naar de claxon liep de brandstof onder de auto kon doen ontvlammen.

'Naar achteren,' zei hij tegen Sara.

In zijn zak had hij een stiletto waarmee hij klimop uit Bella's bomen had gesneden. Hij klemde het heft in beide handen en stak het tien centimeter lange lemmet in de zachte kap. Het mes was deels gekarteld. Hij probeerde het materiaal open te zagen, maar het canvas en de isolatie waren te dik. Hij stak het mes weer in zijn zak en scheurde met zijn vingers het gat ver genoeg open om zijn armen erin te steken en de klemmen los te maken zodat hij de kap open kon schuiven.

Hij draaide de contactsleutel om.

De claxon zweeg.

Will ontsloot het portier. Na een paar seconden schudde Sara haar hoofd. 'Zijn nek is gebroken. Hij had geen riem om, maar toch is het raar.'

'Hoezo raar?'

'Ze reden niet hard genoeg voor dit soort letsel. Tenzij hij een of andere medische aandoening had die dit kan verklaren. Maar dan nog...' Weer schudde ze haar hoofd. 'Het klopt niet.'

Will keek naar de remsporen op het wegdek. Die waren kort, ten teken dat de Porsche langzaam had gereden. Hij wreef zijn duim af aan zijn shirt. De contactsleutel was kleverig geweest van het bloed. Dat gold ook voor de portierhendel aan de binnenkant, hoewel er elders nauwelijks bloed was. De voorbank lag bezaaid met papieren.

'*Ma'am*?' De bestuurder van de F-150 stond achter de Porsche. Een klassieke hillbilly, met lang vlassig haar en een ZZ Topbaard, zo'n type dat elke dag uit de bergen kwam rijden om veranda's te bouwen en gipsplaten te monteren. Met zijn vingers hield hij de huid van zijn schedel bijeen. 'Bent u verpleegster?'

'Arts.' Voorzichtig trok Sara zijn hand weg om zijn snee te bekijken. 'Bent u duizelig of misselijk, Mr...'

'Merle. Nee.'

Will keek naar het wegdek. Er liep een bloedspoor van de pick-up naar de Porsche. Dus Merle had eerst bij de bestuurder gekeken en was toen teruggegaan naar zijn pick-up. Daar was niets verdachts aan. Aan de andere kant zat Sara's intuïtie er doorgaans niet ver naast. Als zij iets vreemd vond, dan was het ook vreemd.

Wat zag hij over het hoofd?

'Wat is er gebeurd?' vroeg hij aan de passagier van de pick-up.

'Een ontplofte hoofdgasleiding. We zijn 'm als de bliksem gesmeerd.' Het was een redneck, zo'n type dat rechtstreeks uit een nummer van Lynyrd Skynyrd leek te zijn weggelopen. Op drie meter afstand rook Will de sigarettenwalm al die om hem heen hing. De man gebaarde naar de Malibu. 'Ik zou me maar eens met die daar bemoeien. De man achterin ziet er niet zo best uit.'

Sara stapte al op de personenwagen af. Will volgde, hoewel ze zijn hulp niet nodig had. Haar wantrouwen had bij hem een inwendige alarmbel doen rinkelen. Hij liet zijn blik onderzoekend door de straat gaan. Sommige bewoners stonden in de deuropening van hun huis, maar niemand kwam dichterbij. Door de rook van de explosies was de lucht doortrokken van een soort houtskoolstank.

'Mijn vriend heeft hulp nodig.' De bestuurder van de Chevy Malibu struikelde bij het uitstappen. Hij droeg het blauwe beveiligersuniform van de universiteit. Hij opende het achterportier. Een van de passagiers hing onderuitgezakt op de bank. Hij droeg hetzelfde blauwe uniform.

'Zij is arts,' zei Merle.

De Chevybestuurder zei tegen Will: 'Er is een gasleiding ontploft op een van de bouwplaatsen.'

'Twee keer?' vroeg Will. 'We hebben twee explosies gehoord.'

'Weet ik het. Misschien is er iets anders de lucht in gegaan. Van die hele bouwplaats is niks meer over.'

'Hoe zit het met slachtoffers?'

De man schudde zijn hoofd. 'Aannemers werken niet in het weekend, maar de hele campus wordt ontruimd voor het geval dat. Eén grote klerezooi toen het alarm ging.'

Will vroeg de beveiliger niet waarom hij niet hielp bij de ontruiming. Speurend keek hij in de verte. De enkele rookpluim had een vreemde, marineblauwe kleur aangenomen.

'Sir?' Sara knielde bij het open portier neer om met de man op de achterbank te kunnen praten. 'Gaat het?'

'Hij heet Dwight,' zei de bestuurder. 'Ik ben Clinton.'

'En ik ben Vince,' stelde de passagier van de pick-up zich voor.

Will hief zijn kin. Nu hoorde hij eindelijk politieauto's over Oakdale Road scheuren, een straat die evenwijdig liep aan Lullwater. Een witte traumahelikopter vloog over. Verderop klonk het geloei van brandweersirenes. Niemand reed door Bella's straat. Er was ongetwijfeld nog een ongeluk gebeurd, op het kruispunt van Ponce de Leon Avenue en Lullwater Road. Alles en iedereen was natuurlijk op de rem gaan staan toen de explosies klonken.

Waarom voelde deze aanrijding dan anders?

'Dwight?' Sara trok de man in zithouding overeind. De autoraampjes waren donker getint. Over het portier heen zag Will Dwights hoofd opzijrollen. Onder zijn gezwollen oogleden leek het wit van zijn ogen net bot. Uit zijn neus sijpelde bloed. Ook hij had geen gordel om gehad. Waarschijnlijk was hij buiten westen geraakt toen hij tegen de voorbank knalde.

'We moeten hem eruit zien te krijgen.' Clintons toon was veranderd. Hij klonk nu bang. 'Breng hem naar het ziekenhuis. Emory zit dicht. De eerste hulp. Alles zit dicht, man. Jezus, wat moeten we nou?'

Kalmerend legde Will zijn hand op Clintons schouder. 'Kun je me vertellen wat er precies is gebeurd?'

'Dat heb ik toch al gezegd?' De man wierp zijn armen in de lucht en schudde Wills hand af. 'Zie je die rook, gast? De pleuris is daar uitgebroken, dat is er gebeurd. En nou ook nog al die auto's op mekaar en niemand die hier weg kan. Denk je dat ze een ambulance sturen voor mijn maat? Denk je dat de politie me gaat arresteren omdat ik tegen die stomme pick-up ben opgeknald?'

'Clinton, dit is niemands schuld,' zei een andere stem. De tweede passagier van de achterbank. Midden dertig, gladgeschoren. T-shirt en jeans. Zijn handen lagen samengevouwen op het autodak.

Will voelde het gevaar van de man afstralen, als hitte van de zon.

Wat zag hij over het hoofd?

'Ik ben Hank,' zei de man.

Will knikte behoedzaam, zonder zijn eigen naam te noemen. Het was vreemd dat deze mannen zichzelf voorstelden. Het was vreemd dat de bestuurder van de Porsche een gebroken nek had. Het was al helemaal vreemd dat Hank zo rustig was, terwijl er een ernstig auto-ongeluk was gebeurd waarbij zijn vriend buiten bewustzijn was geraakt.

Je was alleen maar zo rustig als je wist dat je alles volledig onder controle had.

Hank zei: 'We hoorden een tweede explosie, en die vent in de rode auto ging gelijk op de rem.' Hij knipte met zijn vingers. 'Toen reed de pick-up tegen de rode auto aan. Wij knalden achter op de pick-up en...'

'Will?' Sara klonk anders. Ze hield de sleutels van haar BMW voor hem omhoog. Will zag haar hand licht trillen. Ze had jarenlang op de spoedeisende hulp gewerkt. Ze raakte nooit van slag.

Wat zag hij over het hoofd?

'Haal mijn dokterstas eens uit het dashboardkastje,' zei ze.

'Ik wil hem wel halen,' bood Merle aan.

Will pakte de sleutels. Zijn vingers streken langs die van Sara. Er ging een steek van paniek door hem heen toen zijn hersens haar wel zeer specifieke verzoek verwerkten.

Sara bewaarde haar dokterstas in de kofferbak, want het dashboardkastje was te klein. Het dashboardkastje was de plek waar Will zijn wapen in opborg als hij het niet droeg.

Ze vroeg niet of hij haar tas wilde halen.

Ze zei dat hij zijn pistool moest pakken.

Opeens vulde Wills mond zich met speeksel. Als pijltjes op een dartbord cirkelden zijn gedachten rond de bull's eye. Hij had de eerste botsing gehoord toen hij de bocht in de weg naderde. Er was op dat moment geen bom afgegaan. Er was een tweede klap op gevolgd toen de Malibu tegen de achterkant van de pick-up was geknald. Minstens vijf seconden later was de claxon van de Porsche pas afgegaan.

Vijf seconden was heel lang.

In vijf seconden kon je uit je pick-up strompelen, het portier van een Porsche openen en iemands nek breken. Wat het bloedspoor zou verklaren dat van de pick-up naar de auto liep.

Twee beveiligers van Emory die waren gevlucht in plaats van hun werk te doen. Eén man die onopvallend was gekleed. Twee mannen in de plunje van het soort klusjeslui dat je overal in Atlanta tegenkwam. Ze hadden allemaal vreemden voor elkaar kunnen zijn, maar dat waren ze niet.

Dát had Will over het hoofd gezien: deze mannen vormden een team.

Een heel goed team, te oordelen naar hoe ze zich ongemerkt hadden verplaatst. Zonder dat Will het door had gehad, stonden hij en Sara nu midden in een tactische driehoek.

Clinton stond achter hen.

Hank stond voor hen.

Op de denkbeeldige lijn tussen Will en zijn wapen stonden Vince en Merle.

Dwight was buiten westen, maar Hank hinkte om de achterkant van de auto heen en ging vlak bij Sara staan.

Will wreef over zijn kaak terwijl hij in gedachten naar zwakke plekken in de opstelling zocht.

Die waren er niet.

Ze waren allemaal gewapend. Hanks wapen was niet zichtbaar, maar dat soort types was altijd voorzien. De bobbel bij Vince' enkel was een verborgen revolver. Clinton had een Glock aan zijn riem, als onderdeel van zijn beveiligersuniform. Merles revolver zat onder aan zijn rug weggestopt. Will zag de contouren van de greep toen de man zijn armen voor zijn brede borst over elkaar sloeg. Hij stond als een politieman, met zijn voeten wijd uit elkaar en zijn billen aangespannen, want het gewicht van een dienstriem van dertien kilo kon je rug breken.

Zo stonden ze allemaal.

'Help eens een handje, lange.' Van Clintons gespeelde hulpeloosheid was niets meer over. Hij gebaarde dat Will hem moest helpen Dwight uit de auto te halen. 'Kom op.'

'Wacht,' zei Sara. 'Hij kan zijn wervels beschadigd hebben of –'

'Sorry, ma'am.' In plaats van Sara aan de kant te schuiven bleef Merle net zo lang staan tot ze voor hem uitweek. Samen met Clinton tilde hij Dwight uit de auto. De man gaf niet mee en was loodzwaar. Zijn voeten ploften een paar keer tegen het asfalt tot ze uiteindelijk als eendenpoten overeind gingen staan.

Wills blik schoot weer naar Sara. Ze keek niet naar hem. Ze nam haar omgeving in zich op en overwoog of ze ervandoor zou gaan. Hank stond naast haar. Te dichtbij. De meeste voortuinen hadden de afmetingen van een voetbalveld. Als ze op de vlucht sloeg, was haar rug een gemakkelijk doelwit.

Dus vóór dat gebeurde, zou Will hem moeten neerschieten.

'Ik haal je tas,' zei hij tegen Sara.

Hij maakte geen oogcontact met haar, maar keek Hank aan met een blik die er geen misverstand over liet bestaan dat hij hem te grazen zou nemen als hij Sara ook maar een haar krenkte.

Tien meter scheidde Will van de BMW. Sara had de wagen schuin op de weg geparkeerd om naderend verkeer af te remmen. Will liep net snel genoeg om afstand te bewaren tot Merle en Clinton, die Dwight tussen hen in meesleepten.

Hij voelde hoe de hitte zijn lichaam verliet. Zijn hartslag vertraagde tot een gestage klop. Sommige mensen werden kalm wanneer ze alles onder controle hadden. Will was in zijn leven zo vaak de controle kwijt geweest dat hij juist rust vond in chaos. Hij probeerde geluiden op te vangen. Hij hoorde gesleep en gegrom, sirenes en claxons. Maar niets van Sara. Geen woorden in elk geval. Hij voelde haar ogen in zijn rug, bijna als een trekstraal waarmee ze hem weer naar zich toe probeerde te halen.

Hoe had hij dit in godsnaam kunnen laten gebeuren?

Will keek naar zijn hand. In de sleutelhanger zat een parkeersleutel verborgen. Hij schoof hem naar buiten. Hij nam daarmee een voorbeeld aan Faith, die de langste sleutel aan de bos altijd als een mes tussen de vingers van haar gebalde vuist uit liet steken. Het liefst zou hij er Hanks keel mee openrijten. De man zou een stuk minder rustig zijn als zijn strottenhoofd onder zijn kin bungelde.

De klootzak.

Ze waren niet alleen uit op het meenemen van de BMW; dat zou een makkie zijn geweest. Daarvoor hoefden ze alleen hun wapens te trekken, in de auto te springen en te vluchten, zonder een woord te zeggen. Maar ze hadden aan één stuk door gepraat. Ze hadden hun namen genoemd, en dat kwam rechtstreeks uit Verhoor 101: bouw een band op met de verdachte. Ze waren met een lulverhaal gekomen over een ontplofte gasleiding. Een van hen was gewond, een tweede buiten westen. Naar een ziekenhuis konden ze niet gaan, maar ze hadden dringend medische hulp nodig.

Ze waren van plan Sara mee te nemen.

Een apart soort woede trok elke spier in Wills lijf strak. Zijn zenuwen waren tot het uiterste gespannen. Hij zag alles kristalhelder. Zijn gedachten gleden over het scherp van een scheermes.

De stiletto in zijn zak.

De sleutel tussen zijn vingers.

Het pistool in het dashboardkastje.

Het ontbrak Will aan tijd om zijn hand in zijn zak te steken, op het knopje van de stiletto te drukken en hem te openen vóór er op hem geschoten zou worden en hij het mes uit zijn hand zou moeten laten vallen.

De sleutel was alleen handig in een man-tegen-mangevecht, en hij had geen schijn van kans tegen twee mannen.

Hij moest het pistool te pakken zien te krijgen.

Vier gewapende agenten of ex-agenten. Misschien vijf, als Dwight wakker werd. Will had het niet gecheckt, maar de man hoorde een Glock aan zijn riem te hebben als onderdeel van zijn beveiligersuniform. Als onderdeel van zijn vermomming.

Maar vermomming of niet, het wapen was wel écht.

Will zou kunnen doen alsof hij Dwight in de auto hielp en dan de Glock kunnen pakken. Zelfs van zo dichtbij zou hij snel moeten zijn. Eerst Clinton, vanwege het wapen op zijn heup, dan Merle, want die zou er langer over doen om de revolver achter uit zijn broek te trekken.

De instructeurs op de schietbaan zeiden altijd dat je moest schieten om iemand uit te schakelen, maar Sara was in gevaar en nu golden er andere regels. Will ging die hufters een voor een afknallen.

Eindelijk was hij bij de BMW. Hij opende het portier en boog zich over de passagiersstoel. Hij stak de sleutel in het dashboardkastje en keek even op om te zien waar Sara was.

Hij verstijfde.

Alsof droog ijs in zijn bloedbaan drong, zo voelde het. Spieren die verkrampten. Pezen die spleten. Een vreemde, onnatuurlijke huivering trok door zijn botten. Alle mogelijke invalshoeken die hij had proberen uit te werken vervlogen vanwege één ding.

Angst.

Sara stond niet meer overeind. Ze zat op haar knieën, maar nu met haar gezicht naar Will toegekeerd. Ze had haar vingers achter haar hoofd ineengeslagen: de houding waarin een agent een verdachte dwong zodat hij deze kon fouilleren en in de boeien kon slaan.

Hank stond achter haar. Naast hem stond een tweede vrouw, maar op enige afstand. Ze had kort, bijna wit haar. Haar wangen waren ingevallen. Ze hield haar kakibroek, waarvan de rits openstond, met beide handen omhoog. De binnenzomen zaten vol bloedvlekken, die een lugubere, omgekeerde v tussen haar benen vormden. Ze keek op naar Will, smeekte hem met haar blik om hier een einde aan te maken.

Michelle Spivey.

De wetenschapper was een maand geleden ontvoerd. Ze had bij de CDC gewerkt.

Het was geen exploderend gaslek geweest.

Het was een aanslag.

'Oké!' riep Hank naar Will. 'Langzaam met je kop uit de auto en je handen omhoog.' Hij had een pistool uit zijn zak gehaald, een PKO-45. De loop reikte amper voorbij zijn vinger, die hij boven de trekkerbeugel had gelegd, zoals een politieman dat deed. Het verlengde magazijn stak onder zijn vuist uit. Een klein maar krachtig wapen, dat ook wel een zakkanon werd genoemd omdat het de hersens uit een vrouwenschedel kon schieten.

Sara's schedel.

Want daar was het pistool op gericht.

Will werd misselijk tot in al zijn vezels. Hij deed wat hem was opgedragen en stak zijn handen langzaam in de lucht. Nu keek hij naar Sara. Haar onderlip trilde. Haar ogen vulden zich met tranen. Haar angst was tastbaar, als een vuist die het bloed uit zijn hart kneep.

Merle ramde zijn revolver in Wills zij. 'Met jou hebben we niks te schaften, gast. We willen alleen de dokter even lenen. Je krijgt 'r later wel weer terug.'

Wills blik ging naar het bloed dat tussen Michelles benen naar beneden droop. Hij opende zijn mond, maar kreeg geen lucht. Zweet gutste over zijn gezicht. Hij keek naar de Smith & Wesson, die zijn ribben uiteenwrikte. Als hij in zijn buik werd geraakt, kon hij dan nog een van de wapens grijpen? Kon hij Sara dan nog dekking geven als ze wegvluchtte?

Weg van vier gewapende mannen? Over open terrein?

Glasscherven vulden zijn keel, zijn borst, zijn longen.

Ze gingen Sara meenemen.

Ze gingen hem doden.

Het enige wat hij kon doen was toekijken, of zorgen dat het sneller gebeurde.

Clinton hees Dwight achter in de BMW. Dwight was nog steeds buiten westen en hing opzij. Zijn holster was leeg. Vince was te ver van Will af, die kon hij zijn wapen niet afhandig maken. Hij was al achter het stuur van Sara's auto gekropen. De sleutelhanger lag erin, dus hij hoefde alleen maar op de knop te drukken om te starten. De accu sloeg aan, maar niet de motor.

Vince lachte. 'Een hybride stelen. We mogen die linkse rakkers wel dankbaar zijn.'

Met moeite bedwong Will het trillen van zijn handen. Woede verdreef zijn angst. Dit mocht niet gebeuren. Hij kon niet lijdzaam toezien terwijl Sara iets werd aangedaan. Hij zou elke kogel uit elk wapen vangen als hij hen daarmee kon tegenhouden.

'Rustig, jongen.' Clintons hand lag op de greep van zijn Glock.

'Ik ben een agent,' zei Will. 'Jullie zijn ook agenten. Dit hoeft niet fout af te lopen.'

'We hebben een dokter nodig!' riep Hank over de kloof heen die Will van Sara scheidde. 'Niet kwaad bedoeld, vriend. Verkeerde plek, juiste moment. Kom, dame. Instappen.'

Hank wilde Sara overeind trekken, maar ze wrong zich los. 'Nee,' zei ze zacht, maar ze had het evengoed kunnen uitschreeuwen. 'Ik ga niet met jullie mee.'

'Dat was geen ontplofte gasleiding daar op de campus, dame.' Hank keek op naar Will. 'We hebben net tientallen, zo niet honderden mensen opgeblazen. Denk je dat het me ook maar íéts kan schelen als ik straks jouw bloed aan mijn handen heb?'

Will zag de vertwijfeling op Sara's gezicht. Ze dacht aan de klinieken, de patiënten, de kinderen, het personeel dat het leven had gelaten.

Will niet. Hij dacht alleen aan Sara. Deze mannen waren kille moordenaars. Als ze haar meenamen, was ze binnen een paar uur dood. Als ze weigerde mee te gaan, schoten ze haar ter plekke kapot.

'Nee,' herhaalde Sara. Ze had hetzelfde rekensommetje gemaakt als Will. Tranen stroomden over haar gezicht. Ze klonk niet meer bang. Ze berustte in wat ging komen, dat was duidelijk. 'Ik ga niet met jullie mee. Ik help jullie niet. Schiet me maar dood.'

Wills ogen brandden, maar hij bleef naar haar kijken.

Hij knikte.

Hij wist dat ze het meende.

Hij wist ook waaróm ze het meende.

'Zal ik háár dan maar neerknallen?' Hank drukte het pistool tegen Michelle Spiveys hoofd.

De vrouw vertrok geen spier. Ze schreeuwde niet. Ze zei alleen: 'Doe het dan. Ga je gang, lamlul.' Zo te horen had de vrouw zich net als Sara bij haar lot neergelegd.

Clinton lachte.

'Jij vindt jezelf nog steeds een geweldige vent, hè?' Nu keerde Michelle zich naar Hank toe. Met gebalde vuisten hield ze haar broek omhoog. 'Wat zal je vader zeggen als hij hoort wie je echt bent?'

Hanks rust en zelfbeheersing begonnen barsten te vertonen. Michelles woorden hadden doel getroffen. Ze was al een maand bij deze mannen. Ze kende hun zwakheden.

'Ik heb je over je vader horen praten. Hij is je held. Je wilde dat hij trots op je zou zijn,' zei Michelle. 'Hij is ziek. Hij gaat dood.'

Hank klemde zijn kaken op elkaar.

'In zijn laatste moment zal hij nog weten wat voor monster hij op de wereld heeft gezet.'

Weer lachte Clinton. 'Shit, meid, als ik jou zo hoor, vraag ik me af hoe strak het kutje van je dochter is.'

Er is altijd dat ene moment vlak voor de zaak escaleert.

Een fractie van een seconde.

Een oogwenk.

Will had vaak genoeg voor hete vuren gestaan om te weten wanneer dat ene moment aanbrak. De lucht veranderde. Je voelde het wanneer je inademde, alsof je longen meer zuurstof kregen, alsof het deel van je hersens dat nooit was gebruikt opeens wakker schrok, alles verwerkte en je voorbereidde op wat zou komen.

Hanks vinger gleed van de trekkerbeugel naar de trekker.

Maar het wapen was niet op Michelle Spivey gericht toen hij overhaalde. Ook niet op Sara. Hank liet zijn arm een boog beschrijven naar de man die een grap had gemaakt over het verkrachten van een elfjarig meisje.

Toen…

Niets.

Alleen een metalig *klik-klik-klik*.

Dat was het grote probleem met zakkanonnen: pluis.

Het wapen blokkeerde.

'Jij vuile kloot–' schreeuwde Clinton.

Alles vertraagde.

Met een ruk haalde Clinton de Glock uit zijn holster.

Tot Wills opluchting werd de Smith & Wesson tussen zijn ribben vandaan getrokken toen Merle zijn hand uitstak om Clinton tegen te houden.

Will greep de revolver. Het ging bijna moeiteloos, want Merle had zijn aandacht bij een ander wapen.

De Smith & Wesson blokkeerde niet. De zesschots was een van de betrouwbaarste wapens op de markt. De trefzekerheid ervan hing van de schutter en het bereik af. Will was een uitstekend schutter. Van dichtbij kon zelfs een peuter een man doden.

Dat was precies wat Will deed.

Merle viel neer, en in de ruimte die ontstond, kon Will Vince onder schot nemen, die naar zijn enkelholster greep toen Will hem raakte. Gewond tuimelde de klootzak uit de auto.

Eén dode, één gewonde. Dwight, Hank en Clinton bleven over.

Vanuit zijn ooghoek zag Will een vage schaduw.

Clinton haalde hem met een tackle onderuit, en Will liet de revolver los. Met zijn achterhoofd klapte hij tegen de trottoirrand. Maar Clinton had het niet op Wills hoofd voorzien. Je doodde een man niet door zijn schedel te kraken. Je doodde hem door zijn organen open te breken.

Will spande zijn spieren tegen de vuisten die als mokers op zijn buik neerdaalden. De pijn benam hem de adem en dreigde hem te verlammen. Maar dit was niet zijn eerste pak slaag. Hij gebruikte zijn handen niet om de klappen af te weren, maar reikte in zijn zak. Zijn vingers sloten zich om de stiletto. Hij drukte op de knop, en het lemmet schoot tevoorschijn.

Will maaide blindelings om zich heen.

'Jezus!' Clinton week terug toen zijn voorhoofd openspleet. Bloed vulde zijn ogen. Hij hield zijn handen in gevechtshouding omhoog.

Fuck de regels. Een eerlijk gevecht bestond niet.

Will ramde het tien centimeter lange lemmet recht in de lies van de man.

Clinton zoog lucht op. Zijn lichaam verkrampte. Hij liet zich op het wegdek rollen. Hoestend. Spuwend. Happend naar lucht.

Will knipperde met zijn ogen, in een poging de sterretjes te laten verdwijnen. Bloed sijpelde door zijn keel.

Hij hoorde portieren dichtslaan. Het geluid galmde na als paukenslagen.

Riep Sara hem?

Hij rolde op zijn zij. Hij probeerde overeind te komen. Braaksel vulde zijn mond. Zijn ingewanden stonden in brand. Moeizaam hees hij zich op zijn knieën, maar hij viel meteen weer plat op de grond. Hij ademde tegen de pijn in die door zijn lijf schoot en probeerde opnieuw op zijn knieën te gaan zitten.

Op dat moment zag hij een paar werkschoenen voor zich. De stalen neuzen zaten onder het bloed. Hij zag de schoen naar achteren zwaaien, wachtte op de voorwaartse zwaai en sloeg zijn armen om het been.

Vallen en rollen.

Ze smakten allebei met een klap tegen de grond.

Maar het was Clinton niet.

Het was Hank.

Will slaagde erin hem neer te drukken. Hij liet zijn vuisten als molenwieken op het gezicht van de man neerdalen. Hij ging Hanks ogen in zijn achterhoofd rammen. Hij ging hem vermoorden omdat hij een pistool tegen Sara's hoofd had gezet. Hij ging ze een voor een van kant maken.

'Will!' hoorde hij iemand roepen.

Het was Sara's stem, maar ook weer niet.

'Stop!'

Hij keek op.

Het was Sara niet.

Het was haar moeder.

Cathy Linton klemde een dubbelloopsgeweer in haar handen. Hij voelde de hitte van de loop. Een van de trekkers was overgehaald. De andere was gespannen en geladen.

Cathy keek naar de weg.

De BMW scheurde de bocht om. Will liet zich weer op de grond vallen. Nog steeds duizelde het hem. Braaksel brandde in zijn keel. Hij probeerde het aantal hoofden in de auto te tellen.

Vier?

Vijf?

Hij keek achterom in de verwachting Sara's lichaam te zullen zien. 'Waar –'

'Ze is weg.' Cathy snikte. 'Ze hebben haar meegenomen, Will.'

DRIE

Zondag 4 augustus, 13.33 uur

Faith Mitchell keek op haar horloge terwijl ze deed alsof ze op het gigantische videoscherm voor in het lokaal de plattegrond van het Russell Federal Building bestudeerde. De droogkloot van de Marshals Service, de federale politiedienst, nam het gevangenentransportplan nog eens door, wat de vorige droogkloot van de Marshals Service een uur eerder al had gedaan.

Ze keek het lokaal rond. Faith was niet de enige die zich maar moeilijk kon concentreren. De dertig mensen van verschillende politieonderdelen die zich hier hadden verzameld hingen allemaal lusteloos achter hun tafels. Tijdens het weekend schakelde het stadsbestuur in al zijn wijsheid de airconditioning in overheidsgebouwen uit. In augustus. Met ramen die niet opengingen, om te voorkomen dat iemand eruit sprong en de onafwendbare doodsmak voor lief nam, puur en alleen om even te kunnen genieten van de wind in het gezicht.

Faith keek naar haar briefingboek. Een zweetdruppel gleed van het puntje van haar neus en liep uit over de tekst. Ze had het hele boek al gelezen. Twee keer. De federale droogkloot was de vijfde spreker in drie uur. Faith wilde opletten. Heel graag zelfs. Maar als iemand Martin Elias Novak nog één keer een 'gedetineerde met risicoprofiel extreem' noemde, ging ze gillen.

Haar blik gleed naar de klok aan de muur boven het videoscherm.

13.34 uur.

Ze had durven zweren dat de secondewijzer achteruit tikte.

'Dus de volgauto rijdt hier.' De marshal wees naar de rechthoek aan het einde van de stippellijn, die ter verduidelijking met 'volgauto' was aangeduid. 'Ik wil er nogmaals op wijzen dat Martin Novak risicoprofiel extreem heeft.'

Faith probeerde niet te snuiven. Zelfs Amanda wist haar kalmte niet goed meer te bewaren. Ze zat nog steeds kaarsrecht en schijnbaar alert op haar stoel, maar Faith wist zeker dat ze kon slapen met haar ogen open. Daarin verschilde ze niet van Faiths moeder. De vrouwen hadden samen carrière gemaakt bij het Atlanta Police Department. Beiden konden zich buitengewoon goed aanpassen, als dinosaurussen die zich het gebruik van werktuigen eigen hadden gemaakt en memes doorstuurden die al twee maanden geen memes meer waren.

Faith opende haar laptop. In haar browser stonden acht tabbladen open, stuk voor stuk met advies over hoe je je leven doelmatiger kon inrichten. Faith klikte ze allemaal dicht. Ze was een alleenstaande moeder met een tweejarige thuis en een twintigjarige op de universiteit. Doelmatigheid was onhaalbaar. Voldoende slaap was onhaalbaar. Een ongestoorde maaltijd. Op de wc zitten met de deur dicht. Voorlezen zonder dat je alle plaatjes aan alle knuffels in de kamer moest laten zien. Diep inademen. In een rechte lijn lopen.

Denken.

Bovenal wilde Faith haar verstand terug, het verstand van vóór haar zwangerschap, dat wist hoe je je als een volwaardige volwassene moest gedragen. Was het met Jeremy ook zo gegaan? Ze was nog maar vijftien geweest toen ze hem het leven had geschonken. Ze had zich niet echt beziggehouden met wat er met haar verstand gebeurde, maar had gerouwd om het verlies van Jeremy's vader, die door zijn ouders naar familie in het noorden was gestuurd om te voorkomen dat een baby zijn stralende toekomst verpestte.

Met haar dochter Emma was Faith zich wel bewust van de niet al te subtiele veranderingen in haar geestelijke vermogens. Dat ze kon multitasken, maar nauwelijks was opgewassen tegen één taak tegelijk. Dat de stress en hyperwaakzaamheid die bij het politievak hoorden tot in het oneindige werden verhevigd. Dat ze nooit echt sliep omdat haar oren altijd gespitst waren. Dat haar handen en lippen soms begonnen te trillen wanneer Emma huilde, en dat ze bij het zien van de tere haartjes van Emma's fijne wimpers in het licht van het nachtlampje zo overmand werd door liefde dat ze daarna in haar eentje op de gang stond te snikken.

Sara had uitgelegd hoe het zat met die stemmingswisselingen. Tijdens de zwangerschap, de borstvoeding en de eerste levensjaren van het kind werden de hersenen van een vrouw overspoeld met hormonen die de grijze cellen veranderden in de hersengebieden die bij sociale processen betrokken waren, waardoor het inlevingsvermogen van de moeder werd vergroot en de band met haar kind werd versterkt.

En dat was maar goed ook, want als een ander je behandelde zoals een peuter dat deed – eten in je gezicht smeet, alles wat je deed in twijfel trok, al het aluminiumfolie van de rol haalde, schreeuwde tegen het bestek, er keer op keer voor zorgde dat je een poepkont moest verschonen, in je bed piste, in je auto piste, op jou piste tijdens het verschonen van de zoveelste pisluier, eiste dat je alles minstens zestien keer herhaalde om vervolgens tegen je tekeer te gaan omdat je te veel praatte – dan zou je zo iemand waarschijnlijk vermoorden.

'We gaan het nu hebben over de tactische vierhoek die we hebben opgesteld op de wegen naar het westen,' zei de marshal.

Faith knipperde uiterst traag met haar ogen. Ze had behoefte aan iets naast haar werk en Emma. Haar moeder noemde het eufemistisch 'het evenwicht tussen werk en leven', maar in feite was dat een beleefde manier om te zeggen dat Faith weer eens toe was aan een lekkere beurt.

Waar Faith geen bezwaar tegen had.

Het probleem was het vinden van een man. Ze wilde geen date met een politieman, want je hoefde maar met één politieman te daten en het hele korps dacht dat ze je konden neuken. Tinder was geen optie. De mannen die er niet getrouwd uitzagen, leken van het soort dat je vastketende aan een bankje bij de rechtszaal. Ze had Match.com geprobeerd, maar niet één van de sukkels tot wie ze zich ook maar in de verste verte aangetrokken voelde kwam door een achtergrondonderzoek – wat meer zei over het soort man waartoe Faith zich aangetrokken voelde dan over onlinedatingsites.

Op deze manier was de wachtkamer van de tandarts de enige plek waar ze nog kans op een beurt maakte.

'Goed.' De marshal klapte één keer hard in zijn handen. Te hard.

‘Laten we de levensloop van Martin Elias Novak nog eens bekijken. Eenenzestig, weduwnaar met één dochter, Gwendolyn. Zijn vrouw stierf in het kraambed. Novak diende in het leger als explosievenexpert. Een groot expert was hij niet, want in ’96 blies hij twee vingers van zijn linkerhand. Na zijn ontslag uit militaire dienst had hij wat losse baantjes in de beveiliging. In 2002 zat hij in Irak bij een huurlingenleger. In 2004 bleek hij zich met wat andere veteranen bij een burgergrenspatrouille in Arizona te hebben aangesloten.’

Hij maakte een torentje van zijn vingers en boog langzaam zijn hoofd. ‘Hij werd het laatst gesignaleerd in Arizona. Dat was in 2004. Daarna verdween hij uit beeld. Creditcards bleven ongebruikt. Hij zegde zijn bankrekeningen op. Schreef zich uit bij de nutsbedrijven. Betaalde zijn huur niet meer. Zijn pensioen en arbeidsongeschiktheidsuitkering kwamen per kerende post terug. Tot 2016 was Novak een schim, maar toen verscheen hij opeens weer op onze radar, in een nieuwe functie: bankrover.’

Het viel Faith op dat hij een belangrijk puzzelstuk onvermeld had gelaten, net zoals alle sprekers op alle eerdere bijeenkomsten het meest in het oog springende detail hadden overgeslagen.

Novak was een anti-overheidsgek. Niet zomaar iemand die geen belasting wilde betalen en geen gezag duldde. Nee, dat wilde geen enkele rechtgeaarde Amerikaan. Door zijn tijd bij de zogenaamde burgergrenspatrouille was zijn verzet van een heel andere orde geworden. Een halfjaar lang had Novak in het gezelschap verkeerd van een groep mannen die de grondwet beter meenden te kennen dan wie dan ook. Erger nog, ze waren bereid de wapens op te nemen en tegen het gezag in opstand te komen.

Wat betekende dat dankzij al die bankovervallen er ergens iemand rondliep met een half miljoen om aan de strijd bij te dragen.

En niemand in deze ruimte die het ook maar iets kon schelen.

‘Goed.’ De marshal klapte weer in zijn handen. Vooraan schoot iemand van schrik overeind. ‘Dan geef ik nu het woord aan special agent Aiden Van Zandt van de FBI, die ons gaat vertellen waarom Novak het risicoprofiel extreem heeft.’

Faith sloeg haar ogen ten hemel.

'Dank u, marshal.' Agent Van Zandt was eerder een Humperdinck dan een Westley. Faith vertrouwde mannen met bril niet. Maar in elk geval klapte hij niet en hield hij ook geen lange inleiding. Van Zandt richtte zich op het scherm en zei: 'Laten we het filmpje eens bekijken. Novak is de eerste die de deur doorgaat. Je ziet dat hij aan zijn linkerhand twee vingers mist.'

Het filmpje begon. Faith boog zich naar voren. Eindelijk iets nieuws. Ze had inmiddels alle politierapporten gelezen, maar nog geen beeldmateriaal gezien.

Het scherm toonde het interieur van een bank, in kleur.

Vrijdag 24 maart 2017. 16.03 uur.

Achter de loketten zaten vier bedienden. Minstens tien klanten stonden in de rij. Het was die dag ongetwijfeld een komen en gaan geweest van mensen die vóór het weekend hun cheques wilden incasseren. De loketten hadden geen veiligheidsglas of tralies. Het was een filiaal van Wells Fargo in een buitenwijk, bij Macon, waar Novaks team voor het laatst zijn slag had geslagen.

Op het scherm ging alles razendsnel. Faith miste bijna het moment waarop Novak binnenkwam, hoewel hij gekleed was in volledig gevechtstenue: zwart, en met een bivakmuts over zijn gezicht. Hij droeg zijn AR-15 rechts. Over zijn linkerschouder hing een rugzak. Aan zijn linkerhand misten de pink en de ringvinger.

Rechts van Novak liep de beveiliger het beeld in. Pete Guthrie, gescheiden, vader van twee kinderen. Hij reikte naar zijn holster, maar de AR zwaaide omhoog en Pete Guthrie was dood.

Iemand in het lokaal gromde afkeurend, alsof dit een film was en ze niet zojuist getuige waren geweest van het einde van iemands leven.

De rest van Novaks team verspreidde zich over de bank en nam snel positie in. Zes mannen, allen gekleed in hetzelfde zwarte tenue. Allen zwaaiend met AR-15's, die in Georgia even algemeen waren als perziken. Het filmpje was zonder geluid, maar Faith zag de open monden van schreeuwende klanten. Een tweede persoon werd neergeschoten, een tweeënzeventigjarige oma van zes kleinkinderen genaamd Edatha

Quintrell, die volgens getuigenverklaringen niet snel genoeg op de grond was gaan liggen.

'Militairen,' zei iemand volkomen ten overvloede.

De mannen vormden namelijk onmiskenbaar een tactische eenheid. Ze waren nog geen tien seconden binnen of ze trokken al geldlades open, smeten de verborgen verfpakjes opzij en propten het geld in witte canvas tassen.

Van Zandt zei: 'We hebben al het beeldmateriaal van de voorafgaande vier maanden uitgekamd om iemand te vinden die de bank verkende, maar dat leverde niets op.' Hij wees naar Novak. 'Kijk eens naar de stopwatch in zijn hand. Het dichtstbijzijnde politiebureau is op twaalf minuten afstand. De dichtstbijzijnde patrouillewagen is nog acht minuten van de bank verwijderd. Hij weet tot op de seconde hoeveel tijd ze hebben. Alles is gepland.'

Waar ze niet op hadden gerekend was dat een van de klanten een politieman buiten diensttijd was. Rasheed Dougall, een negenentwintigjarige straatagent, was op weg naar de sportschool even bij de bank langsgegaan. Hij droeg een rood basketbalshort en een zwart T-shirt. Hij lag rechtsonder in de hoek. Faiths blik werd automatisch naar hem toe getrokken. Buik plat op de grond. Handen niet over zijn hoofd, maar langs zijn zij, vlak bij zijn sporttas. Ze wist wat er ging gebeuren. Rasheed trok een Springfield-compactpistool uit zijn tas en schoot de dichtstbijzijnde man in zijn buik.

Twee kogels in het midden, zoals ze het hadden geleerd.

Rasheed rolde zich om en raakte een tweede man in zijn hoofd. Hij richtte op de derde toen een kogel van Novak de onderste helft van zijn gezicht wegblies.

Novak leek niet onder de indruk van het plotselinge bloedbad. Onaangedaan keek hij op zijn stopwatch. Zijn lippen bewogen. Volgens getuigenverklaringen zei hij tegen zijn mannen:

Kom, jongens, opruimen.

Vier mannen stapten naar voren. Twee aan twee namen ze een gevallen maat over hun schouders en zeulden die naar de deur.

Novak griste de witte canvas tassen met geld mee. Toen was het tijd voor zijn handelsmerk: hij stak zijn hand in zijn rugzak en hield een pijpbom boven zijn hoofd, zodat iedereen hem kon zien. De bom was niet bedoeld om de kluis mee op te blazen. Hij zou hem detoneren zodra de auto op veilige afstand was. Maar voor hij vertrok, zou hij de deuren met een ketting afsluiten zodat niemand weg kon.

Voor een criminele gewelddaad was het een weldoordacht plan. Kleine stadjes hadden onvoldoende hulpverleners om meer dan één calamiteit tegelijk af te handelen. Een explosie in de bank met slachtoffers die uit kapotte ramen en deuren tuimelden was de grootste ramp die de plaatselijke bevolking ooit zou meemaken.

Op het scherm was te zien hoe Novak de bom tegen de muur smeet. Faith wist dat hij bleef zitten dankzij een hechtmiddel dat in elke bouwmarkt te koop was. Een gegalvaniseerde buis. Spijkers. Punaises. Elektriciteitsdraad. Allemaal onderdelen die niet traceerbaar waren of te algemeen om ze te kunnen herleiden.

Novak keerde zich naar de deur toe. Hij haalde de ketting en het slot uit zijn rugzak. Op dat moment smakte hij volkomen onverwacht met zijn gezicht tegen de grond.

Bloed verspreidde zich als bij een sneeuwengel vanuit zijn lichaam.

Sommige mannen in het lokaal begonnen te juichen.

Een vrouw rende het beeld in. Dona Roberts. Ze hield haar Colt 1911 op Novaks hoofd gericht en zette haar voet op zijn stuitje om ervoor te zorgen dat hij bleef liggen. Ze was een voormalig vrachtvlieger bij de marine, die toevallig in de bank was om voor haar dochter een rekening te openen.

En ze droeg zowaar een strapless jurkje en sandalen.

Het beeld werd op pauze gezet.

Van Zandt zei: 'Novak kreeg twee kogels in zijn rug. Hij verloor een nier en zijn milt, maar dankzij jullie belastinggeld is hij weer opgelapt. De telefoon waarmee de bom gedetoneerd moest worden zat in zijn rugzak. Volgens onze mensen had de eerste overvaller, die met een kogel in zijn borst, het kunnen overleven als er snel medische hulp was geweest. De man met het gat in zijn hoofd is uiteraard ter plekke overleden. Binnen een straal van dertig kilometer zijn geen gedumpte lijken gevonden. Ziekenhuizen hebben geen melding gemaakt van slachtoffers met schotwonden die overeenkwamen met het signalement. We hebben geen idee wie zijn handlangers waren. Novak is tijdens het verhoor niet doorgeslagen.'

Hij was niet doorgeslagen omdat hij geen gewone bankrover was. Doorgaans werd dat soort sukkels al gearresteerd voor ze hun geld konden tellen. In feite was de FBI opgericht om mensen ervan te weerhouden banken te beroven. Hun oplossingspercentage was ruim vijfenzeventig procent. Het was een domme daad met een hoge kans op mislukking en een minimale straf van vijfentwintig jaar cel, die je alleen al kreeg als je naar het loket liep en een briefje overhandigde met de tekst dat je de bank wilde beroven, met dank voor uw medewerking. Met een wapen zwaaien, dreigen, mensen neerschieten: dan bracht je de rest van je leven tussen de zware jongens door, vooropgesteld dat je geen naald in je arm kreeg.

'Goed.' Daar was de marshal weer. Hij klapte in zijn handen. Een echte handenklapper, die man. 'Laten we het eens hebben over wat er in dat filmpje gebeurde.'

Faith keek op haar Apple Watch om te zien of ze berichten had, stilletjes smekend om een noodsituatie in de familie die haar uit deze eindeloze nachtmerrie zou bevrijden.

Helaas.

Kreunend zag ze hoe laat het was.

13.37 uur.

Ze las haar berichtjes. Will besefte niet hoe blij hij mocht zijn dat deze stomme bijeenkomst aan hem voorbijging. Ze stuurde hem een clowntje met een waterpistool tegen zijn hoofd. Toen een mes. Toen een hamer. Ze wilde hem een avocado sturen omdat ze beiden de pest hadden aan avocado's, maar haar vinger gleed uit op het schermpje, waardoor ze hem per ongeluk een zoete aardappel stuurde.

'Laten we dit schema eens bekijken.' De marshal had een nieuw beeld aangeklikt, deze keer een stroomschema met alle afdelingen die bij het gevangenentransport waren betrokken. Het Atlanta Police Department. Het Fulton County Police Department. Het bureau van de sheriff van Fulton County. De US Marshals Service. De FBI. Het ATF. De eindeloze opsomming deed haar bijna verlangen naar de twee uur was vouwen die ze voor de boeg had, of zes als haar dierbare dochter met alle geweld wilde helpen.

Ze keek of Will had geantwoord. Dat was niet het geval. Waarschijnlijk sleutelde hij aan zijn auto, deed hij push-ups of wat hij verder allemaal uitspookte op de dagen dat hij zich aan afgrijselijk lange vergaderingen wist te onttrekken.

Of hij lag nog in bed met Sara.

Faith staarde uit het raam. Ze slaakte een diepe zucht.

Will was een gemiste kans. Dat zag ze nu in. Niet dat ze hem zo aantrekkelijk had gevonden toen ze elkaar pas kenden, maar Sara had een andere man van hem gemaakt. Ze had hem meegesleept naar een echte kapper in plaats van de rare gast in het mortuarium die je haar knipte in ruil voor een broodje. Ze had hem in een maatpak gepraat waardoor hij er niet langer uitzag als iemand die gekleed was in spullen uit het uitverkooprek van de Big & Tall, maar als een etalagepop in een Hugo Bossetalage. Zijn houding was rechter, zelfverzekerder. Minder stuntelig.

En dan had hij ook nog een lieve kant.

Hij zette een sterretje in zijn agenda bij de dagen waarop Sara haar haar liet doen, zodat hij niet vergat haar een complimentje te geven. Hij zocht steeds naar gelegenheden om haar naam te kunnen noemen. Hij luisterde naar haar, respecteerde haar, vond haar slimmer dan zichzelf, en dat klopte, want zij was arts, maar welke man kwam daarvoor uit? Hij trakteerde Faith de hele tijd op de oeroude wijsheden die Sara aan hem had doorgegeven.

Wist je dat mannen ook lotion tegen een droge huid kunnen gebruiken?

Wist je dat je ook de sla en tomaat bij een hamburger hoort op te eten?

Wist je dat er heel veel suiker in sinaasappelsap uit een pak zit?

Faith had diabetes. Natuurlijk wist ze alles over suiker. De vraag was hoe het kwam dat Will dat niet wist. En was het geen algemeen bekend feit dat als je de sla en tomaat at je de patat ook mocht bestellen? Ze wist dat Will half verwilderd was opgegroeid, maar Faith had haar huis met twee puberjongens gedeeld: eerst met haar oudere broer en toen met haar zoon. Pas na haar dertigste kon ze een pot vocht inbrengende lotion in de badkamer laten staan zonder dat die geplunderd werd.

Hoe was het in godsnaam mogelijk dat Will niets over lotion wist?

'Bedankt, marshal.' Inspecteur Maggie Grant nam nu het woord.

Faith ging rechtop zitten, als een brave leerling. Maggie was haar voorbeeld, een vrouw die zich in de voedselketen van het Atlanta Police Department had opgewerkt van verkeersbrigadier tot commandant speciale operaties zonder in een ballenbijtende bitch te veranderen.

'Ik loop in het kort de SWAT-Bijbel over transport even door vanuit het perspectief van het APD,' zei Maggie. 'We volgen allemaal het plan van aanpak bij een actieve schutter. Er wordt niet onderhandeld. Schieten en uitschakelen. Tactisch gezien vormen we de hele tijd een open carré rond de geva... Sorry, rond de gedetineerde met risicoprofiel extreem.'

Alleen Faith en Amanda lachten. Er waren welgeteld drie vrouwen in het lokaal. Voor de rest waren het mannen, die waarschijnlijk sinds de basisschool geen vrouw meer zo lang en ononderbroken aan het woord hadden gelaten.

'Ma'am?' Een hand schoot omhoog. Over ononderbroken gesproken. 'Wat betreft een eventuele alternatieve route voor de gedetineerde...'

Faith keek op de klok.

13.44 uur.

Ze opende Notities op haar laptop en probeerde de boodschappenlijst wat in te korten die ze die ochtend aan Siri had gedicteerd: *eieren, brood, sap, pindakaas, luiers, nee, Emma, nee, jezus, Emma niet doen, o god hou nou op, snoep*.

Het voelde alsof de technologie haar op slecht ouderschap had betrapt.

Was ze altijd al zo geweest? Tegen de tijd dat Jeremy in groep drie had gezeten, was Faith tweeëntwintig en reed ze in een patrouillewagen. Haar vaardigheden als ouder hadden het midden gehouden tussen *Charlotte's Web* en *Lord of the Flies*. Jeremy plaagde haar nog steeds met het briefje dat ze ooit in zijn lunchtrommel had gestopt: 'Het brood is oud. Dat komt ervan als je de zak niet dichtdoet.'

Ze had zich voorgenomen een betere moeder voor Emma te zullen zijn, maar wat hield dat eigenlijk in?

Geen Vesuvius aan ongevouwen was op de bank in de woonkamer? Zorgen dat er geen tapijtpluis in de stofzuiger bleef zitten waardoor het apparaat telkens als ze het aanzette naar verbrand rubber stonk? Niet pas om 3.12 uur die ochtend beseffen dat de speelgoedkist naar bedorven fruitmatjes rook omdat Emma al haar fruitmatjes onder in de kist had verstopt?

Wat waren peuters toch vreselijke huftertjes.

'Ik ben Amanda Wagner, plaatsvervangend hoofd van het GBI.'

Faith, die door hitte en verveling in een soort schemertoestand was geraakt, kwam met een schok weer bij. Ze zond bijna een dankgebedje naar Jezus, want Amanda was de laatste spreker.

Leunend op het spreekgestoelte voor in het lokaal wachtte ze tot ze ieders onverdeelde aandacht had. 'We hebben ons een halfjaar op deze overplaatsing kunnen voorbereiden. Als het veilige transport van de gedetineerde ook maar enigszins in gebreke blijft, ligt daar een menselijke fout aan ten grondslag. Jullie hier in de zaal zijn de mensen die een dergelijke fout zouden kunnen maken. Weg met die hand.'

De man vooraan deed zijn hand weer naar beneden.

Amanda keek op haar horloge. 'Het is vijf over twee. We hebben dit lokaal tot drie uur tot onze beschikking. Neem tien minuten pauze en kom dan terug om je aantekeningen nog eens te bestuderen. Al het papier blijft in dit lokaal. Geen bestanden op je laptop. Als jullie vragen hebben, dien je die schriftelijk in bij je directe leidinggevende.' Amanda glimlachte naar Faith, de enige aanwezige agent van wie zij de leidinggevende was. 'Bedankt, heren.'

De deur ging open. Faith zag de gang. Ze vroeg zich af wat er zou gebeuren als ze zogenaamd naar het toilet ging en dan stiekem via de achterdeur verdween.

'Faith.' Amanda stapte op haar af. Zette haar klem. 'Blijf nog even.'

Faith sloot haar laptop. 'Gaan we het er nog over hebben dat niemand het feit heeft genoemd dat onze gedetineerde "met risicoprofiel extreem" denkt dat hij de *Deep State* omver gaat werpen, net als Katniss in *The Hunger Games*?'

Amanda fronste haar voorhoofd. 'Ik dacht dat Katniss de heldin was.'

'Ik heb iets tegen vrouwen met gezag.'

Amanda schudde haar hoofd. 'Hoor eens, Wills ego moet gemasseerd worden.'

Even stond Faith met haar mond vol tanden. Het verzoek was om twee redenen verbazend. Allereerst ging Will steigeren als iemand zijn hand wilde vasthouden, en ten tweede deed Amanda niets liever dan ego's vermorzelen.

'Hij heeft de pest in omdat hij niet voor deze speciale eenheid is uitgekozen,' zei Amanda.

'Uitgekozen?' Dit hele gedoe had Faith al een stuk of vijf zondagen gekost. 'Ik dacht dat het straf was omdat...' Ze was niet zo dom om een opsomming te geven. 'Dat het was om mij te straffen.'

Amanda bleef haar hoofd schudden. 'Faith, de mannen in dit lokaal, die hebben het op een dag voor het zeggen. Je moet ze eraan laten wennen dat je ook deel uitmaakt van het gesprek. Snap je? Je moet netwerken.'

'Netwerken?' Faith probeerde het niet als een vloek te laten klinken. *Waarom zou ik me uitsloven als ik ook naar huis kan gaan?* was altijd haar motto geweest.

'Dit zijn de jaren waarin je het moet gaan maken,' zei Amanda. 'Heb je weleens bedacht dat je tegen de tijd dat Emma gaat studeren oud genoeg bent om voor gratis zorg in aanmerking te komen?'

Er ging een steek door Faiths hart.

'Je kunt niet eeuwig veldwerk blijven doen.'

'Maar Will wel?' Faith was perplex. Amanda was als een moeder voor Will. Tenminste, als een moeder die haar auto over hem heen zou rijden als het moest. 'Waar slaat dat op? Will is je lievelingetje. Waarom zet je hem niet in?'

In plaats van te antwoorden bladerde Amanda door het briefingboek, gevuld met pagina's aan tekst op enkele regelafstand.

Faith had geen uitleg nodig. 'Hij is dyslectisch. Hij is geen analfabeet. Hij is beter met getallen dan ik. Hij kan een briefingboek lezen. Hij doet er alleen wat langer over.'

'Hoe weet je dat hij dyslectisch is?'

'Omdat...' Faith had geen idee hoe ze dat wist. 'Omdat ik met hem samenwerk. Ik heb ogen in mijn kop. Ik ben rechercheur.'

'Maar hij heeft het nooit tegen je gezegd. Hij zal het nooit tegen iemand zeggen. Daarom kunnen we geen speciale regeling voor hem treffen. Daarom zal hij nooit hogerop komen in de voedselketen.'

'Jezus,' mompelde Faith. Met een paar woorden sneed Amanda zomaar Wills toekomst af.

'Mandy.' Maggie Grant kwam het lokaal binnen. Ze had voor ieder een flesje koud water bij zich. 'Waarom zitten jullie in godsnaam nog hier? Op de gang is het koeler.'

Met een driftig gebaar draaide Faith de dop van de fles, woedend vanwege de bullshit die ze over Will had gehoord. Het was niet Amanda's taak om te bepalen waartoe hij al dan niet in staat was.

'Hoe gaat het met je moeder?' vroeg Maggie.

'Goed, hoor.' Faith graaide haar spullen bij elkaar. Ze moest hier weg voor ze iets doms ging zeggen.

'En met Emma?'

'Supergemakkelijk kind. Ik heb niks te klagen.' Faith stond op. Haar bezwete shirt kwam als een citroenschil los van haar rug. 'Eigenlijk...'

'Veel liefs van mij voor allebei. En hoe is het met die jongen van jou?' vroeg Maggie aan Amanda.

Ze bedoelde Will. Hij werd door al Amanda's vriendinnen haar 'jongen' genoemd.

'Die redt het wel,' zei Amanda.

'Ongetwijfeld.' Tegen Faith zei Maggie: 'Je had je kans moeten grijpen voor Sara ten tonele verscheen.'

Amanda bulderde van het lachen. 'Ze is niet lief genoeg voor hem.'

'Wat bedoel je daar nou weer mee?' Faith hield haar handen voor haar gezicht om niet te worden onthoofd. 'Sorry. Vanochtend om drie uur sleepte ik een speelgoedkist de voortuin in. *The sky was awake so I was awake.*'

Het verbasteren van meer tekst uit *Frozen* werd haar bespaard door een mobiel die overging.

'Dat is de mijne,' zei Maggie. Ze liep naar het raam en nam op.

Vervolgens ging Amanda's telefoon.

Ook op de gang weergalmde het van de beltonen. Het klonk alsof elke telefoon in het gebouw overging.

Faith keek op haar horloge. Vóór de vergadering had ze de meldingen op stil gezet, maar nu zette ze ze weer aan. Om 14.08 uur had ze een alarmbericht ontvangen via het meldsysteem voor hulpverleners:

> EXPLOSIES OP EMORY UNIVERSITY. VEEL SLACHTOFFERS. DRIE WITTE MANNELIJKE VERDACHTEN GEVLUCHT IN ZILVERKLEURIGE CHEV MALIBU KENTEKEN XPR 932. MET GEGIJZELDE. WAARSCHIJNLIJK GEWAPEND EN GEVAARLIJK. WEES OP UW HOEDE.

Het duurde even voor de informatie tot Faith doordrong. Ze werd bevangen door een nerveuze misselijkheid, net als wanneer er een melding binnenkwam van een schietpartij op een school of van een terroristische aanslag. En toen bedacht ze dat Novaks team een voorliefde had voor explosies. Alleen hoorde een universiteit niet bij hun modus operandi en bevond Novaks safehouse zich ver buiten de stad.

'Stuur alle beschikbare agenten,' blafte Amanda in haar telefoon. 'Ik wil bijzonderheden. Beschrijvingen. Een raming van het aantal slachtoffers. Laat Speciale Interventies samen met de explosievendienst de campus veiligstellen. Laat het me onmiddellijk weten wanneer de gouverneur de National Guard oproept.'

'Amanda,' zei Maggie gespannen maar beheerst. Dit was haar stad, haar verantwoordelijkheid. 'Mijn heli pikt ons op van het dak.'

'Kom.' Amanda wenkte Faith mee.

Faith pakte haar tas. De nerveuze misselijkheid veranderde in een blok beton in haar maag toen ze begon te verwerken wat er was gebeurd. Een explosie op het universiteitsterrein. Een gegijzelde. Veel slachtoffers. Gewapend en gevaarlijk.

Tegen de tijd dat ze bij de trap aankwamen, renden ze alle drie. Maggie ging hun voor naar boven, maar de overige agenten die bij de vergadering aanwezig waren geweest stommelden met een noodvaart de trap af, want dat deden politiemensen nu eenmaal als er iets ergs was gebeurd: ze renden eropaf.

'Op mijn gezag!' riep Maggie in de telefoon terwijl ze over de volgende overloop sprintte. '9-7-2-2-4-alpha-delta. 10-13, iedereen die beschikbaar is. Ik wil alle heli's in de lucht. Zeg tegen de commandant dat ik er over vijf minuten ben.'

'Een van de aanslagplegers was gewond.' Eindelijk ontving Amanda informatie. Al lopend wierp ze een ontzette blik op Faith. 'De gegijzelde is Michelle Spivey.'

Binnensmonds vloekend greep Maggie de leuning en hees zich de volgende trap op. Ze hield haar telefoon bij haar oor voor informatie en zei toen: 'Ik heb twee gewonden, niets over Spivey.' Ze haalde zwoegend adem, maar stopte niet. 'Een van de daders is in zijn been geraakt. De tweede in zijn schouder. De bestuurder droeg een beveiligersuniform van Emory.'

Het klamme zweet brak Faith uit toen ze de woorden hoorde weergalmen in het trappenhuis.

'Een verpleegkundige heeft Spivey herkend.' Amanda was niet meer aan de telefoon. Ze schreeuwde de woorden om boven het geschamp van hun voeten op de betonnen treden uit te komen. 'Er is allerlei tegenstrijdige informatie, maar –'

Op een volgende overloop bleef Maggie staan. Met opgestoken hand verzocht ze om stilte. 'Oké, we hebben een getuige van de politie van Dekalb die zegt dat er twee bommen zijn afgegaan in de parkeergarage tegenover het ziekenhuis. De tweede explosie was bedoeld om de hulpverleners uit te schakelen. Binnen zitten minstens vijftien mensen vast. Ter plekke tien slachtoffers.'

Faith proefde gal. Ze keek naar de grond. Iemand had hier gerookt; er lagen peuken. Ze dacht aan haar gala-uniform in de kast, aan alle begrafenissen die ze de komende weken zou moeten bijwonen, het aantal keren dat ze met onbewogen gezicht in de houding zou moeten staan terwijl gezinnen kapotgingen.

'Er is meer.' Maggie liep de trap weer op. Het ging nu wat minder kwiek. 'In het souterrain zijn twee dode beveiligers aangetroffen. Twee agenten van Dekalb zijn gedood toen de aanslagplegers op de vlucht sloegen. Een derde ligt op de operatietafel. De hulpsheriff van Fulton County. Het ziet er niet best voor haar uit.'

Faith begon weer te lopen, trager ditmaal, want het nieuws was hard aangekomen. Haar gedachten gingen naar haar kinderen. Naar haar eigen moeder, die dit werk ook had gedaan. Ze wist hoe het was om op nieuws te wachten, om niet te weten of je moeder dood was of nog leefde of gewond was, en ondertussen zat jij voor de tv en zei zo overtuigend mogelijk tegen jezelf dat dit niet de dag was dat ze niet meer thuis zou komen.

Amanda bleef even staan. Ze legde haar hand op Faiths schouder. 'Ev weet dat je bij mij bent.'

Faith dwong haar benen om door te gaan, de trap op, want dat was het enige wat ze kon doen. Het was voor hen alle drie het enige wat ze konden doen.

Haar moeder paste op Emma. Jeremy was met zijn vrienden op een gametoernooi. Ze wisten allemaal dat Faith een vergadering in het centrum had, want daar had ze luidkeels over lopen klagen tegen iedereen die het maar wilde horen.

Twee beveiligers vermoord.

Twee agenten vermoord.

Een hulpsheriff die waarschijnlijk niet meer uit de operatie zou ontwaken.

Al die patiënten in het ziekenhuis. Zieke mensen, zieke kinderen, want Emory bestond uit meer ziekenhuizen; je had ook nog het Egleston Children's Hospital een blok verderop. Hoe vaak was Faith niet midden in de nacht met Emma naar de spoedeisende hulp gereden? De verpleegkundigen waren heel aardig. De artsen heel geduldig. Verspreid rond het gebouw bevonden zich parkeergarages. Door een explosie kon er een instorten, tegen het ziekenhuis aan.

En dan? Hoeveel gebouwen waren er wel niet vernietigd tijdens de naschokken op 9/11?

Ten slotte duwde Maggie de deur bovenaan de trap open. Zonlicht sneed door Faiths netvliezen, maar haar ogen hadden zich al gevuld met tranen van woede.

De tweede explosie was bedoeld om de hulpverleners uit te schakelen.

In de verte hoorde ze het geklap van rotorbladen. De zwarte UH-1 Huey was bijna ouder dan zijzelf. SWAT gebruikte de heli voor *fast-roping* en reddingsoperaties bij brand. Achterin zaten al mannen in volledig gevechtstenue. AR-15's. Nog meer hulptroepen. Ze zouden van de ene ruimte naar de andere moeten gaan, van gebouw naar gebouw, om te garanderen dat er geen bommen meer waren die elk moment konden exploderen.

Het geklapwiek werd sneller naarmate de helikopter dichterbij kwam.

Faiths gedachten volgden een stille cadans tussen de zwiepende rotorbladen...

Twee-bewakers-twee-gezinnen.

Twee-agenten-twee-gezinnen.

Eén-hulpsheriff-één-gezin.

'Mandy.' Maggie schreeuwde om boven het gebulder van de motoren uit te komen. Iets in haar stem deed de lucht verstrakken, trok met een ruk een knoop in een touw.

'Het is Will, Mandy. Je jongen is gewond.'

VIER

Zondag 4 augustus, 13.54 uur

Terwijl Sara de opengereten hoofdhuid van de bestuurder van de F-150 bekeek, maakte ze in gedachten een aantekening van het vermoedelijke tijdstip waarop de bestuurder van de Porsche was overleden

'Een ontplofte hoofdgasleiding. We zijn 'm als de bliksem gesmeerd!' De passagier van de pick-up wees naar de zilverkleurige Chevy Malibu. 'Ik zou me maar eens met die daar bemoeien. De man achterin ziet er niet zo best uit.'

Tot Sara's opluchting hoorde ze dat Will gelijke tred met haar hield toen ze naar de Chevy rende. Er klopte iets niet aan dit ongeluk. De klap waarmee de pick-up tegen de Porsche was geknald leek niet hard genoeg om de nek van de bestuurder te kunnen breken. Een raadsel waarover de stadspatholoog zich mocht buigen. Uiteindelijk. Het was onmogelijk te voorspellen hoelang het zou duren voor het gebied rond de gasexplosie was ontruimd. Puur geluk dat er niemand op de bouwplaats was geweest.

En toch...

Gebroken nek. Geen tekenen van overig trauma. Geen rijtwonden. Geen kneuzingen.

Vreemd.

'Mijn vriend heeft hulp nodig,' zei de bestuurder van de Malibu tegen Will.

'Zij is arts,' zei Merle.

'Sir?' Sara knielde neer om de bewusteloze man achter in de Malibu te onderzoeken. De passagier naast hem hield haar nauwlettend in de gaten. De luchtweg was open. De ademhaling was normaal. 'Gaat het, sir?'

Achter haar rug werden allerlei namen genoemd.

Dwight, Clinton, Vince, Merle.

'Dwight?' gokte Sara. Het was donker achter in de auto met zijn bijna zwart getinte raampjes. Ze trok de bewusteloze man het zonlicht in. Zijn pupillen vertoonden reactie. Zijn ruggenwervels waren niet verschoven. Zijn pols was krachtig en regelmatig. Zijn huid voelde plakkerig, maar het was augustus. Iedereen voelde plakkerig.

'Ik ben Hank,' zei de man naast hem. 'Ben jij arts?'

Sara knikte, maar meer kon ze niet voor de man doen. De gek had zichzelf knock-out geslagen omdat hij had nagelaten zijn gordel om te doen. De explosie van de gasleiding had ongetwijfeld tot ernstig letsel geleid: brandwonden, traumatisch hersenletsel, plettrauma, projectielen.

Hank opende het portier en stapte uit.

Sara keek op.

Ze keek nog eens goed.

De achterkant van Hanks broekspijp zat onder het bloed.

Hij draaide zich om en leunde met zijn armen op het dak van de auto. Zijn shirt gleed naar boven. Uit zijn broekriem stak een wapen. 'Clinton, dit is niemands schuld,' hoorde ze hem zeggen.

Sara keek naar haar handen. Het plakkerige kwam niet van zweet. Het kwam van bloed. Met haar handpalm streek ze over Dwights rug. Ze herkende het rafelige gat in zijn linkerschouder als hetzelfde soort wond dat ze achter op Hanks been had gezien.

Een schotwond.

De bestuurder van de Porsche met zijn gebroken nek. De korte remsporen op de weg. Het bloedspoor dat terugliep naar de pick-up. De namen... Zou Will doorhebben dat ze nep waren? Dwight Yoakam. Hank Williams. Merle Haggard. Vince Gill. Clint Black. Stuk voor stuk countryzangers.

Sara ademde diep in om haar paniek te bedwingen.

Speurend naar een wapen liet ze haar blik door de Malibu gaan.

Dwights holster was leeg. Er lag niets op de vloer. Ze tuurde tussen de voorste stoelen door en hapte bijna naar adem.

Een vrouw zat ingeklemd in de beenruimte. Tenger, met kort platinablond haar. Ze had haar armen strak om haar benen geslagen. Ze had zich de hele tijd nog niet verroerd, geen kik gegeven, maar nu hief ze haar hoofd en toonde haar gezicht.

Sara's hart kwam sidderend tot stilstand.

Michelle Spivey.

De ogen van de vermiste vrouw waren betraand en bloeddoorlopen. Haar wangen waren ingevallen. Haar bloedende lippen waren gebarsten. Wanhopig en geluidloos zei ze:

Help.

Sara's mond viel open. Haperend haalde ze adem. Een tweede woord zong door haar hoofd, het woord waaraan iedere vrouw meteen dacht als ze omringd werd door agressieve, beschadigde mannen…

Verkracht.

'Will.' Met trillende handen zocht Sara in haar zak naar haar sleutels. 'Haal mijn dokterstas eens uit het dashboardkastje.'

Alsjeblieft, smeekte ze in gedachten. *Pak je wapen en laat dit ophouden.*

Will greep de sleutels. Ze voelde zijn vingers langs haar hand strijken. Hij keek haar niet aan. Waarom keek hij haar niet aan?

'Help eens een handje, lange,' zei Clinton. 'Kom op.'

'Wacht.' Sara probeerde tijd te rekken. 'Hij kan zijn wervels beschadigd hebben of –'

'Sorry, ma'am.' Merle had een lange baard, maar zijn haar was gemillimeterd. Politie of leger, dat kon niet missen. Het gold voor hen allemaal. Ze stonden in dezelfde houding, bewogen zich hetzelfde, volgden op dezelfde manier orders op.

Niet dat het ertoe deed. Ze hadden toch al de overhand.

Will was kennelijk tot dezelfde conclusie gekomen. Hij keek nu naar Sara. Ze voelde zijn ogen gloeien, maar durfde zijn blik niet te beantwoorden, want dan zou ze het begeven.

'Ik haal je tas,' zei hij.

Hank was om de auto heen gestrompeld. Hij stond nu naast Sara, net niet te dichtbij, hoewel ze de dreiging die van hem uitging als een chemische stof op haar huid voelde branden.

Met de sleutels in zijn vuist geklemd liep Will naar de BMW. Hij was kwaad, en dat was goed. Anders dan bij de meeste mensen maakte woede hem scherper. Zijn spieren waren gespannen. Sara richtte al haar kracht, al haar hoop op zijn brede schouders.

'Vale.' Hank had het tegen Vince. Hij gebruikte niet langer hun codenamen. Het was gedaan met het toneelspel. Sara of Will had zichzelf verraden of Hank had bedacht dat de politiesirenes in de verte al heel snel Bella's straat zouden bereiken.

Hij hief zijn kin ten teken dat Vale de rest van het team naar de auto moest volgen.

'Eruit,' zei Hank zachtjes tegen Michelle. Hij had een wapen in zijn hand. Het was klein, maar nog altijd een wapen.

Met een van pijn vertrokken gezicht kroop Michelle over de middenconsole van de auto. Ze hield met één hand haar broek omhoog. De rits was open. Bloed droop over haar vuist, stroomde over haar benen.

Sara's hart versteende.

Michelles blote voeten sloegen tegen het asfalt. Duizelend greep ze naar de auto om haar evenwicht te bewaren. Tussen haar tenen had ze open zweren. Naaldsporen. Ze hadden haar gedrogeerd. Ze hadden haar met een mes bewerkt. Ze bloedde tussen haar benen.

Verkrachting.

'Niet schreeuwen,' beval Hank.

Voor Sara kon reageren, schoot een verblindende pijn van haar pols naar haar arm en tot in haar schouder. Ze werd op haar knieën gedwongen. Het wegdek beet in haar huid. Weer verdraaide Hank haar arm. Tegen de tijd dat Will bij de BMW was aangekomen, zat ze met haar vingers ineengestrengeld achter haar hoofd.

Will boog zich voorover de auto in.

Hij keek op.

Zijn kaak trok zo strak dat het bot zich onder zijn huid aftekende.

Sara zag zijn speurende blik. Hij keek naar Hank, die een wapen op haar hoofd richtte. Naar Michelle, die haar bebloede broek omhooghield. Naar de drie gewapende mannen, die hem omsingelden. Hij kon Sara onmogelijk redden, zelfs al zou hij zichzelf daarbij opofferen.

Toen dat eindelijk tot hem doordrong, verscheen er een uitdrukking op zijn gezicht die Sara nog nooit had gezien.

Angst.

'Je hebt...' Michelle klonk hees. Ze had het tegen Hank. 'Je h-hebt me door hem laten verkrachten.'

De woorden beukten tegen Sara's hart.

'Doe maar niet...' Michelle hapte naar adem. 'Doe maar niet alsof het niet zo is. Je hoort me toch? Je weet wat hij –'

'Oké!' riep Hank, haar overstemmend. Tegen Will zei hij: 'Langzaam met je kop uit de auto en je handen omhoog.'

Sara keek machteloos toe terwijl Will het bevel opvolgde. Zijn blik schoot alle kanten op. Zijn brein probeerde als een razende een uitweg te vinden.

Er was geen uitweg.

Ze zouden Will doden. Ze zouden Sara dwingen hen op te lappen en dan zouden ze haar verscheuren.

'Jij liet hem zijn gang gaan,' fluisterde Michelle. 'Toen hij me p-pijn deed. Jij liet hem –'

'We hebben een dokter nodig!' riep Hank tegen Will. 'Niet kwaad bedoeld, vriend. Verkeerde plek, juiste moment. Kom, dame, instappen.'

Dat had Sara verwacht, maar ze wist nu pas wat haar reactie zou zijn.

'Nee.'

Ze verroerde zich niet.

Haar knieën versmolten met het asfalt.

Ze had opeens de gevoeligheid van een berg.

Tijdens haar studie was ze verkracht. Barbaars, beestachtig, wreed verkracht. Ze was beroofd van het vermogen kinderen te krijgen. Haar autonomie en haar gevoel van veiligheid waren haar voor altijd ontnomen. Hoewel het inmiddels twintig jaar geleden was, ontdekte ze nog steeds af en toe nieuwe manieren waarop de ervaring haar had veranderd. Ze had gezworen dat ze dat nooit meer zou laten gebeuren.

Hank verstevigde zijn greep om haar arm.

'Nee.' Sara wrong zich los. De angst was verdwenen. Ze ging nog liever dood dan dat ze zich liet meenemen. Nog nooit in haar leven was ze ergens zo zeker van geweest. 'Ik ga niet met jullie mee.'

'Dat was geen ontplofte gasleiding daar op de campus, dame.' Hank keek Will aan. 'We hebben net tientallen, zo niet honderden mensen opgeblazen. Denk je dat het me ook maar íéts kan schelen als ik straks jouw bloed aan mijn handen heb?'

Zijn woorden kliefden haar bijna in tweeën. Al die zieke en gewonde mensen. Studenten en kinderen, en personeel dat hun leven had gewijd aan het helpen van anderen.

'Nee,' herhaalde Sara. Nu huilde ze openlijk. Uiteindelijk zouden ze haar toch doden. Het enige waarover ze macht had, was wat er tussen nu en dat moment gebeurde.

'Instappen.'

'Ik ga niet met jullie mee. Ik help jullie niet. Schiet me maar dood.' Vol berusting keek ze Will aan. Ze wilde hem duidelijk maken waarom ze weigerde mee te gaan.

Wills adamsappel bewoog. Er stonden tranen in zijn ogen.

Ten slotte knikte hij, heel langzaam.

'Zal ik háár dan maar neerknallen?' Hank richtte zijn wapen op Michelle.

'Doe het dan.' Michelle klonk krachtig. Van haar eerdere gestamel was niets meer over. 'Ga je gang, lamlul.' Ze klemde haar broekband vast. Bij haar bikinilijn zag Sara bloederig verband en gesprongen hechtingen.

Hadden ze haar geopereerd?

'Jij vindt jezelf nog steeds een geweldige vent, hè?' zei Michelle tegen Hank. 'Wat zal je vader zeggen als hij hoort wie je echt bent? Ik heb je over je vader horen praten. Hij is je held. Je wilde dat hij trots op je zou zijn. Hij is ziek. Hij gaat dood. In zijn laatste moment zal hij nog weten wat voor monster hij op de wereld heeft gezet.'

Clinton lachte. 'Shit, meid, als ik jou zo hoor, vraag ik me af hoe strak het kutje van je dochter is.'

Opeens bewoog er van alles boven Sara's hoofd. Hanks arm zwaaide rond en richtte het pistool op Clinton.

Klik-klik-klik.

Het wapen blokkeerde.

'Jij vuile kloot–' Clinton had zijn Glock al uit zijn holster.

Hank duwde Michelle tegen de grond toen het schot afging. Sara sloot haar ogen. Ze bleef roerloos op haar knieën zitten, haar vingers verstrengeld achter haar hoofd, en wachtte op de kogel.

Die kwam niet.

Ze hoorde nog twee schoten, snel achter elkaar.

Sara opende haar ogen. Merle lag dood op de grond. Vince/Vale was geraakt. Hij tuimelde door het open portier naar buiten. Uit de wond in zijn zij stroomde bloed.

Will had hen neergeschoten. Hij wilde zich omdraaien om Clinton te grazen te nemen toen de man hem met een tackle onderuithaalde.

Sara duwde zichzelf overeind en wilde het op een rennen zetten.

Weer werd ze op de grond gesmeten.

Hank had zijn arm om haar hals geslagen. Een nekklem. Er trok een waas voor haar ogen. Ze haalde naar hem uit. 'Laat me los!' schreeuwde ze bijtend, krabbend en schoppend.

Vanuit haar ooghoek zag ze een donkere streep. De kenmerkende lange loop van een Glock 22. Ook wel een *man-stopper* genoemd vanwege de .40 kogel die een man op slag uitschakelde.

Hank hield het wapen op de grond gericht. Zijn vinger rustte boven de trekkerbeugel, klaar om te schieten indien nodig.

Het was niet nodig.

Clinton ramde zijn vuist in Wills buik. Lever. Milt. Alvleesklier. Nieren. Hij gebruikte zijn handen als een heimachine om de organen kapot te slaan.

'Hou hem tegen!' smeekte Sara. 'Straks vermoordt hij...'

Will haalde uit naar Clintons gezicht. De stiletto. Het tien centimeter lange lemmet was vlijmscherp. Bloed sproeide door de lucht.

Clinton vloog naar achteren.

Will stak hem in zijn lies.

Sara stond op, wilde eropaf, maar Hank hield haar tegen. Zijn arm klemde om haar hals. Hij hield de Glock naar beneden gericht, maar zijn vinger lag strak naast de trekker. De spieren in zijn onderarm waren net kabels.

'Will...' Zijn naam bleef steken in haar keel.

Hij hoestte bloed op. Hij liet zich op zijn zij rollen, greep naar zijn buik en probeerde zoekend naar de revolver op te staan.

'Jij gaat met ons mee,' zei Hank tegen Sara, 'anders schiet ik een kogel door zijn borst.'

Een snik wrong zich los uit haar keel. Ze strekte haar hand naar Will uit, alsof ze hem zou kunnen helpen.

Wills benen spanden zich toen hij weer probeerde op te staan. Braaksel kolkte uit zijn mond. Bloed droop van zijn achterhoofd. Hij hees zich op zijn knieën, maar viel weer plat neer.

Sara slaakte een kreet, alsof ze zelf tegen de grond was gesmakt.

'Dokter?' Eindelijk hief Hank zijn wapen en richtte het op Will.

Ze liep naar de BMW. Ze kon amper op haar benen staan. Telkens schoten haar knieën op slot. Will lag nog steeds kronkelend op de grond. Ze keek de straat in. Haar moeder stond op het trottoir. Cathy had een geweer in haar handen, een oud dubbelloops dat al vijftig jaar stof hing te verzamelen boven Bella's haard.

Sara schudde haar hoofd, smeekte Cathy om zich erbuiten te houden.

Hank sleepte Michelle naar de BMW. Hij smeet haar naar Vale en liep zelf naar Will, met zijn Glock langs zijn zij.

'Je hebt het beloofd.' Sara was nog niet uitgesproken of ze besefte al hoe dom het was om een massamoordenaar te vertrouwen.

'Rijden.' Vale duwde Sara achter het stuur. Ze kon via het openstaande rechterportier naar buiten kijken. Will zat op handen en knieën. Braaksel en bloed dropen uit zijn mond. Zijn ogen zaten dicht. Zweet gutste over zijn gezicht.

'Fuck,' mompelde Clinton, en hij ging op de plek achter Sara zitten. 'Jezus, fuck. We moeten weg.'

Sara keek hulpeloos toe toen Hank zijn been naar achter zwaaide. Hij ging Will tegen zijn hoofd schoppen.

'Will!' gilde ze.

Will greep het been en trok Hank tegen het trottoir. Hij verzette zich niet. Will ging schrijlings op hem zitten en begon op zijn gezicht in te beuken: snel, systematisch en razend.

'Laat hem!' riep Clinton.

Vale tastte blindelings achter zich, op zoek naar de revolver die aan de zijkant uit zijn broek stak. Hij was in paniek door de schotwond in zijn zij. Zijn shirt was doordrenkt met bloed.

'Laat hem, zei ik, godverdomme!' Clinton richtte zijn Glock op Vales hoofd. 'Nu!'

'Jezus, Carter!' Vale hees zich op de passagiersstoel. 'We kunnen Hurley toch niet achterlaten?'

Clinton. Hank. Vince.

Carter. Hurley. Vale.

'Rijden!' De Glock sloeg tegen de zijkant van Sara's schedel. 'Nu!'

Ze schakelde en keerde de auto. In de zijspiegel zag ze Will. Merle lag dood naast hem. Hij zat nog steeds schrijlings op Hank of Hurley of hoe die vent ook mocht heten.

Dood hem ook maar, dacht ze. *Sla hem morsdood.*

Het geweer ging af. Cathy had op de banden gericht, maar ze raakte het achterpaneel.

'Fuck!' schreeuwde Vale. 'What the fuck, Carter!'

'Bek houden!' riep Carter terug. Bloed droop uit de jaap in zijn voorhoofd. Het heft van Wills mes stak uit zijn dij. 'Rechtsaf! Rechtsaf!'

Sara zwenkte naar rechts. Haar hart bonkte zo hevig dat het haar duizelde. Haar maag balde samen. Haar blaas hield het bijna niet meer. Ze was in de val van deze monsters gelopen. Haar enige troost was dat Will nog leefde.

'Fuck!' Vale wreef over zijn gezicht. De adrenaline raakte op. Zijn lichaam was de schok van de schotwond aan het verwerken. Hij haalde kort en panisch adem. 'Hij heeft me in mijn borst geraakt, man! Ik krijg geen… Ik krijg geen lucht!'

'Bek houden, mietje!'

Een patrouillewagen van het APD kwam recht op hen af rijden, met zwaailicht en sirene. Sara hoopte vurig dat hij zou stoppen. De BMW schudde toen de auto voorbijscheurde.

'Linksaf!' Carters stem was al even scherp als de sirene. 'Hier! Linksaf!'

Sara zwenkte Oakdale Road in. Zo lang mogelijk volgde ze met haar blik de patrouillewagen. De remlichten gloeiden rood op toen hij links afsloeg naar Lullwater Road.

Naar Will.

'Ik voel de lucht naar buiten stromen!' Vale klonk doodsbang. Hij liet bommen ontploffen in een ziekenhuis, maar nu jammerde hij om een gat in zijn zij. 'Help me! Wat moet ik nou?'

Sara zweeg. Ze dacht aan Will. Gekneusde ribben. Gebroken borstbeen. Als zijn milt was gescheurd, stroomde het bloed zijn buikholte in. Had ze zichzelf alleen maar opgeofferd om hem stervend op straat achter te laten? En nu wilde deze man, dit kermende kind, dat ze hem hielp?

'Je bent dokter!' riep Vale. 'Help me dan!'

Nog nooit in haar leven had Sara zo weinig empathie voor een medemens gevoeld. Met haar kiezen op elkaar zei ze: 'Sluit de wond af.'

Vale hees zijn shirt omhoog en bedekte met trillende hand de wond.

'Steek je vinger erin,' zei Sara, wat onzin was, want zijn borst vulde zich met bloed. Bij elke ademtocht perste hij meer lucht in de pleuraholte, en dat drukte op de long met het gat erin, waardoor die sneller zou klappen. Uiteindelijk zou de druk op de andere long, het hart en de bloedvaten te hoog worden, waarna die het eveneens zouden begeven.

Ze was alleen bang dat hij er te lang over zou doen om dood te gaan.

'Jezus!' Vale gilde het uit. De idioot had zijn vinger inderdaad in het gat gestopt. Hij hapte naar adem van de pijn. Zijn ogen stonden zo wijd open dat het wit helemaal zichtbaar was. Gelukkig had hij te veel pijn om te klagen.

Ze keek hoe laat het was.

14.04 uur.

Het gouden uur was al aan het wegtikken op Wills klok. Een inwendige bloeding kon operatief gestopt worden, maar hoe snel kregen ze hem op de operatietafel? Hij zou per helikopter naar een traumacentrum vervoerd moeten worden. Wie ging dat doen? Iedere agent in de wijde omtrek was nu op weg naar de explosie.

Twee ontplofte bommen op de campus. Daar moest ze nu niet aan denken. Daar wilde ze niet aan denken. Alleen Will was belangrijk.

'Inhalen!' riep Carter. 'Ga naar de andere baan!'

Sara scheurde tegen het verkeer in. Banden gierden. Twee auto's knalden tegen elkaar op. Weer schreeuwde Vale het uit. Sara gaf plankgas. Ze naderden nu Ponce de Leon Avenue.

'Door rood!'

Sara klikte haar gordel vast. Ze reed door het rode licht. Er werd getoeterd. De wielen kwamen van de grond terwijl ze met moeite het stuur rechthield.

Welke… *Waarom eigenlijk?*

Rij de auto tegen een boom. Tegen een telefoonpaal. Tegen een huis. Sara had een airbag in haar stuur. Ze had haar gordel om. Ze had geen gat in haar long, geen mes in haar been of een schotwond in haar schouder.

Michelle.

De vrouw zat midden op de achterbank. Bij een botsing zou ze door de voorruit vliegen. Ze zou haar nek kunnen breken. Een bloedvat kunnen openhalen aan kapot metaal of gebroken glas. De auto zou over haar heen kunnen rijden voor ze de kans kreeg weg te krabbelen.

Doe het dan, had Michelle Hank uitgedaagd toen ze in de zwarte loop van zijn pistool had gekeken. *Ga je gang, lamlul.*

Verderop maakte de weg een scherpe bocht.

Sara besloot rechtdoor te rijden. Ze besloot de auto tegen het bakstenen huis net voorbij de stoplichten te rammen.

Met Will zat het goed. Hij begreep waarom Sara had gezegd dat ze haar dood mochten schieten. Hij wist dat niets van dit alles zijn schuld was.

Haar schouders ontspanden. Haar hoofd voelde helder. De rust in haar lijf was het teken dat het juist was wat ze deed.

De bocht naderde. Dertig meter. Twintig. Sara gaf vol gas. Ze klemde het stuur vast. Weer zocht ze Michelle in de spiegel.

De vrouw had haar ogen wijd opengesperd. Ze huilde. Ze was doodsbang.

Op het laatste moment rukte Sara het stuur naar rechts, vervolgens naar links, en nam de bocht op twee wielen. De auto stuiterde weer tegen de grond. Ze reed twee keer door rood. Ze nam gas terug. Weer probeerde ze Michelles blik te vangen, maar de vrouw had haar benen opgetrokken en haar hoofd tussen haar knieën begraven.

'F-Fuck.' Vales neus floot toen hij lucht in zijn klappende longen probeerde te zuigen. Hij had gezien wat Sara van plan was geweest, maar had niets kunnen doen om haar tegen te houden.

'Rij eens rustig,' mompelde Carter, zich van niets bewust. 'Godverdomme, mijn kloten staan in brand.' Hij stompte tegen de rugleuning van Sara's stoel. 'Jij bent hier de dokter. Zeg eens wat ik moet doen.'

Sara kreeg er geen woord uit. Haar keel zat vol watten. Wat had ze zich nu voorgenomen? Waarom zou ze zich druk maken om Michelle? Ze moest aan zichzelf denken, hoe ze zich hieruit moest redden, of ze zou vluchten of haar eigen dood regisseren.

'Kom op!' Carter porde weer tegen haar rugleuning. 'Zeg eens wat ik moet doen.'

Sara reikte naar de achteruitkijkspiegel. Haar handen trilden zo hevig dat ze met moeite de goede hoek vond om Carters wond te bekijken. Het heft van het mes stak uit de binnenkant van zijn rechterbovenbeen. Will had het lemmet er in een opwaartse hoek in gestoten. Het werd door de spier op zijn plaats gehouden.

Dijbeenslagader. Dijbeenader. Lieszenuw.

Sara probeerde te kuchen. Haar tong vulde haar hele mond. Ze proefde gal. 'Het mes drukt tegen een zenuw. Trek het eruit.'

Carter wist wel beter. Voor hetzelfde geld sloot het lemmet een scheurtje in de slagader af. 'En als ik je gezicht ermee opensnij? Rechtsaf, dan bij het stoplicht links.'

Sara scheurde naar rechts, naar het stoplicht. Het licht was groen toen ze links afsloeg, Moreland Avenue in. Little Five Points. Er waren maar een paar auto's op de weg. De parkeerplekken voor de winkels en restaurants waren matig bezet. Waarschijnlijk had iedereen opdracht gekregen om ter plekke dekking te zoeken. Of de mensen zaten thuis naar het nieuws te kijken. Of de politie had de omgeving van het ziekenhuis hermetisch afgesloten, vlak nadat zij er met de BMW tussenuit was geglipt.

'Zet dat kutgeluid uit,' zei Carter.

Het klingeltje van de veiligheidsgordel. Het klonk wanneer een gordel niet was bevestigd, en het was Sara nog niet opgevallen, maar nu was het het enige wat ze hoorde.

Vale ondernam niets om het te laten ophouden. Hij sloot zijn ogen. Zijn lippen stonden strak. Zijn vinger zat nog steeds in het gat. Elke hobbel, elke keer dat ze schakelde moest een marteling voor hem zijn.

Sara speurde de weg af op zoek naar gaten in het wegdek.

'Zet uit!' riep Carter. 'Help hem dan, godverdomme!'

Michelle stak haar hand door de spleet tussen de stoelen. Ze bewoog zich pijnlijk traag. Het bloed op haar handen was tot een wijnrood vliesje opgedroogd. Ze probeerde de gordel over Vales schoot te trekken. Haar hand bleef een paar centimeter boven de gordelgesp hangen.

Zijn revolver stak in de tailleband van zijn broek.

Sara verstijfde. Ze hoopte vurig dat Michelle het wapen eruit zou trekken, zou gaan schieten.

Er klonk een klik. Het getingel stopte. Michelle liet zich weer achteroverzakken.

Sara's blik gleed naar Vales schoot.

Haar hart brak in duizend stukken.

Michelle had de revolver strak tegen zijn maag gesnoerd.

Waarom?

'Hé?' Carter klonk nerveus, onzeker. 'Zal ik mijn telefoon gebruiken?'

Vale antwoordde niet. Zijn tanden klapperden.

'Hé!' Carter schopte tegen de rugleuning van Vales stoel.

'Nee!' schreeuwde Vale. Hij sloeg zijn hand om de greep boven het portier. De lucht siste tussen zijn tanden door. 'Orders,' zei hij. 'We kunnen niet...' Een pijnscheut sneed zijn woorden af.

'Fuck.' Carter veegde het bloed uit zijn ogen. 'Rechtdoor,' zei hij tegen Sara. 'Tot aan de snelweg.'

Hij leidde hen naar de 285. Ze reden om de stad heen. De richting leek niet willekeurig gekozen. Als dit echt politiemensen of militairen waren, hadden ze een plan B: een tweede vluchtauto, een ontmoetingspunt, een safehouse om in onder te duiken tot de storm was geluwd.

Sara probeerde haar gedachten uitsluitend te richten op hoe ze de auto stil kon zetten voor ze de snelweg bereikten. De patrouillewagen van het APD die ze links af had zien slaan naar Lullwater Road was haar enige hoop. Als Will er niet toe in staat was, zou Cathy alle bijzonderheden aan de agent doorgeven. Die zou het commandocentrum bellen. Het commandocentrum zou onmiddellijk een alarm doen uitgaan naar elke telefoon en computer in Georgia en omliggende staten.

Drie mogelijke binnenlandse terroristen. Zwaarbewapend. Twee gegijzelden.

De BMW was van alle snufjes voorzien. Satellietradio. Gps-navigatie. Er zat een SOS-knop boven de achteruitkijkspiegel. Sara had hem nog nooit ingedrukt. Ze wist dat de knop via telemetrie deel uitmaakte van het pechhulpsysteem, maar zond hij een geluidloos signaal uit of kwam er een stem uit de speakers die vroeg waarmee je geholpen wilde worden?

'Dash?' Carter probeerde de man op de achterbank wakker te maken.

Niet Dwight.

Dash.

'Kom op.' Hij reikte langs Michelle en klopte de man op zijn wang. 'Kom op. Wakker worden.'

Dash' lippen bewogen. Hij mompelde iets. Weer verstelde Sara de spiegel. Ze zag zijn ogen heen en weer schieten onder zijn oogleden.

Ze tuurde weer voor zich uit, maar niet op zoek naar gaten in het wegdek. Hoe verder ze van Emory verwijderd raakten, hoe meer verkeer er op de weg was. Kon ze de koplampen laten knipperen? Zou ze de auto woest laten slingeren? Zou ze met dat soort acties mensen die te hulp schoten in gevaar brengen?

'Waarom wordt hij niet wakker?' Carter draaide Dash' hoofd van links naar rechts. 'Vale, pak die dokterstas eens uit het dashboardkastje.'

Vale verroerde zich niet, maar Sara wist dat de sleutel nog in het slot stak.

Het pistool.

'Dash!' riep Carter, en hij sloeg hem in zijn gezicht. 'Godverdomme!'

'Hij moet naar een ziekenhuis.' Met moeite maakte Sara haar blik los van de sleutel. 'In die tas zitten alleen maar pleisters en ontsmettingsmiddel.'

'Fuck!' Carter sloeg met zijn vuist tegen de leuning van haar stoel. 'Dash, kom op nou, man!'

Weer kuchte Sara. Ze drukte haar hand tegen haar borst. Haar hart leek net een tikkende stopwatch.

Denk-denk-denk-denk.

'Hij is al bijna een kwartier bewusteloos,' zei ze tegen Carter. 'Waarschijnlijk is hij in coma.' Opnieuw een leugen, want het was duidelijk dat zijn brein weer probeerde op te starten. 'Laten we hem maar bij een brandweerpost afzetten, zodat hij daar geholpen kan worden.'

'Shit. We hebben het hier wel over Dash. Die wordt nergens afgezet.' Carter reikte weer langs Michelle.

'Nee!' gilde de vrouw. Ze schoot bij hem weg, klom over de rugleuning en dook in de kofferbak. Haar schouders drukten tegen het raam. Ze had haar armen gespreid. Panisch keek ze Sara aan.

Sara keek terug via de spiegel. Haar blik schoot naar een plek rechts van Michelle.

Haar dokterstas stond in de kofferbak.

Scalpels. Naalden. Kalmerende middelen.

Michelle verbrak het oogcontact. Ze kromp weer ineen. Benen opgetrokken tegen haar borst. Hoofd op haar knieën.

'Wat is er met hem?' Carter knipte met zijn vingers voor Dash' gezicht.

Zijn oogleden kierden open, maar hij reageerde niet.

'Dash? Kom op, man! Word eens wakker.'

Sara keek op de klok.

14.08 uur.

Cathy zou vast voor Will zorgen. Hem naar het ziekenhuis brengen. Vragen stellen aan de artsen. Ze zou bij hem zijn wanneer hij bijkwam na de operatie. Ze zou even hard voor hem vechten als ze voor Jeffrey had gedaan.

Toch?

'Dokter?'

Sara keek in de spiegel. Michelle zei iets tegen haar.

'Help hem,' zei Michelle. 'Dash is niet... Hij is slecht, maar niet zoals –'

'Hou je gore bek,' waarschuwde Carter. Als hij geen mes in zijn been had gehad, zou hij over de stoel zijn gesprongen.

Kijk eens naar rechts, smeekte Sara de vrouw woordloos. *Maak de zwarte tas open.*

Michelle keek weer naar Sara's spiegelbeeld. Ze schudde kort haar hoofd. Ze was zich bewust van de tas, maar ze ging niets ondernemen.

De moed zonk Sara in de schoenen. Ze was helemaal alleen.

'Hé!' Weer gaf Carter Dash een klap, zo hard dat het geluid de hele auto vulde. 'Zeg eens wat ik moet doen, bitch!'

Haar verdriet verbijtend zei Sara: 'Hij heeft een prikkel nodig.'

Nogmaals sloeg Carter hem. 'Alsof ik hem niet genoeg prikkels geef.'

'Steek je vinger in het kogelgat in zijn schouder.'

'Ja, alsof dat helpt.'

Met een koele blik keek Sara naar Vale. Het gefluit werd steeds sporadischer. Over zijn lippen lag een blauw zweem. Bij elke ademhaling spreidde hij zijn neusvleugels, terwijl hij wanhopig probeerde lucht in zijn leeglopende longen te zuigen.

'Hé,' zei Carter. 'Volgens mij wordt-ie wakker.'

Dash knipperde nu met zijn ogen. Van diep uit zijn keel steeg een rommelend geluid op. Als een marionet hief hij zijn handen, de rechter hoger dan de linker en met de vingers gespreid.

'Wat doet-ie?' Carter klonk geschrokken.

Sara zweeg. Ze zocht weer oogcontact met Michelle, maar de vrouw was opnieuw ineengedoken.

'Wat is er mis met hem?' wilde Carter weten.

Nu had Dash zijn ogen geopend. Het gerommel in zijn keel ging over in gemompel. Hij knipperde één keer. Twee keer. Langzaam nam hij de mensen om hem heen in zich op. Michelle. Carter. Vale. Toen zag hij Sara en keek verward.

'Wiefdat?' brabbelde hij. 'Zij. Wie if...'

'We h-hebben een dokter opgepikt,' stamelde Carter. Hij was duidelijk bang, wat betekende dat Dash belangrijk was. 'We zijn Hurley en Monroe kwijt.'

'Wat...' Dash deed een nieuwe poging. 'Wa...'

'We hebben een dokter meegenomen.' Carter antwoordde niet op de impliciete vraag. 'Ik heb godverdomme een mes in m'n kruis. Vale klinkt niet zo best.'

Weer knipperde Dash met zijn ogen. Hij was nog steeds gedesoriënteerd, maar kwam geleidelijk aan bij.

'Zijn pupillen zijn verwijd,' loog Sara. 'Waarschijnlijk stroomt er bloed in zijn schedel. Een aneurysma of –'

'Fuck.' Carter wreef het zweet van zijn gezicht. Hij tuurde naar de zijkant van de weg.

Dash schraapte zijn keel. 'Wat is er gebeurd?' Hij keek naar Sara. 'Wie is dat?'

'Dat heb ik je net verteld...' Carter gaf het op. 'Wat is er met hem?' vroeg hij aan Sara.

'Posttraumatische amnesie.' Ze probeerde hem angst aan te jagen zodat hij Dash aan de kant van de weg zou dumpen. 'Een teken van zwaar hersenletsel. We moeten hem bij een ziekenhuis achterlaten.'

'Fuck-fuck-fuck.'

Dash bracht zijn hand naar zijn gezicht. Hij raakte zijn wang aan. Hij kneep zijn ogen dicht. Hij was ongetwijfeld misselijk en gedesoriënteerd. Maar hij kwam weer bij zijn positieven. Dat zag ze aan zijn beheerste gebaren. Aan zijn ogen, die zich weer konden focussen.

'Verdomme.' Carter keek door de voorruit. 'Waag het niet die vent te waarschuwen.'

Een patrouillewagen reed hun tegemoet. Sara hield haar adem in, wachtend op het moment dat de agent de BMW herkende van een alarm dat naar alle diensten was uitgegaan.

Dash reikte moeizaam tussen de stoelen door en legde zijn hand op haar arm. 'Rustig blijven, *miss*.'

Zijn stem was zacht, maar zijn gezag was onmiskenbaar. Vale was de janker. Carter was de driftkop. Dash was de man die ze allemaal gehoorzaamden.

Sara zag de patrouillewagen verdwijnen in de zijspiegel. Geen remlichten. Hij minderde geen vaart. Voor en achter op zijn auto zaten kentekenscanners. Het systeem had haar kenteken moeten pingen.

Wat betekende dat de BMW niet in het systeem zat.

'Carter.' Krimpend van de pijn liet Dash zich achteroverzakken. Nu hij wakker was, leek hij ouder. 'Zit die kogel nog in mijn schouder?'

'Ja,' antwoordde Carter. 'Maar het bloedt niet meer zo erg.'

'Tja, dat kan goed of slecht zijn.' Hij sprak elk woord met zorg uit. Honderd procent was hij nog niet, maar hij probeerde wel de indruk te wekken. 'Dat is toch zo, dokter?'

Sara zweeg. De schouder bestond vooral uit bot en kraakbeen. De kogel was gloeiend heet geweest toen hij naar binnen ging en had het weefsel dichtgeschroeid.

Slecht voor haar. Goed voor Dash.

Kreunend legde hij zijn been over zijn knie. 'Carter, pak mijn veter en bind dat mes tegen je been. Dan kan het verder geen schade meer aanrichten. Sleutelkoord met slangenknoop.'

Carter haalde de veter uit de schoen.

'Dokter,' zei Dash, 'we hebben medische hulp nodig. Wij allemaal.'

'Ik ben kinderarts,' zei Sara, wat niet eens gelogen was. Ze was ook een gekwalificeerd patholoog en rechercheur. 'Ik ben geen chirurg. Dit zijn serieuze medische kwesties.'

'In-daad.' Dash kreeg weer moeite met zijn woorden. Zijn ogen traanden. Het zonlicht was een te grote prikkel. Hij had duidelijk een hersenschudding. Sara had geen idee hoe ernstig het was. Hersenen reageerden onvoorspelbaar op trauma.

Nu schraapte hij zijn keel. Hij wreef met zijn vingers in zijn ogen. 'Carter, heb je wel door dat we in een gestolen wagen met gps zitten?'

Carter had zijn aandacht bij de veter. 'Veel opties hadden we niet. We moesten daar weg. Toch, Vale?'

Vale mompelde iets onverstaanbaars. Zijn wijsvinger stak nog steeds diep in het gat in zijn zij. Met zijn andere hand klemde hij de portiergreep vast. Sara keek naar de revolver die onder de gordel zat vastgesnoerd. Carter was het mes aan het vastbinden. Dash' reflexen lieten te wensen over. Ze zou...

'Miss.' Dash legde zijn hand op Sara's schouder. 'Rij achter dat busje aan.'

Een wit busje reed het terrein op van een stripclub bij Moreland Avenue. Op het uithangbord stond een schaars geklede vrouw afgebeeld met daarnaast de naam Club Shady Lady. Bedrijfspick-ups bezetten de parkeerplaatsen. Het witte busje remde en sloeg toen rechts af, naar de achterkant van het gebouw. Op de zijkant stond het logo van Lay's.

'Ah, da's nog eens geluk,' zei Dash. 'Blijf volgen.'

Sara reed het smalle steegje in. Weer sloeg ze af. Ze had het gebouw aan haar rechterkant en een dicht bosje aan haar linkerkant. Naar het dashboardkastje reiken, de sleutel omdraaien en Wills pistool pakken kon ze vergeten. Dan werd ze neergeschoten. Wel kon ze het portier opendoen en zich naar buiten laten rollen. Carter kon niet achter haar aan jagen met dat mes in zijn been. Vale was te bang om zich te verroeren. Dash was evenmin in staat haar te achtervolgen.

Zou Michelle helpen? Of wachtte die tot het van kwaad tot erger ging?

Het witte busje stond naast de dienstingang geparkeerd. De bezorger stapte uit. Na een vluchtige blik op hun auto opende hij de portieren van het busje en begon dozen uit te laden.

'Stoppen,' beval Dash.

Sara zette de auto in de parkeerstand. De muziek uit de stripclub was zo luid dat ze het in haar borst voelde dreunen.

Weer keek ze naar het dashboardkastje.

'Vale,' zei Dash. 'Kijk eens wat er in dat dashboardkastje zit waar onze vriendin zo geïnteresseerd in is.'

Sara keek naar buiten, naar de bomen. Ze hoorde het slot openklikken. Vale hapte naar adem toen hij Wills dienstpistool zag.

Dash nam het van hem aan. 'Bedankt.'

Sara sloot haar ogen. Ze dacht aan de veiligheidssnufjes van de BMW. De portieren gingen automatisch op slot wanneer de snelheidsmeter de vijfentwintig kilometer passeerde. Je moest twee keer aan de handgreep trekken om het portier te openen. Zou ze snel genoeg zijn om te kunnen ontsnappen?

Dash leek zich iets te realiseren. 'Waar zijn Hurley en Monroe?'

'Dood,' antwoordde Carter. 'We moesten ze achterlaten. Opeens dook er een vent op, uit het niets. Alsof je tegen een zak stenen sloeg.'

Sara keek naar hem via de spiegel. Zijn hoofd was gebogen. Hij was nog steeds met de knoop bezig.

'Hoe gaat het met onze vriend voorin?' vroeg Dash aan Sara.

'Ik beschik niet over de juiste diagnostische apparatuur,' zei ze, alsof ze die nodig had. 'Als ik moet raden, zou ik zeggen een klaplong.'

'Sorry dat ik het vraag,' vervolgde Dash, 'maar kun je er niet iets hols in steken zodat hij weer lucht in zijn longen krijgt?'

Sara wist niet of hij haar op de proef stelde. Met plasticfolie zou de wond afgesloten kunnen worden, en in haar dokterstas had ze een infuusnaald waarmee ze de spanning kon wegnemen. Ze besloot een wedervraag te stellen. 'Zou je een holle buis in een lekke band steken om hem weer op te blazen?'

Vale nam een hapje lucht. Hij probeerde het gesprek te volgen. Zijn vinger stak nog steeds totaal overbodig in het gat in zijn zij. Van Sara mocht hij hem er nog verder in steken. Als hij niet doodging van de shock, maakte de infectie het karwei wel af.

'We hebben nog niet eens fatsoenlijk kennisgemaakt,' zei Dash. 'Hoe heet je eigenlijk?'

'Sara.' Ze keek naar de chauffeur van het witte busje. Hij was nog bezig, stapelde dozen op een karretje en controleerde de bestelling op zijn tablet.

'Achternaam?'

Sara aarzelde. Hij vroeg het niet uit beleefdheid. Hij kon haar online opzoeken. Op de website van het GBI stond ze geregistreerd als special agent verbonden aan het bureau van de patholoog-anatoom. Er was een groot verschil tussen het ontvoeren van een kinderarts en het ontvoeren van een overheidsagent.

'Earnshaw,' zei ze, want dat was haar moeders meisjesnaam.

Dash knikte. Hij had door dat ze loog. 'Heb je kinderen?'

'Twee.'

'Goed, dokter Sara Earnshaw. Ik weet dat je hier tegen je zin bent, maar als we nog even van je chauffeursdiensten gebruik mogen maken, brengen we je daarna terug naar je man en kinderen.'

Sara beet op haar lip. Ze knikte. Ook hij loog.

Dash opende het portier. De dreunende bas van de muziek in de bar trilde door in Sara's trommelvliezen.

Hij hield zijn hand omhoog tegen het zonlicht. 'Michelle!' riep hij over zijn schouder. 'Meekomen.'

Als een robot klauterde Michelle over de achterbank, wegduikend voor Carter. Ze meed Sara's vragende blik. Haar broek hing nog open toen ze uit de auto sprong. Het grind moest in haar blote voeten snijden, maar ze gaf geen krimp.

Wat hadden ze gedaan om haar zo onherstelbaar te breken?

'Kom.' Dash gebaarde dat Michelle naar het busje moest lopen. Hij had zijn hand in de opening tussen de knopen van zijn shirt gestoken, zodat die als een soort mitella dienstdeed. De kogel had zijn opperarmbeen gemist. Het beschadigde spierweefsel deed ongetwijfeld pijn wanneer hij bewoog, maar hij kon zich nog bewegen.

'Wat gaat-ie doen?' mompelde Carter.

Sara wist wat hij ging doen, hoewel ze stilletjes bad dat het niet zou gebeuren.

De bezorger kwam het gebouw uit lopen. Zijn karretje was leeg. Met zijn rug naar hen toe deed hij de deur van de dienstingang dicht. Dash reikte naar zijn holster en haalde Wills pistool tevoorschijn. De bezorger draaide zich om, en dat was de laatste beweging die zijn lichaam uit vrije wil maakte.

Dash schoot hem twee keer in zijn gezicht.

Sara keek naar de dichte deur aan de achterkant van het gebouw. Niemand kwam naar buiten. Niemand had de schoten boven de muziek uit gehoord. En al zou iemand ze hebben gehoord, dit was het soort buurt waar schoten niet ongebruikelijk waren.

Carter zei: 'Als jij hem vertelt wat er daarginds is gebeurd, zorg ik dat je er spijt van krijgt.'

Sara keek in de spiegel. 'Dat je Hurley in de steek hebt gelaten? Of dat je "vriend" Hurley je van kant wilde maken?'

Carters blik schoot naar voren. Zwijgend keek hij naar Dash en Michelle, die het lijk van de bezorger achter in het busje laadden.

'Wedden dat ik binnen tien minuten dat chagrijn van je smoel heb geneukt?' zei hij.

Sara's keel kneep samen. Ze keek naar haar vingers, die het stuur vastklemden. Ze had bloed van Dash' schouder op het leer overgebracht. Ongetwijfeld vermengd met Merles bloed, want na de botsing had ze zijn hoofdwond aangeraakt. Bloed uit Carters been zat waarschijnlijk op de achterbank van haar auto. Vale had zijn eigen DNA op de voorbank achtergelaten.

'Geniet nog maar even van je brandende ballen,' zei ze tegen Carter.

Via het spiegeltje keek ze hem recht in zijn ogen. 'Als dat mes er eenmaal uit is, is dat de laatste keer dat je je zak hebt gevoeld.'

Vale nam een ratelende hap lucht. 'B-Bek houden...' Hij richtte zijn revolver op Sara. Zijn hand trilde niet. 'Om... d-de auto heen lopen... V-Voorlangs...'

Sara stak haar hand uit naar de portiergreep. Ze keek op haar horloge. 14.17 uur.

Ze trok niet aan de greep.

Haar Apple Watch.

Het achterportier ging open. Carter schoof voorzichtig uit de auto om het mes nergens tegenaan te stoten. Hij klikte het portier dicht en bleef naast de auto staan wachten.

Razendsnel nam Sara alle opties door terwijl ze langzaam twee keer aan de greep trok. Het horloge was een mobiel met gps. Ze kon ermee bellen, maar dan klonk haar stem over de speaker. Een bericht sturen was te omslachtig. Er zat een walkietalkieapp op, maar daarvoor moest ze op het icoontje tikken, naar de juiste persoon scrollen en de gele knop lang genoeg vasthouden om een bericht te versturen.

Ze stapte uit. Om tijd te winnen deed ze alles heel traag.

'Loop voor om de auto heen en help Vale.' Carter toonde haar de Glock, alsof ze die vergeten was. 'En geen gekloot, want dan jaag ik een kogel door je kop.'

Sara probeerde tijd te rekken. 'Laat hem maar achter. Hij gaat toch dood.'

'We laten geen mannen achter.'

'Weet Hurley dat?'

Hij stompte haar in haar maag. Het was alsof haar lichaam explodeerde. Ze klapte dubbel en liet zich op haar knieën vallen. Alles begon te draaien. Ze kreeg geen lucht.

'Opstaan, bitch.'

Sara drukte haar voorhoofd tegen de grond. Speeksel droop uit haar mond. Ze had automatisch naar haar maag gegrepen. Haar spieren verkrampten. Ze knipperde haar ogen open. Het schermpje van haar horloge lichtte op. Ze tikte op de walkietalkieknop. Faith was de eerste naam op haar lijst. Ze drukte het gele rondje in en zei: 'Carter, denk je... denk je echt dat de politie een wit Lay's-busje op de 285 er niet uitpikt?'

'Daar hoef jij niet over in te zitten.'

Grind knarste onder banden. Het busje stopte.

Sara hief haar hoofd. De wereld maakte slagzij. Ze kon nauwelijks overeind komen. De pijn in haar buik dwong haar voorovergebogen te lopen. Ze probeerde niet aan Will te denken, die dezelfde kwelling moest doorstaan, alleen erger. Steun zoekend bij de auto zocht ze zich een weg naar de andere kant.

Vale had het portier al geopend. Zijn lippen leken gekneusd. Zijn oogleden hingen. Hij ging sneller achteruit dan ze had gehoopt.

'Geef hier.' Carter griste het pistool uit Vales hand.

Voor Sara zat er niets anders op dan de gewonde man uit de auto te helpen. Vale sloeg zijn arm om haar schouder. Zijn andere arm zat nog om zijn borst gehaakt, met zijn vinger in de schotwond.

'Snel.' Zwaaiend met het wapen spoorde Carter haar aan.

Vale probeerde zichzelf overeind te hijsen. Hij was gespierd en zwaarder dan hij eruitzag. Sara deed een stap opzij terwijl hij verwachtte dat ze een stap naar voren zou zetten. Onwillekeurig probeerde ze hem op te vangen, maar ze was niet snel genoeg.

Vale smakte op zijn rug. Het beetje lucht dat hij nog had werd uit hem geslagen. Hij hapte naar adem. Zijn ogen draaiden wild rond.

Sara liet zich op haar knieën zakken. Ze gaf geen fuck om Vale, maar ze wilde niet opnieuw geslagen worden. Ze deed alsof ze hem onderzocht, keek naar zijn pupillen en drukte haar oor tegen zijn hart. Zijn shirt zat omhoog. Bloed sijpelde in een gestaag stroompje uit de schotwond. Het was helderrood, slagaderlijk bloed. De kogel was binnengedrongen via zijn oksel, waar alle zenuwen en bloedvaten samenkwamen.

Dash was weer uit het busje gesprongen. Hij hielp Vale in zithouding overeind. 'Help eens een handje met mijn vriend, wil je?' zei hij tegen Sara.

Van zijn beleefde, kalme toon ging een merkwaardig gezag uit. Hij was niet hopeloos panisch zoals Vale, of verblind door woede zoals Carter. Sara kreeg de indruk dat hij zijn stemmingen als een zwaard kon hanteren. Ze hoopte nooit de scherpte van dat zwaard te zullen voelen.

Samen met Dash hees ze Vale overeind en bracht hem naar het busje. Het lukte hem op eigen kracht achterin te kruipen.

Sara voelde Dash' hand op haar schouder.

'Doe dat ding af, ma'am.'

Hij had het horloge gezien.

Sara draaide de wijzerplaat naar beneden toen ze het bandje losmaakte. In plaats van het horloge aan Dash te geven, gooide ze het het bos in.

'Bedankt,' zei hij, alsof het precies zo ging als hij wilde. Hij wenkte Michelle. Die had geen aanwijzingen nodig. Zwijgend hielp ze hem de bezorger van het busje naar de BMW te slepen.

Waarom was ze zo meegaand?

'Ik maak je helemaal kapot,' fluisterde Carter tegen Sara. Hij schoof achterwaarts het busje in, zijn stijve been met zich meeslepend.

Het linkerportier sloeg dicht. Michelle deed haar gordel om en startte de auto. Ze legde beide handen op het stuur en staarde recht voor zich uit, in afwachting van nadere orders.

Waarom?

'Heel even nog.' Dash was erin geslaagd de benzineklep van de BMW te openen. Uit zijn achterzak haalde hij een handfakkel. Hij stak de kop aan, die op een gigantische lucifer leek. Er sloegen witte vonken vanaf, zoals bij sterretjes.

'Ik zou maar opschieten,' zei hij tegen Sara.

Sara kroop achter in het busje. Het laatste wat ze zag voor ze de schuifdeur sloot, was Dash die de brandende vuurpijl in de opening van de benzinetank duwde.

Hij sprong voorin. 'Rijden!'

Michelle gaf gas. Slingerend reden ze met een scherpe bocht om de hoek van het gebouw.

Benzine brandde, maar alleen de dampen konden een explosie veroorzaken. Dash had het goed getimed. Ze waren al vijftig meter verderop toen de schok van de knal het busje bereikte.

Als de politie de BMW vond, waren alle sporen verbrand.

Het bloed op het stuur. Het bloed op de stoelen. Het lijk van de bezorger.

Alles was weg.

'Shit,' mompelde Carter. 'Shit-shit-shit.' Ondanks zijn inspanningen was het mes verschoven. Hij hield zijn handen tegen zijn kruis. Hulpeloos keek hij naar Sara.

Ze wendde haar blik af.

'Gaat het, mannen?' riep Dash.

'Ja hoor,' mompelde Vale.

'Best wel,' mompelde Carter met schorre stem.

Sara luisterde naar het gestage zoeven van de wielen over het wegdek. Ze stak haar hand in haar lege zak. Met haar duim maakte ze zorgvuldig haar nagels schoon.

Ze had over Vales rug gekrabd toen hij viel en er vel afgeschaafd.

Na de botsing had ze Merles hoofdwond aangeraakt en haar vingers afgewreven aan haar short. Ze had met haar hand over Dash' gewonde schouder gestreken. Ze had Hurleys bloed overgebracht op de achterbank van de Malibu. Wanneer ze uiteindelijk uit het busje werd gesleept, zou ze haar hand in de plas met bloed steken dat uit Carters been was gesijpeld.

Sara kende de cijfers. Ze namen haar mee naar een tweede locatie. Statistisch was haar kans om dit te overleven met ruwweg twaalf procent gedaald.

Ze wilde niet eindigen zoals Michelle Spivey: als een levende dode.

Wat ze er ook voor moest doen, ze zou zorgen dat deze mannen haar doodden. Tot het zover was, had ze maar één taak: van ieder van hen een stukje mee de dood in nemen.

Haar familie moest duidelijkheid hebben. Will moest haar kunnen wreken.

Haar eigen zweet zat op de short die ze droeg. Vales huidcellen zaten in haar zak. Merles bloed zou van haar hand worden afgenomen, evenals dat van Dash. En uiteindelijk dat van Carter.

Hun DNA zou alle vier de mannen met Sara verbinden wanneer haar lichaam werd gevonden.

VIJF

Zondag 4 augustus, 14.01 uur

'Waar brengen ze haar naartoe?' Will greep Hank bij zijn shirt en schudde hem keihard door elkaar. 'Zeg op, godverdomme!'

Hank keek hem aan met zijn bebloede, tot pulp geslagen gezicht. Zijn tanden waren kapot. Zijn neus boog opzij. Zijn kaak stond scheef.

Will raapte de revolver van de straat op. Hij spande de haan en richtte.

'Niet schieten!' riep Cathy.

Weer die schok van herkenning. Het was Sara's stem, maar ook weer niet.

'Ze is weg!' Cathy klemde het geweer met beide handen vast, bevend van verdriet. 'Jij hebt ze mijn dochter laten meenemen!'

Tranen vulden zijn ogen. Hij kneep ze samen tegen de zon.

'Het is jouw schuld!' Cathy keek hem aan, tot in zijn binnenste. 'Mijn schoonzoon had dit nooit laten gebeuren.'

Haar woorden kwamen harder aan dan alle klappen die hij ooit had geïncasseerd. Hij ontspande de haan van de revolver. Met de rug van zijn hand veegde hij zijn mond af. Het deel van zijn hersens dat Cathy gelijk gaf sloot hij af.

Een sirene loeide. Tien meter verderop kwam een patrouillewagen van het APD met gierende banden tot stilstand.

Will gooide de revolver op het trottoir. Zijn handen gingen omhoog. Tegen Cathy zei hij: 'Leg dat –'

'Neerleggen!' schreeuwde de agent. Hij liet zijn wapen op het open portier van zijn auto rusten. 'Nu!'

Langzaam legde Cathy het geweer aan haar voeten. Ze deed haar handen omhoog.

'Ik ben van het GBI.' Will probeerde zijn stem onder controle te houden. 'Dit is een van de aanslagplegers. Ze waren met een heel team. Ze hebben een vrou–'

'Laat je ID zien.'

'Ik heb mijn portefeuille niet bij me. Mijn penning heeft nummer 398. Er is een vrouw...' Will zweeg. Braaksel vulde zijn keel. Hij spuwde het uit. 'Er is een vrouw ontvoerd. Een zilverkleurige BMW. Kenteken...' Will wist het nummer niet meer. Zijn brein was als een ballon die weg wilde zweven. 'BMW X5 hybride. Er zijn nog vier mannen. Drie.'

Fuck.

Will sloot zijn ogen, want de wereld tolde om hem heen. Drie mannen? Vier? Merles lijk lag tussen hem en de agent. Hij had Hank verrot geslagen.

'Drie mannen,' zei hij. 'Ga het melden. BMW X5. Een vr... Twee vrouwen ontvoerd.'

'Er is storing op de radio.' De man aarzelde. Hij was geneigd Will te geloven. 'De telefoon ligt eruit. Ik kan niet...'

Voor dat soort shit had Will geen tijd.

Hij hees Hank overeind en gooide hem tegen de motorkap van de politiewagen. Hij wrong zijn polsen bijeen en klemde ze met één hand vast. Hij schopte zijn benen uit elkaar en beklopte zijn zakken. Een Androidtelefoon. Opgevouwen bankbiljetten. Een paar munten. Een rijbewijs en een verzekeringspasje.

Will vergeleek de foto op het rijbewijs met Hanks gezicht. Hij zag de lettertjes van de naam als vlooien over de witte achtergrond springen en gaf beide documenten aan de agent. 'Ik heb mijn bril niet bij me.'

'Hurley,' las de agent. 'Robert Jacob Hurley.'

'Hurley.' Will zag het kogelgat achter in zijn been. Het liefst had hij er een potlood in geramd. 'Zo bloedt hij dood. We moeten hem naar het ziekenhuis zien te krijgen.' Hij trok Hurley bij zijn kraag omhoog. Hij struikelde, de weg helde over als in een spiegeldoolhof.

'Ben je –' begon de agent.

'Kom, we gaan.' Will duwde Hurley op de achterbank van de politiewagen en sloeg het portier zo hard dicht dat de auto heen en weer schommelde. Hij zette zich schrap tegen het dak. In een poging zijn evenwicht terug te krijgen sloot hij zijn ogen. Opeens was hij zich bewust van alle pijn in zijn lijf. Het vel op zijn knokkels lag open. Stroompjes bloed gleden langs zijn hals naar beneden. Er waren geen woorden voor wat er allemaal in zijn buik gebeurde. Elk orgaan voelde alsof het met duizend elastiekjes was vastgesnoerd. Zijn ribben waren in scheermessen veranderd.

Will liep om de auto heen. Het voorportier zat aan het verkeerde uiteinde van een telescoop. Hij knipperde met zijn ogen en tastte naar de greep.

Zodra hij zat, schoot de auto naar voren.

Will keek niet naar Cathy toen ze wegreden.

Ze riep hem.

Will!

Sara's stem, maar ook weer niet.

'Ik heb contact,' zei de agent. Hij hield zijn telefoon tegen zijn oor. 'Hij gaat over.'

'Er is een vrouw...' Wills maag balde samen. Hij boog voorover en kotste op de vloer. Het braaksel spatte alle kanten op, en hij moest het van zijn gezicht vegen. 'Sorry.'

De agent zette de voorste raampjes open.

Wills ogen vielen dicht. Hij voelde dat zijn lichaam het wilde opgeven. 'Zilverkleurige BMW,' zei hij tegen de agent. 'Ze hadden Michelle Spivey bij zich.'

'Mi...' De mond van de man viel open.

'Ze waren een team. Politie. Leger.'

'Shit. De telefoon gaat niet meer over.' De agent verbrak de verbinding en belde opnieuw. De auto reed de verlaten rijbaan op en gleed door Emory Village. Mensen haastten zich over het trottoir in de richting van het ziekenhuis. In Druid Hills woonden veel artsen, ondersteunend medisch personeel en mensen van de CDC. Ze deden allemaal wat Will en Sara ook hadden geprobeerd: zo snel mogelijk de rampplek zien te bereiken.

Wills zicht begaf het bijna toen hij op zijn horloge wilde kijken. Hij had al zijn concentratie nodig om de cijfers scherp in beeld te krijgen.

14.06 uur.

'Godzijdank,' mompelde de agent. 'Dit is 3-2-9-9-4.'

Alsof er een aambeeld van Wills borst werd gehesen. De man had eindelijk contact.

'Ik moet de commandant spreken. Ik heb een van de verdachten van de aanslag aangehouden. Ik heb bijzonderheden over...'

'Z-Zilveren BMW X5.' Will hoorde zijn eigen gebrabbel. 'Drie v-verdachten. Ze hebben twee vr-vr...' Hij kreeg de woorden er niet uit. Zijn hoofd knakte telkens naar voren. 'Amanda Wagner. Zeg tegen d'r dazze Sara ge... gepakt hebben. Zeg dat...' Hij sloot zijn ogen tegen het zonlicht. 'Zeg dat ik het verkloot heb.'

Wills oogleden voelden als natte watten toen hij ze opentrok. Punaises boorden zich in zijn pupillen. Tranen liepen uit zijn ogen, en het kostte hem moeite bij bewustzijn te blijven. Niet dat hij zich gedesoriënteerd voelde of niets meer wist. Hij herinnerde zich maar al te goed wat er was gebeurd en wist precies waar hij was.

Hij zwaaide zijn benen over de rand van de brancard en viel bijna op de grond.

'Voorzichtig.' Nate, de agent van de patrouillewagen, was nog bij hem. 'Je ging knock-out. Je bent op de spoedeisende hulp.'

Will verstond hem amper boven alle harde geluiden uit. 'Hebben ze Sara gevonden?'

'Nog niet.'

'En de auto?' drong Will aan. 'Kunnen ze de auto niet vinden?'

'Er is een grootschalige klopjacht aan de gang. Ze vinden haar vast.'

Dat ze haar vonden was niet genoeg. Ze moesten haar levend vinden.

'Als je nou eens gaat liggen, vriend,' zei de agent.

Will wreef in zijn ogen om ze weer helder te krijgen. De tl-lampen waren als naainaalden. Hij besefte dat hij op een van de tientallen brancards zat die aan beide zijden van de gang waren opgesteld. Overal waren bloedende, kreunende, huilende patiënten. Puin had een grijze stoflaag op hun gezichten achtergelaten. Toch hing er een griezelig kalme sfeer. Niemand riep. Verpleegkundigen en artsen liepen druk heen en weer met tablets onder hun arm. Het ziekenhuispersoneel was hierop voorbereid. De echte paniek heerste buiten op straat.

'Hoeveel doden zijn er?' vroeg Will aan Nate.

'Er zijn nog geen officiële cijfers. Het kunnen er twintig zijn, maar ook vijftig.'

Het getal ging Wills bevattingsvermogen te boven. Hij had de bommen horen afgaan. Hij had het op een rennen gezet om de overlevenden te helpen. Mentaal was hij erop voorbereid geweest alles te doen wat nodig was om zo veel mogelijk mensen te redden.

Nu dacht hij alleen nog aan Sara.

Nate zei: 'Elk gebouw wordt door teams veiliggesteld. Er wordt gezocht naar meer –'

Will liet zich van de brancard glijden. Nu zouden de misselijkheid en duizeligheid wel weer toeslaan, verwachtte hij. Beide bleven uit, maar zijn hoofd bonkte bij elke hartslag. Hij sloot zijn ogen en probeerde te ademen. 'De BMW?'

'Die zit in het systeem, maar het systeem –'

'Hoe laat is het?'

'Twee uur achtendertig.'

Wat betekende dat Sara al ruim een halfuur weg was.

Mijn schoonzoon had dit nooit laten gebeuren.

Haar schoonzoon.

Sara's man.

De commissaris van hun stadje.

Die had dit nooit laten gebeuren.

'Hé,' zei Nate. 'Wil je water of zo?'

Will wreef over zijn kaak. Nog steeds roken zijn handen naar Sara.

'Will!' Faith kwam de gang door rennen. Achter haar liep Amanda, pratend in een satelliettelefoon.

Wills keel voelde zo rauw dat hij de vraag nauwelijks over zijn lippen kreeg. 'Hebben jullie Sara gevonden?'

'De hele staat is naar haar op zoek.' Faith legde haar hand op zijn voorhoofd, zoals ze dat ook altijd deed wanneer ze bang was dat Emma koorts had. 'Gaat het? Wat is er gebeurd?'

'Ik heb haar mee laten nemen.'

Weer legde Faith haar hand op zijn hoofd.

'We wilden ze helpen.' Will somde de gebeurtenissen rond het auto-ongeluk op. 'Ze reden de zijweg in. Dat is het laatste wat ik van haar heb gezien. Ik weet niet...' Hij zweeg even om te hoesten. Het voelde als de zoveelste stomp in zijn maag. 'Ik weet niet waarom ze met hen mee is gegaan.'

'Waarom zit je zo ineengezakt? Je bent toch geen zwerver?' vroeg Amanda.

Voor Will kon antwoorden trok ze zijn shirt omhoog. Zijn buik zat onder de rode en paarse plekken van de gebarsten bloedvaten onder zijn huid.

'Jezus christus,' fluisterde Faith.

'Je kunt gaan, agent,' zei Amanda tegen Nate. 'Meld je bij je team. Faith, haal een dokter. Zeg dat hij misschien een inwendige bloeding heeft.'

'Ik heb geen –' zei Will.

'Mond houden, Wilbur.' Amanda duwde hem terug op de brancard. 'En denk maar niet dat ik je naar huis stuur zodat jij er weer als een sloopkogel vandoor kunt gaan. Jij blijft bij mij. Dan hoor je alles wat ik hoor. Maar je doet precies wat ik zeg.'

Will knikte braaf, alleen maar om haar aan de praat te houden.

'Allereerst neem je dit. Het is een aspirientje. Dat helpt tegen je hoofdpijn.'

Will staarde naar de ronde pil op haar handpalm. Hij haatte pillen.

Amanda brak het tabletje doormidden. 'Dit is mijn laatste compromis. Je houdt je aan mijn regels of niet.'

Hij wierp de halve pil in zijn mond en slikte hem droog door. Daarna zweeg hij afwachtend.

'Michelle Spivey is vanochtend op de spoedeisende hulp opgenomen,' zei Amanda. 'Haar blindedarm was opengebarsten. Ze is onmiddellijk naar de operatiekamer gebracht. Robert Jacob Hurley schreef haar in als zijn vrouw, Veronica Hurley. Hij liet bij de opnamebalie zijn verzekeringspas zien. Hij is van zijn vrouw gescheiden, maar ze staat nog steeds op zijn SHBP-pas.'

'De overheidsverzekering,' zei Will. 'Dus Hurley is van de politie.'

'Tot anderhalf jaar geleden was hij bij de GHP. Bij een verkeerscontrole heeft hij een ongewapende man neergeschoten.'

'Hurley,' zei Will. Door de link met de Georgia Highway Patrol klonk de naam opeens bekend. Will had het verhaal gevolgd, zoals iedere smeris een dergelijk verhaal volgde, in de vurige hoop dat het schot gerechtvaardigd was, want het alternatief was moord met voorbedachten rade.

'Hurleys naam is gezuiverd,' zei hij.

'Klopt. Maar hij is het nooit te boven gekomen. Een halfjaar later heeft hij het korps verlaten. Pillen en drank. Zijn vrouw ging ook bij hem weg.'

'Wie was bij hem? Wie heeft die bommen geplaatst?'

'Onbekende personen. De FBI past gezichtsherkenning toe op de camerabeelden. Een van hen heeft vingerafdrukken achtergelaten, maar die zitten niet in het NGI.'

Het Next Generation Identification System van de FBI. Als een verdachte ooit bij de politie of het leger had gewerkt, of als er achtergrondonderzoek was uitgevoerd in verband met een baan of vergunning, zouden zijn gegevens zijn opgeslagen in de doorzoekbare databank, tussen de namen van criminelen.

'Waarom hadden ze Spivey bij zich?' vroeg Will. 'Ze hebben opzettelijk bommen laten afgaan bij het ziekenhuis. Sara is toevallig meegenomen.'

Weer hoorde hij Hurleys woorden: *verkeerde plek, juiste moment.*

'Waar gaan ze naartoe?' vroeg hij. 'Wat willen ze? Waarom hebben ze bommen –'

'Dokter?' Amanda wenkte een man in operatiepak.

'Broeder,' verbeterde hij haar, 'als u daar ook genoegen mee neemt.' De man trok Wills shirt omhoog en begon in zijn buik te porren. 'Is dit pijnlijker dan het hoort te zijn?'

Al bij de eerste aanraking had Will zijn kiezen op elkaar geklemd. Hij schudde zijn hoofd.

De verpleegkundige zette zijn stethoscoop op verschillende plekken, luisterde, verplaatste het ding en luisterde nog eens. Toen hij klaar was, richtte hij zich tot Amanda in plaats van tot Will. 'Alle MRI's zijn bezet. We kunnen wel een CT-scan doen om te zien of er een inwendige bloeding is.'

'Hoelang gaat dat duren?' vroeg Will.

'Vijf minuten als je zelf de trap af kunt lopen.'

'Lopen kan hij wel.' Amanda hielp Will van de brancard. De bovenkant van haar hoofd reikte tot zijn oksel. Hij zou minder zwaar op haar moeten leunen. Zijn buikspieren brandden als cordiet. Niettemin vroeg hij: 'Waarom hebben ze bommen bij het ziekenhuis laten afgaan?'

'Om weg te komen,' zei Amanda. 'Ze hebben Michelle nodig. We hebben geen idee waarvoor. Voorlopig moeten we ervan uitgaan dat de bommen een afleidingsmanoeuvre waren. Op een willekeurige andere plek hadden ze veel meer schade kunnen aanrichten, met veel meer doden en gewonden. Het "wat" heeft niet onze aandacht. Het "waarom", dat moeten we zien te doorgronden.'

Will kneep zijn ogen dicht. Hij kreeg niet goed mee wat ze hem vertelde. Zijn hoofd zat vol glazen kralen. 'Sara. Ik kon niet… Ik heb niet…'

'We vinden haar wel.'

Faith trof hen op de trap. Ze schoot voor hen langs en gaf Amanda achteruitlopend een update. 'In een zijstraat is een kapotte klaptelefoon gevonden. Volgens ATF is die waarschijnlijk gebruikt om de bommen te detoneren. De telefoon wordt naar ons lab gebracht voor vingerafdrukken. Op het eerste gezicht ziet hij er net zo uit als die we op de arrestant hebben aangetroffen.'

Will verkrampte van de pijn toen hij uitgleed op een tree. Zijn ribben waren in messen veranderd. 'De gps,' zei hij. 'Sara's BMW heeft –'

'Dat is allemaal al in gang gezet,' zei Amanda. 'Informatie wordt zo snel mogelijk doorgegeven.'

'Deze kant op.' De verpleegkundige stond hen onder aan de trap op te wachten. Hij hield de deur open.

Will verroerde zich niet.

Ze hielden iets voor hem achter. Hij voelde de spanning tussen Amanda en Faith. Een van hen was een doortrapte leugenaar. De ander was al niet veel beter... behalve wanneer het hem betrof.

'Is ze dood?' vroeg hij aan Faith.

'Nee,' zei Amanda. 'Hoe kom je daarbij? Als we iets wisten, zouden we het je meteen vertellen.'

Hij hield zijn blik op Faith gericht.

'Ik zweer dat ik het je zou vertellen als we wisten waar ze is,' zei ze.

Will besloot haar te geloven, maar alleen omdat er geen alternatief was.

'Rechtsaf,' zei de broeder.

Amanda voerde Will mee de gang door en een kamer in. In het midden van een gigantische metalen ring stond een tafel. Will bracht zijn hand naar zijn achterhoofd. Zijn vingers stuitten op de scherpe rand van een kram, die de huid van zijn schedel bijeenhield.

Wanneer was dat gebeurd?

'Wij wachten buiten,' zei Amanda.

De deur ging dicht.

Will werd door een laborant op de tafel geholpen. Ze verdween in een cabine en zei wat hij moest doen, dat hij stil moest blijven liggen, zijn adem moest inhouden en weer moest uitademen. Vervolgens bewoog de tafel heen en weer door de cirkel. Will kneep zijn ogen dicht op het moment dat de metalen ring in een rondtollend muntstuk veranderde.

Hij dacht niet aan Sara. Hij dacht aan zijn vrouw.

Zijn ex-vrouw.

Angie was ervandoor gegaan. Dat deed ze steeds. Telkens weer. Ook zij was in tehuizen opgegroeid. Daar had Will haar ontmoet. Hij was acht jaar oud geweest. En verliefd, zoals je verliefd bent op het enige waaraan je je kunt vastklampen.

Angie vond nergens rust. Will had het haar nooit verweten dat ze zomaar verdween. Hij had altijd met een knoop in zijn maag op haar terugkeer gewacht. Niet omdat hij haar miste, maar omdat Angie verkeerde dingen deed als ze niet bij hem was. Ze kwetste mensen. Op kwaadaardige, onnodige manieren. Iedere keer als hij bij het ontwaken had ontdekt dat haar spullen uit zijn huis waren verdwenen, alsof ze een dolle hond was die hij niet aan de ketting kon houden, was Will bevangen door een misselijkmakend verantwoordelijkheidsgevoel.

Met Sara was het anders.

Haar verliezen – van haar beróófd worden – voelde als sterven. Alsof er een deel van hem was waar Sara leven in had geblazen en dat zonder haar tot niets zou verschrompelen.

Will wist niet meer hoe het moest, alleen zijn.

'Oké.' De scan was eindelijk klaar. De laborant hielp hem van de tafel. Will wreef in zijn ogen. Hij zag weer dubbel.

'Wilt u soms even zitten?' vroeg de vrouw.

'Nee.'

'U bent niet misselijk of duizelig?'

'Niks aan de hand. Bedankt.' Hij liep de kamer uit zodat de volgende patiënt kon worden binnengereden. Het was een verpleegkundige, nog gekleed in operatiepak. Haar gezicht zat onder de bloedvegen. Ze was bedekt met betonstof en mompelde dat haar man gebeld moest worden.

Will vond Amanda in de kamer aan de overkant van de gang. De lampen waren uit, wat een zegen was. De vlammende pijn in zijn ogen nam af tot een traag vlammetje.

De broeder van eerder hief zijn kin toen hij Will zag. 'Die crunches hebben hun nut bewezen, man.'

'Dit is uw onderbuik.' De radioloog wees naar een scherm vol klodders, waarvan Will vermoedde dat het zijn organen waren. 'Ik zie geen bloedingen. De meeste kneuzingen zijn oppervlakkig. Wat die crunches betreft heeft hij gelijk: uw onderbuikspieren hebben een soort korset om uw organen gevormd. Maar hier zit een scheurtje in het beenvlies.' Hij omcirkelde een rib die zo te zien nog uit één stuk bestond. 'Dat is een ultradun membraan dat het bot omvat. Dat moet u drie keer per dag koelen met ijs. Neem Advil tegen de pijn, of iets sterkers indien nodig. We zetten u op een longprogramma om de longen gezond te houden. Matige activiteit is prima, maar vermijd inspanning.' Hij keek Will aan. 'U hebt geluk gehad, maar u moet rustig aan doen.'

Faith hield haar telefoon omhoog. 'Amanda, het filmpje is net doorgekomen.'

Will vroeg niet welk filmpje. Het was duidelijk dat ze buiten hem om van alles ondernamen.

'Kom, we gaan ergens anders naartoe.' Amanda ging hun voor naar het trappenhuis tegenover de trap waarlangs ze naar beneden waren gekomen.

Ze wees naar de treden. 'Zit.'

Will ging zitten omdat hij niet anders kon.

Amanda haalde een verpakt kauwgompje uit haar tas. Hij hoorde een krak en vervolgens hield ze het onder zijn neus.

Als een steigerend paard schoot hij naar achteren. Zijn hart sloeg tegen zijn ruggengraat. Zijn hersens braken open. Alles werd scherper. Hij zag de specie in de voegen tussen de betonblokken.

Amanda liet hem de verpakking zien. 'Ammoniumampullen.'

'Fuck.' Will raakte in paniek. 'Wat zijn dat, drugs?'

'Doe niet zo kinderachtig. Het is vlugzout. Ik heb je wakker gemaakt omdat je goed moet opletten.'

Het snot liep uit Wills neus. Ze reikte hem een tissue aan en ging naast hem zitten.

Faith stond aan de andere kant van de trapleuning. Ze hield haar telefoon omhoog zodat ze alle drie het filmpje konden zien.

Will zag een parkeerterrein. Het was een zwart-witfilmpje, maar heel scherp. Een vrouw liep met haar dochter naar een Subaru.

Donker haar, slank. Will herkende haar van de nieuwsberichten van een maand eerder, maar daarin leek ze niet op de vrouw die hij die dag had gezien.

Michelle Spivey.

Haar dochter liep voor haar uit. Ze keek op haar telefoon. Zwaaide met de boodschappentassen. Michelle zocht in haar tas naar haar sleutels toen een donker, ongemarkeerd busje naast haar dochter stopte. Het gezicht van de bestuurder was niet zichtbaar achter de voorruit. Het zijportier schoof open. Een man sprong naar buiten. De dochter ging ervandoor.

De man greep Michelle.

Faith zette het filmpje op pauze en zoomde in op het gezicht van de man.

'Dat is 'm,' zei Will. De bestuurder van de Chevy Malibu. 'Clinton. Zo noemden ze hem, maar dat is niet zijn echte naam.'

Faith mompelde iets.

'Wie is dat?'

'Hij zit niet in het systeem.' Amanda gebaarde dat Faith het filmpje moest uitzetten. 'We werken aan de zaak. Dit is het zoveelste puzzelstuk.'

Will schudde zijn hoofd. Ze had dat vlugzout beter niet kunnen gebruiken, want hij was weer helemaal bij. 'Je liegt tegen me.'

Haar satelliettelefoon ging. Met opgestoken vinger verzocht ze om stilte. 'Hallo?' zei ze.

Will hield zijn adem in.

Amanda schudde haar hoofd.

Niets.

Ze liep de gang weer op en liet de deur achter zich dichtvallen.

Zonder Faith aan te kijken zei Will: 'Jij weet hoe hij heet, hè?'

Faith ademde hoorbaar in. 'Adam Humphrey Carter. Heeft meerdere keren vastgezeten, voor diefstal, inbraak, huiselijk geweld, terroristische dreigementen.'

'En verkrachting,' vermoedde Will.

Weer ademde ze in. 'En verkrachting.'

Het woord balanceerde op de rand van de klip die hen van elkaar scheidde.

De deur ging open.

'Faith.' Amanda wenkte haar en fluisterde iets in haar oor.

Faith stoof de trap op. De geruststellende hand die ze in het voorbijgaan op Wills schouder legde miste elke uitwerking.

'De liften zijn te traag,' zei Amanda. 'Kun je zes trappen aan?'

Will greep de leuning en hees zichzelf omhoog. 'Je hebt gezegd dat je me alles zou vertellen.'

'Ik heb gezegd dat jij alles te horen zou krijgen wat ik hoor. Wil je erbij zijn wanneer ik met Hurley praat of niet?' Ze wachtte zijn antwoord niet af, maar rende de trap op. Haar naaldhakken stootten tegen de treden. Ze ging de hoek om zonder te kijken of hij haar wel volgde.

Will sjokte achter haar aan. Zijn brein bleef maar beelden opwerpen. Sara die in de deuropening van de schuur stond. Sara die voor hem uit naar de Chevy rende. De panische blik in haar ogen toen ze hem de sleutels gaf. Nog voor hij het zelf had beseft, had ze al geweten dat het foute boel was. Bij de Porsche had ze het al geroepen. Will had haar mee terug naar de BMW moeten slepen en naar huis moeten brengen.

Hij keek op zijn horloge.

15.06 uur.

Sara werd al ruim een uur vermist. Misschien passeerde ze op dit moment de grens met Alabama. Of lag ze vastgebonden ergens in een bos terwijl Adam Humphrey Carter haar in tweeën reet.

Zijn maag kromp ineen. Straks moest hij weer overgeven.

Jij hebt ze mijn dochter laten meenemen.

'Stop.' Amanda was op het trapportaal van de derde verdieping blijven staan. 'Even rust.'

'Ik hoef niet te rusten.'

'Je zou dit eens op hoge hakken moeten proberen.' Ze trok een schoen uit en wreef over haar voet. 'Ik moet even op adem komen.'

Will keek naar beneden. Hij probeerde zich van alle sombere gedachten te ontdoen. Weer keek hij op zijn horloge. 'Het is zeven over drie. Sara is nu al –'

'Bedankt, meester. Ik kan zelf al klokkijken.' Ze duwde haar voet weer in de schoen. In plaats van door te lopen trok ze de rits van haar tas open en begon erin rond te wroeten.

'Die man, Carter,' zei Will. 'Dat is een verkrachter.'

'Onder andere.'

'Hij heeft Sara.'

'Alsof ik dat niet weet.'

'Misschien doet hij haar iets aan.'

'Misschien is hij op de vlucht.'

'Je bent niet helemaal eerlijk tegen me.'

'Wilbur, ik ben nog nooit helemaal wat dan ook geweest.'

Het ontbrak Will aan kracht om achter zijn eigen staart aan te jagen. Hij leunde tegen de muur, met zijn handen om de leuning geslagen en zijn ogen op zijn sneakers gericht. Ze zaten onder de groene vlekken van het grasmaaien. Over zijn kuiten liepen rode vegen bloed en aarde. Nog steeds voelde hij de koude stenen vloer van de schuur tegen zijn knieën. Hij sloot zijn ogen. Hij probeerde de herinnering op te roepen aan dat zalige moment vlak voor alles misging, maar het lukte niet. Er was alleen een schuldgevoel dat een gat in zijn borst knaagde.

'Zij zat achter het stuur,' zei hij tegen Amanda.

Ze keek op van haar tas.

'Toen ze wegreden, zat Sara achter het stuur. Ze hoefden haar niet bewusteloos te slaan of...' Hij schudde zijn hoofd. 'Ze mochten haar doodschieten, zei ze. Ze ging niet met hen mee. Maar ze is toch met hen meegegaan. Ze heeft hen weggereden.'

Hij sloeg zijn blik neer. Amanda had haar hand om de zijne geslagen. Haar huid was koel. Ze had heel kleine vingers. Hij vergat altijd hoe klein ze was.

'Ik ben...' Het was gestoord dat hij ook maar iets aan haar bekende, maar hij verlangde hevig naar vergiffenis. 'Ik ben sinds mijn kindertijd niet meer zo bang geweest.'

Amanda wreef met haar duim over zijn pols.

‘Ik denk steeds aan alles wat ik had kunnen doen, maar misschien…’ Het lukte hem niet om zijn mond te houden. ‘Misschien heb ik het verkeerde gedaan omdat ik bang was.’

Amanda kneep in zijn hand. ‘Dat is het probleem wanneer je van iemand houdt, Will. Dan word je zwak.’

Hij wist niet wat hij moest zeggen.

Ze klopte op zijn arm, ten teken dat het biechtuurtje voorbij was. ‘Wees een kerel. We hebben werk te doen.’ Toen rende ze voor hem uit de trap op.

Will volgde in een langzamer tempo. Hij probeerde te bevatten wat Amanda had gezegd. Hij wist niet of het als veroordeling of als verklaring was bedoeld.

Niet helemaal het een, en niet helemaal het ander.

Op het volgende trapportaal ademde hij diep in. De felle steken in zijn rib waren overgegaan in doffe pijn. Nu hij zijn lichaam meer bewoog, werd hij zich bewust van kleine verbeteringen, zoals dat zijn hoofd niet meer bonkte en dat de klotsende lava in zijn buik zichzelf langzaam uitdoofde. Het was goed dat zijn zicht niet meer onvast was, dacht hij. Dat de ballon die zijn brein was zich weer aan zijn schedel had vastgekluisterd.

Het bracht verlichting, en daarvan maakte hij gebruik door vooruit te plannen – voorbij het verhoor van Hurley, waarbij de man niets zou prijsgeven, zoveel was zeker. Om te beginnen moest hij naar huis, zijn auto halen. Misschien dat hij Nate om een lift kon vragen. In zijn gangkast lag een politiescanner. Die zou hij meenemen tijdens zijn zoektocht langs alle plekken waar niemand anders zocht. Hij was in de binnenstad opgegroeid, dus hij kende de ongure straten en de vervallen huizen waar misdadigers zich ophielden.

De deur kwam uit op de vijfde verdieping. Will volgde Amanda door weer een lange gang. Aan elk uiteinde stonden twee agenten. Tegenover de lift stond er ook een. Twee anderen bewaakten een gesloten glazen schuifdeur.

Amanda toonde hun allemaal haar ID-bewijs.

De glazen deur gleed open.

Will keek naar de drempel, naar de metalen rails die verzonken waren in de tegels, en haalde zo diep mogelijk adem. Hoewel hij niet kon vergeten dat Sara was ontvoerd door een veroordeelde verkrachter, kon hij zich wel een uiterlijke kalmte aanmeten die hem in staat stelde te doen wat Amanda van hem verlangde om informatie uit Hurley los te krijgen.

Hij liep de ziekenhuiskamer in.

Hurley was met boeien aan het bed vastgeketend. Er bevond zich een open toilet met wasbak in de kamer, met alleen een dun gordijntje voor wat privacy. Gefilterd zonlicht viel door de open jaloezieën. De tl-lampen waren uit. Op de gloeiende monitor was Hurleys gestage hartslag te volgen.

Hij sliep. Of deed alsof. Hechtingen doorkruisten zijn gezicht, als bij het monster van Frankenstein. Zijn gebroken neus was rechtgezet, maar zijn kaak hing nog steeds scheef. Zijn hart klopte regelmatig, als een loom heen en weer zwaaiende pendule.

Amanda brak een tweede ammoniumampul doormidden en duwde die onder zijn neus.

Hurley schoot wakker, met zijn ogen en neusvleugels wijd opengesperd.

De hartmonitor ging als een brandalarm tekeer.

Will keek naar de deur in afwachting van de verpleegkundige die ongetwijfeld binnen zou komen rennen.

Er kwam niemand.

Zelfs de agenten hadden zich niet omgedraaid.

Amanda had haar ID al tevoorschijn gehaald. 'Ik ben plaatsvervangend directeur Amanda Wagner van het GBI. Met agent Trent heb je al kennisgemaakt.'

Hurley keek naar het pasje en toen weer naar Amanda.

'Ik ga je niet op je rechten wijzen,' zei ze, 'want dit is geen officieel verhoor. Je hebt morfine gehad, dus niets van wat je zegt kan in de rechtszaal worden gebruikt.' Ze zweeg, maar Hurley reageerde niet. 'De artsen hebben je gestabiliseerd. Je kaak is ontwricht. Je wordt geopereerd zodra de urgentere patiënten zijn geholpen. Ondertussen hebben we een paar vragen over de twee vrouwen die zijn ontvoerd.'

Zwijgend knipperde Hurley met zijn ogen. Hij negeerde Will nadrukkelijk. Wat Will goed uitkwam, want de man hoefde hem maar verkeerd aan te kijken en hij stond niet meer voor zichzelf in.

'Heb je dorst?' Amanda schoof het gordijn voor de wasbak en de wc weg, haalde een plastic beker uit de verpakking en draaide de kraan open.

Will leunde met zijn rug tegen de muur. Hij duwde zijn handen diep in zijn zakken.

'Je hebt bij de politie gewerkt.' Amanda vulde de beker met water. 'Je kent de aanklacht. Je bent schuldig of medeplichtig aan de dood van tientallen burgers. Je hebt geholpen bij de ontvoering van twee vrouwen. Je maakte deel uit van een samenzwering om een massavernietigingswapen in te zetten. En dan hebben we het nog niet eens over verzekeringsfraude.' Ze draaide zich om en liep met de volle beker water naar het bed. 'Dat zijn federale aanklachten, Hurley. Ook al zou een jury als door een wonder vastlopen op het doodvonnis, je zult nooit meer in vrijheid kunnen ademen.'

Hurley reikte naar de beker. De handboei rinkelde tegen het traliehek.

Amanda wachtte lang genoeg om hem duidelijk te maken dat zij het hier voor het zeggen had. Ze hield de beker voor zijn mond. Met haar vingers drukte ze tegen de onderkant van zijn kaak om zijn lippen naar elkaar toe te brengen.

Bij elke teug slikte hij hoorbaar, tot de hele beker leeg was.

'Nog wat?' vroeg ze.

Hij antwoordde niet, maar liet zich weer tegen het kussen zakken. Hij sloot zijn ogen.

'Ik wil die vrouwen veilig terug, Hurley.' Amanda haalde een tissue uit haar tas, waarmee ze de beker schoonveegde voor ze hem in de afvalbak wierp. 'Dit is de enige keer tijdens het hele proces dat je kunt onderhandelen.'

Will keek naar de beker.

Wat had ze hem gegeven?

'Gemiddeld duurt het vijftien jaar voor de federale regering het doodvonnis uitvoert.' Amanda trok een stoel bij en ging naast het bed zitten. Ze sloeg haar benen over elkaar, veegde pluisjes van haar rok en keek op haar horloge. 'Ergens is het ironisch, maar wist je dat Timothy McVeigh gepakt werd bij een verkeersovertreding?'

De Oklahoma City Bomber. McVeigh had een autobom doen afgaan bij het Murrah Federal Building, waarbij bijna tweehonderd mensen waren omgekomen en bijna duizend gewond waren geraakt.

'McVeigh werd ter dood veroordeeld,' vervolgde Amanda. 'Nadat hij vier jaar in de ADMAX in Florence had gezeten, verzocht hij de rechter de datum van zijn executie naar voren te halen.'

Hurley likte zijn lippen. Er was iets veranderd. Haar woorden – of wellicht wat ze hem stiekem had toegediend – ondermijnden geleidelijk aan zijn kalmte.

'Ted Kaczynski, Terry Nichols, Dzhokhar Tsarnaev, Zacarias Moussaoui, Eric Rudolph,' ging Amanda verder. Even staakte ze haar opsomming van binnenlandse terroristen die hun veelvoud aan levenslange straffen uitzaten in wat ook wel Bomber's Row werd genoemd. 'Daar wordt Robert Hurley wellicht aan toegevoegd. Weet je hoe het is in een extra beveiligde gevangenis?'

Ze vroeg het aan Will, niet aan Hurley.

Hoewel hij het heel goed wist, vroeg hij: 'En, hoe is dat?'

'Gevangenen zitten drieëntwintig uur per dag in hun cel. Als ze er al uit mogen, is het maar voor een uur, en alleen als de bewakers in een goede bui zijn. Denk je dat de bewakers aardig zijn voor mensen die anderen opblazen?'

'Nee,' antwoordde Will.

'Nee,' beaamde Amanda. 'Maar in je cel heb je alles om te kunnen overleven. Het toilet is tegelijk je wastafel en je kraan. Er is zwart-wittelevisie voor als je lessen wilt volgen of religieuze programma's wilt zien. Je eten wordt gebracht. Het raam is tien centimeter breed. Denk je dat je door tien centimeter veel van de lucht ziet, Will?'

'Nee,' herhaalde hij.

'Je doucht in je eentje. Je eet in je eentje. Als je geluk hebt, mag je naar de luchtplaats, die eerlijk gezegd geen echte luchtplaats is. Ze hebben daar een soort kuil die lijkt op een leeg zwembad. Je bent er met tien stappen doorheen, dertig als je in een cirkel loopt. Hij is ruim vierenhalve meter diep. Je kunt de lucht zien, maar daar is ook alles mee gezegd. Gevangenen krijgen geen potloden meer, want daarmee halen ze hun keel open, zo heeft de ervaring geleerd.'

Inmiddels had Hurley zijn ogen geopend. Hij staarde naar het plafond.

Amanda keek weer op haar horloge.

Will checkte zelf hoe laat het was.

15.18 uur.

'Hurley,' zei Amanda. 'Die andere aanklachten boeien me niet. Het enige wat ik wil is dat die twee vrouwen veilig terugkomen. Dus ik bied je het volgende aan.' Ze zweeg.

Hurley zweeg eveneens.

Will voelde zijn maag samenballen.

'Je gaat dood in de gevangenis. Daar kan ik niks aan veranderen. Maar ik kan wel zorgen dat je identiteit niet bekend wordt. Ik kan je een nieuwe naam geven, en een nieuw strafblad. De federale politie heeft behoorlijk veel gevangenen in het getuigenbeschermingsprogramma. Je zit niet in afzondering, wel in een extra beveiligde gevangenis, maar niet opgesloten als een beest dat langzaam zijn verstand verliest.' Weer zweeg ze even. 'Daarvoor hoef je me nu alleen maar te vertellen waar we die vrouwen kunnen vinden.'

Hurley snoof. Hij keerde zijn hoofd naar het raam. Blauwe lucht. Zon op zijn gezicht. Zijn hart was weer op het trage, lome ritme overgegaan. Hij was kalm, want hij had het gevoel dat hij de situatie onder controle had, net als na de botsing.

Tenminste, tot Michelle Spivey haar mond had opengedaan en over zijn vader was begonnen.

Hij is je held. Je wilde dat hij trots op je zou zijn.

'Je vader is ziek, hè?' zei Will. 'Dat zei Michelle, dat hij doodging.'

Abrupt draaide Hurley zijn hoofd om. Zijn ogen fonkelden van woede.

Nu hadden ze hem te pakken. Hurley gaf niet om de mensen die hij had gedood. Wat het motief voor zijn terreurdaad ook was geweest, dat werd niet in een paar minuten onderuitgehaald. Iedere man had een zwakke plek. Voor veel mannen aan de verkeerde kant van de wet had die zwakke plek met hun vader te maken.

'Was je pa smeris?' vroeg Will. 'Ben je daarom bij de verkeerspolitie gegaan?'

Hurley keek hem woedend aan. De monitor begon rappe bliepjes uit te stoten toen zijn hartslag versnelde.

'Hij was vast heel trots toen je bij de politie ging. Toen je de eed aflegde, net als hij had gedaan. Zijn. Zoon.' Will sprak de twee woorden apart uit, zoals hij het zo vaak van oudgedienden binnen het korps had gehoord als ze het over hun kinderen hadden. Niet als individuen, maar als verlengstukken van zichzelf. 'Hij is vast niet meer zo trots op je wanneer hij hoort dat je een veroordeelde verkrachter hebt geholpen een vrouw te ontvoeren.'

De pauze tussen de bliepjes werd steeds korter.

'Ik weet nog goed hoe het was toen mijn eigen vader stierf,' zei Will. 'Ik was bij hem in het ziekenhuis op het moment dat hij zijn laatste adem uitblies.'

Amanda zei niets. Ze wist dat Will niet bij het overlijden was geweest, maar zijn vader pas weer had gezien toen hij het lijk van de man had geïdentificeerd.

'Ik had nog nooit mijn vaders hand vastgehouden,' vervolgde Will. 'Misschien toen ik klein was en hij me hielp oversteken. Maar nooit als volwassene. Hij was gewoon zo… zo kwetsbaar, snap je? En ik voelde me ook kwetsbaar. Zo is het nu eenmaal als je van iemand houdt. Je voelt je zwak. Je wilt zijn pijn wegnemen. Je wilt alles doen om hem te beschermen.'

Uit Hurleys ooghoek gleed een traan.

'Tegen het einde had mijn vader ijskoude handen en voeten. Ik trok hem zijn sokken aan. Ik wreef over zijn huid. Niets kon hem nog verwarmen. Zo gaat het met het lichaam. Het stuurt alle warmte naar de hersens en naar de organen. Zo iemand voelt dat je zijn hand vasthoudt, maar hij kan jouw hand niet meer pakken.'

Amanda was opgestaan. Will ging zitten. Hij trok de stoel dichter naar Hurley toe. Vechtend tegen zijn weerzin pakte hij de hand van de man.

Dit deed hij voor Sara.

Zo zouden ze haar vinden.

'Je kunt niet meer ongedaan maken wat je gedaan hebt, Hurley,' vervolgde hij, 'maar je kunt het wel enigszins goedmaken.' Hij voelde Hurleys vingers verstrakken om de zijne. 'Red die twee vrouwen. Zorg dat hun niets overkomt. Doe het voor je vader, zodat hij weer trots op je kan zijn.'

Hurley slikte.

'Zeg waar we de vrouwen kunnen vinden.' Will probeerde niet te smeken. 'Je weet wat hun te wachten staat, en het is nog niet te laat om ze daarvoor te behoeden. Gun je vader als laatste gedachte dat zijn zoon een goed mens is die een paar slechte dingen heeft gedaan. Niet een slecht mens die geen goed kan doen.'

Hurley had zijn ogen weer gesloten. Zijn kussen was nat van de tranen.

'Rustig maar.' Will keek naar hun handen. Hurley kneep zo hard in de zijne dat de geschaafde huid op zijn knokkels weer was gaan bloeden. 'Zeg maar hoe we ze kunnen redden. Wees de man die je vader in je ziet.'

Hurley haalde diep en haperend adem. Zijn tranen waren niet te stelpen. Nu keek hij niet naar Will, maar naar Amanda. Zijn mond bewoog. Zijn kaak maakte een klikgeluid.

'Guh...' Hurleys gezicht trok samen van inspanning. Zijn lippen weigerden het woord te vormen. 'Guh...'

'Gilmer? Gwinnett? Gordon?' Amanda staakte haar opsomming van districten en zocht in haar tas. 'Ik pak iets waarop je kunt schrijven.'

‘Nuh…’ Geërgerd schudde Hurley Wills hand af. ‘Fuh…’ probeerde hij opnieuw.

Will boog zich voorover om hem beter te verstaan.

‘Fuh…’ Hij greep de traliehekjes en gaf er een woeste ruk aan. ‘*Fuck off.*’

ZES

Zondag 4 augustus, 14.13 uur

Faiths billen stuiterden tegen de kunststof zitting achter in de helikopter. Met elke seconde die verstreek voelde ze zich hulpelozer. Ergens daarbeneden was Will, die zich waarschijnlijk even hulpeloos voelde als zij, gevangen als ze zat in deze overvolle wasmachine. De zon brandde op de metalen huid van de Huey. De zes forse kerels links van haar droegen een SWAT-tenue en waren gewapend met AR-15's. Ze zaten wijdbeens. Ze hadden armen als boomstammen. Hun gezichten stonden nors. Ze waren kwaad, klaar om te vechten.

Maar voorlopig konden ze niet landen. De traumaheli's hadden voorrang op het heliplat van het ziekenhuis. Zo langzamerhand stonk het binnenste van de Huey naar kwelling die te lang aanhield. De mannen zaten klaar om uit de krappe ruimte te springen zodra ze de grond raakten. Het zwijgen van de piloot in de lompe koptelefoons was een ware marteling. Niettemin probeerde Faith tegen de ruis in iets op te vangen. Alleen Maggie en Amanda hadden hun koptelefoon afgezet, omdat ze er de voorkeur aan gaven hun gesprek privé te houden, ook al betekende dat dat ze heel hard in elkaars oor moesten schreeuwen. Amanda keek woest, wat begrijpelijk was, tenzij je Amanda kende. Ze keek nooit woest. Gewoonlijk was ze de rust zelve.

Ze had overigens reden genoeg om kwaad te zijn.

Will bevond zich op de spoedeisende hulp. Van Sara was nog niets vernomen. Ze hadden geen idee wie haar hadden ontvoerd, waarom ze bommen hadden laten ontploffen en wat ze hierna van plan waren.

Officieel waren er vijftien doden en achtendertig gewonden. Er waren agenten vermoord. Beveiligers. Een hulpsheriff was bezweken op de operatietafel.

'Vijftig procent van de gebouwen op de campus is inmiddels veiliggesteld.' Maggie had haar koptelefoon weer opgezet. Haar stem weergalmde, alsof ze in een blikje sprak. 'De eerste bom ging af op de vierde verdieping van de parkeergarage Lowergate East. Het dak stortte in. De tweede bom was groter, het echte werk. Eerste ondergrondse verdieping, bevestigd aan een grote steunpilaar. Strategisch aangebracht om het hele gebouw op te blazen.'

'Dat was geen escalatie!' schreeuwde Amanda. 'Het was een kans die zich voordeed.'

Maggie wees naar de koptelefoon. De lijn was niet beveiligd.

'We mogen landen,' zei de piloot.

Na een scherpe duik raasde de helikopter op de campus af. Ook Faiths maag maakte een duik, niet door het plotselinge hoogteverlies, maar door de aanblik van de krater die van de parkeergarage over was.

Rook benevelde de lucht. Faith telde zes brandweerwagens, die elk een aparte brand bestreden. De grond lag bezaaid met glasscherven en brokken beton. Auto's waren van het parkeerdek geblazen, lagen her en der op straat, waren als projectielen aangrenzende gebouwen in geslingerd. Op de luchtbrug boven Clifton Road lag een busje, met de wielen omhoog, als een stervende kakkerlak. Ze zag schoenen, papieren, stukken metaal die als paperclips waren verbogen. Het deed haar denken aan vroeger, toen haar zoon klein was en spullen van haar bureau pikte om mee te spelen.

'De bestuurder van de Porsche.' Maggie had weer een update ontvangen. 'Hij is arts in het kinderziekenhuis. Na de botsing hebben ze waarschijnlijk zijn nek gebroken. Ze wilden geen getuigen. Verkeerde plek, verkeerde moment.'

Faith dacht aan de willekeur van het ongeluk. De arme man had zich waarschijnlijk op zijn bed verheugd toen de pick-up hem van achteren ramde.

'De studenten worden met bussen weggebracht.' Amanda wees naar de rij jongeren met rugzakken en koffers. Er stonden witte tenten, waarin triage werd toegepast op gewonden. Op het gebarsten beton wemelde het van de geüniformeerde agenten. Brandweerlieden en burgers waren puin aan het verwijderen en gaven emmers aan elkaar door.

'Over een kwartier is de persconferentie,' zei Maggie tegen Amanda. 'Wil je erbij zijn?'

'Nee, maar ik stel wel wat tekst op.' Ze haalde haar notitieblok tevoorschijn en begon te schrijven.

Faith probeerde zich te oriënteren toen de helikopter het heliplat naderde. Ze hingen pal boven de zogenoemde Clifton Corridor. Het weggebombardeerde parkeerdek was vanuit het ziekenhuis gezien aan de overkant van de straat. Achter de drie kliniekgebouwen en het Winship Cancer Institute. Eén blok verwijderd van Egleston Children's Hospital. Nog verder verwijderd van de studentenhuizen en bibliotheken aan de overkant van Clifton.

Van alle plekken waar de terroristen hun bommen hadden kunnen laten afgaan was de kans op een grootschalig bloedbad het kleinst op het parkeerdek. Ze hadden een aantal mensen gedood, maar het hadden er veel meer kunnen zijn.

Dit was geen escalatie.

Hun lichamen werden door elkaar geschud toen de helikopter landde.

'*Go-go-go*!' riep de aanvoerder van het SWAT-team.

Ze haastten zich weg zodat de Huey plaats kon maken voor de volgende traumaheli. Geholpen door een ziekenverzorger sprong Faith naar buiten. Op een drafje gingen ze het gebouw binnen. De deur naar het dak stond al open. Een gewonde lag vastgesnoerd op een brancard in afwachting van de volgende helikopter. Het SWAT-team verdween via de trap naar beneden, hun wapens in hun handen geklemd.

Faiths ogen traanden zo hevig dat ze nauwelijks iets zag. Ze hoestte. Je kon de lucht eten, zo dik was hij. Ze wilde niet weten wat ze inademde. Ze richtte haar samengeknepen ogen op de achterkant van Amanda's marineblauwe pakje en volgde haar de trap af.

Op de volgende verdieping was de lucht wat geklaard. Ze bleven naar beneden gaan. Met de punt van haar shirt veegde Faith het vuil uit haar ogen. Maggie had haar satelliettelefoon alweer paraat. Het ging net als eerst. Terwijl ze naar beneden stormde, vuurde ze over haar schouder een salvo aan informatie af. 'Die man die Will heeft neergeschoten op de plek van het ongeluk. Zijn vingerafdrukken zijn gescand. Hij zit niet in het systeem.' Ze luisterde even en vervolgde: 'De Androidtelefoon van Robert Hurley heeft niks opgeleverd. Hij heeft maar één nummer gebeld, van een wegwerptelefoon. Die proberen we op te sporen.'

Ze deden alle drie een stap opzij om twee gehaaste ziekenverzorgers erlangs te laten.

'Mijn mensen kunnen sneller aan een bevelschrift komen,' zei Amanda. 'Laat het papierwerk maar aan ons over.'

'Oké.' Maggie stormde de volgende trap af. 'Ik neem contact op met Murphy. Maar ik kan niks beloven.'

'Ik ook niet.' Weer klonk Amanda woest. Ze haalde hoorbaar adem. Haar hoge hakken sloegen tegen de traptreden.

Faith keek op haar horloge.

14.17 uur.

De bomaanslagen waren nu ongetwijfeld op het nieuws. Haar moeder zou ervan uitgaan dat Faith er samen met Amanda op afging. Vervolgens zou Evelyn Jeremy bellen en zeggen dat ze met Faith had gesproken en dat alles in orde was. Daarna zou ze om Emma af te leiden de iPadafspraak schenden en haar er bij wijze van uitzondering wat langer op laten spelen. Ze had dertig jaar bij de politie gewerkt. Tegen haar familie kon ze liegen als de beste.

Faith passeerde het trapportaal. Ze nam de laatste trap met twee treden tegelijk. Nu waren ze op de eerste verdieping. Een brigadier van het Atlanta Police Department hield de deur open. 'De dokter kon niet wachten,' zei hij tegen Maggie. 'We moesten hem maar opzoeken zodra u hier was.'

'We gaan hem zoeken.' Maggie maakte een ongeduldig handgebaar. 'Praat ons maar bij onder het lopen.'

De brigadier versnelde zijn pas om haar in te halen en zei: 'Ze hebben de kogel in Hurleys been laten zitten. Zo is het veiliger. Zijn kaak moet worden vastgezet, maar er zijn veel urgente gevallen die vóórgaan. De vijfde verdieping is ontruimd. Hij wordt streng bewaakt. Niemand die ook maar gaat pissen. Sorry, ma'am.'

'Pissen doen we allemaal, brigadier,' zei Maggie. 'Is Hurley wakker?'

'Af en aan. Hij weigerde pijnstillers toen hij van de spoedeisende hulp kwam.'

'Hij wil niet per ongeluk informatie prijsgeven.' Amanda keerde zich naar de agent toe. 'Zorg dat zijn kaak onderaan de prioriteitenlijst blijft. Hij moet kunnen praten. Zorg dat hij alleen op zijn kamer is. En dat hij uit het raam kan kijken. Geef hem geen water.'

De brigadier keek Maggie aan. Ze knikte instemmend en keerde zich weer naar Amanda toe.

'Hier.' Amanda scheurde een bladzij uit haar notitieboekje. 'Zeg tegen de pers dat dit een officiële verklaring is van het GBI. Je moet het precies zo oplezen als het er staat.'

'Begrepen.' Maggie ruilde haar satelliettelefoon in voor het papier. 'Zoek maar een van mijn mensen op als je me nodig hebt. Succes.'

Amanda liep de gang op. 'We moeten naar de volgende verdieping!' riep ze tegen Faith. 'Ik wil met de verpleegkundige praten.'

Lydia Ortiz. Faith herkende de naam van de debriefing die ze in de helikopter hadden gehad. Ortiz had Michelle Spivey herkend toen ze op de verkoeverafdeling was. Ze had de beveiliging gebeld, maar voor die was gearriveerd, was de hel al losgebroken.

'Deze kant op.' Amanda liep langs de lift. Vlakbij was een trap, maar die werd door de forensische recherche op sporen uitgekamd.

Robert Jacob Hurley had Michelle Spivey weggesleept uit de verkoeverkamer op de tweede verdieping. Bij de deur naar de eerste verdieping had hij zich bij zijn twee medeplichtigen gevoegd. Terwijl ze de trap af gingen naar de begane grond, renden twee agenten naar boven. Ze reageerden op het SOS van Lydia Ortiz. Beiden kregen een kogel door hun hoofd. Een derde politieagent, een hulpsheriff, stond hen op te wachten toen ze het gebouw verlieten. Zij werd in haar borst geschoten terwijl ze naar de zilverkleurige Chevy Malibu renden. Ze was al schietend neergegaan, had Hurley in zijn been geraakt en zijn maat in zijn schouder, waarna Hurley zich had omgedraaid en haar in haar gezicht had geschoten.

Faith deed de deur open. 'Ze hebben de bommen in de parkeergarage laten afgaan toen ze wegreden,' zei ze tegen Amanda.

'Klopt.'

'Net als Novak,' zei Faith. 'Die liet altijd bommen afgaan bij wijze van afleidingsmanoeuvre, niet om een doel te bereiken.'

'Goed zo. De spijker op zijn kop.'

Amanda sprintte de trap op naar de verkoeverkamer op de tweede verdieping. Rijen brancards werden door ziekenhuisgordijnen aan het zicht onttrokken. Er waren een verpleegpost, een ijsmachine en een duidelijk aangegeven toilet. Het was er verlaten, op een agent en drie forensische rechercheurs na. Het bed in het tweede compartiment was afgezet met geel lint. Een bloedspoor liep over de vloer in de richting van de tweede trap.

Amanda toonde haar ID aan de agent bij de deur, en Faith schreef hun namen in het recherchelogboek.

'Dokter Lawrence is al onderweg,' zei de agent. 'Hij is twee keer naar Irak uitgezonden geweest. Die laat zich niet gek maken.'

'Zijn jullie van de politie?' Vanachter de verpleegpost was een vrouw verschenen. Ze huilde en was zichtbaar ontzet. 'Ik kon het niet voorkomen. Ik heb geprobeerd –'

'Bent u Lydia Ortiz?' vroeg Amanda.

De vrouw sloeg haar handen voor haar gezicht. Ze kon alleen maar knikken. Waarschijnlijk kende ze mensen die op het parkeerdek waren geweest. Ze had oog in oog gestaan met een massamoordenaar en met een vrouw die was ontvoerd waar haar elfjarige dochter bij was geweest.

'We hebben alle tijd,' zei Faith. Ze pakte haar notitieboekje uit haar tas, bladerde door wat lege pagina's en draaide haar pen open.

'Wat zijn de symptomen van blindedarmontsteking?' vroeg Amanda.

'Eh...' Die vraag had Ortiz niet verwacht. 'Misselijkheid, overgeven, plotselinge hoge koorts, constipatie.'

'Is het pijnlijk?' vervolgde Amanda. Ze probeerde de vrouw bij de les te houden door op bekend terrein te beginnen.

'Ja, de pijn is ondraaglijk. Hier.' Ze legde haar hand op haar rechteronderbuik. 'Ademen, bewegen, hoesten... Het voelt alsof je met een mes wordt gestoken.'

‘Hoelang voordat de zaak openbarst?’

Ze schudde haar hoofd. ‘Vierentwintig tot tweeënzeventig uur vanaf het begin van de symptomen. En het barst niet open zoals een ballon. Het is eerder een scheur. De bacteriën dringen je bloedsomloop binnen en dat leidt tot bloedvergiftiging.’

Faith kon dat alles ook op internet vinden, maar schreef het toch op.

‘Goed,’ zei Amanda. ‘Vertel eens over het moment waarop je Michelle voor het eerst zag. Ze werd de verkoeverkamer binnengebracht. Lag ze op een brancard?’

‘Ja.’ Ortiz nam een tissue uit haar zak en snoot haar neus. ‘Ze lag op plek twee. Een van de portiers haalde haar man uit de wachtkamer; hij stelde zich voor als Hurley. Nadat ik me had voorgesteld, nam ik de gebruikelijke postoperatieve zorg met hem door.’

‘Stelde hij vragen?’

‘Nee. Hij luisterde nauwelijks. Hij bleef maar naar de briefjes vragen.’

‘Briefjes?’

‘Recepten. Voor antibiotica. Een merkloos middel dat je gratis bij de Walmart kunt krijgen. Ik had de indruk dat hij ze wilde om zo snel mogelijk te kunnen vertrekken.’

‘Wat was haar prognose?’

‘Dat mag ik u eigenlijk niet vertellen, vanwege de privacy, maar ze bekijken het maar. Ze moest in het ziekenhuis blijven. Dat weigerde haar man. Ze nam zelf ontslag, tegen het medische advies in. De arts diende haar een hele lading antibiotica toe. Ze heeft nazorg nodig. Bloedvergiftiging is geen pretje.’

‘Zou ze zonder de operatie zijn gestorven?’

‘Ja. Ze kan nog altijd sterven. Hurley leek niet in een goede nazorg geïnteresseerd.’

Faith keek in haar notitieboekje. Ortiz was niet van het auto-ongeluk op de hoogte. Ze wist niet dat Hurley deel uitmaakte van een team dat een arts had ontvoerd. Ze schreef een vraag op voor later: *Hurley had Michelle levend nodig, waarvoor?*

‘Wanneer besefte u dat de patiënte Michelle Spivey was?’ vroeg Amanda.

'Dat had ik niet meteen in de gaten. Het kwam door de man. Er was iets met hem. Hij had iets onrustigs. Soms hebben we hier gewelddadige kerels, die hun vrouw niet alleen willen laten. Die zijn dan bang dat ze om hulp gaat vragen.'

'Vertoonde ze tekenen van mishandeling?'

'Ze maakte een ondervoede indruk. Ik gaf haar een paar warme dekens, maar toen zag ik dat ze geen sokken aanhad. Ik trok haar sokken aan en zag de naaldsporen.'

Faith keek op van haar boekje.

'Op dat moment kreeg ik het door,' zei Ortiz. 'Ik deed haar sokken aan, keek naar haar gezicht. En omdat het vanuit een andere hoek was, viel het kwartje. Haar haar is kort afgeknipt en geblondeerd, maar ik herkende haar wel. Op dat moment keek ze me aan, recht in mijn ogen. Met haar lippen vormde ze het woord "help".'

Voor alle duidelijkheid vroeg Faith: 'Dus ze vroeg je om hulp?'

'Niet hardop. Maar je kunt het woord makkelijk van iemands lippen lezen, toch?' Ortiz liep naar het bed. 'Ik was hier. Zij zat rechtop.'

'Heeft haar man gezien dat ze dat woord mimede?'

'Nee. Of eigenlijk weet ik dat niet zeker. Ik liep terug naar de verpleegpost en zei dat ik vaseline ging halen, want haar lippen waren gebarsten. Ik gaf de noodcode aan Daniel, de portier. Hij bleef heel rustig en glipte de deur uit, maar de man had iets gemerkt. Toen ik me omdraaide, liet hij haar haar broek aantrekken. Ze kreeg de rits niet dicht. De hechtingen knapten, en ze bloedde. Ze begon te huilen. Ze mocht van hem haar shirt niet aantrekken. Hij gaf haar zijn jasje en trok haar mee naar de trap. Dat is het laatste wat ik van hen heb gezien. Beneden klonken schoten. We kregen het sein dat we dekking moesten zoeken. Een paar minuten later ontploften de bommen.' Ze schudde haar hoofd. 'Er wordt gezegd dat Hurley een groep mannen bij zich had, dat ze mensen hebben doodgeschoten.'

Amanda voorzag haar niet van de ontbrekende informatie. Ze liep om de brancard heen en keek naar de vloer. 'Is dat haar shirt?'

Ortiz knikte.

Amanda bukte zich. Met een potlood verplaatste ze het shirt. Van katoen, korte mouwen, met knoopjes aan de voorkant, wit met rode verticale strepen. 'Zelfgemaakt.'

Faith knielde naast haar neer. De zomen leken met de hand gestikt. De stof had van een meelzak kunnen zijn.

'Bedankt, Ms Ortiz.' Amanda stond op. 'We zien elkaar op de gang,' zei ze tegen Faith.

Faith fotografeerde het shirt met haar telefoon. Ze richtte het apparaat op de zomen. De knoopjes waren allemaal van dezelfde kleur, maar ongelijk van grootte. Michelle Spivey had bij de CDC gewerkt. Ze liep de marathon, was moeder van een prepuber. Ze leek Faith niet het soort vrouw dat haar eigen kleren naaide.

'Sorry,' zei Ortiz. 'Ik had moeten... Ik weet het niet. Ik had hem moeten tegenhouden.'

'Dan zou je nu dood zijn.' Faith haalde een visitekaartje tevoorschijn. 'Bel maar als je verder nog iets te binnen schiet, goed?'

In het trappenhuis rondde Amanda net een gesprek via de satelliettelefoon af. Tegen Faith zei ze: 'Sara's moeder beweert dat haar dochter met de ontvoerders is meegegaan om Will te beschermen.'

Dat leek Faith goed mogelijk, maar als dat in een politierapport terechtkwam, kon het weleens heel slecht uitpakken voor een verdere carrière in de wetshandhaving, vooral als de pers er lucht van kreeg.

'Ik heb gevraagd of ze alles eerst wil laten bezinken voor ze haar verklaring ondertekent,' zei Amanda. 'Ik weet niet of ze luisterde. Ze klonk als een hondsdolle heks.'

Faith kreeg er een nieuwe knoop in haar maag bij. Zelf zou ze ook in een hondsdolle heks veranderen als een van haar kinderen was ontvoerd.

'Wie draagt zelfgemaakte kleren?' vroeg ze aan Amanda.

'Niemand met een salaris van honderddertigduizend dollar per jaar.'

Faith liet het verbijsterende salaris voor wat het was en probeerde hardop alles wat ze wist op een rijtje te zetten. 'Hurley ontvoert Michelle Spivey. Hij laat haar zelfgemaakte kleren dragen. Hij brengt haar naar het ziekenhuis om haar blindedarm te laten verwijderen in plaats van haar in de berm te dumpen. En dan belt hij zijn maten en zegt dat ze een stel bommen moeten brengen zodat ze kunnen ontsnappen?' Ze kon er niks zinnigs van maken. 'Waarom?'

Amanda keek over de trapleuning. 'Dokter Lawrence?'

'Spreekt u mee.' Een kleine, gedrongen man verscheen in beeld. Hij droeg een pyjamabroek met streepjes en nette schoenen. Zijn operatieschort zat onder de bloedspatten. Uitgelopen zwarte eyeliner omrandde zijn ogen. Hij zag eruit alsof hij na een nacht doorhalen uit zijn bed was gerold zodra hij de sirene had gehoord en naar het ziekenhuis was gerend.

Lawrence verontschuldigde zich niet voor zijn uiterlijk. 'Het vastzetten van zijn kaak kan ik zolang als u wilt uitstellen. Laat hem maar lijden.'

'Hoe is het met mijn agent beneden?'

'Ik heb een kram in zijn schedelhuid gejast. Hij is wat gedesoriënteerd, heeft een hersenschudding. Ze hebben zijn onderbuik lelijk te pakken gehad. Waarschijnlijk heeft hij één of twee gebroken ribben. Hij moet een CT-scan om inwendige bloedingen uit te sluiten.'

'Wat kunt u hem geven om hem weer overeind te krijgen?' wilde Amanda weten.

Lawrence dacht even na. 'Ik word nu waarschijnlijk voor het medisch tuchtcollege gesleept, maar met een tabletje Percocet 10 komt hij al een heel eind. Zeg dat hij een halfje moet nemen als u hem wakker wilt houden.'

'En als ik hem meer dan wakker wil hebben?'

Lawrence krabde door zijn stoppelbaard. 'Een ammoniakinhaler zou –'

'Poppers?' Het woord vloog Faiths mond uit. 'Dat meent u niet.'

'Het is geen popper. Het spul prikkelt het neusslijmvlies. Daardoor ademt hij heel diep in en krijgt een stoot zuurstof in zijn lichaam.' Tegen Amanda zei hij: 'We hebben beneden wel wat liggen. Geef hem een dosering wanneer hij scherp moet zijn.'

Faith schudde haar hoofd. Ze vertrouwde het voor geen cent.

Lawrence liep alweer weg. 'Voor medicijnen moet u beneden zijn, bij Conrad.'

'Hij slikt echt geen medicijnen,' zei Faith tegen Amanda. Will bestreed hoofdpijn met *root beer* en verrekte spieren met extra training.

'Ik heb zo'n vermoeden,' zei Amanda, 'dat Michelle Spivey niet door Robert Hurley is ontvoerd. Volgens mij is ze door een zekere Adam Humphrey Carter meegenomen. Die heeft zes jaar in het noorden vastgezeten wegens seksueel geweld. En ik denk dat hij Sara nu ook in handen heeft.'

Faith sloeg haar hand voor haar mond. De staat Georgia maakte onderscheid tussen verkrachting en seksueel geweld. Het laatste betekende dat de dader toeziend gezag of de voogdij over zijn slachtoffer had, bijvoorbeeld een leraar, een medewerker van een dagopvang of –

'Carter werkte bij de politie van Newnan County,' bevestigde Amanda haar vermoedens. 'Hij heeft ooit een vrouw van tweeëntwintig aangehouden, haar het bos in gesleurd, verkracht en in elkaar geslagen, en haar toen voor dood laten liggen.'

'Waar heb...' Faith kreeg de vraag met moeite over haar lippen. 'Je hebt Carters naam niet uit een hoge hoed getoverd. Waarom denk je dat hij erbij betrokken is?'

'Sommige dingen kan ik je op dit moment niet vertellen. Het is een vermoeden, maar wel op feiten gebaseerd.' Amanda liet haar woorden even bezinken. 'Ik heb een vriend gevraagd het filmpje van Spiveys ontvoering naar je privémailadres te sturen.'

'Wacht eens, is er een filmpje van?' Faith had de afgelopen maand het verhaal gevolgd. Ze was ervan uitgegaan dat het de zoveelste afgrijselijke, lukrake ontvoering was. 'Op het nieuws werd gezegd dat er geen verdachten waren.'

Amanda ging niet op deze onjuiste voorstelling van zaken in. 'De volgende puzzelstukken moeten we zo snel mogelijk in elkaar passen: is Carter de man in het filmpje van de ontvoering van Spivey? Als Carter de ontvoerder is, kan Will hem dan identificeren als een van de mannen die Sara hebben gekidnapt?'

Faith werd misselijk bij de gedachte dat Carter wellicht Sara in handen had. 'En dan?'

'Dan kunnen ze niet beweren dat Michelle de sekshandel in is gegaan. Je hebt gehoord over de naaldsporen. Ze zouden kunnen zeggen dat Carter klaar was met Michelle en haar doorverkocht aan Hurley. Een transactie, geen samenwerking.'

Hoe meer ze vertelde, hoe waziger alles werd. 'Wie zijn die "ze" die dat gaan beweren? En wat doet het motief ertoe?' Faith voelde haar horloge tegen haar pols tikken. De haptische feedback liet haar weten dat ze een alert had. Ze keek even en zei: 'Volgens mij is het netwerk –'

Sara Linton probeerde u te bereiken, maar u was niet beschikbaar.

'Fuck.' Faith scrolde door de walkietalkieopties. 'Sara –'

Praat met Sara.

Open Walkie-Talkie.

'Fuck.'

'Jezus, Faith,' zei Amanda. 'Hoezo Sara?'

'Om 14.17 uur heeft ze geprobeerd contact met me te krijgen via Walkie. Dat was eenentwintig minuten geleden.' Sara kon inmiddels wel onderweg zijn naar Tennessee, de Carolina's, Alabama, Florida. 'Fuck.'

'Wat zei ze?'

'Zo werkt het niet.' Faith begon uit te leggen dat de app via FaceTime werkte, maar toen besefte ze tegen wie ze het had. 'Het is net een echte walkietalkie. Het slaat het bericht niet op. Je moet het beluisteren wanneer het binnenkomt.'

Amanda vertrok haar lippen tot een strakke streep. Ze ademde met kracht uit en zei: 'Tien minuten geleden is de BMW gevonden.'

Faiths mond viel open.

'Er is een explosie geweest. De benzinetank is in brand gestoken. Op de achterbank ligt een lijk. Ze weten nog niet of het van een man of een vrouw is. De auto moet afkoelen voor ze erin kunnen.'

Faith tastte naar de muur achter haar. Ze had iets stevigs nodig om overeind te blijven. Sara was niet alleen Wills geliefde. Ze was ook Faiths vriendin. Misschien wel haar beste vriendin.

'Je mag Will niets van dit alles vertellen.' Amanda liep de trap weer af. 'Als hij in de rouw is, hebben we niks aan hem.'

Faith volgde haar schoorvoetend. Ze voelde zich bedwelmd. Will had het recht te horen wat er aan de hand was. Faith was zijn partner. Het was haar taak om eerlijk tegenover hem te zijn. Of in elk geval zo eerlijk mogelijk.

Amanda trok weer een deur open. Nu waren ze op de spoedeisende hulp. Ze hield de eerste de beste medewerker staande. 'Ik zoek Conrad.'

Will zat ineengedoken op een brancard aan het einde van de gang. Faith rende op hem af. 'Will!' riep ze.

Hij knipperde loom en lang met zijn ogen. 'Hebben jullie Sara gevonden?'

'Nee. De hele staat is naar haar op zoek.' Faith hield zichzelf voor dat het zinloos was om hem over de uitgebrande BMW te vertellen zolang ze niet wisten wie erin lag. Voorzichtig duwde ze zijn hoofd omhoog om zijn gezicht te kunnen zien. 'Gaat het?'

Zijn kin viel weer op zijn borst. 'Ik heb haar mee laten nemen.'

Ze wilde hem weer laten opkijken, maar hij schudde haar hand af.

'Het-Het snel,' zei hij. 'De schuur. Het... De straat. Maar, vóór een ex-explosie. En toen de auto's. Ze hebben haar meegenomen.'

Amanda had geen geduld voor zijn gebazel. 'Waarom zit je zo ineengezakt, je bent toch geen zwerver?' Ze wilde hem dwingen weer te gaan liggen. Met haar hand schoof ze zijn shirt omhoog.

'Jezus christus,' zei Faith. Zijn huid was net een verzameling door elkaar heen lopende Rorschachinktvlekken.

Amanda gaf Faith met een scherpe blik te verstaan dat ze zich moest beheersen. 'Faith, haal een dokter. Zeg dat hij misschien een inwendige bloeding heeft.'

Faith liep de gang weer door. Met de rug van haar hand veegde ze onder haar ogen. Gruis schuurde over haar huid. Het was vreselijk om Will zo te zien. Toen ze zich omdraaide, zag ze dat Amanda Will een pil voorhield. Hij schudde zijn hoofd. Ze brak de pil doormidden en Will stopte de helft in zijn mond.

'Hebben jullie me alweer nodig?' Een verpleger hield halt, met zijn handen om zijn stethoscoop geklemd. Op zijn naamplaatje stond CONRAD. 'Wat een kreng is die chef van je,' zei hij.

'Zeg dat maar tegen haar terwijl je mijn partner helpt.' Faith duwde de deur van het toilet open. Ze liep het dichtstbijzijnde hokje binnen, ging zitten en nam haar hoofd in haar handen. Ze huilde niet. Ze bleef net zo lang zitten tot ze zich niet langer tot een balletje wilde oprollen.

Adam Humphrey Carter.

Waarom had Amanda die naam voor op haar lippen liggen? Het ontvoeringsfilmpje werd buiten de officiële kanalen om naar Faiths privémailadres gestuurd. Amanda noemde het een vermoeden, maar ze was ongetwijfeld een theorie aan het uitwerken. Had ze dat in Maggies oor geschreeuwd toen ze wachtten tot de helikopter kon landen? Dat verklaarde waarom ze zichtbaar woedend was geweest.

Geen escalatie. Een kans die zich voordeed.

Faith keek op haar horloge om te zien of ze berichten had.

14.42 uur.

Niets.

Ze trok door. Ze waste haar gezicht. Ze keek naar haar bleke spiegelbeeld.

In plaats van het bos af te speuren moest ze naar de individuele bomen kijken. Amanda zei dat ze concreet bewijs nodig hadden dat Carter en Hurley deel uitmaakten van een team. Als Will hen allebei kon identificeren als aanwezig bij het ongeluk, was de link bewezen. Dat was het enige waar Faith zich voorlopig druk om ging maken. Zodra de link was gelegd, ging ze door naar de volgende boom. Alleen zo kwam ze het hele bos door.

Ze duwde de deur open. Verderop in de gang probeerde Amanda Will de trap af te helpen. Hij was zo'n vijfenveertig kilo zwaarder dan zij en minstens dertig centimeter langer. Als het niet zo tragisch was, zou het een komisch gezicht zijn geweest.

Faith glipte om hen heen en liep achterwaarts de trap af, voor het geval Will viel. Met dubbele tong vroeg hij naar Hurley, naar de gps in Sara's auto.

‘Dat is allemaal al in gang gezet,’ zei Amanda sussend. ‘Informatie wordt zo snel mogelijk doorgegeven.’

‘Deze kant op.’ Conrad stond bij de open deur.

Amanda probeerde Will de tunnel in te loodsen, maar het was gedaan met zijn meegaandheid.

Hij keek Faith aan. ‘Is ze dood?’

Ze deed haar mond al open, maar Amanda nam het woord.

‘Nee. Hoe kom je daarbij? Als we iets wisten, zouden we het je meteen vertellen.’

Faith dwong zichzelf hem aan te kijken. Ze vertelde hem de enige waarheid die ze over haar lippen kreeg. ‘Ik zweer dat ik het je zou vertellen als we wisten waar ze is.’

Hij knikte, en ze liet hen voorgaan om te voorkomen dat ze nog meer prijsgaf.

Ze keek weer op haar horloge en pakte haar mobiel. Ze bevonden zich ondergronds. Op geen van beide apparaten had ze ontvangst. Ze zou weer naar boven moeten gaan of het wifiwachtwoord moeten proberen te achterhalen.

‘Faith.’ Amanda stond nu in haar eentje op de gang en doorzocht haar tas. Ze hield haar pillendoosje omhoog. ‘Ik kan mijn leesbril niet vinden. Zoek de ovale blauwe pillen eens. Ik heb er twee nodig.’

‘Ben je…’ Faith wilde al vragen of Amanda zich niet goed voelde, maar toen zag ze de kleine lettertjes op het blauwe tablet.

XANAX 1.0.

‘Doe ze hier maar in.’ Amanda draaide de dop van een plastic flesje. Faith liet de pillen erin vallen, waarop Amanda de dop er weer op draaide, alsof ze peper aan het malen was. Ze zag Faiths blik en zei: ‘En kijk niet zo verschrikt. Dit is niet voor Will. Ik moet Hurley aan de praat krijgen, en voor je tegen me gaat preken, bel je je moeder maar om te vragen naar haar beroemde kletsmajoorpillen.’

Faith beet op het puntje van haar tong. Ze vond het vreselijk wanneer Amanda haar rottigheid over haar moeder vertelde.

Amanda liet het doosje in de zak van haar jasje glijden. ‘Mensenrechten zijn vrouwenrechten. Zo zorgen we voor een eerlijk speelveld.’

'Ma'am?' Er stond een man op de gang. 'Ik ben dokter Schooner, de radioloog. Hij viel op de tafel in slaap, dus we wilden hem wat tijd geven voor de volgende patiënt binnen wordt gebracht.'

Hij wenkte hen een donkere kamer binnen die vol stond met gloeiende schermen. Conrad zat met zijn armen over elkaar op de enige stoel. De muren zaten volgeplakt met aanwijzingen. Wat te doen bij een allergische reactie. De nummers van de afdeling schadelijke stoffen. Het wifiwachtwoord.

Faith tikte de netwerkinformatie in haar telefoon terwijl dokter Schooner de uitslag van Wills onderzoek toelichtte.

'Zijn hersenen vertonen geen onregelmatigheden.' Hij wees naar de monitor in het midden. 'Geen zwellingen. Geen bloedingen. Geen schedelfracturen, hoewel het bot gekneusd is. Hij moet ergens uitrusten, met zijn ogen dicht, lampen uit, geen prikkels. Over een week hoort het een stuk beter te zijn, maar volledig herstel gaat eerder drie maanden duren.'

'We zullen zorgen dat hij rust krijgt,' zei Amanda.

Faith liep de gang op zodat ze later haar handen in onschuld kon wassen. Ze probeerde te bedenken wat Sara nu zou willen dat ze deed. Ze zou zich zorgen maken om Will. Het liefst zou ze willen dat Faith hem knock-out sloeg, hem naar huis sleepte en hem in een verduisterde kamer zou laten slapen zodat hij kon herstellen.

Maar uiteindelijk zou hij wakker worden. En hij zou het Faith nooit vergeven.

Ze checkte haar mail. Het filmpje was nog niet binnen.

Ze opende de browser op haar telefoon en logde in op de beveiligde site van het GBI. Ze haalde het strafblad van Adam Humphrey Carter boven. Haar maag draaide zich in een nieuwe knoop. Hij was niet alleen verkrachter, maar ook autodief, inbreker, geweldpleger. Net als bij Robert Hurley had een vrouw hem een contactverbod laten opleggen. Zijn strafblad stond vol aanklachten wegens huiselijk geweld, want dat soort mannen werd altijd aangeklaagd wegens huiselijk geweld. Vrouwenhaat leidde al evenzeer tot toekomstig crimineel gedrag als bedplassen en het martelen van dieren.

Geweld werkte nooit in het voordeel van vrouwen.

Faith scrolde door naar het einde van Carters dossier. Hij had twee uitstaande aanhoudingsbevelen, een wegens het niet ter zitting verschijnen na diefstal en een ander wegens het mishandelen van een man tijdens een kroeggevecht. Beide waren van twee jaar geleden. Dat klopte niet. De rechter schreef dat soort aanhoudingsbevelen uit wanneer criminelen niet op hun proces verschenen. Carter was op borgtocht vrijgelaten na twee buitengewoon ernstige aanklachten. De borgsteller zou ongetwijfeld een prijs van meer dan honderdduizend dollar op zijn hoofd hebben gezet.

Dus waarom was Carter niet aangehouden?

Er gleed een bericht over het scherm.

Anon4AnonA@gmail.com had haar een bestand gestuurd.

Ze liep de kamer weer in en zei tegen Amanda: 'Het filmpje is net doorgekomen.'

'Kom, we gaan ergens anders naartoe.'

Will en Faith volgden haar naar de andere kant van de tunnel.

Weer een deur.

Weer een trappenhuis.

Amanda liet Will op een traptrede plaatsnemen. Voor Faith het doorhad, had ze een ammoniakampul opengebroken en die onder zijn neus gestoken.

'Fuck!' Will schoot naar achteren, zwaaiend met zijn armen. 'Wat zijn dat, drugs?'

'Doe niet zo kinderachtig. Het is vlugzout.'

Faith keek naar het downloadrondje tot het filmpje werd geopend. Ze boog zich over de trapleuning om Will en Amanda te laten meekijken.

De beelden van Michelle Spiveys ontvoering waren minder schokkend dan ze hoorden te zijn. Op haar werk en op Dateline had Faith talloze zwart-witbeelden gezien van vrouwen die werden gekidnapt onder het toeziend oog van een bewakingscamera. Wat haar wel raakte was Ashley Spivey-Lee, de jonge dochter van Michelle, die zich van geen kwaad bewust aan het appen was op haar telefoon toen een paar meter verderop een busje stilhield.

Het meisje rende weg.

Michelle stak haar hand in haar tas en schreeuwde met wijdopen mond.

Faith zette de film op pauze toen een man uit het busje sprong. Ze zoomde in op het gezicht van de ontvoerder. Ze herkende het stuk tuig van zijn politiefoto, maar hoopte vurig dat Will hem niet herkende.

'Dat is 'm,' zei hij. 'Clinton. Zo noemden ze hem, maar dat is niet zijn echte naam.'

'Fuck,' mompelde Faith.

'Hij zit niet in het systeem.' Amanda gaf Faith te kennen dat ze het spel mee moest spelen.

'Je liegt tegen me,' zei Will. Het was geen vermoeden. Faith kon de waarheid alleen achterhouden wanneer ze het gevoel had dat er een goede reden voor was.

Amanda's telefoon ging.

Ze hield het apparaat tegen haar oor en wachtte.

Ze wachtten alle drie. Will op nieuws over Sara. Faith op het bericht dat het verkoolde lijk op de achterbank van Sara's auto was geïdentificeerd.

Amanda schudde haar hoofd en liep de gang op. De klik waarmee de deur sloot had iets onherroepelijks.

In de stilte die volgde, hoorde Faith haar hart bonzen in haar oren.

'Jij weet hoe hij heet, hè?' zei Will.

Ze gaf hem de naam van de man. Ze somde zijn strafblad op. Tenminste, een deel ervan.

Will was niet dom. Hij wist dat ze iets verzweeg.

'En verkrachting,' zei hij.

Faith slikte voor ze de woorden over haar lippen kreeg. 'En verkrachting.'

De deur ging weer open. Amanda riep haar bij zich. Ze bracht haar mond naar Faiths oor. 'De verkoolde resten zijn van een mannelijke koerier. Zijn busje is leeg aangetroffen bij de afslag Bullard Road aan de I-16.'

Florida. Alabama. South Carolina.

'Je wordt boven bijgepraat,' fluisterde Amanda. 'Laat je niet kisten. Neem niets van wat ze zeggen zomaar aan. Er is altijd een verborgen motief.'

Faith stelde geen vragen waar ze in aanwezigheid van Will toch geen antwoord op zou krijgen. Ze kneep even in zijn schouder toen ze naar boven liep, passeerde het zoveelste trapportaal en was toen op de begane grond van het zoveelste gebouw.

Het Winship Cancer Institute. Faith herkende de ingang. Lucht floot om haar oren. Aan de oostkant waren de ramen verbrijzeld. De airco werd naar buiten gezogen. Ze hoorde het gebliep van zwaar materieel, het geronk van dieselmotoren. Het was alsof ze zand inademde. Meteen begonnen haar ogen te tranen. Ze had een loopneus en zocht in haar tas naar een tissue.

'Mitchell.'

Aan het andere einde van de gang werd ze gewenkt door de FBI-agent van de vergadering over Martin Novak. Het klamme lokaal leek een eeuwigheid geleden. Ze zagen er allebei afgepeigerd uit. Van de starre dienstklopper was niets meer over. De brug van zijn bril werd door wit operatietape bijeengehouden. Zijn gezicht was grauw van het aangekoekte stof. Zijn eens zo witte overhemd was besmeurd met bloed. De mouw was opengescheurd. Bloed sijpelde langs zijn arm.

'We zitten verderop.' Hij liep langs de lift en ging voorbij het trappenhuis linksaf. De plafondlampen waren uit. Faith was nog nooit in dat deel van het gebouw geweest. 'Eerlijk gezegd verbaast het me dat Amanda jou heeft gestuurd.'

'Hoe heet je ook alweer?'

'Aiden Van Zandt.' Met zijn mouw veegde hij over zijn gezicht. 'Hoor eens, laat die preek maar zitten. Onze informant heeft ons de afgelopen drie jaar nog nooit in de steek gelaten.'

Faith vroeg niet wie de informant was. Een prater liet je zijn gang gaan.

'Dankzij de informatie die hij ons heeft gegeven, hebben we een paar grote jongens aan de praat of achter de tralies gekregen.'

Faith vertrok geen spier.

'Ik weet wat je chef vindt van deze hele operatie, maar vergeet niet dat zij degene was die ons heeft gebruikt.' Hij keek even naar Faith. 'En wij waren er klaar voor. We hadden alles voor elkaar.' Weer veegde hij over zijn gezicht, maar hij smeerde het vuil alleen maar uit.

Faith had tissues in haar tas, maar hij kon de pot op.

'Wel kunnen we er nog een agent bij gebruiken,' zei hij. 'Ze weten niet hoe hij eruitziet, alleen dat het iemand is die wat problemen heeft gehad.'

Faith voelde boven haar hoofd een lampje flikkeren. Het ging niet volledig aan, maar het kwam in de buurt. Werd Will om deze reden buiten de Novakbesprekingen gehouden? Amanda hield hem achter omdat ze hem undercover wilde laten gaan in een gezamenlijke operatie met de FBI.

Ze probeerde een vraag te formuleren waar ze zich ook weer uit kon lullen. 'Wanneer zou Will erbij betrokken worden?'

'We hebben het over datums gehad, maar het was een kwestie van dagen. Er doen de laatste tijd online enorm veel geruchten de ronde over de groep. Ze zouden van plan zijn een statement af te geven. En neem maar van mij aan dat dit soort gasten geen onschuldige statements afgeven.'

Groep?

Faiths mond werd droog. Michelles ontvoering en de aanslag waren groter dan de vijf mannen die bij het ongeluk betrokken waren geweest. Er zat een organisatie achter, een cel die aan een nog verwoestendere actie werkte.

'De bommen waren geen escalatie,' citeerde Faith Amanda.

'Nee, het ging erom dat er iets aan Spiveys toestand gedaan werd en dat ze hier met z'n allen weer snel weg konden, klaar voor de volgende strijd. Een klassieke afleidingstactiek voor dat soort lui. De explosie is nooit de echte misdaad.'

Ze liet een proefballonnetje op. 'En Novak?'

'Voorzichtig,' waarschuwde hij. 'Deze kant op.'

Van Zandt hield de deur voor haar open. In de vergaderruimte stond een grote tafel met ongeveer twintig stoelen eromheen. Een buitengewoon elegante blonde vrouw stond op van een van de stoelen aan de lange kant en liep met uitgestoken hand op hen af. Ze was van Amanda's leeftijd, maar langer en slanker en met het soort schoonheid dat ontregelend was voor wie het met minder moest doen.

'Ik ben adjunct-directeur Kate Murphy van de inlichtingendienst.' Ze had een stevige handdruk. 'Heeft Aiden je bijgepraat?'

Faith voelde zich overvallen door de functie van de vrouw. Ze was adjunct-directeur, bepaald geen secretaresse. Ze stond drie rangen onder de directeur van de FBI. Ze was waarschijnlijk buiten Washington gestationeerd en belast met het toezicht op de inlichtingendiensten van alle lokale bureaus in het land.

Faith voelde haar blaas verslappen. Ze wilde het liefst geloven dat Amanda haar deze opdracht uit vertrouwen had gegeven, maar een ondergeschikte naar een hooggeplaatste directeur sturen was in feite een dikke middelvinger.

'Agent Mitchell?' zei de vrouw.

Faith hernam zich. Ze werkte niet voor de FBI. Ze werkte voor Amanda, en Amanda had tegen haar gezegd dat ze zich niet moest laten kisten. 'Mijn chef heeft genoeg van jullie bullshit. Ze wil informatie.'

Murphy wisselde een blik met Van Zandt.

Neem niets van wat ze zeggen zomaar aan. Er is altijd een verborgen motief.

'Nou?' vroeg Faith.

Murphy aarzelde. Toen stak ze haar hand in haar diplomatentas. Ze haalde er een map uit die ze met een klap open op tafel legde.

Adam Humphrey Carter.

Dat was de reden dat Carter ondanks twee aanhoudingsbevelen nog niet was opgepakt. De FBI had hem tot informant bevorderd.

'Uw informant heeft twee vrouwen ontvoerd,' zei Faith. 'Een van hen is een agent van het GBI.'

'En de andere is specialist besmettelijke ziekten bij de CDC.' Murphy sloeg een tweede map open. Een kleurenfoto was met een paperclip aan een stapel officieel uitziende documenten bevestigd.

Michelle Spivey, zo te zien in een derdewereldland. Water klotste om haar laarzen. In de verte stond een groene legertent. Ze was in gevechtstenue. Op haar kraag stonden kapiteinsstrepen. Faith vergat altijd dat de CDC via de mariniers met de krijgsmacht was verbonden. De instantie was begonnen met het in quarantaine plaatsen van schepen om ziekten buiten de havens te houden en had zich ontwikkeld tot een wereldwijd inzetbare eenheid op het gebied van de volksgezondheid.

'Dit is dokter Spivey in Puerto Rico nadat het door orkaan Maria was getroffen,' zei Murphy.

Dus geen derdewereldland, maar opgegeven Amerikaans grondgebied.

'Wat deed ze daar?' vroeg Faith.

'Toezicht houden en voorbereidingen treffen voor een eventuele uitbraak van cholera en aanverwante pandemieën die vaak het gevolg zijn van dat soort natuurrampen.' Murphy trok twee stoelen naar achteren en ging zitten. 'Spivey is inlichtingenofficier epidemieën en als noodhulpverlener verbonden aan het centrum voor noodoperaties.'

Faith liet zich op de tweede stoel zakken. Ze pakte haar notitieboekje. EIO's, oftewel Epidemic Intelligence Officers, waren veldonderzoekers die in gevaarlijke gebieden werden ingezet. Ze deden allerlei soorten werk, van het koppelen van een salmonella-uitbraak aan een slakwekerij tot het voorkomen van de verspreiding van ebola.

'Volgens het nieuws is Spivey een wetenschapper die de hele dag met haar ogen aan een microscoop zit gekluisterd,' zei Faith.

'Ze is inderdaad wetenschapper. Maar daarnaast is ze gekwalificeerd arts met een master in openbare gezondheidszorg en een PhD in ziekten en vaccinologie.'

'Vaccins?' vroeg Faith.

'De laatste tijd heeft ze zich vooral beziggehouden met de nieuwe uitbraak van kinkhoest in de Verenigde Staten. Maar ze heeft ook aan geheime missies meegewerkt. Haar veiligheidsmachtiging is O-6. Topgeheim.'

Faith keek naar haar lege notitieboek. 'En hoe past Carter in dat plaatje?'

Murphy knikte naar Van Zandt.

'De plaatselijke politie ging ervan uit dat Spivey het slachtoffer was geworden van een ontvoering en verkrachting,' zei hij. 'Carter kwam nogal duidelijk in beeld op de cameraopnamen. Het filmpje werd buiten de media gehouden en door RISC gehaald.'

Het Repository for Individuals of Special Concern, een databank met personen die in de gaten gehouden moesten worden

'Toen we hem hadden gerekruteerd,' vervolgde Van Zandt, 'heb ik zijn gegevens in de databank ingevoerd voor het geval hij ergens anders opdook.'

'Bedoel je voor het geval hij weer een vrouw ontvoerde en verkrachtte, zoals in de tijd dat hij nog bij de politie was?' vroeg Faith.

Van Zandt negeerde haar sarcastische toon. 'Carter voorzag ons van betrouwbare informatie over de IPA.'

Faith knikte, ook al had ze geen idee wat de IPA was, afgezien van de afkorting van India Pale Ale. Vrouwenhandelaren gaven hun organisatie meestal geen naam. Ze waren lid van bendes: Russisch, Yakuza, Sinaloa. Hurley en Carter waren wit, dus dat sloot straatbendes zoals de Latin Kings en de Black Disciples uit. Wat overbleef waren de Hell's Angels, de Hammerskins, of hoe de neonazi club-van-de-maand zich ook noemde, en waarmee Carter ongetwijfeld in contact was gekomen tijdens de talloze keren dat hij in de bak had gezeten.

'Hebben jullie Carter buiten de gevangenis gerekruteerd?' vroeg Faith.

Weer aarzelde Murphy. Faith wist niet of het manipulatie of oprechte terughoudendheid was.

'We zijn hem op het spoor gekomen via een afzonderlijk onderzoek dat hier geen verband mee houdt.'

Faith twijfelde sterk aan dat laatste. De bullshit droop van dat mens af.

Van Zandt nam het weer over: 'Wat we je wel kunnen vertellen is dat Carter aanvankelijk geen toegewijd bendelid leek. Hij ging bij de IPA omdat hij het leuk vond de gewelddadige klootzak uit te hangen. Kroeggevechten uitlokken. Mensen in elkaar slaan tijdens politieke bijeenkomsten. Een paar maanden geleden moest ik hem tot de orde roepen. Hij leek in een prima soldaat te veranderen. Liet zijn haar knippen. Schoor zijn baard af. Stopte met drinken, en toen gingen er alarmbellen rinkelen. Vervolgens hoorden we niets meer van hem. Op dat moment begonnen de geruchten over iets groots wat ophanden zou zijn. De volgende keer dat ik Carter zag, was op dat filmpje toen hij Spivey ontvoerde.'

'De IPA gaf hem opdracht haar te kidnappen,' zei Faith.

'Dat hoeft niet,' bracht Murphy ertegen in. 'De FBI is er niet van overtuigd dat de IPA bij de ontvoering is betrokken. Carter is een slechte acteur met een leven dat van misdaad aan elkaar hangt.'

Het knipperlampje boven Faiths hoofd veranderde in een zonnevlam.

Kate Murphy was de 'ze' naar wie Amanda had verwezen toen ze had gezegd dat sekshandel niet meer aan de orde was. Als de FBI een gezamenlijke operatie met het GBI uitvoerde, zou de FBI de piketpaaltjes slaan. Als Amanda het spel niet volgens hun regels speelde, zou het geen gezamenlijke operatie meer zijn.

Het was aan Faith de FBI ervan te overtuigen dat ze zich vergisten. Michelle was niet ontvoerd vanwege seks. Ze was ontvoerd vanwege iets wat nog vele malen duisterder was.

'Mijn partner heeft Adam Humphrey Carter geïdentificeerd als de man die Michelle Spivey heeft ontvoerd. Hij herkende Carters gezicht omdat Carter een van de mannen was die Sara Linton hebben meegenomen,' zei ze.

Murphy's wenkbrauw ging omhoog, maar dat was alles.

Faith zei: 'Carter hoorde bij het team dat Michelle Spivey naar het ziekenhuis bracht. Ze zou sterven als ze niet geopereerd werd. Ze riskeerden alles om haar in leven te houden. Je treedt niet zo open en bloot naar buiten als je een vrouw puur voor de seks verhandelt. Als ze ziek wordt, snijd je haar aan stukken en propt haar in een koffer, of je dumpt haar in een veld en rijdt weg. Je kunt altijd een andere vrouw van straat plukken – vooropgesteld dat je kickt op veertigjarige lesbische moeders.'

Zonder erbij na te denken had Faith zich voorovergebogen, zoals ze dat ook altijd deed tijdens een verhoor. Daarmee verkleinde ze Murphy's persoonlijke ruimte en liet ze haar weten wie de touwtjes in handen had. Ze volgde de intuïtie van haar lichaam. 'Of Spivey heeft een gouden kutje, of ze is van groot belang bij wat de IPA hierna gaat doen. Daar gaan die geruchten namelijk over. Ze zijn een grootschalige aanslag aan het voorbereiden, en daarbij hebben ze Michelle nodig, een arts van de CDC.'

Murphy leunde achterover. Ze keek Faith aan alsof ze haar nu pas zag. 'Alles wat je zegt is giswerk. Toon me de concrete stukken waardoor het één geheel wordt. Geef me het bewijs dat ik aan een rechter kan presenteren om aan dwangbevelen te komen.'

Het scheelde niet veel of Faith had met haar ogen gerold. 'U bent de FBI. Breek een paar deuren open. Carter verschaft u alle gronden die u nodig hebt.'

Van Zandt nam het weer over. 'Er zijn geen deuren om open te breken. De IPA leidt een zwervend bestaan. Ze wonen in tenten in de rimboe. Telkens wanneer we een kamp ontdekken, zijn ze er alweer vandoor naar het volgende. Ze hebben overal infiltranten. Bij ons, bij jullie, je kunt het zo gek niet bedenken. En niet verkeerd bedoeld, hoor, maar je chef is niet al te behulpzaam geweest.'

Murphy zei: 'Georgia en New York zijn de enige staten in het land waar niet expliciet in de grondwet is vastgelegd dat alle militaire groeperingen onderworpen zijn aan het burgerlijk gezag. Maar in alle eerlijkheid: er is geen staat die niet de andere kant op kijkt wat deze privémilities en paramilitaire groepen betreft.'

Paramilitaire groepen.

Het klamme zweet brak Faith uit.

Nu viel alles eindelijk op zijn plaats.

Martin Elias Novak, hun gevangene met risicoprofiel extreem, had enige tijd bij een burgergrenspatrouille in Arizona gezeten. Dat waren mannen die vonden dat de federale overheid niet voldoende deed om de zuidgrens te bewaken, en daarom pakten ze hun geweren om het karwei zelf op te knappen. Voor zover Faith wist, zochten de meeste mannen alleen maar naar een manier om te kunnen kamperen, even weg te zijn van hun vrouw, en deden ze alsof ze belangrijker waren dan hun leven als accountant of tweedehandsautohandelaar deed vermoeden. De gevaarlijkere groeperingen waren doorkneed in de theorie van de Posse Comitatus, de wet die de inzet van federale troepen beperkt, en vonden dat de regering met geweld omvergeworpen diende te worden en weer in handen hoorde te komen van witte, christelijke mannen.

Kennelijk hadden ze nog nooit foto's gezien van de meerderheid van het Amerikaanse Congres, van de president, het kabinet en van de meeste rechters met wie de staats- en federale rechtbanken gevuld waren.

'Op dit moment zijn er zo'n driehonderd paramilitaire groepen actief in de Verenigde Staten,' vervolgde Murphy. 'Het is geen regionaal verschijnsel. Het speelt in alle staten. Zolang ze zich gedeisd houden, is er geen reden slapende honden wakker te maken. We zitten niet op een nieuw Waco of Ruby Ridge te wachten.'

Ze maakte zich terecht zorgen. Beide belegeringen waren niet alleen een pr-ramp geweest voor de FBI, ze zouden ook als inspiratie hebben gediend voor talloze geweldplegingen, van de bomaanslag op het Murrah Federal Building en de marathon van Boston tot wellicht ook het bloedbad op Columbine High School.

Aan de andere kant had de FBI vertrouwelijke informatie verkeerd geïnterpreteerd, zoals over de Parklandschutter, Larry Nassar, de Pulse Night Clubschutter, de terroristische aanslag in Texas en ontelbare signalen over de betrokkenheid van Rusland bij allerlei wandaden. Om nog maar te zwijgen van hun eigen informant, die zijn maten net had geholpen bij het laten afgaan van twee bommen bij een groot stedelijk ziekenhuis.

Van Zandt leek haar gedachten te kunnen lezen. 'Dat soort onderzoek met allerlei vertakkingen kost geld en vergt geduld. We hopen dat we dankzij deze nieuwste vertoning meer middelen loskrijgen uit Washington. Novak heeft al die banken met een bepaalde bedoeling beroofd. Ze zitten op een berg geld. De geruchten verwijzen naar iets groots.'

'Novak is er niet noodzakelijkerwijs bij betrokken.' Murphy bleef Van Zandts woorden afzwakken. Je kwam alleen zo hoog bij de FBI als je een politiek dier was. 'De IPA kan op dit moment alleen nog maar onomstotelijk aan Carter gekoppeld worden. Er gaan inderdaad geruchten, maar ze heten niet voor niets geruchten. Misschien heeft het niets te betekenen. Bij de FBI trekken we niet zo snel conclusies. We bouwen concrete zaken op die gebaseerd zijn op bewijs van strafbare feiten. Het was de bedoeling dat je partner undercover ging om dat bewijs te verzamelen, maar dat kunnen we vergeten nu ze weten hoe hij eruitziet.'

Ergens in Faiths achterhoofd drong zich een vraag op. 'Waarom gaat een GBI-agent undercover als dit een onderzoek van de FBI is?'

Murphy's wenkbrauw schoot weer omhoog. Ze was verbaasd of onder de indruk.

Van Zandt zei: 'Het ontbreekt ons aan de middelen. Het huidige klimaat bij de FBI schrijft voor dat witte, christelijke mannen geen terroristen zijn.'

'Aiden.' Er klonk een waarschuwing door in Murphy's stem.

Schouderophalend hief hij zijn handen. 'Mijn grootmoeder en overgrootmoeder zijn levend uit een concentratiekamp van de nazi's gekomen. Ik ben geneigd dat soort dingen iets serieuzer te nemen.'

Murphy stond op. 'Mee naar de gang, graag.'

Faith wachtte niet tot de deur zich achter hen sloot. Evenmin probeerde ze de uitbrander af te luisteren. Ze begon de dossiers door te bladeren.

The Invisible Patriot Alliance.

Op zwart-witfoto's stonden groepen jongemannen in gevechtstenue. Sommigen exerceerden in marsopstelling. Anderen deden bootcampoefeningen met klimmuren en prikkeldraad. Ze hadden allemaal een wapen. De meesten hadden er twee of drie. Hun riemen hingen vol holsters en schedes voor messen, en over hun schouders hadden ze AR-15's geslingerd.

Ze stuitte op de foto van Michelle Spivey in Puerto Rico. De vrouw had haar leven gewijd aan het redden van mensen, het vaccineren van kinderen, het stoppen van ziekte-uitbraken in de onherbergzaamste delen van de wereld.

Er zat nog een foto aan de documenten bevestigd. Een selfie van Michelle met haar vrouw en dochter. Het elfjarige meisje was een en al levenslust. Achter hen stond een kerstboom. De bank lag bezaaid met pas uitgepakte cadeaus. De Michelle op de foto had nog ongeveer een halfjaar vóór het leven zoals zij dat kende voorbij was.

Een onvermijdelijke vraag drong zich op...

Wat wilde een uitstekend getrainde paramilitaire organisatie die een hoop geld had met een vrouw die gespecialiseerd was in de verspreiding van besmettelijke ziekten?

ZEVEN

Zondag 4 augustus, 14.26 uur

Sara sloot haar ogen tegen het donker. Het wegdek trilde door haar hele lichaam. Ze bevonden zich nu in het laadgedeelte van een kleine vrachtwagen, het soort voertuig dat je huurde als je ging verhuizen. Michelle en Sara zaten met handboeien tegenover elkaar aan relingen gekluisterd. Ze hadden allebei een prop in hun mond zodat ze niet met elkaar konden communiceren of om hulp konden roepen. Alsof ze het geluid van de dieselmotor en het gerommel van de auto op de eindeloze wegen waarover ze reden zouden kunnen overstemmen.

Al met al betekende het dat Sara's walkietalkiebericht naar Faith over het witte busje nutteloos was. Bij een gesloten tankstation aan een afrit van de 285 hadden twee mannen hen opgewacht. Het waren gespierde jonge kerels, met van die vierkante kaken die je op wervingsposters van het leger zag. De een was weggereden in het witte busje. De ander volgde hen in een onopvallende auto.

Het was Sara duidelijk dat het busje zo ver mogelijk van hun uiteindelijke bestemming zou worden achtergelaten. Ook was het haar duidelijk dat het weinig goeds voorspelde dat geen van beide mannen de moeite had genomen zijn gezicht te verbergen.

Sara wist te veel, en wat ze nog niet wist, was ze in rap tempo aan het ontdekken.

Dash verhief zijn stem niet één keer, maar zijn woorden hadden een uitwerking als die van een generaal op het slagveld. Toen ze naar de vrachtwagen werd gevoerd, had ze hem op gedempte toon instructies horen geven in een wegwerptelefoon. Ze had een paar namen opgevangen – Wilkins, Peterson, O'Leary – waarna Dash de telefoon in tweeën had gebroken en de stukken in het bos had gegooid. Iedere man die Sara tot dusver had gezien had de houding van een soldaat. Schouders naar achteren. Blik naar voren. Vuisten gebald. Ze waren deel van een commandostructuur. Ze hadden een binnenlandse terreurdaad gepleegd, gericht tegen een ziekenhuis.

Milities. Freemen. Weathermen. Guerillastrijders. Ecoterroristen. Antifa.

De groepen droegen uiteenlopende namen, maar eenzelfde doel verbond hen: met geweld de rest van Amerika aan hun wil onderwerpen.

Deed het ertoe?

Sara's wereld was gekrompen tot de vier wanden waartussen ze vastzat. Ze had geen idee hoeveel tijd er sinds het tankstation was verstreken, maar ze had nu zo lang gevangengezeten dat haar gedachten steeds in dezelfde krappe cirkel rondtolden.

Ze maakte zich zorgen om Will. Ze was bang dat Cathy niet voor hem zou zorgen. Ze maakte zich zorgen om de pijn in haar polsen door de handboeien. Om haar lichaam, dat in de verzengende hitte aan het uitdrogen was. Om haar gevoel voor richting en tijd, dat ze in het donker dreigde te verliezen. Ze maakte zich zorgen om Will.

Slechts af en toe liet ze de barrière zakken die haar gedachten inperkte, en dan maakte ze zich zorgen om zichzelf.

Sara wist wat er ging komen.

Michelle Spivey was verkracht en gedrogeerd, tot ze zich had overgegeven. Ook al werd Carter door zijn wond in zijn handelen beperkt, er waren ongetwijfeld anderen zoals hij, strijdmakkers.

Ze waren met velen in deze club.

In de smerige hitte van de vrachtwagen, met haar armen geboeid boven haar hoofd, probeerde Sara zich bij het onvermijdelijke neer te leggen.

Ze had het al eens overleefd.

Toch?

In haar studententijd had Sara geluk gehad met haar verkrachting.

Het was vreemd om het zo te formuleren, maar ze dacht niet aan de fysieke schending. Die daad was het allerverschrikkelijkste geweest wat haar was overkomen, tot de dood van haar man.

Het geluk was later gekomen.

Ze was een jonge, goed opgeleide witte vrouw. Ze kwam uit een hecht middenklassengezin. Tot op dat moment had ze nog maar één seksuele partner gehad, haar vriendje van de middelbare school. Ze gaf de voorkeur aan een trainingsbroek boven een minirok. Ze gebruikte zelden make-up. Ze dronk haast nooit. Eén keer had ze op de middelbare school wiet gerookt, alleen om aan haar zus te bewijzen dat ze het kon. Het grootste deel van haar leven had Sara met haar neus in een studieboek gezeten of met haar kont op een bureaustoel.

Met andere woorden: voor de advocaat van de verdachte was er maar weinig materiaal geweest toen hij de schuld op Sara probeerde te schuiven.

De aanval had plaatsgevonden in een hokje van een damestoilet in het Grady Hospital. Sara was geboeid geweest. Vaginaal verkracht. Met een gekarteld jachtmes in haar zij gestoken. Ze had één keer 'Nee!' geschreeuwd voor haar mond met ducttape was dichtgeplakt. Er was geen sprake geweest van seks met wederzijdse instemming. Zoals dat gaat met trauma had ze zich niet veel kunnen herinneren van wat er vóór of na de daad was gebeurd, maar tot op de dag van vandaag kon ze zich het gezicht van de man die haar had verkracht haarscherp voor de geest halen.

De kristalblauwe ogen.

Het lange vlashaar.

De ruwe baard die stonk naar sigaretten en frituur.

Zijn klamme, bleke huid toen hij tegen haar aan stootte.

Niettemin mocht Sara van geluk spreken dat haar aanvaller schuldig was bevonden aan verkrachting. Dat hij niet was weggekomen met strafvermindering in ruil voor zijn bekentenis. Dat ze de gelegenheid had gekregen om haar stem te laten horen in de rechtszaal. Dat de rechter niet mild was geweest in zijn uitspraak. Dat andere vrouwen die door haar belager waren verkracht ook een aanklacht tegen hem hadden ingediend, zodat ze er niet alleen voor had gestaan.

Wat veel zwaarder woog dan zou moeten.

Na het proces had Sara het geluk gehad dat haar ouders haar hadden gedwongen weer thuis te komen wonen. Ze was al gestopt met haar assistentschap op de operatieafdeling van neonatologie, waarvoor ze zo hard had gewerkt. De onbetaalde rekeningen hadden zich opgestapeld. Ze ging niet meer naar buiten. Ze at niet meer. Ze ademde anders, sliep anders en zag de wereld anders dan daarvoor.

Want niets was meer zoals daarvoor.

Toen Sara was gaan studeren, had ze gezworen dat ze nooit meer in Grant County zou gaan wonen, maar na de verkrachting was ze dankbaar voor alles wat vertrouwd was. Ze kende bijna iedereen in het stadje. Haar moeder en zusje omarmden haar wanneer ze er wanhopig snikkend aan onderdoor dreigde te gaan. Haar vader sliep op de vloer van haar slaapkamer, net zo lang tot ze weer alleen durfde te slapen.

Maar ze zou zich nooit meer zo veilig voelen als daarvoor.

Toch was ze zich uiteindelijk beter gaan voelen. Ze was erin geslaagd wat er van haar restte bijeen te sprokkelen en van de brokstukken weer een geheel te maken. Ze was weer gaan daten. Ze was getrouwd. Ze had tegen haar man gelogen over de reden waarom ze geen kinderen kon krijgen. Zelfs nadat ze Jeffrey de waarheid had verteld, hadden ze er nooit echt over gepraat. Hij was politieman, maar hij kreeg het woord 'verkrachting' niet over zijn lippen. De zeldzame keren dat het ter sprake kwam, noemden ze het allebei 'wat er in het Grady is gebeurd'.

De wielen van de vrachtwagen raakten een spoor in de weg.

Sara voelde haar lichaam omhooggaan en met een klap weer neerkomen. Een scherpe steek schoot door haar stuitbeen. Haar polsen rukten aan de handboeien. Haar schouders deden pijn.

Met haar kiezen op elkaar wachtte ze tot het wegdek weer effen werd.

Ze ademde diep in. Haar longen hadden moeite met de vochtige, stilstaande lucht. Ze perste haar ogen dicht en probeerde haar gedachten weer in de eerdere cirkelgang te dwingen. Will had medische hulp nodig. Cathy zou vast niet voor hem zorgen. De handboeien sneden in Sara's polsen. De hitte had haar uitgedroogd. Ze had geen idee hoeveel tijd er was verstreken of waar ze was.

Will.

Cathy zou voor hem opkomen. Ze zou hem dwingen in het ziekenhuis te blijven. Ze zou koele doeken op zijn hoofd leggen omdat ze wist dat Sara van hem hield.

Toch?

Sara had alleen maar over Will gekibbeld met haar moeder. Ze had Cathy nooit verteld dat ze smoorverliefd op hem was, ongeneeslijk verliefd. Die ochtend in de keuken had ze moeten zeggen dat ze nog steeds vlinders in haar buik kreeg wanneer Will het huis binnenkwam. Dat ze met lippenstift hartjes voor hem tekende op de spiegel in de badkamer. Dat ze Will met heel haar wezen had vertrouwd vanaf het moment dat ze hem had ontmoet, dat ze hem zelfs nog voor het begin van hun relatie had verteld wat er in het Grady was gebeurd.

Zijn jeugd was getekend geweest door misbruik. Hij had niet geprobeerd Sara te troosten of te bemoedigen of de waarheid met woorden te verzachten omdat hij er niet mee kon leven. Will begreep tot in het diepst van zijn wezen waarom een willekeurig geluid haar nog steeds de stuipen op het lijf joeg. Waarom ze nooit na zonsondergang ging hardlopen, zelfs niet met de honden. Waarom ze zonder uitleg wel twintig keer een parkeerterrein rondreed om een plek dicht bij de ingang te vinden. Waarom ze 's nachts het toilet soms niet doortrok omdat ze bang was door het geluid een eventuele indringer niet te zullen horen.

Dat zou Sara haar moeder allemaal vertellen als ze ooit ontsnapte…

Will begreep waarom ze zichzelf als een geluksvogel beschouwde.

De vrachtwagen minderde vaart. Terwijl Sara afwachtte, spitste ze haar oren om het geluid op te vangen van andere auto's, van mensen, van wat dan ook dat hun locatie zou verraden.

De versnellingsbak slipte. De motor ronkte. Sara sloeg tegen de wand toen de vrachtwagen achteruitreed. De remmen piepten en toen stopte de wagen weer.

Buiten klonken mannenstemmen. Ze hoorde zacht gemompel en vermoedde dat het Dash was. Toen hoorde ze geschreeuw. Voeten die grind opschopten. Ze waren op een onverharde weg, vermoedelijk ver van de bewoonde wereld. Ze waren al een tijdje niet voor een verkeerslicht of stopteken blijven staan. De lucht voelde koeler. Misschien bevonden ze zich op grotere hoogte. Sara had al heel lang geen andere auto's gehoord.

De deur werd omhooggerold. Ze sloot haar ogen tegen het licht.

Zonlicht. Het was nog dag.

Ze keek naar Michelle. De vrouw zat tegenover haar, met haar handen geboeid boven haar hoofd. De prop was uit haar mond gevallen, maar ze had de hele rit geen woord gezegd.

'Dokter Earnshaw.' Dash' arm zat in een echte mitella. De witte rand van een verband stak boven de kraag van zijn schone T-shirt uit. Iemand had de kogel al uit zijn schouder verwijderd. Naast hem stond een man met een geweer.

'Of moet ik je "plaatselijke arts" noemen?' Hij wachtte op Sara's verzoek om uitleg. Ze weigerde hem dat plezier te doen. 'Zo word je op de radio genoemd. Een "plaatselijke arts" werd gegijzeld toen ze naar het ziekenhuis rende om te helpen.'

Sara probeerde te slikken, maar haar mond was te droog. Ze wist niet wat voor emotie hij verwachtte. Opluchting omdat er naar haar werd gezocht? Dankbaarheid omdat ze informatie kreeg? Ze wist al dat er naar haar werd gezocht. Ze stak nog eerder haar eigen ogen uit dan dat ze deze man erkentelijkheid toonde.

'Misschien wordt mijn naam niet genoemd omdat ze niet willen dat je mijn familie bedreigt, zoals Carter heeft gedaan met Michelles dochter van elf.'

Hij schudde zijn hoofd. 'Dat was vast gekkigheid van hem.'

'Zijn precieze woorden waren...' Sara kuchte de schorheid uit haar keel voor ze verderging. '"Als ik jou zo hoor, vraag ik me af hoe strak het kutje van je dochter is."'

Dash wendde zijn blik af. 'Dat klinkt niet fijn uit de mond van een vrouw.'

'Probeer er maar eens naar te luisteren met een geladen wapen tegen je hoofd.'

Dash knikte naar iemand op het parkeerterrein. 'Kom, ze moet de vrachtwagen uit en de airco in. Volgens mij is de hitte haar naar het hoofd gestegen.'

Een grote, behaarde man klom achter in de vrachtwagen. Zijn riem had aan de ene kant een schede met een jachtmes van twintig centimeter en aan de andere kant een pistool in een holster. Hij viste een sleutelbos uit zijn zak en maakte Sara's boeien los van de rail.

Ze wreef over haar pijnlijke polsen. Allerlei opties doken op in haar hoofd. Ze kon hem in zijn kruis stompen. Proberen zijn mes of pistool te pakken.

En dan?

'Dokter Earnshaw?' Dash' toon impliceerde dat ze een keuze had, maar de gewapende mannen om haar heen lieten er geen misverstand over bestaan dat er geen andere optie was.

Sara's benen trilden toen ze ging staan. Ze hield haar hand boven haar ogen tegen de zon. De padvindster die ze ooit was geweest schatte dat het halverwege de middag was, tussen drie en vier uur. Bij de stripclub had haar horloge 14.16 uur aangegeven. Ze waren een uur of twee onderweg geweest. Ze konden overal zijn.

Dash bood haar zijn hand bij het uitstappen.

Sara weigerde. Terwijl ze uit de vrachtwagen klom, nam ze haar omgeving in zich op. Ze stonden voor een motel van één verdieping, met een lange veranda vóór de kamers. Het had een rustieke uitstraling, als van een vissershut. Sara kon niet zien of de zaak gesloten of verlaten was. Er stonden geen andere auto's op het parkeerterrein. Het gebied was zonder meer landelijk. Bergachtig. Overal waren bomen. Ze hoorde geen verkeer. Aan de overkant van de weg zag ze een verlopen kroeg. Op het uithangbord stond een stripkonijn met een kroes bier in zijn hand.

Peter Cottontail's.

'Deze kant op.' Dash gebaarde naar een van de hotelkamers.

De deur stond al open. Koele lucht duwde tegen de hitte. Michelle Spivey volgde Sara naar binnen. Kunststof tafel en stoelen. Een tv aan de muur. Een ladekast voor kleren. Een minikoelkast. Een nachtkastje tussen twee tweepersoonsbedden. Vale lag op het bed bij de muur, Carter zat op het bed naast het raam. Stofdeeltjes zweefden in het zonlicht. Het rook er sterk naar schoonmaakmiddel.

Vale draaide zijn hoofd om en keek Sara wanhopig aan. Zijn borst schokte. Hij had een droge, raspende hoest.

Achter haar begon de vrachtwagen weer te ronken. Het grind spatte op toen hij wegreed.

Sara keek de wagen na. Onopvallend, wit, niet te onderscheiden van al die andere vrachtwagens op de straten en snelwegen.

'Dokter?' Dash liet haar binnengaan en deed de deur dicht.

Hij had drie mannen bij zich gehouden. Twee waren gewapend en uit hetzelfde hout gesneden als de anderen. De derde was wat losser gekleed, droeg een overhemd met lange, opgerolde mouwen, dat uit zijn broek hing. Een cargoshort slobberde om zijn magere heupen. Zijn haar was langer dan dat van de anderen. Zijn baard groeide uit. Om zijn schouder hing een grote rugzak. Op de voorkant stond het embleem van het Rode Kruis, boven de Amerikaanse vlag.

Een medische veldkit van het leger.

Sara keek waar Michelle was. Ze was naar de hoek van de kamer gelopen en zat nu op de vloer. Ze had haar armen om haar knieën geslagen. Ze liet haar hoofd weer hangen.

Moest ze van Carter zo zitten of was het uit zelfbehoud?

'Dokter Earnshaw.' Dash gaf Sara een fles water. Hij knikte naar de twee mannen, die zich buiten opstelden. De derde, degene in vrijetijdskleding, zette zijn rugzak op de kunststof tafel. 'Mijn vriend Beau wil je met alle plezier assisteren.'

Sara had geen stem meer. De eentonige rit had haar angst getemperd, maar nu speelde die weer op. Ze bevond zich in een haveloos motel, opgesloten met kerels die stonken naar testosteron. Nu begreep ze waarom Michelle ineengedoken in de hoek zat.

Beau opende de rits van de veldkit. Zijn vingers gleden over voorwerpen en haalden er benodigdheden voor een infuus uit. In het achtervak zat een zak met zoutoplossing. Hij had voldoende bij zich voor het verrichten van een eenvoudige operatie.

Sara keek naar zijn handen. Die bewogen snel en efficiënt. Ondanks zijn losse outfit wist hij wat hij deed. Belangrijker was dat hij ook zou weten wat Sara deed. Daar ging haar kans om Vale en Carter te doden of ze door verwaarlozing te laten sterven.

'Kom op, man,' zei Carter. 'Koppel dat maar snel aan. Mijn zak staat in brand.'

Beau negeerde zijn verzoek. Hij had de katheternaald al in Vales arm gestoken en maakte hem nu met tape vast. Hij opende het infuus. Het was duidelijk dat hij dit al duizenden keren had gedaan. Sara vermoedde dat hij degene was die de kogel uit Dash' schouder had verwijderd.

'Jongen,' drong Carter aan. 'Schiet nou op.'

'Eerst het urgentste geval,' zei Beau.

'Ik ben fucking urgent. D'r zit een mes op een centimeter van mijn zak.'

Beau wierp een blik op Carters wond. 'Je hebt het veel te strak vastgesnoerd, man. Je lapt een vagina ook niet op door het gat groter te maken.'

Dash grinnikte, maar zei niettemin: 'Geen kleedkamerpraat waar de dames bij zijn.'

Hij pakte de afstandsbediening en zette de tv aan.

Sara's mond viel open toen ze de beelden zag. Een pershelikopter hing boven de plek waar de bommen waren afgegaan. Hete tranen brandden in haar ogen. De campus en het ziekenhuisterrein waren bijna onherkenbaar. Zeven jaar van haar leven was ze daar in opleiding geweest, had ze mensen geholpen, had ze geleerd een goede arts te zijn.

'Mooi.' Dash zette het geluid harder. Op een podium stond een vrouw in het uniform van het Atlanta Police Department. De banner vermeldde dat de persconferentie eerder was opgenomen.

'...alle instanties op zoek naar de ontvoerde vrouw...'

'Dat ben jij,' zei Dash. 'De plaatselijke arts.'

Sara negeerde hem en luisterde naar de politiefunctionaris. 'Ik kan bevestigen dat het om twee bommen ging die om ongeveer –'

Dash zette het geluid uit.

Sara tuurde naar de tekst onder in beeld. *Achttien doden. Eenenveer-*

tig gewonden. Onder de doden twee politieagenten uit Dekalb County, één hulpsheriff uit Fulton County en twee beveiligers.

'Knappe kerel,' zei Dash.

De politie had beveiligingsopnamen van het ziekenhuis vrijgegeven. De beelden vertoonden Dash vanuit verschillende invalshoeken, maar zelfs Sara, die toch de laatste paar uur in zijn gezelschap had doorgebracht, herkende hem niet in de man op het scherm. Zijn pet bedekte zijn gezicht, en hij hield zijn hoofd steeds laag. Carter was minder voorzichtig geweest, maar hij had geluk gehad, want de close-up van zijn gezicht bestond uit louter pixels. Op een derde reeks beelden sleepte Hurley Michelle de trap af.

'God hebbe je ziel, makker,' mompelde Dash.

Sara hield wijselijk haar mond. Dash dacht nog steeds dat Hurley dood was. Carter en Vale hadden hun leugen over wat er na het ongeluk echt was gebeurd nog eens dik aangezet. Je hield alleen informatie voor de baas achter als je wist dat de baas woedend zou zijn als hij achter de waarheid kwam. Ze voelden zich niet schuldig omdat ze een van hun makkers in de steek hadden gelaten. Ze waren bang dat Dash hen zou straffen omdat ze een getuige hadden achtergelaten.

Wat Sara voor de vraag stelde hoe ze deze informatie tegen hen kon gebruiken.

'Dokter Earnshaw?' Beau hield een stethoscoop omhoog.

Sara maakte haar blik los van de tv. Al haar aandacht was op de tekst onder in beeld gericht geweest.

Drie brandweerlieden en drie politieagenten uit Atlanta gewond. Onder de doden twee politieagenten uit Dekalb County, een hulpsheriff uit Fulton County en twee beveiligers.

De beschrijving was nogal specifiek. Wills rang was special agent. Was het een goed teken dat hij niet op de lijst met doden en gewonden stond?

'Ik heb geen thoraxdrain,' zei Beau.

Sara nam een slok water uit de fles. Ze probeerde weer naar het hier en nu terug te keren. Tijdens haar opleiding was het er bij haar ingestampt dat de medische eed inhield dat je iedereen hielp die je hulp nodig had. Je zette je politieke en persoonlijke overtuigingen aan de kant. Je genas het lichaam, niet de patiënt.

Sara deed haar best om de jonge, gretige studente op te roepen die er hartstochtelijk van overtuigd was geweest dat dit mogelijk was. Ze gaf de fles aan Dash. 'Ik heb hier drie van nodig. Ducttape. Slangen. Ik moet een waterslot maken, dus kurk zou beter zijn. De twee andere flessen regelen de druk en verzamelen het bloed uit zijn borst. Misschien heb je een boor: het boorijzer moet iets kleiner van omtrek zijn dan de slangen.'

Dash deed de deur open en gaf het verzoek door aan een van de mannen.

Sara ving Michelles blik. De vrouw werkte bij de CDC. Als ze al geen arts was, had ze in elk geval diergeneeskunde gestudeerd.

'Rustig maar,' zei Beau tegen Vale toen hij zijn shirt losknipte. De borst van de man zwoegde op en neer. Hij was panisch toen Sara naar het bed liep. Zijn hele lichaam schudde van de droge hoest.

Sara trok een paar nitrilhandschoenen aan en klemde de stethoscoop om haar hals. Ze pakte een veiligheidsbril en een operatiemasker. 'Als je het hebt, graag vijf milligram Versed,' zei ze tegen Beau. 'Daarna één milligram elke vijf minuten, indien nodig.'

'Brengt dat zijn ademhaling niet omlaag?'

'Misschien, maar hij mag niet bewegen.'

'Ik hou wel wat adrenaline paraat.' Beau zocht weer in zijn medische kit. Naast Versed had hij ook pakjes voorgeladen injectiespuiten. Ze herkende de kenmerkende 10 in een open, bordeauxrood vierkant. Vijf aparte doseringen van tien milligram morfine.

Daarmee kon Sara alle mannen in de kamer uitschakelen.

Ze kon ook zichzelf ermee inspuiten.

'Versed toegediend.' Beau injecteerde het medicijn in de infuuspoort.

Sara zette alle gedachten aan de verlokkingen van morfine opzij. Ze knielde naast Vale neer.

Naast *het lichaam*.

Nu zag ze wat Beau nog meer had gedaan. De schotwond was opgelapt met een Halo Chest Seal, een afsluitend verband dat in feite een kleverig soort plasticfolie was. Dat was goed, maar de Russell Chest Seal die ze in de kit had gezien was beter.

Beau wist dus het een en ander, maar hij wist niet alles.

Sara palpeerde de ribben van de patiënt en voelde de puntige uiteinden van verschoven breuken. Gerekend vanaf zijn tepel was de kogel tussen de zevende en achtste rib binnengedrongen. Zijn huid stond strak. De pleurale ruimte had zich met lucht gevuld. Ze pakte haar stethoscoop. Aan de rechterkant hoorde ze geen ademhaling. De borstkas was hyperresonant. De halsader was gezwollen.

Vale hoestte en kromp ineen van de pijn.

Ze keek op naar Beau. Hij hield Vales bloeddruk in de gaten. De adrenalinespuit lag binnen handbereik.

Weer luisterde Sara naar zijn borst, de stethoscoop van de ene plek naar de andere bewegend. Ze luisterde naar zijn darmen. Ze drukte op zijn onderbuik. Niets van dat alles was noodzakelijk. Ze probeerde tijd te winnen om de onderkant van Beaus loshangende overhemd te bestuderen. In de rand vlak onder de onderste knoop zat een halvemaanvormige scheur.

Het was niet zomaar een scheur, maar iets wat ontstond door een herhaalde handeling. Tijdens het identificeren van naamloze doden in het mortuarium maakte ze gebruik van dit soort typerende kenmerken. Timmerlieden hadden vaak kleine inkepingen in hun voortanden van de spijkers die ze in hun mond vastklemden. Magazijnwerkers hadden buitengewoon gespierde kuiten, ongeacht de omvang van hun taille. Pakketbezorgers hadden eelt op hun ringvinger, want ze hadden geleerd daar hun sleutelbos aan te hangen wanneer ze uit hun busje stapten.

En barkeepers gebruikten vaak de slippen van hun overhemd om flessen open te maken.

Dit was niet zomaar een motel of visserskeet. Ze waren hier gestopt vanwege Beau. Hoogstwaarschijnlijk werkte hij in de bar aan de overkant.

Sara rondde haar neponderzoek af. 'Spanningspneumothorax,' zei ze tegen Beau.

Hij knikte, maar ze zag dat hij begreep dat dit niet het enige probleem was. De symptomen van een klaplong waren het meest zichtbare teken van letsel, maar er zat ook nog een kogel in de borstkas van de man. Te oordelen naar de gebroken ribben had het projectiel van alles geschampt voor het tot stilstand kwam. Bij een borstwond ging de aandacht allereerst naar het hart uit, maar eigenlijk was de hele borstholte een punt van zorg. Zenuwen, slagaderen, aderen, longen, thorax.

Sara was geen cardiothoracaal chirurg. Ze kon zijn pijn verminderen, maar er was iemand met betere vaardigheden en een uitermate nauwkeurig instrumentarium voor nodig om de schade in zijn lichaam te herstellen.

Beau moest dit hebben geweten. Toch reikte hij Sara een infuuskatheter aan uit het pak met transfusiemiddelen.

Sara zocht het midden van het sleutelbeen op. Beau veegde de plek schoon. Ze bracht de katheter loodrecht op de huid in, vlak onder het sleutelbeen.

Het gesis van de lucht die via de holle naald ontsnapte klonk als dat van een leeglopende ballon.

Vales borst ging omhoog toen hij diep inademde. Hij hapte naar lucht. Zijn ogen knipperden open.

Het was alsof iedere man in de kamer opeens ontspannener ademde.

'Oké,' zei Carter. 'Nu ben ik aan de beurt.'

Sara keek naar Beau om zijn reactie te peilen. Ze zei tegen zichzelf dat hij niet haar verpleegkundige was. Hij was slecht. Hij zette geheel vrijwillig zijn deskundigheid in om andere foute kerels op te lappen. Tegenover Dash bekende ze: 'Ik kan Vales pijn verminderen, maar hij heeft een operatie nodig die mijn capaciteiten te boven gaat.'

Dash wreef met zijn vingers over zijn kaak.

Sara wendde haar blik af. Will deed hetzelfde wanneer hij ontdaan was.

‘Het is waar wat ze zegt,’ zei Beau. ‘Als je hem niet naar een ziekenhuis brengt, is die buis in zijn borst alleen maar uitstel van executie.’

‘Gaat-ie dood?’ vroeg Dash.

‘Jezus christus!’ Carters toon hield het midden tussen smekend en agressief. ‘Waarom verspil je nog tijd aan hem terwijl mijn zak naar de kloten gaat?’

Dash bleef nadenkend over zijn kaak wrijven. ‘Oké. Haal dat mes uit zijn been.’

Beau pakte zijn medische kit er weer bij.

Sara vocht tegen haar walging. Het was één ding om Vale te behandelen – de man was doodsbang en maar half bij bewustzijn. Maar telkens als Carter zijn mond opendeed – of het nu was om te dreigen dat hij Michelles dochter ging verkrachten of om tegen Sara te zeggen dat hij het chagrijn van haar smoel zou neuken – besefte ze weer hoe graag ze hem dood wilde zien.

Ondertussen was Beau Carters jeans al aan het wegknippen, langs het been en over het kruis tot zijn onderlichaam blootlag.

Carter grijnsde naar Sara. Hij zei niets, maar ze wist wat hij dacht.

Ze negeerde hem.

Vergeleken met Will was hij een mannelijke barbiepop.

‘Wat gaan we doen?’ vroeg Beau.

‘Je zult hem eerst buiten kennis moeten brengen voor ik hem aanraak.’

‘Ik kan de scherpe kantjes er wel afhalen.’ Beau vulde een nieuwe spuit met Versed. Hij had geen infuus ingebracht, maar ramde de naald zo hard in Carters arm dat de plastic buis tegen zijn huid sloeg.

Dus Beau was al evenmin fan van Carter.

Vervolgens begon hij benodigdheden klaar te leggen op de minikoelkast naast het bed. Klemmen, scalpels, verbandgaas, tangen.

‘Haal die… bi…’ In slow motion kreeg de drug vat op Carter. Zijn kin viel op zijn borst. Zijn mond gaapte open. Zijn ogen waren spleetjes waardoor hij hun handelingen probeerde te volgen.

Sara verwisselde haar handschoenen. In gedachten probeerde ze het weerzinwekkende monster Carter te scheiden van de patiënt met een mes in zijn been. Ze bestudeerde de plek waar het lemmet was binnengedrongen en dook in haar geheugen om de femorale driehoek te vinden. Vanaf de zijkant: zenuw, slagader, ader, lege ruimte – het femorale kanaal – en de lymfen.

Beau knipte het veterkoord weg van het mes. Met zijn vingertop hield hij het op zijn plaats.

Ze zagen beiden hoe het heft meebewoog op de hartslag.

Het lemmet was verschoven of misschien had Carter al die tijd geluk gehad, want er zat duidelijk een gat in zijn dijslagader. Zijn hart stuwde zuurstofrijk bloed door het lichaam. Het effect leek op een tuinslang die onder hoge druk stond. Dat Carter niet doodbloedde kwam alleen doordat de zijkant van het lemmet het gat afdichtte.

'Ik ben ook geen vasculair chirurg,' zei ze tegen Beau.

'Begrepen.'

'Ik kan naar beneden snijden terwijl jij het mes stabiel houdt. Ik zal proberen de ader af te klemmen. We hebben geen suctie. Ik moet blindelings rondtasten.'

'Begrepen.' Hij reikte haar het scalpel aan.

Ze gingen het doen.

Sara voelde zich vreemd genoeg ontdaan bij het vooruitzicht het mes in deze man te moeten zetten. Een operatie was niet het geschikte moment voor introspectie, maar vereiste pure arrogantie. Als ze niet snel genoeg te werk ging, als er te veel bloed was om de bloeding te isoleren, zou Carter binnen een minuut dood zijn. Vale was al zo goed als dood. Zonder die twee mannen hadden ze haar niet meer nodig, of erger: vonden ze wel een andere manier om haar te gebruiken.

'Dokter?' zei Beau.

Ze hield haar adem even in en blies toen langzaam uit. 'Dit moet snel gebeuren. Jij moet gaas in de wond stoppen terwijl ik bezig ben. Kun jij de tang openhouden?'

Beau knikte, maar zei: 'We hebben nog een stel handen nodig.'

Sara voelde Michelles ogen in haar rug branden. Waarschijnlijk had ze al jaren niet meer geopereerd, als ze dat ooit al gedaan had, maar een mes vasthouden kon ze wel.

Dash wees naar zijn mitella. 'Ik kom een hand tekort.'

'Fuhch...' Carter wrong het woord zijn mond uit. 'Zij komt niet aan...'

Hij bedoelde Michelle.

'Zo te zien heb je geen keuze,' zei Dash.

Sara wist niet of hij het tegen Carter of Michelle had, maar uiteindelijk deed dat er niet toe. Langzaam kwam Michelle overeind. Ze liet haar hoofd nog steeds hangen en haar blik was op de vloer gericht.

Pas op het laatste moment zag Sara dat ze haar vuisten balde.

Wat er toen gebeurde was duidelijk gepland. Misschien had Michelle het overwogen na dat auto-ongeluk of toen ze deze mottige motelkamer was binnengelopen, of misschien had ze het de afgelopen vier weken in gedachten geoefend. Het 'wanneer' deed er niet toe. Het 'wat' was spectaculair.

Ze wachtte tot ze vlak bij het bed was. Toen zette ze zich af op de ballen van haar voeten, lanceerde zichzelf en landde schrijlings op Carter. Ze rukte het mes uit zijn been en begon op hem in te steken.

Tjak-tjak-tjak.

Telkens weer klonk het geluid van het lemmet dat in huid drong.

Geen gebaar was overbodig. De aanval was een masterclass menselijke anatomie.

De halsader. De luchtpijp. De okselslagaderen. Het hart. De longen. Met een oerkreet stootte Michelle het mes ten slotte in de lever van de man.

Toen zakte ze in elkaar.

Beau had haar geïnjecteerd met de rest van de Versed.

Michelles oerkreten galmden na in de kamer. Niemand verroerde zich. Vales haperende ademhaling diende als hoorbare hartslag voor het bloed dat uit Carters halsslagader spoot.

Langzaam nam Sara haar besmeurde veiligheidsbril af. Bloed stroomde over haar gezicht en haren.

Op zeker moment was de deur opengevlogen. De twee wachtposten stonden roerloos en met getrokken wapen.

Dash stak zijn arm op. 'Rustig blijven, jongens,' zei hij. 'We hebben haar levend nodig.'

De mannen bleven op hun plek. Kennelijk wisten ze niet wat ze moesten doen.

Sara veegde over haar gezicht. Ze veegde bloed van haar voorhoofd. Elk voorwerp in de kamer bevatte sporen van de steekpartij, van de bedden tot de tv tot het plafond.

Zelfs in de dood was Carter een lastpak. Hij hield het nog twintig seconden vol. Uit zijn keel klonk gegorgel. Rode bellen spatten uit elkaar op zijn blauwe lippen. Hij staarde met blinde ogen naar het mes dat uit zijn buik stak. Urine doordrenkte zijn broek. Zijn handen en vingers verkrampten. Uit zijn open mond sijpelde een straaltje bloed. De bloedgolf uit zijn halsslagader nam af tot een miezerig gedruppel, als een gazonsproeier waarbij de druk opeens wegviel. Met zichtbare doodsangst blies hij zijn laatste adem uit.

Elke seconde die aan zijn dood vooraf was gegaan had hij geweten wat er ging komen.

Sara legde haar hand op haar borst. Haar hart trilde als een gevangen vogel.

Hem zo te zien lijden maakte haar bijna vrolijk.

'Tja.' Dash liep de badkamer in. Zijn gezicht afvegend kwam hij weer terug. Hij wierp Sara een tweede handdoek toe, die ze uit de lucht plukte. Hij keek naar Michelle. Ze was dwars over Carters benen in elkaar gestort.

Sara had verwacht dat Dash' onnatuurlijke kalmte eindelijk barsten zou vertonen, maar het enige wat hij zei was: 'Waarom deed ze dat eigenlijk?'

Sara duwde haar gezicht in de schone handdoek en schudde haar hoofd.

'Heren. We gaan de kamer uitruimen.'

Sara hoorde hoe ze Michelle van het bed hesen.

'Leg haar in de kamer hiernaast,' zei Dash. 'Zorg dat ze geboeid is. We zitten niet op nog meer onverwacht gedonder te wachten.'

Gedonder?

Sara veegde over haar gezicht. Michelles armen vielen slap opzij toen ze naar buiten werd gedragen. Haar ogen waren dicht. Haar gezicht had iets vredigs.

'Dokter Earnshaw?' zei Dash. 'Kun jij het verklaren?'

Sara keek hem aan, bedacht op een truc. Zou hij echt niet weten dat Carter Michelle had verkracht?

Ze zei: 'Hij –'

Ze voelde Vales hand op haar schouder. Het plotselinge geweld van zojuist was door de nevel van de spierontspanner gedrongen. Zijn ogen waren open, vol van angst.

Dash zweeg even en herhaalde toen: 'Dokter Earnshaw?'

Ze schudde Vales hand af. 'Hij heeft haar verkracht. Herhaaldelijk. Hij dreigde ook mij te verkrachten.'

Dash' kaak verstrakte. De blik in zijn ogen veranderde. Sara zag de geleidelijke overgang van innemend naar razend.

Toen keek hij naar Vale en vroeg: 'Klopt dat?'

Vale schudde woest zijn hoofd.

'Soldaat, klopt dat?'

Vale bleef zijn hoofd schudden.

Dash wendde zich van hem af. Hij wreef over zijn kaak.

Opeens draaide hij zich om en schoot Vale twee keer in zijn borst.

Sara schrok op. Ze was zo dichtbij geweest dat ze de hitte van de kogels die langs haar gezicht suisden had kunnen voelen.

Dash stopte het pistool weer in zijn holster. Tegen Sara zei hij: 'Ik hoop, dokter, dat je ons niet voor het soort beesten aanziet dat verkrachting als oorlogswapen inzet.'

Sara zweeg. Ze hadden bommen laten afgaan in een ziekenhuis en twee vrouwen ontvoerd. Dat ze boven iets verachtelijks als verkrachting zouden staan was lachwekkend.

Beau greep het heft van Wills stiletto en trok hem uit Carters buik. Hij veegde het lemmet schoon met verbandgaas. Toen klapte hij het mes dicht en stak het in zijn eigen zak. Daarna begon hij zijn medische kit in te pakken. De gebruikte spullen legde hij op een hoop op de tafel. Hij haalde een kaart tevoorschijn en begon te inventariseren.

Of misschien wilde hij zichzelf ervan verzekeren dat Sara niets had meegenomen.

Dash klopte op Vales zakken, haalde er wat kleingeld uit, maar verder niets. Hij deed hetzelfde met Carter. Bij hem vond hij een mobiele telefoon. Geen klaptelefoon, maar een iPhone.

Het scherm was gebarsten.

'Jammer.' Dash liep naar de deur. Hij vroeg aan een van de wachtposten: 'Heb je een mobiel?'

'No, sir. Die hebben we geen van allen. We moesten van u alles wat ons kon identificeren in het Kamp achterlaten.'

Het Kamp?

'Bedankt.' Dash sloot de deur. Hij ging naast Carter op het bed zitten. Met zijn ene hand probeerde hij Carters vinger op de homeknop te drukken.

'Dat werkt niet als ze dood zijn,' zei Beau. 'De huid moet een capaciteitssignaal afgeven om de ring te activeren. Daarvoor heb je een hartslag nodig.'

'Is dat zo?' Dash hield de telefoon omhoog. Hij staarde ernaar alsof hij een manier probeerde te bedenken om bij de inhoud te komen. 'We gaan niet een van jouw apparaten gebruiken, hè?'

'Nee, dat gaan we niet doen.' Naar Beaus toon te oordelen was hij niet van zijn standpunt af te brengen.

Dus misschien was hij minder met de groep verbonden dan de anderen. Een voormalige rekruut? Een huurmoordenaar? Een hospik die per wond afrekende?

Dash wierp Carters telefoon op het nachtkastje. Weer wreef hij over zijn kaak. Hij wendde zich tot Sara.

'Dokter, mag ik even je aandacht?' Hij wees naar de voor- en achterkant van de kamer. 'Ik heb alle uitgangen geblokkeerd. Ik kan je aan het bed vastketenen, maar je kunt me ook geloven.'

Sara slikte hoorbaar. 'Ik geloof je.'

Dash liep de kamer uit, maar de spanning bleef hangen.

Beau was duidelijk kwaad. Met een ruk trok hij de ritsen van zijn veldkit dicht. Hij veegde het afval op een hoop: het bebloede verband, de schaar, zelfs de waterflessen. Met een alcoholdoekje boende hij de veldkit schoon. Sara verbeet een glimlach. Carters bloed zat in de zomen, in de tanden van de ritsen. Beaus geliefde veldkit zou hem midden in een dubbele moord plaatsen.

Sara keek naar de tv. Ze las de tekstbalk onder aan het scherm.

...onder de doden twee agenten uit Dekalb County, een hulpsheriff uit Fulton County en twee beveiligers... Officiële verklaring: GBI *zet* ATL*-agenten in actieve dienst in ter ondersteuning van plaatselijke en staatspolitie...*

Sara's hart maakte een salto in haar borstkas. Ze volgde de tekst tot die van het scherm verdween.

...zet ATL*-agenten in actieve dienst in ter ondersteuning van plaatselijke en staatspolitie...*

Ze hield haar blik op de tv gericht toen het programma werd onderbroken voor reclame. Ze probeerde de realiteit onder ogen te zien. Amanda had ongetwijfeld de officiële tekst opgesteld. Las Sara te veel in het wat formele taalgebruik? Was ze zo hongerig naar nieuws dat ze de raarste gedachtesprongen maakte?

Will, in actieve dienst. ATL*. Agenten ter ondersteuning van plaatselijke en staatspolitie.*

Sara's ogen vulden zich met tranen. Ze wilde zo graag geloven dat Amanda die verklaring speciaal voor haar had geschreven, want de inhoud vervulde haar met opluchting.

Wills status was actieve dienst.

ATL was de algemene afkorting voor Atlanta, maar was ook politiejargon voor *Attempt to Locate*, poging tot lokalisering.

Will maakte het goed. Hij was naar haar op zoek. De lokale en staatspolitie waren naar haar op zoek.

'Dash vertrouwt het niet,' zei Beau.

Sara veegde haar tranen weg.

'Er is niets op het nieuws over Michelle,' zei hij. 'Ze zeggen steeds dat er een plaatselijke arts wordt vermist.'

Sara probeerde zich te herpakken. Ze wist dat het bij het GBI protocol was om geen namen vrij te geven. 'Je zegt "vermist", alsof ik de deur uit ben gelopen en verdwaald ben. Ik ben ontvoerd. Michelle is ontvoerd. We zijn allebei ontvoerd. We worden tegen onze wil vastgehouden en we worden gedwongen dingen te doen die we niet willen doen.'

Hij klemde zijn kaken op elkaar. 'Hij vertrouwt het niet, dat wou ik maar zeggen.'

'Je vrienden hebben twee bommen laten afgaan op een universiteitscampus. Er zijn achttien doden en bijna vijftig gewonden. Er zijn drie agenten vermoord. Twee beveiligers. Aan die veldkit en je training te zien ben je ex-militair, maar je helpt een groep massamoordenaars. Dat wou ík maar zeggen.'

Woedend propte Beau afval in een plastic zak.

Sara's blik werd weer naar de nieuwsbalk getrokken. Ze wilde de informatie weer zien, de bevestiging dat Will het goed maakte. Hij had het overleefd. Hij was naar haar op zoek.

De tijd stond in de rechterhoek.

16.52 uur.

Iets meer dan tweeënhalf uur sinds ze Faith dat nutteloze bericht had gestuurd.

Drie uur sinds ze in de schuur haar lippen op Wills mond had gedrukt.

'Geen domme dingen doen, hè?' zei Beau. 'Dash is oké tot hij niet meer oké is, maar daar wil je niet bij zijn.'

Sara hield haar blik op het scherm gericht. De balk herhaalde het bericht.

Officiële verklaring: GBI zet ATL-agenten in actieve dienst in ter ondersteuning van plaatselijke en staatspolitie…

Beau verliet eindelijk de kamer en sloeg de deur achter zich dicht.

Sara stond op. Ze liep naar het raam aan de voorkant van de kamer. De gordijnen zaten dicht. Onder de zoom door zag ze buiten de lange schaduw van de wachtpost.

Met ingehouden adem probeerde ze iets op te vangen. Ze herkende de zachte stem van Dash, die iets tegen Beau zei. Ze waren in de buurt, maar niet te dichtbij.

Sara ging weer op haar knieën zitten en maakte zich zo klein mogelijk.

Ze pakte Carters iPhone van het nachtkastje.

Het klopte wat Beau had gezegd, dat de Touch ID een capaciteitssignaal vereiste. Het menselijk lichaam was in feite een condensator. Positief geladen protonen en negatief geladen neuronen creëerden geleiding; het was een soort batterij. Daarom kreeg je een schok als je met je wollen sokken over het vloerkleed sleepte en dan iemand anders aanraakte. De zwakke elektrische lading in het lichaam activeerde ook de vingerafdruklezer van oudere iPhones.

Wanneer je stierf, vloeide die lading weg, maar minder snel dan Beau dacht. Het duurde ongeveer twee uur voor de huid verdroogde. Dat was de echte reden waarom Carters vinger de telefoon niet ontsloot: hij was uitgedroogd.

Anders dan Vale had Carter geen infuus met zoutoplossing toegediend gekregen. Door de hitte en het trauma had hij urenlang gezweet. Uitdroging had het lijnenpatroon van zijn vingertoppen vlakker gemaakt. De lezer registreerde een capaciteitssignaal, maar herkende de vingerafdruk niet.

Sara tilde Carters rechterhand op.

Er trok een rilling van afschuw door haar heen.

Ze stopte de wijsvinger van de man in haar mond.

Kokhalzend klemde ze haar lippen op elkaar en probeerde voldoende speeksel te verzamelen om de huid weer van vocht te voorzien.

Hepatitis B. Hepatitis C. HIV.

De man kon wel allerlei ziektes met zich meedragen.

Sara hield de vinger in haar mond en zoog eraan om het speeksel te verspreiden. Haar blik schoot van de deur naar de tijdmelding op de tv en weer terug. Dat bleef ze een volle minuut doen.

Met trillende handen drukte ze Carters vinger op de homeknop.

Het scherm was gebarsten. Misschien had hij zijn duim of een andere vinger geprogrammeerd. De deur kon elk moment opengaan, en als Dash zag wat ze deed, zou hij twee kogels door haar borst jagen, net zoals hij bij Vale had gedaan.

Niets van dat alles gebeurde.

Het scherm werd ontsloten.

Voor gejuich had Sara geen tijd. Ze tikte op het telefoonicoontje. Zonder resultaat. De barst in het scherm verspreidde zich vanaf de onderkant. Het glas registreerde haar vinger niet. Ze drukte op het teksticoontje. Het toetsenbord verscheen. Door het gebarsten glas waren de meeste letters onbruikbaar. Met veel pijn en moeite lukte het haar om Wills nummer in te toetsen.

Sara stuurde hem nooit een tekstbericht. Ze stuurde hem geluidsbestanden of emoji's om hem de moeite van het lezen te besparen.

Ze drukte op het microfoonicoontje. Toen ze haar mond opende om iets te zeggen, kwam er alleen een snik uit.

Will...

Toch drukte ze op verzenden. Haar hart sloeg als een metronoom tot de blauwe statusbalk aangaf dat het bestand was verzonden.

Weer drukte ze op de microfoon. Ze deed haar mond al open, maar wat moest ze zeggen?

De naam van de bar aan de overkant. Beau. Dash. Carter. Vale. Het vrachtwagentje. Dat de mannen een groep vormden. Dat ze goed georganiseerd waren. Dat ze van Will hield. Dat ze naar hem smachtte. Dat ze wist dat hij naar haar op zoek was.

Net toen ze iets wilde zeggen, bewoog de deurknop.

Dash opende de deur. Hij stond met zijn rug naar haar toe.

Hij praatte nog steeds met Beau. 'Nou, jongen, daar kunnen we vast wel voor zorgen.'

Sara klikte de telefoon uit. Tegen de tijd dat Dash zich omdraaide, had ze het toestel weer op het nachtkastje gegooid.

Ze stond op en streek haar short glad. Ze had haar best gedaan om Carters DNA op de stof over te brengen, maar inmiddels was ze vrijwel doordrenkt met zijn bloed. 'Je zei dat je me terug zou brengen naar mijn familie nadat ik je had geholpen.'

'Precies, dat heb ik gezegd.' Hij keek naar de tv. Er werd een luchtopname getoond van de verwoeste parkeergarage. 'Wat doet je man voor werk?'

Sara besefte dat de waarheid weleens in haar voordeel zou kunnen werken. 'Ik ben weduwe. Mijn man werkte bij de politie. Hij is in het harnas gestorven.'

'Gecondoleerd met je verlies. Je bent tegenwoordig je leven niet meer zeker op straat.' Dash keek haar aan, nog steeds vol wantrouwen. 'Vertel eens, dokter Kinderarts, ben je bekend met mazelen?'

Sara schudde haar hoofd, maar alleen om tijd te winnen terwijl ze zijn vraag probeerde te doorgronden. 'Ja,' antwoordde ze ten slotte.

'Mooi. Toevallig hebben we een probleempje met mazelen in ons Kamp. Een uitbraak, zoals jij het zou noemen. Als je ervoor openstaat: er zijn enkele doodzieke kinderen die je hulp goed kunnen gebruiken.'

Mazelen?

Hadden ze Michelle Spivey daarom ontvoerd? Dachten ze dat ze een expert in besmettelijke ziekten nodig hadden om een uitbraak van mazelen te bedwingen?

'Dokter Earnshaw?' drong Dash aan.

'Alsof ik een keuze heb,' zei Sara.

'We hebben allemaal een keuze, dokter. Soms zijn de opties goed en soms zijn ze slecht. Maar géén keuze bestaat niet.'

'Ik moet naar het toilet.'

'Helpt een lege blaas bij het maken van een beslissing?'

Sara antwoordde niet, maar zonder zijn toestemming durfde ze de kamer niet te verlaten.

Dash zei evenmin iets. Hij pakte Carters telefoon en liet hem op de vloer vallen, waar hij hem onder zijn hak verbrijzelde. Hij bukte zich en tastte rond tussen de brokstukken tot hij de simkaart en de batterij had gevonden. De eerste bevatte alle opgeslagen informatie van de telefoon. De tweede behield het signaal dat de locatie van het apparaat uitzond.

Sara perste haar lippen op elkaar. Ze had gezien dat het bericht verzonden was. De dunne blauwe streep onderaan was over het scherm gevlogen. De metadata bevatten onder andere het tijdstip en de locatie.

Toch?

Dash stopte de onderdelen van de telefoon in zijn zak en zei: 'Je moet weten dat deze hele kamer morgenochtend uitgeruimd is. De lijken zijn dan weggehaald. Niemand die weet dat we hier geweest zijn.'

Sara begreep dat hij niet blufte. Daarvoor ging Beau te grondig te werk. Hij had zelfs de lagen gaas geteld voor zijn inventarislijst.

'En, dokter Kinderarts? Ik wacht op antwoord.' Dash verschoof de mitella om zijn schouder. 'Kan ik erop rekenen dat je onze zieke kleintjes komt helpen?'

'Als ik met jullie meega, zie ik mijn familie nooit meer terug,' zei ze.

'Alles is onderhandelbaar.'

'Wat Carter met Michelle heeft gedaan...'

'Gaat niet met jou gebeuren.'

Het was pure waanzin om dit monster op zijn woord te geloven.

'Oké,' zei Sara niettemin.

Hij knikte naar de badkamer, ten teken dat ze mocht gaan.

Met gebalde vuisten liep ze langs hem. Ze sloot de deur, draaide de kraan open en spoelde Carter uit haar mond. Ze droogde haar gezicht af aan een schone handdoek.

In gedachten sprak ze zichzelf moed in. Het bericht was verstuurd. Het signaal zou worden opgespoord. Het motel zou worden gelokaliseerd. De lijken van Carter en Vale zouden worden gevonden. Beau zou worden verhoord.

'Dokter,' riep Dash, 'ik loop even naar buiten!'

Sara hoorde de kamerdeur opengaan, maar er klonk geen klik ten teken dat hij gesloten werd. Dash was benieuwd wat ze ging doen. Sara keek de badkamer rond. Aan de andere kant van het smalle raam boven de douchecabine was de punt van een geweer te zien dat naar de lucht wees.

Sara trok haar short naar beneden en ging op de wc zitten. Ze moest haar spieren dwingen te ontspannen. Haar blaas zat zo vol dat het pijn deed. Het gekletter weergalmde tegen de tegelmuren.

Ten slotte hoorde ze de klik waarmee de deur dichtging.

Lang geleden had Will haar verteld dat de kalmste verdachte altijd de meest schuldige was. Zo iemand maakte een ontspannen indruk omdat hij dacht dat hij alles onder controle had. Hij was iedereen te slim af geweest. Hij liet zich niet pakken.

Dash was een toonbeeld van dat soort arrogante beheersing. Zoals hij tegen haar sprak, haar met respect behandelde, zijn bevelen als verzoeken inkleedde, een inschikkelijke en redelijke indruk probeerde te maken… Het waren allemaal manieren om macht over haar uit te oefenen.

Misschien had hij hetzelfde met Michelle geprobeerd, maar zonder succes. Toen had hij haar aan Carter overgedaan. Wat betekende dat Dash heel goed had geweten wat Carter met de vrouw had uitgespookt. Vale had er duidelijk ook aan deelgenomen. Maar aangezien Vale toch al doodging, had het niet meer uitgemaakt dat Dash hem in zijn borst had geschoten toen hij van de verkrachting had gehoord. Bijkomend voordeel voor Dash was dat hij daarmee de suggestie versterkte zelf een eerzame commandant te zijn.

Sara besloot het eerzame vernislaagje te respecteren zolang haar veiligheid ermee gediend was.

Dash had geen idee dat Will naar haar op zoek was.

Hij wist niet hoeveel geluk Sara had.

ACHT

Zondag 4 augustus, 16.26 uur

Will zat onderuitgezakt op de voorbank van Amanda's Lexus toen ze hem naar Sara's appartement reed. Zijn hoofdpijn was terug, maar minder hevig dan eerst. Het zonlicht was ook minder fel aan zijn ogen. Aan de andere kant: het was aan het eind van de middag, dus het zonlicht was toch al minder fel.

Hij hield zichzelf voor dat Sara nog leefde. Dat ze veilig was. Will had Carter in zijn lies gestoken. Hij had een andere man in zijn borst geschoten. De derde was de hele tijd bewusteloos geweest. Geen van hen zou voorlopig zijn hoofd recht kunnen houden. Zonder Hurley besloten ze misschien om ieder huns weegs te gaan.

Of ze hergroepeerden en werden nog sterker.

Amanda stopte voor rood en gaf richting aan. 'Heb je nog vragen?' vroeg ze.

Will staarde naar het gloeiende licht. Hij overdacht wat ze hem tot dusver had verteld. Hij had maar één vraag. 'Je intuïtie zegt dat Carter Michelle heeft ontvoerd in opdracht van die groep, de Invisible Patriot Army. We hebben bewijs dat ze een stel agenten hebben vermoord. Ze hebben een parkeerdek opgeblazen. Ze hebben een agent van het GBI ontvoerd. Zelfs als je de mogelijke betrokkenheid van Martin Novak buiten beschouwing laat, zijn het nog steeds terroristen. Waarom gaat de FBI niet plankgas achter ze aan?'

Amanda zuchtte diep. Haar handen omklemden het stuur. In plaats van zijn vraag te beantwoorden zei ze: 'Ruby Ridge. Een federale politieagent werd vermoord. De vrouw en zoon van Randy Weaver vonden de dood. De impasse duurde elf dagen. Weaver werd vrijgesproken. De familie ontving een schadeloosstelling van drie miljoen dollar wegens een geval van wederrechtelijke dood. De FBI moest publiekelijk diep door het stof.'

Het licht sprong op groen. Amanda nam de afslag.

'Een jaar later was er de belegering van Waco.' Nu sloeg ze de weg in naar Sara's appartement. 'Vier agenten werden gedood, zes raakten gewond. Zesentachtig leden van de Branch Davidians vonden de dood, onder wie veel vrouwen en kinderen. Het hele land zag de gebouwen in vlammen opgaan. Niemand verweet het de kinderverkrachter die de sekte leidde. De FBI werd verscheurd. Janet Reno is het nooit helemaal te boven gekomen.'

'Amanda...'

'De patstelling rond Bundy. De bezetting van het Malheur National Wildlife Refuge. Gewapende milities probeerden federaal land te bezetten, en toen de rook was opgetrokken, werden de meesten vrijgesproken door jury's van gelijkgestemden. Twee anti-regeringsbrandstichters kregen een presidentieel pardon.' Amanda minderde vaart en sloeg de weg in naar Sara's appartementengebouw. 'De meeste agenten bij de FBI zijn hardwerkende patriotten, maar je hebt er altijd een paar bij die verblind zijn door politiek, en anderen door ideologie. Ze zijn doodsbang om een beslissing te nemen vanwege de politieke repercussies of, en dat is erger, ze denken er net zo over als de groepen die ze achter de tralies horen te zetten.'

'Laat me undercover gaan,' zei Will. 'We hebben de FBI niet nodig. Dit zijn staatskwesties op staatsterrein. Ik zorg voor het bewijs waarmee –'

'Will.'

'Je hebt zelf gezegd dat de IPA iets groots van plan is. Alle tekenen wijzen erop. Die agent, Van Zandt, heeft het zelf tegen Faith gezegd tijdens die vergadering. De geruchten –'

'Geen journalisten. Dat is mooi.' Amanda zocht naar een parkeerplek. 'Ik heb Sara's familie gevraagd om hun mond te houden. Haar moeder leek me niet al te discreet, maar misschien heeft haar vader haar ervan overtuigd dat we wel degelijk weten wat we doen.'

Will had niet de indruk dat Sara's moeder zich liet overtuigen. 'Amanda –'

'Als dit een langdurige kwestie wordt, moet je hun allebei op het hart drukken dat het heel belangrijk is om Sara's naam buiten de publiciteit te houden. Het is al erg genoeg dat de IPA Michelle te pakken heeft. Als ze beseffen dat ze een patholoog in handen hebben, een special agent van het GBI –'

'Ik wil undercover. Ik neem het risico.'

Ze was een parkeerplek naast de voordeur opgereden. Nu keerde ze zich naar Will toe. 'Geen sprake van. Ik zeg het niet nog eens. Het onderwerp is afgesloten.'

Ze hadden Wills gezicht gezien. Hurley zat vast. Carter en de man die zichzelf Vince noemde liepen nog ergens rond. Zodra ze Will herkenden, zouden ze hem doden.

Hij keek op zijn horloge.

16.28 uur.

'Hoelang hou je de informatie nog achter dat we Hurley hebben gearresteerd?' vroeg hij. 'Je zou kunnen doen alsof hij met ons praat, hem als lokaas kunnen gebruiken om hen uit hun hol te krijgen.'

'Dat beslist het APD.'

Het Atlanta Police Department. Maggie Grant had de leiding bij het onderzoek naar de bomaanslag. Ze was ook een van Amanda's oudste vriendinnen. Het was ondenkbaar dat ze niet samenwerkten.

'Denk je echt dat Hurley zijn groep gaat verraden?' vroeg hij.

'Ik denk dat hij nog een paar uur nodig heeft om zijn zeer beperkte opties af te wegen. We hebben maar één kans om hem aan onze kant te krijgen. Dat gaat niet gebeuren als zijn gezicht op de cover van *The New York Times* staat. Dan wordt hij een martelaar voor hun zaak. Die mannen kicken op publiciteit.' Ze vervolgde: 'Uit gezaghebbende bron heb ik vernomen dat Carters politiefoto wordt gelekt. Niet die vage opname van de ziekenhuiscamera. Zijn echte boevenfoto. Hij is te vinden in de criminele databank. De journalisten doen de rest van het werk wel.'

Will wreef over zijn kaak. Zijn vingers waren stijf. Ze zaten vol sneetjes en blauwe plekken van toen hij Hurley herhaaldelijk in zijn gezicht had geslagen.

‘We doen ons uiterste best,’ zei Amanda. ‘En ik geef je op een briefje dat Sara alles doet om weer bij jou terug te komen.’

Will was er niet zo zeker van dat Sara in staat was ook maar iets te doen. Ze hadden geen idee waar ze was, niet eens in welke richting ze was verdwenen. Haar telefoon lag waarschijnlijk nog bij tante Bella thuis. Haar Apple Watch was in het bos gevonden, vlak bij de uitgebrande BMW. Het walkietalkiebericht aan Faith was seconden na ontvangst weer verdwenen.

Waarom had Sara niet geprobeerd hem te bereiken? Had ze beseft dat zijn telefoon nog in de schuur lag? Of gaf zíj hem ook al de schuld?

Mijn schoonzoon had dit nooit laten gebeuren.

Cathy’s stem leek opvallend veel op die van Sara. Als Will de woorden in gedachten weer beluisterde, was het alsof het verwijt van beide kanten kwam.

‘Ga je omkleden, Wilbur.’ Amanda gaf hem een klopje op zijn been. ‘Douchen. Voor de honden zorgen. Ik haal wel wat te eten bij Mary Mac’s. Ben over hooguit twintig minuten terug. En dan gaan we naar Panthersville.’

Het hoofdkwartier van het GBI. Het lichaam van de man die zichzelf Merle had genoemd lag in het mortuarium. Sara’s BMW werd door brandspecialisten binnenstebuiten gekeerd. Het witte Lay’s-busje werd door het forensisch team onderzocht. Het bommenteam bereidde een briefing voor over de gebruikte explosieven. Het gijzelingsteam stond stand-by. Hurley had vierentwintig uur per dag iemand bij zich voor het geval hij besloot te praten. Een groep agenten stelde een profiel op van Adam Humphrey Carter: vroegere handlangers voor zover bekend, celmaten, familiebanden, mogelijke contacten met onderwereldgroeperingen en bendes.

Al hun bevindingen werden aan Amanda voorgelegd. Het was ongetwijfeld goede informatie, maar geen informatie die tot actie leidde.

Will smachtte naar actie.

Hij opende het portier. Zijn benen deden pijn toen hij overeind kwam. Hij droeg nog steeds de met gras bevlekte short en het bezwete T-shirt. Sleepvoetend liep hij het gebouw in. Hij had naar zijn eigen huis kunnen gaan, naar zijn kleine driekamerwoning, die zonder Sara vreemd genoeg nog kleiner voelde. Maar bijna al zijn kleren waren in haar appartement. Zijn scheerspullen. Zijn tandenborstel. Zijn hond.

Zijn leven.

Will liet de trap links liggen en drukte op de knop voor de lift. Zijn buikpijn sudderde voort. In het kunstlicht speelde zijn hoofdpijn weer op. Leunend tegen de muur wachtte hij tot de deuren opengingen. Hij was uitgeput. Zijn hart wrong in zijn borst. Eigenlijk had hij geen tijd voor doodgewone dingen zoals douchen en de honden uitlaten, maar wat moest hij anders?

Hij keek op zijn horloge.

16.31 uur.

De liftdeuren gingen open, en hij stapte in. Hij drukte op de knop voor Sara's verdieping, leunde achterover en sloot zijn ogen.

Die ochtend had Sara hem gekust in de lift. Echt gekust. Hij voelde haar handen nog op zijn schouders. Ze had zijn nek gestreeld en in zijn oor gefluisterd: 'Wat ben je sexy met dat langere haar.' Zo had ze hem in een sukkel veranderd die zestig dollar neertelde bij de kapper terwijl de coole gast in het mortuarium het deed voor de prijs van een broodje.

Het liftbelletje klonk. Will opende zijn ogen en keek weer op zijn horloge.

16.32 uur.

Zijn schoenen sloften over het tapijt in de gang. Zijn sleutels zaten in Sara's tas, maar er lag een reservesleutel op het deurkozijn. Net toen Will ernaar reikte, ging de deur open.

Eddie Linton, Sara's vader, keek naar hem op. Zijn ogen waren bloeddoorlopen. Zijn gezicht was asgrauw. 'Hebben jullie haar gevonden?'

Will schudde zijn hoofd en liet zijn hand zakken. Hij voelde zich betrapt. 'Het spijt me, sir.'

Eddie liet de deur openstaan toen hij het appartement weer in liep.

Sara's windhonden stormden op Will af. Ze keken bezorgd. Hun routine was doorbroken. Sara hoorde nu thuis te zijn. Betty, de chihuahua die Will per ongeluk had geadopteerd, danste om zijn voeten tot hij haar oppakte. Ze drukte haar kopje tegen zijn borst. Haar tong en staart bewogen in tegengestelde richting.

Will probeerde alle dieren gerust te stellen en keek ondertussen naar Sara's moeder, die in de keuken rondscharrelde. Het was een modern appartement met een open indeling. De woonkamer, de eetkamer en de keuken vormden één geheel. Cathy deed keukenkastjes open en dicht. Ze pakte een glas, schonk thee in uit een kan en ging bij het kookeiland zitten. Vóór haar stonden schalen met onaangeroerd eten.

Ze keek Will aan en wendde toen haar blik af.

Eddie zei: 'Op alle nieuwszenders wordt hetzelfde verhaal om het halfuur herhaald. Niemand die iets weet.' Zijn blik was gericht op de tv in de woonkamer, waarvan het geluid uitstond. Woorden trokken langs in de banner onder in beeld. 'Zo'n babbelzieke vent die alleen maar op sensatie uit is.'

Will keek met schuin hoofd naar de tv. De verslaggever bleek Jake Tapper te zijn.

'Deze vonden we toen we de schuur afsloten.' Eddie wees naar Wills telefoon, die aan de andere kant van het kookeiland aan de oplader lag. 'En, eh... Tess heeft een vlucht geboekt. Ze arriveert dinsdagochtend. De vlucht duurt vijftien uur, maar ze moet eerst bij het vliegveld zien te komen, en...' Zijn stem stierf weg. 'We hebben alleen aan Tess verteld dat Sara is gekid... dat ze is meegenomen. We doen wat de politie heeft gezegd, zorgen dat haar naam uit de publiciteit blijft zodat ze er niet via internet achter komen wie ze is. We willen het onderzoek niet in gevaar brengen. We willen dat ze thuiskomt.' Hij wreef over zijn maag. 'Denk je dat ze losgeld zullen vragen?'

Cathy verstijfde.

Om van onderwerp te veranderen vroeg Eddie: 'Heb je honger?'

Will had zijn kaken zo stijf op elkaar geklemd dat hij alleen maar zijn hoofd kon schudden. Betty likte zijn hals. Hij zette haar neer. Haar nageltjes tikten over de hardhouten vloer toen ze zich bij de windhonden op hun kussen voegde.

'Kom maar eten.' Eddie gebaarde naar de lege kruk naast Cathy.

Alsof haar eigen kruk vlam had gevat sprong ze op en liep de keuken in. Opnieuw deed ze kastjes open en dicht. Will wist niet of ze iets zocht of het gewoon lekker vond om met deurtjes te slaan.

Hij liet zich op de kruk zakken, die waar Sara altijd op zat. Hij hield zijn telefoon schuin omhoog, maar alleen om de achtergrond te bekijken. Op het scherm zat Sara tussen de honden: een windhond aan iedere zij en Betty op schoot. Ze lachte naar Will.

16.38 uur.

Cathy sloeg een kastdeurtje zo hard dicht dat de glazen rinkelden.

Will kuchte. 'Ben je –' begon hij.

Met een woedende blik snoerde Cathy hem de mond. Ze bukte zich en rommelde in de lagere kastjes. Met een klap zette ze een lege bewaarkom op het werkblad. En nog een. Toen zocht ze naar deksels. Will wist dat ze er geen zou vinden die paste. Volgens Sara waren deksels de eenhoorns van de opbergwereld.

'Ik ga maar...' Will probeerde overeind te komen. Er trok een pijnscheut door zijn ribben en hij klapte bijna dubbel. 'Ik kwam om te douchen. En andere kleren aan te trekken. Voor het werk. Ik heb hier kleren liggen. Al mijn –'

'–spullen,' maakte Cathy zijn zin af. 'Je spullen zijn hier. Je hond is hier. Hij woont hier, Eddie. Wist je dat?'

Het klonk verwijtend zoals ze het eruit gooide.

Eddie ging naast Will zitten. Hij vouwde zijn handen samen op het blad. 'Nee, dat wist ik niet.'

Will beet op de zijkant van zijn tong. Waarom had Sara haar vader niet verteld dat ze een relatie hadden?

'Je kunt niet...' Cathy duwde haar vuist tegen haar mond. Haar woede nam alleen maar toe. 'Sara is mijn oudste dochter. Mijn eerstgeborene. Je hebt geen idee – geen idee – wat ze heeft meegemaakt.'

Will zei niets, maar hij wist wel degelijk wat Sara had meegemaakt. Eigenlijk woonde hij al min of meer met haar samen. Hij deelde haar bed. Hij hield meer van haar dan van welke vrouw ook die hij ooit had gekend. Elk vrij moment bracht hij met haar door.

En dat alles had ze kennelijk voor haar ouders verzwegen.

'Ze is geen vechtersbaas!' Nu had Cathy het tegen Eddie, en ze schreeuwde het uit. 'Jij denkt van wel, maar dat is ze niet. Ze is mijn kindje. We hadden haar nooit moeten laten gaan. Er is alleen maar narigheid van gekomen. Alleen maar narigheid.'

'Cath.' Eddie schudde zijn hoofd, zichtbaar geraakt door haar beschuldigingen. 'Niet nu.'

'Het is te laat!' riep Cathy. 'Weer is ze opgeslokt door deze afschuwelijke plek. Deze afschuwelijke stad. Met deze...'

Will wachtte tot ze zou zeggen wat hij was, hoe ze de 'deze' in Sara's leven zou omschrijven.

Niet haar man. Niet Cathy's schoonzoon. Niet iemand over wie Sara het met haar vader had gehad.

'Ik, eh...' Will schraapte zijn keel. Hij moest hier weg. Hij liet zich voorzichtig van de kruk glijden en probeerde de pijn te negeren. De honden krabbelden overeind. Ze dachten dat ze werden uitgelaten. Hij duwde ze opzij en liep naar de gang. Het was vijf meter naar de hoek van de kamer, maar zijn voeten leken wel in beton gegoten.

Er was geen stukje van dit appartement dat geen herinnering aan Sara opriep. De bank waarop ze zich als een kat over hem heen vlijde wanneer ze tv-keken. De eettafel waaraan hij haar vrienden van het ziekenhuis had ontmoet. Etentjes waren tot dan toe iets onbekends voor Will geweest. Hij had in de rats gezeten, want hij wist dat hij onhandig was in gezelschap, maar hij had het er goed van afgebracht, dankzij Sara. Dat deed ze voor hem. Ze zorgde dat alles goed ging.

Hij draaide zich om.

Hij keek naar Sara's ouders. Cathy had haar armen over elkaar geslagen. Ze staarde woedend naar de vloer. Eddie keek hem wel aan. Hij wachtte tot Will iets zou zeggen, zijn aanwezigheid zou rechtvaardigen in deze ruimte die van hun geliefde oudste kind was.

Will wilde niets zeggen, maar toch kwamen de woorden.

'Ze luistert naar Dolly Parton als ze verdrietig is.'

Cathy's blik bleef op de vloer gericht.

Eddie trok verward zijn wenkbrauwen op.

'We luisteren niet samen naar Dolly,' zei Will. 'Tenminste, niet zoals toen...'

Toen jullie schoonzoon vreemdging of toen hij door zijn eigen schuld vermoord werd omdat zijn ego belangrijker was dan zijn vrouw.

'We zijn samen over de Silver Comet Trail gefietst. Heeft ze jullie dat verteld?'

Eddie aarzelde en zei toen: 'Ze heeft ons dat ding laten zien, dat satellietgeval.'

'De gps,' mompelde Cathy. Ze veegde met haar vuist langs haar ogen, maar weigerde nog steeds om Will aan te kijken.

'Door haar heb ik nu een ander kapsel,' zei hij. 'En andere pakken. Ik moest er heel wat wegdoen.' Hij schudde zijn hoofd, want dat klonk niet goed. 'Niet dat ze me dwong, hoor, maar dan zegt ze bijvoorbeeld: "Wedden dat een korter jasje je heel goed staat?" En voor ik het doorheb, sta ik al geld uit te geven.'

Eddie glimlachte aarzelend, alsof hij de tactiek maar al te goed kende.

'Met tennis maakt ze me volledig in. Echt. Ze laat me nooit winnen. Maar ik ben beter in basketbal. En ik ben nooit verkouden, en dat is maar goed ook, want ze wordt chagrijnig als je je niet lekker voelt. Niet als het om patiënten gaat, maar om mensen die ze kent. Om wie ze geeft. Ze zegt van niet, maar het is wel zo.'

Eddy's glimlach was verdwenen, maar hij keek alsof hij op meer wachtte.

'We kijken *Buffy* weer helemaal van voor af aan,' vervolgde Will. 'En we houden van dezelfde films. En van pizza. En van haar moet ik groente eten. Ook eet ik geen ijs meer voor ik naar bed ga, want al die suiker hield me uit m'n slaap, wat ik niet wist. En...'

Hij had te veel speeksel in zijn mond en stopte even om te slikken.

'Ik ben ook goed voor haar. Dat is iets wat jullie misschien niet weten. Wat jullie niet hadden beseft. Ik ben echt goed voor jullie dochter.'

Eddie zweeg nog steeds afwachtend.

'Ik maak haar aan het lachen. Niet de hele tijd, maar ze lacht om mijn grapjes. En zij maakt het huis schoon, maar ik doe de badkamer en het toilet. Zij doet de was, en ik vouw die op. Ik strijk ook. Ze zegt dat ze dat niet kan, maar ik weet dat ze er gewoon de pest aan heeft.' Will moest lachen, want dat had hij zich eigenlijk nooit eerder gerealiseerd. 'Ze glimlacht wanneer ze me kust. En...'

Hij kon niet op details ingaan tegenover haar ouders. Dat Sara soms hartjes in zijn agenda tekende. Dat ze ooit een zalige eeuwigheid bezig was geweest om een hartvormige plek op zijn buik te zuigen.

'Elke dinsdag lunchen we samen op het werk,' zei Will. 'Ze is heel goed in wat ze doet. We praten over van alles. Over onderzoeken. En ik weet... ik weet dat ze verkracht is.'

Cathy's mond viel open van verbazing.

Nu keek ze hem wél aan.

Will slikte. 'Dat heeft ze me een tijd geleden verteld. Voor we iets kregen. Dat ze verkracht was. Later heeft ze me de details verteld... Dat hij haar met een mes heeft gestoken, dat ze heeft getuigd tijdens het proces. Hoe het was om weer thuis bij haar ouders te wonen. Om alles op te geven. Ik weet dat jullie haar erdoorheen hebben gesleept. Jullie allemaal. Ik weet dat ze daar dankbaar voor was, dat ze geluk heeft gehad.'

Will sloeg zijn handen ineen, alsof hij hun smeekte het te begrijpen.

'Ze heeft me verteld dat ze verkracht is... omdat ze me vertrouwt. Ik ben opgegroeid met kinderen die... die verkracht waren. En nog erger dan verkracht.'

Jezus, hij had het alleen maar over verkrachting.

'Ik weet dat het anders is, omdat Sara al studeerde, maar zo heel veel anders is het niet. Het maakt niet uit op welke leeftijd het gebeurt. Dat klopt toch? Misbruik blijft je altijd bij. Het zit in het DNA van je schaduw. Je draait je om, en het is er nooit niét. Er zit niets anders op dan ermee leren leven.'

Hij stapte op Cathy af. Hij móést weten of ze luisterde.

'Sara heeft gezegd dat ze liever doodging dan nog eens te worden verkracht. Daarom zei ze vandaag op straat, toen ze op haar knieën zat met een pistool op haar hoofd gericht, dat die vent haar maar moest doodschieten. Ze kon tussen twee dingen kiezen, en ze ging liever dood dan met die mannen mee. Alles had ze ervoor over om te voorkomen weer verkracht te worden. En ik geloofde haar. De man met het pistool geloofde haar.'

Will moest gaan zitten. Hij leunde over het werkblad. Hij had zijn handen nog ineengeslagen, want hij smeekte hun om een reactie.

'Waarom is ze meegegaan?' vroeg hij aan Cathy. 'Dat kan ik maar niet begrijpen. Waarom is ze met hen meegegaan?'

Tranen stroomden over Cathy's gezicht. Ze sloot haar ogen en schudde haar hoofd.

'Zeg het, alsjeblieft,' smeekte Will. 'Ze keek me aan toen ze zei dat ze haar mochten doodschieten. Ze wilde dat ik wist waarom ze die keuze had gemaakt.' Hij zweeg even en zei toen: 'Sara wilde niet dat ik met schuldgevoel zou leven, maar nu zeg jij dat… dat ik dat wel moet.' Will zou op zijn knieën zijn gevallen om een reactie uit Cathy los te krijgen. 'Zeg alsjeblieft waarom je het me verwijt. Zeg wat ik verkeerd heb gedaan.'

Cathy's lippen trilden. Ze keerde hem haar rug toe. Ze trok een stuk keukenpapier van de rol en veegde haar tranen weg. Ze snoot haar neus.

Will verwachtte geen antwoord meer, maar toen zei ze: 'Ik verwijt het jou niet.'

Het is jouw schuld.

'Het is jouw schuld niet.'

Mijn schoonzoon had dit nooit laten gebeuren.

Cathy draaide zich om. Ze vouwde het keukenpapier dubbel en depte haar ogen. 'Ze grepen haar. Die twee mannen. Ze tilden haar op en droegen haar naar de auto. Ze probeerde zich te verzetten. Maar dat lukte niet.'

Vol ongeloof schudde Will zijn hoofd. 'Beide mannen waren gewond. Sara is sterk. Ik weet dat je haar geen vechtersbaas vindt, maar ze had ze zich van het lijf kunnen houden.'

'Dat heeft ze geprobeerd. Ze hebben haar overmeesterd.'

'Maar zij bestuurde de auto.'

'Ze had geen keuze.' Weer veegde Cathy langs haar ogen. 'Ze verloor de moed. Ik ken mijn dochter al veel langer dan jij, Will Trent. Je kunt op zeker moment wel zeggen dat je bereid bent te sterven, maar dat moment ging voorbij. Ik zag het gebeuren. Ze droegen Sara naar de auto. Ze werd met handboeien aan het stuur vastgeketend. Ze drukten een pistool tegen haar hoofd en dwongen haar weg te rijden. Je kunt er allerlei vraagtekens bij zetten, maar zo is het wel gegaan. Dat zal ik onder ede verklaren.'

'Maar...' zei Will.

Haar harde blik daagde hem uit haar tegen te spreken.

'Het is een lange dag geweest, jongen,' zei Eddie. Hij liep om de keukenbar en sloeg zijn armen om zijn vrouw heen. 'Ga maar douchen,' zei hij tegen Will.

Will was blij dat hij weg kon. Hoe vaak had hij niet op dezelfde plek gestaan waar Eddie nu stond, met Sara in zijn armen?

Betty volgde hem door de lange gang. Will had te veel pijn om te bukken en haar weer op te tillen. Ze rende voor hem uit en sprong op het bed. Will bleef in de deuropening staan. De lakens zaten nog in een kluwen van hun lichamen. Alles rook naar Sara. Ze gebruikte geen parfum, maar de zeep waarmee ze zich waste had iets magisch. Die rook alleen maar zo op háár lichaam.

In de badkamer wist Will niet wat hij met zijn vuile kleren moest doen. Het had iets van een valse belofte als hij ze in de wasmand stopte, boven op Sara's kleren. De belofte dat ze terug zou komen en de was zou doen en dat hij die dan zou vouwen.

Will liet zijn kleren op de vloer liggen en stapte onder de douche.

Het warme water was de eerste verlichting die zijn lijf in uren had gevoeld. Hij liet de waterstroom tot in zijn spieren doordringen, maar probeerde de kram in zijn hoofdhuid droog te houden. Er zaten nog steeds grassprietjes in zijn haar. Het doucheschuim was grauw van zijn zweet. Hij keek naar het afvoerputje. Takjes en twijgjes uit Bella's tuin dansten boven op de gaten, wilden weggespoeld worden.

Will dacht aan de twee mannen die Sara hadden opgetild en naar de auto hadden gedragen. De een had een mes in zijn been. De ander een gat in zijn zij.

Hij stapte onder de douche vandaan en veegde de damp van de spiegel. Voorzichtig kamde hij zijn haar. Hij poetste zijn tanden. Hij wreef over de ruwe stoppels op zijn gezicht. Meestal schoor hij zich 's ochtends en opnieuw wanneer hij thuiskwam uit zijn werk. Sara hield van gladde wangen.

Hij liet het scheerapparaat op de toilettafel liggen en liep naar de kast. Hij trok het grijze pak met het blauwe shirt aan dat Sara voor hem had uitgezocht. Hij nam zijn Sig Sauer P365 uit de wapenkluis. Het pistool was een kerstcadeau van Sara. Zijn dienst-Glock zou inmiddels wel door de brandexperts zijn gevonden of anders door een agent die het een crimineel afhandig maakte.

Of misschien kreeg Will het terug, en als hij degene had gevonden die Sara vasthield, zou hij hem ermee door zijn kop schieten.

Will vermande zich voor hij de gang weer in liep. Sara's ouders zaten nu op de bank. Dezelfde bank waarop Sara en hij altijd tv-keken.

'Wij passen wel op je hond,' zei Eddie.

'Bedankt.' Will griste zijn telefoon van de keukenbar.

16.56 uur.

Amanda stond beneden te wachten. Will overwoog wat kleren in te pakken. Hij kon hier vannacht niet slapen. Maar dan moest hij terug naar de slaapkamer, de gang weer door, en dat betekende dat hij weer afscheid van Sara's ouders moest nemen. Wat betekende dat hij weer in de verleiding zou komen Cathy te vragen waarom ze loog.

'Als ik iets hoor, laat ik het jullie weten,' zei hij tegen Sara's ouders.

Hij wachtte hun reactie niet af. Voorzichtig trok hij de deur achter zich dicht. In de hal drukte hij op de knop voor de lift.

Zijn telefoon trilde: een bericht.

Will mompelde een verwensing, in de veronderstelling dat het Amanda was, maar hij herkende het nummer niet. Hij opende het bericht. Om 16.54 uur was er een geluidsbestand verzonden. De lengte van de opname was 0:01 – minder dan een seconde.

Wills adem stokte.

Sara was de enige die hem geluidsbestanden stuurde.

Hij slikte zo hard dat het pijn deed aan zijn keel. Zijn hand trilde.

Hij moest twee keer op het pijltje drukken om de opname af te spelen. Het geluid was zwak, als van iemand die zijn keel schraapte.

Hij zette het volume op maximaal.

Hij drukte de telefoon tegen zijn oor.

'*Wi...*'

Sara.

Tegen de tijd dat Amanda de autoweg verliet, sloeg de hitte van de Lexus af. Het bericht met Sara's stem had als baken gediend. Het enige wat ze wisten toen ze nog in Atlanta waren, was dat de zendmast die haar bericht had gepingd zich ergens in het noorden van Georgia bevond. Amanda was alvast naar de snelweg gereden die de stad doorsneed, terwijl het telefoonbedrijf de positie van het signaal berekende. Na tien minuten hadden ze opdracht gekregen in noordoostelijke richting te rijden, waarna Amanda de I-85 had genomen. Er volgde een langdurige, ondraaglijke stilte, maar opeens werd de laatst bekende locatie van de mobiel vastgesteld tot binnen een straal van nog geen zeven meter. Tegen de tijd dat Amanda Lanier Parkway opreed, had de politie van Rabun County al een inval gedaan in de King Fisher Camping Lodge.

Twee dode mannen. Geen getuigen. Geen verdachten.

'Daar is het,' zei Amanda, en met een scherpe bocht stuurde ze de auto het parkeerterrein van het motel op.

Grind spatte van de banden. Ze had de bergrit, die normaal bijna twee uur duurde, met een halfuur bekort, maar elke seconde was als een jaar van Wills leven geweest. Geen Sara. Geen Michelle. Geen kentekens om na te trekken. Geen getuigen. Geen verdachten. Niemand die hun ook maar iets kon vertellen.

Amanda parkeerde de auto tussen het motelkantoortje en het busje van de forensische recherche van het GBI.

Will reikte naar de portiergreep.

Amanda legde haar hand op zijn arm. 'Voorzichtig met wat je zegt.'

Ze knikte in de richting van de politieagenten die over de veranda langs de voorkant van het motel zwermden. Hulpsheriffs van Rabun

County. De verkeerspolitie van Georgia. Politie van de City of Clayton.

'Vertrouw je ze niet?' vroeg Will.

'Dit is een kleine gemeenschap. Ik vertrouw de mensen niet met wie ze kletsen in de kerk of boven de gefrituurde kip in het eettentje.' Ze liet zijn arm los. 'Daar heb je Zevon.'

Zevon Lowell, de GBI-agent van het regionale drugsbestrijdingskantoor in de Appalachen, kwam met twee bekers koffie in zijn handen op de auto af.

Bij het uitstappen pakte Amanda een van de bekers. 'Vat het even voor me samen.'

'Niks nieuws te melden, chef. Charlie is de kamer zo snel als hij kan aan het doorwerken. Er komt nog een team uit Atlanta.'

Will staarde naar de motelkamer in het midden van het gebouw. De deur stond open. Een stuk plastic hield de koele lucht van de airco binnen. Het licht van felle werklampen viel over de veranda en kierde om het gordijn voor het raam. Charlie Reed was ongetwijfeld op handen en knieën het tapijt aan het uitkammen, op zoek naar sporen. Een betere forensisch rechercheur was er in de hele staat niet te vinden. Hij werkte nauw samen met Sara. Hij zou alles op alles zetten om te helpen bij de zoektocht naar haar.

'Het motel staat al ruim een jaar leeg.' Zevon haalde zijn aantekenboekje uit zijn zak en sloeg het open. 'De eigenaar was een zekere Hugo Hunt Hopkins. Een vastgoedjurist uit Atlanta. Hij is zonder testament gestorven. De nalatenschap wacht op juridische erkenning terwijl zijn twee kinderen het uitvechten.'

'Wonen ze hier?'

'De een woont in Michigan, de ander zit in Californië. Af en toe komt er een beheerder langs om te kijken of het dak niet lekt en de leidingen niet zijn bevroren.' Hij verplaatste zich zodat Amanda niet door de zon werd verblind. 'Kijk eens over mijn schouder.'

Aan de overkant zag Will een metalen gebouw bekleed met potdekselplanken om het op een jachthut te laten lijken. Het parkeerterrein was verlaten. Op het uithangbord stond een konijn dat een kroes bier vasthield.

'Peter Cottontail's,' zei Amanda. 'In dit district geldt geen alcoholverbod. Waarom is die tent gesloten?'

'Het is een gezelligheidsclub met eigen openingstijden. Het gebouw is in handen van een lege vennootschap. Dat is het al tien jaar. De man die volgens ons de tent runt is een zekere Beau Ragnerson. Hij is ook de beheerder van het motel. Zijn geld verdient hij in Macon.'

'Aha.' Amanda tuitte haar lippen. Iets had een belletje doen rinkelen, maar ze gaf geen nadere uitleg. Tegen Zevon zei ze: 'Ga jij dat koor eens voor me dirigeren.' 'Het koor' was slang voor een groep roddelende politiemensen. 'Kom, naar binnen,' zei ze tegen Will.

Hij volgde haar naar de motelkamer. Een deel van het parkeerterrein was met politielint afgezet. Het grind vertoonde sporen van een kleine vrachtwagen die achteruit was ingeparkeerd. De wielen waren op twee meter van de veranda tot stilstand gekomen. De banden waren hun grip kwijtgeraakt in het grind, maar Charlie had al gips in de duidelijkste afdrukken gegoten.

Will keek naar de plek waar de vrachtwagen had gestaan. Het grind leek verschoven waar iemands voeten de grond hadden kunnen raken, maar misschien was dat wishful thinking. Hij zou het liefst geloven dat Sara op eigen kracht naar beneden was gesprongen. Dat ze niet schoppend en schreeuwend naar binnen was gedragen. Dat ze niet bewusteloos was geweest, vastgebonden, zo gedrogeerd dat ze van niets meer wist.

'Hier.' Amanda had twee paar schoenhoezen uit Charlies plunjezak naast de deur gepakt. Ze trok het plastic opzij. Even stopte ze om zichzelf te hernemen, en toen liep ze naar binnen.

Will dook intuïtief ineen toen hij haar volgde. Het plafond was laag. De kamer voelde claustrofobisch. Bruin hoogpolig tapijt. Beige muren. Toen hij om zich heen keek, snapte hij waarom Amanda zichzelf moed had moeten inspreken. Hij was op honderden plaatsen delict geweest. Hij had erger gezien, maar zich nog nooit zo vreselijk gevoeld.

De kamer was besmeurd met donkere, woeste bloedvegen: het zat op de twee bedden, de minikoelkast, het nachtkastje, de tv, de ladekast, het plafond, het lelijke tapijt. Het leek allemaal van de dode man te komen die rechtop in het bed bij het raam zat. Zijn hoofd hing naar beneden, maar alle vredigheid ontbrak. Zijn romp lag open, alsof een dier zich met geweld een weg naar buiten had gereten.

Will slikte iets bitters weg. Het onderlichaam van de man was naakt. Zijn penis was zwart van het bloed.

'Met deze telefoon heeft Sara Will een bericht gestuurd.'

Will maakte zijn blik los van de dode op het bed.

Charlie Reed was gekleed in een wit tyvek pak. Hij hield een bewijszak omhoog met de restanten van een verbrijzelde mobiele telefoon. Tegen Amanda zei hij: 'Het IMEI-nummer komt overeen met de registratie bij de internetprovider. We hebben al een gerechtelijk bevel voor de naam van de gebruiker.'

'Mooi,' zei Amanda. 'En ga me nou niet vertellen dat je geen medisch expert bent. Hoe zijn deze mannen gestorven?'

Charlie wees naar het bed naast de muur. 'Deze hier heeft vlak voor zijn dood een medische behandeling ondergaan. De kogelwond in zijn zij is afgedicht met een *chest seal*. In zijn rechterarm heeft hij een infuus gehad. Met een naald is de spanning weggehaald van wat waarschijnlijk een klaplong is geweest.'

'Sara,' vermoedde Amanda.

'Daar ga ik van uit,' zei Charlie. 'Eerlijk gezegd bid ik dat zij het was.'

Will had niks met bidden. 'Dat is de man die zich Vince noemde. Hij was de passagier van de F-150. Ik heb op hem geschoten. Hij zat in Sara's BMW.'

Amanda zweeg.

'Er is weer op hem geschoten,' zei Charlie. 'Twee keer, in deze kamer. Een van de kogels is in de matras gedrongen. De andere zit nog in zijn borst. We zetten ballistiek er meteen op, en dan kijken we of er iets over het wapen bovenkomt.'

'En de andere man?' vroeg Amanda.

'Ik ben geen arts...' Charlie ving haar blik. 'Ik denk dat we ervan uit mogen gaan dat hij door messteken om het leven is gebracht. Kijk eens naar de handafdruk op het hoofdeinde.'

Nu hij ernaar wees, zag Will de bloederige contouren van vier slanke vingers en een duim die zich om de houten rand hadden geslagen.

'Ik vermoed dat de aanvaller een vrouw is geweest of een heel kleine man,' zei Charlie.

Will keek naar zijn eigen hand, alsof hij doordat hij zo vaak Sara's hand had vastgehouden precies kon zeggen hoe een bloederige afdruk van haar vingers eruitzag. Zou zij op deze manier een man kunnen doden? Schrijlings op hem zittend en dan zo vaak op zijn hals en borst instekend dat zijn huid in pulp veranderde?

Hij hoopte het met heel zijn hart.

Amanda eiste met een vingerknip zijn aandacht weer op. Ze wachtte.

Hij liep om het bed heen en hurkte neer. Hij keek op. De naam van de man proefde wrang op zijn tong. 'Adam Humphrey Carter.'

Charlie knikte. 'Dat komt overeen met de wond in zijn bovenbeen. De dijslagader is geschampt. Zijn broek is weggeknipt. Ik veronderstel dat er een procedure in gang is gezet om het mes te verwijderen. Toen –'

'Dat "toen" doet er niet toe.' Will vuurde zijn woorden op Amanda af. 'Er waren vijf mannen bij dat ongeluk betrokken. De man die ze Merle noemden ligt al in het mortuarium. Vince is dood. Carter is dood. De vierde, Dwight, is de hele tijd buiten westen geweest. Hurley is de enige die mijn gezicht herkent, en hij ligt geboeid in een ziekenhuisbed met gewapende bewaking.'

Amanda perste haar lippen op elkaar. 'Verder nog iets, Charlie?'

Charlie leek wat ongemakkelijk zoals hij tussen hen beiden in stond. 'Ik denk dat er iemand naar de aangrenzende kamer is gebracht. Op de beddensprei zitten bloedsporen, maar niet van een actieve bloeding. Waarschijnlijk hebben jullie het bij binnenkomst niet geroken, maar ik ving een vleug ontsmettingsalcohol op toen ik de deur opende. Iemand heeft geprobeerd alle sporen van hun vingerafdrukken te verwijderen. De tafel is schoongemaakt, dus hij of zij heeft zich voornamelijk in dit gedeelte bij het raam opgehouden. Ik moet het hele motel met luminol bewerken om er zeker van te zijn dat we niets over het hoofd zien. Maar als we een bloederige vingerafdruk aantreffen, betekent het dat diegene hier was toen de moorden plaatsvonden.'

'En hoe zit het met bloedtypes?' vroeg Amanda. 'Weten we zeker dat niemand anders bloed heeft verloren?'

'Dat kan ik niet met zekerheid zeggen, maar het lijkt waarschijnlijk dat het meeste bloed van Carter afkomstig is. Latente vingerafdrukken geven ons het beste beeld. Die van Sara zijn geregistreerd, net als die van Michelle Spivey. Met de laptop uit de andere wagen kan ik dingen met elkaar vergelijken. De helft van mijn apparatuur is in reparatie. De enige reden waarom ik zonder team ben begonnen, is Sara. Ik wilde zien of er meteen iets in het oog sprong.'

'En, sprong er niets in het oog?'

Hij schudde zijn hoofd, maar zei desondanks: 'Op de badkamervloer zitten bloederige schoenafdrukken. Zo te zien een mannenmaat 40 of vrouwenmaat 42, wat overeenkomt met die van Sara.' Hij wenkte hen mee en bleef bij de deur naar de krappe badkamer staan. 'Het toilet is niet doorgetrokken, maar de bril is naar beneden. Dat is vreemd. Deze jongens lijken me niet het soort dat gaat zitten bij het pissen.'

Vreemd.

Will dook onder het deurkozijn door en keek om zich heen. Het eerste wat hij rook was urine. Het eerste wat hij zag waren bloederige voetafdrukken op vrijwel de hele laminaatvloer. De muren waren met hetzelfde laminaat bekleed. Het plafond was zo'n vijftien centimeter lager dan het plafond in de kamer, waarschijnlijk om lekkage te verhullen. Een kunststof wastafel met een kastje eronder. Bloed in de wasbak, waarin iemand zijn of haar handen had gewassen. Een toilet, klem tegen de bad-douchecombinatie. Een handrail die met een stuk laminaat aan de muur was bevestigd.

Hij voelde hier de aanwezigheid van Sara, zoals hij die ook had gevoeld op het parkeerterrein.

'Heb je boven het plafond gekeken?' vroeg Amanda.

'Het enige wat we vonden waren spinnenwebben en rattenkeutels,' zei Charlie. 'Er is geen verbinding met de aangrenzende kamer. Een inrichtingskeuze, vermoed ik?'

'Will, rond het hier af, dan zie ik je buiten,' zei Amanda. 'We moeten ons hergroeperen.'

Will volgde haar niet onmiddellijk. Hij kon het gevoel niet van zich afzetten dat hij iets over het hoofd zag. Nog één keer keek hij de kleine badkamer rond. Weer dook hij onder het deurkozijn door, maar toen…

Misschien was het de handrail of misschien kwam het doordat hij ongeveer tachtig keer het woord 'verkracht' had genoemd tegenover Sara's ouders, maar Will keek op naar het plafond.

Sara was ooit aangevallen in een openbaar toilet. De verkrachter was over het verlaagde plafond in het aangrenzende herentoilet gekropen en was boven haar hokje naar beneden gesprongen. Sara had nog net moeizaam 'Nee…' kunnen uitbrengen voor de man haar met boeien aan de handrails aan weerszijden van het toilet had vastgeketend.

'Waar is je blacklight?' vroeg hij aan Charlie.

'In de andere bus. Hoezo?'

'Heeft Sara je nooit die truc laten zien?'

Charlie grijnsde. Hij liep naar zijn plunjezak, buiten naast de deur. Hij keerde terug met twee waterbestendige markeerstiften en een rol doorzichtig tape. Toen pakte hij zijn mobiel.

'Je moet het in laagjes doen,' zei Will, ook al wist Charlie heel goed wat hij deed. Dat wist hij dankzij Sara. Ze was een nerd tot in haar vezels. Het enige wat ze nog liever deed dan mensen helpen was hen onthalen op lesjes over de magie van natuurkunde.

Charlie plakte een stuk doorzichtig tape op het lampje van zijn telefoon. Met een markeerstift kleurde hij een blauw rondje op het lampje. Hij fixeerde de inkt met een tweede stuk tape. Vervolgens tekende hij een paars rondje op het blauwe en ook dat fixeerde hij met tape.

Will deed het licht uit. Hij sloot de deur. De gordijnen waren al dicht. Het was donker in de ruimte.

Charlie tikte de zaklamp-app op zijn telefoon aan. Het bloed dat in de kamer alle kanten op was gespat begon te gloeien, want daar ging het om bij blacklight: de ultraviolette golf zorgde ervoor dat lichaamsvocht oplichtte.

Lichaamsvocht zoals urine.

'Richt eens op het badkamerplafond,' zei Will.

Charlie ging voor de deuropening staan. Hij scheen met het licht naar boven.

Knipperend met zijn ogen keek Will naar de opgloeiende groengele letters die Sara op het verlaagde plafond had geschreven. Vier tegels breed, drie tegels diep, op twee na allemaal beschreven met letters.

Charlie las hardop: 'Beau. Bar. Dash. Denkt. Hurley. Dood. Spivey. Ik. Ok. Voorlopig.'

Will hoorde de woorden, maar ze drongen nog niet tot hem door. Het enige wat hij zag was het ruwe hartje dat Sara voor hem in de hoek had getekend.

DEEL TWEE

MAANDAG 5 AUGUSTUS 2019

NEGEN

Maandag 5 augustus, 5.45 uur

Sara werd wakker door haar eigen zweet dat in haar ogen druppelde. Ze tuurde naar haar horloge, maar zag alleen haar kale pols. Automatisch draaide ze zich om om te zien of Will nog in bed lag, maar er was geen Will en er was geen bed. Ze was met haar rug klem in de hoek in slaap gevallen.

Het Kamp.

Tenminste, Sara ging ervan uit dat ze in het Kamp was. De vorige avond had een zwart busje hen bij het motel opgepikt. Sara was achterin geladen, geblinddoekt en met een prop in haar mond, en ze was met handboeien aan Michelle vastgeketend. De vrouw was het grootste deel van de rit buiten kennis geweest. Ook nadat ze uit haar gedrogeerde roes was ontwaakt, had ze geen woord gezegd. Het enige geluid dat over haar lippen was gekomen, was een gekwelde kreet toen het portier van het busje was geopend en ze had beseft waar ze waren.

Maar waar was dat precies?

Sara duwde zichzelf in de hoek overeind. Haar benen waren stram. Ze stikte van de hitte. Haar kleren waren zo smerig dat ze schuurden. Ze had de simpele blokhut, die uit één vertrek bestond, alleen bij het licht van een lantaarn gezien. Twaalf stappen breed. Twaalf stappen diep. Het plafond was te hoog om aan te kunnen raken. Geen ramen. Een plaatijzeren dak. Wanden en vloer van ruwe planken. Omgeven door bomen.

De emmer naast de deur diende als toilet. In een tweede emmer in de hoek ertegenover zat water met een soeplepel erin. Op een ruwhouten frame lag een stromatras. De geïmproviseerde boxspring bestond uit een touw waarin een reeks knopen was gelegd om een net te vormen. Sara had de hoek aan de scharnierkant van de deur als slaapplek gekozen om tijd te winnen voor het geval er een onbekende binnenkwam.

Ze voelde aan de deurknop. Het hangslot sloeg tegen het kozijn. Ze liep de ruimte op en neer. De wanden waren van ongeverfd hout. Tussen de balken zat geen isolatie. Er was geen elektriciteit, maar door de kieren tussen de planken viel zonlicht. Ze tuurde ertussendoor. Groene bladeren, donkere boomstammen. Het geluid van kabbelend water. Een beek misschien, of een rivier die ze stroomafwaarts zou kunnen volgen als ze kans zag.

Ze liep naar de andere kant van de ruimte. Weer keek ze uit op dicht bos. Ze drukte met haar hand tegen een plank. De spijkers waren aan het roesten. Als ze hard genoeg duwde, zou ze de onderste latten misschien los kunnen krijgen en naar buiten kunnen kruipen.

Een sleutel werd in het slot gestoken.

Met gebalde vuisten deed Sara een stap naar achteren.

Dash keek haar glimlachend aan. Zijn arm zat nog in een mitella, maar hij had een spijkerbroek en overhemd aangetrokken. 'Goedemorgen, dokter Earnshaw. Ik dacht dat je het wel fijn zou vinden om samen met ons te ontbijten nadat je met je patiënten hebt kennisgemaakt.'

Bij de gedachte aan eten werd ze misselijk, maar ze moest haar krachten sparen voor het geval zich een vluchtkans voordeed.

'Ik kan je weer boeien omdoen,' zei Dash, 'maar je hebt vast al bedacht dat we heel ver van de bewoonde wereld zijn.'

Sara had dat helemaal niet bedacht, maar knikte toch.

'Goed zo, meisje.' Hij deed een stap opzij om haar voor te laten gaan.

Het klonk alsof hij het tegen een kind of een paard had, maar ze probeerde zich er niet aan te storen. Een van de bewakers van het motel stond naast de deur. AR-15, zwart gevechtstenue.

Sara stapte naar beneden via een houtblok dat dienstdeed als trapje. Ze probeerde zich te oriënteren. Het bos was heel dicht, maar iets voorbij de hut was een pad vrijgemaakt. Ze tuurde naar de zon, die boven de horizon uit gluurde. Halfzes of zes uur 's ochtends. Ze bevonden zich in de uitlopers van het Appalachengebergte, hoewel ze daar niet veel mee opschoot. Als ze ervan uitging dat het motel in het westelijke deel van Georgia had gestaan, konden ze nu in Tennessee of Alabama zijn. Of ze had het helemaal mis en ze zaten in de North Georgia Mountains, dicht bij de Carolina's.

Sara liep het pad in. Ze stapte over een gevallen boom. Dash wilde haar helpen en stak zijn hand naar haar uit, maar ze week opzij, weg van zijn gespeelde ridderlijkheid.

'Ik denk dat je aangenaam verrast zult zijn door wat je hier aantreft,' zei hij.

Sara beet op haar lip. Tenzij er aan het eind van dit pad een auto stond die haar naar huis bracht, was er niets aangenaams aan haar omgeving. 'Ik ben een gijzelaar. Ik ben hier tegen mijn zin.'

'Je had een keuze.' Zijn stem had iets plagerigs, was overdreven informeel. Hij probeerde een ongedwongen sfeer te creëren, alsof hij met dat wapen op zijn heup en zijn gewapende bewaker niet alle macht aan zijn kant had.

Sara duwde een tak uit haar gezicht. Haar huid zat onder het vuil, bloed en zweet. Ze had zich vluchtig gewassen met lauw water uit de emmer, maar ze had haar vuile kleren weer aan moeten trekken. De short stond stijf van het bloed. Haar shirt stonk naar zweet. Haar bh en slip waren in schuurpapier veranderd. Ze was inmiddels een staalkaart aan forensische sporen. Ze vroeg zich af of ze iets moest doen, zich snijden aan een braam, een bloedspoor achterlaten, op de een of andere manier het pad markeren zodat Charlie Reed of Will zou weten dat ze hier was geweest.

Will.

In het motel had Sara eerst het hartje op het plafond getekend. Ze nam een risico door een boodschap achter te laten, maar ze wilde vóór alles duidelijk maken dat ze wist dat hij naar haar zocht.

Will in actieve dienst. ATL.

'Papa!' klonk een opgewonden kinderstem. 'Papa!'

Sara zag een meisje over de open plek rennen. Te oordelen naar haar schommelende loopje was ze een jaar of vijf, zes. Ze bezat nog niet de juiste motoriek om hard te kunnen rennen. Ze viel, maar krabbelde al giechelend weer snel overeind. Ze droeg een eenvoudig wit jurkje, dat tot op de grond viel. De kraag zat om haar hals dichtgeknoopt. De mouwen reikten tot net onder haar ellebogen. Haar blonde haar hing tot op haar middel. Sara had niet zozeer het gevoel dat ze terugging in de tijd, als wel dat ze op de set van *Het kleine huis op de prairie* was beland.

Ze wierp een blik om zich heen. De open plek had ongeveer de afmetingen van een basketbalveld. Tussen de bomen stonden nog acht eenkamerblokhutten. Ze waren groter dan haar nachtcel, met ramen, een boerendeur en een stenen schoorsteen. Ze leken tegelijkertijd permanent en tijdelijk. Vrouwen zaten op stoelen bonen te breken en maïskolven te pellen. Sommigen veegden het aarden erf voor hun blokhut schoon. Anderen bereidden eten in grote potten of kookten de was boven open vuur. Ze hadden allemaal lang, hoog opgestoken haar. Geen highlight of kleurtje te bekennen. Geen make-up. Ze droegen eenvoudige witte jurken met lange mouwen en een hoge boord. Geen sieraden, op hun gouden trouwringen na.

Geen enkel niet-wit gezicht.

'Dropje!' Dash hees het meisje omhoog op zijn goede arm. Met het kind op zijn heup liep hij voor Sara uit. 'Waar blijft mijn kusje?'

Als een vogeltje drukte ze een tuitzoentje op zijn wang.

'Papa!' riep een tweede meisje, gevolgd door een derde. In totaal vijf meisjes stormden op Dash af en sloegen hun armen om zijn middel. In leeftijd varieerden ze van de vijfjarige in zijn armen tot een tiener van hooguit vijftien. Ze hadden identieke lange, witte jurken aan. De kleinere meisjes droegen hun haar los, maar de vijftienjarige had het opgestoken in een knot, net als de oudere vrouwen. Terwijl ze haar armen om Dash' middel sloeg, keek ze Sara argwanend aan.

In totaal zes kinderen, die hem allemaal met 'papa' aanspraken. Er was een tweeling bij, maar de anderen moesten van verschillende vrouwen zijn, of van één moeder, die zestien van de afgelopen twintig jaar van haar leven zwanger of zogend was geweest.

'Sir?' riep een keurige jongeman vanaf de overkant van de open plek. Het contrast was schril. Evenals de bewaker was hij helemaal in het zwart en hing er een geweer over zijn schouder. Maar anders dan de bewaker was hij amper twintig. Hij had een scout kunnen zijn, of een schoolschutter. 'Het team is terug van de missie,' zei hij tegen Dash.

Missie?

'Oké, dametjes.' Dash maakte zich los van zijn kinderen. Braaf drukten ze ieder een kusje op zijn wang. Het oudste meisje was de enige die het met tegenzin leek te doen. Weer keek ze Sara achterdochtig aan. Het was moeilijk te zeggen of ze haar vader voor zichzelf claimde of zich simpelweg geneerde, zoals tienermeisjes zich altijd overal voor geneerden.

'Wil je me excuseren, dokter Earnshaw?' zei Dash. 'Mijn vrouw komt zo bij je.'

Ze keek hem na toen hij een steile helling op liep. Bij daglicht zag Dash er ouder uit dan ze aanvankelijk had gedacht. Ze schatte hem op midden veertig. Hij had het soort babyface waardoor zijn leeftijd moeilijk viel vast te stellen. Eigenlijk was alles aan hem nogal schimmig. Door zijn altijd maar innemende gedrag was het lastig hem te doorgronden. Van alle menselijke gevoelens was woede de snelste en meest directe manier om emotie te tonen. Sara hoopte nooit het doelwit van Dash' ware gevoelens te zijn als die ooit tot uitbarsting kwamen.

'Ik heb honger!' kondigde een van de meisjes aan. Er klonk gegiechel toen de kinderen als kittens wegtrippelden, over hun eigen voeten vallend, struikelend, duwend en klauwend... behalve de oudste, die zich na een laatste argwanende blik met grote stappen naar het kookgedeelte begaf.

Sara probeerde haar blik te vangen, maar daar moest de tiener niets van hebben. Daarom keek ze maar naar de kleine meisjes. Ze tolden rond, probeerden zichzelf duizelig te maken. Ze deden Sara denken aan haar nichtje, en daardoor moest ze aan haar zus denken en vervolgens aan de dominostenen die waarschijnlijk waren gaan omtuimelen sinds ze haar moeder voor het laatst had gezien, op straat, met Bella's geweer in haar handen. Tessa had vast een vlucht vanuit Zuid-Afrika geboekt. Eddie was ongetwijfeld onmiddellijk vanuit Grant County aan komen rijden. Bella zou te nerveus zijn om hun onderdak te verschaffen. Uiteindelijk zouden ze met z'n allen in Sara's flat belanden, wat betekende dat Will zijn biezen moest pakken.

Sara voelde de tranen weer opkomen.

Hij zou zich door haar ouders laten overdonderen. Hij zou bang zijn om iets verkeerds te zeggen, waardoor hij juist allerlei verkeerde dingen zou zeggen, waarop Cathy hem zou afsnauwen en Eddie zou proberen om het weer glad te strijken met een slecht woordgrapje, maar Will zou de woordgrapjes niet snappen want dyslexie was een taalverwerkingsstoornis, dus in plaats van te glimlachen of zelfs te lachen zou hij met een schuin hoofd wat beduusd uit zijn ogen kijken, waarop haar vader zich zou afvragen wat hem mankeerde, en Sara kon alleen maar hopen dat Tessa binnen vierentwintig uur zou landen, want haar zus was de enige op aarde die Will kon redden van haar ouders.

Ze knipperde verwoed met haar ogen. Ze probeerde haar hoofd te vullen met praktische informatie. Will zou haar komen zoeken. Dat wist ze zeker. Om een plan te kunnen uitwerken zou hij moeten weten wat hem te wachten stond.

Sara liet haar blik langs de bosrand gaan. Het was haar nog niet eerder opgevallen, maar er zaten minstens zes gewapende mannen in jachtplateaus in de bomen. Wat bewaakten ze? Haar toch zeker niet? Probeerden ze mensen buiten of binnen te houden? Op de open plek telde Sara acht volwassen vrouwen en dertien kinderen tussen de drie en de vijftien. Er waren acht blokhutten en recht tegenover haar een lange, lage barak. Dash was over de heuvelrug verdwenen. Ze nam aan dat er meer blokhutten waren, meer mannen, vrouwen en kinderen, en hoogstwaarschijnlijk ook meer bewakers.

Waarom?

Haar aandacht werd afgeleid door een kind dat gilde van plezier. Ze speelden verstoppertje. Dash' jongste dochter sloeg haar handen voor haar ogen en begon te tellen. De rest van de meisjes stoof weg het bos in of over paden die tussen de bomen waren vrijgemaakt. Vanaf de open plek liepen vijf kronkelende laantjes alle kanten op. Het bladerdek was heel dicht en wierp schaduwen op de blokhutten. Vanuit een overvliegende helikopter of een vliegtuig was het Kamp niet te zien. Sara vroeg zich af of de gebouwen deel uitmaakten van een oude boerenvestiging. De omgeving maakte een ongerepte indruk. Veel bomen hadden dikke stammen en waren heel oud.

Als ze de tijd goed inschatte die ze in het busje had doorgebracht, leek het waarschijnlijk dat ze nog steeds in Georgia was. Eddie Linton had zijn gezin vroeger meegesleept op talloze kampeertochten in de bergen, maar daar had ze niet veel aan bij het bepalen van haar locatie. Het vergrootte juist haar gevoel van isolatie. Het Chattahoochee National Forest besloeg ruim driehonderdduizend hectare en strekte zich uit over achttien districten. Meer dan drieduizend kilometer aan wegen en paden. Tien beschermde natuurgebieden. Springer Mountain in Blue Ridge was het startpunt voor de Appalachian Trail van 3500 kilometer, die helemaal boven in Maine eindigde.

Er zwierven prairiewolven en vossen. Gifslangen verscholen zich onder rotsen en langs het water. In de zomermaanden trokken zwarte beren hoger de bergketen in op zoek naar fruit en bessen.

Sara zag twee kinderen appels plukken van een boom.

'Ik ben Gwen.' De vrouw die op Sara af stapte, moest begin dertig zijn, maar ze zag er te afgepeigerd uit voor haar leeftijd. Haar gezicht stond strak. Haar huid miste alle kleur. Zelfs haar ogen stonden leeg en dof. 'Ik heb gehoord dat je arts bent.'

'Sara.' Sara bood haar haar hand.

Gwen keek verbaasd, alsof ze vergeten was hoe je je aan een ander voorstelde. Aarzelend stak ze haar hand uit. Ze zweette, net als Sara. Haar handpalmen waren eeltig van het werk.

'Dus jullie hebben een uitbraak van mazelen gehad?' vroeg Sara.

'Ja.' Ze veegde haar handen af aan haar schort en begon te lopen. Ze ging Sara voor naar de lange barak in de verte. Toen ze dichterbij kwamen, zag Sara dat er zonnepanelen op het dak stonden. Ook zag ze een buitendouche en een wasbak.

'De uitbraak is zes weken geleden begonnen,' zei Gwen. 'We hebben ze in quarantaine proberen te houden, maar het werd alleen maar erger.'

Dat verbaasde Sara niet. Mazelen was een van de besmettelijkste ziektes op aarde en werd verspreid door niezen, hoesten en ademen. Al kwam je pas na twee uur een ruimte binnen die door een besmet persoon was verlaten, dan nog liep je kans om ziek te worden. Daarom was het van het grootste belang om zoveel mogelijk gezonde kinderen te vaccineren.

'Hoeveel zijn er geïnfecteerd?' vroeg Sara.

Gwens ogen schoten vol. 'Twee volwassenen. Negentien kinderen. Elf zijn er nog steeds in quarantaine. We hebben... We hebben twee van onze engeltjes verloren.'

Sara probeerde haar woede te onderdrukken. Twee kinderen dood door een ziekte die bijna twintig jaar eerder met succes was uitgeroeid in de Verenigde Staten. 'Weet je zeker dat het mazelen is, en niet rodehond?'

'Ja. Ik ben verpleegkundige. Ik weet het verschil tussen rubeola en rubella.'

Sara perste haar lippen op elkaar om niet te ontploffen.

Haar reactie was Gwen niet ontgaan. 'We zijn een gesloten gemeenschap,' zei ze.

'Een van die geïnfecteerde volwassenen heeft hier van elders mazelen gebracht.' Sara wilde zichzelf het zwijgen opleggen, maar dat lukte niet. 'Je echtgenoot en zijn mannen waren gisteren in Atlanta. Ze hebben tientallen mensen vermoord, onder wie politieagenten, en ze hebben twee bommen laten afgaan.' Sara bestudeerde het gezicht van de vrouw. Er was geen spoor van verbazing of schaamte op te bekennen, en daarom benadrukte ze de medische gevolgen. 'Dagelijks komen er duizenden internationale bezoekers naar de stad. Een van jullie mensen had ervoor kunnen zorgen dat kinkhoest weer de kop opstak, de bof, het rotavirus, pneumokokken, Hib.'

Gwen trok haar kin in. Weer veegde ze haar handen af aan haar schort.

‘Waar is Michelle?’ vroeg Sara.

‘Ik heb begrepen dat haar blindedarm is gebarsten voor hij verwijderd kon worden. Ik heb haar 400 milligram Moxifloxacine p.o. gegeven en ik heb de incisie weer gehecht.’

Sara zuchtte diep. Eindelijk snapte ze waar het bebloede chirurgische verband op Michelles buik vandaan kwam. ‘Dat moet ze vijf dagen lang nemen, minimaal. En ze moet zoveel mogelijk drinken. Geef haar heldere vloeistoffen en laat haar in bed blijven.’

‘Zal ik doen.’

‘Waarom is ze hiernaartoe gebracht? Wat moest ze hier eigenlijk doen?’

Gwen hield haar hoofd gebogen. Ze stak haar arm uit en wees naar de barak. ‘Die kant op.’

Sara liep voor haar uit. Ondertussen bleef ze naar informatie vissen. ‘Je bent duidelijk op de hoogte van quarantaineprotocollen. Je kunt ondersteunende zorg bieden. En je hebt antibiotica tot je beschikking. Waarom is Michelle ontvoerd?’

Gwen keek naar haar voeten, alsof ze zich op haar stappen moest concentreren. Ze liep wat gebogen, al even ineengedoken als Michelle. Weer wrong ze haar handen in haar schort.

In de verte hoorde Sara kinderen lachen, niet op de open plek maar in het noordoosten, in de richting waarin Dash enkele ogenblikken eerder was verdwenen. Ze vermoedde dat in het tweede deel van het Kamp de niet-geïnfecteerden verbleven. Allerlei vragen drongen zich aan haar op. *Hoeveel mensen waren er op deze berg? Waarom hadden ze Michelle naar Atlanta gebracht als er dichterbij tientallen ziekenhuizen waren? Waarom hadden ze die bommen laten afgaan? Waarom was het zo belangrijk dat Michelle bleef leven? Wat wilden ze écht van Sara?*

‘Hier.’ Gwen bleef staan bij de wasbak naast de barak.

Sara waste haar handen met loogzeep. Het water was warm. Ze boende haar armen, hals en gezicht.

‘We kunnen je wel schone kleren geven,’ zei Gwen.

‘Nee, bedankt.’ Sara was niet van plan zich als een victoriaanse peuter te kleden. ‘Hoeveel van de volwassenen hier zijn gevaccineerd?’

Gwen doorzag haar vraag. 'We hebben twaalf niet-gevaccineerde mannen en twee vrouwen.'

'En de anderen?'

'Die wonen in het hoofdgedeelte van het Kamp.'

Sara's vermoeden over het niet-geïnfecteerde deel was dus juist. Ze dacht aan Dash, die zich door zijn kinderen op zijn gezicht had laten kussen voor hij het pad naar boven nam. Als een van hen geïnfecteerd was, kon hij het virus naar de andere kant overbrengen.

'Mijn dochter, Adriel,' zei Gwen, 'is nog in quarantaine.'

'Heb je zeven kinderen?' Sara was verbijsterd. De vrouw was amper de dertig gepasseerd. Geen wonder dat ze er zo afgeleefd uitzag.

'God is goed,' luidde Gwens enige commentaar.

Sara nam een handdoek van de stapel boven de wasbak en droogde haar handen. Hij was van linnen in plaats van badstof. Er zat geen merkje aan. De zoom zag er handgenaaid uit. Was het Kamp een soort religieuze sekte? Dat soort organisaties blies meestal geen dingen op. Ze dronken gif of demonstreerden bij begrafenissen.

'Mogen jullie vanwege jullie geloof niet vaccineren?' vroeg ze.

Gwen schudde haar hoofd. 'Heb je twee kinderen?'

Sara had zich bijna versproken. 'Ja, twee meisjes.'

Een zuinig lachje spande zich om Gwens lippen. 'Dash zei dat je man tijdens de uitoefening van zijn beroep is gestorven. Het lijkt wel of de wereld de laatste tijd vol weduwen is.'

Sara weigerde een band met deze vrouw op te bouwen. 'Hebben Vale en Carter hier soms ook vrouwen?'

De glimlach veranderde in een boze, strakke streep. 'Ze hoorden niet bij ons. Het waren huurlingen.'

'Huurlingen vechten in oorlogen.'

'We zíjn in oorlog.' Ze reikte Sara een mondkapje aan. 'We moeten alle middelen inzetten die tot onze beschikking staan. Cyrus was een heiden, maar hij bracht weer orde in de wereld.'

Sara had een leven lang naar haar moeders Bijbelverhalen geluisterd. 'Koning Cyrus was ook voorstander van verdraagzaamheid en medeleven. Kun je hetzelfde van je man zeggen?'

'We zullen vanaf de berg de trompet laten schallen,' zei Gwen. ' "Ik formeer het licht en schep de duisternis. Ik maak de vrede en schep het onheil." Aldus sprak de Heer.'

Sara bond het mondkapje achter haar hoofd vast zodat de vrouw haar gezichtsuitdrukking niet kon zien. Ze was niet tegen religie, wel tegen mensen die religie als wapen gebruikten. Een van de dingen die haar voor de studie medicijnen hadden doen kiezen was de onveranderlijkheid van feiten. Het atoomnummer van helium zou altijd twee blijven. Het tripelpunt van water vormde onweerlegbaar de basis voor de definitie van de kelvin. Je had geen religie nodig om die dingen te geloven. Je moest alleen kunnen rekenen.

Ze liep het trapje op. De deur maakte een zuigend geluid toen ze hem opende. De geur van ontsmettingsmiddel prikte in haar ogen. De barak was lang en smal en werd gekoeld door twee draagbare aircoapparaten, die zachtjes stonden te zoemen in de hoeken. In een grote medicijnkast zag ze ontsmettingsalcohol, wattenstaafjes, injectiespuiten en ziplockzakjes gevuld met allerlei gekleurde pillen. In overvolle koelboxen werd infuusvloeistof bewaard.

Drie vrouwen waren de patiënten aan het verzorgen en wreven ze af met koude doeken. Hun houding leek te veranderen toen Gwen met zware tred over de houten vloer naar de medicijnkast liep. Hun handen bewogen sneller. Vlug gingen ze van patiënt naar patiënt. Er werden heimelijke blikken gewisseld. Sara besloot goed op dat soort subtiele veranderingen te letten. Deze vrouwen waren bang voor Gwen, wat betekende dat Gwen daartoe aanleiding had gegeven.

Terwijl Gwen allerlei spullen op een trolley laadde, liet Sara haar blik door de ruimte gaan. Ze telde twintig veldbedden, waarvan er slechts elf bezet waren. Witte lakens bedekten kleine lijfjes; bleke gezichtjes staken nauwelijks af tegen witte kussenslopen. Sara werd met heel haar wezen naar hun leed toe getrokken. Ze hoestten, niesden, rilden, huilden. Degenen die niet bewogen waren er het ergst aan toe. Van alle kanten werd ze door droefheid omhuld.

'We hebben deze...' Gwen wees naar de kar, met onder andere handschoenen, een stethoscoop, een otoscoop om de gehoorgang en het trommelvlies te bekijken en een oftalmoscoop om het netvlies en het oog te onderzoeken.

In een hoek werd een kind door een hoestbui overvallen. Een van de vrouwen rende naar haar toe en hield een emmer onder haar mond. Een ander meisje begon zachtjes te snikken. Dat sloeg over op de rest van de kinderen. Ze waren er allemaal zo ellendig aan toe, zo ziek en smachtend naar hulp.

Sara veegde met de rug van haar hand haar tranen weg en vroeg aan Gwen: 'Zeg maar waar ik moet beginnen.'

'Bij Benjamin.' Ze nam Sara mee naar een jongetje dat onder een van de ramen lag. Voor het glas hing een wit laken om de hitte buiten te houden.

Naast zijn bed stond een stoel. Sara pakte zijn hand en ging zitten. Het jochie rilde, hoewel hij warm aanvoelde. Zijn gezicht vertoonde de kenmerkende uitslag die uiteindelijk zijn hele lichaam zou bedekken. De wondjes groeiden al samen. Telkens als hij hoestte, kleurden zijn wangen vuurrood.

'Ik ben dokter Earnshaw,' zei Sara. 'Ik ga je helpen, goed?'

Zijn oogleden gingen nauwelijks open. Zijn hoest klonk hol in zijn borst. Normaal zou Sara het hoe en waarom van alles wat ze deed uitleggen, maar deze jongen was te ziek om het te kunnen volgen. Het enige wat ze kon doen was hem zo snel mogelijk onderzoeken zodat hij zich weer aan zijn onrustige slaap kon overgeven.

Aan zijn bed hing een statuskaart. Acht jaar oud, bloeddruk 85/60, temperatuur 38. De voorboden van de ziekte waren koorts, zwakte, gebrek aan eetlust, hoest, neusverkoudheid en bindvliesontsteking. De hoest was onmiskenbaar, het kind hoestte aan één stuk door. Het snot stroomde uit zijn neus, en door het slijm was zijn bovenlip gebarsten. Zijn ogen zagen eruit alsof er bleekwater in was gegoten. Volgens het verslag was zijn temperatuur sinds drie uur die nacht niet onder de 38 gezakt.

Mazelen werd veroorzaakt door een virus, niet door een bacteriële infectie die met antibiotica bestreden kon worden. Het enige wat ze konden doen was hem paracetamol geven, infuusvloeistof toedienen en hem afsponzen met lauw water om het hem wat aangenamer te maken. En dan maar bidden dat hij niet doof of blind zou worden, hersenontsteking zou krijgen of over een jaar of zeven à tien tekenen zou gaan vertonen van SSPE, een slopende ziekte die leidde tot coma en de dood.

'Benjamin is ons meest recente geval,' zei Gwen. 'Twee dagen geleden zijn de vlekjes verschenen.'

Dat kwam overeen met de uitslag. Waarschijnlijk was hij twee weken eerder besmet, wat betekende dat de quarantaine de uitbraak in de kiem zou kunnen smoren. Een schrale troost voor de ouders die hun kinderen al verloren hadden of hen onherstelbaar beschadigd teruggekregen.

'Zijn hoest is sinds gisteren verergerd,' zei Gwen.

Sara beet op haar tong om niet weer tegen haar uit te vallen. Ze kon maar moeilijk geloven dat een vrouw die een verpleegkundigenopleiding had gevolgd het leven van haar kinderen op het spel zette vanwege een herhaaldelijk weerlegde pseudowetenschap en het woord van een voormalig *Playboy*-model. Wie concreet bewijs zocht voor de grote noodzaak van vaccinatie, deed er goed aan het leven van Helen Keller te bestuderen.

Sara trok een paar handschoenen aan. 'Benjamin, ik ga je nu onderzoeken. Ik zal het zo snel mogelijk doen. Zou je je mond open willen doen?'

Met moeite hield hij al hoestend zijn mond open.

Sara liet het licht van de otoscoop naar binnen schijnen. De Koplik-vlekken zaten op het zachte verhemelte en het slokdarmhoofd. Het licht werd weerspiegeld door de parelkleurige punten. 'We moeten de koorts naar beneden brengen,' zei ze tegen Gwen.

'Ik kan ijs laten komen.'

'Zoveel mogelijk, graag,' zei Sara. 'Acute encefalitis heeft een sterftepercentage van vijftien. In vijfentwintig procent van de gevallen is er blijvende neurologische schade.'

Gwen knikte, maar ze was dan ook verpleegkundige. Ze wist dit al. 'Onze twee engeltjes zijn gestorven na een epileptische aanval.'

Sara wist niet of ze woedend moest worden of moest huilen.

'Gwen?' riep een van de vrouwen. Ze stond over een veldbed gebogen, met daarin het zoveelste doodzieke kind.

Sara nam de stoel mee en ging naast het bed van het meisje zitten. Drie, hooguit vier jaar oud, blond haar dat in een waaier op een dun kussen lag. Haar huid was bleek als de maan. Het laken was drijfnat van het zweet. Ze haalde zwoegend adem, af en toe onderbroken door een machteloze hoest. De uitslag op haar gezicht had een koperachtige tint, dus ze was al bijna een week ziek. Sara trok een nieuw paar handschoenen aan. Ze schoof de oogleden van het meisje open. Gwen reikte haar de oftalmoscoop aan. Sara's hart vulde zich met angst. Het bindvlies was rood en opgezwollen. De rand van het hoornvlies was ontstoken geraakt. Ze luisterde naar de longen van het meisje, die allebei een akelig bekend geknisper lieten horen.

Als de dubbele longontsteking haar niet fataal werd, zou ze waarschijnlijk de rest van haar leven blind zijn.

'Dit is mijn Adriel,' zei Gwen.

Sara vocht tegen een overweldigend gevoel van hulpeloosheid. 'Met een laboratoriumtest kunnen we zien of de longontsteking bacterieel of viraal is.'

'We hebben Zithromax.'

Sara trok een handschoen uit. Ze legde haar hand op Adriels hoofd. De koortsvlammen sloegen eraf. Het antibioticum kon het darmkanaal van het meisje onherstelbaar beschadigen, maar er zat niets anders op. 'Geef het haar maar.'

Gwen wilde iets zeggen, maar zweeg. Weer veranderde ze van gedachten. 'Als je me een lijst geeft, probeer ik de spullen te krijgen die volgens jou helpen.'

Wat zou helpen was een traumahelikopter die deze kinderen naar de beschaafde wereld bracht.

Gwen pakte een blocnote en een potlood, die naast een van de bedden lagen. 'We kunnen een grote partij bij de apotheek halen. Zeg maar wat je nodig hebt. Dan doseren we het zelf wel.'

Sara keek naar de scherpe punt van het potlood, die op de eerste regel van het blad rustte. Ze probeerde haar gedachten te ordenen. 'Tien tubes Tobrex en tien flesjes druppels. Tien Vigamox. We weten niet of die ooginfecties en de oorpijn zich gaan verspreiden.' Weer trok ze nieuwe handschoenen aan. Ze keek naar Gwens potlood, dat over het blad gleed, de hoeveelheden opschreef, dan een streepje zette, en vervolgens de naam van het middel noteerde. 'Vijf Digoxine, vijf Seroquel, twintig of meer tubes hydrocortisoncrème tegen de uitslag. Tien Erytromycine, vijf Lamisilcrème tegen de schimmelinfecties… Heb je dat?'

Gwen knikte. 'Tien Erytromycine, vijf Lamisil.'

Sara bleef dicteren tot het hele blad vol was. Ze gingen de voorraden niet bij de plaatselijke apotheek halen, wat betekende dat ze iemand buiten het Kamp moesten hebben die ze bracht. 'Ik neem aan dat je mijn licentienummer of DEA-registratie niet nodig hebt?'

'Nee.' Gwen keek de lijst na en tikte met haar potlood op elk woord. 'Ik, eh… Ik weet het niet. Dit is wel heel veel.'

'Er zijn hier ook heel veel zieke kinderen,' zei Sara. 'Zeg tegen degene die naar de apotheek gaat dat de lijst op volgorde van urgentie is. Iets is beter dan niets.'

Gwen scheurde het blad uit de blocnote. Ze gaf de lijst aan een van de vrouwen, die zwijgend de barak verliet.

Sara stak de stethoscoop in haar oren. Ze liep naar het meisje in het volgende veldbed, dat Martha heette. De uitslag in haar mondhoeken was korstig van de candida. Jenny, het kind naast haar, had longontsteking. Sara liep van patiënt naar patiënt. Ze waren allemaal tussen de vier en twaalf jaar. Op Benjamin na waren het allemaal meisjes. Zes hadden longontsteking. Adriels bindvliesontsteking was op een ander kind overgeslagen. Twee vertoonden een oorontsteking die in elke kinderartsenpraktijk op kweek gezet kon worden voor een diagnose. Sara kon alleen maar warme kompressen aanbevelen en tegen beter weten in hopen dat ze niet doof zouden worden.

Ze had geen idee hoeveel tijd er was verstreken toen ze klaar was met het laatste meisje, Sally, een vierjarige met donker haar en blauwe ogen, die zo hard had gehoest dat ze een bloeduitstorting in haar rechteroog had. Sara deed een tweede ronde langs de ziekste kinderen. Ze kon alleen maar hun hand vasthouden, over hun haar strijken, de indruk wekken dat zij, als arts, hen op magische wijze weer gezond kon maken. Spoedig zouden ze weer spelen, met hun krijtjes tekenen, buiten rondrennen, als tollen ronddraaien tot ze neervielen van duizeligheid.

Het gewicht van Sara's leugens was als een steen die alle lucht uit haar borst perste.

Ze trok haar handschoenen uit toen ze het trapje van de barak af liep. Om haar heen broeide de hitte. Ze waste haar handen bij de wasbak. Het water was zo heet dat ze zich er bijna aan brandde. Sara voelde de pijn niet. Vanbinnen trilde er iets wat ze maar niet kwijtraakte. Eén of misschien wel twee van die kinderen gingen dood. Ze hoorden in een ziekenhuis. Ze hadden verpleegkundigen, artsen, labuitslagen, apparaten en de moderne maatschappij nodig om in leven te blijven.

Gwen liep het trapje af, weer handenwringend in haar schort. 'Dash heeft de lijst naar onze leverancier gestuurd. De spullen worden vanmiddag bezorgd, rond een uur of –'

Sara liep weg. Ze wist niet waarheen, alleen dat ze niet ver zou komen. De gewapende mannen verkleinden de periferie toen ze de open plek overstak. Twee sprongen vanuit hun jachtplateau naar beneden. Twee anderen doken tussen de bomen op. Ze hadden een mes aan hun riem, een pistool in hun holster en een geweer in hun stevige handen geklemd. Zonder uitzondering waren ze jong, sommigen waren nog tieners. En ze waren stuk voor stuk wit.

Sara negeerde hen. Ze deed alsof ze van geen belang waren in haar leven, want op dat moment deden ze er ook niet toe. Ze probeerde het gekabbel van water op te vangen, het teken dat de beek dichtbij was. Ze liep een van de slingerpaden op. Het gekabbel veranderde in geraas. De beek bleek een rivier te zijn. Aan de oever liet ze zich op haar knieën vallen. Rotsen hadden een waterval gecreëerd. Ze stak haar handen in de ijskoude stroom. Ze liet haar hoofd erin verdwijnen. Ze had behoefte aan iets wat haar met een schok uit deze nachtmerrie haalde.

Maar geen schok was krachtig genoeg. Sara zat op haar knieën, met haar handen op haar schoot, en haar haar in dikke, natte strengen langs haar gezicht. Ze voelde zich nutteloos. Er was niets wat ze voor deze kinderen zou kunnen doen. Had Michelle zich ook zo gevoeld? Ze was hier al een maand. Ze had twee kinderen zien sterven, ze had de infectie zich door het Kamp zien verspreiden. Ze had geweten wat er zou gebeuren en had het niet kunnen stoppen.

Sara kon het ook niet stoppen.

Ze bracht haar handen naar haar gezicht. Tranen stroomden over haar wangen. Ze bleef maar huilen. Haar lichaam schokte van verdriet. Ze zat voorovergebogen, niet in staat om te stoppen. Ze gaf zich over aan elke emotie die zich aandiende, niet alleen aan haar angst voor die kinderen, maar ook aan haar eigen verlies. Jaren geleden had ze zich verzoend met de gedachte dat ze geen kinderen kon krijgen, maar nu haatte ze Gwen, haatte ze iedere vrouw in dit Kamp die haar kind, dat grote geschenk, zo onbeschermd liet.

Achter haar knapte een twijg.

Sara sprong op, met haar gebalde vuisten voor haar gezicht.

'Bedankt voor je hulp, dokter,' zei Dash. 'Ik weet dat het moeilijk is.'

Sara had hem het liefst in zijn gezicht gespuugd. 'Wie zijn jullie? Wat doen jullie hier?'

'We zijn gezinnen die ervoor hebben gekozen van het land te leven.'

'Die kinderen zijn ziek. Sommigen gaan –'

'Daarom ben jij hier, dokter. De Heer was zo goed ons een kinderarts te sturen.'

'Hij had jullie zuurstoftenten moeten sturen, intraveneuze antibiotica, respiratoren...'

'We zorgen dat je alles krijgt wat je op die lijst hebt gezet,' zei Dash. 'Gwen heeft gezegd dat ze vertrouwen heeft in je capaciteiten.'

'Dat heb ik zelf anders niet!' Sara merkte dat ze schreeuwde. Het kon haar niets schelen. 'Als je in wonderen gelooft, zou ik maar snel gaan bidden. Je dochter is ernstig ziek. Al die kinderen verkeren in levensgevaar. Ik snap dat iemand religieuze bezwaren heeft tegen vaccinatie, maar die heb jij niet. Je hebt duidelijk laten merken geen bezwaar tegen de moderne geneeskunde te hebben. Je hebt Michelle naar het ziekenhuis gebracht. Je zou je kinderen kunnen helpen, maar je laat ze gewoon lijden om... ja, waarom eigenlijk?'

Dash bracht zijn vingers naar elkaar toe, maar niet om te bidden. Hij schonk haar tijd om zich te herpakken. Alsof ze ooit zou bijkomen van de tragedie waarin ze was meegesleept.

Ten slotte zei hij: 'Volgens mij heb je een paar vragen.'

Sara geloofde niet dat ze een eerlijk antwoord zou krijgen. Toch vroeg ze: 'Wat is de bedoeling van deze plek?'

'Ah,' zei hij, alsof ze een vreemde taal sprak die alleen hij kon ontcijferen. 'Je wilt dus weten hoe we hier zijn gekomen?'

Sara haalde haar schouders op, want hij had zijn antwoord toch al klaar.

'We zitten nu tien jaar op deze berg. Onze manier van leven is heel eenvoudig. We zorgen voor de onzen. De gezinnen blijven intact. We respecteren het land. We nemen niet meer dan we nodig hebben, en indien mogelijk geven we terug. Ons bloed zit in deze bodem.'

Dash zweeg even, alsof hij verwachtte dat Sara zou reageren op het bekende wit-nationalistische riedeltje over bloed en bodem.

Toen Sara zich daar niet toe liet verleiden, zei hij: 'We zijn hiernaartoe geleid door de vader van Gwen, een rechtschapen gelover in de grondwet en de soevereiniteit van Amerika.'

Sara zweeg nog steeds.

'Onze leider is ons ontnomen, maar we zetten de missie voort, ook zonder hem,' legde Dash uit. 'Dat is het mooie van het systeem. We hebben niet zozeer een leider nodig als wel gelovers in de wereld waar we naar terug willen keren. Een wereld van recht en gezag, waar mensen hun plaats kennen en begrijpen hoe ze het systeem kunnen dienen. Elk wiel heeft een radertje nodig om goed te kunnen draaien. Op deze kruistocht is ons geloof onze gids, niet een of andere leider. Als één man valt, staat een ander op om zijn plaats in te nemen.'

'En toevallig is het altijd een man?'

Hij glimlachte. 'Dat is de natuurlijke orde. Mannen leiden. Vrouwen volgen.'

Sara negeerde de bekrompen bullshit. 'Maken jullie deel uit van een of andere religieuze groepering, of –'

'Er is een aantal ware gelovigen onder ons. Ik kan mezelf daar niet toe rekenen, tot groot verdriet van mijn vrouw. De meesten van ons zijn pragmatici. Dat is onze religie. We zijn allemaal Amerikanen. Dat verenigt ons.'

'Michelle is ook een Amerikaanse.'

'Michelle is een lesbienne die het leven heeft geschonken aan een bastaardkind van gemengd ras.'

Even was Sara met stomheid geslagen. Niet zozeer door wat hij over Michelles dochter had gezegd, maar omdat zijn masker was afgegleden. Zijn gezicht was lelijk van woede. Dit was de ware Dash, die bommen liet ontploffen en moordde zonder aanzien des persoons.

En even snel schoof het masker weer voor zijn gezicht.

Dash herschikte de mitella om zijn nek. Hij glimlachte en zei: 'Dokter Earnshaw, je bent een goed mens, dat staat vast. Ik heb er waardering voor dat je ons bent komen helpen met onze kinderen.' Hij knipoogde, als om haar te laten weten dat hij ook wel wist dat het een grap was. 'Zoals ik gisteren al zei: zodra onze kleintjes goed verzorgd zijn, ben je vrij om te gaan.'

Ze hield zich vast aan zijn verachtelijke woorden over Michelles dochter. Dat was zijn ware gedaante, niet de overdreven gekunstelde karikatuur die hij de wereld voorhield. 'Je bent een terrorist. Ik heb je in koelen bloede een man zien doodschieten. En ik moet je op je woord geloven?'

Zijn zelfbeheersing hield stand. 'Vale is geëxecuteerd wegens oorlogsmisdaden. We zijn soldaten, geen dieren. We richten ons naar de Conventies van Genève.'

Oorlog.

Het woord dook telkens weer op, eerst uit de mond van Gwen en nu uit die van Dash. 'Tegen wie vechten jullie eigenlijk?'

'We vechten niet tégen iets of iemand, dokter Earnshaw. We vechten vóór iets.' Hij glimlachte zelfingenomen, maar mannen zoals Dash waren altijd zelfingenomen in het besef dat de rest van de wereld het bij het verkeerde eind had en alleen zij de waarheid in pacht hadden. 'Ik weet dat je het ontbijt hebt gemist omdat je bij je patiënten was. De lunch wordt nu geserveerd. Ik hoop dat je je bij ons wilt voegen.'

De gedachte dat ze naast hem zou zitten en een normale maaltijd zou eten was nog weerzinwekkender dan het idee überhaupt eten in haar mond te stoppen, maar ze moest haar krachten sparen. Ze mocht zich niet overgeven aan wanhoop. Ze weigerde even verslagen te eindigen als Michelle.

'Deze kant op.' Hij wees naar het pad en wachtte.

Sara liep door het bos naar de open plek. Haar handen trilden nog steeds. Haar maag was gevuld met gal. Haar kleren waren ranzig. Alles aan haar voelde ranzig. Ze streek met haar vingers door haar natte haren. Damp sloeg van haar schedel. De zon stond hoog boven de bergkam. Heel even werd ze verblind door een flits licht. De zon had een vensterruit beschenen. Ze struikelde over een steen.

Vóór Dash toeschoot, kwam ze zelf weer overeind.

Met haar hoofd recht naar voren gericht liep ze door, terwijl ze af en toe stiekem opzijkeek.

Net voorbij de bomen stond een broeikas.

Op weg naar de rivier had ze de glazen constructie over het hoofd gezien. Het dak vormde in het midden een punt. Dakramen zorgden voor ventilatie. Het gebouwtje was smal, ongeveer zo groot als een stacaravan. Het dak en de wanden waren van glas, maar binnenin was een tent opgezet, van reflecterend materiaal en met de kleur van aluminiumfolie.

Er liepen elektriciteitskabels naar een houten schuurtje iets verderop. Sara zag een verplaatsbare generator met een geluiddemper. En nog meer zonnepanelen. Vanachter de glazen wanden ving ze het zachte geronk van machines op. Het kwam vanuit de tent. Metaal schraapte over metaal. Voorwerpen werden verplaatst. Af en toe klonk gemompel.

Lang nadat ze het gebouwtje uit het oog was verloren, hoorde ze nog de bedrijvige geluiden van werkende mensen.

Het Kamp.

Vrouwen en zieke kinderen. Jongens die soldaatje speelden. Een terrein, verscholen tussen de bomen. Een glazen broeikas met een reflecterende thermische tent die voorkwam dat een helikopter of vliegtuig met een hittezoekende camera naar binnen kon gluren.

Toen Sara Gwen vragen had gesteld over haar man, had ze Jesaja geciteerd.

Ik formeer het licht en schep de duisternis. Ik maak de vrede en schep het onheil.

Op de Emorycampus waren vijftien mensen vermoord. Een lid van hun eigen team was tijdens hun vlucht gedood. Dash had voor Sara's ogen een bezorger en een van zijn huurlingen gedood.

Wat voor onheil wilde hij nog meer over de wereld uitstorten?

TIEN

Maandag 5 augustus, 6.10 uur

Will zat aan de andere kant van Amanda's bureau in het hoofdkwartier van het GBI aan Panthersville Road. Volgens de klok aan de muur was het tien over zes 's ochtends. Hij keek toe terwijl ze de rapporten van de vorige avond doorlas. Autopsieverslagen van de man die Will op de plek van de aanrijding had neergeschoten en van de twee mannen die dood in het motel waren aangetroffen. Forensische onderzoeksresultaten van het achtergelaten Lay's-busje, van Sara's BMW en van de motelkamer.

Beau. Bar. Dash. Denkt. Hurley. Dood. Spivey. Ik. Ok. Voorlopig.

Will sloeg zijn handen ineen. Zijn knokkels waren opgezwollen en geschaafd. Zijn koppijn tikte als een bolhamer tegen de achterkant van zijn ogen. Zijn gedachten hechtten zich als klittenband aan de hinderlijkste delen van zijn brein. De pijn in zijn buik had zich tot zijn nieren uitgebreid. Hij zat op de rand van zijn stoel omdat achteroverleunen te pijnlijk was.

'Sara schreef dat ze "voorlopig" oké was,' zei hij tegen Amanda. 'De geluidsopname is gisteren om zestien uur vierenvijftig verzonden. Dat is zo'n dertien uur geleden, en het is zestien uur geleden dat ze is meegenomen.'

Amanda keek hem over haar brillenglazen aan.

'Wat je daar ook zit te lezen,' vervolgde hij, 'het verandert niets aan het feit dat drie mannen die bij die botsing waren betrokken nu dood zijn en dat er één in de cel zit. Niemand weet hoe ik eruitzie of dat ik er zelfs maar bij was. Laat me undercover gaan. De IPA is vier man kwijt. Voor hun volgende plan hebben ze iemand met bepaalde vaardigheden nodig. Ik moet erbij zijn om uit te vogelen hoe we ze kunnen tegenhouden.'

Amanda zweeg nog even om hem de indruk te geven dat ze zijn

verzoek overwoog. 'De informant van de FBI was jouw toegangskaartje tot de IPA. Helaas ligt hij nu op een koellade.'

Adam Humphrey Carter kon niet de enige manier zijn om binnen te komen. 'Ik ken jou, Amanda. Je zou me er echt niet op afsturen met de informant van een ander. Je hebt nog iemand die garant voor me kan staan.'

Ze sprak hem niet tegen. 'Ben je vergeten dat er vijf mannen bij het auto-ongeluk waren betrokken? Je weet niet zeker of Dwight je niet heeft gezien.'

'Hij was de hele tijd bewusteloos.'

'En Michelle?'

Daar had Will geen antwoord op. Hij had geen idee wat er zou gebeuren als Michelle Spivey hem herkende. Het ene moment was ze opstandig geweest en het volgende moment doodsbang.

'Wilbur –'

'En Sara's bericht?' vroeg hij. 'Het eerste wat ze op het plafond schreef was "Beau". Het tweede was "bar". Misschien heeft ze Beau met Dwight horen praten. Of zijn ze naar de bar gegaan. Ik weet dat je –'

'Alles wat ik weet staat hierin.' Amanda wierp hem een van de samengeniete rapporten toe. 'Wat Charlie heeft aangetroffen in het motel.'

Will staarde naar de pagina's. Met die knetterende hoofdpijn kon hij de woorden niet ontcijferen, en hij was niet van plan om als een kind van zes met een liniaal de letters een voor een na te lopen, al helemaal niet waar Amanda bij zat.

'En?' vroeg hij strijdlustig.

Ze griste het rapport uit zijn handen. 'Michelle Spivey heeft Carter doodgestoken. Haar vingerafdrukken zaten op het hoofdbord. Alles wijst erop dat ze boven op hem is gesprongen, schrijlings op zijn benen is gaan zitten, zich met haar rechterhand schrap heeft gezet tegen zijn schouder en hem toen zeventien keer in zijn hals, borst en buik heeft gestoken.'

Will probeerde de razende moordlust tot iets positiefs om te buigen. 'Ze vecht terug. Ze zou een bondgenoot kunnen zijn.'

'Ze is gevaarlijk en onvoorspelbaar, en ik weiger het risico te nemen dat ze gaat flippen waar jij bij bent. In het ergste geval steekt ze jou dood. En in het gunstigste geval vertelt ze haar ontvoerders waar ze jou van kent.'

Will haalde zijn schouders op, want hij had al besloten dat als het nog één keer tussen Sara's leven en dat van hem ging, hij voor hen allebei zou beslissen.

Amanda bladerde een ander rapport door. 'Die vent die je na de aanrijding hebt gedood. Hij noemde zich Merle. Hij is geïdentificeerd als een zekere Sebastian James Monroe. Ex-geniekorps. Oneervol ontslag wegens huiselijk geweld. Sindsdien heeft hij zich ogenschijnlijk keurig gedragen, maar hij voerde duidelijk iets in zijn schild.'

Will vroeg niet hoe ze aan die informatie kwam. Het Pentagon gaf doorgaans geen bijzonderheden prijs zonder een gerechtelijk bevel en een ton aan papierwerk. 'Huiselijk geweld. Hoort verkrachting daar ook bij?'

'Nee.'

Hij wist niet of ze loog. 'En Vince? De gast die ik in zijn borst heb geschoten.'

'Oliver Reginald Vale. Ook ex-militair, maar voor zover we weten zijn er geen overlappingen met Monroe. Vijf jaar geleden eervol ontslagen. Geen strafblad. En als je bedenkt dat deze mannen pseudoniemen uit de country-and-western hebben gekozen die overeenkomen met de eerste letter van hun naam, mogen we ervan uitgaan dat Dwight de Dash is uit Sara's bericht op het badkamerplafond. Ongetwijfeld een bijnaam.'

'Dash,' herhaalde Will. Alleen al de naam deed hem koken van woede. Het enige wat hij zich van de man herinnerde, was dat er niets opvallends was aan zijn lengte, postuur en huidskleur. Zijn aandacht was uitsluitend gericht geweest op de mannen die bij bewustzijn waren. Hij had verondersteld dat Hurley de leiding had.

'Volgens Sara's boodschap denkt Dash dat Hurley dood is,' zei hij.

'En dat laten we zo.'

Ze snapte het niet, waarschijnlijk met opzet. Sara had aangegeven dat het belangrijk was wat Dash over Hurley dacht. Wat betekende dat ze zich op het identificeren van Dash zouden moeten richten. Als ze niet wisten wie hij was, zouden ze niet weten waar ze hem moesten zoeken, en als ze Dash niet vonden, zouden ze Sara hoogstwaarschijnlijk nooit vinden.

Wat hun nu te doen stond was het volgende: de socialeverzekeringsnummers opsporen van Hurley, Carter, Vale en Monroe. Kredietrapporten doorspitten op zoek naar adressen, mobiele nummers, creditcards, autoregistraties. Navraag doen bij buren over hun komen en gaan. Natrekken van de telefoonnummers die ze hadden gebeld, de winkels of restaurants die ze hadden bezocht. Zoeken naar overlappingen. Een methodische lijst opstellen van bekende bondgenoten tot Dash' echte naam of iets kenmerkends zijn identiteit verried.

Of Will liet zijn stomme brein voor wat het was en stelde Amanda de meest voor de hand liggende vraag: 'Zitten Dash' vingerafdrukken in de militaire databank?'

'Ze zitten in geen enkele doorzoekbare databank. We hebben bloed uit zijn schouderwond op de achterbank van de Chevy Malibu gevonden, maar voor dat verwerkt is zijn we vierentwintig uur verder. En jij weet net zo goed als ik dat als Dash' vingerafdrukken niet in de databanken opduiken, het hoogst onwaarschijnlijk is dat zijn DNA-profiel ons naar zijn voordeur voert. In het gunstigste geval krijgen we bevestiging achteraf.'

Will wreef over zijn kaak. Hij voelde de ruwe baardstoppels. Die ochtend had hij zich niet geschoren. Hij droeg nog hetzelfde grijze pak als de vorige dag. Hij had de hele nacht op zijn bank naar Sara's geluidsopname zitten luisteren, in de hoop dat iets in haar stem hem zou vertellen dat ze het goed maakte.

Telkens maalden dezelfde twee zinnen door zijn hoofd.

Om 16.54 uur had Sara hem een bericht gestuurd.

Wat was er gebeurd om 16.55 uur?

Hij zei: 'Dash staat aan het hoofd van de IPA.'

'Klopt,' zei Amanda. 'Carter, in zijn rol van informant, heeft tegen de FBI gezegd dat Dash de lakens uitdeelt in de groep. Hij heeft de IPA niet opgericht, die bestaat al tien jaar of langer, maar onder Dash' leiding is er richting en lijn in de groep gebracht. De FBI is zo vriendelijk geweest deze informatie vanochtend met me te delen. Hun signalement voor Dash is al even nietszeggend als dat van jou. En de camerabeelden van Emory zijn al even onbruikbaar. Dash wist precies waar de camera's hingen. Hij had een pet op en hield zijn hoofd gebogen. De man weet als geen ander herkenning te vermijden. Je zou kunnen zeggen dat Dash het onzichtbare embleem is van de Invisible Patriot Army.'

Will sloeg zijn handen weer ineen en legde ze op haar bureau. 'Alsjeblieft, Amanda. Laat me undercover gaan. Ik vind Dash, dat weet ik zeker. Je krijgt hem op een presenteerblaadje aangereikt.'

Amanda pakte er een nieuw verslag bij. Ze las hardop: 'Het vergeleken wapen is een geregistreerde Glock 19 Gen 5 met een omzetbare magazijnpal en een sledevangpal voor een linkshandige schutter. Het algoritme van het National Institute of Standards and Technology volgens de CMC-methode berekent de waarschijnlijk –'

'Dat is mijn wapen,' zei Will.

'Met jouw Glock is Vale gedood, daar in die motelkamer.'

Weer probeerde Will zijn schouder op te halen, maar de pijnscheut in zijn rib weerhield hem.

'Je hebt je wapen twee keer afgevuurd op de plek van de aanrijding. Je hebt een verdachte gedood. Je hebt een tweede tijdens zijn vlucht geraakt. Je hebt een derde helemaal verrot geslagen. Theoretisch hoor je in afwachting van intern onderzoek op non-actief te worden gesteld, met behoud van salaris.'

'Schors me maar,' zei Will. Hij had een plan. Sebastian James Monroe. Oliver Reginald Vale. Adam Humphrey Carter. Robert Jacob Hurley. Hij zou als een prairiewolf rond hun levens cirkelen, klaar om toe te slaan.

'Blijf zitten, Wilbur.' Amanda keek langs Will de gang in. 'Wat heb je daar?'

Faith dumpte een hoop verzegelde bewijszakken op Amanda's bureau. Ze keek Will aan en keek toen nog eens goed.

'Faith?' drong Amanda aan.

Faith legde haar hand op Wills schouder. 'Dit is alles wat Ragnersen in zijn zakken had,' zei ze tegen Amanda. 'Zijn pick-up wordt doorzocht. Zevon heeft al een geweer met afgezaagde loop onder de stoel gevonden.'

Will wreef over zijn kaak. De naam Ragnersen zei hem niets, maar Zevon Lowell was de GBI-agent die hen de vorige avond bij het motel had opgewacht. 'Wat is er aan de hand?' vroeg hij aan Amanda.

'Een onderzoek. Wat dacht je anders?' Amanda verschoof de zakken op haar bureau. Een leren herenportefeuille. Een iPhone. Een stel autosleutels. Een stiletto.

'Wacht.' Will bewoog het mes in de zak heen en weer om het beter te kunnen bekijken. 'Dat is van mij. Hier heb ik Carter mee gestoken. De laatste keer dat ik het heb gezien, stak het uit zijn kruis.'

'Dan zal dat wel het tien centimeter lange lemmet zijn waarmee herhaaldelijk in Carters borst en romp is gestoken,' zei Amanda.

Will kon zijn ogen niet van het mes afhouden. Hij richtte al zijn gedachten op dat ene bewijsstuk. Met datzelfde mes had hij Carter gestoken. Ook Michelle had Carter ermee gestoken. Iemand had het mes uit Carters lijk verwijderd, wat betekende dat degene die het mes had meegenomen de vorige avond in het motel was geweest.

Een leren herenportefeuille. Een sleutelketting met het logo van een GMC Denali. Een iPhone in een zwarte rubberen hoes.

Will moest slikken voor hij iets kon zeggen. 'Hoe komen jullie hieraan?'

Amanda gebaarde naar Faith dat ze de deur moest sluiten. Ze leunde achterover op haar stoel, nam haar bril af en sloeg haar armen over elkaar.

'Het mes is bij Beau Ragnersen aangetroffen,' zei ze.

Beau. Bar.

'Hij is een ex-hospik, verbonden aan de commando's. De Groene Baretten. Zijn dossier is te verzegeld, dat krijg ik niet open. We hebben de papieren hogerop naar het Pentagon gestuurd, maar het duurt minstens een maand voor we iets horen. Het enige wat mijn contact me kan meedelen is dat Ragnersen in Irak en Afghanistan aan gevechtshandelingen heeft deelgenomen. Hij is onderscheiden met het Purple Heart en heeft granaatscherven in zijn rug.'

Will dacht terug aan het cryptische gesprek tussen Zevon en Amanda de vorige avond. De special agent werkte voor het drugsteam. Hij had al die informatie over Beau Ragnersen niet verzameld in de paar uur die het Amanda had gekost om naar Rabun County te rijden.

Hij citeerde Zevon: 'Hij verdient zijn geld in Macon.'

Faith ging naast Will zitten. Ze keek hem bezorgd aan. 'Ragnersen handelt in zwarteteerheroïne.'

'Jezus.' Will kon zijn ontzetting niet verhullen. Zwarteteerheroïne werd meestal versneden met zwarte schoensmeer of soms zelfs met aarde. Door de typische rode klei van Georgia kreeg het een bruinachtige tint. Je gebruikte het alleen als je wanhopig was of dood wilde.

Amanda zei: 'Toen ik nog straatwerk deed, heb ik heel veel Vietnamveteranen zien chinezen. Als je het injecteert, raken je aderen verkalkt. Als je het tot neusdruppels distilleert, kun je stikken in je eigen bloed. Zetpillen leiden tot inwendige bloedingen. Er is geen gemakkelijke uitweg die niet via het mortuarium gaat.'

Will wreef over zijn kaak. Daarom haatte hij drugs. In zijn jeugd had hij te veel volwassenen te veel onbeschrijfelijk gruwelijke dingen zien doen om aan een fix te komen.

'De Mexicanen hebben de heroïne in hun greep die de buitenwijken binnenstroomt,' vervolgde Amanda. 'Zwarte teer wordt voornamelijk door minderheden gebruikt. In Macon zijn dat de Afro-Amerikanen. De standaardprijs is gelijk aan die van crack midden jaren tachtig. Ragnersen is geen grote speler op deze markt. Hij heeft een niche gecreëerd.'

Faith had haar notitieboekje al paraat. 'Bij Beau komt het echte geld van pillen, maar niet wat je denkt. Antibiotica, insuline, cholesterolverlagers: allemaal legitieme medicatie die mensen nodig hebben maar niet kunnen betalen. Er is in Macon een gigantische zwarte markt voor dat spul. Je hebt daar heel veel niet-verzekerde mensen met chronische aandoeningen. De politie van Macon heeft hem twee keer gepakt met pillen in zijn dashboardkastje. Ongemarkeerde ziplocks. Ze dachten aan opiaten. In mei 2017 bleek uit de labtests dat het metformine was, en Beaus strafblad werd gewist. De tweede keer, in februari 2018, had hij iets bij zich wat gabapentine heet. Het wordt voor allerlei dingen gebruikt, maar vooral tegen zenuwpijn. Hij kwam er met voorarrest van af.'

Nu nam Amanda het over. 'De politie van Macon vermoedt dat Ragnersen ook oproepbaar is als verpleegkundige, met dank aan zijn legertraining, neem ik aan. Hij werkt vooral voor de plaatselijke bendes. Als je door een kogel wordt geraakt en je wilt niet dat de politie vragen gaat stellen in het ziekenhuis, moet je bij hem zijn.'

'Oké,' zei Faith. 'Ik heb opeens een heel vreemd idee.'

Amanda zweeg afwachtend.

'De Wells Fargobank waar Martin Novak werd gepakt, was net buiten Macon. Een van Novaks mannen werd in zijn buik geschoten. Op de vergadering gisteren werd gezegd dat de man die schotwond onmogelijk had kunnen overleven zonder medische behandeling.' Ze wachtte even tot Amanda de draad van haar gedachten had opgepikt, maar toen een reactie uitbleef, vroeg ze: 'Denk je dat Beau Ragnersen de kogel heeft verwijderd?'

Amanda reikte Faith een autopsierapport aan. 'Sebastian James Monroe, oftewel Merle, de man die door Will na de aanrijding werd gedood, vertoonde uitgebreid littekenweefsel op zijn buik van een eerdere schotwond, waarschijnlijk opgelopen ergens in de afgelopen twee jaar. Volgens het rapport is hij opgelapt door iemand met medische kennis: een dierenarts of een operatieverpleegkundige.'

'Of een voormalige hospik bij de commando's.' Faith knipte met haar vingers. 'Bingo. Monroe was in de Wells Fargo, dus er is een link met Novak. Dat bewijst dat Novak banden heeft met de IPA. Dat moet je de FBI vertellen. Dan breekt de hel los in deze zaak.'

'Alles wat je me vertelt is speculatie of wishful thinking,' zei Amanda. 'De FBI is al van je theorie op de hoogte. Ze zijn niet overtuigd.'

Faith smeet het rapport weer op de stapel. 'Uiteraard niet.'

'Laat dit jullie beiden heel duidelijk zijn,' zei Amanda. 'Ons doel is het vinden van Sara en Michelle Spivey. Dat is alles. De grotere samenzweringstheorieën vallen buiten het raamwerk van ons onderzoek. Martin Novak is in handen van de federale politie. Het is niet aan het GBI om Novak aan de IPA te linken. De FBI doet onderzoek naar de bomaanslag. Wij werken aan een ontvoeringszaak.'

'Dus we doen alsof onze neus bloedt?' vroeg Faith.

'Luister.' Met een tik op haar bureau vroeg Amanda om aandacht. 'Waarom moet ik je telkens weer op Waco en Ruby Ridge wijzen? De FBI houdt zich al veel langer met deze paramilitaire, wit-nationalistische organisaties bezig dan wij.'

'Ja, ze hebben ze gewoon te wit gemaakt om ze te kunnen aanpakken.'

'Faith.' Amanda probeerde zich zichtbaar in te houden. 'Laten we lering trekken uit de geschiedenis. Wil je dat het GBI van Dash en de IPA een groep martelaren maakt die de volgende generatie binnenlandse terroristen inspireert, of wil je dat we rustig en methodisch aan deze zaak werken zodat het tot een degelijke veroordeling komt?'

Will hoefde niet aan wat voor zaak dan ook te werken. Hij ging Dash opsporen, want zo zou hij Sara vinden. 'Waar is Beau? Is hij hier?'

Faith wachtte op Amanda's knikje. 'Hij zit beneden af te koelen.' Tegen Amanda zei ze: 'Het mooie is dat we hem gearresteerd hebben wegens mishandeling van een agent. Beau was niet zo blij toen hij midden in de nacht uit bed werd geplukt. Hij gaf Zevon zo'n harde stomp dat die zijn neus brak.'

Midden in de nacht.

Nu ging er bij Will een licht op. Beau was niet zomaar gearresteerd. Amanda had hem ingerekend terwijl Will op zijn bank had zitten wachten tot zijn wekker ging en hij zijn werk kon gaan doen, namelijk Sara vinden.

'Wou je nog iets zeggen, Wilbur?' vroeg Amanda.

Hij wou nog heel veel zeggen, maar hield het bij het volgende: 'Ik wil met hem praten.'

'Ongetwijfeld.'

In een van de bewijszakken lichtte Beaus mobiel op ten teken dat er een bericht binnenkwam. Faith draaide haar hoofd om het te kunnen lezen. 'Het is een mail. Een Gmailaccount met willekeurige letters en getallen. De onderwerpregel is ZSM, meer kan ik niet zien zolang het scherm op slot zit.'

Amanda stond op van haar bureau. Ze nam haar jasje van de rugleuning van haar stoel en trok het aan. 'Neem zijn telefoon mee, Faith.'

Will opende de deur. Hij klemde zich vast aan de knop, want de wereld tolde voor zijn ogen. Amanda liep voor hem uit, met haar Blackberry in haar hand en haar duimen glijdend over de toetsen. Will zag alles wankelen toen hij haar volgde door de gang, die zich had uitgerold als een giraffentong. Het tl-licht was stroboscopisch. Of hij kreeg een toeval.

'Je ziet er grauw uit,' fluisterde Faith. 'Ga naar huis of vraag Amanda anders om de tweede helft van die pil.'

Will klemde zijn kiezen op elkaar, maar dat maakte de hoofdpijn alleen maar erger. De lampen waren het probleem. Iemand had ze te fel opgedraaid.

'Je kunt amper rechtuit lopen.' Faith liet haar gedempte toon varen. 'Als je Sara wilt helpen, moet je er niet als een zombie uitzien. Neem die stomme pil nou!'

Met zijn vingers tegen de muur liep Will door. Ze maakte zich zorgen om hem. Ze ging altijd tegen hem tekeer wanneer ze zich zorgen maakte. Eigenlijk hoorde hij daarop te reageren. 'Niks aan de hand.'

'Echt wel, stomkop.' Met haar tanden scheurde Faith de bewijszak open. Beaus iPhone X viel in haar hand. Het was de grotere versie, zonder homeknop. Will vermoedde dat de handel in pillen en zwarteteerheroïne de man geen windeieren legde.

Amanda opende de deur naar de trap. 'Faith, jij gaat vanmiddag naar een tweede vergadering.'

Binnensmonds mompelend slofte Faith achter haar aan de trap af. Ze bestudeerde Beaus telefoon. Het scherm zat nog steeds op slot. De hoes was van zwart rubber met een geribbelde greep. Ze pelde de hoeken om om te zien of er iets verstopt zat tussen de telefoon en de hoes.

Niets.

Beneden hen ging de deur open. Onderaan de trap stonden twee agenten. Pas toen Amanda beneden was, liepen zij naar boven. Beiden hieven hun kin toen ze Will zagen, vermoedelijk als een soort erkenning van wat hij doormaakte. Het was dankzij Sara dat ze hem zagen. Will had nooit enige kameraadschap gevoeld voor wie dan ook in dit gebouw, op Faith en Charlie na. Toen kwam Sara er werken en opeens, na vijftien jaar, hoorde hij erbij.

Amanda was al halverwege de gang. Will zette de pas erin om haar in te halen. Ze deed de deur naar de observatiekamer open, maar ging nog niet naar binnen. Ze knikte naar Faith ten teken dat ze door moest lopen.

Tegen Will zei ze: 'De FBI heeft Hurley in hechtenis genomen. Hij wordt naar een andere staat verplaatst. We krijgen geen nieuwe kans bij hem. De bomaanslag is een federaal onderzoek. Zolang de FBI volhoudt dat er geen verband is met de IPA, hebben we Dash helemaal voor onszelf.'

'We moeten socialeverzekeringsnummers natrekken en –'

'Daar wordt voor gezorgd, Will. We zijn er sinds gisteravond mee bezig.' Ze kneep haar ogen tot spleetjes. 'Kun je het aan, denk je?'

Hij liep de observatiekamer in. Het licht was uit. Zijn hoofdpijn nam onmiddellijk iets af. Hij ging met zijn handen in zijn zakken voor de doorkijkspiegel staan en keek naar de man van wie hij vermoedde dat het Beau Ragnersen was. De voormalige soldaat hing over de tafel, zijn geboeide handen ineengeslagen. Een ketting liep door een metalen ring op het tafelblad. Tegenover hem stonden twee kunststof stoelen. Hij liet zijn hoofd hangen. Het zweet droop van zijn gezicht. Hij was minstens twee keer eerder gearresteerd, maar dat was door de politie van Macon. Een man die een nichemarkt had veroverd onder wanhopige, zieke mensen wist het verschil tussen bonje met de plaatselijke dienders en een confrontatie met de ijzeren vuist van de staat.

Faith opende de deur. 'Hé, klootzak.'

Beau keek op.

Faith hield hem zijn iPhone voor. De gezichtsherkenningssoftware scande Beaus gelaatstrekken en ontsloot het scherm.

'Fuck!' Met zijn polsen rukte Beau aan de ketting. De tafel zat met bouten aan de vloer bevestigd. Het enige wat hij kon doen was een stoel tegen de muur schoppen.

Aan de andere kant van het glas hoorde Will een gedempt 'doenk'. De wanden van de verhoorkamer waren bekleed met dikke akoestische panelen zodat de microfoons elk snufje en hoestje, elke gemompelde bekentenis oppikten.

Faith liep grijnzend de observatiekamer in. Tegen Amanda zei ze: 'In dat ZSM-mailtje op Beaus telefoon staat: "Op vaste plek vandaag 16.00 uur". Dan volgt er een lange lijst medicijnen plus de hoeveelheden. "10-Tobrex. 10-Vigamox. 5-Digoxin. 5-Seroquel. 20-Hydrocortisonzalf. 10-Erythromycine. 5-Lamisil. 5-Phenytoïne. 10-Dilantin. 10-Zovirax. 10-"'

'Wacht eens even.' Amanda had over Faiths schouder meegelezen. 'Hydrocortisone. Erythromycine. Lamisil. Phenytoïne. Wat vormen de eerste letters voor woord?'

'O, jezus, dat meen je!' Faith schreeuwde het bijna uit. 'Kijk eens verder op de lijst. Lidocaïne. Ibuprofen. Neosporin. Taxol. Oflaxacine. NebuPent.'

'Slimmerd!' Amanda pompte triomfantelijk met haar vuist in de lucht.

Faiths hand vloog omhoog voor een high five. Will gaf een slap klapje. Hij had geen idee wat er zo fantastisch was aan een lijst met medicijnen.

'Will!' Faith toonde hem de telefoon. 'Er zit een boodschap verborgen in de lijst. Let niet op de andere woorden. Kijk eens naar deze twee gedeelten hier. De eerste letters van de medicijnen, samen vormen ze een code: H-E-L-P, en dan L-I-N-T-O-N.'

Will schudde zijn hoofd. Hij hoorde wat ze zei, maar snapte het niet.

'Sara heeft die lijst gedicteerd,' zei Amanda. 'Ze heeft ons een tweede bericht gestuurd. 'Help Linton.'

Help Linton.

De woorden hadden een vreemde galm. Will zette zich schrap tegen de muur. Hij stopte met ademen, hij stopte met denken, stopte met het verwerken van alles behalve het feit dat Sara weer contact met hem zocht.

Help.

'Kijk.' Faith zoomde in op de lijst, alsof dat het er beter op maakte. Ze wees naar de letters. 'H-E-L-P...'

Will knikte, alleen om haar te laten stoppen. Hij zag de getallen, maar de woorden liepen in elkaar over. Belangrijk was dat Sara die ochtend om 6.49 uur nog leefde en in staat was geweest een gecodeerde boodschap te sturen.

'We weten dat Sara Beau heeft ontmoet,' zei Amanda tegen Faith. 'Ze moet hebben geconcludeerd dat hij degene was die de boodschappenlijst afwerkte.'

'Pleisters. Gatorade.' Faith las door. 'Boudreaux's Butt Paste. Dat is tegen luieruitslag, maar het helpt ook tegen kloven, brand- en schaafwonden. Het meeste is spul dat je bij kinderen gebruikt. Amoxicilline, cefuroxim, vloeibare acetaminofen. Ik heb liters van dat spul in mijn medicijnkastje.'

'Aspirine,' las Amanda. 'Dat geef je niet aan een kind, vanwege het risico op het syndroom van Reye.'

Faith zei: 'We moeten een arts naar de lijst laten kijken, dan kan die zeggen of we iets over het hoofd zien.'

'Aan de slag,' zei Amanda, maar Faith was de deur al uit.

'In de onderwerpregel staat ZSM,' zei Will. 'Beau moet de medicijnen persoonlijk overhandigen. Daar wil ik bij zijn. We verzinnen wel een verhaal.'

'Ik denk niet dat Dash degene is die met Ragnersen afspreekt. De leider is geen boodschappenjongen. Hij stuurt een knechtje.'

'Zo'n knechtje kan...' Zoekend naar steun legde Will zijn hand tegen de muur. 'Een knechtje kan me naar hen toe brengen. Me naar hen toe leiden. Ik verzin wel een manier om binnen te komen. Ik heb maar één iemand nodig die –'

'Klets jij maar door terwijl ik een mail verstuur.' Amanda was alweer met haar Blackberry bezig. Razendsnel typten haar duimen een bericht.

Will wendde zijn blik af. Het verlichte schermpje prikte met kleine zwaarden in zijn ogen. Zijn hersens waren weer in een ballon veranderd die hij tegen zijn schedel voelde stoten. Hij ademde zo diep mogelijk in en weer uit, tot zijn ribben hem een halt toeriepen. Hij vocht tegen dezelfde angst die al de hele nacht aan hem had geknaagd.

Sara had die ochtend om 6.49 uur de gecodeerde boodschap verstuurd.

Wat was er om 6.50 uur gebeurd?

'Moet je niet even gaan zitten?' vroeg Amanda.

Will schudde zijn hoofd. Door te bewegen werd hij alleen maar duizeliger. Hij zag dingen over het hoofd, legde niet de juiste verbanden. In gedachten nam hij Amanda's opgewonden gesprek met Faith weer door, tot hij helder genoeg was om een vraag te stellen.

'Jij zei net tegen Faith dat Sara Beau heeft ontmoet. Wat heb je daar voor bewijs voor? Sara heeft alleen maar "Beau" en "Bar" op het plafond geschreven. Dat wil nog niet zeggen dat ze hem ontmoet heeft. Ze kan zijn naam hebben opgepikt. Of Dash of een van zijn mannen heeft misschien –'

Amanda legde hem met opgestoken vinger het zwijgen op. Ze maakte haar mail af, liet de Blackberry in haar zak glijden en keek toen naar hem op. 'Gisteravond heeft Charlie in het motel een gedeeltelijke vingerafdruk gevonden op de binnenrand van de kunststof tafel naast de deur. Die bleek overeen te komen met die van Beau Ragnersen.'

Er schoot Will nog iets te binnen wat Zevon tegen Amanda had gezegd. 'Beau is beheerder van het motel. Waarschijnlijk zit het daar vol met zijn vingerafdrukken.'

'Ragnersens vingerafdruk zat in het bloed van Carter. Volgens Charlie zie je aan de opbouw van de afdruk dat het bloed nog vers was toen Ragnersen het aanraakte. Dat bewijst dat hij ter plekke was toen de man werd doodgestoken. Zo zijn we aan een huiszoekingsbevel voor Ragnersens woning gekomen. De afdruk is duidelijk bewijs dat hij in de kamer was waar een moord plaatsvond. We hebben vanochtend om drie uur een inval gedaan.'

Om drie uur die ochtend had Will op zijn bank gezeten en als een wanhopige tiener Sara's geluidsopname telkens weer beluisterd. Woedend klemde hij zijn kaken op elkaar, maar zijn woede richtte zich niet op Amanda. Je nam het een slang ook niet kwalijk dat hij kronkelde. Hij had gewoonweg niet naar huis moeten gaan.

'Waarom heb je me dat gisteravond niet verteld?' vroeg hij.

'Omdat je rust nodig had, en nog steeds nodig hebt. Afzondering, stilte en een donkere ruimte. Je hebt een zware hersenschudding. Je hebt één man gedood en een ander neergeschoten. Je bent met je stomme kop de vrouw kwijtgeraakt die je had moeten trouwen zodra je scheiding rond was. Nu hebben we twee opties: of ik kan hier blijven om je luier te verschonen óf we gaan samen die kamer in en dwingen Beau Ragnersen om je undercover mee te nemen zodat je dat knechtje van Dash kunt proberen over te halen jou naar de IPA te brengen.'

Will keek haar nog steeds woedend aan. Maar toen besefte hij wat ze zojuist had gezegd.

Hij keek door de confrontatiespiegel. Beaus handen lagen nog ineengeslagen op de tafel. Hij had een lange baard, maar zijn haar was kort, als van een militair. Hij was pezig en gespierd, alsof hij aan MMA deed. Hij verkocht zwarteteerheroïne aan wanhopige junkies en nam geld aan voor het oplappen van criminelen. Op dit moment was hij Wills enige kans om Sara terug te krijgen.

'Heb je de andere helft van dat aspirientje nog?' vroeg hij.

Ze stak haar hand in haar jaszak. Haar pillendoosje was van zilver, met een geëmailleerde roze roos op het dekseltje. 'Ik heb er nog wat in mijn tas. Je moet erom vragen als je ze nodig hebt. Van aspirine kan je maag kapotgaan.'

Will slikte de pil droog door. Bij het verlaten van de kamer liet hij Amanda niet voorgaan. Hij hield de deur niet voor haar open. Hij liep de gang op en stapte op de verhoorkamer af. Het felle licht sneed in zijn pupillen. Zijn ogen begonnen te tranen. Hij opende de deur.

Deze keer keek Beau niet op. Hij staarde naar zijn handen. Hij had iets taais over zich, alsof hij door een veer werd aangedreven, net zoals Wills gestolen mes. Met zijn hak tikte hij op de vloer. Hij was een junkie die hard aan een shot toe was of hij had beseft dat het leven zoals hij het kende voorbij was. Waarschijnlijk was het allebei waar. Je droeg in augustus alleen lange mouwen als je de littekens op je armen probeerde te verbergen.

Will spande zijn buikspieren om de stoel te kunnen oprapen die Beau door de kamer had geschopt. Voorzichtig zette hij hem bij de tafel neer. Hij sloeg zijn handen om de rugleuning en zweeg.

'Goedemorgen, kapitein Ragnersen.' Opgewekt stapte Amanda de kamer binnen en nam de tweede stoel. 'Ik ben plaatsvervangend hoofd Amanda Wagner van het GBI. Dit is special agent Will Trent.'

Eindelijk sloeg Beau zijn ogen op en bekeek Will eens goed. Will strekte zijn vingers om de rugleuning zodat de man de sneetjes en blauwe plekken kon zien. Deze vent moest duidelijk weten dat hij het geen enkel probleem vond om een ander helemaal verrot te slaan.

'Kapitein Ragnersen,' zei Amanda, 'je bent al op je rechten gewezen. Ik wil je erop wijzen dat alles wat je in deze kamer zegt, wordt opgenomen. Je moet ook weten dat liegen tegen een agent van het Georgia Bureau of Investigation een misdaad is waarop tot vijf jaar gevangenisstraf staat. Heb je dat begrepen?'

Beaus blik was nog steeds op Will gericht. Het stond hem kennelijk niet aan dat een andere man boven hem uittorende. Tartend hief hij zijn kin naar Amanda.

'Voor de goede orde: de gedetineerde heeft geknikt ten teken dat hij het begrepen heeft,' zei Amanda. 'Kapitein Ragnersen, je staat momenteel onder arrest wegens geweldpleging tegen special agent Zevon Lowell, maar sinds de laatste keer dat we elkaar hebben gesproken, zijn er nog een paar aanklachten aan de lijst toegevoegd.'

Beau maakte zijn blik los van Will. Hij nam Amanda van top tot teen op, en zijn mond vertrok tot een smalle streep onder zijn dichte baard. Hij vond het overduidelijk niks dat een vrouw de baas was, en precies dát vond Will zo mooi aan het hebben van een vrouw als baas.

'Na het doorzoeken van je voertuig hebben we aan je aanhoudingsbevel toegevoegd dat je onrechtmatig de loop hebt gewijzigd van een wapen dat bedoeld is om vanaf de schouder te worden afgevuurd, wat een schending is van artikel 16 van het wetboek van strafrecht van de staat Georgia. Bovendien was de loop tot op vijfenveertig centimeter afgezaagd, wat een centimeter korter is dan toegestaan onder de Nationale Vuurwapenwet van 1934. Dat is een misdrijf van categorie 4, waar een gevangenisstraf van twee tot twintig jaar op staat. Als bewezen wordt dat je dat wapen in bezit had terwijl je betrokken was bij of geholpen hebt met het plegen van andere misdrijven – ontvoering, moord, verkrachting, beroving – wordt het bezit van het illegale wapen opgeschaald naar een misdrijf van categorie 2, waar twintig jaar of levenslang op staat. En dan hebben we je nevenhandeltje in zwarteteerheroïne en medicijnen in Macon nog niet eens meegeteld.'

Beaus lippen bewogen, maar hij zei niets.

Met haar armen over elkaar leunde Amanda achterover. De man was nog niet eens geboren toen zij het al tegen criminelen opnam. Ragnersen dacht dat hij door te zwijgen de controle hield, en zo stonk hij er mooi in, net als alle andere domme misdadigers vóór hem.

'Ik ben blij dat je besloten hebt voorlopig je mond te houden, kapitein Ragnersen,' zei Amanda. 'Luister goed, want wanneer ik ben uitgesproken, moet je een heel belangrijke beslissing nemen. Ik denk zelfs dat je me zult smeken alle hulp te accepteren die je me kunt bieden.'

In het ziekenhuis had ze min of meer dezelfde speech tegen Hurley afgestoken, maar Ragnersen was geen Robert Hurley.

'En als ik om een advocaat vraag?' zei hij.

'Daar heb je absoluut het recht toe.'

'Reken maar.' De ketting tikte tegen de tafelrand toen Beau zich langzaam achterover liet zakken. Hij snoof, zoals criminelen dat doen wanneer het te veel moeite is om 'jullie kunnen allemaal de tering krijgen' te zeggen.

Maar hij vroeg niet om een advocaat. In plaats daarvan beval hij Amanda: 'Zeg eens tegen die krachtpatser van je dat hij moet gaan zitten.'

Will wachtte tot Amanda een knikje gaf. De aspirine werkte nog niet. Hij moest elke spier in zijn lichaam aanspannen om niet te verkrampen van de pijn toen hij zich op zijn stoel liet zakken.

'Hoeveel gewicht druk jij?' vroeg Beau.

Will hield zijn gezicht neutraal, alsof hem net geen stumperige vraag was gesteld.

'Vertel eens over Dash,' zei Amanda.

Beau haalde een onwillige schouder op. 'We doen soms zaken.'

'Op welk gebied? Medicijnen? Noodoperaties? Zwarteteerheroïne?'

'Teer is een negerdrug. Ik verkoop die troep niet aan blanken.'

'We hebben allemaal onze normen.'

'Reken maar.' Beau leunde naar voren. 'Ik help mensen, dame. De regering heeft ons in de steek gelaten. Die laat zieke mensen op straat creperen. Die laat onze soldaten aan hun lot over. Die heeft onze fabrieken gesloten. Ons laten hongeren. Iemand moet er iets tegen doen.'

Amanda negeerde de toespraak, zoals ze ook het racisme had genegeerd. 'De prijs van de GMC Yukon Denali uit 2019 waarin je rijdt, is eenenzeventigduizend dollar voor het basismodel. Dan heb je het behoorlijk hoog in de bol voor een barmhartige samaritaan.'

'Shit.' Weer die onverschillige schouderbeweging. 'Wat wil je van me, bitch? Je had me allang opgesloten als je klaar met me was. Wat is de deal?'

'Dat hoor je wel wanneer het zover is,' beloofde Amanda. 'Laten we eerst maar eens vaststellen of je de moeite van dit gesprek waard bent. Kapitein Ragnersen, zou je voor mij de gebeurtenissen willen beschrijven die gisteren tussen vier en vijf uur 's middags in aanwezigheid van Dash hebben plaatsgevonden in de King Fisher Camping Lodge?'

Beau zweeg. Hij probeerde ongetwijfeld een antwoord te bedenken dat hem het snelst deze kamer uit kreeg. De man was niet dom, maar nu hij gepakt was, was zijn focus tot het formaat van een speldenpunt gekrompen. Anders zou hij zich wel meer zorgen hebben gemaakt over haar vraag, die impliceerde dat zowel Dash als hij de vorige dag in het motel was geweest op het tijdstip dat Sara haar bericht aan Will had verstuurd.

'Oké,' zei Beau. 'Dus de waarheid, hè? Ik kwam daar aan nadat de hel was losgebroken. Die twee gasten waren allebei dood. Alles zat onder het bloed. Die blonde, ik weet niet hoe ze heet. Die zat in de kamer ernaast. Op de vloer zat een dame met rood haar.'

Will beet zo hard op de binnenkant van zijn wang dat het vel openbarstte.

'Noem eens op wie er allemaal waren,' zei Amanda.

'Dash, en een stuk of drie van zijn mannen. Namen weet ik niet. Er stonden er twee voor de deur, en eentje stond aan de achterkant van het gebouw. Om die twee vrouwen te bewaken, snap je? Een van hen ging helemaal los met een mes. De andere gast op het bed, die was al door zijn borst geschoten. Hij was dood toen ik daar aankwam. Dash wilde dat ik de rotzooi opruimde, maar ik zei: sodemieter op, echt niet, doe het zelf maar. Na nog geen minuut in die kamer zat ik alweer in mijn wagen. Ik reed naar de overkant, pakte een biertje en probeerde te vergeten wat ik had gezien.'

'Jij hebt anders de tafel in de motelkamer schoongeveegd,' zei Amanda.

Beau aarzelde. 'Dat was ik niet. Dat moet een van de vrouwen zijn geweest.'

Amanda trok een wenkbrauw op, maar gaf er de voorkeur aan hem de rest van zijn verhaal te laten vertellen.

'Hoor eens, ik vertel jullie de waarheid.' Beau wreef nerveus over zijn polsen onder zijn boeien. 'Dash zei dat ze 'm gingen smeren. Ik ging naar de bar. Die is recht aan de overkant. Ik ging daar niet zitten wachten, snap je? Het waren mijn zaken niet. En dan is het donker en hoor ik opeens sirenes. Ik kijk uit het raam en zie overal agenten rondzwermen. Ik ben in mijn wagen gesprongen en naar huis gereden. Ik had er niks mee te maken.' Weer dat schoudergebaar van krijg-toch-allemaal-de-klere. 'Dat is alles wat ik weet.'

Will balde zijn vuisten onder de tafel. Ook al stond zijn kop in brand, de gapende gaten in het verhaal waren hem niet ontgaan. *Hoe kwam Dash eigenlijk in die motelkamer? Het slot op de deur was niet geforceerd. Beau beweerde dat hij nog geen minuut in de kamer was geweest. Hoe wist hij dat Vale in zijn borst was geschoten zonder hem te hebben onderzocht? Hoe wist hij dat Michelle in de andere kamer was? Hoe wist hij dat Dash een derde bewaker aan de achterkant van het gebouw had geposteerd?*

En het allerbelangrijkste: *hoe kwam het dat die klootzak zíjn mes op zak had?*

'Vertel eens over de gegijzelden,' zei Amanda. 'Hoeveel waren er?'

'Twee vrouwen. Dat heb ik al gezegd.' Opnieuw haalde Beau zijn schouders op. Het enige wat Will ervan weerhield die man een spies door zijn schouder te rammen was de wetenschap dat Beau op tape had toegegeven dat hij wist dat Sara en Michelle Spivey gegijzeld werden.

'Hoe gedroegen ze zich?' vroeg Amanda.

'Gewoon,' zei Beau. 'Dat wil zeggen, die met het rode haar probeerde te helpen. Dash zei dat ze arts was.' Hij scheen een kans te bespeuren. 'Daarom hadden ze mij niet nodig. Ze hadden al een dokter.'

Waarom was je daar dan, klootzak?

'Heeft Dash de naam van de dokter genoemd?' vroeg Amanda.

Hij deed alsof hij nadacht. 'Earnest? Early?'

Earnshaw.

'En de andere gegijzelde?'

'Nepblond, kleine tieten, al wat ouder. Ze was heel stil, doodstil. Ze zei de hele tijd geen woord, maar –' Zijn mond klapte dicht en zijn tong schoot in zijn wang. Hij besefte dat hij weer de fout in was gegaan. 'Ze haalden haar uit de kamer toen ik binnenkwam. Ik zag ze de andere kamer in gaan. Daardoor wist ik dat ze in de andere kamer was.'

'Dan moeten ze het slot hebben geforceerd,' zei Amanda.

'De deuren zaten niet op slot. Geen van alle.'

'Wat onverantwoordelijk van een beheerder om alle deuren open te laten.' Amanda zweeg even. 'Ik heb met de dochters van Mr Hopkins gesproken, in Michigan en Californië. Zij zeiden dat je door de administrateur betaald wordt om het gebouw te beheren. Was je daarom in het motel, om het gebouw te inspecteren?'

Beau was zo verstandig om te beseffen dat hij al tot over zijn oren in de shit zat en niet verder moest graven.

'Laat me je verklaring samenvatten.' Al pratend keek Amanda op haar horloge. 'Je was in het motel, maar niet met een specifiek doel. Geen van de deuren zat op slot, dus Dash en zijn mannen hoefden niet in te breken. In die ene minuut dat je op die motelkamer bent geweest, heb je twee dode mannen op de bedden zien liggen, de één was doodgestoken, de ander door zijn borst geschoten. Twee vrouwen werden gegijzeld. Je hoorde dat een van hen arts was, en je zag dat de ander een aangrenzende kamer werd binnengebracht. Twee leden van de IPA bewaakten de voordeur, en op magische wijze zag je dat een derde de achterkant bewaakte. Om de een of andere reden pakte je de onderrand van de tafel en liet je je vingerafdruk achter in vers bloed. Toen maakte je rechtsomkeert en verliet de kamer. Je stapte in je pick-up, reed naar de overkant van de straat en schonk jezelf een biertje in.' Ze keek op van haar horloge. 'Alleen al die samenvatting duurde achtendertig seconden. Weet je zeker dat je maar een minuut in die kamer bent geweest?'

Beau likte over zijn lippen. Nu focuste hij op de vingerafdruk onder de tafel. 'Ik weet niet meer wat ik aangeraakt heb. Ik was totaal geflipt. Ik zei toch dat ze allebei al dood waren. Ik moest daar weg. Ik weet niet wat ik heb aangeraakt. Voor hetzelfde geld zijn er meer vingerafdrukken.'

'Begrijpelijk,' gaf Amanda toe. 'Denk je dat mijn forensisch team het bloed van Adam Humphrey Carter zal aantreffen in de ritsen van de medische veldkit die we achter de boekenkast in je slaapkamer hebben gevonden?'

Beaus tong verstijfde halverwege een lik.

'Een van de Halo-borstpleisters ontbreekt, maar heel toevallig zat er een op het gat in Vales borst. Er is trouwens drie keer op hem geschoten. Eén keer voor hij in het motel aankwam, en twee dodelijke schoten toen hij op het bed lag.' Amanda boog zich weer naar voren. 'Het is heel moeilijk om bloed van metaal te verwijderen, kapitein Ragnersen. Dat zou je niet zeggen, maar het is wel zo. Van de tanden van een rits bijvoorbeeld. Of van het heft van een stiletto. Daar zit een veer in, een mechanisme, een knop om het te openen, spleetjes waarin minuscule bloedschilfertjes kunnen opdrogen.'

Beaus zweet had een chemische geur. Will rook het op een meter afstand.

'Kapitein Ragnersen,' zei Amanda, 'weet je nog dat ik aan het begin van ons gesprek heb gezegd dat het een misdaad is om te liegen tegen het GBI? En dat je rekening moet houden met levenslang als blijkt dat je hebt geholpen bij een zwaar misdrijf zoals ontvoering en moord terwijl je in het bezit was van een geweer met afgezaagde loop?'

'Dat lag in mijn wagen.'

'Die stond geparkeerd in een beschermd natuurgebied in het Chattahoochee Forest, waar het illegaal is om een geladen vuurwapen open en bloot in je auto te hebben.'

Wanhoop maakte hem vijandig. 'Je bent een vuile hoer. Weet je dat?'

'Ik weet dat je Adam Humphrey Carter hebt leren kennen toen hij nog het uniform van de Georgia Highway Patrol droeg.'

Beaus kaak raakte bijna het tafelblad.

Will keek naar zijn handen om zijn eigen verbazing te verhullen. Hij was niet zozeer geschokt door de informatie die Amanda had achtergehouden als wel door het laatste puzzelstukje dat op zijn plek viel.

De vorige avond in het motel had special agent Zevon Lowell al verdomd veel over Beau Ragnersen geweten: dat hij beheerder was van het motel, dat hij de gezelligheidsclub aan de overkant van de straat bestierde, dat het runnen van beide zaken op de een of andere manier met elkaar verbonden was. Je verzamelde al die feiten niet in twee uur, evenmin als Amanda de link tussen Beau Ragnersen en Adam Humphrey Carter deze ochtend had ontdekt. Al dat papierwerk doorspitten kostte godsgruwelijk veel tijd. Je moest telefoontjes plegen, met mensen praten die op die zaken zaten, bedenken hoe de details precies in elkaar pasten.

Wat betekende dat Amanda Beau al een tijd in het vizier had.

Wat eveneens betekende dat Will gelijk had. Geen denken aan dat Amanda de informant van de FBI zou toestaan om hem undercover bij de IPA te introduceren. Ze had haar eigen man. Een man die op dat moment elke milliliter water in zijn lijf aan het uitzweten was.

'Kapitein Ragnersen,' zei Amanda, 'volgens je legendarische strafblad heeft Carter je in 2012 gearresteerd wegens bezit van een pak oxy, dat hij tijdens een verkeerscontrole in je dashboardkastje aantrof. Helaas liep de zaak stuk toen het bewijs verdween. Carter had het niet correct geregistreerd, wat me een buitengewoon ernstige vergissing lijkt voor een ervaren politieman. Hoewel ik erbij moet zeggen dat het knoeien met bewijsmateriaal een mooi begin van een vriendschap kan zijn.'

Will keek op. Hij wilde Beaus gezicht zien als hij besefte dat er een bazooka op zijn borst was gericht.

'Carter is in feite een ingehuurde vechtjas,' vervolgde Amanda. 'In de loop der jaren heeft hij je geholpen met het incasseren van schulden en het beroven van farmaceutische groothandels. Carter heeft je ook naar wat vrienden doorverwezen die je vaardigheden weleens nodig zouden kunnen hebben. Een van de mannen aan wie hij je voorstelde was Dash. Sindsdien heb je hem en de IPA regelmatig geholpen.'

Beaus kaken zaten als een berenklem op elkaar.

Will voelde de wanhoop van de man: *wat had ze verder nog ontdekt?*

'Hoe goed ken je Dash?' vroeg Amanda.

Nu schudde hij zijn hoofd. 'Ik ken hem niet. Vóór gisteren heb ik hem misschien drie keer in het echt ontmoet. Dat is over een periode van zo'n vijf jaar. Dash is een goede klant. Hij mailt me een lijst, en een van zijn mannen verschijnt met een zak geld. Hij vraagt nooit om rare shit, gewoon antibiotica, cholesterolremmers en normale spullen. Soms lap ik iemand voor hem op in het motel. Jonge gasten die stomme dingen doen: een uit de hand gelopen messengevecht of een sukkel die in zijn eigen voet schiet. Dat is alles.'

'En het gebeurt altijd in het motel?'

'Ja, of we spreken af in de buurt van Flowery Branch, aan de I-985.'

'Dash spreekt daar met je af?'

'Zoals ik al zei, hij stuurt een van zijn jongens met het geld. Er is een andere jongen bij in geval van nood, maar die heb ik nooit uit het busje zien stappen. Ik tref niet telkens dezelfde. Namen heb ik niet. Jezus, we stellen ons echt niet aan elkaar voor of zo. Ik zit op de tribune. Die gast komt langs met de cash. We wisselen onze rugzakken uit, pillen voor geld, dan smeert hij 'm weer en ik wacht nog even voor ik vertrek. Net als in de film.'

'Gisteren heeft Dash je rechtstreeks gebeld,' zei Amanda, wat een berekende gok moest zijn.

'Hij zat in de knoei,' beaamde Beau. 'Ik had al maanden niets van hem gehoord. Luister goed. Dash was Carters man, oké? En ik moest Carter altijd laten meedelen, stelende, achterbakse lul die hij is. We zijn nooit vrienden geweest. In geen enkel opzicht. Blij dat-ie dood is. Wat een zieke klootzak was dat. Iedereen weet waarvoor hij heeft gezeten. Wat hij met die vrouw heeft gedaan. Ik heb een zus. Een moeder. Ik zou een vrouw nooit zoiets aan kunnen doen.'

'Dat beweer ik ook niet, kapitein Ragnersen. Ik weet trouwens precies wat voor man je bent, want ik volg je al een tijdje.'

Beau was te verbijsterd om te reageren.

'Ik heb een tracker op je pick-up laten installeren. Er zit er ook een op je Harley. Ik heb er zelfs een op je visboot laten plaatsen. Ik heb je moeder horen huilen om je drugsverslaving tijdens een Nar-Anonbijeenkomst in het souterrain van haar kerk. Ik heb kauwgom gekocht in de 7-11 waar je zus werkt, en ik heb met je ex-vrouw gesproken in de dagopvang bij Route Eight. Ik weet wíé je bent, wát je bent, en te allen tijde wáár je bent.'

Hoewel de angst op zijn gezicht stond, deed hij toch een poging: 'Je weet geen fuck over me.'

'Ik weet dat je zo'n pijn had van de granaatscherven die je in Kandahar hebt opgelopen dat je ging chinezen toen de oxy niet meer hielp. Dat de littekens die je onder die lange mouwen verbergt van de zwarteteerheroïne zijn. Ik weet wat je in je tas hebt, dat je een bruine veter uit je legerschoen gebruikt om je arm af te binden. Ik weet waar je spuit, met wie je het doet, aan wie je spul verkoopt, welke bendes je behandelt en voor welke bendes je operaties verricht, wie jouw pillen verkoopt, wie bij jou in het krijt staat, bij wie jij in het krijt staat, en ik weet, kapitein, dat ik op dit moment mijn voet zo ver in je reet heb dat je mijn nagellak achter in je keel kunt proeven.'

Beau sperde zijn neusgaten open. Hij was panisch, probeerde een uitweg te vinden. Er was geen uitweg. Elk schot was raak geweest. Zijn moeder. Zijn zus. Zijn ex. Zijn zaakjes. Zijn verslaving. Hij was wanhopig en vroeg smekend: 'Wat wil je van me?'

Amanda glimlachte. Ze leunde achterover en sloeg een pluisje van de mouw van haar jas. 'Bedankt, kapitein Ragnersen. Ik dacht dat je het nooit zou vragen.'

ELF

Maandag 5 augustus, 16.30 uur

Sara liep haar blokhut systematisch op en neer. Twaalf stappen breed, twaalf stappen diep. Toen ze haar pas iets moest bijstellen, besefte ze dat de ruimte niet helemaal vierkant was. Ze liet zich op haar knieën zakken en begon weer te meten, nu hand over hand. In het midden raakte ze de tel kwijt zodat ze opnieuw moest beginnen. Ze sloeg haar handen voor haar gezicht en probeerde het niet uit te schreeuwen, want ze werd gek van verveling in deze grauwe gevangenis.

Er waren minstens vier uren verstreken sinds Dash haar had teruggebracht naar de blokhut. Het zonlicht dat door de kieren in de wanden viel creëerde een zonnewijzer op de vloer. Sara kneep haar ogen dicht om haar gedachten in toom te houden. Ze riep het beeld van de broeikas op. Het gebouw was niet van de ene op de andere dag verrezen. Het bos was er al omheen gegroeid. Dus dát bewaakten de wachtposten op de jachtplateaus en de gewapende mannen die zich tussen de bomen hadden verscholen.

Waarom?

Sara probeerde zich de logistiek voor te stellen die nodig was voor het neerzetten van een dergelijk bouwsel op zo'n geïsoleerde plek. Er moest een toegangsweg in de buurt zijn waarover zware vrachtwagens de onderdelen konden aanvoeren. Het ijzeren frame was ongetwijfeld in stukken aangeleverd, die ter plekke in elkaar waren gezet. Voor het transport van de dikke, grote glaspanelen was speciaal materieel nodig geweest. Ze moesten op hun plek worden gehesen. Aan het frame worden bevestigd. De generator had het formaat van een groot kinderspeelhuis, en voor het vervoer was een oplegger nodig geweest. Het ging niet om een paar lampen en handgereedschap. Het verbruik moest rond de 15 kW liggen, genoeg om een klein huis van elektriciteit te voorzien.

Iemand had heel lang nagedacht over de doelmatigheid van het ontwerp. Het glas en de thermische tent waren te veel van het goede, voor zover Sara de bedoeling ervan begreep. De warmtebeeldcamera's waarvan de meeste politiehelikopters waren voorzien, namen infrarode straling of warmtesignatuur waar op een golflengte tussen de zeven tot veertien micron. Dat betekende dat de golflengte van de energie niet door glas drong. Van bovenaf was de kas praktisch onzichtbaar. De thermische tent had ruwweg hetzelfde effect en voorkwam eveneens dat de golven werden ontdekt. Waaruit Sara concludeerde dat de tent niet was bedoeld om de zaak van bovenaf te verhullen, maar om nieuwsgierige blikken op de grond te weren.

Ze moest die tent binnen zien te komen.

Maar hoe kreeg ze dat in godsnaam voor elkaar als ze deze blokhut niet eens uit kon?

Om de vertwijfeling te onderdrukken keek ze op naar het plafond. Haar vingers bleven steken in haar smerige haar. Door de vochtige lucht had het zich tot een soort clownspruik gekruld. Haar huid was ruw van de loogzeep waarmee ze zich had gewassen. Ze verlangde naar bodylotion, van die goede die ze altijd in het winkelcentrum kocht. Of haar lippenbalsem van La Mer, die duurder was dan een volle tank benzine. Het strakke zwarte jurkje waar Will zo gek op was, omdat hij wist dat hij op een lekkere vrijpartij kon rekenen als ze dat droeg. Een kam. Shampoo. Heerlijke zeep. Een nieuwe slip. Een schone beha. Een hamburger. Friet. Boeken.

God, wat verlangde ze naar haar boeken.

Sara boog zich voorover en drukte haar voorhoofd tegen de kale vloer. Haar hele volwassen leven had ze gesmacht naar meer tijd, maar niet dit soort tijd. Deze eindeloze, eentonige leegte vol verspilde uren.

Ze had geslapen, maar wel onrustig. Haar gedachten waren van het ene onderwerp naar het andere gesprongen, van het ene boek naar het andere, naar liedjes en stomme lijstjes. Ze had geprobeerd alle Zweinsteinafdelingen uit Harry Potter op te noemen, had passages uit *Goodnight Moon* geciteerd die ze zich nog herinnerde uit haar dagen als kinderarts, had alle elementen uit het periodiek systeem opgezegd, van waterstof tot lawrencium en omgekeerd, had de seconden geteld en in minuten opgedeeld door krasjes op de wand te zetten, maar dan was ze weer vergeten waar ze was gebleven en ten slotte had ze het opgegeven, want wat had het voor zin? Ze hielden haar toch opgesloten in deze tombe tot ze haar weer nodig hadden.

'Maar waarvoor?' vroeg Sara zich hardop af in het grijze licht. De vrouwen in de barak deden hun uiterste best om het de kinderen zo aangenaam mogelijk te maken. Sara was pas weer nodig wanneer de medicijnen arriveerden.

Als de medicijnen arriveerden.

Durfde ze te hopen dat Beau degene was die de boodschappenlijst afwerkte? Hij was vast al in hechtenis genomen. In de badkamer van het motel had ze zijn naam als eerste op het plafond geschreven. Was het dom van haar om te denken dat de lijst die ze aan Gwen had gedicteerd op de een of andere manier in Wills handen zou vallen? En was het nog dommer om te denken dat hij de code zou kunnen ontcijferen?

Faith zou de letters meteen zien. En Amanda. En Charlie. Will was omringd door mensen die konden helpen.

'Help.' Haar stem was niet meer dan een gefluister.

Ze was zich bewust van de wachtpost aan de andere kant van de deur. Hij zat meestal met zijn geweer op schoot op het trapje. Door de vijf centimeter brede spleet onder de deur kon ze een stuk van zijn linkerschouder zien. Soms stond hij op, rekte zich uit en liep van de ene kant van de hut naar de andere. Af en toe inspecteerde hij het terrein eromheen. Ze kon zijn schuifelende voeten horen, zijn gesnuif en gehoest en de geluiden van zijn rommelende ingewanden, maar gelukkig stond de wind van de hut af.

Sara duwde zich van de vuile vloer overeind. Ze was licht in haar hoofd. Ze legde haar hand op haar rammelende maag. Van de lunch had ze niet veel gegeten. De groenten en het hertenvlees hadden er verrukkelijk uitgezien, maar het voedsel was niet het probleem geweest.

Dash, die de lieve vader uithing tegenover de dochtertjes die hem aanbaden, daar werd ze misselijk van. Hij voerde duidelijk een toneelstukje op. Bij de rivier had ze de ware Dash gezien, toen zijn vormelijke, hoffelijke masker was afgegleden. Hij had over Michelles dochter gesproken alsof ze door haar afkomst minder dan menselijk was. Minder dan Amerikaans.

Jeffrey was vermoord door een bende skinheads. Nadat ze Dash hun racistische ideologie had horen herkauwen, had ze met een andere blik naar zijn kinderen gekeken. Hun blonde haar, hun sprankelende blauwe ogen en hun witte jurkjes, waardoor ze eruitzagen alsof ze zo van een bruidstaart waren weggelopen, deden nu eerder aan *The Stepford Wives* denken dan aan *Het kleine huis op de prairie*.

In het schemerdonker knipperde ze met haar ogen.

Wie had dat boek ook alweer geschreven, *The Stepford Wives*? In de oorspronkelijke film werd de hoofdrol gespeeld door… de vrouw die de dochter van Mrs Robinson speelde in *The Graduate*, en zat ze ook niet in *Butch Cassidy and the Sundance Kid*?

De namen waren uit Sara's geheugen verdwenen. Haar hersens waren aan het smelten. Ze moest eten. Ze moest een manier verzinnen om in die kas te komen. Ze moest zo snel mogelijk deze verstikkende doos uit.

Ze draaide zich om en liep weer terug. Met de hak van haar sneaker stapte ze op het laken dat achter haar aan sleepte. Ze vloekte zachtjes. De stof was gescheurd. De zoom was besmeurd door de vloer.

Uiteindelijk had Sara haar vuile kleren uitgetrokken en iets met het beddenlaken geïmproviseerd. Er bestond een truc om er een toga van te knopen zonder dat je er als een idioot uitzag, maar dat ging haar talenten te boven. Na eindeloze, frustrerende minuten had ze het laken uiteindelijk één keer om zich heen gewikkeld en er boven haar rechterschouder een reusachtige knoop met konijnenoren in gelegd. Nu leek ze net Jeanne d'Arc, alleen ouder, bezweter en tot stervens toe verveeld.

'Fuck.' Ze was bij de wand aangekomen. Voor de zoveelste keer. Ze legde haar handen tegen de planken. Buiten hoorde ze de bewaker snuiven. Hij was duidelijk niet in orde. Zijn hoest zat vast in zijn borst.

Ze hoopte dat hij stierf aan een longontsteking.

Ze draaide zich om en begon een diagonale lijn te lopen. Daarna ging ze zigzaggen, om er een nieuwe draai aan te geven. Vervolgens deed ze oefeningen. Lunges, kniebuigingen, diepe kniebuigingen. Ze dacht aan de fitnessruimte in haar appartementencomplex. De loopband. De crosstrainer. Haar telefoon, computer of tv miste ze niet. Ze miste airco. Ze miste dingen om te doen. Ze miste Will.

'Missen' was nog te zwak uitgedrukt.

Ze verlangde naar Will, zoals ze het eerste jaar van hun relatie naar hem had verlangd. Niet dat het die allereerste maanden al een relatie was geweest. Angie, Wills vrouw, was nog in beeld. Sara rouwde nog om Jeffrey. Ze hadden elkaar ontmoet op de spoedeisende hulp van het Grady Hospital. Will had naar haar gekeken zoals een man naar een vrouw kijkt. Tot op dat moment had ze niet beseft hoe ze naar die blik had gesmacht. Haar begeerte had haar naar hem toe getrokken, maar in wezen was ze verliefd op Will geworden vanwege zijn hand.

Om precies te zijn, vanwege zijn linkerhand.

Ze hadden in een lange, onderaardse gang in het Grady gestaan. Will had weer eens gekmakend lang gezwegen. Sara had op het punt gestaan weg te lopen toen hij haar hand had gepakt.

Zijn linkerhand. Haar rechterhand.

Hij had zijn vingers verstrengeld met die van haar. Het had gevoeld alsof elke zenuw in haar lichaam plotseling was ontwaakt. Will had met zijn duim langs de binnenkant van haar handpalm gestreken, de lijnen en groeven gestreeld en vervolgens zachtjes op de hartenklop van haar pols gedrukt. Sara had haar ogen gesloten, geprobeerd niet als een kat te gaan spinnen, maar ze had aan niets anders kunnen denken dan aan hoe het zou voelen: zijn mond op die van haar. Er zat een kartelig litteken boven zijn lip, een vage, roze streep, die het gleufje naar zijn neus volgde.

Sara had zich urenlang zitten afvragen hoe dat litteken zou voelen als ze hem kuste. Wannéér ze hem kuste, want uiteindelijk had ze beseft dat zij de eerste stap zou moeten zetten. Will zou een signaal nog niet herkennen als het naar zijn ballen reikte.

Ze had hem verleid in haar appartement. Hij was nog maar nauwelijks de deur door geweest. Ze had het manchet van zijn overhemdsmouw opengeknoopt en over het litteken gelikt dat over zijn arm naar boven liep. Wills adem was gestokt. Ze had hem eraan moeten herinneren uit te ademen. Zijn mond had volmaakt op die van haar gepast. Zijn lijf, zijn handen, zijn tong. Sara had zo naar hem gesmacht, in gedachten had ze dat moment zo vaak doorleefd dat ze al klaar begon te komen op het moment dat hij in haar was.

Ze staakte haar geijsbeer en keek weer op naar het plafond. De zon brandde op het metalen dak. Het zweet gutste van haar af. Ze was zichzelf aan het kwellen.

Maar ze stopte niet.

De eerste keer hadden ze het bed niet eens gehaald. De tweede keer ging langzamer, maar was ergens nog spannender. Al miste Will nog zoveel signalen, in bed was hij fantastisch. Hij wist precies wat hij moest doen en wanneer hij het moest doen. Ruige seks. Sensuele seks. Smerige seks. Kinky seks. Haatseks. Liefdesseks. Goedmaakseks. Het missionarisstandje. Wederzijdse masturbatie. Oraal.

'Shit,' fluisterde Sara tegen de schemering, niet vanwege Will, maar omdat er opeens een liedtekst in haar hoofd rondzong…

My man gives good lovin' that's why I call him Killer. He's not a wham, bam, thank you ma'am, he's a thriller…

Ze kreunde.

Hoe heette dat nummer?

Ze schudde haar hoofd. Zweet spatte op haar blote schouder. Twee vrouwelijke rappers. De jaren negentig. Een van hen had de zijkant van haar hoofd kaalgeschoren.

He's got the right potion… Baby rub it down and make it smooth like lotion…

Ze drukte haar handen tegen haar oren om de melodie vast te houden. Tessa had het door de telefoon voor haar gezongen. Sara had over Will verteld en opeens was haar zus gaan rappen over *mac shit* en –

From seven to seven he's got me open like Seven-Eleven...

Sara begon te lachen. Ze kon niet meer stoppen. Ze sloeg dubbel. Haar ogen schoten vol tranen. Het had iets hilarisch: een witte vrouw in een toga, die gegijzeld werd op het terrein van een militie en die zich de tekst probeerde te herinneren van een rap over een man die lekker kon neuken.

'O, jezus.' Ze ging rechtop staan en streek langs haar ogen. Ze probeerde aan een ander nummer te denken om het eerste uit haar hoofd te bannen. Dat over de serveerster in een... Was het een motelbar? Een hotelbar?

Weer schudde ze haar hoofd in de hoop op een reset. Will vond het vreselijk irritant dat ze zich vaak alleen fragmenten van nummers kon herinneren. Soms maakte ze hem 's nachts wakker om te vragen of hij de tekst af wilde maken, of hij de naam wist van de band en de plaat en uit welk jaar die was. Nu werd ze overspoeld door fragmenten...

With a lover I could really move, really move. 'Cause you can't, you won't, you don't stop. They're laughin' and drinkin' and having a party. Run away turn away run away turn away run away. Take my hand as the sun descends. Choke me in the shallow water before I get too deep. Give it away give it away give it away now.

'Salt-N-Pepa!' Ze riep de naam van de groep zo luid uit dat het weergalmde tegen het plafond. 'Whatta Man' was het nummer dat Tessa door de telefoon had gerapt.

Sara sloeg haar handen ineen en keek omhoog. 'Dank u!' zei ze, hoewel haar moeder dat vast niet had bedoeld toen ze had gezegd dat Sara vaker moest bidden.

Aan de andere kant van de deur hoorde ze twee stemmen. Ze herkende de karakteristieke tenor van Dash, maar zijn woorden kreeg ze niet mee. Waarschijnlijk zei de bewaker dat Sara om zout en peper had geroepen.

Ain't nobody perfect, zoals Salt-N-Pepa zouden zeggen.

Het hangslot klikte open. Dash opende de deur. Sara hield haar hand voor haar ogen tegen het felle licht. De zon stond vlak boven een bergtop. Ze had de tijd verkeerd ingeschat, wat betekende dat ze er nog geen drie uur over had gedaan om gek te worden.

Bij het zien van haar lakengewaad trok Dash zijn wenkbrauwen op, maar hij hield zijn mening voor zich. 'Dokter Earnshaw. Zou je je misschien bij ons middaggebed willen aansluiten?' Hij knipoogde. 'Deelname is vrijwillig.'

Sara zou op haar allerhardst 'Ave Maria' hebben gebruld als ze daarmee uit deze krappe hut kon komen. Ze stapte op het houtblok. De wachtpost keek haar nieuwsgierig aan. Zijn oogleden hingen naar beneden. Lucht floot door zijn verstopte neusgaten. Hij had duidelijk iets onder de leden. Sara vroeg hem niet of hij gevaccineerd was. Wat haar betrof mocht hij stikken.

'Dokter.' Dash wees naar een tweede pad, dat ze nog niet eerder had gezien. 'We houden onze bijeenkomst bij de rivier.'

Sara zocht zich een weg over het pad. Zijn woordkeuze was merkwaardig formeel, alsof hij had leren praten door naar oude plaatopnamen van Franklin Roosevelts Fireside Chats te luisteren. Onder andere omstandigheden zou ze zich hebben afgevraagd of Engels wel zijn moedertaal was.

Ze voelde iets aan de zoom van haar kleed trekken. Ze was erin geslaagd in een bos struikwinde verstrikt te raken.

'Sta me toe.' Dash reikte al naar beneden.

Sara scheurde de stof los van de stekelige plant. In een poging de kas te lokaliseren draaide ze terloops haar hoofd naar links. De zon stond nu in een andere hoek en de plek verried zich niet door licht dat op glas schitterde.

'Hoe heet hij eigenlijk?' vroeg ze aan Dash. 'Die jongen voor mijn deur.'

'Lance.'

'Lance?' Sara moest lachen. Lance, dat was een naam voor iemand die ballondieren knoopte in het park, niet voor een militieman met een AR-15.

'Ik vermoed dat dat niet je enige vraag is?'

Hij leek haar aan de praat te willen houden, en dus besloot ze te praten. 'Zijn er nog meer lijken gevonden?'

Dash antwoordde niet.

'Bij het Emory.' Sara keerde zich naar hem toe. 'De laatste keer dat ik het nieuws heb gezien, waren er achttien doden en vijftig gewonden.'

'Een paar minuten geleden was het dodental opgelopen tot eenentwintig. Wat de betreurenswaardige overlevenden betreft, moet ik het antwoord nog even schuldig blijven.' Hij leek niet van de aantallen onder de indruk te zijn. Evenmin van het feit dat hij had toegegeven met de buitenwereld in contact te staan.

Er moest een telefoon of tablet met internetverbinding in het Kamp zijn.

'Mijn excuses,' zei Dash. 'Ik zou het bijna vergeten. Ik heb iets voor je meegenomen.'

Weer keerde Sara zich naar hem toe. Hij haalde een appel uit zijn mitella. Sara nam de vrucht niet aan. Ze ging halfdood van de honger, maar ze vertrouwde het niet.

'Ik ben de slang niet, hoewel je in dat gewaad zonder meer voor Eva zou kunnen doorgaan.' Hij nam een hapje in de buurt van de steel om te bewijzen dat er niet met de appel was geknoeid. 'Ik schat dat je al twintig uur niets hebt gegeten.'

Langer nog. Sara pakte de appel. In plaats van het pad verder te volgen bleef ze staan en nam een zo groot mogelijke hap. De smaak vulde haar mond. Dit was niet het doorgestraalde product dat ze bij haar plaatselijke supermarkt kocht. Ze was vergeten hoe een echte appel hoorde te smaken.

'We kunnen wel voor kaas zorgen, als je wilt,' zei Dash. 'Ik neem aan dat je niet met ons mee-eet omdat je vegetariër bent.'

Sara had geen idee hoe hij daarbij kwam, maar ze zei: 'Kaas is prima. Bonen, linzen, erwten. Wat er maar is.'

'Ik zal tegen Gwen zeggen dat ze het aan de keuken doorgeeft. De medische voorraden waarom je hebt verzocht kunnen spoedig hier zijn.' Dash nam haar aandachtig op. 'Ik heb een van mijn mannen gestuurd om ze te halen. Hij is over een paar uur terug.'

Sara knikte, zich afvragend of dat betekende dat ze een paar uur van Atlanta of van het motel waren verwijderd. 'Ik meende het wat ik eerder heb gezegd. Die kinderen moeten naar een ziekenhuis.'

'Daar hoef je je binnenkort geen zorgen meer over te maken.' Hij wees voor zich uit. 'Deze kant op, graag.'

Sara at al lopend de rest van de appel op. Ze dacht na over zijn woorden. Doelde Dash op zijn valse belofte dat hij haar zou laten gaan, of tikte ergens een klok de seconden weg tot hij zijn volgende plan ten uitvoer bracht? Vertwijfeld liet Sara haar blik door het omringende bos gaan op zoek naar de kas. Dat 'volgende' was op de een of andere manier verbonden met wat ze onder die tent verborgen hielden. Er was nog een pad, dat evenwijdig liep aan dat waarop zij zich bevond. Als ze uit de blokhut wist te ontsnappen, kon ze naar de kas gaan. Op zeker moment zou Lance waarschijnlijk in slaap vallen. Sara zocht naar aanknopingspunten die ze in het donker kon volgen. Ze was zo verdiept in het uitwerken van een strategie dat ze in eerste instantie niet zag wat er zich zeven meter vóór haar bevond.

Michelle Spivey naderde over het pad. In plaats van Sara tegemoet te lopen, nam ze een afslag links van Sara.

In de richting van de kas.

Sara vertraagde haar pas. Met haar blik volgde ze Michelle. Die moest zich van Sara's aanwezigheid bewust zijn geweest, maar ze hield haar blik op de grond gericht. Ze liep mank. Ze zag bleek als een geest. Ze droeg net zo'n zelfgemaakte jurk als de rest van de vrouwen. Haar hand lag op haar onderbuik. Ze had duidelijk veel pijn. Achter haar liep een bewaker, een jongeman met een geweer. Hij streek met zijn hand over de toppen van een vlierstruik en schonk nauwelijks aandacht aan Michelle. Dat was ook niet nodig. Zelfs op tien meter afstand zag Sara dat ze doodziek was.

'Ze moet rusten,' zei ze tegen Dash. 'Ze heeft een infectie. De bacteriën in haar bloed kunnen haar dood worden.'

'Ze mag rusten wanneer ze klaar is.'

Sara vroeg niet wat Michelle moest afmaken. Wel wist ze dat de specialist in besmettelijke ziekten niet was ontvoerd en de bergen in was gesleept om een uitbraak van mazelen een halt toe te roepen. Michelle was hier om in de kas te werken aan wat het ook was. Haar bijdrage was zo waardevol dat Dash het risico had genomen haar naar het ziekenhuis te brengen om haar leven te redden.

Wat betekende dat Michelle het project waaraan ze was begonnen bijna had voltooid. Anders hadden ze haar wel in bed laten liggen om te herstellen.

Daar hoef je je binnenkort geen zorgen meer over te maken.

'Papa?' De tiener met de wantrouwende blik stond met haar handen in haar zij. 'Mama zegt dat u moet opschieten.'

Dash grinnikte. 'Die is inmiddels oud genoeg om me aan het hoofd te zeuren.'

Sara smeet het klokhuis het bos in. Ze probeerde de knoop in haar gewaad strakker te trekken. Bij de rivier opende het bladerdak zich. De zon stond genadeloos aan de hemel. Het probleem met rood haar was dat er een huid bij hoorde die de neiging had vlam te vatten. Haar blote schouder begon al te gloeien.

Ze voegde zonnebrandcrème bij het lijstje van dingen die ze miste.

Bij de oever van de rivier was het iets koeler. Op Adriel na zaten alle kinderen van Dash in een kring. Gwen zat op een houten krukje in het midden. Ze las voor uit de bijbel op haar schoot.

' "Vandaar ging Elisa naar Betel. Toen hij naar de stad omhoogliep, rende een troep kinderen op hem af die hem uitlachten en schreeuwden –" '

Gwen keek fronsend op naar Sara.

Sara fronste terug. Ze snapte niet goed waarom deze vrouw uitgerekend dit moment had uitgekozen om haar dochters een verhaal voor te lezen over ondeugende kleine kinderen die door beren werden doodgebeten. Ze hadden al twee vriendinnetjes verloren. Een zusje lag ernstig ziek in de barak.

'We hebben ons geloof ik nog niet behoorlijk aan elkaar voorgesteld,' zei Dash. 'Meisjes, dit is dokter Earnshaw. Dokter Earnshaw, dit zijn...' Al wijzend ging hij de kring rond. '...Esther, Charity, Edna, Grace, Hannah en Joy.'

Joy was de oudste, met een naam die in schril contrast stond met haar wantrouwende blik.

'Hallo.' Sara bundelde de achterkant van het laken samen om op de grond te kunnen zitten. Ze glimlachte, want ze mocht deze kinderen niet straffen omdat ze zulke afschuwelijke ouders hadden. 'Wat leuk om jullie te ontmoeten.'

Grace, die een jaar of negen, tien was, zei: 'Mama zei dat u getrouwd bent geweest.'

'Inderdaad.' Sara keek naar Gwen, maar die zat zwijgend over haar bijbel gebogen.

'Hebt u een grote bruiloft gehad?' vroeg een ander meisje.

Sara was met Jeffrey getrouwd in de achtertuin van haar ouderlijk huis. Haar moeder had zich in ijzig stilzwijgen gehuld, woedend omdat ze niet in een kerk waren getrouwd. 'We zijn naar het gerechtsgebouw in de stad gegaan. We zijn getrouwd door een rechter.'

Zelfs Joy keek teleurgesteld. Sara wist niet of het kwam doordat ze hadden geleerd dat het huwelijk het enige was wat hun als vrouw bestaansrecht gaf, of doordat ze meisjes waren en een huwelijk in hun ogen een romantische, sprookjesachtige aangelegenheid was.

'Ik zal jullie een ander verhaal vertellen.' Sara ging verzitten, want het laken vormde een bult onder haar kont. 'Als je voor dokter studeert, krijg je op een bepaald moment een wittejasceremonie. Dat is de eerste keer dat je je doktersjas aantrekt. Je legt een eed af waarin je belooft anderen altijd te zullen helpen.' Ze besloot daar niet al te lang bij stil te staan. 'Het is een belangrijk moment. Mijn hele familie was erbij. Na afloop hadden we feest bij mijn tante thuis. Mijn moeder bracht een toost uit, vervolgens mijn vader, en ten slotte mijn tante. Tegen het eind was ik een beetje aangeschoten. Het was de eerste keer dat ik echte champagne dronk.'

'Was uw man er ook bij?' vroeg Grace.

Sara glimlachte. 'Die kende ik toen nog niet. Maar jullie moeder heeft ook zoiets gehad, toch, Gwen? Verpleegkundigen hebben toch ook een plechtigheid vlak voor ze in de praktijk gaan werken?'

Gwen haalde diep adem. Ze sloeg de bijbel dicht en stond op. 'Ik heb werk te doen.'

Dash leek het niet erg te vinden dat ze vertrok. Hij nam op haar kruk plaats. Toen hij zijn arm uitstak, ging Joy op zijn schoot zitten. Ze leunde met haar hoofd tegen zijn schouder, waarop hij zijn hand op haar heup legde.

Sara keek naar het water dat over de stenen in de rivier kabbelde. Het was niet prettig om een vijftienjarig meisje bij een volwassen man op schoot te zien zitten, ook al was die man haar vader.

Dash zei: 'Gwen praat liever niet over haar vorige leven.'

'Daar hoort ze juist trots op te zijn. Afstuderen als verpleegkundige is een hele prestatie.'

Dash klopte op zijn been. Voorzichtig klauterde Grace op zijn knie. Ze stopte haar vingers in zijn mitella. Hij streelde haar haar.

Sara kon het niet aanzien. Misschien verbeeldde ze het zich, maar het had iets verontrustends zoals Dash zijn kinderen aanraakte.

'Mijn dochters zullen je ongetwijfeld vertellen dat het ook een hele prestatie is om thuis te blijven en voor het gezin te zorgen,' zei hij.

'Daar zou mijn moeder het van harte mee eens zijn. Ze was heel blij dat ze zelf voor een dergelijk leven kon kiezen. Zoals ik heel blij was dat ik voor iets anders kon kiezen.'

Joy hield haar blik op Sara gericht. Het wantrouwen was in nieuwsgierigheid overgegaan. Ze leek het niet gênant te vinden om bij haar vader op schoot te zitten. Gezien de afzondering waarin ze leefden en de kinderlijke manier waarop ze gekleed waren, was ze wellicht minder volwassen dan de gemiddelde vijftienjarige.

Toch kreeg Sara het benauwd van de situatie.

'Dokter Earnshaw,' zei Dash, 'ons leven hier is eenvoudig, met een traditionele rolverdeling. Zo leefden de eerste Amerikanen, en het bracht hun voorspoed. Mensen zijn gelukkiger als ze weten wat er van hen wordt verwacht. Mannen doen mannenwerk en vrouwen doen vrouwenwerk. We laten onze waarden niet verstoren door het moderne leven.'

'En die zonnepanelen op de barak? Zijn die hier gekomen met de Niña, de Pinta of met de Santa Maria?'

Dash lachte verbaasd. Hij was het waarschijnlijk niet gewend dat zijn woorden in twijfel werden getrokken, al helemaal niet door een vrouw. Tegen de kinderen zei hij: 'Meisjes, dat zijn de namen van de zeeschepen waarmee de Pilgrim Fathers naar de Nieuwe Wereld voeren.'

Sara beet op het puntje van haar tong. Hij zou toch moeten weten dat die schepen deel hadden uitgemaakt van de expeditie van Columbus vanuit Spanje? De Pilgrims waren ruim honderd jaar later geland. Dat hoorde bij de basiskennis van vrijwel iedere twaalfjarige in de Verenigde Staten. Ze hadden er liedjes over geleerd op school en er Thanksgivingtoneelstukken over opgevoerd.

Dash zei: 'Sommigen zijn van mening dat het Mayflower Compact een convenant met God was om het christendom in de Nieuwe Wereld te verspreiden.'

Sara was heel benieuwd waar hij met die uitspraak naartoe wilde.

'In feite was het Compact een sociaal contract dat de kolonisten ertoe verplichtte zich aan een standaardpakket van wetten en regels te houden.' Dash streek nog steeds afwezig over Grace' haar. 'Dat hebben we hier ook geïntroduceerd, dokter Earnshaw. Sommigen van ons zijn puritein, sommigen kolonist en anderen avonturier of handelaar, maar we zijn verbonden door het geloof in dezelfde wetten en regels. Dat is het kenmerk van een beschaafde maatschappij.'

Hij had in elk geval zijn Wikipedia goed bestudeerd. 'De Pilgrims bevonden zich op het land van de koning, zoals het land waarop wij ons nu bevinden van de federale overheid is.'

Dash glimlachte. 'Probeer je me nu zover te krijgen dat ik onze locatie prijsgeef, dokter Earnshaw?'

Sara kon zichzelf wel voor haar kop slaan. 'De wetten en regels van de Verenigde Staten hebben voorrang boven wat jij allemaal bedacht hebt hier in je Kamp. Dat is het privilege en de prijs die je betaalt voor het staatsburgerschap. Zoals mijn grootvader altijd zei: "Respect voor de Amerikaanse overheid. Die heeft twee oorlogen gewonnen en mag haar eigen geld drukken."'

Dash lachte. 'Een man naar mijn hart, die grootvader van je. Maar bedenk wel dat wij ons houden aan de oorspronkelijke tekst van de grondwet. We interpreteren of amenderen niet. We volgen de wetten precies zoals die door de opstellers zijn geformuleerd.'

'Dan weet je ongetwijfeld dat van de drie hoofdmisdrijven die in de grondwet worden genoemd verraad bovenaan staat. De opstellers eisten de doodstraf voor eenieder die de wapens opneemt tegen de Verenigde Staten.'

'Thomas Jefferson heeft gezegd dat een beetje rebellie op z'n tijd goed is en even noodzakelijk in de wereld van de politiek als storm in de fysieke wereld,' zei Dash. 'De overgrote meerderheid van de bevolking is het eens met wat wij hier doen. We zijn allemaal patriotten, dokter Earnshaw. Zo noemen we onszelf. De Invisible Patriot Army.'

Army.

'IPA?' vroeg Sara. 'Ik heb die afkorting eerder gehoord.'

'Ik hou van bier.' Zijn glimlach hield stand. 'Benjamin Franklin, ook een groot patriot, schreef dat bier het bewijs is dat God van ons houdt en ons gelukkig wil zien.'

In werkelijkheid had Franklin het over Franse wijn gehad, maar Sara corrigeerde hem niet. Ze streek de kreukels in haar gewaad glad. Ze zweette. Insecten zwermden rond haar hoofd. Haar huid verbrandde in de zon. Maar het was nog altijd beter dan vastzitten in die blokhut.

'Is het je weleens opgevallen dat je George Clooney nooit hoort zeggen hoe knap hij is?' vroeg ze.

Dash trok verbaasd zijn wenkbrauwen op.

'Wat ik me afvraag… Als je echt een patriot bent, moet je dat dan zo nodig in je naam vermelden?'

Grinnikend schudde Dash zijn hoofd. 'Ik vraag me af, dokter Earnshaw, hoe ik je zou beschrijven als ik een boek schreef.'

Sara had boeken gelezen van mannen zoals Dash. Hij zou het over haar haarkleur hebben, over de grootte van haar borsten en de contouren van haar kont. 'Ben je een boek aan het schrijven? Een manifest?'

'Dat zou ik eigenlijk moeten doen.' Het was weer gedaan met het dollen. 'Wat wij hier doen, wat ik hier geschapen heb, moet worden gekopieerd als onze mensen willen overleven. De wereld zal een blauwdruk nodig hebben nadat de pilaren zijn gevallen.'

'Welke pilaren?'

'Dash!' Het gesprek werd afgekapt door Lance' panische kreet.

Sara schoot automatisch overeind. De man leek de hysterie nabij te zijn. Hij rende op hen af, met zijn geweer in zijn handen geklemd en zijn mond wijdopen.

'Tommy is gevallen!' riep hij. 'Hij is er slecht aan toe. Zijn been is helemaal...' Op een paar meter afstand bleef hij staan en boog zich voorover om op adem te komen. 'Het gebeurde tijdens de oefening. Zijn been...' Niet in staat om het beeld te beschrijven schudde hij zijn hoofd. 'Gwen zei dat de dokter meteen moest komen.'

Dash keek Lance aan. Hij had zich nog niet verroerd. Ook de meisjes waren blijven zitten. Pas toen hij Joy een klopje op haar been gaf, alsof ze een hondje was, gleed ze van zijn schoot.

'Zou je met me mee willen komen?' vroeg hij aan Sara.

Voor het eerst sinds ze deze sadist had ontmoet, was Sara bereid hem te vergezellen. Ze wilde de plek zien waar Tommy aan oefeningen had deelgenomen.

Dash stapte in zijn normale tempo door het bos. Lance snelde bijna uitzinnig voor hen uit. Hij struikelde over een gevallen stuk boomstam. Zijn geweer vloog uit zijn handen. Hij wilde opstaan, maar viel opnieuw.

'Rustig, broeder.' Dash raapte het geweer op. Hij veegde het zand eraf en gaf het terug aan Lance. 'Diep inademen.'

Lance hijgde; zijn adem rook zurig.

'Goed zo.' Dash gaf hem een schouderklopje en liep door.

Hij was slim, dat moest Sara toegeven. Op de spoedeisende hulp paste ze dezelfde techniek toe. Door trauma werden emoties aangescherpt. Wanneer iedereen flipte, kreeg je door kalm te blijven automatisch gezag.

'Deze kant op, graag.' Dash voerde hen weg van de kas, naar de andere kant van de heuvel, waar het hoofdterrein was, zoals Sara vermoedde.

In de verte hoorde ze een sirene. Het volgende moment besefte ze dat het geen sirene was. Iemand gilde zo bloedstollend schril als je alleen maar kon gillen wanneer je in ondraaglijke, levensbedreigende pijn verkeerde.

Sara rende op het geluid af. Het pad kwam uit op een tweede open plek, twee keer zo groot als de eerste. Meer blokhutten, meer vrouwen die boven open vuren aan het koken waren, maar ze stopte niet om het aantal mensen te tellen of om haar omgeving te bestuderen. Ze hees haar gewaad op en rende zo hard ze kon naar de jammerende man.

Boven op de heuvel was een open bouwwerk. Het was gigantisch, maar onaf. Alleen het geraamte stond. Een houten skelet in plaats van muren, multiplex vloeren, een open trap, veiligheidsleuningen. Twee verdiepingen. De bovenverdieping was niet meer dan een galerij rond de open vloer op de begane grond. Er was geen dak, geen gipsplaat of gevelbeplating. Twee lagen afdekzeil dienden als plafond. Het materiaal van de onderste laag was van het bekende warmtewerende folie. De bovenkant was donkergroen, om het bouwwerk in het bos te laten opgaan.

Een groep mannen stond in een kring onderaan de trap. Ze droegen een zwart gevechtstenue met een gecapitonneerd vest. Sara keek op toen ze het gebouw betrad, want dat was het: ze hadden een echt gebouw nagemaakt. Eén afdekzeil was niet genoeg om de ruimte te overspannen. Er waren acht grote stukken aan elkaar vastgemaakt. Het oppervlak was ruwweg vijfenveertig vierkante meter, een half footballveld. De wanden en de vloer waren bespat met allerlei kleuren verf, waarschijnlijk van paintballgeweren. Er stonden papieren doelen, die beveiligers moesten voorstellen. Modderige voetsporen markeerden de plek waar mannen het gebouw in en uit waren gerend.

Sara kon maar één reden bedenken om een dergelijk nepbouwwerk in elkaar te zetten, namelijk om te oefenen op het innemen van een gebouw en mogelijk op het doden of ontvoeren van de mensen die zich binnen bevonden.

Oefeningen.

De mannen weken uiteen om Sara door te laten. Gwen wrong haar handen ineen in haar schort. Ze zag er ontzet uit. Ze keken allemaal ontzet, alsof het nooit bij hen was opgekomen dat je bij soldaatje spelen gewond kon raken.

De gewonde man was van de bovenverdieping naar beneden gevallen. Hij lag op zijn rug, maar niet plat. Hij was erin geslaagd op het enige aanwezige meubelstuk te vallen, een metalen bureau met een verrijdbare stoel. Zijn lichaam hing er in een achterwaartse boog overheen. Zijn hoofd had de kunststof armleuning van de stoel weggeslagen. Zijn stuitje hing over de rand van het bureau. Zijn benen bungelden boven de vloer. Een wit stuk bot stak uit zijn dij, als de rugvin van een haai. Zijn linkervoet was bij de enkel verdraaid. De punt van zijn schoen wees naar achteren, naar het bureau.

Sara pakte zijn hand. Die voelde ijskoud. Zijn vingers waren gestrekt en levenloos. 'Hallo,' zei ze, want niemand zei iets tegen hem of probeerde hem te troosten.

Hij staarde haar aan. Hij was een jaar of achttien en had lichtblond haar. Bloeddruppels biggelden als tranen uit zijn ogen. Hij gilde niet meer. Zijn lippen waren paars. Zijn jachtige, panische gehijg deed Sara aan Vale denken.

'Ik ben Sara.' Ze legde haar hand tegen zijn gezicht. Het was duidelijk dat hij vanaf zijn nek niets meer voelde. 'Tommy, kun je me aankijken?'

Zijn ogen begonnen naar achteren te rollen. De oogleden knipperden.

Zonder hem te onderzoeken wist Sara al dat zijn rug was gebroken. Zijn ribben waren versplinterd in zijn borstkas. Zijn bekken was waarschijnlijk verbrijzeld. De open beenbreuk was op het oog de zorgwekkendste wond, maar tegelijkertijd het geringste van zijn problemen. Zelfs als er onmiddellijk operatief werd ingegrepen, zou zijn voet vermoedelijk geamputeerd moeten worden. En alleen op voorwaarde dat hij gestabiliseerd kon worden voor vervoer.

Geen denken aan dat Dash een traumahelikopter naar de berg zou laten komen.

Gwen zei: 'Ik laat een spalk halen zodat je de breuk kunt zetten.'

Sara's kaak verstrakte. Ze streek over Tommy's haar. 'En dan?'

'Dan brengen we hem uiteraard naar het ziekenhuis,' zei Dash. 'We laten onze mannen niet liggen. We zijn soldaten, geen beesten.'

Sara was doodziek van de holle frasen die hij spuide. Tommy geloofde hem, dat was duidelijk. De jongen was zichtbaar opgelucht. Hij keek naar Dash met de toewijding van een kind.

'Oké, broeders.' Dash wendde zich tot het groepje mannen en probeerde hen te kalmeren. 'Het is vreselijk wat een van onze beste soldaten is overkomen, maar het verandert niets aan onze plannen. We pakken de oefeningen later weer op. We zijn nu te ver om de voorbereidingen te onderbreken. Maar op dit moment, broeders, hebben jullie wel een uitstapje verdiend. Gerald, neem het busje. Zorg dat deze jongens iets stevigs binnenkrijgen.'

'Yes, sir.' Gerald was de oudste van de groep, begin veertig en met een militaire houding. De rest was van ongeveer dezelfde leeftijd als de geknakte jongen op het bureau. Ze hadden allemaal een magere nek en stakerige benen. Als Sara niet beter wist, had ze hen aangezien voor jongens die een verkleedpartijtje hielden, maar dit was geen spel.

Ze hadden dit bouwwerk opgericht om een infiltratie te oefenen, een belegering, een terroristische aanval. Ze keek naar de galerij op de bovenverdieping. Ze zag niets opvallends. Het zou de nagemaakte lobby van een hotel of een kantoorgebouw kunnen zijn, een bioscoop, wat dan ook. Eén ding wist Sara zeker: wat ze ook aan het plannen waren, het ging zeer binnenkort gebeuren.

We zijn nu te ver om de voorbereidingen te onderbreken.

‘Moven, soldaten.’ Gerald dreef de jongemannen het bouwwerk uit. Hun legerkisten stampten over de multiplexvloer. Ze liepen de helling af en waren verdwenen.

Gwen, Dash en Sara bleven bij Tommy achter. Zoekend naar zijn hartslag legde Sara haar vingers tegen de zijkant van zijn hals. Het was alsof ze de vleugels van een vlinder aanraakte.

‘Tja.’ Dash trok zijn mitella recht. Hij had nog geen woord tegen Tommy gezegd. Dat alleen zei al genoeg over het soort leider dat deze man was. ‘Ik vraag me af wat dat bureau daar deed.’

Gwen keek hem aan. Zonder iets te zeggen wisselden ze een boodschap uit. Dash knikte en liep weg.

Sara proefde bloed toen ze hem heuvelafwaarts zag verdwijnen. In plaats van bij een stervende, doodsbange jongen te gaan zitten die alles voor hem over had gehad, keerde Dash terug naar zijn dochters om zijn ego te laten strelen.

Sara kon zich de luxe van een dergelijke lafheid niet veroorloven. Ze legde haar hand tegen de zijkant van Tommy’s gezicht. ‘Tommy, kun je je ogen opendoen?’ vroeg ze.

Langzaam gingen zijn oogleden omhoog. Hij richtte zijn blik op Sara. Het wit van zijn linkeroog was bloeddoorlopen. Zijn mond bewoog, maar er kwam hooguit wat gemompel over zijn lippen. Doodsangst was zijn enige, allesoverheersende emotie. Hij voelde zijn ledematen niet meer. Pijnsignalen schoten vruchteloos langs zijn hersenstam op en neer. Hij was voldoende bij zijn positieven om te beseffen dat hij deze berg nooit meer lopend zou afdalen. Hij wist even goed als Sara dat Dash zijn handen van een van zijn ‘beste soldaten’ had afgetrokken.

‘Ah…’ Tommy’s wanhoop was hartverscheurend. ‘Alstublieft…’

Sara’s ogen prikten, maar de jongen mocht haar niet zien huilen. Ze dwong zichzelf uiterlijk kalm te blijven. Ze hield haar hand tegen zijn wang. Uit zijn oor sijpelde een bloeddruppel.

Tegen Gwen zei ze: ‘We moeten…’ Ze kreeg de woorden niet over haar lippen.

Tommy ging sterven. Het was alleen nog een kwestie van hoe en wanneer. Uiteindelijk zou zijn hersenstam zo kunnen opzwellen dat hij stopte met ademen, maar misschien klapten zijn longen wel voor die tijd. Het kon wel drie minuten duren voor hij het bewustzijn verloor, en dan nog vijf minuten voor hij stikte. Of zijn organen begaven het, wat het begin zou zijn van een traag en martelend aftakelingsproces bij vol bewustzijn. Tommy was jong en sterk. Zijn lichaam zou het leven niet zo gemakkelijk opgeven. Nu hulp van buiten ontbrak, kon Sara zijn doodsangst alleen nog verlichten door het onvermijdelijke te bespoedigen.

Achttien jaar oud.

Ze vroeg aan Gwen: 'Heb je kaliumchloride of morfine –'

Gwen gaf haar zo'n harde duw dat ze achterovertuimelde.

Eerst was Sara te verbijsterd om op te staan. Toen krabbelde ze overeind om te voorkomen wat ze wist dat zou gebeuren.

Gwen sloeg haar hand over Tommy's mond. Met haar andere hand kneep ze zijn neus dicht, zodat hij geen adem kreeg.

'Niet doen!' Sara haalde uit naar de handen van de vrouw, probeerde haar vingers open te wringen, maar Gwens greep was te krachtig. 'Alsjeblieft!' riep ze, hoewel ze niet wist waarom. Het was zinloos. Dit alles was zinloos.

'We mogen geen…' Gwens stem stokte, niet van emotie maar van inspanning. Haar armen trilden toen ze met haar volle gewicht op haar handen drukte. 'We mogen geen voorraden verspillen.'

Sara was met stomheid geslagen door haar kille, berekenende toon. Dus daarom had Dash de anderen weggestuurd. En zelf wilde hij hier ook geen getuige van zijn.

Moord.

Tommy's ogen stonden wijd open. Door de adrenaline was hij bij zijn volle bewustzijn. Zijn stembanden vibreerden en produceerden een ijl, zuigend geluid. Doodsbang en zonder met zijn ogen te knipperen keek hij Gwen aan. Zijn keel vocht om lucht. Zijn nutteloze armen en benen trilden toen zijn zenuwen uit alle macht probeerden te vuren. Hij maakte zijn blik los van Gwen en zocht Sara.

'Ik ben hier.' Ze knielde naast hem neer. Ze drukte de rug van haar hand tegen zijn wang. Zijn tranen rolden over haar vingers. Ze weigerde weg te kijken. Zwijgend telde ze de trage seconden en minuten die hem scheidden van de dood.

TWAALF

Maandag 5 augustus, 14.30 uur

Faith scrolde door haar mail terwijl ze zat te wachten in een lege vergaderzaal in het uitgestrekte hoofdkwartier van de CDC. Het leek Fort Knox wel. Bij de poort had ze haar pistool moeten inleveren. Ze had de kofferbak en de motorkap van haar auto moeten openen. Een man had een stok met aan het uiteinde een spiegeltje langs de onderkant van haar auto geschoven. Vervolgens had een uitstekend afgerichte Duitse herder de Cheerios onder de stoelen genegeerd toen hij alles afsnuffelde op zoek naar restanten van explosieven.

Als je bedacht wat er allemaal voor akeligs in de laboratoria stond te borrelen, was het begrijpelijk dat de toegang tot het terrein streng gecontroleerd werd. Faith had op dat moment maar één vraag: waarom vond deze geheimzinnige bijeenkomst plaats in de CDC? Amanda had haar op de gebruikelijke manier voorbereid – niet dus – en haar alleen een bericht gestuurd dat ze om klokslag halfdrie ter plaatse moest zijn, zonder verdere bijzonderheden te vermelden. Faith had niet eens de naam van een contactpersoon. Door alternatieven te schrappen of simpelweg haar gezonde verstand te gebruiken mocht ze ervan uitgaan dat het ging om een vertrouwelijke briefing over Michelle Spivey. Dezelfde groep die Michelle had ontvoerd, had Sara meegenomen. Dus misschien, mogelijk, hopelijk, alsjeblieft God, zou ze met een stukje informatie dat ze hier kreeg de draad kunnen oppakken die rechtstreeks naar de klootzak voerde die de twee vrouwen nog steeds in gijzeling hield: Dash.

Dash.

Dat suggereerde snelheid.

Alleen al om zijn stomme bijnaam haatte Faith de man. Was dat misschien een afkorting? Of werd hij Dash genoemd omdat hij keihard kon rennen, omdat hij koerier was, altijd haast had of last had van diarree?

Ze had geen idee.

Ze had een hele avond verknoeid met haar speurtocht naar de leider van de IPA. En over de Invisible Patriot Army gesproken: geen beginnen aan om door de ongeveer 3.347.000 resultaten te scrollen die haar zoekopdracht had opgeleverd. Het was speuren naar een speld in een hooiberg zonder te weten hoe een speld er precies uitzag. Aan Will had ze niets gehad. Aan de FBI had ze niets gehad. Faith moest weten hoe oud de man ongeveer was. Of hij een kenmerkend litteken of een tattoo had. Een auto. Een stamkroeg. Wat zijn laatst bekende adres was. Zelfs een eventueel regionaal accent zou al iets zijn geweest.

Er was één ding waar je bij misdadigers meestal van op aan kon: ze trokken op met andere misdadigers. Je hoefde alleen maar iemand te vinden die iemand kende die in de problemen zat en graag een deal wilde sluiten. Dat ze elkaar nooit verlinkten, zoals de tv je wijsmaakte, was bullshit. Iedereen praatte als hij daarmee uit de gevangenis kon blijven. Faith had zich met haar zoekopdrachten uitsluitend geconcentreerd op Carter, Vale, Monroe en Hurley. Ze had gezocht naar een creditcardbetaling, een cashopname, een telefoonnummer of parkeerbon, of een gps-locatie die hen verbond met een Dashiell of Dasher of Dashy of wie dan ook, zolang zijn voor- of achternaam maar begon met een D.

Niets.

Faith stond op en keek uit het raam.

Het enige wat ze op dat moment wist, was dat Michelle Spivey in dit gebouw had gewerkt. Of in een van deze gebouwen. Er stonden er meer op het terrein, waarop zich ook een rotstuin, bruggen en een dagopvang voor de kinderen van het personeel bevonden. Het stond in schril contrast met de gigantische witte doos vanwaaruit het GBI werkte, maar aan de andere kant was de CDC tot de anthraxaanvallen in 2001 altijd in een oude keet gehuisvest geweest. Plotseling had het Congres beseft dat het misschien handig was om de organisatie die zich met het antwoord op de anthraxaanvallen bezighield van middelen te voorzien. Het feit dat twee van de mensen aan wie de dodelijke bacteriën waren verstuurd senatoren waren, had die beslissing nog gemakkelijker gemaakt. Misdaad had nu eenmaal meer impact als een nederige politicus tot de slachtoffers behoorde.

Haar telefoon trilde: een nieuwe e-mail. Ze had Sara's medicijnenlijst doorgestuurd naar twee kinderartsen en een huisarts. Geen van hen was iets afwijkends opgevallen. Geen van hen kon uit de lijst afleiden waarvoor de medicijnen gebruikt gingen worden. De nieuwe mail was van Emma's kinderarts, die een laatste poging deed: zou het miliaire tuberculose kunnen zijn?

Faith had uiteraard van tuberculose gehoord, maar dit type kende ze niet. Ze plakte de woorden in haar browser. 'Miliair' sloeg op de gerstekorrelachtige plekjes die op longfoto's zichtbaar waren. De symptomen waren afschuwelijk, vooral als het een kind betrof.

Hoest, koorts, diarree, vergrote milt, lever en lymfeklieren... meervoudig orgaanfalen, nierfalen, klaplong... wereldwijd 1,3 miljoen doden...

Ze opende haar medische app en zocht Emma's vaccinatielijst op.

Varicella – waterpokken; BMR – bof/mazelen/rodehond; DKT – difterie, kinkhoest, tetanus; BCG – tuberculose.

Faith haalde verlicht adem. Ze ging terug naar Google. De vorige dag had Kate Murphy gezegd dat Michelle Spivey zich de laatste tijd bezighield met pertussis, oftewel kinkhoest.

Loopneus, koorts, hoest die kan leiden tot braken en gebroken ribben... hoogtonig gefluit wanneer naar adem wordt gehapt... duurt tien weken of langer... longontsteking, epileptische aanvallen, hersenbeschadiging... 58.700 doden in 2015...

Faith sloot de browser. Bij het opengereten lijk van een vermoorde drugsdealer vertrok ze geen spier, maar de gedachte aan een kind dat iets dergelijks moest doorstaan was niet te verdragen.

Ze leunde achterover op haar stoel en slaakte een lange, diepe zucht. Aan uitputting was ze gewend, maar deze vermoeidheid was van een heel andere orde. Ze kon niet geloven dat het nog maar een dag geleden was dat ze puffend van de hitte een vergadering over het vervoer van Martin Novak had bijgewoond. De 'gedetineerde met het profiel extreem' was iets abstracts geweest, een briefingboek vol gegevens, schetsen van auto's en wegen. En toen waren de bommen ontploft, en de enige die ervan overtuigd leek dat er een verband bestond tussen Martin Novak, Dash en de IPA zat in de CDC te stikken van de hitte, terwijl ze wachtte tot een onbekende haar kwam halen.

Faith keek hoe laat het was.

14.44 uur.

Ze vroeg zich af of ze haar vergeten waren. Ze kon op dat moment tientallen andere dingen doen, die vrijwel allemaal verband hielden met haar zoektocht naar Sara. Het Emory was op een steenworp afstand; ze zou Lydia Ortiz, de verpleegkundige van de verkoeverafdeling, weer kunnen opzoeken om te vragen of ze zich iets nieuws over Michelle Spivey of Robert Hurley herinnerde. Ortiz had hen allebei meegemaakt toen Michelle was bijgekomen uit de narcose. Er moest toch iets zijn, een kleinigheid, een losse opmerking, waaruit een aanwijzing viel los te peuteren.

En als dat niet ging, kon Faith altijd nog back-up zijn voor Will. Beau Ragnersen nam hem mee naar een ontmoeting met Dash' knechtje, om vier uur die middag. Faith had er een slecht gevoel bij, en niet alleen omdat het Alberta-Banks Park in Flowery Branch grensde aan een openbare weg die nog steeds Jim Crow Road heette, ter nagedachtenis aan de rassenscheidingswetten. Ze was bang dat het surveillanceteam niet alle toegangswegen in de gaten hield. Ze was bang dat Wills hersenschudding verergerde. Maar ze maakte zich nog het meest zorgen om Beau Ragnersen. Faith vertrouwde informanten voor geen cent. Het waren criminelen. Ze hielden er altijd een eigen agenda op na. Bovendien was Beau zwaar aan de drugs. Zwarteteerheroïne was geen grap. Hij speelde een belangrijke rol bij deze stunt. Hij moest Will op een geloofwaardige manier voorstellen als een voormalige legerkameraad die in zwaar weer verkeerde.

'Zwaar weer' was niet overdreven. Faith had Will die ochtend nauwelijks herkend. Zonder Sara verwaarloosde hij zichzelf. Met zijn slordige baard en die littekens op zijn gezicht leek hij net een boef. Als Faith hem op straat was tegengekomen, zou ze allereerst hebben gecontroleerd of haar wapen zichtbaar was.

Ze hoorde nu in dat park te zijn om hem te ondersteunen.

De deur ging open. Faith was verbaasd, tot ze besefte dat ze niet verbaasd hoefde te zijn, want uiteraard was het Aiden Van Zandt.

Met zijn voet tussen de deur keek hij de gang door. Zijn bril werd niet langer met een reepje witte tape bijeengehouden. Hij was weer in pak met das. Nog lang geen Westley uit *The Princess Bride*, dat niet. Zijn FBI-ID hing aan een koord om zijn nek.

'Sorry dat ik aan de late kant ben,' zei hij. 'Murphy kan er niet bij zijn, maar ze doet je de groeten.'

Faith moest oprecht lachen.

'Serieus, ze mag je wel. Je doet haar aan je moeder denken.' Van Zandt leunde de gang weer in. Hij had zijn hand opgestoken, alsof hij een taxi wilde aanhouden. 'Laat je haar weten dat we zover zijn?' Nu richtte hij zich tot Faith: 'Neem je spullen mee.'

Faith pakte haar tas en volgde hem door een lange gang. De laatste tijd leek haar leven alleen nog uit trappenhuizen en gangen te bestaan. 'Waar kent Murphy mijn moeder van?'

'Tja, waar kennen mensen elkaar van?' Hij veranderde van onderwerp. 'Nog nieuws over jullie vermiste agent?'

Ook Faith kon van onderwerp veranderen. 'Ontkent de FBI nog steeds dat er een verband bestaat tussen Martin Novak, de bomaanslag bij het Emory en de IPA?'

'Antwoord mistig. Probeer later nog eens.'

Faith hield niet van dat spelletje. 'Oké, Magic Eight Ball. Ik heb de IPA gegoogeld. Ze staan niet op internet. Ze zijn nergens te vinden. En ik weet dat dat niet betekent dat ze niet bestaan, dat er een dark web is en bla-bla-bla, maar waarom zijn ze niet op internet te vinden?'

'Vraag later nog maar eens.'

Faith kon hem wel slaan. 'Ik wil dat je Michelles dossiers nog eens naloopt om te zien of ze ooit contact heeft gehad met een zekere Beau Ragnersen.'

Hij bleef staan, met zijn hand op de kruk van een dichte deur. 'Hoe kom je erbij dat ik dat kan?'

'Omdat jij de contactpersoon bent tussen de FBI en de CDC.' Toen hij haar niet corrigeerde, ging ze ervan uit dat ze goed had gegokt. 'Ragnersen met "en".'

'Dat is Deens,' zei hij. 'Dat "s-e-n" betekent –'

Faith reikte langs hem en opende de deur. Ze barstte van de nerveuze energie. De zaal voelde als het soort plek dat een gewone burger niet hoorde te zien. De grote ruimte deed haar denken aan een controlekamer van NASA. Ze zag een soort kantoortuin en rijen lege werkplekken met computers en bordjes – Zuid-Amerika, Latijns-Amerika, Europa, Eurazië. Digitale klokken gaven ALFA-, OSCAR- en ZULU-tijd aan. De achterwand ging schuil achter gigantische schermen. Een wereldkaart toonde opflitsende rode, groene en gele stippen op uiteenlopende locaties. In de hoek stonden de woorden RED SKY, naast verschillende tabbladen.

Faith nam aan dat Atlanta een rode stip had gekregen vanwege de aanslag van de vorige dag. Wel vroeg ze: 'Waarom zie ik een opflitsende gele stip op de kust van Georgia?'

'Orkaan Charlaine,' zei Van Zandt. De storm van eind juli had Tybee Island getroffen en was tekeergegaan in de haven van Savannah. De schade was zo groot dat de gouverneur een speciale zitting bijeenriep om de opruimactie te kunnen bekostigen.

'Die is geel omdat de ramp zich nog steeds aan het voltrekken is,' legde Van Zandt uit. 'Red Sky is een onderdeel van Situationeel Bewustzijn. De verschillende afdelingen hebben verschillende toegangsniveaus. Deze ruimte is het centrum van Incidentenbeheer. Als een orkaan wordt gevolgd of als er sprake is van een kritieke gezondheidscrisis of een terroristische aanslag, is elk bureau hier bemand. Gisteren bijvoorbeeld was het hier afgeladen. Dan hebben we het over ruim honderd mensen. Wetenschappers, experts, artsen, militaire verbindingsofficieren, het noodteam van de CDC. Er is een rechtstreekse verbinding met het Witte Huis, het Pentagon, NORAD en de militaire bases Alice Station, Menwith Hill, Misawa en Buckley. Alle satellietinformatie van ECHELON gaat naar de portal. Het Global Incident Team zendt gegevens rechtstreeks naar deze monitoren zodat er meteen kan worden vastgesteld waar mensen en middelen naartoe moeten worden gestuurd.'

Faith knikte plechtig en deed alsof ze niet gigantisch onder de indruk was van deze *Jason Bourne*-shit. Het liefst had ze haar telefoon gepakt en wat foto's gemaakt.

'Cool, hè?' zei Van Zandt.

Ze haalde haar schouders op. 'Tenzij je aan de kust woont en nog steeds al je water moet koken.'

Van Zandt hield een volgende deur voor haar open. Langs de muur was een rij kluisjes. Aan het eind van de gang was een dichte deur met een rood lampje erboven. 'Ben je ooit in een SCIF geweest?'

Situational Compartmented Information Facility.

'Ja hoor,' loog Faith. Ze had zo'n uiterst beveiligde ruimte weleens in *The Americans* gezien, dat telde ook.

Van Zandt haalde zijn mobiel uit zijn zak en legde die in een kluisje.

Faith opende haar schoudertas. Ze had meer dan alleen een mobiel. Haar laptop en iPad moesten ook in de kluis, want in een SCIF waren elektronische apparatuur en al het andere waarmee je informatie kon opnemen streng verboden.

'Ik vergeet mijn horloge altijd,' zei Van Zandt, en hij deed zijn Garmin af.

Faith klikte haar Apple Watch los. Ze was zenuwachtig, want zo langzamerhand drong het besef tot haar door dat ze zich in een van de zwaarst beveiligde gebouwen in het land bevond, en nu liet Van Zandt haar binnen in een nog zwaarder beveiligde ruimte.

Michelle Spivey had de hoogste veiligheidsmachtiging. Faith moest er wel van uitgaan dat het Amanda op de een of andere manier was gelukt inzage te krijgen in ongeacht welk project de wetenschapper onder handen had gehad voor ze was ontvoerd.

De IPA had Michelle niet van een parkeerterrein opgepikt omdat ze onderzoek deed naar kinkhoest.

'Klaar?' Van Zandt drukte op een groene knop aan de muur.

Er klonk luid gezoem, waarna de deur openging. Ze liepen naar binnen. De doffe plof waarmee de deur dichtging was als het geluid van een kluis die afgesloten werd. Weer klonk er gezoem. Een rode lamp boven de deur begon rond te draaien, als het licht op een patrouillewagen.

Faith ademde diep in. Alles voelde merkwaardig gedempt. De kamer was uiterst sober ingericht: zes stoelen rond een vergadertafel, en een klok aan de muur.

Aan het hoofd van de tafel zat een jonge vrouw. Ze droeg een kakikleurig marine-uniform zonder naamplaatje, maar met kleurige strepen die Faith niet kon thuisbrengen. Ze had een bril met dikke glazen. Haar donkere haar was kortgeknipt. Ze was een jong ding van het ergste soort: het soort dat Faith het gevoel gaf oud te zijn. Ze was verdomd ingenomen met haar plek daar aan tafel, net de kleine Jack-Jack met haar grote, gretige ogen. Voor haar op tafel lag een stapel mappen. Ze keek Van Zandt grijnzend aan. Haar lippenstift was uitgesmeerd op haar tanden.

Om haar daarvan subtiel op de hoogte te brengen wreef Van Zandt over zijn eigen tanden, wat ongelooflijk netjes van hem was.

'Dit is Miranda,' zei hij tegen Faith, en tegen Miranda: 'Dit is de agent over wie ik je verteld heb.'

Tot zover de kennismaking, veronderstelde Faith. Ze ging zitten.

Van Zandt pakte de stoel naast haar.

'Goed,' zei Miranda. 'Welke factor of factoren heeft of hebben historisch gezien geleid tot groei van het ledental van wit-racistische groeperingen?'

Faith was al meteen de draad kwijt. Ze probeerde het verband te zien met Michelle. Die was getrouwd met een Aziatisch-Amerikaanse arts. Ze hadden gekozen voor een kind dat hun afkomst weerspiegelde. 'Hadden ze het op haar gemunt vanwege haar gezin?'

Miranda schonk Van Zandt een beduusde blik. 'Sorry, maar op wie had wie het gemunt?'

Van Zandt schudde zijn hoofd. 'Verkeerd onderwerp, dat is voor een andere dag. Ga door.'

'Oké.' Het duurde even voor Miranda zich had herpakt. 'Oké. Het gangbare idee is dat meer mensen zich aansluiten bij wit-racistische groeperingen als reactie op een plotselinge immigratiestroom of economische kentering, toch? De keiharde herstelbetalingen uit het Verdrag van Versailles. De Groot Oost-Aziatische Welvaartssfeer. Operation – en sorry voor het woord – Wetback.'

'Wacht eens even.' Ook Faith moest zich herpakken. Het kostte haar moeite de koerswijziging in het gesprek te volgen. Deze bijeenkomst ging niet over Michelle Spivey. Het ging hier over de Invisible Patriot Army.

Een wit-racistische groepering.

'Laten we het nog eens samenvatten.' Faith moest het benoemen om het helder te krijgen in haar hoofd. 'Jij beweert dus dat het lidmaatschap van deze racistische groepen plotseling stijgt omdat de economie keldert, er weinig banen zijn, mensen op zoek zijn naar iemand die ze de schuld kunnen geven en –'

'Niet zo snel.' Miranda sloeg een map open. Ze legde een zwart-witfoto voor Faith neer. Een man in een donker pak leunde met zijn armen op een bureau. Hij had een Sherlock Holmespijp in zijn mond. Zijn haar was hoog opgekamd tot een klassiek Clark Kentkapsel. Het was een onmiskenbare jarenvijftigfoto.

'George Lincoln Rockwell,' zei Miranda. 'Oprichter van de American Nazi Party.' Ernaast legde ze de foto van een tweede witte man. 'Richard Girnt Butler, oprichter van de Aryan Nations.' Ze bleef maar foto's uitstallen. 'Thomas Metzger, leider van de White Aryan Resistance. Frazier Glenn Miller, leider van de White Patriot Party. Eric Rudolph, verbonden aan de Army of God en de Christian Identity Movement.'

Faith was nog steeds de draad kwijt, maar één ding wist ze wel: 'Rudolph heeft de bomaanslag op het Centennial Olympic Park gepleegd.'

'Klopt. Hij had het ook voorzien op abortusklinieken en een lesbische nachtclub.' Miranda legde een foto neer van Timothy McVeigh. 'Pleegde een aanslag in Oklahoma City.' En daar kwam de volgende foto. 'Terry Nichols, handlanger van McVeigh. Wat hebben al deze mannen gemeen?'

Faith was te verward voor de socratische methode en beperkte zich tot één man. 'Ik weet iets over Eric Rudolph omdat hij de meeste aanslagen in Georgia pleegde. Hij heeft vier bomaanslagen bekend. Hij heeft schuld bekend aan de moord op een politieagent. Hij heeft als timmerman gewerkt. Hij was tegen de overheid, tegen homo's, tegen vrouwen, tegen abortus. Hij ontkent dat hij banden heeft met de Christian Identity Movement, hoewel hij als tiener met zijn moeder op een terrein van die beweging heeft gewoond. Toen Rudolph door de FBI op de lijst met tien meest gezochte personen werd geplaatst, filmde zijn broer zichzelf terwijl hij met een afkortzaag zijn eigen hand afzaagde, bij wijze van boodschap aan de FBI.'

'Echt?' zei Miranda stomverbaasd. 'Wat is er met zijn hand gebeurd?'

'Op de een of andere manier heeft de FBI de boodschap niet ontvangen,' zei Van Zandt.

Opeens ging Faith een licht op. 'Rudolph was toch bij het leger? Hij heeft in Fort Benning gezeten. Hij werd ontslagen omdat hij wiet had gerookt. En...' Ze wees naar McVeigh. 'Hij zat ook bij het leger. Tijdens de Golfoorlog kreeg hij de Bronze Star. Hij werd weggestuurd bij de commando's.' Ze tikte op de foto van Terry Nichols. 'Hij kreeg na een paar maanden ontslag wegens buitengewone omstandigheden. Hij trok het niet.'

'Yep-yep-yep.' Opgewonden schoof Miranda met de foto's. 'Rockwell was commandant bij de marine tijdens de Tweede Wereldoorlog en in Korea. Butler was bij het Army Air Corps. Miller zat in Vietnam.' Ze had meer foto's, van mannen met witte kappen, mannen met swastika-armbanden, mannen met hun hand geheven in de nazigroet. 'Helikopterkanonnier in Vietnam. Luitenant-kolonel buiten dienst bij de landmacht. Stafsergeant bij de luchtmacht. Kustwachtreservisten.'

'Ho ho.' Faith moest dit een halt toeroepen. 'Mijn broer heeft de afgelopen twintig jaar bij de luchtmacht gediend. Het is soms een vreselijke eikel, maar een nazi is hij niet.'

'Daar twijfel ik ook niet aan,' zei Miranda. 'Hoor eens, ik zit niet op het leger af te geven. Mijn familie heeft sinds de Spaans-Amerikaanse Oorlog altijd in de voorhoede gevochten. Ik ben van de marine, maar ik ben ook statisticus, en ik kan je verzekeren dat deze mannen statistisch gezien uitschieters zijn. Het gaat om de aantallen. In elke grote groep zit een bepaald percentage uitschot. Of het nu leraren, artsen, wetenschappers, politieagenten of hondenvangers zijn. Rotte appels hou je altijd. Trek dat maar eens door naar het leger. Tussen actieve dienst en reserve heb je het over bijna twee miljoen leden. Ook al neem je daar maar een half procent van, dan zijn dat –'

'Tienduizend mensen.' Faith klemde de tafelrand vast. Het liefst stond ze op en verliet ze de kamer. 'Je zult een paar scherpe lijnen voor me moeten trekken tussen al die stippen. Al die impliciete suggesties staan me totaal niet aan.'

'Zo dacht het Congres er ook over,' zei Van Zandt. 'Een team van het ministerie van Binnenlandse Veiligheid produceerde een document over de wit-racistische beweging binnen de strijdkrachten. Ze raakten niet alleen hun financiering kwijt, maar moesten hun bevindingen ook herroepen.'

Nu ging Faith staan, maar ze stapte niet op. Ze had behoefte aan lucht in haar longen. De ruimte voelde als een gevangeniscel. Ze leunde tegen de muur en sloeg afwachtend haar armen over elkaar.

Miranda zei: 'Laten we teruggaan naar het begin. Ik vroeg wat de oorzaak is van de historische groei van het ledenaantal van wit-racistische groepen. Jij zei immigratie en de economie, maar in werkelijkheid is het oorlog. Oorlog is wat al deze mannen verbindt. Ze gingen vechten, ze kwamen thuis, en niets voelde meer hetzelfde. In hun ogen had de overheid hen in de steek gelaten. Hun vrouwen waren vertrokken of onafhankelijker geworden. Hun kinderen waren van hen vervreemd. Ze snapten de wereld niet meer die zonder hen verder was gegaan, en ze wilden iemand als schuldige aanwijzen.'

'Zelf geef ik de schuld aan de Joden,' zei Van Zandt.

Faith was niet in de stemming voor zijn bizarre humor. 'Twee van Hurleys mannen: Sebastian James Monroe en Oliver Reginald Vale. Die zijn ontslagen uit het leger.'

'Robert Jacob Hurley was officier munitietechniek bij de luchtmacht,' zei Van Zandt.

'Wat heeft dat te maken met de Invisible Patriot Army?' wilde Faith weten.

'Aha.' Miranda rommelde in haar mappen. 'Deze mannen zijn dus zogenoemde neonazi's. Het zijn geen skinheads. Ze scheren hun hoofd niet kaal, hebben geen tattoos of bijpassende kledij. Ze willen juist in de menigte opgaan. Dockers en poloshirts. Aardige, nette jongens.'

Faith dacht aan de demonstranten met hun tikifakkels in Charlottesville. De jongemannen hadden er allemaal heel normaal uitgezien, tot ze begonnen te scanderen over bloed en bodem en 'Geen plaats voor Joden' schreeuwden.

Ze zei: 'De Unite the Right Rally –'

'Daarom zijn ze online zo voorzichtig,' onderbrak Van Zandt haar. 'Na Charlottesville keerde het hele internet zich tegen hen. Mensen herkenden hen van de filmpjes. "Hé, dat is mijn pakjesbezorger. Waarom schopt hij een zwarte vrouw in haar gezicht?" Ze werden ontslagen, verstoten door hun familie, verloren hun veiligheidsmachtiging of kregen oneervol ontslag. Zo leerden ze dat ze voorzichtig moesten zijn. Zodra de camera gaat lopen, bedekken ze hun gezicht of dragen een masker.'

Miranda nam het weer over. 'Charlottesville was een keerpunt. Er waren groepen uit vijfendertig verschillende staten. Het was geen spontane bijeenkomst. Ze hadden in het hele land al kleinere demonstraties georganiseerd, vooral in Californië, maar meestal kwamen daar niet meer dan twintig mensen op af, misschien een handjevol antifa's die zin hadden in knokken en een paar zogenaamde hippies die bloemen kwamen rondstrooien, maar doorgaans werden ze genegeerd door de pers. Na Charlottesville veranderde hun hele wereld. Ze kregen bevestiging van bovenaf. Die kerels gingen opgepept en georganiseerd naar huis, klaar om in actie te komen. Hun ledental nam een hoge vlucht.'

Ze liet Faith een nieuwe foto zien. Het was een gekleurde politiefoto van een jongeman. 'Brandon Russell, van de Nationale Garde in Florida. Ook lid van de Atomwaffen Division. Ze waren in groten getale aanwezig in Charlottesville. In mei 2017, de maand voor de demonstratie, werd Russell gearresteerd. Hij bleek een laboratorium voor het maken van bommen in zijn garage te hebben; er hingen hakenkruizen in zijn hele flat, en hij had een foto van Timothy McVeigh in zijn slaapkamer.'

'Er werd HMTD in Russells garage aangetroffen,' zei Van Zandt. 'Dat is een uiterst explosieve organische verbinding. Hetzelfde spul zat in de twee bommen die gisteren zijn afgegaan in de parkeergarage van het Emory.'

Voor Faiths geestesoog doemde het beeld op van de rokende krater die ze de vorige middag vanuit de helikopter had gezien. Die ochtend werd het puin nog steeds doorzocht. Het afgelopen uur was er weer een lijk gevonden.

Ze knikte ten teken dat Miranda door kon gaan.

'Wat de grote groepen betreft: je hebt Atomwaffen, RAM, een afkorting van de Rise Above Movement, Hammerskins, Totenkampf. De lijst is langer. Soms gaat het om tien man, soms om vijftig. Wat we nu zien is de opkomst van het leiderloze verzet. Een aanslag van het niveau van 9/11 of 7/7 vereist coördinatie, discipline en geld. Geen van deze groepen beschikt hierover. Meestal is er iemand die bij zichzelf zegt: "Hé, genoeg gekletst. Ik ga er iets aan doen." Dylann Roof, Robert Gregory Bowers, Nicholas Giampa, Brandon Russell: ze waren allemaal intens betrokken bij het witte nationalisme, maar een masterplan ontbrak. Ze handelden op eigen initiatief.'

'Net als plegers van zelfmoordaanslagen,' zei Faith.

'Nog minder complex. Het kan letterlijk een joch van twintig met een verzameling wapens zijn, die op een ochtend besluit ze allemaal mee te nemen en naar een synagoge te rijden.'

'Je ziet een enorme heldenverering bij dat soort gasten,' voegde Van

Zandt eraan toe. 'Niet alleen McVeigh wordt aanbeden. Individueel opererende schutters worden tot goden gemaakt. Kijk maar eens online wanneer er weer een aanslag heeft plaatsgevonden. Binnen enkele minuten zijn er fanpagina's, fanfiction, contactinformatie. Als zo'n klootzak het overleeft, posten ze zijn registratienummer, zodat mensen hem geld kunnen sturen voor de gevangeniswinkel, evenals het adres van de gevangenis voor fanmail.'

Faith vroeg maar niet wat dat soort mensen mankeerde. 'Het motief voor de schutter is roem?'

'In zeker opzicht wel,' zei Miranda. 'Ze zijn ongelooflijk vervreemd van de maatschappij. Ze voelen zich buitengesloten, machteloos, onbegrepen. De laatste tijd wordt er veel gepraat over Omvolking.'

Van Zandt legde het uit: 'Je hebt het vast allemaal al eens gehoord. Witte vrouwen baren minder kinderen dan minderheden. Het feminisme vernietigt de westerse wereld. Witte mannen hebben het nakijken.'

'En dat brengt ons weer bij het leger,' zei Miranda. 'De mannen in deze groepen smachten naar de discipline, de mannelijke bevestiging van een militaire structuur. We zien gecoördineerde pogingen om veteranen, militairen in actieve dienst en reservisten te rekruteren. Deze mannen zijn vooral zo gewild vanwege hun gevechtservaring en de legitimiteit van hun dienst als militair. Anderzijds is het voor een soldaat wiens strijdcarrière erop zit heel aantrekkelijk om die tijd weer te doen herleven. Overal in het land zijn haatkampen waar ex-soldaten jongeren drillen en trainen. Het veiligstellen van ruimtes, schietoefeningen, training met materieel. Een van de grotere kampen is in Devil's Hole in Death Valley.'

Faith dacht aan de foto's in Kate Murphy's dossiers over de IPA. Ze toonden jongemannen die rondrenden in camouflagekledij. 'Devil's Hole is waar Charles Manson zich wilde verschuilen nadat Helter Skelter een rassenoorlog had ontketend.'

'Juist.' Miranda leek onder de indruk. 'Vanuit de gevangenis correspondeerde Manson met een zekere James Mason. Een belangrijke witte nationalist. Hij schreef ook een boek genaamd *Siege*, waarin hij een krachtig pleidooi voerde voor het leiderloze verzet. Je zou het de Bijbel van het moderne witte nationalisme kunnen noemen.'

'En wat schrijft die Bijbel voor?' vroeg Faith.

'Hetzelfde wat de Taliban en Al Qaida voorschrijven. Ze maken zeer geavanceerde rekruteringsfilmpjes. Ze richten onlineforums op waar haat niet alleen geaccepteerd, maar zelfs toegejuicht wordt. Ze richten zich op ontevreden jongemannen en zeggen dat ze deel uitmaken van een grotere zaak, dat ze moeten vechten om hun witte macht te heroveren en dat ze de vrouwen in dat geval voor het uitkiezen hebben.'

Van Zandt zei: 'Veel van die mannen, zoals Hurley, Vale en Monroe, hebben in Irak en Afghanistan gediend. Ze hebben goed gekeken naar wat de andere kant uitspookte. Ze hebben de schade gezien die een geïmproviseerde bom kan aanrichten. Gezien dat één infiltrant bij de politie of bij een bataljon tientallen mensen kan doden. Ze hebben het van de opstandelingen afgekeken en mee teruggenomen naar Amerika.'

'De opstandelingen.' Faith knikte naar de stapel ongeopende dossiers. Ze wist nog steeds niet waar Dash in dit verhaal voorkwam. 'Vertel eens over de IPA.'

Miranda zuchtte. 'Oké, ze zijn slim, en dat stemt ons nerveus. Ze presenteren zichzelf niet online. Wel gaan er losse geruchten en beweren andere groepen dingen, vooral dat de IPA iets groots van plan is, dat ze voor een tweede Amerikaanse Revolutie gaan zorgen. Zo praat dat soort gasten, en het is moeilijk om de grootspraak te scheiden van wat misschien wel waar is.' Ze zweeg even om op adem te komen. 'We denken dat de IPA een beweging van survivalisten is. Ik heb je een lange inleiding gegeven over hoe deze groepen te werk gaan omdat we vermoeden dat de IPA ook zo opereert. Een kleine cel, die het leiderloze verzet bepleit en die mogelijk zogenaamde soldaten traint om zich bij de politie of het leger aan te sluiten en zo de heilige oorlog te ontketenen.'

Faiths mond werd droog. 'Als ze onder de radar blijven, hoe weten jullie dan van hun bestaan?'

'Dat was ik,' zei Van Zandt. 'Het volgen van deze groepen is min of meer mijn specialiteit. Er zijn er honderden, en al evenveel eenlingen die in hun trailers bullshit zitten te spuien over dat ze alle zwarten gaan vermoorden en alle feminazi's gaan verkrachten. Een paar jaar geleden begon ik hier en daar wat over de IPA op te vangen. De manier waarop er over ze gepraat werd voelde anders. Ik verstuurde een bulletin waarin ik om informatie vroeg. Valdosta State Prison antwoordde met een memo over een gedetineerde die het in zijn opgenomen telefoongesprekken regelmatig over de IPA had.'

'Adam Humphrey Carter.' Eindelijk kreeg Faith het gevoel dat een deel van haar vragen werd beantwoord. 'Hij was beschuldigd van verkrachting, maar hij werd vervroegd vrijgelaten zodat hij jullie informant kon worden.'

Van Zandt knikte. 'Je moet begrijpen dat die groepen een bepaald patroon vertonen. Meestal raken ze vanzelf opgebrand. Er is voortdurend machtsstrijd. De een is niet racistisch genoeg. Een ander wordt betrapt op het kijken van homoporno. Het interne gekibbel leidt tot ontwrichting, versplintering. In feite zijn het allemaal prutsers en losers. Het is niet zonder reden dat hun enige houvast hun huidskleur is.' Hij boog zich voorover. 'De IPA wekte de indruk zeer georganiseerd te zijn. Zeer doelgericht. Zoals Carter over Dash sprak, spraken al die lui over McVeigh. Maar we hadden niets over hem. Geen foto's. Geen dossiers. Helemaal niets.'

Faith was de vorige avond op hetzelfde doodlopende spoor gestuit, en Van Zandt had er eindeloos meer tijd in gestoken.

Miranda zei: 'Je zou zeggen dat het alleen maar goed is dat Dash en de IPA niet in het systeem zitten, maar het is juist heel slecht. Hoe meer die gasten praten, is onze ervaring, hoe meer bullshit eruit komt. Het zijn juist de stillen die de meeste schade aanrichten.'

'Alleen dankzij Carter hebben we het weinige ontdekt dat we over de IPA weten,' vulde Van Zandt haar aan. 'Dash heeft de groep niet opgericht, maar hij heeft er wel richting aan gegeven. Hij dwingt ze tot radiostilte. Ze houden hun namen en wat hen bindt buiten de chatgroepen. Er hangt een waas van geheimzinnigheid om hen heen, en daar kicken die andere white power-lui enorm op. De bomaanslag is nog maar een dag geleden, en nu al zeggen de onlinegroepen dat de IPA er verantwoordelijk voor is. Het halve Totenkampf is al op weg naar Atlanta om de chaos uit te buiten. Bij de Canadese grens hebben we een Poolse wit-nationalist kunnen tegenhouden. Een groep uit Arizona wilde een privévliegtuig huren om hun wapens te vervoeren.'

'Arizona.' Nog maar enkele uren geleden had Faith gelezen over een burgergrenswacht uit die staat. 'Wie heeft de IPA opgericht? Was dat Martin Novak?'

Van Zandt haalde zijn schouders op. 'Het maakt niet uit wie de lont heeft aangebracht. Dash is de lucifer die elk moment kan worden afgestreken.'

'Dat klopt.' Miranda werd opeens dodelijk ernstig. 'Als je me vraagt waar ik 's nachts wakker van lig, dan is het van de gedachte dat Dash ergens iets zit uit te broeden en dat we geen idee hebben wat het is.'

Faiths vraag lag voor de hand. 'Als je je zoveel zorgen om hem maakt, waarom is er dan geen speciale eenheid of –'

'De FBI heeft geen geld voor vage vermoedens,' antwoordde Van Zandt. 'Er loopt zoveel gajes rond dat er geen beginnen aan is. Ik moest mijn bazen op mijn knieën smeken of ik Carter informant mocht maken. Zoals ik al zei, hij heeft ons veel waardevolle informatie over andere groepen toegespeeld. Daarmee hebben we allerlei zaken kunnen openbreken. Maar wat de IPA betrof heeft Carter zijn kaken altijd stijf op elkaar gehouden. Wat ik van hem heb begrepen, is dat ze iets groots van plan zijn en dat er één man aan de top zit die de dienst uitmaakt.'

'Waarom hebben ze Michelle Spivey ontvoerd?' vroeg Faith.

'Carter heeft Michelle Spivey ontvoerd,' zei Van Zandt. 'We weten niet of het op bevel van Dash was.'

Faith had geen zin meer in die onzin. Ze knikte naar de stapel mappen die voor Miranda op tafel lag. Tot dan toe had ze er nog maar één geopend. 'Wat heeft Pandora nog meer in haar doos?'

Van Zandt knikte.

Miranda sloeg een map open. 'Dit is onze enige foto van Dash.'

Faith liep naar de andere kant van de kamer. Ze voelde zich opeens misselijk. Ze wist niet waarom ze zo nerveus werd nu ze Dash te zien kreeg. Ze verwachtte een politiefoto, maar wat ze zag was een glanzend kiekje van een jongeman die in short en T-shirt op een strand stond.

'Deze foto is in de zomer van 1999 aan de westkust van Mexico genomen,' zei Miranda.

Faith geloofde er niets van. 'Mexico lijkt me niet het favoriete vakantieoord van een toekomstige witte racist.'

'Haat de zondaar, heb de zonde lief,' zei Van Zandt.

Faith bekeek het gezicht van de jongen: het was hoekig en wat sullig, en hij had een mottige sik en snor. Hij zou voor een van haar zoons irritante corpsvriendjes kunnen doorgaan.

Of voor een van die onschuldig lijkende jongemannen in Charlottesville.

Miranda liet haar een tweede afbeelding zien; deze had de bijeengelapte kwaliteit van een politietekening. 'Hier kwam de FBI mee aanzetten toen we vroegen om een impressie van hoe Dash er tegenwoordig uit zou kunnen zien.'

Faith was niet onder de indruk: 'Hoe oud is Dash nu?'

Miranda haalde haar schouders op. 'Halverwege de veertig? Maar met het weinige wat we hadden, hebben we heel veel gedaan. Uitgaande van de oriëntatiepunten in de verte menen onze marineanalisten dat het strand waarop Dash staat zich op het Isla Mujeres bevindt. Ik zal je niet vervelen met technische zaken zoals erosie en de invalshoek van de zon, maar ze zijn verdomd goed in hun werk.'

Faith bekeek de strandfoto nog eens. 'Dit is geen surveillancefoto. Hij lijkt eerder uit een vakantiealbum te komen.'

Van Zandt trok haar stoel naar achteren en wachtte tot Faith was gaan zitten.

Hij zei: 'In juni 1999 verbleef een zekere Norge Garcia met zijn vrouw en kinderen in het Mujeres La Familia Resort. Het viel hem op dat er wel erg veel witte, ongehuwde Amerikaanse jongemannen op het strand rondhingen. Zoals de naam al aangeeft, is het een vakantieresort voor gezinnen. Het is er zeer kindvriendelijk. Amerikaanse studenten trekken meestal naar de plekken waar alleen volwassenen komen, want daar zijn de meisjes. Dus Garcia steekt zijn licht eens op. Waar logeren die jongens? Wat spoken ze uit? Waarom zijn ze hier?' Van Zandt zweeg even en vroeg toen aan Faith: 'Volg je het nog?'

'Niet echt,' antwoordde ze. 'Waarom was die Garcia aan het rondsnuffelen? En waarom weet je zoveel over hem?'

Van Zandt knikte waarderend. 'Ik weet zoveel over hem omdat ik naar Mexico ben gevlogen om hem te ondervragen. En hij was in dat resort aan het rondsnuffelen omdat Garcia in 1999 inspecteur was bij de Federales. Dat is de Mexicaanse versie van de FBI, met een flinke scheut leger.'

Faith was bekend met de Federales vanwege haar verslaving aan drugsseries op Netflix. 'Wat is de rol van Dash in dit verhaal?'

In plaats van te antwoorden knikte Van Zandt naar Miranda.

Ze schoof een nieuw strandkiekje over de tafel. De lens was scherpgesteld op een groep kinderen die een zandkasteel bouwden. Een meter of tien verderop stond een man, vaag afgebeeld en omcirkeld met rode viltstift. Donker haar. Een zonnebril. Gedrongen postuur. Hij zwaaide naar iemand achter de camera, met beide armen in de lucht, alsof hij aan het seinen was. Zijn gezicht werd overschaduwd door een honkbalpet, maar het was duidelijk te zien dat er aan zijn linkerhand twee vingers ontbraken.

Faith leunde achterover.

Martin Elias Novak miste twee vingers aan zijn linkerhand. Die waren weggeblazen toen hij als explosievenexpert in het Amerikaanse leger werkte. In 1999 moest hij eenenveertig zijn geweest.

Ze keek Van Zandt vragend aan.

Hij haalde zijn schouders op. 'Wat zal ik zeggen?'

Faith gebaarde dat hij door moest gaan.

Van Zandt zei: 'Inspecteur Garcia krijgt een slecht gevoel bij die mysterieuze, wat oudere witte man met de ontbrekende vingers. Wat voert hij in zijn schild? Hij heeft de hele tijd een zwerm van dat soort jonge gasten om zich heen. Hij verblijft niet in het resort, maar is elke dag op het aangrenzende strand te vinden. Hij huurt een stoel en kijkt naar de kinderen die in het water spelen. Hij is in z'n eentje. Geen vrouw. Geen kinderen. Garcia's intuïtie fluistert hem in dat er iets niet klopt. Hij begint vragen te stellen en de mensen uit het dorp die in het vakantieoord werken zeggen: "O, let maar niet op hem. Dat is Pedo." '

'Pedro?' vroeg Faith voor de zekerheid.

'Nee, Pedo, zoals in *pedófilo*.'

Faiths maag balde zich samen. Ze zag het strand voor zich. De lachende kinderen. De enge man van middelbare leeftijd die hen aandachtig observeerde terwijl ze over de golven sprongen aan het strand van een familieresort.

Ze schudde haar hoofd. Tijdens de briefing over Martin Novak had niets naar pedofilie gewezen. De man had een dochter, die hij in zijn eentje had grootgebracht. Hij had in het leger gediend. Inderdaad, hij was bankrover en moordenaar, en dat maakte hem tot crimineel. Maar als deze nieuwe informatie klopte, was hij een monster.

'Hij werd Pedo genoemd omdat hij altijd naar de kinderen zat te loeren,' vervolgde Van Zandt. 'Soms gaf hij hun snoep, ongelogen. Soms bood hij aan op de kinderen te passen terwijl de ouders een eindje gingen wandelen.'

'Vonden ze dat goed?' Faith hapte bijna naar adem.

'Het was eind jaren negentig. Niemand wist dat keurige Amerikaanse mannen pedofielen konden zijn. Priesters waren nog heiligen. Jezus, we dachten nog dat Columbine iets eenmaligs was.'

Miranda legde weer een foto op tafel. 'Dit is de enige andere afbeelding die we van Pedo hebben.'

De man die Martin Novak moest zijn stond met zijn rug naar de camera, maar Faith herkende het T-shirt en zijn postuur van de eerdere foto. Zijn linkerhand-met-de-drie-vingers hing langs zijn zij. De jongen met wie hij stond te praten had een hoekig, wat sullig gezicht en een mottige sik en snor.

Dash.

'Pedo huurde een vakantiewoning op ongeveer driehonderd meter van het resort,' zei Van Zandt. 'Hij betaalde contant en ondertekende de huurovereenkomst met de naam "Willie Nelson".'

Hij gaf haar even tijd om de informatie te laten bezinken. Op de plek van de aanrijding hadden Carter en de rest van de mannen zich aan Will voorgesteld met valse namen die ze van countryzangers hadden geleend.

Willie Nelson was de belichaming van country.

Van Zandt vervolgde zijn verhaal: 'Inspecteur Garcia kreeg te horen dat Mr Nelson retraites hield voor gelijkgestemde zielen. Elke week verschenen zes Amerikaanse knapen, van die studententypes, met hun koffers. Aan het eind van de week gingen ze de grens weer over, waarop er zes nieuwe studenten opdoken. Zo ging het de hele zomer door.'

Faith had vragen, waarop ze al snel zelf de antwoorden bedacht. Vóór de terroristische aanslagen op 9/11 hoefden Amerikanen alleen maar hun rijbewijs te tonen om de grens bij Tijuana over te kunnen, en er werd niets geregistreerd. Gezichtsherkenningssoftware bestond niet, evenmin als kentekenlezers of digitale paspoorten.

'Dit is het vakantiehuis dat Pedo huurde.' Miranda liet een nieuwe foto zien, deze keer van een vervallen huis van twee verdiepingen met een grote veranda. Over de reling hingen rode hakenkruisvlaggen, als drogende badhanddoeken.

'Het was duidelijk dat Garcia niet undercover kon gaan,' zei Van Zandt, 'maar hij vroeg om versterking. Allereerst volgden ze de corpsballen wanneer die het huis verlieten. Wat ze zagen was dat de meesten bij Pedo op het strand rondhingen. Eén jongen zat in de bar naast het toiletgebouw. Een meisje van negen ging naar de wc. De jongen aan de bar zwaaide naar zijn kameraden op het strand. Ze zwaaiden terug. Daarop stond de jongen op van de bar en ging het toiletgebouw binnen.'

Faiths hand ging naar haar keel. 'Heeft hij haar iets aangedaan?'

'De Federales hielden hem tegen voor er iets fysieks gebeurde. Hij hield zijn hand voor haar mond, maar dat was alles,' zei Van Zandt. 'Ze sleepten hem mee naar het politiebureau, zetten hem in een verhoorkamer, en toen begon hij te praten.'

'Wacht eens...' Faith moest het weten. 'Was dat Dash?'

'Bingo!' zei Van Zandt. 'Garcia sloot hem op om hem onder druk te zetten. Toen hij eruit werd gehaald, was Dash maar al te bereid om te praten. Hij zei dat hij Charley Pride heette.'

De zoveelste countryzanger. Bovendien Afro-Amerikaans, wat erop leek te wijzen dat het een racistische grap was voor ingewijden.

'Dash putte zich uit in verontschuldigingen omdat hij het verkeerde toilet was binnengelopen,' vervolgde Dash. 'Hij zei dat hij te veel tequila had gedronken, dat hij geen Spaans sprak, dat hij zich eerlijk waar had vergist, en dat hij zijn hand voor haar mond had gelegd omdat ze was gaan gillen en hij in paniek was geraakt. Hij was een uiterst beleefde jongen, van het type "yes, sir" en "no, sir" en "sorry, sir". Hij vertelde Garcia dat hij vierdejaarsstudent was aan University College San Diego. Hij was laat aan zijn studie begonnen omdat hij eerst in het leger had gezeten. Hij was naar Mexico gekomen met een vriend, die de retraite wilde bijwonen. Hij beweerde dat hij pas had ontdekt dat zijn vriend een nazi was toen ze daar waren aangekomen.'

'En Garcia geloofde hem?' vroeg Faith.

'Totaal niet, maar zelfs Federales hebben bewijs nodig, vooral wanneer ze een Amerikaan aan de tand voelen. De moord op Kiki Camarena heeft een lange schaduw geworpen. Dus Garcia moest Dash laten gaan en het onderzoek sluiten, maar –'

Faith wilde iets zeggen, maar Van Zandt stak bezwerend zijn hand op.

'Twee weken later begint de hele situatie Garcia dwars te zitten. Hij gaat op eigen houtje naar het resort. Hij kleedt zich als een toerist. Hij gaat aan de bar zitten en wacht. En dan gebeurt het volgende. Het is hetzelfde scenario als eerst: Pedo op het strand met de corpsballen. Eén jongen zit aan de bar. Een meisje gaat het toiletgebouw binnen, ze is acht. De jongen aan de bar geeft een teken, maar deze keer gaat een tweede meisje, van een jaar of elf, twaalf, eveneens het gebouwtje binnen. Ze komt naar buiten met het jongere meisje. Ze neemt haar mee naar een schuurtje waar surfplanken zijn opgeslagen en laat het kind daar achter. Een minuut later verschijnen de jongens van het strand. Een van hen gaat naar binnen. De anderen blijven buiten op hun beurt wachten.'

Faith perste haar lippen op elkaar om hem niet te smeken zijn verhaal te staken.

'Garcia was alleen. Zodra hij opdook, gingen de jongens die bij het schuurtje stonden ervandoor. Hij greep de knaap die binnen was voor hij ook maar iets kon doen.' Van Zandt zweeg even. 'Behalve dan het arme meisje voor de rest van haar leven psychisch beschadigen.'

'Hoe zei de jongen dat hij heette?' vroeg Faith. 'Tim McGraw?'

'Garth Brooks,' zei Van Zandt. 'Wat behoorlijk dom was. Dat was destijds de grootste zanger op de planeet. Na ongeveer vijf seconden doorduwen had Garcia zijn echte naam te pakken, namelijk Gerald Smith, eenentwintig, woonachtig in San Diego. Hij komt met hetzelfde verhaal als Dash: "Sorry, sir, ik was een beetje aangeschoten, sir, ik wist niet dat dat meisje daar was, sir, ik dacht dat het het herentoilet was, dus daarom hing mijn *jalapeño* eruit, sir." ' Van Zandt schudde zijn hoofd. 'Garcia haalt zijn meerderen erbij. Hij laat Gerald opsluiten. Maar voor hij het doorheeft is Gerald alweer verdwenen.'

'Vermoord door de gevangenen?'

'Was het maar waar. Garcia denkt dat hij weer permissie had over de grens naar de vs te glippen. Pedo verdween op hetzelfde moment. De corpsballen waren 'm ook gesmeerd. Garcia was wat vaag wat de details betrof, maar ik kreeg de indruk dat zijn meerderen Gerald en Pedo als Amerikaanse problemen beschouwden en vonden dat Amerika maar een oplossing voor hen moest bedenken.'

Miranda zei: 'Ter afronding: er is geen substantiële overlapping tussen de wit-racistische beweging en pedofilie of kindermisbruik. In elk geval niet groter dan in de bevolking als geheel.'

'Wat een opluchting.' Faith wilde naar huis en onder de warme douche om de stank van die mannen af te spoelen. Ze hoopte vurig dat Dash op dat moment niet in de buurt van kinderen was.

Opeens bedacht ze iets.

'Hoe heb je de link gelegd tussen de Dash van de IPA en de Dash van 1999 in Mexico?' vroeg ze aan Van Zandt.

'Ik heb Carter dronken gevoerd,' zei Van Zandt. 'Wat Dash betrof hield hij zijn lippen altijd stijf op elkaar, maar ik bespeurde een verandering bij hem. Dat was zo rond de tijd dat Carter ongeduldig begon te worden. We waren halverwege een tweede fles Johnny Walker Red toen hij me op gedempte, eerbiedige toon over Dash' oorlogstijd begon te vertellen. Hij vertelde dat Dash een Navy SEAL was geweest, dat hij had meegedaan aan geheime operaties tot hij te veel wist en de overheid een huurmoordenaar op hem afstuurde en...' Van Zandt maakte een rukgebaar. 'Hoe dan ook, ik wist uit hem los te peuteren dat Dash een heel oude tattoo op zijn kuit had. In schrijfletters, gele inkt met een blauwe omtrek: *Freedom Is Not Free*.'

'Dat is een militaire tattoo,' zei Faith.

'Voornamelijk landmacht,' zei Miranda. 'SEALS kiezen voor de *frogman*, zo'n kikkergeraamte, de Seal-drietand, ankers, *toughest of the tough*. In '99 mocht een marineman geen tattoo op zijn onderbeen hebben. En geen marineman die met zo'n laffe kleur geel gezien wilde worden.'

Van Zandt nam het weer over. 'Ik heb de tattoo door de biometrische databank van de FBI gehaald, maar *nada*. Toen heb ik Interpol geprobeerd. Meestal klik je bij een match een link aan en dan kun je een aanhoudingsbevel of soms het dossier lezen. Het enige wat ik kreeg waren een naam en een telefoonnummer. Norge Garcia, *Inspector Jefe* bij de Policia Federal.' Hij haalde zijn schouders op. 'Dus ik pakte een vliegtuig en ging een praatje met hem maken.'

'Hij wist zich heel veel bijzonderheden te herinneren,' zei Faith.

'Hij had nog alle dossiers, foto's, aantekeningen, verklaringen. Het was hem altijd bijgebleven. Daarom had hij die tattoo op Interpol gezet. In '99 hadden ze amper computers. Zodra hij doorkreeg hoe een computer werkte, gaf hij een van zijn mannen opdracht om de informatie in te voeren. Garcia had het gevoel dat hij iets over het hoofd had gezien bij Dash. Intuïtie. Zelfs twintig jaar later zat het hem nog steeds niet lekker.'

Faith leunde achterover. Haar hoofd zat zo vol dat ze het nauwelijks meer kon bevatten.

'Novak heeft een dochter,' zei ze tegen Van Zandt. 'Die moet een jaar of tien, elf zijn geweest rond de tijd dat hij als Pedo op het strand rondhing.' Ze zweeg even, maar Van Zandt zei niets. 'Het meisje dat het kind meenam naar het surfplankschuurtje was van ongeveer die leeftijd. Novak liet zijn eigen dochter kleine kinderen meelokken voor hemzelf en zijn kameraden, toch? Dat beweer je namelijk.'

Miranda had nog een foto. 'Dit is de meest recente foto die we van Gwendolyn Novak hebben. Toen was ze negentien.'

Faith keek naar de fotokopie van een ID-bewijs van het Georgia Baptist Hospital. Gwen Novak was bepaald niet aantrekkelijk met haar muizige haar en droevige ogen. Faith zou haar droefheid willen doorgronden. Gwen was haar vaders pooier geweest. Ze had in een huis vol pedofielen gewoond. Het kon niet anders of ze was ook misbruikt. Maar toen was ze een werktuig geworden bij het misbruik van andere kinderen.

Miranda zei: 'Gwen was verpleeghulp en droomde van een opleiding tot verpleegkundige, maar destijds had ze niet eens een middelbareschooldiploma. Ze had al twee kinderen: een jongetje van tien maanden en een meisje van vijf.'

'Op haar negentiende?' Faith schaamde zich voor haar afkeurende toon. Zelf was ze vijftien geweest toen Jeremy werd geboren. En zij was niet door een racistische pedofiel grootgebracht. 'Hoe zit het met de vader van haar kinderen?'

Miranda schudde haar hoofd. 'Op beide geboorteakten is dat gedeelte niet ingevuld. Het meisje werd uiteindelijk ingeschreven op een basisschool aan de westkust, maar na een paar maanden werd ze al van school gehaald. De dienst gezins- en jeugdzaken vertrouwde het niet wat de baby betrof. Een van de buren vermoedde misbruik. Maar

Gwen trad in haar vaders voetsporen en verdween uit beeld. Geen creditcards, geen bankrekeningen, zelfs geen schoolverslagen over het meisje. Joy, de dochter, moet nu vijftien zijn.'

'Joy.' Faith zou houvast willen zoeken bij die naam. Ze zou willen geloven dat Gwen haar dochter had beschermd tegen haar vader de verkrachter en zijn vrienden. 'En de baby?'

'We hebben een overlijdensverklaring. Als doodsoorzaak wordt wiegendood genoemd.' Ze reikte Faith het formulier aan. 'Het arme kind is gestikt in zijn slaap.'

Faith nam het papier niet aan, alsof ze het noodlot over zich afriep door er alleen maar naar te kijken. Ze zou medelijden met Gwen willen hebben om alles wat ze als kind had moeten doorstaan, maar ze was nu een volwassen vrouw. Ze was niet langer een slachtoffer. Als ze een pedofiel toegang tot haar kind had gegeven, was ze zelf schuldig aan misbruik. Erger nog, want Gwen wist uit eigen ervaring hoe het was om een hulpeloos kind te zijn dat voortdurend met verkrachting werd bedreigd.

'Bedankt, Miranda,' zei Van Zandt. 'Je hebt geloof ik nog een vergadering.'

'Bedankt,' zei ook Faith. 'Het is allemaal even erg, maar toch bedankt.'

'Ik hoop dat ik heb kunnen helpen.'

'Dat zeker.' Faith wilde haar tas pakken, maar Van Zandt hield haar tegen. 'Wil je nog even blijven?'

Faith ging weer zitten. Ze keek op de klok.

15.52 uur.

Beau Ragnersen en Will waren nu waarschijnlijk in het park. Ze zouden Dash' knechtje om vier uur treffen. Het liefst zou Faith op de pauzeknop drukken en Will alles vertellen wat ze zojuist had gehoord. Dat militaire aspect was belangrijk. Dat Dash een pedofiel was. Beide feiten kon hij gebruiken om zich de groep binnen te wurmen.

Of er knapte eindelijk iets bij Will en hij beukte net zo lang op die klootzak in tot hij hem naar Sara bracht.

De deur zoemde toen Miranda de kamer uit liep. Van Zandt wachtte tot hij de klik hoorde en het rode lampje begon te draaien ten teken dat de ruimte weer beveiligd was.

'Oké, Mitchell,' zei hij. 'Brand maar los.'

Ze stond helemaal op scherp. 'Je hebt de strandfoto's van Garcia door de marine-inlichtingendienst laten analyseren om de plaats en datum van zijn verhaal te verifiëren. En nu wil je me vertellen dat je geen experts kunt vinden om de stompjes aan Pedo's linkerhand te bestuderen en aan Martin Novak te koppelen?'

'Al onze stompjesexperts zijn op cursus.'

Faith keek hem perplex aan. 'Nog geen kilometer verderop is een kerkhof waar ooit een parkeergarage heeft gestaan.'

Van Zandt liet zich niet de les lezen. 'Carter en Vale zijn dood. Hurley zit vast.'

'Dankzij mijn partner,' merkte Faith fijntjes op. 'Ik snap het verhaal over het leiderloze verzet en de eenlingen, oké? Maar de bankovervallen van Martin Novak hebben een half miljoen opgeleverd. Miranda zei dat elf september alleen kon slagen dankzij coördinatie, discipline en geld. Zoals ik het begrijp heeft de IPA dat allemaal, wat betekent dat het geen eenlingen zijn, maar een complete binnenlandse terreurorganisatie. En voor alle duidelijkheid: het is ongelooflijk slordig dat je chef het zo druk heeft met zichzelf in te dekken dat ze de FBI verhindert om zijn werk te doen.'

'O, hé, heb je dit gezien?' Hij hield het ID-kaartje omhoog dat aan het koord om zijn nek hing. 'Ik werk toevallig voor de FBI. En deze hele toestand vandaag, al het geheimzinnige gedoe, dat is de FBI die de plaatselijke politie een handje helpt. Want ik werk voor de FBI. En ik heb een informant van de FBI aangestuurd die me informatie over Dash heeft gegeven. En ik ben naar Mexico gevlogen om Dash te zoeken. En ik zit op ditzelfde moment met je te praten omdat ik, de FBI-agent, Dash wil vinden.'

Eigenlijk hoorde Faith haar excuses aan te bieden.

Maar zij liet zich evenmin de les lezen.

'Ik weet dat je thuis een kind van twee hebt,' zei Van Zandt. 'Dat soort mannen zijn net tweejarigen. Ze willen aandacht en zijn bereid alles te vernietigen om die aandacht te krijgen.'

Dat was een vuile streek. 'Wat weet jij van mijn kind?'

Van Zandt ging niet op haar vraag in. 'McVeigh heeft tientallen navolgers geïnspireerd. *The Unabomber Manifesto* heeft viereneenhalve ster op Amazon. Als we de pers vertellen dat de bomaanslag op het Emory het werk is van de Invisible Patriot Army zitten we straks met tientallen navolgers, en dan duikt Dash nog dieper onder dan hij nu al doet.'

Weer schudde Faith haar hoofd. 'Dash was begin twintig, werd onder druk gezet door een Federale en dreigde in een Mexicaanse gevangenis te worden opgesloten. Hij moet van alles en nog wat bij elkaar hebben verzonnen, dat kan niet anders. Misschien heeft hij inderdaad aan UC-SD gestudeerd. En dan de naam die hij aan Garcia gaf: Charley Price. Als je van het vaste patroon uitgaat, begint zijn echte achternaam met een P.'

'Fantastisch. Jij krijgt de stapel matrassen. Ik ga wel op zoek naar een prinses.' Hij nam zijn bril af en smeet die op tafel. 'Hoor eens, het is nog maar een dag geleden, Mitchell. Ik snap dat je je zorgen maakt om je agent. Wij allemaal willen Sara Linton terug. We willen Michelle Spivey terug. We werken nu al een maand aan die zaak, en we lopen tegen de ene muur na de andere op. Maar waag het niet te denken dat de FBI de IPA niet serieus neemt. En ik hou geen vergaderingen in een SCIF omdat ik van bazige, eigenwijze vrouwen hou.'

Ze trok haar wenkbrauwen op, want dat laatste kwam uit de lucht vallen.

'Sorry,' zei hij. 'Dat was als een compliment bedoeld.'

'Toch raar.'

Om tijd te rekken poetste Van Zandt zijn bril met de punt van zijn das. 'Bewijs. Dat hebben we nodig. Wat we nu hebben is giswerk en intuïtie. We dénken dat Novak op die strandfoto staat. We dénken dat het Dash is die met hem praat. We dénken dat Dash de leiding van de IPA heeft overgenomen toen Martin werd gearresteerd. We dénken dat Dash de vierde man was gisteren bij het Emory. We dénken dat de IPA

Michelle heeft ontvoerd. We dénken dat ze iets nog groters van plan zijn.' Hij keek op naar Faith. 'Nu we toch met onbewezen theorieën aan het smijten zijn, doe ik er eentje van mezelf bij: mijn intuïtie zegt dat Gwen Novak met Dash getrouwd is.'

'Shit.'

'Wat je zegt: shit, want er is geen trouwakte, er zijn geen financiële banden, geen overlappingen, maar ik maak hier het rekensommetje en weet hoeveel belang deze groepen aan bloedlijnen hechten. Als je het van de koning wilt overnemen, trouw je met zijn dochter.'

'Denk je dat Gwen meer kinderen heeft gekregen?' Faith voelde zich zo onpasselijk dat ze er hoofdpijn van kreeg. 'Dat is toch haar taak? Ze lokt kinderen voor haar vader en die corpsvriendjes van hem? Misschien heeft Gwen een makkelijker manier gevonden met Dash... Ze zorgt voor een eigen voorraad.'

Van Zandt wreef zo hard over zijn bril dat de lens doorboog.

'Martin Novak zit vast,' zei ze. 'Ga naar hem terug en –'

'Novak heeft al ruim een jaar niet gepraat, en het is onwaarschijnlijk dat hij daar nu mee begint.' Van Zandt zette zijn bril weer op. 'Novak wíl dat het gebeurt, wat het ook is. Hij kon zijn lol niet op toen hij gisteren over die explosie hoorde. Hij wil dat er mensen doodgaan. Hij wil de maatschappij ontwrichten en de regering ten val brengen. Hij begrijpt dat er na zijn arrestatie een leiderschapsvacuüm is ontstaan. Als er een groot plan bestaat, dan maakt Novak daar geen deel van uit. En dat vindt hij best. Hij wacht heel rustig af wat er komt.'

Faith wist dat hij gelijk had. Als lid van het speciale transportteam had ze urenlang op Novak gestudeerd. De man leefde voor chaos. 'En, wat doen we nu? Hoe ziet het plan eruit?'

'Ik zet mijn informanten aan het werk. Carter is niet de enige witte racist met wie ik zaken doe.'

'Carter was anders een groot succes.'

Van Zandt nam de steek onder water met een glimlach in ontvangst. 'Het vinden van die jongens is het moeilijkst. Als ik ze eenmaal te pakken heb, komt het neer op de RASCLS-benadering.'

Faith probeerde haar opwinding over het voor haar nieuwe acroniem te verbergen. 'Probeer je indruk op me te maken met vakjargon?'

'Uiteraard,' zei Van Zandt. 'Hoe maak je van een crimineel een informant? RASCLS: *Reciprocation. Authority. Scarcity. Commitment. Consistency. Liking. Social proof.* Gelukkig ben ik expert op het gebied van empathie, sympathie en het uitdelen van geld.'

Faith kon niet om de vraag heen: 'Weten ze niet dat je Joods bent?'

'Ja, maar het grappige is: je stopt ze wat geld toe, je houdt ze uit de gevangenis, je luistert naar hun problemen zonder een oordeel te vellen, en opeens is het: "Hitler? Ik weet amper wie dat is." '

Faith schonk hem een geforceerd lachje, alleen om hem tegemoet te komen na alle recente narigheid.

'Ik heb informanten in alle belangrijke groepen,' zei Van Zandt, 'maar we zitten te springen om iemand uit de IPA. Daar werk ik naartoe: een man die iemand kent die iemand kent. De IPA telt nu vier man minder. Geen gewone mannen, maar soldaten. We weten niet hoe Dash er fysiek aan toe is na dat auto-ongeluk. Wat hij hierna ook van plan is, er is wel een zekere expertise voor nodig. Volgens Carter bestaat Dash' groep uit oude mannen en jongens. Soldaten zoals Carter, Hurley, Monroe en Vale waren de echte leiders. Dash zal een aantal ter zake kundige mannen moeten rekruteren, en snel ook.'

Faith keek op de klok.

15.58 uur.

Beau en Will zaten nu te wachten op het knechtje van Dash.

'Waarom ben ik hier?' vroeg ze.

'Is dat een existentiële vraag?' Hij zag dat ze er deze keer niet om kon lachen. 'Mijn chef wil dat jullie erachter komen met wat voor mensen jullie te maken hebben. De IPA heeft Sara Linton te pakken. We weten dat ze familie is. Jullie familie is onze familie.' Nu kwam hij ter zake. 'Beneden ligt een dossier op je te wachten met alles wat we weten over de ontvoering van Michelle Spivey. Ik heb alles wat topgeheim is moeten bewerken, maar haar lokaliseren is moeilijker dan gedacht. Misschien dat een tweede paar ogen er iets uithaalt waar twintig van onze analisten overheen hebben gekeken.'

‘Oké,’ zei Faith. ‘Ik kan je de forensische rapporten van het motel sturen, en de autopsierapporten. Alles wat we hebben is van jullie.’

‘Alles?’ vroeg hij.

Faith kon zijn toon niet goed doorgronden. Of hij dacht dat ze loog, of het was een nogal onhandige poging tot flirten.

Ze draaide de Magic Eight Ball in zijn richting. ‘Mijn bronnen zeggen nee.’

DERTIEN

Maandag, 5 augustus, 15.58 uur

Kreunend klom Will uit Beau Ragnersens pick-up. Het aspirientje was duidelijk uitgewerkt. Zijn spieren zaten op slot. Hij keek om zich heen, zag een paar auto's, wat wandelaars met honden, maar verder heerste er middagrust in het Albert-Banks Park. Will knikte naar Beau ten teken dat hij voor moest gaan. De man hield zijn hoofd recht en had zijn handen in zijn zakken. Will volgde zijn voorbeeld en liep achter hem aan over een strook keurig gemaaid gras.

Ze droegen geen van beiden een tracker. Amanda had het niet voorgesteld, en Will zou het hebben geweigerd. Waar hij zich zorgen over maakte, was dat hij niet weg zou komen met zijn achtergrondverhaal. Volgens zijn referenties was hij een ex-soldaat die zijn gram wilde halen. Will had die identiteit eerder gebruikt en had door schade en schande geleerd dat zijn kennis van militair jargon te wensen overliet. Sindsdien had hij niet de tijd genomen om zijn rol in te studeren. Er zat niets anders op dan zich als een zwijgzaam, dreigend type voor te doen. Dat zwijgzame had hij van nature. Het dreigende kostte hem geen moeite sinds Sara was ontvoerd.

Will had zich nog steeds niet geschoren. Zijn handen lagen open. Hij droeg een honkbalpet en zonnebril. Zijn gekreukelde grijze pak lag in zijn kluis op het werk. Hij had een spijkerbroek aangetrokken en een zwart T-shirt met lange mouwen, dat hij normaal naar de sportschool droeg. De stof spanden om zijn biceps. Zijn hardloopschoenen zaten onder de roestrode strepen, die aan opgedroogd bloed deden denken.

Verf.

Twee maanden eerder had hij zijn badkamer opgeknapt om Sara te verrassen. Pas toen ze hem erop had gewezen, had hij beseft dat de kleine ruimte door de chocoladebruine muren nog kleiner leek. Hij had een nieuwe toilettafel geïnstalleerd zodat ze plek had voor haar spullen. Hij had de muren rood geverfd voor een wat lichter effect, en vervolgens had hij drie lagen lichtgrijs op het rood aangebracht omdat Sara zich bijna dagelijks op een bloederige plaats delict bevond. Waarschijnlijk wilde ze daar tijdens het douchen niet aan herinnerd worden.

Beau had zijn handen uit zijn zakken gehaald. Met een hoorbare zucht verliet hij het verharde pad. Hij liep te mokken, wat behoorlijk irritant was. Hij had duidelijk aangegeven dat hij hier tegen zijn zin was. Amanda had duidelijk aangegeven dat hij in de gevangenis zou sterven als hij Will niet hielp bij de IPA binnen te dringen.

Hoe dat moest gebeuren was nog steeds de vraag.

Beau zuchtte opnieuw toen hij in de richting van het honkbalveld liep. Will nam de plunjezak vol medicijnen in zijn andere hand. Hij balde zijn vuist. Hij zei tegen zichzelf dat het een slecht idee zou zijn om Beau een dreun tegen zijn nek te verkopen als hij nog één keer zuchtte.

Hij deed dit voor Sara. Alleen daarom ontspande hij zijn vuist. Hij moest Dash' knechtje zien over te halen hem aan de leider voor te stellen. Beau had het over een man in een busje gehad, die als back-up dienstdeed wanneer er pillen werden verhandeld. Will vermoedde dat de chauffeur van het busje zich hoger in de voedselketen bevond. Dat was de man die hij moest spreken. Dash had vier mannen verloren. Hij was iets groots van plan. Kennelijk werkte hij graag met ex-politiemensen en ex-militairen, en hij was vast actief aan het werven. Wills eerste horde was dat hij Dash' knechtje moest overhalen de chauffeur te bellen. De tweede horde was ervoor te zorgen dat de chauffeur hem niet door zijn hoofd schoot.

Hij keek om zich heen. Geen busje te bekennen.

Beau nam weer een afslag en zuchtte nogmaals.

Zweet droop in Wills ogen. Hij was blij met de zonnebril. De zon beukte op zijn hoofd. Het liefst had hij Faith in de buurt gehad. Ze had ongetwijfeld een belangrijke vergadering, maar als het uit de hand liep, wist hij dat hij op haar kon bouwen.

Hij zag de eerste undercover GBI-agent op een bank bij de speeltuin zitten. Vóór haar stond een kinderwagen. Ze zat over haar telefoon gebogen. Een andere agent was aan het joggen over een verhard pad tussen de tennisbanen en een van de honkbalveldjes. Op het achterste parkeerterrein stond een groene stationcar met een mannelijke en een vrouwelijke agent die gehuwde mensen speelden die niet met elkaar getrouwd waren. Een tweede volgauto stond geparkeerd bij een kroeg verderop in de straat, en een derde bij de waterzuiveringsinstallatie, maar zoals Will het zag, zou niets van dat alles werken, want zijn intuïtie zei dat Beau hem ging belazeren.

Moest hij naar zijn intuïtie luisteren?

Het was niet zozeer Beaus sneue gezucht of zijn slepende Charlie Brownloopje dat Will een slecht gevoel bezorgde. Het kwam doordat de man een junkie was, en een junkie gaf maar om één ding: high worden. Van Amanda had Beau een handjevol pillen in zijn zak mogen houden, maar nog voor ze het gebouw uit waren geweest, had Beau ze als kauwgommetjes weggehapt. Voor de ex-commando was het rekensommetje even simpel als voor Will. Uiteindelijk raakten de pillen op, en tegen die tijd zou Beau weleens aan de verkeerde kant van de tralies kunnen zitten.

Will probeerde zich in Beau te verplaatsen. De man kon zich op drie manieren uit deze situatie redden. Hij kon Dash' knechtje een teken geven dat Will een smeris was. Het knechtje zou Will neerschieten, einde verhaal. Beau kon er ook vandoor gaan. Ver zou hij niet komen, maar dat wist hij niet. De derde optie was het meest zorgwekkend. Beau was een uitstekend getrainde gevechtssoldaat. Al werkte zijn brein slechts op halve kracht, zijn spieren wisten hoe je een man moest doden. Wills stiletto zat in zijn zak, maar hij kon er nog niet goed mee overweg. Zijn Sig Sauer drukte tegen de onderkant van zijn rug, in een holster aan de binnenkant van zijn tailleband. Hij kon zijn wapen razendsnel trekken, maar niet met een gebroken nek.

'Deze kant op.' Beau liep langs het wigvormige hek om het honkbalveldje. Hij keek op zijn horloge, en Will volgde zijn voorbeeld.

15.58 uur.

Ze hadden om vier uur met het knechtje afgesproken. Er was geen weg terug. Wat Beau ook van plan was, het was niet geïmproviseerd. Hij wist allang wat hij ging doen. Hij maakte een nadenkende, bijna beschouwende indruk toen hij met zijn hand over het harmonicagaas streek.

Wills intuïtie vuurde weer een alarmsignaal af.

Oog in oog met gevaar fokten sommigen zichzelf helemaal op. Ze sloegen zich op de borst, brulden om bloed, waren zo blind van de adrenaline dat ze recht in de kogelregen renden. Je had ook het andere type, dat wist dat je de hel die ging losbarsten alleen kon overleven door jezelf in trance te brengen.

Beau behoorde tot het tweede type. De verandering was zichtbaar. Het kwam niet door de pillen. Zijn training had het overgenomen. Zijn ademhaling vertraagde. Het gestress en gezucht was opgehouden. Hij was een en al zen, als een boeddhistische monnik.

Will herkende de tekenen, want hij ervoer hetzelfde.

'Hier is het.' Beau klom naar de derde rij van de tribune en ging zitten. Weer keek hij op zijn horloge. 'Ga maar zitten. Hij komt nog weleens te laat.'

'Waar is het busje?'

'Hoe moet ik dat weten?' Beau strekte zijn benen. 'Die gasten zijn niet dom. Hij komt echt niet aanrijden om zich aan je voor te stellen. Daar is het knechtje voor.'

Will dumpte de plunjezak op de stoel tussen hen in. Hij ging zitten. Hij keek naar het honkbalveld. Het had een mooi hek, bekleed met zwarte kunststof. Will, die altijd in de stad had gewoond, voelde zich niet op zijn plek in het park. Er waren geen naalden of junkies of zwervers. Alleen vrouwen in Gucci, die hun perfect getrimde honden uitlieten.

Hij had al een luchtfoto bestudeerd van het groene terrein van tien hectare. Het voltallige undercoverteam had urenlang strategieën uitgewerkt, alternatieve routes en scenario's voorgesteld, de beste plekken besproken voor het parkeren van de auto's en het plaatsen van de vrouwelijke agenten. Twaalf verlichte tennisbanen. Drie honkbalvelden.

Een oefenveldje met rubberen ondergrond. Een tennisclub. Een groot picknickpaviljoen.

Will probeerde zich te oriënteren. Links en rechts waren altijd problematisch voor hem geweest, maar hij wist dat ze naast de thuisplaat op het binnenveld zaten dat het verst van de hoofdweg was verwijderd. Achter hem waren de graveltennisbanen, wat betekende dat het footballveld van de basisschool zich aan de andere kant van het bos bevond.

De school was verboden terrein, om voor de hand liggende redenen. Een uur geleden had de laatste bel geklonken, maar er waren naschoolse activiteiten en er bevonden zich nog minstens honderd leerlingen en een handjevol leraren en overig personeel in het gebouw. Theoretisch zou Dash' knechtje uit die richting kunnen komen. Beau had gezegd dat de man zijn auto op het nabijgelegen parkeerterrein zou achterlaten, maar Beau was een leugenachtige junk.

Het probleem was dat Will het knechtje in geval van nood niet met zijn wapen in de aanslag tot op het schoolplein kon achtervolgen. De undercoveragenten konden een volgauto niet bij de school parkeren zonder de schoolbeveiliging te alarmeren, en de beveiliging zat er niet op te wachten dat het GBI op hun terrein een geheime operatie uitvoerde. Ze zouden er helemaal de pest over inhebben als ze ontdekten dat de operatie in een openbaar park plaatsvond.

Will moest Sara koste wat kost vinden, maar ze zouden het hem geen van beiden vergeven als hij per ongeluk een kind raakte.

'Gast,' zei Beau, 'het lijkt wel of je pijn hebt.'

Will haalde zijn schouders op, alsof zijn gewrichten niet in beton waren gegoten.

'Je zegt het maar, man. Ik geef je zo een percocetje, geen probleem.' Beau stak zijn hand in zijn zak en bood Will een rond wit tabletje aan.

Will overwoog de pil aan te nemen. Hij zou hem niet innemen, maar het kon geen kwaad om Beau aan zijn kant te krijgen. Het was moeilijk om een man te doden als je hem kende. Als hij het aanbod afwees, kon dat hem er weer aan herinneren dat Will een smeris was en dat de politie hem bij zijn ballen had.

'Dan moet je het zelf weten.' Beau floepte de pil in zijn mond en slikte hem grijnzend door.

Will keek naar het veld. Op de banen achter hem klonken de geluiden van een verhit partijtje tennis. Hij draaide zich om toen hij de klik van een aansteker hoorde.

Er bungelde een sigaret uit Beaus mondhoek.

'Uitdoen,' gebood Will.

Beau tuurde door de rook heen. 'Doe eens rustig, man.'

Will gaf hem een stomp tegen zijn oor.

Beaus armen vlogen omhoog toen hij met moeite zijn evenwicht bewaarde. De sigaret viel tussen zijn lippen uit. Vloekend raakte hij zijn oor aan om te voelen of het bloedde. 'Jezus. Dimmen, vriend.'

'Ik ben je vriend niet,' zei Will, hem opnieuw inwrijvend dat ze niet aan dezelfde kant stonden. 'En waag het niet nog eens iets te doen waardoor ik denk dat je naar Dash' man zit te seinen.'

'Relax, oké? Ik zat niet te seinen.' Met de punt van zijn schoen drukte Beau de sigaret uit. Hij leunde achterover. De diepe zucht die hij slaakte had rechtstreeks uit een misthoorn kunnen komen.

Will keek naar zijn hand. Hij had het vel opnieuw opengehaald aan Beaus oor. Hij draaide zijn pols zodat het bloed over zijn handpalm gleed, net zoals hij vroeger, toen hij klein was, met rupsen deed.

Een van de eerste keren dat Will in Sara's appartement was geweest, hadden zijn handen gebloed. Hij had zich even daarvoor uitgeleefd op een weerzinwekkend type, wat begrijpelijk was, maar dat was niet het soort agent dat hij wilde zijn. Sara had hem op de bank laten plaatsnemen. Ze had een kom warm water gehaald, zijn wonden schoongemaakt, de sneetjes verbonden en gezegd dat het toegeven aan slechte neigingen een gewoonte was waaraan je je kon overgeven of waarmee je kon breken.

Will veegde zijn hand af aan zijn broek. Het boeide hem niet meer wat voor soort agent hij was. Hij was de man die Sara thuis ging brengen, naar haar familie.

'Daar zul je 'm hebben,' zei Beau.

Dash' knechtje was op het parkeerterrein, exact op de plek die Beau had aangegeven. Hij stapte uit een blauwe vierdeurspersonenwagen. Nog steeds was er geen busje te bekennen. Het knechtje stak met schommelende pas het terrein over. Even later liep hij om het hek aan de achterkant van het veld heen. Kort donker haar, een wit polohemd, een korte kaki cargobroek en witte sportschoenen. Hij was begin twintig, en te oordelen naar de belangstellende blik waarmee hij naar het oefenveld keek, had hij op school in het honkbalteam gespeeld. Zijn honkbalpet zat omgekeerd op zijn hoofd. Hij droeg een *wraparound* zonnebril. Een blauwe canvas rugzak hing over zijn schouder. Hij leek net een student op weg naar een bierfeest.

'Heb je hem eerder gezien?' vroeg Will.

'Nee, maar zo zien ze er allemaal uit.' Beau stond op. Hij liep naar het hek, duwde zijn handen in zijn zakken en wachtte.

Will liet de plunjezak op de tribune liggen en ging naast Beau bij het hek staan. Hij keek naar de afgesleten thuisplaat. Hij telde de seconden af en keek toen naar de jongen.

Het knechtje deed zich onverstoorbaar voor. Hij had totaal geen haast. Beau had Will al verteld hoe het doorgaans ging: het knechtje liep achter hem langs en verwisselde de inhoud van de plunjezak voor die van zijn rugzak, waarna hij een rondje om het veld maakte en weer in zijn auto stapte.

Het echte James Bondwerk.

Deze keer werd Beau geacht het knechtje aan te houden voor een praatje. Dan zou hij Will voorstellen als een oude legerkameraad. Hij zou zeggen dat ze Dash wilden spreken, waarop het knechtje de man in het busje ging bellen. Will zou met een nog nader te bepalen tovertruc een uitnodiging om de leider te ontmoeten weten los te peuteren.

Alleen had het knechtje duidelijk geen zin om het spel mee te spelen.

Op twintig meter afstand was hij blijven staan.

Will kon de raderen in zijn hoofd bijna horen klikken. Er was de jongen verteld dat hij maar één man bij de tribune zou treffen. Nu waren er twee mannen. Kon de ruilhandel nog doorgaan?

Het knechtje keek achterom, naar zijn auto. Hij liet zijn blik over het parkeerterrein gaan. Langs de bosrand. Hij keek naar de tennisbanen. Hij keek op naar de lucht – zocht hij drones? Ten slotte richtte hij zijn aandacht weer op Beau en Will. Zijn hand verdween in zijn zak. Hij tikte op het scherm van zijn telefoon en bracht die naar zijn oor.

'Wat doet-ie?' vroeg Will.

'Hij bestelt pizza.' Beaus handen hingen nu losjes langs zijn zij. Klaar om te vechten? Om ervandoor te gaan? Om een teken te geven?

Weer zocht Will het busje. Hij zag niets, alleen de agenten, die elk moment in actie konden komen. Maar aangezien ze geen tijdreizigers waren, zou elke actie tevergeefs zijn. Tegen de tijd dat ze bij hem zouden zijn aangekomen, hoefden ze alleen nog maar de lijkschouwer te bellen.

Zo achteloos mogelijk bracht Will zijn hand naar zijn rug. Zijn vingers sloten zich om de Sig Sauer P365. Het was een compact pistool, bedoeld om verborgen gedragen te worden, maar er gingen tien kogels in het magazijn en één in de kamer. De meeste agenten trainden met hun dienstwapen. Will had uren met de Sig op de schietbaan doorgebracht. Hij schoot raak met om het even welk wapen. De greep was kort, maar hij lag vast in de hand. Binnen een seconde kon hij het wapen trekken en afvuren.

Het knechtje was klaar met bellen. Will vermoedde dat hij nog steeds twijfelde. Weggaan of blijven? Orders opvolgen of zien wat ervan kwam? Het was een mager joch, met slungelige benen en armen die gewend waren halters te heffen en met knuppels te zwaaien, maar niet geschikt om het tegen twee volwassen mannen op te nemen of te rennen voor zijn leven.

Hij begon weer te lopen, het hele eind naar de tribune. Hij probeerde zich zo normaal mogelijk te gedragen, maar zijn hand was in zijn zak verdwenen en hij had net zo goed een bordje aan zijn ballen kunnen laten bungelen met de tekst WAPEN.

'En?' Hij hief zijn kin in Wills richting, want hij ging ervan uit dat Will de leiding had.

'Zeg tegen Dash dat we moeten praten,' zei Beau.

Het knechtje voelde er duidelijk niets voor om het via een ander knechtje te spelen. 'Alles goed?' vroeg hij aan Will.

'Hij is jouw contactpersoon niet, eikel.' Beau gaf de jongen een stomp tegen zijn borst. 'Zeg tegen Dash dat ik meer geld wil zien.'

'Waarvoor?'

'Om je moeder te neuken.'

Will was het knechtje twee seconden te snel af.

Hij wilde zijn wapen uit zijn short halen. Beaus handen vlogen al omhoog, want ook hij had voorspellende gaven. Hij stond klaar om het wapen af te pakken en op de jongen te richten.

Alleen was de short van het knechtje te slobberig. Wat bezielde die gasten dat ze hun wapen in hun zak bewaarden? Hij had het in een holster moeten steken, of in zijn rugzak, of misschien had de sukkel gewoon beter op zijn omgeving moeten letten, want hij had geen idee wat hem te wachten stond, tot Will hem een keiharde trap tegen zijn knie gaf.

Het klonk als een knuppel die een honkbal raakte.

De jongen viel op de grond. 'Fuck!' schreeuwde hij. Hij rolde op zijn zij en klampte zijn knie vast. Hij maakte zich drukker om het bloed dan om het beschadigde kraakbeen. Begrijpelijk, want hij zou pas doorhebben hoe belangrijk het kraakbeen was als hij het woord twintig jaar later uit de mond van een orthopedisch chirurg hoorde.

'Goed werk, man.' Beau knikte instemmend. Hij had het wapen in zijn hand, een Glock 19, maar het was niet Wills Glock 19. Hij richtte het ook niet op Will, en daarom mocht hij het houden.

'Bel je baas,' zei Will tegen het knechtje.

'Ik ga niet...' De pijn benam hem de adem. 'Fuck, man, is het normaal dat mijn knieschijf zo raar heen en weer beweegt?'

'Doet me een beetje aan stoofvlees in blik denken.' Beau moest lachen. 'Nee, jongen, dat ziet er niet best uit.'

'Fuck!'

Will graaide in de zak van de knaap tot hij zijn telefoon had gevonden. Hij zocht het laatst gebelde nummer op. Er stond een initiaal naast: de letter G.

Will tikte op de beltoets.

Een 'hallo' kon er niet af. 'Kevin, jezus. Ik zei dat je op moest schieten. We hebben die pillen nodig. Dit is een operatie op infanterieniveau.'

Will slikte voor hij het woord nam. Was de stem aan de andere kant van de lijn die van Dash? Hij klonk geërgerd, zoals je klonk als je zoon een deuk in je auto had gereden.

'Dit is Kevin niet,' zei Will. 'Van Beau heb ik begrepen dat jullie een paar man tekortkomen. Ik heb met hem in het Midden-Oosten gevochten, bij CSR.'

Combat Search and Rescue.

'Ben je geïnteresseerd of niet?' vroeg Will.

De man zweeg, dacht na. Toen ademde hij diep en lang uit. Het was geen zucht, maar een teken van groeiende ergernis. Zo'n zucht van: *dit kan er vandaag ook nog wel bij!*

'Geef me Beau,' zei hij.

Voor Will de telefoon aan Beau gaf, keek hij hem waarschuwend aan.

Beau schoof de Glock in zijn broekband. Hij glimlachte nog steeds. Will kon niet zeggen of hij high was van de pillen of genoot van het plotselinge geweld. 'Met mij,' zei hij. 'Ja, ik ben een sukkel. Ja, dat snap ik.' Hij keek Will met opgetrokken wenkbrauwen aan, alsof hij op zijn kop kreeg van zijn leraar. 'Ja, weet ik, maar...' Hij schudde zijn hoofd. 'Hoor eens, Gerald, ik heb niet...' Weer zweeg hij. 'Hou je bek nou eens even, klootzak, zodat ik ook wat kan zeggen.'

Gerald.

Wills lippen weken uiteen, en nu zuchtte hij zelf van ergernis. Vervolgens bedacht hij dat Kevin een knechtje was en Gerald zijn baas, wat betekende dat de man boven Gerald heel goed Dash kon zijn.

Beau lachte in de telefoon. 'Dash heeft gezegd dat hij me zou belonen als ik wat eersteklaskerels voor hem vond.' Hij keek Will meesmuilend aan, als om te bevestigen dat hij deze informatie niet met Amanda had gedeeld. 'Hij heet Jack Wolfe, luchtmobiel, taaie gast. Ik sta voor hem in. Mijn woord hoort voldoende te zijn, en als dat niet zo is, mag je mijn vette reet likken.'

Grijnzend overhandigde Beau de telefoon aan Will.

Het liefst had Will hem ermee om zijn oren geslagen, maar in plaats daarvan zei hij: 'Met mij.'

'Wolfe.' Gerald zweeg even en vroeg toen: 'Hoelang ben je er al uit, jongen?'

Hij klonk niet oud genoeg om Will 'jongen' te kunnen noemen. 'Lang genoeg om te weten dat het allemaal bullshit was.'

Beau moest lachen.

Weer zweeg Gerald. Hij dacht na. Alweer.

Will dacht ook na. Beau gedroeg zich vreemd. Hij was te opgefokt, stond op zijn tenen te wippen. Daar kon Will niets aan veranderen. Beau deed nou eenmaal wat hij moest doen. Kevin was een andere kwestie. Als Gerald nee zei, had Will nog altijd het knechtje. Als het nodig was, zou hij zijn Sig in de mond van het joch stoppen en zijn vinger om de trekker leggen.

'Ik bel je terug,' zei Gerald.

De verbinding werd verbroken. Will keek hoe laat het was.

16.03 uur.

Als het langer dan twee minuten duurde, zocht Gerald zich een weg langs de commandoketen naar boven. Als hij er minder dan twee minuten over deed, belde hij Dash rechtstreeks.

In dat laatste scenario was Gerald de rechterhand van Dash.

Will stopte de telefoon in zijn zak. Hij reikte naar beneden en pakte Kevins rugzak.

'What the fuck?' protesteerde Kevin.

Will wenkte Beau mee naar de tribune. Het zweet stond in zijn handen. Alles in hem wilde de telefoon in de gaten houden tot hij overging en hij wist of hij een stap verder was in zijn zoektocht naar Sara, of zo meteen Kevin tegen de grond moest slaan.

'Gast,' zei Kevin. 'Kom, geef hier.'

'Hou je bek.' Will trok de rits van de rugzak open. Hij deed alsof hij de pakken geld bekeek, maar ondertussen zei hij mompelend tegen Beau: 'Van Dash moest je toch een stel mannen meenemen?'

Beaus mondhoeken schoven nog een eindje verder naar boven.

'Ik stel me zo voor dat een man als Dash niet veel mensen vertrouwt,' zei Will. 'Hij vertrouwt jou wel. Je hebt dus gelogen over hoe goed je hem kent.'

Beau schoof zijn handen weer in zijn zakken. Hij was niet op ruzie uit, maar wilde alleen wat met Will kloten. 'Je moet altijd een paar troeven achter de hand houden, toch?'

Will zei: 'Denk daar nog maar eens goed over na wanneer je van de bewakers je enkels moet vasthouden en hoesten.'

Beau lachte.

'Dacht je dat dat een grap was?' Will telde het geld. In de rugzak zat minstens dertigduizend dollar. 'Als je me dat nog één keer flikt –'

Hij maakte zijn dreigement niet af, want de telefoon ging.

16.04 uur.

Hij kreeg kotsneigingen, maar hij liet het ding twee keer overgaan voor hij opnam. 'Ja?'

'Oké, Wolfe,' zei Gerald. 'Bedank je maat maar omdat hij voor je in wil staan. Kapitein Ragnersens woord weegt zwaar bij de baas.'

Will opende zijn mond en nam een hap lucht. 'Hoeveel?'

'Ik geef je tienduizend voor een klein klusje dat vanavond op het programma staat. Een test om te zien wat je waard bent.'

In gedachten telde Will tot vijf. 'Hoe klein is dat klusje?'

'Weinig risico. Snel naar binnen en weer naar buiten. We hebben het eerder gedaan. We hebben een mannetje binnen.'

'Risico is er altijd,' zei Will. In de stilte die viel telde hij weer tot vijf. Tienduizend kreeg je voor een moord. Of deze mannen hadden geen idee wat de straatwaarde van een huurmoordenaar was. 'Vijftienduizend,' zei hij.

'Deal,' zei Gerald, wat betekende dat Will om twintigduizend had moeten vragen. 'Geef de telefoon maar aan Kevin.'

Met moeite zijn vreugde verbergend overhandigde Will de telefoon aan Kevin. Hij was binnen. Weliswaar op het randje, maar hij was binnen.

'Yes, sir,' zei Kevin tegen Gerald. Het jankerige was uit zijn stem verdwenen. 'Ja, ik weet waar dat is. Ik kan bij hem zijn over vijftien of twintig… Oké, maar –'

De verbinding werd verbroken.

Kevin stopte de telefoon in zijn zak. 'Help me eens overeind, Slenderman.'

Will greep zijn arm en hees hem als een lappenpop omhoog.

'Verdomme, dat doet pijn.' Kevin strompelde naar de tribune. Bloed was in zijn schoen gestroomd. Aan de bovenkant van zijn knieschijf schemerde iets wits. Hij liet zich op een stoel vallen en trok de rits van de plunjezak open. Ze hadden onmogelijk een gps-tracker tussen de medicijnen kunnen verstoppen. Beau was heel duidelijk geweest over hoe alles klaargemaakt moest worden. De pillen waren in geëtiketteerde ziplockzakjes gestopt. De zalfjes en crèmes waren uit de dozen gehaald, met elastiek samengebonden en nog verzegeld.

Kevin verwisselde de stapels geld uit zijn rugzak voor de inhoud van de plunjezak. 'Ik wil jullie telefoons en ID-kaarten,' zei hij.

'Fuck you,' zei Beau.

Kevin haalde zijn schouders op. 'Jij staat voor hem in. Gerald heeft gezegd dat jij en Wolfe samen meegaan, en anders gaat er niemand mee.'

'We gaan allebei.' Will gooide zijn portefeuille op een stoel. 'Ik heb geen telefoon bij me. Ik wil niet door de overheid gevolgd worden.'

'Geen probleem,' zei Kevin. 'Ik snap het, man.'

Wills portefeuille was opengevallen. Het rijbewijs en de creditcard stonden op zijn valse naam: Jack Phineas Wolfe. Tenzij de IPA toegang had tot de servers van het Pentagon, zouden Wolfes militaire geschiedenis, een contactverbod en twee veroordelingen wegens rijden onder invloed iedere achtergrondcontrole kunnen doorstaan.

'Kom op, jongen,' zei hij tegen Beau. 'We gaan.'

'Wat een teringzooi.' Beau schudde zijn hoofd, maar hij legde wel zijn portefeuille en telefoon erbij.

Will keek naar zijn gezicht. Niets aan Beau gaf hem een goed gevoel. Hij had zich te snel gewonnen gegeven. Ook al was hij zo stoned als een aap, toch had hij zich de Glock toegeëigend. Will had Geralds kant van het gesprek met Beau niet gehoord. En hij wist ook niet wat Gerald tegen Kevin had gezegd.

Zijn intuïtie liet alle alarmbellen afgaan.

'We rijden wel met de pick-up achter je aan,' zei hij tegen Kevin.

'Jullie gaan niet met mij mee. Gerald gaat over de missies. Heeft een van jullie een aanhoudingsbevel uitstaan in North Carolina?'

North Carolina?

'Wie brengt ons naar Gerald?' vroeg Will.

'Doe eens rustig.' Kevin stopte de portefeuilles en Beaus telefoon in zijn rugzak. 'Hij stuurt ons een locatie.'

Will bedwong de neiging verder te kijken dan het parkeerterrein. Beau had gezegd dat Dash voor elke afspraak een nieuw knechtje stuurde, maar hij had niets gezegd over de man in het busje. Het was duidelijk dat hij Gerald kende. Hij had gelogen over zijn relatie met Dash. Will concludeerde dat zowel Beau als Gerald elke uitweg uit dit park kende. En geen van beiden maakte zich druk om de kinderen in de naburige school.

'Hoe zit het met mijn geld?' vroeg Beau aan Kevin.

'Geef me de sleutels van je pick-up. Dan leg ik het onder de stoel.'

Opnieuw gaf Beau zich gewonnen. Hij gooide Kevin de sleutels toe. Zijn handen hingen weer los langs zijn zij. Hij was weer helemaal zen, klaar voor actie.

Kevins telefoon begon te tjilpen. Will zag een speldenknop op een kaart. Gerald had hem een locatie gestuurd.

'Die kant op.' Kevin wees precies in de richting die Will had verwacht, het bos in. 'Als je midden op het veld bent, ga je weer naar rechts, het bos in. Voorbij het verpleeghuis. Aan het eind van de oprit worden jullie opgewacht door een zwart busje.'

'Welk veld?' vroeg Beau.

Hij had de luchtfoto niet bestudeerd. Hij had niet urenlang samengewerkt met een team zeer goed getrainde undercoveragenten die zochten naar de beste plekken om elke route naar en uit het park in de gaten te houden.

Alle routes op één na.

'Het footballveld,' zei Kevin. 'Dat is aan de achterkant van de basisschool.'

Will zat achter in het afgeladen busje en zweette zo hevig dat hij het gevoel had in een pan water gekookt te worden. De ramen waren zwart geverfd. Een tussenwand scheidde de cabine van het achterste gedeelte. Het interieurlampje brandde, maar het licht was zo zwak dat hij alleen de contouren van zijn medepassagiers kon zien. Door één armzalig ventilatieroostertje in het dak blies een koele aircostroom, maar buiten was het bijna veertig graden en ze zaten in een aluminium doos, dus gebraden werden ze toch wel, hoeveel lucht er ook binnenkwam.

Ze waren na twee uur al door de voorraad Gatorade in de koelbox heen geweest.

Will keek op zijn horloge.

19.42 uur.

Ze waren ruim drie uur onderweg. Inmiddels konden ze al diep in North Carolina zitten. Of Kevin kon beter liegen dan Will had gedacht en dan waren ze nu in Alabama of Tennessee.

Beau bromde in zijn slaap. Zijn schouder zat klem tegen die van Will. Zijn hoofd hing naar beneden. Hij snurkte. Aan de andere kant van het busje zaten vier jongemannen dicht opeengepakt. Hun zweet rook naar wasberenmuskus, vooropgesteld dat wasberen Axe Body Spray gebruikten.

Ze waren niet aan elkaar voorgesteld toen Gerald ze in het busje had laten stappen. Will vond de jongens zoveel op elkaar lijken dat hij ze in gedachten Eén, Twee, Drie en Vier noemde. Ze hadden allemaal een handvuurwapen op hun heup. Ze waren geen van allen ouder dan achttien, droegen zwarte kleren, en op ieders gezicht wisselden verveling en doodsangst elkaar af. Ze waren ongetwijfeld uitgeput omdat ze de hele tijd met hun knieën tegen hun kin zaten. Ook waren ze duidelijk bang met hun voeten of benen per ongeluk op de verkeerde manier de verkeerde persoon aan te raken.

Beau was die verkeerde persoon. Will was die verkeerde persoon. Samen namen ze evenveel ruimte in als Eén tot en met Vier.

De jongens straalden een bepaalde opwinding uit. De snelle blikken die ze elkaar door het busje toewierpen, de knikjes die ze onderling uitwisselden. Will kon het alleen maar als een soort eerbied uitleggen. Deze jongens hadden echte oorlogshelden voor zich. Ze gingen op missie samen met echte soldaten. Ze hadden een wapen aan hun riem. Ze hadden speciale kleren aan. Ze konden niet wachten tot het zover was.

Dat baarde Will nog de meeste zorgen. Hij ging ervan uit dat de fanboys waarschijnlijk meer over het leger wisten dan hij. Elke tak had zijn eigen jargon. Will hoefde maar één ding verkeerd te zeggen en hij zat op zijn knieën met een wapen tegen zijn hoofd.

Gerald was duidelijk niet onder de indruk geweest van Jack Wolfes bruikbaarheid, maar Will vermoedde dat Dash na het verlies van vier man wanhopig op zoek was naar geschikte strijders. Gerald had Will zitten opnemen alsof hij een stuk vlees keurde. Hij had de Sig Sauer op Wills rug al meteen gezien. Hij had Beau apart genomen en een aantal vragen op hem afgevuurd. Als Beau van plan was Will te verlinken, wachtte hij alleen het juiste moment af. Gerald was blijkbaar tevreden geweest met de antwoorden die hij had gekregen. Hij had een knikje gegeven, en de jongeman die Will Vier noemde had Will met een handscanner gecontroleerd. Hij had gezocht naar een signaal van een gps-tracker. Beau was niet gescand. Wat betekende dat Will nog veel moest bewijzen.

En dat Beau een vuile leugenaar was, want deze lui beschouwden hem duidelijk als lid van het team.

De uren in het busje hadden Will alle gelegenheid gegeven om over de vele manieren na te denken waarop Beau hem kon verneuken. Toch was Beau slechts een deel van het probleem. Als hij Sara wilde vinden, moest hij allereerst Geralds vertrouwen winnen, maar wat hun bestemming betrof waren er te veel onbekende factoren om een zinnige strategie uit te werken.

North Carolina.

Gingen ze een bank beroven? Daarvoor was het te laat. Of een avondsupermarkt overvallen, een pinautomaat kraken? Waarom zou je naar een andere staat rijden als je duizenden winkels in de buurt had? Zouden ze de bergen in gereden worden en daar door Gerald met zijn AR-15 worden doodgeschoten?

Dat was altijd nog mogelijk, en al helemaal wanneer ze de missie voltooid hadden.

Will ging ervan uit dat Amanda naar hem op zoek was. Waarschijnlijk kreeg het team nu de volle laag van haar, en Faith was vermoedelijk al even zwaar over de zeik. Van regels trok ze zich nooit veel aan. Will had haar meer dan eens excuses horen verzinnen om onder een verkeersboete uit te komen. Hij had er niet vreemd van opgekeken als ze zich ergens verdekt had opgesteld op dat parkeerterrein, voor het geval het uit de hand liep.

Maar dat had ze niet gedaan, en de nepjogger, de zogenaamde moeder met kinderwagen, het stel op het parkeerterrein en de volgauto's hadden Will ook geen van allen in het bos zien verdwijnen. En al hadden ze het wel gezien, dan konden ze onmogelijk weten waar hij er weer uit zou komen. Het verpleeghuis aan de andere kant van het footballveld was tijdens de briefing niet besproken.

Faith zou het in twee seconden hebben doorgehad.

Will leunde met zijn hoofd tegen de zijkant van het busje. De trillingen van het wegdek boorden zich in zijn schedel en stuitje. Zijn hoofdpijn was terug. Hij sloot zijn ogen en ademde de zware, bedorven lucht in. Hij dacht aan hoe hij Sara terug moest krijgen. Wat hij tegen haar zou zeggen. Hoe hun leven er hierna zou uitzien.

Het probleem was dat Sara's familie het allerbelangrijkste in haar leven was.

Cathy had duidelijk de pest aan Will. Dat viel niet te ontkennen. Eddie deed beter zijn best, maar Will wist niet of hij dat nog veel langer volhield. Eigenlijk had hij nooit verwacht in Sara's familie te zullen worden opgenomen. Zijn enige hoop was geweest dat hij uiteindelijk, heel misschien, dat losse puzzelstukje zou zijn dat niemand thuis kon brengen, maar dat ook niemand wilde weggooien.

De laatste keer dat Will Cathy Linton had gezien, had ze zijn naam niet eens over haar lippen gekregen.

Het busje raakte een spoor in de weg. Beau werd snuivend wakker. Hij krabde over zijn ballen en veegde met zijn mouw het speeksel van zijn mond. Hij trok de koelbox open en sloeg hem weer dicht. 'Hé, potloodpikkies, wie van jullie heeft de laatste Gatorade opgedronken?'

'D'r staat er nog eentje bij de deur,' zei Drie. 'Hij is wel een beetje lauw.'

Beau had het geintje door. Hij gaf Drie een trap tegen zijn scheenbeen. 'Dacht je dat ik nog nooit pis heb moeten drinken, jongen?'

Niemand lachte. Ze dachten na over hoe wanhopig je moest zijn om je eigen pis te drinken.

Vier stelde de vraag die Will de hele tijd al had gevreesd. 'Hoe was het daar?'

Beau knikte naar Will. 'Hij heeft echte actie gezien.'

Will hield zich roerloos om te voorkomen dat hij Beau een dreun tegen zijn hals verkocht.

'Kom op, man,' zei Drie. 'Hoe was het daar?'

Will keek op naar het interieurlampje. Hij kuchte. Deze gastjes waren gewapend. Ze waren op weg naar een mogelijk gevaarlijke situatie. Hun grootste angst was een fout te begaan en door hun vrienden uitgelachen te worden. Van de dood konden hun kleine hersenpannetjes zich geen voorstelling maken. Ze waren nog niet genoeg door het leven beschadigd om te beseffen hoe kostbaar het was.

Hij zei: 'Ik heb mijn kameraden niet zien sterven om een stel lamstralen verhaaltjes te kunnen vertellen.'

Beau grinnikte. 'Echt niet.'

Hun teleurstelling was tastbaar. Vier kreunde. Drie tikte met zijn hoofd tegen de metalen wand. Twee begon op zijn nagels te kluiven. Eén ging verzitten en probeerde de kramp uit zijn been te strekken zonder contact met iemand anders te maken.

Het was krap achter in het busje, maar Eén tot en met Vier hadden centimeters tussenruimte opengelaten. Op die leeftijd raakte je een andere vent alleen aan als je hem pijn wilde doen. Je had het over het neuken van meiden die je naam nog nooit hadden gehoord. Je schepte op over je skateboardflips of dat je met je motor was gecrasht, alsof je niet bijna in je broek had gescheten toen het gebeurde. Je wist nog steeds niet wat je aan moest met al die razernij, lust en woede die zomaar als een bosbrand konden oplaaien.

Zo was Will ook geweest op die leeftijd, wanhopig verlangend naar iemand die hem voordeed hoe een man zich gedroeg. De ene keer zag hij een cool type op straat en probeerde zijn loop na te doen. Dan weer hoorde hij een man flirten met een vrouw en probeerde de woorden uit op een nietsvermoedend meisje. Of althans: hij zei tegen zijn vrienden dat hij de woorden had uitgeprobeerd. En dat het had gewerkt. En dat ze fantastisch was geweest.

'Het is klote,' zei Will. 'Iemand doden. Het is klote en je haat jezelf.'

Voor de verandering reageerde Beau niet met een stomme grap. Hij luisterde. Ze luisterden allemaal.

Will dacht na over zijn woorden. Hij was nu Jack Wolfe, ex-soldaat en teleurgesteld in het leven. Op papier waren de ervaringen van de man niet de zijne, maar ze hadden enkele eigenschappen gemeen. Will had er geen spijt van dat hij Sebastian James Monroe had neergeschoten, maar Monroe was niet de eerste die hij had gedood.

'Iemand van het leven beroven is niet iets waar je trots op bent,' zei hij tegen de jongens.

De spanning was om te snijden. Het enige geluid kwam van het gezoem van de banden over het asfalt.

'Ze zeggen dat je sterk bent, of dat je een held bent, maar dat is niet zo.' Will veegde met zijn mouw langs zijn mond. 'Zelfs als die ander het verdient. Zelfs als je hem moet doden omdat hij anders jou zal doden, zelfs dan voelt het nog kut.'

Naast hem begon Beau zijn vingers te strekken.

Will zei: 'Mensen vragen je er steeds naar, maar je kunt ze de waarheid niet vertellen, want dat doen helden niet.'

'Helemaal waar,' mompelde Beau.

Will boog zich naar voren, want die stomme jongens moesten hem goed kunnen horen. 'Het is helemaal niet cool wanneer het gebeurt.

Het bloed spuit alle kanten op. Je krijgt het in je ogen. Je ziet bot en kraakbeen. Je denkt dat je er klaar voor bent, want je hebt al tien miljoen keer *Call of Duty* gespeeld, maar in het echt is het niet hetzelfde. Het bloed ruikt naar koper. Het zit tussen je tanden. Je proeft het in je keel. Je snuift het op in je longen.'

'Godver,' fluisterde Drie.

Beau staarde naar zijn handen. Hij schudde zijn hoofd.

'De man die je hebt neergeschoten,' vervolgde Will, 'die had familie, zoals jullie ook familie hebben. Hij had een leven. Jullie hebben ook een leven. Misschien had hij kinderen. Misschien had hij een verloofde of een vriendin of was zijn moeder ziek of stierf hij van heimwee, net zoals jullie elke seconde van de dag.' Hij keek hen een voor een aan, Eén tot en met Vier. Ze hadden hun ogen wijd opengesperd. Ze hingen aan zijn lippen. 'Daarom is het klote. Omdat –'

Will schudde zijn hoofd. Het 'omdat' had hij hun al verteld. Hij hoopte met heel zijn hart dat ze het nooit zelf zouden ontdekken.

Weer snoof Beau. Hij veegde zijn neus af.

Twee was de eerste die de stilte verbrak. 'Omdat wat, man?'

Will staarde naar het verduisterde raam. Hij hoorde Beau raspend ademen.

'Omdat wat?' herhaalde Twee.

'Omdat als je iemand doodt, je een deel van jezelf doodt,' zei Beau.

In de stilte zoemden de banden. Er kwamen geen vragen meer. Will keek telkens op zijn horloge om te zien hoeveel tijd er was verstreken. Weer tien minuten. Vijftien. Hij voelde het busje een flauwe bocht nemen. Ze verlieten de autoweg en namen een afrit.

Hij checkte de tijd.

19.49 uur.

Het busje minderde vaart voor een nieuwe afslag. Deze was scherper en voerde waarschijnlijk naar een zijstraat. In de bocht raakte Wills schouder die van Beau. De jongens tegenover hen bewaarden slechts met moeite afstand van elkaar.

Een paar minuten lang reed het busje rond de vijftig kilometer per uur. Will probeerde het geluid van andere voertuigen op te vangen. Af en toe hoorde hij geruis van verkeer. Ze waren nog steeds in de buurt van de autoweg. Of misschien was het een snelweg. Of misschien zat hij inmiddels zo lang in het busje dat hij niet goed meer kon horen.

Het leek alsof de vloer schuin afliep. Het busje reed een helling op. Will hoorde het geronk van een stationaire dieselmotor. Vlakbij, waarschijnlijk pal naast het busje. Er klonk gegons. Een motor, kettingen die metaal raakten. Het *klik-klik-klik* van een rem die voorkwam dat een raderwerk terugliep.

Will herkende het geluid. Hij had bij een transportbedrijf gewerkt om een deel van zijn studie te bekostigen. Hij wist precies hoe de deur van een laaddock klonk als die omhoog werd gerold voor een vracht.

Het busje bewoog toen Gerald uitstapte. Hij sprak met iemand. Will kon de woorden niet verstaan. Hij vermoedde dat er geld van eigenaar wisselde.

Weinig risico. We hebben het eerder gedaan. We hebben een mannetje binnen.

De deuren van het busje gingen eindelijk open. Will had verblindend licht verwacht, maar er was alleen maar meer duisternis. Gerald had de wagen achteruit het laadplatform opgereden. Het dikke, zwarte afsluitingsmateriaal om het open portier ontnam Will elke kans om naar buiten te kijken. Een man die zo uit een sportschool leek te zijn weggelopen begaf zich naar de uitgang. Zijn rug was naar Will toegekeerd. Hij had een envelop in zijn hand die zo propvol geld zat dat hij niet meer dichtging. Rode honkbalpet, wijde korte broek, zwart Nike-T-shirt, wat gezet rond zijn middel.

'Kom,' zei Gerald op gedempte toon, en hij gebaarde dat ze moesten opschieten.

Eén tot en met Vier krabbelden snel overeind en liepen twee aan twee verschillende kanten op. Ze hielden hun hand aan hun wapen, alsof er elk moment een vuurgevecht kon losbarsten.

Bij het uitstappen liet Will zijn blik door de opslagloods gaan. De meeste lampen waren uit, maar dankzij een paar spotjes viel er nog iets te zien. De loods had min of meer de afmetingen van een footballveld. Op rijen metalen rekken stonden verzegelde kartonnen dozen opgestapeld. Ze waren allemaal even groot, zo'n vijfenzeventig bij vijfenzeventig. Op elke doos stond een nummer dat overeenkwam met de verschillende bordjes op de rekken eronder. En op elke doos zat een plastic hoes met een transportbon.

Will moest zo'n bon te pakken zien te krijgen. Inhoud, transportgegevens, de adressen van de verzender en de ontvanger, bedrijfsnamen en contacten, dat stond allemaal op de formulieren.

'Beau.' Gerald stuurde hem met een knik naar de achterkant van het pakhuis.

Beau had de Glock al in zijn handen. Hij liep ineengedoken, met het wapen naar beneden gericht, alert op beveiligers of wie er ook problemen kon veroorzaken.

'Wolfe.' Gerald had zijn hand op Wills schouder gelegd. 'Die kant op,' zei hij zachtjes.

Will zag het toilet, een personeelskantine, het vrachtkantoortje, een deur die waarschijnlijk naar het administratiegedeelte van de opslagloods voerde. Hij trok zijn Sig, richtte die op de vloer en liep gebukt naar het toilet.

Voor hij naar binnen ging, keek hij nog even achterom. Een tweede laadplatform had zich geopend rond de achterkant van een kleine vrachtwagen. Kartonnen dozen die identiek waren aan die op de rekken stonden tot aan het plafond opgestapeld. Twee en Drie begonnen ze te lossen. Wat er ook in zat, het was zo zwaar dat elke doos door twee man getild moest worden. Gerald liep naar de rekken. Hij had een papier in zijn handen en zocht naar een corresponderend nummer. Hij wees naar een rij in het midden. Eén en Vier haalden de dozen naar beneden.

Waarom zou je in een opslagloods inbreken om een verzameling dozen te verwisselen?

Gerald ving zijn blik.

Will ging het damestoilet binnen. Hij keek in de hokjes. Hij zocht naar iets – een naamplaatje, een krant waarmee hij de locatie kon vaststellen. Er waren kluisjes, maar die zaten niet op slot en ze waren leeg. Zijn ronde door het herentoilet leverde al evenmin iets op. Hij liep de loods weer in. Er werden nog steeds dozen uit de vrachtwagen gehaald. En dozen van de rekken genomen.

De deur naar het vrachtkantoortje zat op slot. Will keek door het raam. Het was er bezaaid met papieren, maar het was te donker om logo's of adressen te kunnen onderscheiden.

Achter hem werkten de jongens in rap tempo door. Alle dozen waren nu uitgeladen, en de helft van de nieuwe dozen was al ingeladen. Ze gingen mechanisch te werk, want ze hadden dit eerder gedaan. Ze waren bang, maar niet doodsbang. Het feit dat ze een misdaad pleegden, gaf hun een kick, een nerveuze energie.

Will betrad de kantine. Automaten, een keukentje, een spoelbak, twee koelkasten, tafels en stoelen voor een man of dertig.

Er zat één man aan een tafeltje bij de cola-automaat.

Een beveiliger.

Op het eerste gezicht leek hij dood, maar Will besefte dat hij zat te slapen. Zijn hoofd hing achterover tegen de stoel. Zijn mond stond wijd open. Zijn pet bedekte zijn ogen en zijn neus. Zijn handen rustten op zijn forse buik. Het uniform was van zwart katoen, zonder logo of naamstrookje. Zwarte werkschoenen. Witte sportsokken.

Will begon al voorzichtig naar de deur te lopen, maar toen zag hij de ID-badge aan een koord om de hals van de man.

De badge hing achterstevoren. De achterkant was wit. Op de andere kant stonden waarschijnlijk zijn naam, die van het bedrijf en het adres.

Will woog zijn opties af.

In de loods hoorde hij de deur van een laadplatform dichtrollen. Het vrachtwagentje was vol. Waarschijnlijk waren ze naar hem op zoek.

Will stak de Sig in zijn holster. Hij klikte zijn mes open.

Hij zette een stap in de richting van de slapende beveiliger. De man snurkte keihard en was misschien al een uur van de wereld.

Weer zette Will een stap. Hij klakte met zijn tong om te testen hoeveel geluid hij kon maken voor de beveiliger wakker werd. Van de rollende deur had hij niets gemerkt. Toen Will dichterbij kwam, rook hij een scherpe dranklucht. Nogmaals klakte hij met zijn tong. De man verroerde geen vin.

Hij zette opnieuw een stap en stak zijn mes naar voren om de ID-kaart van het koord te snijden.

'Pssst!'

Het geluid kwam van ergens achter hem.

Gerald stond in de deuropening. Hij schudde verwoed zijn hoofd en gebaarde dat Will de man met rust moest laten. Hij keek bang.

Hij dacht ongetwijfeld dat Will de beveiliger ging neersteken.

'Wolfe.' Gerald wenkte hem.

Will keek nog één keer naar de ID-badge. Hij was zo godvergeten dichtbij.

Maar Gerald had nee gezegd. Het was niet Wills taak om het adres van een opslagloods te lokaliseren. Hij was hier om zich de IPA binnen te werken.

Met het mes nog in zijn hand liep hij achterwaarts de kantine uit. Hij keek naar de ID-badge met een verlangen dat even sterk was als het verlangen dat hij voor Sara voelde. Hij liet zijn blik rondgaan, op zoek naar een detail dat eruit sprong. Aan de muren hingen de gebruikelijke waarschuwingen voor stikgevaar en chemische brandwonden. Hij zag een oogspoelstation. Een eerstehulpkist. Er was niets wat deze kantine onderscheidde van ongeacht welke kantine in de honderdduizenden opslagloodsen in het land.

Will liep op een drafje achter Gerald aan naar de bus. Hij zag de dozen op het metalen rek. Ze hadden allemaal hetzelfde nummer: 4935-876.

'Wolfe.' Gerald legde zijn hand weer op Wills schouder. Zachtjes zei hij: 'Laat het me voortaan even weten voor je zoiets doet.'

Will knikte. Hij klom in het busje. Eén tot en met Vier zaten al. Beau was op de plek achter de bestuurder gaan zitten. Zwijgend keek hij naar zijn handen. Ze waren allemaal stil. Ze hadden allemaal verwacht en misschien wel gehoopt dat het ergste zou gebeuren, dus dit was een afknapper waarmee ze niet goed raad wisten.

De terugrit naar het verpleeghuis verliep in stilte. Volgens Wills horloge deden ze er vier uur over. Eén tot en met Vier waren in slaap gevallen. Beau zat strak als een veer naast hem. Waarschijnlijk overwoog hij uit het busje te springen zodra het stopte en was hij een plan aan het uitwerken. Rennen. Vechten. Doden.

Ook Will was aan het nadenken, maar over iets anders.

4935-876.

De nummers op de zijkant van de dozen.

In gedachten bleef hij ze herhalen, als een mantra. De wielen rolden door. De jongens sliepen door. Wills stuitje deed pijn van de metalen vloer. Tegen de tijd dat het busje eindelijk vaart minderde, gaf het schermpje van zijn horloge middernacht aan.

De jongens werden niet wakker. Beau schoof brommend over de vloer. Waarschijnlijk speelden de granaatscherven in zijn rug op. Hij had al ongeveer een uur niet meer in zijn zakken gezocht. De pillen waren op – of hij wilde helder zijn voor wat er ging komen.

Gerald opende de portieren. Ze stonden aan het begin van de oprit naar het verpleeghuis. In zijn handen had hij hun portefeuilles, Beaus telefoon en zijn sleutels.

'Bedankt voor de hulp,' zei hij. 'Het geld ligt onder de stoel van je pick-up. Jullie hebben goed werk geleverd.'

Beau pakte zijn spullen en stopte ze in zijn zakken.

Gerald liep naar de cabine van het busje. Het linkerportier stond open, en de motor draaide.

Hij ging weg. Hij mocht niet weg.

'Is dat alles?' vroeg Will.

Langzaam draaide Gerald zich om. Hij bekeek Will nog eens goed. Hij wist niet wat hij van hem moest denken. De seconden regen zich aaneen voor hij ten slotte vroeg: 'Had je meer gewild, majoor Wolfe?'

Majoor.

Ze hadden Wills portefeuille doorzocht en achtergrondonderzoek gedaan naar Jack Phineas Wolfe, eervol ontslagen, voormalig luchtmobiel.

Beau kuchte. 'Kom op. Laat hem gaan.'

Will wist niet tegen wie hij het had.

'Wat is dat voor gezeik, Ragnersen?' vroeg Gerald. 'Trek je je aanbeveling opeens in?'

Will hield zijn adem in, in afwachting van Beaus verraad.

Beau nam alle tijd voor zijn antwoord, maar uiteindelijk schudde hij zijn hoofd. Eén keer. Niet nadrukkelijk. Hij had evengoed zijn schouder kunnen ophalen.

Will dacht aan de Sig Sauer op zijn rug. Hij zweette zo hevig dat de leren holster aan de achterkant van zijn shirt plakte.

'Zeg op, Ragnersen.' Gerald was duidelijk niet tevreden. 'Is hij wat we zoeken of niet?'

Will keek naar de grond. Hij mat de afstand tussen hem en Gerald, dacht aan Eén tot en met Vier, die zaten te slapen in het busje, aan de oude mensen in het verpleeghuis, aan toevallig passerende auto's.

'Fuck, ja hoor.' Een brede grijns verspreidde zich over Beaus gezicht. 'Destijds in de woestijn heeft Wolfe me vaker gedekt dan jij je ballen hebt gekrabd.'

Het kostte Will moeite zijn woede en opluchting te verbergen. Hij greep Beau bij zijn schouder zoals een echte kameraad dat zou doen, maar kneep hem hard genoeg om er geen misverstand over te laten bestaan dat hij later voor deze bullshit zou moeten boeten.

Gerald sloeg zijn armen over elkaar. 'Hoe slecht staat je leven ervoor?' vroeg hij.

Will haalde zijn schouders op.

'Ben je bereid alles op te geven? De stad achter je te laten? Niet meer om te kijken?'

Wills hart ging zo tekeer dat hij het tot in zijn vingertoppen voelde. Dit was het. Zijn laatste kans om Dash te vinden. Zijn enige kans om Sara te redden.

'Wat schuift het?' vroeg hij.

'Tweehonderdvijftigduizend.'

'Shit,' siste Beau.

'Wat moet ik ervoor doen?' vroeg Will.

'Dat hoor je wel wanneer het zover is,' zei Gerald. 'Als je het doet, laat je je oude leven achter je. Je neemt niks mee, geen bagage. Je vertelt niemand wat je gaat doen. Dat krankzinnige bedrag heeft een reden. Als je ons helpt met die klus, moet je na afloop verdwijnen. Je kunt niet meer terug naar je oude leven. En als je dat toch probeert, rekenen we af met jou, met je familie, je vrouw… met iedereen die iets verkeerds kan zeggen. Begrepen?'

Will deed alsof hij erover nadacht. Het geld was niet alleen krankzinnig, het was idioot krankzinnig. Er waren honderden klootzakken die voor een kwart van dat bedrag hun eigen moeder zouden wurgen. Het was het soort geld dat je aanbood wanneer je wist dat je het niet hoefde uit te betalen.

'Wanneer?' vroeg Will.

Beau schopte tegen de grond.

'Morgen,' zei Gerald. 'Klokslag vijftien uur. Afslag 129 van de I-85. Er is daar een tankstation van Citgo. Ik geef je een lift naar de baas. Die gaat je testen, kijken of je erbij past.'

Dash.

'Als hij akkoord is, doe je mee,' zei Gerald.

'En anders?' vroeg Beau.

Gerald haalde zijn schouders op. Tegen Will zei hij: 'Sommige oorlogen zijn het offer waard. De baas gaat je bijpraten. Neem maar van mij aan dat je niet overgehaald hoeft te worden. Misschien wil je wel met ons mee wanneer we ervandoor gaan. De missie waar je deel van gaat uitmaken, de oorlog die we voeren, dat is niet zomaar iets.'

Will klemde zijn kiezen op elkaar. In zijn hoofd ging een sirene af, geen waarschuwing, maar –

Sara-Sara-Sara.

Beau mengde zich in het gesprek. 'Wat is dat voor een missie?'

Gerald keek verbaasd. 'Wil je ook meedoen?'

'Fuck, nee man. Nog niet voor het dubbele.'

'Denk erover na, soldaat,' zei Gerald tegen Will. 'Je wordt nergens toe gedwongen. Als je meedoet, ga je ervoor. Morgen zien we elkaar, afslag 129, vijftienhonderd uur. Je hoort wat je gaat doen wanneer de tijd daar rijp voor is. Is dat oké?'

In gedachten begon Will te tellen. Tot vijf, tot tien. Toen knikte hij.

Gerald knikte terug.

Dat was het.

Will liep de oprit op, in de richting van het verpleeghuis. Achter hem hoorde hij het portier van het busje dichtslaan. Hij liep om het gebouw heen en keek omhoog, in de camera, zodat zijn gezicht helemaal werd opgenomen. Zijn hoofd zat vol getallen:

4935-876; afslag 129 aan de I-85 om 15.00 uur.

Achter hem klonken Beaus voetstappen, dat typische Charlie Brown-schuifeltje.

'Wat ben jij een klootzak,' zei Will.

'Echt wel.' Het leek Beau niet te kunnen schelen hoe woedend Will was of waar ze naartoe gingen.

'Ik zou er maar vandoor gaan,' zei Will. 'Ze wachten je op bij je pick-up.'

'Ga jij er ook maar vandoor, Robocop.' Beau moest rennen om hem bij te kunnen houden. 'Wees nou niet dom. Je weet dat ze dat geld voor je neus houden omdat je straks uitbetaald wordt met een kogel door je achterhoofd. Zet je leven niet op het spel om die gluiperds onderuit te halen.'

'Wat zijn ze van plan?'

'Denk je dat ze mij dat vertellen?'

Will liep door. Beau dacht dat Will alles voor zijn werk overhad. Hij had geen idee dat het om Sara ging.

'Hé, wacht even, man.' Beau volgde Will door het bos. 'Luister nou eens. Dash is een smerige, kille moordenaar. Ik meen het. Ik heb met dat soort gasten gevochten. Hij geeft geen fuck om je. Voor hem ben je nevenschade. Zodra het kogels gaat regenen, word jij zijn paraplu.'

Will voelde iets prikken op zijn voorhoofd. Hij mepte een mug weg.

'Die shit waarover je het had in het busje? Ik snap het, man. Elke ochtend wanneer ik mijn bed uit kom, draai ik dezelfde film af. Je wordt een killer of je wilt er een eind aan maken.'

'Ho ho, ik ben niet degene die zwarteteerheroïne spuit.' Will sjouwde over het footballveld. Het gras was nat. De sproeiers hadden de grond doorweekt. Hij zat niet op een preek te wachten van een junk die twintig jaar cel voor de boeg had. 'Wil je iemand helpen?' vroeg hij. 'Help jezelf dan maar.'

'Ik wil alleen –' Beau kreeg de kans niet om uit te leggen wat hij wilde.

Lichtbundels van zaklantaarns dansten als vuurvliegen om hen heen. Agenten zwermden op hen af. Wapens in de aanslag. Kogelwerende vesten strak om het lijf. Will herkende hen niet van het werk, want ze waren niet van het GBI. Ze schreeuwden de tekst die ze tijdens hun training in Quantico hadden geleerd.

'FBI! FBI! Op de grond! Op de grond!'

Will had zijn handen in de lucht, maar ze schoven hem aan de kant.

Beau werd tegen de grond gewerkt. Hij had nauwelijks tijd om uit te ademen. Zijn handen werden op zijn rug gewrongen. De kogels werden uit de Glock 19 gehaald. Zijn telefoon en portefeuille werden op het gras gesmeten.

Een agent met bril knielde naast Beau neer. 'Kapitein Ragnersen. Ik arresteer je wegens het bezit van een illegaal vuurwapen in een natuurgebied.'

'Fuck.' Beau spuwde het woord uit. Hij zocht Will. 'We hadden een deal.'

Will liep weg. Het water van het natte gras drong tot in zijn tennisschoenen. Hij bleef zijn mantra herhalen.

4935-876, afslag 29 aan de I-85 om 15.00 uur.

De maan kroop achter een wolk. Will concentreerde zich op het pad door het donkere bos. Uitputting drukte op elk gewricht in zijn lijf. Hij dacht na over waar hij zich aan had verbonden. Het ging hier om terroristen. Het was geen nieuws dat Dash een psychopaat was. Hij had bommen laten afgaan bij een ziekenhuis. Hij had de ontvoering geregisseerd van een wetenschapper bij de CDC. Zijn mannen hadden Sara voor Wills ogen weggegrist. Dash had met Wills Glock een man doodgeschoten. Hij had zijn rechterhand kartonnen dozen uit een opslagloods laten halen, die gevuld waren met... wat?

Explosieven, dat lag het meest voor de hand. Die dozen konden wel overal naartoe worden gebracht. Naar scholen. Kantoren. Hotels. Will was er niet in geslaagd een pakbon te stelen. Hij had de ID-badge niet los kunnen snijden van het koord om de nek van de beveiliger. De loods kon overal wel staan. Als Will er niet in slaagde in die groep te infiltreren, was elke kans verkeken om hun afschuwelijke plannen te voorkomen.

Maar hen tegenhouden was niet zijn grootste zorg.

Hoe slecht staat je leven ervoor?

Zonder Sara had Will geen leven.

Zijn hand streek over het harmonicagaas toen hij langs de honkbaldiamond liep. Hij passeerde de tennisbanen. Hij zag Beaus pick-up, die nog op het parkeerterrein stond. Ernaast stond een zilverkleurige Acura, met stationair draaiende motor. De koplampen stonden op dimlicht. Aan de achterkant kringelden uitlaatgassen omhoog, de hitte sloeg uit de wielkasten.

4935-876, afslag 129 aan de I-85 om 15.00 uur.

Will opende het portier. Zich verbijtend van de pijn wurmde hij zijn lijf op de stoel. Hij sloot zijn ogen. De airco stond hoog. Het zweet op zijn gezicht begon af te koelen.

'En?' vroeg Amanda.

Hij knikte. 'Ik ben binnen.'

DINSDAG 6 AUGUSTUS 2019

VEERTIEN

Dinsdag 6 augustus, 7.00 uur

Faith zat aan de keukentafel. 'O, wauw!' riep ze uit. 'Wat zijn die blauwe bessen toch héérlijk!'

Het gewenste resultaat – Emma's stampende voetstapjes op de overloop – bleef uit.

Er waren tien minuten verstreken sinds haar dochter in huilen was uitgebarsten omdat het niet eerlijk was dat ze mozzarella moest eten. Voor Faith haar had kunnen kalmeren, was Emma de trap op gestormd en had zich in haar slaapkamer opgesloten. Op de rand van de deurlijst lag een paperclip voor dat soort situaties, maar toen had Faith haar tegen haar knuffels horen zingen. *Win-win*, had ze gedacht.

Ze stond op en begon de vaatwasser in te ruimen. Ze keek op de klok, want haar moeder kon Emma elk moment komen halen. Als haar schatje op dit moment al haar kleren uittrok, zou Evelyn op een moord of een zelfmoord stuiten wanneer ze de slaapkamer binnenging. In het gunstigste geval was Emma blootsvoets. Het ontbrak Faith aan het uur dat nodig was om haar dochter haar linkervoet in haar linkerschoen en haar rechtervoet in haar rechterschoen te laten schuiven.

Na een keer diep te hebben in- en uitgeademd probeerde ze het beeld op te roepen van het engeltje dat haar de vorige avond had begroet. Emma had haar moeders stemmingen altijd al als een spons opgezogen. Faith was geschokt geweest door het nieuws over Wills verdwijning. Dash was een monster. De IPA zat vol monsters. Ze waren monsterlijke dingen van plan. Stel dat het Will niet lukte hen te misleiden? Hij had maar twee uur gehad om zich zijn undercoveridentiteit eigen te maken. Stel dat hij het verknalde? Stel dat Beau hem uit eigenbelang verlinkte? Stel dat haar partner, haar vriend, nu dood in een ondiep graf lag?

Emma had Faiths gepieker geabsorbeerd. Ze was knuffelig en meegaand geweest en had zoveel lieve dingen gezegd dat Faith bijna haar babyboek uit het omslag had gehaald. Zelfs het dagelijkse badje, dat meestal eindigde met een van hen óf allebei in tranen, was betrekkelijk soepel verlopen. Faith had maar twee verhaaltjes hoeven voorlezen. Mr Turtelle was de enige knuffel geweest voor wie ze 'You're Welcome' had moeten zingen. Faith had Maui nog nooit zo goed geïmiteerd.

Toen had ze het nachtlampje aangeknipt en de andere lichten uitgedaan. Ze had de deur laten openstaan op de vereiste kier van vijftien centimeter. En op dat moment had Emma haar vel losgeritst en was er een demon naar buiten gesprongen.

Faith deed de vaatwasser dicht. Ze luisterde of ze gehuil hoorde, dingen die aan diggelen gingen of een satanische stem die zei: *wat een fantastische dag voor een duiveluitdrijving.*

Geen geluid dat alarmbellen deed afgaan, wat op zich al een alarmbel had moeten doen afgaan, maar Faith had haar tijd hard nodig om op te ruimen. Ze propte de blauwe bessen in haar mond en zette de kom in de vaatwasser. Ze nam het kleverige aanrecht en de tafel af. Op haar knieën dweilde ze de plakkerige vloer. Ze rook aan de afvalemmer en besloot dat die er nog mee door kon. Ze waste haar handen.

Ze moest nog één ding doen voor ze naar boven ging.

Faith liep naar haar bureau en legde de papieren over de zaak-Michelle Spivey op een stapel. Emma had al genoeg kleurboeken. Het dossier bestond uit ruim tweehonderd pagina's: foto's, getuigenverklaringen en achtergrondonderzoeken. Als de sleutel naar Sara's verblijfplaats in dit dossier zat, konden ze het schudden. Van Zandt had het bewerkt en er met dikke zwarte strepen een woordzoeker van gemaakt.

Spivey is gesignaleerd om... met... bij de...

Het zat barstensvol aanwijzingen, die Van Zandt allemaal voor haar achterhield.

Amanda was al even erg.

De vorige avond had ze niet willen vertellen waarom ze de FBI Beau Ragnersen in hechtenis had laten nemen. Faith had de telefoon zo hard neergesmeten dat ze haar hand had gestoten. Haar woede was tweeledig. Zij was zelf zo gek geweest om Beau Ragnersens naam prijs te geven aan Aiden Van Zandt. De vorige dag had ze hem gevraagd om te kijken of de naam in Michelles werkdossiers voorkwam. Van Zandt had blijkbaar iets gevonden. En blijkbaar ging hij haar niet vertellen wat hij had gevonden. Haar giftige reactie was weer zo'n klassiek voorbeeld geweest van hoe het volgens het boekje níét moest.

Je was twee toen je mama voor het eerst 'klerelijer!' in een kussen hoorde schreeuwen.

'O... nee...' Faith zag het dopje van een viltstift op haar bureau.

Alleen het dopje. Geen viltstift te bekennen.

Ze stormde de trap op. Emma's deur stond open. Ze zat op de vloer, met allemaal kleurpotloden om zich heen die ze in de doos probeerde te stoppen. De onderkant was open, zodat de potloden telkens weer op haar schoot vielen en ze ze weer opraapte. Te oordelen naar haar opgetogen gezichtje verkeerde ze kennelijk in de veronderstelling dat ze een eindeloze voorraad kleurpotloden had ontdekt.

'Waar zijn je schoenen?' vroeg Faith.

Emma keek grijnzend naar de potlodenwaterval. 'Broekzak?'

'Nee, daar zitten ze niet.' Faith keek in de kast, onder het bed, in de ladekast, op het nachtkastje en op de commode. Geen schoenen, maar ze had wel de ongeveer elfduizend wanten gevonden die Emma de vorige winter was kwijtgeraakt. 'Trek je schoenen aan voor oma komt.'

'Hier is oma!' Evelyn kwam de trap op.

Faith voelde zich net een basketballer die werd gewisseld tijdens een keiharde wedstrijd.

'Het is nu al snikheet buiten.' Faiths moeder droeg een elegante linnen broek en een bijpassende mouwloze blouse. Ze kuste haar dochter op de wang en zei tegen Emma: 'Trek je schoenen eens aan, schat.'

'Ken jij een zekere Kate Murphy?' vroeg Faith aan haar moeder.

Daar hoefde Evelyn niet over na te denken. Ze kende iedereen. 'Kate was Maggies partner in de tijd dat we onze rapporten nog in steen uithakten. Volgens mij heeft ze nog meegewerkt aan het proces dat de commissie gelijke arbeidskansen de FBI heeft aangedaan en waardoor die werd gedwongen vrouwen tot de velddienst toe te laten. Goed zo, meisje. Waar is je rugzak?'

Faith wist niet wat ze zag. Emma had haar schoenen aan. En nog wel aan de goede voeten.

Wat was dit voor duistere magie?

'Mandy kent Kate beter dan ik,' zei Evelyn. 'Schiet eens op, Emma-lief.'

Faith keek naar Emma, die een rondje draaide om haar rugzak om te doen. 'En die loopjongen van haar, Aiden Van Zandt?'

Evelyn trok haar neus op. 'Ik vertrouw mannen met bril niet. Ze kunnen toch gewoon kijken?'

Faith zuchtte eens diep.

Haar moeder vatte haar ergernis verkeerd op. 'O, schat, dat is helemaal jouw type niet. En trouwens, zijn vader was een vuile rokkenjager.'

'Heb je het nummer van zijn vader?'

'Haha.' Evelyn tilde Emma op en zette haar op haar heup. Ze kusten Faith allebei op haar wang, gingen de trap af en waren verdwenen.

Faith hield het beeld van haar dochtertje nog even vast in haar gedachten. Donker, bijna zwart haar. Lichtbruine ogen. Een prachtige bruine huid. De Mitchellgenen – een tint lichter dan een kwak kinderlijm – waren aan haar voorbijgegaan.

Emma's vader was een Mexicaanse Amerikaan van de derde generatie. Victor had niet zoveel met zijn afkomst, behalve als het hem goed uitkwam. Faiths school-Spaans was tien keer beter dan dat van hem. Hij kon nog net wat vieze woordjes fluisteren wanneer hij een margarita bestelde. Ze had al kunnen weten dat het niks zou worden met Victor toen ze hem voor het eerst met zijn hemd in zijn boxershort door de slaapkamer had zien lopen.

Faith maakte Emma's bed op en stopte de lakens strak in. Mr Turtelle werd teruggezet op zijn vaste plek. Sokken werden paarsgewijs bij elkaar gezocht. Door een godswonder dook de doploze viltstift op. Tijdens het opruimen viel Faith ten prooi aan melancholie. Het huis voelde altijd anders wanneer Emma er niet was. Schoner, vooral rustiger, maar ook eenzamer. Ze ordende een stapel kleren, verzamelde de kleurpotloden en nam ze mee naar beneden.

In de hal bleef ze staan. Door het venstertje boven in de deur zag ze Wills hoofd. Hij stond daar simpelweg te staan. Hij had niet geklopt. Hij kwam zelden langs, tenzij er een noodreparatie verricht moest worden. Nu zag ze hem zijn hoofd omdraaien, naar de oprit.

'Niet weggaan!' Jonglerend met de handvol potloden deed Faith de deur open.

Will was nog in de kleren van de vorige dag. Ruimvallende spijkerbroek, zwart shirt met lange mouwen. Hij keek haar aan. Of eigenlijk dwars door haar heen. Zijn ogen waren bloeddoorlopen. Hij zag er vreselijk uit. Ze had nog nooit zo graag iemand willen omhelzen als op dat moment. Maar Will en zij deden niet aan omhelzen. Als hij zat, kneep ze in zijn schouder. Soms stompte ze hem tegen zijn arm, zoals ze dat altijd met haar broer deed. Maar nu was ze bang dat hij zelfs bij een tikje al zou omvallen.

Hij zweeg en daarom zei ze: 'Kom binnen.'

Will volgde haar naar de keuken. Ze had geen idee waarom hij hier was. Het was duidelijk dat hij niet had geslapen. Om zijn ogen zaten donkere kringen. Zijn stoppels waren tot een heuse baard uitgegroeid. Hij hoorde nu op het hoofdkwartier te zijn. Het team had de hele nacht doorgewerkt, kaarten bestudeerd en topografische informatie over de Citgo aan afslag 129 verzameld.

Will had over acht uur een afspraak met Gerald.

Wat deed hij hier?

'Ga zitten.' Faith dumpte Emma's kleurpotloden op de keukentafel. 'Wil je ontbijt?'

'Nee, dank je.' Met een van pijn vertrokken gezicht liet Will zich op de stoel zakken. Nooit eerder had hij een ontbijt afgeslagen. Hij begon de kleurpotloden recht te leggen en op kleur te sorteren.

'Die jongen van het honkbalveld, Kevin Jones,' zei ze. 'Die ging van het park rechtstreeks naar het winkelcentrum. Tegen de tijd dat onze mensen in actie kwamen had hij zijn tas met pillen al afgegeven. Ze zijn hem gevolgd naar een mobiele kliniek, waar hij zijn knie heeft laten hechten, en toen weer naar zijn ouderlijk huis. We houden hem dag en nacht in de gaten, maar we kunnen hem pas oppakken als dit voorbij is.'

Will knikte, alsof hij dat alles al wist. Hij zei: 'Ze zijn het zwarte busje kwijtgeraakt toen het bij het verpleeghuis wegreed.'

Faith knikte op haar beurt. Amanda had haar al die tijd op de hoogte gehouden. Het busje was al snel uit de woonwijk bij het verpleeghuis verdwenen. De chauffeur had de koplampen uitgedaan en was een landelijk gebied in gereden, waar een helikopter als een baken zou zijn opgevallen. Op de rechte, smalle landwegen konden de volgauto's niet al te dichtbij komen. De bestuurders hadden steeds meer afstand bewaard, tot het busje plotseling was verdwenen.

'Het is een uur geleden uitgebrand op een akker aangetroffen,' zei Will. 'Geen kentekenplaat, geen identificatienummer. Nog te heet voor de brandspecialisten. Ik kan me er niets meer van herinneren. Ik heb bij het in- en uitstappen niet naar het kenteken gekeken. Ik heb ook geen pakbon of –'

Hij brak een potlood tussen zijn vingers in tweeën en keek naar de kartelige breukvlakken. Het ding was bleekoranje en werd 'vleeskleurig' genoemd, een naam die Faith uit principe haatte.

'Hoelang zou je erover hebben gedaan om uit te vogelen wat er was gebeurd?' vroeg Will.

Hij doelde op zijn verdwijning uit het park. Na twee seconden op Google Earth had Faith al geweten wat er was gebeurd. 'Ik zou bij de school hebben gepost.'

Will zat stram op de stoel, met zijn hand stijf tegen zijn ribben, alsof hij de botten op hun plek moest houden.

Faith wist maar één manier om hem te helpen. Op weg naar haar bureau legde ze haar hand even op zijn schouder. Ze pakte het dossier van Michelle Spivey, legde het op tafel en ging weer zitten. 'In het bloed dat vóór de operatie bij Michelle is afgenomen zat een onbekende stof. Het was geen drug. Waarschijnlijk wel giftig. Ze denken dat haar blindedarm daardoor is gebarsten.'

Will bladerde door de foto's van Michelles ontvoering. Het parkeerterrein. Michelles auto. Haar tas, die ze had laten vallen toen Carter haar het busje in trok. Hij wees naar de verslagen. 'Waarom is alles zwart gemaakt?'

'Onze vrienden van de FBI.' Faith liet hem een van de zwaarder bewerkte pagina's zien. 'Twee dingen vielen meteen op. Hier staat MH JACK SERV.' Ze tikte op de betreffende regel. 'Dat is vast Maynard H. Jackson Service Road.'

'Het vliegveld.'

'Correct.' Faith ging naar de volgende pagina. 'Als je vanaf hier doorleest, zie je op deze regel "Hurley", dan staat er "voorovergebogen" en "pijn en braken". Ik heb het opgezocht, en het zijn allemaal symptomen van –'

'Blindedarmontsteking.'

'Weer correct.' Ze leunde achterover. 'Michelle en Hurley moeten bij het vliegveld zijn geweest toen ze ziek werd. Ik vroeg me steeds af waarom ze haar naar het Emory hebben gebracht. Ze moet vreselijke pijn hebben geleden. Ze moesten met haar naar een ziekenhuis, maar ze konden het risico niet nemen haar naar een ziekenhuis in de buurt van het vliegveld te brengen.'

'Jij denkt dus dat de IPA iets van plan is op het vliegveld.' Will krabde door zijn baard. 'Als ze een mogelijke aanslag aan het voorbereiden waren, hadden ze Michelle niet nodig om het terrein te verkennen. Online kun je allerlei kaarten en filmpjes van de hallen en terminals vinden. Je kunt een filmpje bekijken van de Plane Train. Michelles gezicht is overal op het nieuws geweest. Het was een enorm risico om haar mee naar buiten te nemen. Het gaat vast om iets specialistisch wat alleen zij kan doen.'

'Elke dag vertrekken en arriveren daar een kwart miljoen mensen,' zei Faith. 'Dat zijn er meer dan honderd miljoen per jaar.'

'En vrachtvluchten,' zei Will. 'UPS, DHL, FedEx. Er wordt dag en nacht met dozen gesjouwd. Op de dozen uit de opslagloods stond een nummer: 4935-876.'

'Amanda heeft er al zes verschillende diensten op gezet. Het nummer is nog nergens opgedoken. De afmetingen van de doos, vijfenzeventig bij vijfenzeventig, zijn standaard. Gezien het feit dat er twee man voor nodig waren om een doos te tillen gaan we ervan uit dat ze versterkt zijn, maar dat beperkt de zaak minder dan je zou denken.'

Hij bleef maar door zijn baard krabben. Het geluid was als een nagel over een schoolbord.

Will dacht niet helder na, anders had hij er wel op gewezen dat het vliegveld een belangrijke invoerhaven van de Verenigde Staten was. De CDC had voorzieningen binnen het complex voor het screenen van internationale reizigers die symptomen vertoonden van ziekten zoals SARS of ebola. Maar het ging er vooral om slechte zaken buiten de landsgrenzen te houden.

Stel dat Dash van plan was iets verschrikkelijks naar het buitenland uit te voeren?

'Er is nog meer.' Faiths tas hing aan haar stoel. Ze pakte haar notitieboek. In de SCIF had ze niets mogen opschrijven, maar voor ze de CDC had verlaten, was ze het toilet in gedoken en had ze alles vastgelegd wat ze zich had kunnen herinneren.

Zonder inleiding begon ze voor te lezen, en nu kreeg Will dezelfde spoedcursus Nazi 101 die zij een dag eerder had gehad. Ze belichtte de actiefste groepen en de doctrine van het leiderloze verzet. Af en toe knikte Will, alsof hij snapte wat ze hem vertelde. Hij stopte met knikken toen ze bij het gedeelte was aangekomen over Dash en Martin Novak in Mexico.

'Is Dash pedofiel?' Er klonk minder walging in zijn woorden door dan Faith had verwacht. Hij keek uit het raam. Zijn ogen glinsterden in het ochtendlicht. Hij was de tranen nabij, iets wat ze nog nooit bij hem had gezien.

Faith werd bevangen door een woedende hulpeloosheid. Ze moest hiermee stoppen. Er iets tegen doen.

'Ik dacht...' Er zat een vreemde rochel in Wills stem. 'Ik was denk ik bezorgd. Vanwege de verkrachting. De kans op verkrachting.'

Ze sloeg haar hand voor haar mond. Van verbazing? Schrik? Opluchting?

Zelf had ze die gedachtesprong nog niet gemaakt. Adam Humphrey

Carter was dood. Vale en Monroe waren dood. Hurley zat vast. Hoe erg het ook was dat Sara werd gegijzeld door een pedofiel, zijn psychische afwijking betekende wel dat Dash zich minder snel aan haar zou vergrijpen.

Met de rug van zijn hand veegde Will langs zijn neus. Hij keek op, maar niet naar Faith. Hij maakte een buitengewoon geknakte indruk. Als iemand tegen Faith had gezegd dat hij van een rots was gevallen, zou ze het geloofd hebben.

Ze stond op, liep naar de spoelbak en draaide de kraan open. Er viel niets af te wassen, en daarom pakte ze een bord uit de vaatwasser.

'Gerald Smith,' zei hij.

Faith knikte bevestigend om het gesprek weer over de zaak te laten gaan.

Will zei: 'Die jongen van eenentwintig die twintig jaar geleden uit een Mexicaanse politiecel werd vrijgelaten zou dezelfde Gerald kunnen zijn als de Gerald die ik gisteravond heb ontmoet. De leeftijden kloppen wel. Heb je een signalement?'

'Nee.' Faith veegde met haar arm langs haar neus terwijl ze over het bord boende. 'Het zou heel goed kunnen dat Dash en Gerald nog contact hebben. Dat soort klit altijd samen.'

'Ik wil je om een gunst vragen,' zei Will.

Faith draaide de kraan dicht. Met haar rug naar hem toe droogde ze het bord af. 'Zeg het maar.'

'Ik denk dat... Ik weet het eigenlijk wel zeker –' Hij zweeg en haalde diep adem. 'Sara's moeder haat me.'

Faith zette het bord in de vaatwasser. Ze sloot de klep. Daarna maakte ze het werkblad weer schoon.

'Ze verwacht vast van me dat ik... dat ik voor hen zorg,' zei hij. 'Denk je ook niet?'

Faith schudde haar hoofd, want dat dacht ze helemaal niet.

'Het zal vast een familieding zijn, iets wat je doet als familie. Toch?'

Faith moest hem nu wel aankijken, al was het alleen om hem beter te kunnen begrijpen.

'Ze op de hoogte houden, bijvoorbeeld,' vervolgde hij. 'Niet dat we al veel weten. Of dat ik ze veel kan vertellen. We kunnen zeggen… Dat zou het makkelijkst zijn. Maar, eh… of er schot in zit? Of misschien alleen het gevoel dat… Ik had zo gedacht dat we het beter samen konden doen. Maar misschien –'

'Ja.' Faith begon bijna weer te huilen, deze keer van opluchting. 'Ik ga met je mee om met Sara's ouders te praten.'

Faith keek naar de nummers boven de deur toen ze naast Will in de lift stond. Ze was ontelbare keren in Sara's appartement geweest. Er waren op de hele wereld maar vijf mensen aan wie ze haar dochter toevertrouwde. De tweede op de lijst onder Evelyn was niet Emma's vader of haar *abuela* en zelfs niet haar oudere broer. Faith zou nooit de kans laten schieten om haar kind bij een gediplomeerde kinderarts achter te laten.

Haar ogen schoten vol. Ze had zich op deze zaak gestort omdat het de beste manier was om te helpen Sara te vinden. Ze was zo vol dadendrang dat ze zichzelf nog geen tijd had gegund om stil te staan bij wat er werkelijk aan de hand was. Dat Sara iets kon overkomen. Dat ze verkracht kon worden. Geslagen. Verwond. Vermoord.

Wat moest ze dan tegen Emma zeggen?

De liftdeuren gingen open. Faith veegde haar tranen weg. Van zichzelf mocht ze alleen thuis in de provisiekast huilen. Ze moest zich hier zo snel mogelijk doorheen slaan, er zat niets anders op. Ze liep de gang in en klopte aan.

In het appartement klonken stemmen: twee vrouwen, en ze spraken op dezelfde toonhoogte. Er ging een schok door Faith heen. Een van hen klonk precies als Sara.

'Will?' De vrouw die opendeed keek verbaasd. Ze droeg een trainingsbroek en een wit T-shirt. Geen schoenen. Geen beha. Geen gêne. Ze sloeg haar armen om Will heen en drukte haar gezicht tegen zijn hals. 'Wat erg dat we elkaar zo moeten ontmoeten.'

Faith had geen idee of Will haar kende. Hij wist zich duidelijk geen raad met zijn handen. Uiteindelijk besloot hij zijn vingers lichtjes op haar schouderbladen te leggen. 'We hebben geen nieuws,' zei hij.

'Dat is toch goed? Niets is toch beter dan iets? En jij bent Faith?' Ze stak Faith haar hand toe. 'Ik ben Tessa, Sara's zus.'

Faith vond het dom dat ze het zelf niet had geraden. Tessa was ongetwijfeld direct op een vliegtuig gestapt toen ze het nieuws over haar zus had vernomen. De vlucht vanuit Zuid-Afrika moest haar hebben afgemat, maar er was geen teken van vermoeidheid bij Tessa te bespeuren. Sara was aantrekkelijk, maar haar zusje was beeldschoon. Een puntgave huid. Weelderig rossig haar. Ze was van Faiths leeftijd, maar een geslaagder exemplaar. Geen enkele vrouw hoorde zulke pronte borsten te hebben nadat ze een kind had gebaard.

'Kom binnen.' In haar stem schemerde een zacht zuidelijk accent door. 'Sorry dat ik me niet netjes heb voorgesteld. Ik heb een jetlag en... Doe je de deur dicht, Will? Mama, kijk eens wie er zijn.'

Cathy Linton stond af te wassen. Ze begroette Faith met een bijna onmerkbaar knikje.

'Sara heeft me alles over je verteld. Mijn hemel, wat ben jij lang, zeg. Maar dit hier...' Ze reikte naar boven en streelde Wills wang. 'Dat vindt Sara vast niks.'

Wills gezicht gloeide onder zijn baard. Hij herhaalde zijn eerdere zin. 'We hebben geen nieuws.'

'We wilden jullie laten weten wat we aan het doen zijn,' legde Faith uit.

'We hebben de tv al uitgezet,' zei Tessa, 'want het was een en al geklets en onzin. We kunnen beter op papa wachten, toch mam?'

'Ja,' klonk het nukkig.

'Hij laat de honden uit,' zei Tessa. 'Het kleintje is zo schattig. Vind je Betty ook niet lief, mam?'

Cathy antwoordde niet. Ze was net een stinkdier dat aan één stuk door in Wills richting stond te spuiten.

Hij kuchte. 'Ik ga wat kleren inpakken.'

Tessa keek hem na toen hij de gang in liep. Ze wachtte tot hij in de slaapkamer was verdwenen en keerde zich toen naar haar moeder. 'Wat heb jij in godsnaam?'

'Wil je koffie?' vroeg Cathy aan Faith.

'Ik, eh...' Faith zat nu tussen twee vuren in. 'Nee, bedankt.'

Maar Cathy schonk al in. Ze pakte nog een beker uit het kastje. 'Hij heeft er zeker melk in?' vroeg ze.

'Hij drinkt...' zeiden Faith en Tessa precies tegelijk.

'Will drinkt 's ochtends warme chocolademelk,' zei Tessa.

'Hij is geen zes meer,' zei Cathy met gefronste wenkbrauwen. 'Hij kan toch niet ontbijten met chocolademelk?'

'Meestal pakt hij een broodje op weg naar zijn werk,' zei Tessa. 'En daarna haalt hij een ontbijtburrito uit de automaat op kantoor.'

'En dat zou minder erg zijn?'

Faith wilde het liefst verdwijnen.

'Vertel eens.' Cathy priemde met haar vinger in de richting van Tessa. 'Hoe komt het dat je zoveel over de eetgewoonten van die man weet?'

'Blijf je hiermee doorgaan?'

Faith veinsde plotselinge interesse in Sara's ruime woonkamer.

'We horen op dit moment als familie bij elkaar te zijn,' zei Cathy. 'En die man is géén familie.'

'O, lieve god, mama, je zou jezelf eens moeten horen. Je krijgt Wills naam niet eens over je lippen.'

'Ik kan me niet herinneren dat je ook al voor psychiater hebt gestudeerd.'

Faith liet zich op de bank zakken. Ze sloeg het vakblad pediatrie open dat op de salontafel lag.

'Zoals je je nu gedraagt, snap ik dat Sara niet met jou over hem wil praten,' zei Tessa.

'Dat is niet –'

'Ik ben nog niet klaar,' vervolgde ze. 'Het afgelopen anderhalf jaar heb je je uiterste best gedaan Will bij Sara weg te krijgen omdat –'

'Omdat hij nog getrouwd was,' zei Cathy met klem. 'Als een man vreemdgaat, zal hij –'

'Will is een prima vent,' zei Tessa. 'Een hartstikke goede man.'

'Als dat waar was, als hij echt van haar hield, zou hij haar ten huwelijk vragen. Samenwonen stelt niks voor. Het is een logeerpartijtje met seks.'

'Niet te geloven dit.'

'Precies.'

Faith verdiepte zich in een artikel over door mycoplasma pneumoniae veroorzaakte uitslag op de vingers.

'Mama, je kunt Sara er niet tegen beschermen dat het leven gewoon doorgaat,' zei Tessa. 'Je keert je tegen Will omdat je bang bent dat hij haar in de steek laat, of haar een gebroken hart bezorgt, of haar bedriegt, of dat hij op een dag naar de brievenbus loopt en –'

'Stop!'

Tessa zweeg even. 'Sara heeft voor Will gekozen. Daardoor hoort hij bij de familie. Dat heb je ons zelf geleerd. Nu moet je je aan je eigen regel houden.'

Faith hoopte vurig dat de stilte die daarop volgde betekende dat deze nachtmerrie voorbij was.

'Oké.' Cathy's toon had niets toegevends. 'Jij bent hier de expert, wijsneus. Wat wil je dat ik doe? Waar zou ik Sara blij mee maken? Als ik een feestje voor hem organiseer? Of hem adopteer?'

Met een zucht gaf Tessa het op. 'Maak die warme chocolademelk nou maar.'

Faith hoorde een steelpan met kracht op het fornuis belanden. Het gas zoefde aan. Kastjes werden geopend en gesloten. De koelkast werd zo hard dichtgesmeten dat de flessen die erin stonden rammelden.

Faith wierp een heimelijke blik op de twee vrouwen. Cathy schonk melk in de pan. Tessa keek met over elkaar geslagen armen naar de voordeur. Het enige wat nog pijnlijker zou zijn, was als de hele woordenwisseling opnieuw begon.

Waar bleef Will toch?

Ze zocht in haar tas naar haar telefoon en stuurde hem een berichtje

Waar ben je???

Het bericht was ontvangen, zag ze, maar Will antwoordde niet. Faith wist zeker dat hij de ruzie had gehoord. De vrouwen hadden bepaald niet zachtjes gepraat. Waarschijnlijk kroop hij nu uit het raam. Het enige wat Will nog erger vond dan over zijn gevoelens praten, was anderen over hun gevoelens horen praten.

Een kastdeur sloeg dicht. De melk werd weer in de koelkast gezet.

Faith leunde met haar ellebogen op haar knieën. Ze opende haar mail. Het waren de gebruikelijke dingen: verzoekjes om documenten, een vraag van het bureau van de staatsadvocaat. Amanda had haar geen lijst gestuurd met dingen die ze moest doen, wat een wonder mocht heten. Ze hield vast toezicht op de planning voor Wills rendez-vous bij de Citgo. Ze bestudeerde kaarten. Trok belastinggegevens en eigendomsgrenzen na. Wat er de vorige dag in het park was gebeurd, zou niet weer gebeuren. Amanda zou zelf een van de volgauto's besturen. Faith was van plan dan naast haar te zitten.

De voordeur ging open. Betty blafte twee keer. Midden in de kamer draaide ze een rondje. Sara's twee windhonden trippelden naar de keuken en dronken uit de waterbakken.

Faith had Sara's vader nog nooit ontmoet, maar Eddie Linton zag er heel anders uit dan ze had verwacht. Het eerste wat haar opviel waren zijn wenkbrauwen, die alle kanten op schoten. Hij had een spijkerbroek tot een short verknipt. De witte zakken staken onder de rafelige uiteinden uit. Hij had harige benen. Zijn T-shirt was eerder geel dan wit. Er zaten gaten in de boord. Zijn tennisschoenen vielen praktisch uit elkaar.

'Dit is Faith, pap,' zei Tessa. 'Een vriendin van Sara.'

Faith stond op om hem een hand te geven. 'Wat akelig om u onder deze omstandigheden te ontmoeten.'

Hij knikte. 'Ik heb veel over je gehoord. Je hebt toch een dochtertje, Emma?'

'Sara is haar lievelingsoppas.' Voor hij ernaar kon vragen, zei ze: 'Er is geen nieuws, maar we wilden u op de hoogte houden van de gang van zaken.'

'We?' vroeg hij.

Weer blafte Betty. Will stond in de gang en te oordelen naar zijn gekwelde blik had hij elk woord van de ruzie opgevangen. Hij droeg een zwart shirt en zwarte jeans. Zijn legerkisten waren strak gestrikt. Zijn sporttas hing over zijn schouder. Hij leek net een inbreker, van het soort dat er niet voor terugdeinsde je te vermoorden om de sieraden van je grootmoeder.

'Oké.' Faith kon niet wachten tot het voorbij was. 'Zullen we allemaal even gaan zitten?'

Er waren twee banken. De Lintons kozen de bank tegenover Faith. Tessa nestelde zich in de hoek. Voor Cathy plaatsnam, zette ze een dampende mok warme chocolademelk op de salontafel. Eddie bleef afwachtend tussen zijn vrouw en dochter in staan, want hij wilde pas gaan zitten nadat Faith had plaatsgenomen.

Ze ademde diep in, klaar om te beginnen.

'Wacht even.' Eddie wenkte Will. 'Ga zitten, jongen.'

De zolen van Wills kisten piepten over de hardhouten vloer. Hij ging naast Faith zitten. Ze zag hem ineenkrimpen toen hij achteroverleunde. Betty sprong op zijn schoot. Ze strekte zich over zijn bovenbeen uit en legde haar kopje op zijn knie.

Cathy schoof de mok in Wills richting. Hij keek beduusd.

'Warme chocolademelk,' zei Tessa. 'Wedden dat je nog nooit echte hebt gehad? Sara heeft een bachelor scheikunde, maar ze kan nog geen melk koken.'

Met een hand op haar voet legde Eddie haar het zwijgen op. 'Ga je gang,' zei hij tegen Faith.

Ze ademde nog eens diep in en stak van wal. 'Bedankt, Mr Linton. Allereerst moet ik zeggen hoe goed het is dat jullie niet met de pers hebben gepraat. Het is van groot belang voor het onderzoek dat jullie blijven zwijgen.'

Hun stoïcijnse blikken gaven aan dat dit overbodige informatie was.

Voor de derde keer ademde Faith diep in. Over de details van de code die Sara in de lijst met medicijnen had verwerkt mocht ze niets loslaten, maar wel zei ze: 'We hebben bevestiging ontvangen dat Sara gisterochtend nog in leven was.'

Eddie legde zijn hand op zijn hart. Zijn vrouw en zijn dochter schoven dichter naar hem toe. Ze pakten ieder een hand.

'Wat voor bevestiging?' vroeg Tessa.

'Het enige wat ik kan vertellen, is dat Sara alles in het werk stelt om naar jullie terug te keren.'

Eddie knikte, alsof hij niet anders had verwacht. 'Het is een slimme meid. Die redt zich altijd.'

Cathy perste haar lippen op elkaar. Ze keek naar de salontafel.

Tessa was haar ouders een stap voor. 'Je zei dat jullie die bevestiging gisterochtend hebben ontvangen. Sindsdien is er niets meer vernomen?'

'Nee, maar dat hadden we ook niet verwacht,' antwoordde Faith. 'We denken dat we de naam weten van de groep die haar heeft ontvoerd.'

'Groep?' herhaalde Tessa. Ze keek net als Sara wanneer die een zaak probeerde te doorgronden. 'Hebben ze losgeld gevraagd? Bewijs gestuurd dat ze nog leeft? Als ze geld willen, krijgen we dat wel bij elkaar. Waarom gaan jullie niet –'

'Tessie,' zei Eddie. 'Laat haar je vragen nou beantwoorden.'

'Zo'n soort groep is het niet,' zei Faith. 'Het gaat ze niet om losgeld.'

'Wat willen ze dan?' vroeg Tessa. 'Ik snap niets van wat je zegt. Een groep heeft haar ontvoerd, maar waarom? Heeft het met die bomaanslag te maken? En hoe zit het met die andere vermiste arts? Die werkte bij de CDC. De campus van het Emory is hier vlakbij.'

'Ik begrijp je vragen, maar ik kan er geen antwoord op geven.' Faith probeerde grip op het gesprek te houden. Tessa was al even slim als haar zus. 'Niets van deze informatie is openbaar. En zo moet het ook blijven. Je wilt de vragen die je stelt liever niet op het nieuws terughoren.'

'Die lui graven nog een graf met hun zinloze gespeculeer,' zei Eddie.

'Zullen we het alsjeblieft niet over graven hebben?' vroeg Cathy zachtjes.

Tessa keek uit het raam. Tranen drupten uit haar ogen.

Faith deed een nieuwe poging. 'Het enige wat ik jullie mag vertellen, is dat we met een plan bezig zijn om haar te lokaliseren.'

'Een plan.' Tessa proefde het woord op haar tong. Nu keek ze naar Will. Naar zijn kleren. Zijn baard. Sara leek maar weinig voor haar zus te verzwijgen. Ze had Tessa ongetwijfeld verteld dat Will regelmatig undercover ging. Dat hij zijn leven op het spel zette om anderen te redden. Dat hij vol wondjes en blauwe plekken thuiskwam en de volgende ochtend vertrok om het allemaal opnieuw te doen.

'Is het gevaarlijk, dat plan?' vroeg Tessa.

'Alles wat we doen –' begon Faith.

'Nee,' onderbrak Tessa haar. 'Ik vraag het aan Will. Is het gevaarlijk?'

'Nee,' zei Will. 'Het is niet gevaarlijk.'

Tessa liet zich niks wijsmaken. 'Sara zou vast niet willen dat iemand zijn leven – dat iemand wat dan ook riskeerde. Snap je wat ik zeg? Dat zou ze het niet waard vinden.'

Will negeerde haar opmerking. Hij krabbelde over Betty's oren en onttrok zich verder aan de discussie.

'Wanneer weten we of het plan geslaagd is?' vroeg Eddie.

'Dat kan ik niet zeggen.' Faith had al te veel prijsgegeven. 'Ik wil jullie niets voorspiegelen. Niets van dit alles biedt enige garantie. Ik wil alleen duidelijk maken dat we alles doen wat in ons vermogen ligt. Sara betekent heel veel voor ons. Als collega. Als vriendin.' Daar liet ze het bij. 'We willen haar allemaal terug.'

'Wij ook,' zei Tessa. 'Maar we willen niet dat iemand anders iets overkomt.'

Faith knikte, maar niet ter bevestiging. Dat Sara hierbij betrokken was, maakte het intens persoonlijk, maar voor dat soort werk hadden ze getekend. Faith was zich maar al te bewust van de risico's telkens als ze haar penning opdeed.

'Oké. Bedankt.' Cathy bleef de hand van haar man vasthouden. 'Als je het niet erg vindt,' zei ze tegen Faith, 'zou ik nu graag met mijn gezin willen bidden.'

'Uiteraard.' Faith stond op. Ze hees haar tas over haar schouder.

Will was minder snel. Hij klemde Betty tegen zijn borst en schoof naar de rand van de bank. Met een ongemakkelijk lachje verontschuldigde hij zich voor zijn traagheid.

'Will?' Cathy reikte naar zijn hand. 'Blijf.'

VIJFTIEN

Dinsdag 6 augustus, 12.40 uur

Met opgehesen togajurk deed Sara rekoefeningen door de hele blokhut heen, terwijl 'Baby Got Back' eindeloos door haar schedel stampte. *Back*, oftewel kont, was het enige waaraan het haar altijd had ontbroken, maar omdat ze dacht dat Will ervan hield, had ze een extra tien minuten aan bilspieroefeningen aan haar vaste schema toegevoegd, in een vergeefse poging water in wijn te veranderen.

Zijn ex-vrouw had een prachtkont. En prachtheupen. En al het andere. Angie had rondingen als J. Lo in 'Ain't Your Mama', hoewel ze nog nooit een sportschool vanbinnen had gezien. Ze bezat van die gezegende genen die gedijden op chips en goedkope wijn. Uiteindelijk zou collageen haar ondergang worden. Dat soort huid zag er geweldig uit tot de zaak begon te hangen. Objectief gezien had Sara mooiere borsten dan Angie, maar dan kon je net zo goed zeggen dat twee chocoladezoenen op een strijkplank er beter uitzagen.

'Shit.' Sara staakte haar pogingen tot zelfverbetering.

Haar hamstrings zoemden als een zwerm bijen. Ze was alle gevoel van tijd kwijt. Dat haar maag rammelde betekende nog niet dat het lunchtijd was. Haar vegetarische ontbijt was een hard broodje en een nog harder stuk kaas geweest. Ze hoefde in de nabije toekomst niet bang te zijn voor dysenterie. Ze voelde de buitentemperatuur stijgen. Binnen bereikte de hut het kookpunt. Het zweet gutste van haar af.

Het ergste was dat de kinderen in de barak haar nodig hadden.

De vorige avond waren de antibiotica en de zalfjes afgeleverd. De pillen zaten in ziplockzakjes in plaats van in verzegelde potjes, maar Gwen had haar verzekerd dat het de goede waren.

Sara was niet overtuigd geweest.

Die ochtend had ze verwacht dat de toestand van sommige zo niet de meeste kinderen gestabiliseerd of in elk geval iets verbeterd zou zijn. Op haar ronde bleek het tegendeel waar. Benjamin werd steeds zieker. Het oudste patiëntje, een meisje van twaalf, vertoonde nieuwe symptomen. Bij de twee vierjarigen bespeurde ze geen verandering. Alleen de twee tienjarigen en de enige elfjarige waren stabiel.

Zat Gwen hierachter?

De vorige dag in het bouwwerk had de vrouw laten zien dat ze haar medische voorraden niet ging verspillen aan een patiënt die geen kans had op herstel. Sara had er hulpeloos bij gestaan terwijl Gwen met haar blote handen een jongeman had vermoord. Het beeld van haar trillende schouders terwijl ze met haar volle gewicht op Tommy's neus en mond drukte, stond in Sara's brein gegrift. Nog steeds voelde ze zijn koude vingers toen het leven ten slotte op brute wijze uit zijn lichaam werd geperst.

Maar Adriel, Gwens jongste, hoorde bij de ziekste kinderen. De infectie op haar linkernetvlies had zich naar haar rechternetvlies uitgebreid. Haar dubbele longontsteking klonk inmiddels als het geritsel van dorre bladeren. Sara kon zich niet voorstellen dat Gwen haar eigen dochter, zo klein nog, zou laten stikken.

Aan de andere kant: Gwens vader had de IPA opgericht. Ze had Dash zeven kinderen geschonken. Ze was op de hoogte van alles wat er gebeurde in het Kamp, leek de kooksters aan te sturen en de leiding over de kinderen te hebben, en ze had haar afkeer van Sara niet onder stoelen of banken gestoken.

Wat betekende dat Sara erg voorzichtig moest zijn als zij in de buurt was. Dash was een vreselijke man, maar mannen waren meestal voorspelbaar vreselijk. Een woedende vrouw was in staat enorme psychische schade aan te richten, van het soort dat bleef hangen lang nadat de wonden waren genezen.

Buiten klonk een luide *klik*.

Niet de sleutel die in het slot werd gedraaid. De generator van de broeikas was weer aangeslagen. Sara luisterde naar het gedempte geluid van de gasafvoer. Ze had het de hele nacht gehoord. De hoeveelheid warmte die het ding genereerde was moeilijk te verbergen voor een overvliegende helikopter. Sara concludeerde dat het project in de kas – wat het ook inhield – bijna was voltooid.

Ze moest zorgen dat ze daar binnenkwam.

Haar gedachten volgden een inmiddels vertrouwd patroon toen ze aan alle vreselijke dingen dacht die er wellicht plaatsvonden. Zo hoog in de bergen had je altijd marihuanakwekerijen. De rivier leverde voldoende water voor hydrocultuur, maar dan zou de generator dag en nacht moeten draaien voor de groeilampen, de ventilatoren en de vochtigheidsmeters. Bovendien was de kas aan de kleine kant. Het enorme risico in aanmerking genomen was het op die schaal te weinig lonend.

Een logischer verklaring voor al het geheimzinnige gedoe was dat er bommen werden gefabriceerd. Het bouwwerk waar Tommy af was gevallen moest duidelijk een gebouw voorstellen. Wat voor gebouw was onbekend. Minstens twee verdiepingen. Een galerij en in het midden een trap die naar links en naar rechts voerde. Sara wist dat de mannen in het bouwwerk werden gedrild, dat ze trainden voor een missie en dat ze in oorlog meenden te zijn. Dus misschien was Dash een heimelijke operatie aan het voorbereiden, waarbij ze een onbekend gebouw binnen zouden sluipen, om er een aantal bommen te plaatsen en vervolgens naar buiten te glippen om de totale vernietiging af te wachten.

Wat een mogelijke verklaring was voor het bouwwerk, maar niet voor de kas en de thermische tent, want om explosieven te maken had je geen afgezonderd, afgeschermd glazen gebouwtje nodig. Dan had je aan vier vierkante meter meer dan genoeg. Op datzelfde moment waren er waarschijnlijk overal ter wereld tientallen mensen in garages en flats bezig om bomgordels en bermbommen in elkaar te zetten.

Michelle was het afwijkende element. Ze was gespecialiseerd in besmettelijke ziekten. Dash had haar niet zomaar ontvoerd. In de CDC werden de ergste virussen bestudeerd die de mensheid kende. En waarschijnlijk ook een enkele vorm die slechts een paar mensen kenden.

Of die alleen Michelle Spivey kende.

Allerlei akelige biologische stoffen konden door een amateurscheikundige synthetisch worden geproduceerd, maar ze toepassen was een ander verhaal. Opslag, transport, levering – allemaal logistieke problemen waardoor het voor niet-overheidsgroepen lastig zo niet onmogelijk was om een succesvolle biologische terreurdaad te plegen. Het was veel goedkoper om een bom in elkaar te knutselen of een voorraad munitie aan te leggen.

Dash had al bewezen bommen te kunnen maken en te kunnen detoneren. Hij had bij het ziekenhuis mensen gedood. Sara had zijn opgetogen reactie gezien toen de aantallen voorbijflitsten op het nieuws.

Opgetogen, maar niet extatisch.

Wat betekende dat ze met een reuzecirkel was teruggekeerd naar dezelfde vraag als die van de vorige dag: wat was hij van plan?

Sara overdacht wat ze inmiddels over Dash te weten was gekomen. Allereerst was hij een uitstekend georganiseerde leider. Het Kamp was niet van de ene dag op de andere verrezen. Alles wees op een planmatige gemeenschap. De twee gescheiden terreinen. De kas. Het bouwwerk. De ruime voedselvoorraden. De kledingstijl van de mannen en vrouwen. De volgzaamheid van de leden. Het gevoel dat men zich aan regels hield.

Regels die door Dash waren opgesteld.

Hij was zonder meer in staat strategieën uit te werken en plannen voor de lange termijn te maken, wat voor de meeste criminelen moeilijker was dan de gemiddelde niet-crimineel zou denken. Dash had ook een van de grootste hobbels overwonnen die een mannelijke crimineel op zijn pad trof: hij was de dertig gepasseerd. Sara schatte dat hij midden veertig was. Hij maakte niet de indruk veel scholing te hebben gehad, maar gaf blijk van het soort intelligentie dat een zeer specifiek doel dient. Je kreeg een groep mensen niet zover dat ze het moderne leven opgaven als je niet over een zekere emotionele intelligentie beschikte. Dat alles wees op een hoge mate van arrogantie. Mensen geloofden alleen in je als je hen ervan wist te overtuigen dat je in jezelf geloofde.

Sara probeerde Gwen in het plaatje in te passen. Ze dichtte een andere vrouw niet graag Lady Macbetheigenschappen toe, maar vanaf het allereerste begin had ze iets duisters bij de vrouw bespeurd. Haar medeplichtigheid aan de mazelenuitbraak. Zoals ze Bijbelverzen gebruikte om haar kinderen bang te maken. De harteloze onverschilligheid ten opzichte van het leven. Sara betwijfelde zelfs of Gwen wel een bevoegd verpleegkundige was. Ze was maar al te bereid Dash' smerige werk op te knappen. Eén goedkeurend knikje van haar man was voldoende voor haar geweest om Tommy te laten stikken.

Er was weinig verbeelding voor nodig om te zien hoe een type als Gwen Dash overhaalde en bewerkte en hem tot nog grotere terroristische daden dreef. Wat Dash ook van plan was, Sara twijfelde er niet aan dat Gwen elk aspect ervan had goedgekeurd. Misschien had ze zelfs nog wat sadistische details toegevoegd.

Maar welke?

Sara begon weer te ijsberen, deze keer om haar hersens in plaats van haar bilspieren aan het werk te zetten.

Na 11 september waren explosies en bommen niet gewoon geworden in het Amerikaanse leven, maar ze waren evenmin totaal onverwacht. Met elke aanslag was het schokeffect iets afgenomen. Massamoord, schietpartijen, schoolschutters... Ze vervulden Amerikanen nog steeds met afschuw, maar na een week of een maand pakten de mensen hun dagelijkse leven weer op, tot er een nieuwe aanslag plaatsvond.

Sara veronderstelde dat Dash zich bewust was van het krimpende effect van deze plotselinge geweldsuitbarstingen. Telkens als ze zich in hem probeerde te verplaatsen, kwam ze tot de conclusie dat Dash vooral op één ding uit was: zijn naam vestigen.

Dat bracht haar weer terug bij Michelle.

En dat bracht haar weer op een biologische aanslag.

Als je een middel zocht dat mensen doodsangst aanjoeg, was antrax met zijn sterftecijfer van negentig procent buitengewoon effectief. De aanslag in 2001, die bekend werd onder de naam Amerithrax, had de posterijen en delen van de overheid lamgelegd. De sporen konden verstoven worden, maar er was geen overdracht van mens op mens. En vanwege de eerdere aanslagen was het bijna onmogelijk om een bacteriestam te vinden.

Botox was een andere optie, maar daarvoor zou je de klinieken van alle plastisch chirurgen in Amerika moeten overvallen, en met de hoeveelheid die je dan had, kon je maar een handjevol mensen doden. En je zou het bij iedereen individueel moeten injecteren...

Sara liep weer een rondje.

In gedachten nam ze haar basiskennis over hoe dodelijk de natuur kan zijn uit haar medische opleiding door. Rickettsiae, Bunyaviridae, het Marburgvirus, Chlamydophila psittaci... Allemaal ongelooflijk gevaarlijk en bijna onmogelijk om als wapen in te zetten. Vaccins, antibiotica en quarantaineprocedures voorkwamen dat de meeste van deze virussen en bacteria grote mensenmassa's konden infecteren.

Dash was op mensenmassa's uit.

Ook waren er biologische middelen zoals ricine, stafylokokken enterotoxine B, botulinetoxine, saxitoxine en talloze mycotoxinen. Maar het bezit, vervoer en gebruik van deze organismen was door het Select Agent Program aan strenge regels gebonden. Niet dat er een regulerend orgaan nodig was. De meeste toxinen konden in een doorsneekeuken in elkaar worden gedraaid. Je had geen geheime broeikas nodig om je sporen te verbergen. En eigenlijk had je ook geen ingewikkelde gifstof nodig om een enorm effect te bereiken.

In 1984 had een afsplitsing van de Baghwanbeweging zonder veel moeite voldoende synthetische Salmonella enterica Typhimurium geproduceerd om ruim zevenhonderdvijftig mensen in de staat Oregon ziek te maken. In 1982 had een nog altijd onbekende gifmenger in Chicago cyaankali aan Tylenolcapsules toegevoegd, en zo voor altijd de verpakkingswijze van medicijnen veranderd.

Sara dacht aan het bouwwerk, waar Tommy was gestorven. Minstens twee verdiepingen. Een open hoofdgedeelte op de begane grond, een galerij rond de eerste verdieping. In het midden een trap.

Kon je antrax aanbrengen in een aircosysteem?

Als dat mogelijk was, had iemand het allang geprobeerd.

Legionellose kwam van nature in zoetwater voor. Besmetting was onvoorspelbaar, ging niet van persoon op persoon en de bacterie had 'slechts' een sterftecijfer van tien procent.

'Shit,' herhaalde Sara.

Ze was weer terug bij af.

Ze moest haar geijsbeer staken voor ze kramp in haar spieren kreeg. Ze kon geen rekoefeningen meer doen. Ze had ook geen liedjes meer, behalve dan dat nummer dat ze zich niet kon herinneren, over de serveerster die in de bar werkte. Alleen Will wist hoe het heette. Als ze het neuriede, zei hij altijd dat ze niet kon neuriën, maar uiteindelijk raadde hij de naam toch wel.

Sara drukte haar vingers tegen haar ogen.

Ze mocht niet weer gaan janken. Het stadium waarin ze naar Will verlangde, had ze achter zich gelaten, maar nu maakte ze zich weer zorgen om hem. Had hij het hartje gezien dat ze voor hem in het motel had achtergelaten? Wist hij van de code in de lijst met medicijnen?

Tessa zou nu wel in Atlanta zijn. Sara hoopte dat haar zus Will omhelsde. Eigenlijk werd hij nooit omhelsd. Ze hoopte dat Tessa tegen hem zou zeggen dat alles goed kwam. Ze wilde – nee, eiste op afstand – dat haar moeder Will in de familie opnam om hem te beschermen, want met elk verstrijkend uur berustte Sara er meer in dat ze niet meer thuis zou komen, dat ze geen van hen ooit nog zou zien.

'Sir!' Aan de andere kant van de deur hoorde Sara Lance overeind krabbelen. Voor zover ze wist, had hij al twee dagen geen pauze genomen.

Zoals gewoonlijk sprak Dash zo gedempt dat ze hem niet kon verstaan. Door zijn zachte gemompel miste ze Wills diepe mannenstem des te meer.

'Begrepen, sir,' zei Lance.

Sara probeerde het geluid op te vangen van de sleutel die in het slot gleed. Ze wilde al net zo graag naar buiten als haar honden wanneer ze thuiskwam van haar werk.

Uiteindelijk klikte het slot. De deur ging open. Dash stond op het houtblok dat als stoep dienstdeed. Zijn mitella zat scheef. Zijn hand hing te laag. 'Dokter Earnshaw, ik ga zo meteen lunchen met mijn gezin. Mijn dochtertjes hebben speciaal gevraagd of je erbij wilt zijn.'

Het liefst zou Sara zijn dochters een voor een kussen.

Ze hees haar toga op en stapte het zonlicht in. Het was zo warm dat het zweet verdampte op haar huid. Ze verlangde niet meer naar schone kleren. Op dat moment zou ze al blij zijn als ze ongeacht welk lichaamsdeel in schoon water kon dompelen.

Dash trok zijn mitella weer recht. Door de band was er een ruwe plek in zijn nek ontstaan. 'Ik heb gehoord dat onze kinderen niet reageren op je behandeling,' zei hij.

'Ze reageren niet op de medicijnen,' zei Sara. 'Weet je zeker dat ze legaal zijn? De zwarte markt is niet altijd –'

'Ik waardeer je bezorgdheid, dokter Earnshaw. Onze bron zou ons nooit nepmiddelen verkopen.'

Onze bron.

Sara vroeg zich af of Beau die bron was. Of Beau inmiddels vastzat. Of Will wist dat Sara haar uiterste best deed om hem te bereiken.

'Hola!' zei Dash.

Lance was gestruikeld. Sara keek nog eens goed toen hij weer overeind kwam. Haar bewaker zag eruit alsof hij in bed hoorde te liggen. Bleek, met hangende oogleden, en hij haalde hijgend adem. Ze had hem de hele nacht naar zijn geïmproviseerde toilet horen rennen.

Sara vervolgde haar weg naar de open plek. Lance moest eigenlijk naar een dokter. Jaarlijks stierven er zo'n honderdduizend mensen aan dysenterie.

'Volgens Gwen heeft Adriel een onrustige nacht gehad,' zei Dash.

'Ik ben bang dat de kinderen een bijkomende ziekte onder de leden hebben. Een soort virus of een bacteriële infectie.' Ze dook weg voor Dash' arm, maar hij duwde alleen een tak weg. 'Ik wil ze graag nog eens onderzoeken.'

'Ik zal zorgen dat je net zo lang in de barak kunt blijven als je nodig acht.'

'Bedankt.' Sara merkte dat haar stem oversloeg van dankbaarheid. Ze gaf om de kinderen, maar het was vooral de gedachte dat ze haar houten cel uit was die haar met blijdschap vervulde. 'Vooral Benjamin is er slecht aan toe.'

'Gwen zou zeggen: "Laat de kinderen ongemoeid..."'

Sara had met eigen ogen gezien wat Gwen onder ongemoeid verstond. Heel veel, zolang het maar ten dienste van Dash was.

'Als God bestaat,' zei hij, 'en als Hij weet hoe onze dierbare schaapjes lijden, dan is Hij niet de God die ik wil kennen.'

Sara's moeder zou het buitengewoon hilarisch vinden dat haar dochter het tegenovergestelde standpunt innam. 'God heeft ons de middelen geschonken om hen allemaal te helpen, maar die worden hun ontzegd.'

Hij moest lachen. 'Alleen al om je pit is het een genoegen om je in ons midden te hebben, dokter Earnshaw.'

Sara keek naar de grond zodat hij haar niet met haar ogen zag rollen. Ze had wel verwacht dat hij haar uiteindelijk pittig zou noemen.

Ze waren bij de open plek aangekomen. Ze voelde de zon op haar blote schouder branden. Vrouwen bogen zich over potten boven open vuren, want ze waren altijd en eeuwig eten aan het koken en lakens, kleren en bergen katoenen luiers aan het wassen. Gwen stond met haar handen in haar zij bevelen te blaffen tegen angstige volgelingen. Er ging een steek door Sara heen toen ze haar zag. Als de vrouw inderdaad verpleegkundige was, had ze maar al te goed geweten wat ze deed toen ze Tommy van een vredig einde aan zijn korte leven beroofde.

'Dokter Earnshaw,' zei Dash, 'je herinnert je mijn lieve dametjes vast nog wel.'

De meisjes hadden al plaatsgenomen aan een van de lange gemeenschappelijke picknicktafels. In gedachten repeteerde Sara hun namen: Esther, Charity, Edna, Grace, Hannah en Joy met de Wantrouwende Blik.

Welgemanierd als ze waren zeiden ze in koor: 'Goedemiddag, dokter Earnshaw.'

De praatgrage Grace schoof opgewonden opzij zodat Sara naast haar op de bank kon gaan zitten. Ze begon bijna te kwinkeleren van vreugde toen haar wens uitkwam. Sara streelde over het fijne haar van het meisje. Ze zag twee kuiltjes in haar voorhoofd. Oude littekens van waterpokken.

'Bedankt, zusters,' zei Dash.

De vrouwen van de kookvuren kwamen de maaltijd opdienen. Een lap vlees voor Dash, kommen stoofpot voor de meisjes, en een bord met kaas, crackers en fruit voor Sara. Haar maag rammelde, maar bij de gedachte aan nog meer kaas zwol haar tong op in haar mond.

'Dokter Earnshaw, waar hebt u uw man ontmoet?' vroeg Grace.

'In het ziekenhuis waar ik werkte.' Sara was verrast door haar eigen woorden. Zonder nadenken had ze de vraag beantwoord, maar het klopte niet. Ze had Jeffrey tijdens een footballwedstrijd van de plaatselijke middelbare school ontmoet.

Ze had Will in het ziekenhuis ontmoet.

'Wat droeg u toen?' vroeg Grace.

'Eh...' Weer kon Sara wel huilen. Ze kauwde een cracker weg om zich te hernemen. 'In het ziekenhuis dragen dokters operatiepakken. Een groene broek en een bijpassend shirt.'

'En een witte jas,' wist Esther, die zich Sara's beschrijving van de wittejasceremonie van de vorige dag herinnerde.

'Ja,' zei Sara. 'En een witte jas. En een stethoscoop. En zwarte rubberen schoenen, want dokters staan de hele dag, dus anders gaan onze voeten pijn doen.'

Grace manoeuvreerde het gesprek weer naar haar lievelingsonderwerp. 'Droeg u een trouwjurk toen u ging trouwen in het rechte gebouw?'

'Gerechtsgebouw,' zei Joy, op dat smalende toontje dat Sara vroeger vaak tegen haar eigen zusje had aangeslagen. 'Daar zit de rechter. Hij kan mensen trouwen.'

'Papa Martin gaat ook naar het gerechtsgebouw,' zei Edna. Haar gezichtje stond ernstig. 'De rechter zorgt dat hij nooit meer terug mag komen.'

Dash kuchte en keek Edna hoofdschuddend aan.

Sara besloot helemaal los te gaan op dat nieuwe weetje zodra ze weer werd opgesloten. Met Papa Martin werd Martin Novak bedoeld, dat was duidelijk. Over enkele weken werd de bankrover berecht. Uit Faiths gemompel had Sara opgemaakt dat Novak enige tijd bij een anti-overheidsgroep op de zuidgrens had doorgebracht. Als Martin Novak de vader van Gwen was, had Dash door zijn huwelijk met haar een enorme legitimiteit verworven. Het betekende ook dat Gwen vrijwel haar hele leven ondergedompeld was geweest in de racistische ideologie van de IPA.

Grace snifte om iedereen te laten weten dat haar gevoelens waren gekwetst. Ze trok een pruillip. 'Ik vroeg alleen maar naar haar jurk.'

Sara streek weer over haar haar. Ze dacht aan het zwarte jurkje waar Will zo van hield. Aan zijn blije blik, telkens als ze om hem te plezieren aan het scheren, plukken en opdoffen sloeg en hoge hakken aantrok.

Eigenlijk was Will altijd blij wanneer ze extra haar best deed voor hem.

'Ik had een gewone jurk aan,' zei ze tegen Grace. 'Maar er zaten wel mooie bloemetjes op gestikt.' Ze wees naar haar halslijn. 'Hij vindt – vond – het mooi als ik mijn haar los had, dus liet ik het over mijn schouders vallen, ook al was het heel warm buiten. En ik droeg schoenen met hoge hakken waarin mijn tenen werden samengeknepen.'

'Hoe hoog?' flapte Joy eruit. Ze kreeg een kleur. 'Want u bent lang, bedoel ik. Daar houden mannen niet van. Dat heb ik gehoord.'

'De goede mannen wel,' zei Sara, die daar in haar tienertijd vaak aan had getwijfeld tijdens de eindeloze jaren voor de jongens haar in lengte voorbij waren geschoten. 'En de juiste man voelt zich niet bedreigd door een vrouw die tevreden is met zichzelf.'

'Amen.' Dash had zijn arm uit de mitella getrokken om het stuk vlees te kunnen snijden. Hij had een lang mes met een gekarteld lemmet in zijn hand.

Sara vroeg zich af of het bestek werd geteld wanneer de tafel werd afgeruimd.

Grace zei: 'Ik wil een witte jurk als ik ga trouwen, met bloemen en paarden.'

Joy rolde met haar ogen.

'En ijs.' Grace giechelde.

'Vanavond krijgen jullie ijs,' zei Dash.

Er steeg gejuich op.

'We hebben iets te vieren: de voltooiing van ons grootste wapenfeit,' zei hij tegen Sara.

Zijn insinuerende lachje vertelde haar dat hij wist dat haar aandacht nu gewekt was.

'Morgen is een zeer belangrijke dag voor ons,' zei hij.

Sara weigerde hem de voor de hand liggende vraag te stellen.

'Kinderen, goed naar papa luisteren.' Dash prikte een aardappel aan zijn vork. 'Vanavond moeten jullie aan ons allemaal denken. Geniet van het feestje en van het ijs, maar bedenk dat het een serieuze missie is waaraan we gaan beginnen. Morgen vormt het sluitstuk van alles waar we de afgelopen drie jaar naartoe hebben gewerkt.'

Drie jaar?

Hij vervolgde: 'Papa en zijn mannen trekken de boze wereld in om de mensen eraan te herinneren wat de opstellers van de grondwet voor ogen stond toen ze zich aan het schrijven van dat schitterende document zetten.'

'Eén natie onder God,' zei Grace.

'Precies,' beaamde Dash, hoewel het zinnetje uit de eed van trouw kwam, niet uit de grondwet. 'Het land moet met een schok weer bij zinnen komen. Het is tijd om de boodschap te verspreiden. We zijn zover afgedwaald dat de blanke man zijn plek niet meer kent.'

Weer schoof hij een vork vol aardappel zijn mond in. Hij was nog niet klaar met zijn speech, maar hij was pas tevreden als Sara aan het spelletje meedeed.

Ze schraapte haar keel. 'Hoe luidt die boodschap?'

Zonder enige haast dronk hij van zijn glas water. 'De Boodschap maakt duidelijk dat de blanke man zich niet laat onderdrukken. Niet door een bepaald ras. Niet door een bepaald soort vrouw. Door niets of niemand.'

Nu zou de echte Dash verschijnen, dacht Sara. Ze zag de eerste tekenen al in zijn jukbeenderen, die scherper werden, en in zijn huid, die bleek werd van geestdrift.

'Die mensen, die bastaarden, proberen ons naar de ondergang te fokken,' zei hij tegen Sara. 'Ze infiltreren onze cultuur met hun muziek en hun losse moraal. Ze maken misbruik van onze vrouwen. Spiegelen hun een vals beeld voor van wie ze zijn, van wat hun plek is in de maatschappij.'

'Zoals Michelle,' zei Edna.

'Ja!' Dash sloeg met zijn vuist op tafel. Nu gleed het masker af. 'Michelle is een levend voorbeeld van het soort vrouw dat door haar egoïstische, hedonistische keuzes de natuurlijke orde vernietigt. Dergelijke vrouwen moeten ten voorbeeld worden gesteld. Vroeger werden heksen verbrand in dit land.'

Weer had hij het mis. Tijdens de heksenprocessen in Salem waren er geen heksen verbrand. Ze waren opgehangen of doodgedrukt.

'Het is de taak van de man om te beslissen wat het beste is voor zijn gezin.' Weer sloeg Dash op de tafel. 'Kijk hoe we eraan toe zijn. Blanke mannen met blanke macht hebben de blanke maatschappij duizenden jaren lang beschermd.'

Sara verbeet zich om hem niet tegen zich in het harnas te jagen.

Haar terughoudendheid was Dash niet ontgaan. Hij veegde zijn mond af aan een servet en pakte met een glimlach zijn rol weer op. 'Ik ben geen racist. Ik kom voor mijn eigen ras op. Ik ben geen seksist. Ik kom voor mijn eigen sekse op.' Hij haalde zijn schouders op, alsof het logisch was wat hij zei. 'De blanke man wordt verdrongen. Door onze welwillendheid, onze grootmoedigheid worden we naar de rand van de ondergang gedreven. We hebben te veel rechten afgestaan aan vrouwen, aan de neger en de kleurling. We hebben hun de hoop op een beter leven voorgehouden, en daar hebben ze in hun eigen voordeel misbruik van gemaakt.'

De meisjes keken op naar hun vader alsof hij de Bergrede uitsprak. In Sara's oren klonk het eerder als neonazistische poppsychologie. Met zijn uitspraken legde Dash een van de vele zwakheden in de contacthypothese bloot. Die luidde dat de mate van vooroordeel doorgaans afnam wanneer weldenkende mensen contact met elkaar hadden. Het was moeilijk om in een stereotype over een heel ras te blijven geloven wanneer je tegenover een individu stond dat je vooroordeel onderuithaalde. Dat er in de praktijk mensen waren zoals Dash, die weigerden te erkennen dat de andere groep dezelfde status bezat als je eigen groep, vormde een van de mogelijke ontkrachtingen van de hypothese.

'Dokter Earnshaw.' Dash legde zijn vork neer. Hij leunde met zijn ellebogen op tafel. 'U bent een vrouw van de wetenschap. De geschiedenisboeken hebben u geleerd dat elke grote vooruitgang in de wereld – van de industriële revolutie tot het digitale tijdperk tot het internettijdperk tot wat er hierna allemaal komt – mogelijk is gemaakt door blanke mannen.'

Sara kon dat met allerlei feiten weerleggen, maar het had geen zin de discussie aan te gaan met iemand die weigerde fundamentele waarheden te accepteren. Het bestaan van dat soort mensen was eveneens een mogelijke ontkrachting de contacthypothese.

'Zelfs onze beheersing van de technologie is een zwaard dat aan twee kanten snijdt. Allerlei mannenwerk wordt overbodig.' Dash richtte zijn vinger op Sara. 'Van alle beroepen voor mannen zonder hoger onderwijs staat chauffeur bovenaan. Wat gaat er gebeuren als zelfrijdende auto's en vrachtwagens onze wegen overnemen? Technologie, innovatie, onderwijs. Blanke mannen wordt een fatsoenlijk loon onthouden. Waar vrouwen over de financiën gaan, raken mannen gedemoraliseerd. Ze nemen hun toevlucht tot alcohol en pillen. Ze verlaten hun gezin, laten hun kinderen in de steek. Dat mogen we niet toestaan.'

Sara vermoedde dat je gezin trouw blijven uit respect en waardering voor je vrouw geen optie was.

Dash was nog niet uitgesproken. 'De afgelopen tweehonderd jaar hebben Amerikaanse politici alles in het werk gesteld om de zwarte en bruine man tegemoet te komen en tevreden te houden. Republikeinen, Democraten, vrijheidsgezinden, onafhankelijken – ze maken zich er allemaal schuldig aan. We geven de bastaarden scholen, maar vervolgens willen ze blanke scholen. Ze mogen in onze bussen, maar vervolgens willen ze voorin zitten. We betalen ze om ons te vermaken, maar vervolgens willen ze ons verdomme hun mening door de strot duwen.'

'Papa,' fluisterde Grace, alsof vloeken de ergste van al zijn wandaden was.

'Steeds weer zijn we ze tegemoetgekomen.' Opnieuw sloeg Dash op tafel. 'Er is niet genoeg schoon water, schone lucht en voedsel voor iedereen. Niet iedereen kan in een mooi huis wonen met een grote tv. Doordat we de bastaarden in de veronderstelling hebben gelaten dat ze recht hebben op wat de blanke man bezit, bevinden we ons nu op dit keerpunt. We mogen onze macht niet uit handen geven.'

De zoveelste lacune in de contacthypothese: angst voor rivaliteit.

'Daarom hebben de opstellers van de grondwet in het tweede amendement het recht op wapenbezit vastgelegd. Opdat we de wapens kunnen opnemen om de regering te laten weten dat ze fout zit. Blanke mannen waren de enige mannen die van dat recht gebruik mochten maken. Onze levens zijn de enige levens die tellen.'

Sara beet op haar lip. Het tweede amendement was niet geschreven door de opstellers van de grondwet. Zij hadden het proces bedacht met behulp waarvan de grondwet geamendeerd kon worden.

'Met alle risico's van dien heeft onze overheid haar aandacht afgewend van het blanke gezin, dat ze hoort te koesteren. Het is een kwestie van simpele economie. Als je voor ons zorgt, valt al het andere op zijn plaats. Er blijft genoeg over voor de rest. Jij bent arts. Je kent de wetenschappelijke feiten. Door zijn superieure genen was de blanke man voorbestemd om de volkeren van de wereld te leiden. We kunnen niet toestaan dat we tot tweede- of zelfs derderangsburgers degraderen.'

Dat kon Sara niet laten passeren. De medische geschiedenis wemelde van dat soort bizarre onzin. De leer van de lichaamssappen, aderlatingen, frenologie, vrouwelijke hysterie. Niets van dat alles was onschuldig. De zogenaamde 'wetenschap' van de Amerikaanse rassenverbeteringsbeweging had de gruwelen van nazi-Duitsland mede geïnspireerd. Will zou met zijn ernstige dyslexie grote kans hebben gemaakt op gedwongen sterilisatie of om vermoord te worden.

'Het zou echt waardeloos zijn om als minderheid te worden behandeld, hè?' zei ze tegen Dash.

'Je drijft er de spot mee, maar je slaat de spijker op z'n kop. Blanke vrouwen met hun abortus, hun anticonceptie en hun carrières laten hun eigen egoïstische wensen voorgaan boven de voortplanting van het ras. Rassenvermenging, het kweken van bastaarden, geef het maar een naam. Elk probleem waarmee dit land te kampen heeft kan worden teruggevoerd op het naderende noodlot van de Grote Omvolking.'

Zijn ogen schitterden terwijl hij sprak. Sara begreep dat iemand die zo woedend was als Dash, zo geïsoleerd en vervreemd, zijn filosofie van de haat als de oplossing van zijn problemen beschouwde.

Het is niet jouw schuld, broeder, maar die van alle anderen.

'Dametjes.' Dash eiste de aandacht van zijn dochters weer op. 'Luister goed, want dit is de belangrijkste les die papa jullie ooit zal leren. De rassen vormen een piramide. De blanke man staat altijd bovenaan, en daarna komt zijn ondergeschikte, de blanke vrouw, die slechts één meester hoeft te dienen. Daaronder vind je allerlei rassen. Niet iedereen hier op aarde is gelijk.'

'Maar gelijkheid is toch vanzelfsprekend?' Sara citeerde de Onafhankelijkheidsverklaring: 'Zijn niet alle mensen als gelijken geschapen?'

Hij hief zijn vinger naar haar. 'Je kunt maar beter niet met me in discussie gaan over de grondwet, dokter Earnshaw.'

Sara hield een gekwelde zucht binnen. Dash was een domme man die dacht dat hij intelligent klonk. En zijn filosofie deed er niet toe. Zijn verderfelijke racisme, seksisme en vreemdelingenhaat deden er niet toe. Het enige wat ertoe deed, waren de kas, het bouwwerk en de Boodschap die hij wilde verspreiden.

Morgen vormt het sluitstuk van alles waar we de afgelopen drie jaar naartoe hebben gewerkt.

'Wat wilde je eraan doen?' vroeg Sara.

'De Boodschap, dat doen we eraan. Er zullen grote offers gebracht moeten worden, en het verlies van levens valt me altijd zwaar, maar we moeten verliezen accepteren als we naar ware, betekenisvolle verandering streven. De pleitbezorgers, de bastaarden, ze schieten uit de grond als onkruid dat periodiek weggemaaid moet worden.' Dash schudde zijn hoofd. 'Het is ontzettend triest, maar het is de natuurlijke orde der dingen. Soms moet je een rozenstruik snoeien om een prachtige bloem te krijgen.'

Sara voelde de dreiging achter zijn bloemrijke taal. 'Hoeveel levens zullen er verloren gaan?'

'Ontelbare. Er zullen zoveel doden zijn dat ik betwijfel of geschiedschrijvers het totale aantal zullen kunnen berekenen.' Dash pakte zijn vork en mes weer op. Hij viel op het vlees aan. 'Weet je, dokter Earnshaw, ik ben een man van mijn woord. Ik heb gezegd dat je vrijgelaten zult worden, en dat meende ik. We zullen een getuige van de Boodschap nodig hebben. Volgens mij kan een welbespraakte, weldenkende dame als jij een overtuigend pleidooi voor ons voeren.'

Sara probeerde niet stil te staan bij het feit dat je alleen getuige kon zijn als je het overleefde.

Schonk hij haar valse hoop?

'Papa, wanneer weten we of de Boodschap heeft geholpen?' vroeg Joy.

'Wanneer de tijd rijp is.' Dit kwam van Gwen. Ze stond achter Edna en sloeg haar vingers in de schouders van het meisje. Haar starre houding vond zijn weerslag in de angst in de ogen van haar kinderen. 'Zolang die kommen niet leeg zijn, wordt er vanavond geen ijs gegeten.'

Gehoorzaam pakten de meisjes hun lepels en begonnen te eten.

Met haar handen samengebald in haar schort ging Gwen zitten. Ze at hetzelfde als haar dochters, maar van een bord in plaats van uit een kom. Ze had rauwe plekken op haar handen, zag Sara. Ze was erin geslaagd de huid er met haar schort af te wrijven.

Ondanks haar walging vroeg Sara aan Gwen: 'Gaat het al iets beter met Benjamin?'

Gwen trok haar lippen tot een strakke streep. Ze deed geen moeite meer haar vijandige gevoelens jegens Sara te verbergen. 'De Heer zal over zijn lot beslissen.'

'Misschien moet ik zijn medicatie aanpassen,' probeerde Sara. 'Ik kan alle kinderen nog wel een keer onderzoeken. En ik wil met alle plezier helpen met wassen, lakens verschonen, wat dan ook om het hun wat behaaglijker te maken. Je zult wel moe zijn.'

'Ik ben niet moe.' Gwen pakte haar lepel. 'Je gaat terug naar je blokhut, waar je hoort.'

'Ik heb tegen dokter Earnshaw gezegd dat ze zelf mag weten hoeveel tijd ze in de barak doorbrengt,' zei Dash.

Gwen klemde de lepel in haar vuist. Ze keek Dash strak aan.

Was ze jaloers?

'Gwendolyn, vergeet niet dat dokter Earnshaw hier te gast is,' zei Dash. 'We moeten alle hulp aangrijpen die ze kan bieden.'

Zijn toon dwong Gwen tot een woedend zwijgen. Ze lepelde het eten zo snel naar binnen dat de jus over haar kin droop. Haar kinderen zogen haar stemming op. Een paar meisjes leek het huilen nabij. Grace' onderlip begon te trillen.

Sara zwichtte voor het verlangen Gwen te straffen voor de ellende die ze aanrichtte. 'Meisjes, jullie weten nu hoe ik mijn man heb ontmoet. Weten jullie ook hoe jullie moeder jullie vader heeft ontmoet? Het is vast een heel romantisch verhaal.'

Gwens lepel bleef hangen tussen het bord en haar mond.

Een gevoel van spijt joeg het bloed naar Sara's wangen. Het had een rotvraag moeten zijn, maar na een eenvoudig rekensommetje bleek hij vooral wreed te zijn. Joy was vijftien. Gwen was begin dertig. Dash was al een eind over de veertig.

'Tja.' Dash trok zijn mitella recht, maar te oordelen naar het gemak waarmee hij zijn armen had bewogen had hij die niet meer nodig. 'Wat een grappige vraag, hè, dametjes?'

De meisjes zwegen afwachtend. Het was duidelijk dat ze het antwoord nog nooit hadden gehoord.

'We waren op school al verliefd,' zei Dash. 'Wat vinden jullie daarvan?'

Grace slaakte een theatraal diepe zucht. Voor een jong meisje was het een romantisch idee, maar ze stond niet stil bij het leeftijdsverschil. Ze konden alleen maar samen op één school zijn geweest als Dash tot het personeel had behoord. Er was niets romantisch aan seksueel contact met een minderjarige.

'Papa Martin heeft ons aan elkaar voorgesteld,' vervolgde Dash. 'Toch, schat?'

Martin Novak.

De bankovervaller was de zestig gepasseerd. Dash moest als een zoon voor hem zijn. En toen was Novaks zoon met zijn minderjarige dochter getrouwd.

'Het was op een strand,' zei Dash tegen de meisjes, zijn schoolverhaal weer tegensprekend. 'Jullie moeder liep langs de waterkant. De golven kabbelden tegen haar voeten. De zon stond achter haar, en het leek alsof ze een stralenkrans had.' Hij knipoogde naar Sara. 'Die heeft ze sindsdien niet meer afgedaan.'

Het was alsof Sara een mondvol glas doorslikte. 'Ik wil graag naar de barak,' zei ze tegen Dash. 'Is dat goed?'

Gwens lepel kletterde op haar bord.

'Dat is prima, dokter Earnshaw.' Dash keek Gwen aan toen hij dat zei. 'Joy, loop jij met dokter Earnshaw mee? Je moeder en ik moeten de plannen voor de viering van vanavond doornemen.'

'Goed, papa.' Met hangend hoofd en haar blik op haar voeten gericht ging Joy Sara voor naar de barak. Sara bleef een paar passen achter. Ze walgde van haar eigen gedrag. Gwen had het verdiend, maar haar dochters waren onschuldig. Het lag niet in Sara's aard om anderen opzettelijk te kwetsen. Aan de andere kant was ze niet het soort arts dat haar patiënten wilde zien sterven.

Maar dat was geen excuus voor wat er zojuist was gebeurd. Sara overwoog haar excuses aan Joy aan te bieden. Van alle kinderen was zij zich het scherpst bewust van wat er stilzwijgend gesuggereerd was.

Maar voor ze iets kon zeggen, mompelde Joy: 'Ze maakt zich zorgen.'

Sara vermoedde dat ze het over Gwen had. 'Om Adriel?'

Joy schudde haar hoofd, maar ging er niet verder op in.

'Weet je,' zei Sara, 'ik besefte net dat Benjamin de enige jongen is die ik aan deze kant van het Kamp heb gezien. Zijn er meer aan de andere kant?'

'Een paar kleintjes.' Joy sprak nog steeds op gedempte toon, hoewel er niemand in de buurt was. 'Zodra ze twaalf zijn, stuurt papa ze weg.'

Sara knikte, maar haar hart ging tekeer, want ze kon maar één reden bedenken waarom een volwassen man alle jongens wegstuurde voor ze in de puberteit raakten.

Hij wilde geen concurrentie.

'Weet je waar ze naartoe gaan?' vroeg ze.

'Naar Arizona, om te trainen voor de oorlog.'

Arizona. Alle stukjes die naar Martin Novak verwezen, vielen op hun plaats. Sara hoopte vurig dat Will en Faith op dezelfde aanwijzingen stuitten. De bankrover zat vast en had waarschijnlijk levenslang voor de boeg. Als er een deal te sluiten viel, moest dat nu gebeuren.

Joy bleef staan bij de spoelbak naast de barak. Ze draaide de kraan voor Sara open. 'Gaan ze dood?'

Sara begreep dat ze het over de elf kinderen binnen had. 'Ik weet nog niet precies wat er aan de hand is, maar ik doe wat ik kan om ze te helpen.'

Joy wilde iets zeggen, maar haar gezicht vertrok van pijn. Ze legde haar hand op haar buik en leunde met haar rug tegen de douchecabine. 'Mijn buik doet zeer.'

'Ben je ongesteld?'

Haar gezicht werd rood als een biet.

'Liefje, daar hoef je je niet voor te schamen. Dat is heel natuurlijk. Het is naar, maar wel natuurlijk.' Ze wreef over Joys arm om een reactie bij haar los te krijgen. 'Ik wil je wel wat Advil geven tegen de pijn.'

'Het is niet –' Haar woorden werden afgebroken door een stroom braaksel die uit haar mond kletterde.

Sara sprong naar achteren, maar niet snel genoeg om haar schoenen te redden. Ze keek naar de picknicktafel op zoek naar Gwen, maar de moeder van het meisje gaf een van de kookvrouwen op haar kop. De jongere kinderen zaten met gebogen hoofdjes aan tafel en probeerden in de omgeving op te gaan.

‘Kom mee, naar binnen.’ Sara hielp Joy het trapje op. Op de zieke kinderen na was er niemand in de barak. Sara vroeg zich af waar de drie vrouwen waren gebleven. Waarschijnlijk hadden ze lunchpauze. Voor Sara was de timing wellicht gunstig. Joy was oud genoeg om te begrijpen wat er speelde in het Kamp.

‘Kom maar.’ Sara steunde Joy toen ze op een leeg bed stapte. ‘Kun je zeggen wat er pijn doet?’

Bij wijze van antwoord klampte Joy haar buik vast.

Sara nam haar bloeddruk op, die laag was, en ook haar temperatuur, maar die was normaal. Ze beluisterde Joys borst en ingewanden. Ze bekeek haar pupillen. Het meisje kon haar ogen amper openhouden. Haar keel klikte telkens wanneer ze probeerde te slikken.

‘Heb je al mazelen gehad?’ vroeg Sara.

Ze knikte.

‘Ik ben zo terug.’ Sara pakte een kan met water en vulde een glas. Ze keek de barak rond. De meeste kinderen sliepen. Degenen die wakker waren hielden haar angstvallig in de gaten.

Joy probeerde te gaan zitten, maar ze was zo duizelig dat ze meteen terugviel op het bed. Sara hielp haar drinken. Telkens klemde Joy haar kaken op elkaar van de pijn. Haar hand drukte nog steeds op haar buik.

In een willekeurig ziekenhuis had Sara allerlei testen kunnen laten doen om te zien wat er met haar aan de hand was, maar die had ze nu geen van alle tot haar beschikking.

‘Joy.’ Ze ging naast het meisje op het bed zitten. ‘Je moet echt met me praten.’

‘Ik kan niet...’ Nu biggelden de tranen over haar gezicht. Ze was zichtbaar bang. ‘Sorry dat ik over u heen heb gekotst.’

‘Ik ben allang blij dat het geen spinazie was. Dat is het ergste.’

Joy kon er niet om lachen.

‘Hoelang voel je je al beroerd?’

‘Sinds...’ Ze sloot haar ogen toen een nieuwe pijngolf door haar buik trok. ‘Sinds gisteravond.’

‘Weet je zeker dat je niet ongesteld moet worden?’

Ze schudde haar hoofd.

'Ben je seksueel actief?'

Joy was opeens de vleesgeworden gêne. 'Ik heb niet... Ik bedoel, dat zou ik nooit doen. Nee, ma'am. De jongens mogen hier niet komen, en papa...' Heftig schudde ze haar hoofd.

Sara had al bijna even vaak leugens over seksuele ervaring moeten aanhoren als ze was ondergekotst. 'Ik ga nu hier op drukken, oké? Zeg het maar als iets pijn doet.'

Joy keek naar Sara's rondtastende handen. Ze werd vuurrood toen het onderzoek zich tot onder haar bikinilijn uitstrekte. Er was geen speculum voor een inwendig onderzoek, en ook al voelde Sara niets dan minachting voor Gwen, ze zou zoiets niet doen zonder toestemming van de moeder.

Het eerstvolgende halfuur in elk geval niet.

Een buitenbaarmoederlijke zwangerschap was altijd het eerste waaraan Sara dacht bij meisjes van Joys leeftijd. Ze had zelf een dergelijke rampzalige complicatie doorstaan en kende de gevolgen als er niet snel werd ingegrepen. Blindedarmontsteking kwam op de tweede plaats. Een cyste in de eileider. Verstopte darmen. Nierstenen. Een gedraaide eierstok. Een tumor. Voor dat alles waren diagnostische instrumenten nodig waarover Sara niet beschikte, en operaties die ze absoluut niet kon uitvoeren. 'Ik moet met je moeder praten.'

'Nee!' Panisch schoot Joy overeind. Ze greep Sara vast, duizelig van de plotselinge bloeddrukdaling. 'Mag ik hier alstublieft nog even blijven? Alstublieft.'

Ze was bang voor haar moeder, waardoor Sara zich meteen zorgen maakte om al Gwens kinderen.

'Rustig maar.' Voorzichtig ondersteunde ze Joy toen ze weer ging liggen. 'Heeft je moeder je pijn gedaan, Joy?'

De ogen van het meisje waren nat van de tranen. 'Ze wordt kwaad, dat is alles. We doen niet... Soms doen we niet wat we moeten doen, en dat maakt het moeilijker voor haar. Ze is voor zoveel... voor zoveel verantwoordelijk.'

Sara streelde over het haar van het meisje. 'Heeft je vader ooit –'

'Ben ik… Komt het weer goed?' Joy bleef naar haar buik grijpen. 'Zegt u het alstublieft. Waarom doet het zo'n pijn?'

Bij Sara gingen nu alle alarmbellen rinkelen. In een normale situatie zou ze in haar hoedanigheid van kinderarts de kinderbescherming moeten bellen om ervoor te zorgen dat Joy niet terugging naar haar ouders voor er diepgaand onderzoek was gepleegd.

Helaas was dit geen normale situatie, en het enige waarover ze controle had was de manier waarop ze op dit angstige meisje reageerde.

'Waarschijnlijk heb je iets gegeten wat verkeerd viel,' zei ze.

Dat lag niet erg voor de hand, want de meisjes leken bij elke maaltijd exact hetzelfde te eten, en alleen Joy vertoonde symptomen.

'Weet u…' Joy was nog steeds doodsbang. 'Weet u dat zeker?'

'Volgens mij heb je rust nodig, dan ga je je vanzelf beter voelen. Oké?'

Joy ging iets ontspannener liggen en sloot haar ogen.

Het schuldgevoel drukte zwaar op Sara. Normaal zou ze eerlijk zijn geweest tegenover een patiënt van Joys leeftijd. Ze zou hebben gezegd dat ze niet wist wat er aan de hand was, maar dat ze de oorzaak van het probleem ging opsporen en alles in het werk zou stellen om haar beter te maken. Maar dit was geen normale situatie, en er zat niets anders op dan te wachten tot het virus was uitgeraasd of tot er nieuwe symptomen verschenen.

Wel kon ze zich nuttig maken voor de overige kinderen. 'Ik blijf in de buurt, goed?' zei ze tegen Joy.

'Michelle…' Joy keek alsof ze de naam het liefst terug wilde grissen om hem weer in haar mond te stoppen.

Sara ging op het bed zitten. Ze probeerde de wanhoop uit haar stem te bannen. 'Heb je haar gezien?'

'Ik…' Joy deed een nieuwe poging. Haar ogen vielen dicht. Ze wendde haar gezicht af. 'Sorry.'

Sara had sinds haar ontvoering nogal wat grenzen overschreden, maar deze voelde anders. Het meisje was bang. Ze wist iets belangrijks en wist ook dat ze grote problemen zou krijgen als ze het tegen Sara zei.

'Rustig maar, schat,' zei Sara. 'Probeer te slapen.'

'Ze is…' Joy slikte. '…achter de… hierachter.'

Sara woog haar woorden. 'In het glazen huis?'

Joy schudde haar hoofd. 'In het bos. Mama heeft haar in het bos achtergelaten.'

Eerst begreep Sara niet wat ze hoorde. Haar lichaam reageerde vóór haar verstand. Ze voelde een soort trilling die van haar hart naar haar ledematen trok. De woorden 'in het bos achtergelaten' weergalmden in haar hoofd.

Vastgeketend aan een paal? In een gloeiend hete metalen kist? Geen van die scenario's leek te laaghartig voor een vrouw die een jongeman kon laten stikken.

'Probeer te slapen.' Sara drukte een kus op Joys hoofd. 'Ik ga even een luchtje scheppen.'

Joy zuchtte moeizaam.

Sara liep door de barak. Er waren twee deuren: een aan de voorkant en een aan de achterkant. Ze opende de achterdeur. Er was geen trapje, alleen een afstap van ruim een meter. Ze sprong op de grond. Haar bespatte sneakers verdwenen in het dichte prairiegras. Ze hees haar toga op en liep het bos in.

Vogels kwetterden. Sara keek om zich heen. Geen bewakers op jachtplateaus. Geen jongemannen met geweren, messen, pistolen. Het gestage geronk van de generator gaf aan dat de kas zich rechts van haar bevond. Sara sloeg links af.

Haar neus ving de onmiskenbare geur van rottend vlees op.

Het lichaam van Michelle Spivey lag ongeveer dertig meter achter de barak. Ze lag op haar linkerzij, verstrikt in een woekerende braamstruik. Haar ruggengraat was gekromd. Haar linkerknie was gebogen. Haar rechterbeen stak naar achteren. Het leek alsof ze het bos in was gesmeten. Als vuilnis weggegooid. Haar rechterarm lag over haar hoofd, en haar hand klauwde naar de lucht. Ze lag roerloos. De zuurstof trok langzaam weg uit haar spieren en haar lichaam viel ten prooi aan lijkstijfheid. Eerst de oogleden, vervolgens de kaken en nek. Gezien haar leeftijd en spiermassa, gekoppeld aan de extreem hoge temperatuur, was Michelle waarschijnlijk twee tot vier uur geleden gestorven.

Sara keek achterom, naar de barak.

De deur was dichtgevallen. Er kwam niemand aan. Het was zelfs niemand opgevallen dat ze weg was.

Sara kon wegrennen, maar dat was ze nog niet van plan. Michelle Spivey was al gebroken tegen de tijd dat het auto-ongeluk Sara in haar leven had gebracht. De vrouw had hooguit een paar zinnen gesproken. Ze had een man doodgestoken. Ze had zich als Dash' volgzame handlanger opgesteld. Maar ze was ook moeder geweest, echtgenote, arts, mens. Dit moment vroeg om een vorm van bezinning, een vriendelijk woord dat Michelles leven recht deed.

Maar ook dat was Sara niet van plan.

Ze knielde neer, greep de boord van Michelles jurk en scheurde de achterkant open. De ribben staken als baleinen naar buiten. Over de dunne huid op haar wervels liepen rode striemen. Er was met een mes op haar ingestoken. Ze was herhaaldelijk in haar nieren gestompt. De geel wegtrekkende kneuzingen gaven aan dat er minstens een week was verstreken sinds ze was geslagen. Op de wonden zaten korsten. De brandwonden waren van recentere datum.

Sara wist hoe de afdruk van een brandende sigaret eruitzag.

Ze scheurde de jurk helemaal open. Michelles slip zat onder de vlekken. Ze was gaan lekken. Door de hitte raakte het lichaamsvet los van haar huid en besmeurde de grond onder haar.

De hele linkerkant van Michelles lichaam was roodachtig donkerpaars, alsof ze voor de helft in een kuip met inkt was gedompeld. Wanneer het hart stilstaat, loopt het bloed altijd naar het laagste punt. *Livor mortis* was de Latijnse naam waarmee de kleur van de huid werd beschreven nadat zware bloedcellen door het serum waren gezakt. Hitte versnelde het proces. De verkleuring die over Michelles heup en been liep, tot aan de arm waarop haar hoofd rustte, gaf aan dat de vrouw was gestorven op de plek in het bos waar ze op dat moment lag.

Als afval weggesmeten.

Michelle was opgezwollen door alle bacteriën die in haar lichaam rondwervelden. Maar de ergste schade was niet het gevolg van de hitte. Gwen had gelogen toen ze zei dat ze Michelle antibiotica had gegeven. Of misschien hadden de antibiotica niet gewerkt. Hoe dan ook: Gwen was hiervoor verantwoordelijk. Sara wist maar al te goed wie Michelle hier had laten creperen.

Haar doodsstrijd moest een marteling zijn geweest. Ze was maar half bij bewustzijn geweest, gedesoriënteerd. Misschien had ze gehallucineerd, brandend van de koorts. Door sepsis was haar onderbuik zo opgezwollen dat de huid was gebarsten. Tussen de kloven zag Sara de vage zwangerschapsstrepen van twaalf jaar geleden, toen Michelles buik was opgerekt om ruimte te maken voor de baby in haar baarmoeder.

Ashley.

Sara herinnerde zich de naam uit het krantenartikel.

Ze sloot haar ogen en richtte haar gezicht naar de zon. De hitte brandde haar poriën open. Ze probeerde iets te voelen, wat dan ook, maar was verdoofd door de genadeloze wreedheid. Ze kon onmogelijk met zekerheid zeggen hoelang het geduurd had voor Michelle was gestorven. De plek leek te zijn uitgekozen om haar lijden zo lang mogelijk te rekken. Buiten het Kamp. Weggesmeten op de doornen van een braamstruik. Geslagen en toegetakeld. Letterlijk opengereten door de pijn.

Achter Sara vloog de deur van de barak met een klap open.

Ze dook ineen. Ze werd door de struiken aan het zicht onttrokken, maar ze wist niet voor hoelang. Ze werkte snel, onderzocht Michelle zo goed mogelijk, zocht naar chemische verkleuringen of andere aanwijzingen voor wat de wetenschapper in de kas had uitgevoerd. Ze rook aan haar haar en bekeek haar vingernagels. Lijkstijfheid had haar kaken verzegeld, maar Sara controleerde haar tandvlees, haar neus en haar oren.

'Dokter Earnshaw?' Dash hield zijn handen boven zijn ogen. Het zonlicht beperkte zijn zicht. 'Ben je daar ergens?'

Sara groef in de zakken van Michelles jurk, schoof haar vingers langs haar bh en het elastiek van haar slip. Ze wilde net stoppen toen haar oog op de positie van Michelles linkerhand viel. De vingers waren naar binnen gevouwen, maar de duim stond recht, als die van een lifter.

Een doodsgreep was buitengewoon zeldzaam. Het gebeurde wanneer er door hevige angst een chemische reactie plaatsvond in het lichaam. Michelle had ruim de tijd gehad om over haar dood na te denken. Ze had haar hand onder haar gebogen knie gelegd en zo gezorgd dat de vingers gesloten bleven.

Er stond iets op haar handpalm geschreven.

'Dokter Earnshaw?' Langzaam draaide Dash zijn hoofd en speurde het bos af.

Sara boog zich over Michelles lichaam om de hand beter te bekijken. Braaksel vulde haar keel. De stank van rottend weefsel was weerzinwekkend. Ze hield haar adem in. Van dichtbij leek het alsof Michelle twee woorden had geschreven, of misschien één heel lang woord. Met zwarte viltstift. Alleen de onderkant van de letters was zichtbaar. Haar vingers bedekten de rest.

'Waar ben je, dokter Earnshaw?' Dash klonk kalm, maar dat kon elk moment veranderen.

Ze peuterde aan Michelles vingers en probeerde ze open te wrikken. Ze zweette te hevig. De vingers waren te opgezwollen. Sara kreeg er geen grip op. Er zat niets anders op dan de lijkstijfheid in de pols te verbreken. De spieren waren hard als plastic geworden. Sara greep Michelles vuist en onderarm en draaide haar handen in tegengestelde richting.

Ze werd beloond met een luide 'krak'.

'Lance?' Dash had het ook gehoord. 'Hé, broeder. Zou je even met me mee willen lopen?'

Sara probeerde Michelles vingers open te klauwen. De nagels bogen naar achteren, maar in de vingers zat geen beweging. Ze probeerde ze met haar duimen naar boven te duwen.

Dash sprong uit de barak naar beneden. Een tweede stel voeten plofte op de grond. Op dertig meter afstand. Hoog gras. Forse bomen. Hij praatte met Lance, maar Sara was te panisch om hem te kunnen verstaan. Haar hart bonkte. Haar ogen voelden trillerig. Ze moest Michelles hand open zien te krijgen. Ze moest de woorden lezen. Ze keek om zich heen op zoek naar een stok of iets anders waarmee ze de vingers omhoogkreeg. Ze zag niets geschikts.

Dan moest het maar met haar mond.

Ze beet in Michelles samengeklemde vingers, maar probeerde de huid niet te beschadigen.

'Dokter Earnshaw?' riep Dash. Lance hoestte. Ze kwamen dichterbij.

Sara nam de ronding van Michelles eerste knokkel tussen haar voortanden. Ze trok hem naar achteren.

Knak.

De middelvinger.

Knak.

De ringvinger.

Knak.

'Dokter Earnshaw?'

Nu stond Dash een paar meter achter haar. Hij klonk nasaal, want hij had zijn neusgaten dichtgeknepen tegen de stank. Lance stond achter hem. Hij boerde en kotste toen tegen een boom.

Door zijn samengeperste neusgaten klonk Dash' zucht als een soort gegak. Weer sprak hij haar naam uit: 'Dokter Earnshaw?'

'Ze is dood.' Sara had zich al over Michelles lichaam gebogen. Verdriet veinzend wrong ze er een kreet uit. 'Jullie hebben haar laten sterven. Ze was helemaal alleen.'

'Het spijt me dat het je zo aangrijpt,' zei Dash. 'Die vrouw was niet zonder gebreken, maar uiteindelijk heeft ze zichzelf verlost.'

Sara probeerde Michelles hand te sluiten. De vingers weigerden hun oude vorm aan te nemen.

'Laten we hier niet te lang bij stilstaan,' zei Dash. 'De stank is niet te harden, en ik... ik zei dat je in de barak mocht blijven. Kom, dan brengen we je terug. Binnen is het koel, en je kunt –'

Sara kwam overeind.

'Dokter...' riep Dash, maar Sara liep al op een drafje door het kreupelhout naar de barak. Ze hees zichzelf door de deuropening naar binnen. Daar stond Gwen. Ze keek gespannen, maar zo keek ze altijd.

Sara liep rechtstreeks naar de medicijnkast. Ze pakte de ontsmettingsalcohol. Ze stopte een opgevouwen laken onder haar arm en liep naar de voordeur.

'Dokter Earnshaw.' Dash had zijn mitella afgedaan om naar boven te kunnen klimmen. 'Zou je –'

Sara sloeg de deur met een klap achter zich dicht. Ze stapte over Joys braaksel en liep naar de buitendouche. De klink werkte niet mee. Ze vloekte, tot haar trillende vingers erin slaagden de deur te sluiten. Ze wierp het schone laken over de cabinewand. Ze draaide de dop van het alcoholflesje en goot het spul rechtstreeks in haar mond.

De deur van de barak ging open. Dash stond bovenaan het trapje.

'O, sorry.' Hij wendde zich af en sloeg zijn hand voor zijn ogen. 'Ik hoopte –'

De rest van zijn woorden ging verloren, want Sara liet de alcohol tussen haar tanden spoelen in een poging de bacteriën te doden die ze van Michelles ontbindende vlees had opgepikt. Ze spetterde de koele vloeistof over haar gezicht, hals en handen.

'Dokter Earnshaw?' Dash probeerde het voor de zoveelste keer. 'Kunnen we het hebben over –'

'Laat me met rust.' Sara probeerde zich uit haar toga te worstelen, vloekend vanwege de knoop, de samengepropte stof, de moeite die het haar kostte zich uit dat stomme ding te bevrijden.

Dash deed een nieuwe poging. 'Ik moet echt –'

'Laat me godverdomme met rust, zei ik!' Ze draaide de kraan open en pakte de zeep.

Dash liep snel het trapje af. Zijn blankemannentrots liet het afweten nu een vrouw elk moment zijn klotekop van zijn romp kon rukken.

Gwen opende de deur van de barak. Ze wierp een blik op Sara en haastte zich toen achter haar man aan.

Sara draaide de warme kraan zo ver mogelijk open, tot het water te heet werd. Ze probeerde de loogzeep te laten schuimen. Het gruis voelde als duizenden zandkorreltjes.

Ze verwachtte Lance te zullen zien, maar die bleef liever binnen bij de kinderen. Of bij de airco. Sara had hem gezien toen ze terugrende naar de barak. Hij had haar vanonder zijn zware oogleden aangestaard. Hij was bleek geweest. Waarschijnlijk had hij hetzelfde buikvirus te pakken als Joy. Tenzij er iets anders rondwaarde in het Kamp.

Iets waaraan Michelle had gewerkt in de kas.

Sara spuwde op de vloer van de douche. De alcohol brandde nog na op haar tandvlees. Ze deed haar mond open en liet het water in haar keel stromen. Haar huid voelde verschroeid. Ze stond te zweten onder de douchestraal.

Michelle Spivey had onbeschrijfelijke gruwelen overleefd. Ze was verkracht en geslagen. Ze had in de kas moeten werken. Ze hadden haar in de hitte dood laten rotten.

De specialist in besmettelijke ziekten was maar al te vertrouwd geweest met bloedvergiftiging, de meest voorkomende doodsoorzaak bij ziekenhuispatiënten. Sara vermoedde dat de arts haar qSOFA-score tot het einde in de gaten had gehouden. De *quick Sequential Organ Failure Assessment* was een puntensysteem aan de hand waarvan bloeddruk, ademhaling en geestelijke vermogens werden vastgesteld. Hoe hoger de score, hoe hoger de kans op overlijden. Al had Michelle hoogstwaarschijnlijk niet de beschikking gehad over een bloeddrukmeter, ze had haar ademhaling en neurologische symptomen wel kunnen controleren. Ze had niet alleen geweten dat de dood onvermijdelijk was, maar ook hoe die eruit zou zien.

Als een van haar laatste daden had ze een zwarte viltstift gezocht en een boodschap op de binnenkant van haar hand geschreven.

Twee woorden.

Die verschillende dingen konden betekenen.

Een doodskist? Een apparaat om onder telefoonkosten uit te komen? Een tv-programma of film? Een bepaald soort experimenteel theater? Een waarschuwing van de FDA? De koffer met de nucleaire codes?

Sara draaide zich om en liet de scherpe waterstralen tegen haar schedel slaan.

In de computerwereld werd de term gebruikt om de in- en output van een apparaat te beschrijven waarvan de inwendige werking onbekend was. Of voor een bepaald soort software. Of een bepaald soort softwaredeskundige.

Ze streek met haar vingers door haar haar om de klitten eruit te halen.

In de luchtvaart verwees de naam naar de recorder waarmee de vluchtgegevens en de stemmen van de piloten werden vastgelegd. Het apparaat was feloranje, maar de algemeen bekende naam kwam overeen met de twee woorden die Michelle op haar hand had geschreven.

BLACK BOX.

Sara wreef over haar gezicht. Wat bedoelde Michelle? Waarom had ze uitgerekend die woorden gekozen? Sara had haar vluchtkans laten schieten, had haar leven, haar veiligheid op het spel gezet, maar waarvoor? Weer werd ze geplaagd door dezelfde gekmakende vraag. Alleen ging haar speurtocht naar het antwoord nu vergezeld van een tikkende klok. Dat had Dash met zoveel woorden zelf gezegd.

De Boodschap zou de volgende dag wereldkundig worden gemaakt.

ZESTIEN

Dinsdag 6 augustus, 14.50 uur

Will leunde met zijn hoofd tegen het portier. Interstate 85 zoefde langs. Tijdens de taxirit van een uur naar afslag 129 was hij door uitputting overmand geraakt. Met elke kilometer was hij verder weggezakt op zijn stoel. Zijn knieën drukten tegen het schot tussen de voor- en achterbank van de auto. Zijn schedel trilde tegen het portierraam. Vóór Sara had Will nog nooit in een taxi gezeten. Ze waren op een feestje geweest, en zij had weg gewild. Op de heenweg waren ze met iemand meegelift, maar die had willen blijven. Sara had een taxi besteld. Will was erin gestapt, en zijn hart had het bijna begeven toen hij zag dat de meter al op vijf dollar stond.

Alleen al daarom had hij vóór Sara nog nooit in een taxi gezeten.

Hij hees zichzelf overeind en krabde over zijn kaak. Zijn baard prikte als een schuurspons in zijn vingertoppen. Het vreemde, ruwe gevoel herinnerde hem eraan dat hij zich moest losscheuren van zijn oude leven. De man die van Sara hield kon haar niet redden. Om zijn taak te kunnen volbrengen moest hij Jack Phineas Wolfe zijn, gedesillusioneerde ex-soldaat en woedend op de wereld.

Will keek naar zijn handen. Hij drukte met zijn duim op een knokkel tot er een straaltje vers bloed verscheen.

Zijn eerste obstakel was Gerald. Als hij Dash' onderbevelhebber er niet van kon overtuigen dat hij honderd procent op Wolfe kon rekenen, zou Gerald waarschijnlijk een wapen op zijn gezicht richten en de trekker overhalen.

Maar zo ging het vast niet. Tijdens de missie in de opslagloods had hij enig krediet opgebouwd bij Gerald. Het feit dat Wolfe bereid was geweest om voor vijftienduizend dollar een beveiliger dood te steken bewees dat hij het in zich had.

De echte uitdaging was Dash. Nu de leider van de IPA op het punt stond zijn plan ten uitvoer te brengen, was hij ongetwijfeld uiterst paranoïde, vooral waar het een nieuwe rekruut betrof. Dash was een racistische pedofiel en een massamoordenaar. Ook was hij een inspiratiebron geweest voor onderling zeer verschillende mannen als Robert Hurley en Adam Humphrey Carter. Will ging ervan uit dat Dash een klassieke oplichter was, altijd op zoek naar een zwakke plek om uit te buiten.

Will brak zich het hoofd over Wolfes kwetsbare kanten.

Pedofilie leek de gemakkelijkste manier om binnen te komen, maar de taal van pedofielen was even ingewikkeld en duister als legerjargon. De mensen die kinderen verkrachtten waren zich voortdurend aan het transformeren. Ze werkten samen op het dark web. In het openbaar stelden ze zich buitengewoon terughoudend op. Je kwam er niet mee weg als je zei dat een kind volwassen leek voor haar leeftijd.

Will was blij dat hij die benadering kon vergeten.

Hij dacht aan Faiths informatie over de IPA. Ze vereerden alles wat militair was. Wolfe was een getrainde frontsoldaat die zijn laatste strijd had gestreden. Misschien voelde hij zich verslagen door het systeem. Hij verkeerde in geldnood. Hij kon geen baan vinden, en geen vrouw hield het bij hem uit. Hij was kwaad omdat hij zo diep in de shit zat. Hij wilde vechten. Misschien was hij een gokker die al zijn spaargeld had verspeeld. Hij zou het de hele wereld verwijten, behalve zichzelf.

Zwijgend schudde Will zijn hoofd.

Geld als motivatie was te gemakkelijk. Dash zou een huurmoordenaar nooit vertrouwen. Hij wilde een strijder voor de zaak.

Beau Ragnersen was een man op zoek naar een zaak. Daarom was hij gezwicht voor Amanda, voor Will, voor Kevin, voor iedereen die hem een bepaalde kant op duwde. Beau had zich pas kunnen ontspannen toen Gerald hen in het busje had opgesloten. Hij had schouder aan schouder met Will gezeten, met tegenover hem vier gewapende, gespannen jongens. Iedereen was opgefokt geweest, maar Beau was in slaap gevallen. Het was afgelopen geweest met zijn onrust, zijn gezucht en zijn Charlie Brownschuifeltje. Will had in Beaus grillige gedrag een teken gezien dat hij hem ging verraden. Maar in werkelijkheid voelde

Beau Ragnersen zich alleen compleet als hij deel van een eenheid was. Zoals veel ex-soldaten was hij wanhopig op zoek naar iets wat het gat kon dichten dat de oorlog in zijn borst had geslagen.

Dat soort wanhoop was de sleutel waarmee Jack Wolfe in de IPA zou infiltreren. Dash zou het gat in Wolfes borst willen dichten. Hij zou Wolfe met racisme, religie of wat dan ook aan zijn kant proberen te krijgen. Met dat soort mannen ging het nooit om wát je geloofde. Het ging om wíé je geloofde.

Will keek weer naar zijn handen. Hij wreef met zijn duim over zijn kale ringvinger. De stukken Jack Wolfe die hij zo zorgvuldig aan elkaar had gestikt, begonnen te barsten bij de zomen.

Will zou alles doen wat nodig was om Sara terug te krijgen. Als hij daarvoor nog meer mensen moest neerschieten, nog meer mensen moest doden, dan deed hij het. Hij vocht niet alleen voor zichzelf. Sara's hele familie verwachtte dat hij haar thuis zou brengen. Ze rekenden op hem. Ze vroegen God om hem te helpen. Ze baden dat Sara heelhuids terugkwam.

Will had nog nooit gebeden. Toen hij jong was, had de plaatselijke kerk elke zondagochtend een bus naar het kindertehuis gestuurd. De meeste kinderen grepen de gelegenheid aan om het tehuis te kunnen ontvluchten. Will was altijd achtergebleven. De kans om alleen te zijn, al was het maar voor een paar uur, was belangrijker geweest dan wafeltjes eten en kleine glaasjes paarse Kool-Aid drinken.

Nu probeerde hij zich Cathy's gebed te herinneren. Ze had gesproken alsof ze een brief schreef…

Vader in de hemel, we vragen om uw zegen in deze tijd van nood.

Will had geweten dat hij zijn hoofd moest buigen, maar hij had naar Tessa gekeken voor verdere aanwijzingen. Ze had haar ogen gesloten, waarop Will zijn ogen ook had gesloten. Ze had gezwegen, dus Will had ook gezwegen. Het gebedsritueel was troostend geweest. Cathy's zachte intonatie. De nabijheid van andere mensen die om hetzelfde gaven als hij.

Will had zich over allerlei zaken zorgen gemaakt terwijl hij Cathy's tengere hand vasthield.

Dat hij Sara niet zou vinden. Dat het zijn schuld zou zijn als haar familie haar nooit meer zag. Dat Gerald hem zou doden bij de Citgo. Dat Dash hem zou neerschieten voor hij Sara had gezien. Dat Michelle hem zou herkennen en zou flippen zoals ze dat ook bij Carter had gedaan. Dat Dash hem niet meteen zou doden omdat hij Sara getuige wilde laten zijn van zijn dood.

En het ergste scenario: dat hij alle obstakels zou overwinnen, Geralds zegen zou krijgen, door Dash in de kudde zou worden verwelkomd en ten slotte Sara zou vinden, maar haar niet zou kunnen helpen omdat hij te bang was.

Will werd gekweld door de angst die hem op de plek van het ongeluk had overvallen. Hij had zijn arm al in Sara's BMW gehad en de sleutel in het slot van het dashboardkastje gestoken toen hij Hurley een wapen tegen Sara's hoofd had zien houden. In plaats van te reageren, in plaats van de sleutel om te draaien, zijn Glock te pakken en hen allemaal om te leggen, was hij verstijfd blijven staan.

Want hij was bang geweest.

Will klemde zijn kiezen op elkaar. Majoor Jack Wolfe. Luchtmobiel. Twee keer uitgezonden naar Irak. Twee keer dronken achter het stuur. Eén straatverbod bij zijn laatste werkplek. Ruim zesendertigduizend dollar aan creditcardschulden.

De taxi reed in z'n vrij de afrit op. Will herkende de logo's van tankstations en fastfoodtenten. Afrit 129 voerde naar Braselton. Dertig vierkante kilometer verspreid over vier districten, alle binnen de agglomeratie van Atlanta. Nog geen tienduizend inwoners, van wie vierentachtig procent wit en vier procent onder de armoedegrens. Eén politiebureau. Vier agenten. Eén kliniek. Eén duurdere wijnmakerij. Het gebied was weelderig en heuvelachtig. Het grootste gedeelte was nog steeds dichtbebost, zoals elke streek in Georgia binnen de bergketen van de Appalachen. Het Chattahoochee National Forest hing als een omgekeerde paraplu boven de top van de staat.

Het Citgobord was twee stoplichten verderop. Ze stopten voor rood, en Will luisterde naar de stationair draaiende taximotor. Pas nu het te laat was, stond hij zichzelf toe over het ergste scenario na te denken:

dat Dash bij dat ongeluk had gedaan alsóf hij buiten bewustzijn was. Dan had hij Wills gezicht kunnen zien. Dan wist hij precies wat hij kon verwachten en was hij al aan het bedenken hoe hij de dreiging kon neutraliseren.

Wills gedachten raakten in een nog zwartere spiraal.

Misschien was Sara al dood.

De taxichauffeur stopte bij het tankstation. Er waren twaalf pompen en vier auto's. Will herkende een van de mannen als een GBI-agent uit het zuiden van de staat. De rode Mini van Faith stond bij de vuilcontainer. Ze had een dekentje over haar schouder en deed alsof ze een baby de borst gaf. Amanda zou wel in de winkel zijn, als een oude vrouw over haar wandelstok gebogen om zichzelf zo onzichtbaar mogelijk te maken. Aan beide uiteinden van de weg die langs het tankstation liep stond een ongemarkeerde auto. Twee agenten hadden zich verdekt opgesteld in het bos achter het gebouw.

En nog was Amanda niet tevreden geweest.

Will had een gps-tracker in de leren holster op zijn rug. De dunne kunststof chip was in de voering genaaid. Hij was uitgeschakeld voor het geval Will weer op een signaal werd gecontroleerd. Hij had een halfuur lang blind naar achteren gereikt om de aanknop in te drukken, tot de handeling in zijn spiergeheugen stond gegrift.

Hij ging het ding pas aanraken als hij Sara recht voor zich had. Het was niet gezegd dat Dash haar bij zich in de buurt hield. Hij kon haar evengoed driehonderd kilometer verderop hebben verstopt. Als hij te snel om back-up vroeg, kon hij haar voor altijd kwijt zijn.

'Hier is het?' vroeg de chauffeur.

Will gaf de man honderdtwintig dollar, wat hem zeer aan het hart ging, ook al was het niet zijn eigen geld. Op stramme benen stapte hij uit. Met zijn armen in de lucht strekte hij zijn rug. Hij verschoof zijn holster. Hij keek om zich heen en probeerde Gerald te vinden. Hij keek op zijn horloge.

15.02 uur.

Weer stopte er een auto bij een pomp. Iemand anders ging de winkel in. Will liep naar de luchtpomp. Hij stak zijn handen in zijn zakken.

Hij schopte tegen de stoeprand. Hij had het soort kleren aangetrokken dat favoriet leek te zijn bij de jongens uit de opslagloods. Een zwarte broek en een shirt met lange mouwen. Zwarte legerkisten. Het had een goed idee geleken tot hij buiten was geweest, waar iedereen hem kon zien. Met zijn lengte, spiermassa en huidskleur leek hij niet zozeer een ninja als wel iemand die elk moment mensen kon gaan neerschieten.

'Wolfe?'

Will herkende Drie van de vorige dag. De jongen droeg nu een short en een T-shirt van een Usherconcert. Hij reed in een felrode Kia Soul. Niet de beste wagen voor als je niet wilde opvallen, maar hij zorgde wel voor die Ushervibe. Als hij werd aangehouden, verschilde Drie in niets van ongeacht welke verwende blaag uit de buurt.

'Ga de winkel binnen,' zei de jongen. 'Wacht bij de achterdeur.'

Voor Will kon antwoorden, scheurde Drie alweer weg.

De GBI-agent bij de pomp stapte in zijn auto en volgde de rode Kia naar de snelweg.

Will liep naar de winkel. Hij voelde Faiths ogen in zijn rug branden. Het gebouw was zo'n typische snelwegzaak, breed maar ondiep, met een laag plafond en een glazen voorpui. Bij het binnenkomen rook hij hotdogs die op rollers werden verwarmd. Amanda stond bij de koffieautomaten. Haar haar, dat als een helm om haar hoofd sloot, zat in de war. Haar leesbril stond op de punt van haar neus. Ze leunde zwaar op haar stok en deed alsof ze niet wist op welke knop ze moest drukken.

De jongen achter het buffet keek op van zijn telefoon toen Will langsliep. Twee droeg een blauw poloshirt met de rood-oranje driehoek van Citgo op zijn borst. Met zijn hoofd wees hij naar de achterkant van de winkel.

De achteruitgang was bij de gekoelde dranken. Will voelde aan het handvat. Op slot. Hij had tijdens zijn studie veel baantjes gehad, onder andere in een buurtsuper. Hij vermoedde dat er achter de deur een lange gang was met een kantoortje en een overvolle voorraadruimte. Op de nooduitgang zat waarschijnlijk een alarm, maar met een magneet en een stukje kauwgom kon je het systeem omzeilen.

Hij leunde tegen de koelkast. Koude lucht sloeg van de glazen deuren. Hij keek op zijn horloge.

15.05 uur.

'Jongeman?' Amanda ontbood Twee naar de koffieautomaat. Ze begon een preek af te steken over computers die de wereld te gronde richtten. Ze kon onmogelijk weten dat Twee van de IPA was, maar ze probeerde haar langdurige aanwezigheid in de winkel te rechtvaardigen. Will wist dat Amanda een geladen vijfschots Smith & Wesson in een Crown Royaltasje in haar handtas bewaarde. Ze kon het wapen bijna even snel trekken als de meeste agenten hun Glock uit hun heupholster.

Er werd twee keer op de deur geklopt.

Will klopte twee keer terug en wachtte. Het slot klikte.

Hij deed de deur open. Een lange gang. Een kantoortje. Een afgeladen volle voorraadruimte. Een magneet op de alarmsensor van de achterdeur, maar met plakband in plaats van kauwgom op zijn plaats gehouden. Waarschijnlijk slimmer. Kauwgom was altijd minder plakkerig dan je dacht.

Eén wachtte hem buiten op. Hij was de jongste en de kleinste van de vier, en waarschijnlijk de gevaarlijkste omdat hij iets te bewijzen had. Er werd geen woord gewisseld. Hij hield de staaf omhoog waarmee signalen van trackers werden opgevangen. Will stak zijn armen in de lucht. Hij gunde het joch zijn lolletje.

En reken maar dat Eén lol had. Dit hele *Mission: Impossible*-drama bezorgde hem waarschijnlijk een gigantische kick. Als de volwassen Will niet had geweten wat een racistisch, crimineel tuig dit was, zou de jonge Will waarschijnlijk jaloers op de jongen zijn geweest.

Eén was klaar met de staaf en liet het ding bij de deur staan. Met een knikje gebood hij Will hem naar het bos te volgen. Will stak zijn handen in zijn zakken om de twee agenten die zich tussen de bomen verscholen te laten weten dat alles tot dusver in orde was. Faith had alle mogelijke vluchtroutes in een straal van drie kilometer in kaart gebracht. Will wist dat het bos achter het tankstation naar een L-vormige woonwijk voerde. Daar stonden nog twee volgauto's geparkeerd. Het leek de meest logische plek voor Gerald om hen op te pikken.

Tegen de tijd dat ze Chardonnay Trace hadden bereikt droop het zweet van Wills gezicht. Nog steeds met zijn handen in zijn zakken volgde hij Eén de straat over. De huizen waren groot en hadden diepe tuinen. Het verkeersgeraas op de snelweg klonk gedempt. Eén zette de vaart erin, liep langs het hek van een achtertuin en zette koers naar een stuk bos achter de wijk.

Nog steeds binnen het vluchtgebied.

Will oriënteerde zich met behulp van het getoeter op de hoofdweg. Op de luchtfoto's hadden veel open plekken gestaan, voor winkelcentra en outletterreinen. Als ze rechtdoor bleven lopen, kwamen ze in agrarisch gebied.

Hij had geen idee wat er daarná kwam.

Eén bleef bij een boom staan en pakte zijn telefoon. Op een kaart bestudeerde hij de lengte- en breedtegraden. Een speld gaf aan dat ze vlak bij de juiste coördinaten waren. Met een knikje gebood hij Will hem te volgen. Will keek op naar de bomen. Het bladerdak was heel dicht. Een helikopterteam zou niet tot op de bodem van het bos kunnen kijken. Als de piloot laag genoeg ging vliegen om de warmtebeeldcamera te kunnen gebruiken, zou Eén ervandoor gaan, zou Will hem moeten achtervolgen en zou Sara voor altijd verloren zijn.

Eén stopte zijn telefoon weer in zijn zak. Een crossmotor lag plat op de grond. Een Tao Tao DB20 110. Luchtgekoeld, eencilinder, viertakt en geschikt voor de openbare weg, maar zonder kentekenplaat. Het kunststof zadel liep als een vin over het achterwiel.

Eén had de motor nogal klungelig met bladeren en gebroken takken bedekt. Hij begon de rommel weg te halen. Will hielp hem niet. Hij overwoog zijn handen uit zijn zakken te halen. De twee agenten achter de winkel waren hen op enige afstand gevolgd. Ze waren te voet, maar dat leek hem niet het grootste probleem.

Twee helmen. Eén motor.

Will kon goed met een motor overweg. Wat hem zorgen baarde, was dat Eén zijn armen om hem heen moest slaan als ze door het bos reden. Er was iets gescheurd in Wills ribbenkast, en het werd er niet beter op. In geval van nood had hij vier aspirines bij zich, die Amanda had verzegeld in een plastic zakje. Uit ervaring wist hij dat het minstens een halfuur duurde voor zo'n pil ging werken.

Eén was zo'n dertig centimeter kleiner en minstens twintig kilo aan babyvet lichter. Als Will achterop ging zitten, zou de kunststof vin afbreken of het voorwiel zou de grond niet raken.

Het beeld doemde op van Patrick Swayze die Demi Moore hielp bij het pottenbakkerswiel, in de film *Ghost*. Het zou voor geen van beiden ideaal zijn. Will was zich maar al te bewust van de ruimte die Eén tot met en Vier tussen hen in hadden vrijgelaten in het busje. Ze hadden blijkbaar vastomlijnde ideeën over hoe gay eruitzag, en ze zouden geen van allen die grens overschrijden. In elk geval niet waar hun vrienden bij waren.

Eéns probleem was Wills oplossing.

Hij pakte een helm. 'Kruip maar lekker tegen me aan, prinsesje.'

Eéns mond viel open. 'Echt niet. Shit, man. Ik hou me wel aan het zadel vast.' Voor de goede orde voegde hij er nog een 'shit' aan toe.

Will gespte de helm strak onder zijn kin. Het was niet uitgesloten dat hij in een spoor terechtkwam of op een helling uit de bocht vloog. Als dat gebeurde, zou Eén zich automatisch aan hem vastklampen, waarop ze hoogstwaarschijnlijk tegen een boom zouden knallen.

Eén had moeite de motor van nog geen vijftig kilo overeind te krijgen. Will hielp hem niet, en niet alleen omdat Jack Wolfe een lul was. Als hij zo nodig een rib moest breken, was het niet om deze jonge nazigek voor gezichtsverlies te behoeden.

Uiteindelijk hees de jongen de motor op zijn twee wielen. Will stapte op. Hij wachtte tot Eén zich achter hem had geïnstalleerd. De uitlaat zat vlak onder het zadel, en Will was benieuwd wat het eerst zou gebeuren: dat Eén van de motor viel of dat het vlees van zijn vingers smolt.

Maar ook dat was Eéns probleem.

Will zette de motor in z'n vrij. Hij schakelde de elektrische start in, opgelucht dat hij de motor niet hoefde aan te trappen. Die jankte als een kat toen hij hem op toeren liet komen. Als de agenten in het bos hem waren kwijtgeraakt, wisten ze nu waar hij was. Hij was blij dat hij niet degene was die Amanda zou moeten vertellen dat ze hem weer uit het oog waren verloren.

Eén wees naar het bos. Will draaide de gashendel een paar millimeter open en liet de koppeling langzaam opkomen. Het achterwiel brak uit. Eén legde zijn handen op Wills schouders, een optie die tot op dat moment bij geen van beiden was opgekomen.

Will reed het bos in, hangend in de achtbaanbochten om de bomen. Hij gaf nog wat gas bij. Met zijn vingers bespeelde hij de koppeling. Al schakelend voerde hij de snelheid op. Hij vroeg zich af of de motor van Eén was. Uiteindelijk zouden ze het einde van de rit bereiken. Faith zou de crossmotor vinden, al moest ze het bos centimeter voor centimeter afspeuren. Amanda zou de jongen kraken als een walnoot.

En Will zou Sara vinden.

De motor vloog door de lucht toen ze een heuvel namen. Het bos trok zich terug. Nu reden ze door boerenland, dat overging in nieuw bos. Na een teken van Eén volgden ze de gekapte strook onder hoogspanningskabels. Will maakte zich niet meer druk om de pijn in zijn lijf. Hij liet de koppeling weer opkomen, want hoe eerder de rit voorbij was, hoe korter zijn lijden. Eén had zijn vingers in zijn schouders geslagen. Zijn kont wipte voortdurend op van de vin. Will was zo op de rit geconcentreerd dat hij het niet merkte toen Eén driftig op zijn schouder tikte om hem vaart te laten minderen.

Opeens dook de weg op. De achterrem blokkeerde, waardoor het achterwiel weer uitbrak. Eén sloeg met zijn gezicht tegen Wills helm. Will bracht de motor slippend tot stilstand, liet met zijn hiel de standaard zakken en pelde zijn pijnlijke vingers van de handvatten.

Eén stapte strompelend af. Zijn lip bloedde. Hij zag lijkbleek en keek alsof hij niet wist of hij moest kotsen of zichzelf moest onderpissen.

Will nam zijn helm af. Hij telde drie huizen, elk op minstens twee hectare grond. Hij keek op zijn horloge.

15.58 uur.

Faith was nu panisch. En Amanda woedend. Vooral als ze besefte dat hij niet van plan was zijn tracker in te schakelen.

'Daar is-ie.' Eén veegde zijn mond af en smeerde het bloed over zijn kin.

Will keek naar de weg. Hij had die dag alleen Twee nog niet gezien, maar het was niet Twee die in een wit busje aan kwam rijden.

Gerald draaide het raampje naar beneden. 'Achterin, Wolfe,' zei hij.

Will opende de achterportieren. Geen banken, alleen een stel rekken met schildersspullen. In elk geval deed de airco het. Will klom naar binnen. Eén sloot de portieren. Deze keer mocht de grote jongen voorin zitten.

Evenals bij het andere busje waren de ramen zwart. Er stond een koelbox met ijs en water. Will dronk achter elkaar twee flesjes leeg. Hij wreef met het ijs over zijn nek. Uit zijn zak diepte hij het zakje met aspirine op. Het plastic was nat van zijn zweet. De pillen waren zacht geworden in de hitte. Even vroeg hij zich af wat al dat vocht deed met de batterij in zijn tracker. Hij nam een stukje van een pil en spoelde het weg met koud water.

Hij sloot zijn ogen en liet zijn hoofd achteroverleunen. Hij stelde zich voor wat er zou gebeuren wanneer die portieren weer opengingen. Gerald zou hem neerschieten. Gerald zou hem naar Dash brengen. Dash zou hem neerschieten. Dash zou hem welkom heten in de IPA. Sara werd ergens anders vastgehouden. Sara werd vastgehouden op de plek waar hij naartoe werd gebracht.

Vader in de hemel, we vragen om uw zegen in deze tijden van nood.

Will voelde de temperatuur langzaam zakken tot een draaglijk niveau. Het terrein voelde nog steeds landelijk. Gerald nam achterafwegen, sommige verhard, andere bedekt met grind. Aan de zwaartekracht merkte hij dat ze stegen. Of misschien had hij geen idee en reed Gerald rondjes.

Na bijna een uur stopte het busje. Er werd achteruit geschakeld; de wagen maakte een slinger, en de motor werd uitgezet. Will had zand tegen de zijpanelen horen slaan. Een paar kilometer terug hadden ze het laatste stuk vlak wegdek achter zich gelaten.

17.03 uur.

Eén opende de portieren. Will had het gevoel dat de zon tot in zijn hersenpan drong. Hij kneep zijn ogen dicht en schoof over de vloer van het busje tot zijn voeten de rand van de bumper raakten. Hij keek naar de grond tot zijn ogen zich hadden aangepast. Het busje was niet het enige voertuig dat over het terrein was gereden. Diepe bandensporen gaven aan dat een kleine vrachtwagen onlangs achteruit het gras op was gereden.

Een dergelijke vrachtwagen was ook achteruit naar het motel gereden waar Sara een boodschap voor hem had achtergelaten.

'Cool, hè?' zei Eén.

Will wreef over zijn kaak en keek om zich heen.

Naast hem deed Eén hetzelfde. Hij hield het midden tussen een spons en een schaduw.

Will begon te lopen, en Eén volgde zijn voorbeeld. Hij moest zijn pas versnellen om Will te kunnen bijhouden.

Eigenlijk moest Will zich niet langer druk maken om Eén. Ze bevonden zich overduidelijk op een verzamelplaats. Vijf zwarte busjes waren op een rij geparkeerd. In een rek stonden een stuk of twintig AR-15's. Drie mannen waren magazijnen aan het laden: 55 mm, *full metal jacket* met een loden kern en een grijze, met polymeer beklede stalen huls. In tegenstelling tot een *hollow point* bleef een FMJ heel bij inslag, dus nadat het doel was geraakt kon hij per ongeluk verderop een tweede doel raken.

Om onbekende redenen waren de patronen in rijen op badstoffen handdoeken gelegd. De mannen die ermee bezig waren droegen zwarte nitrilhandschoenen. De geladen magazijnen werden doorgegeven aan andere mannen met handschoenen aan, die ze in plastic bakken ter grootte van een dossierdoos verpakten. Tot dusver waren er acht bakken gevuld met ongeveer duizend kogels per bak. Twee mannen met klemborden hielden toezicht op het werk. Twee andere mannen droegen koelboxen met Gatorade de heuvel op. Een tweede groep hield pauze aan een picknicktafel. Ze waren allemaal in zwart gevechtstenue en hadden handschoenen aan. In totaal telde Will zestien mannen, de meesten midden twintig, met een paar grijze, oudere kerels die bevelen uitdeelden.

De lucht voelde anders. Niemand liep te geinen. Er werd hier serieus werk verricht. Will had het gevoel dat de plek elk moment weer verlaten kon worden.

Maar waar was dit precies?

In elk geval ergens in de bergen. Overal waren bomen. Vogels kwetterden. Vlakbij was een beek of een rivier. Wills oog viel op een metalen opslagruimte vlak achter de busjes. De deuren stonden open. Binnen stonden verzegelde kartonnen dozen opgestapeld. Allemaal even groot, ongeveer vijfenzeventig bij vijfenzeventig. Allemaal met een pakbon in een doorzichtige plastic hoes. Allemaal met hetzelfde nummer op de zijkant.

4935-876.

'Wolfe,' zei Gerald nadat hij met een van de klembordmannen had gesproken. Hij wenkte Will. 'We zetten je gelijk aan het werk, soldaat. Goed?'

Will bromde iets en hief zijn kin.

'Dobie, jij ook,' zei Gerald.

'Cool!' De jongen die Will in gedachten Eén had genoemd rende voor hen uit.

Dobie.

Gerald liep in rustiger tempo de heuvel op. Will had zijn vuisten gebald. Iedereen was gewapend. In het magazijn van zijn Sig Sauer zaten tien kogels en in de kamer zat er één, maar nog vóór Will naar zijn holster kon reiken, zou hij al dood zijn. Hij had weer datzelfde bibberige gevoel als toen bij het ongeluk. Stel dat Sara ergens boven op die heuvel was? Stel dat ze geboeid was als hij haar vond? Stel dat ze dood was als hij haar vond? Stel dat hij haar helemaal niet vond?

Hij voelde aan zijn wang. De baard was een soort talisman geworden. Hij hoefde er maar overheen te wrijven en hij werd Jack Wolfe. 'Wat is dat voor jongen?'

'Dobie?' Gerald keek naar de jongen, die de heuvel probeerde te beklimmen. Zijn voeten gleden uit in het gras. Hij sprong op en verdween over de top. 'Hij is al net als de anderen. Jong, dom en opgefokt.'

Will klemde zijn kiezen op elkaar. Hij kon het idiote joch niet rijmen met wat hij wist over groepen zoals de IPA. Was Dobie een gewelddadige racist die alle Joden wilde doden, of was hij gewoon een stuurloze jonge gozer die op het verkeerde moment de verkeerde mensen was tegengekomen?

Voorlopig maakte het onderscheid niet uit.

Gerald zei: 'Je mag een paar keer kijken voor we je erin laten.'

Will vroeg niet waar dat 'in' op sloeg, want dat zag hij zelf al toen ze de top van de heuvel bereikten.

Het was een houten bouwwerk van twee verdiepingen, dat alleen uit een skelet bestond. Uit de grijze kleur maakte hij op dat het nepgebouw al minstens een halfjaar aan de elementen blootgesteld was. De vloer was van multiplex. Openingen moesten deuren voorstellen, maar er waren geen ramen. Langs de galerij op de eerste verdieping liep een veiligheidshek. De trap was aan de achterkant open en te smal om praktisch te kunnen zijn. In het midden vormde hij een T en voerde hij naar beide kanten van de galerij. Er waren kartonnen boeven met een schietschijf op hun romp. Een lappendeken van zeildoek deed dienst als plafond. Twee lagen: een als camouflage, de andere warmteblokkerend tegen hittezoekende camera's. Het bouwen en verbergen van het nepgebouw was veel werk geweest. Will schatte dat het oppervlak iets groter was dan twee officiële basketbalvelden.

Hij telde acht man die de wacht hielden, allemaal gekleed voor een inval, met alleen hun ogen zichtbaar achter doorzichtige kunststof brillen. Vijf anderen bevonden zich al in het nepgebouw. Twee waren op de begane grond, en drie renden de trap op naar de galerij. Ze hielden hun AR-15's tegen hun schouder. Hun knieën waren gebogen. Halverwege de trap zwenkten ze volmaakt synchroon en namen de trap naar de galerij. Na een paar passen gaf de voorste man met geheven vuist een stopteken. Hij liep ineengedoken verder. Drie stappen, toen was hij bij de muur. Hij deed alsof hij een deur opende, waarop iedereen begon te schieten.

Will zag Dobie opschrikken bij het geknal.

'Fucking cool, man,' zei de jongen.

Hij was niet bang. Hij was opgewonden.

Will kon zien dat dit niet de eerste keer was dat het nepgebouw werd overvallen. Het hout zat vol oranje, rode en blauwe verfspatten. Ze gebruikten Simunition, een niet-dodelijk type munitie. Tijdens trainingsoefeningen had Will ook met dergelijke verfkogels geschoten. Het GBI liet alle agenten aan simulatietrainingen meedoen die gericht waren op een actieve schutter. De oefeningen vonden plaats in schoolgebouwen, verlaten huizen en pakhuizen. Acteurs werden ingehuurd voor de rol van crimineel of burger. Meestal stond er keiharde muziek aan. De lampen flikkerden voortdurend, of soms waren ze uit.

Zoiets deed je niet met echte kogels. Daarvoor gierde de adrenaline te hard door je lijf. Het ging evenmin met nepwapens. Het moest echt voelen. Om die reden werden er blauwe ombouwkits gebruikt om de grendeldrager van een geweer en de slede en het kamerblok van een 9mm te vervangen. De magazijnen waren van doorzichtig plastic. In de punt van de dummykogels zat gekleurde verf, zodat je kon zien of je een doel had geraakt of je partner had gedood. Ook al waren de verfkogels niet fataal, ze deden gemeen pijn. Agenten moesten altijd een zwarte bivakmuts dragen die alles bedekte behalve hun ogen, evenals een helm, een plastic bril, een kogelwerend vest, handschoenen en een kogelwerende toque. Een betere training voor een gewapend treffen in de echte wereld was er niet.

Dat was precies waar de mannen in het nepgebouw mee bezig waren.

Een hotellobby? Een kantoorgebouw? Een synagoge? Een moskee? De mannen gingen op de begane grond naar binnen, niet via een souterrain of laadperron. Er zou ongetwijfeld beveiliging zijn, maar dertien mannen tegen twee oudere agenten die hun pensioentje aanvulden was geen eerlijke strijd.

Ze troffen voorbereidingen voor een bloedbad.

'Klaar om je pak aan te doen?' vroeg Gerald.

Will was klaar om de tracker in zijn holster in te schakelen. Deze mannen waren een grootschalige infiltratie aan het voorbereiden. Ze moesten tegengehouden worden.

Maar Sara dan?

De tactische uitrusting lag op een hoop op de grond. Wapens waren op het gras gedumpt. Glock 19's, een typisch politiewapen, maar Wills Glock 19 was er niet bij. Het leek nergens naar. Magazijnen waren maar halfvol. Sommige AR-15's zaten onder de aangekoekte aarde. Ombouwkits lagen uit elkaar. Iemand had over voldoende kennis beschikt om de spullen te bestellen, maar had niet de moeite genomen om de mannen te instrueren in het juiste gebruik.

Dobie gespte zijn helm al vast.

'Eerst de bivakmuts,' zei Will.

Dobie werd vuurrood. Hij nam de helm af. Hij volgde alles wat Will deed toen die zich in zijn spullen hees, net zoals Will naar Tessa had gekeken om te weten wat hij moest doen tijdens Cathy's gebed.

De jongen was zo opgefokt dat hij niet stil kon staan. Was Dobie daarom bij de IPA gegaan? Soldaatje spelen gaf een geweldige kick, maar drillen was bedoeld om je voor te bereiden op echte actie. Voor Will stond vast dat Dobie niet klaar was voor echte actie. Nu hij de mannen in het nepgebouw had gezien, betwijfelde hij of zij het er beter af zouden brengen. Toch was er geen bekwaamheid of zelfs maar geluk voor nodig om veel mensen te doden. Alleen het verrassingselement en de bereidheid om de trekker over te halen.

Will trok zijn riem strak. Hij controleerde zijn wapens. Hij verzekerde zichzelf ervan dat de magazijnen en kamers met losse patronen waren gevuld, want hij vertrouwde deze gasten niet. Theoretisch hoorde hij de Sig Sauer uit zijn holster te halen en de kamer leeg te maken. Tijdens simulatieoefeningen mochten er geen echte kogels op het terrein aanwezig zijn.

Maar niets van dit alles was simulatie voor Will.

'Wolfe, jij zit in het C-team.' Gerald wees naar de trap. 'Linksaf.'

Will had zich al afgevraagd waarom de drie mannen in dezelfde richting waren afgezwenkt, waardoor ze van achteren aangevallen konden worden. De zoveelste fout. Je trainde niet één team tegelijk. Het was iedereen of niemand.

'Cool dit, ja toch?' Dobie stond nog steeds te springen als een methverslaafde. Het enige wat Will van zijn gezicht zag, waren zijn ogen op steeltjes achter zijn bril. Zijn vest was al minstens zes keer door Simunition geraakt. Zijn toque leek net een veelkleurige Rorschachtest. Hij had bezorgd moeten zijn. Dit was geen potje paintball. Op een dag zouden ze een dergelijk gebouw in het echt innemen. Waarschijnlijk al heel binnenkort, als het klopte wat Faiths contact bij de FBI over de recente geruchten had gezegd.

Will trok de bivakmuts over zijn neus. Hij zette zijn bril goed. Tegen Dobie zei hij: 'Op een stuk karton schieten is iets anders dan een mens doden.'

'Ja-ja-ja.' De bivakmuts bewoog heen en weer tegen zijn mond. 'Ik snap het, man.'

Het liefst had Will wat verstand in het eikeltje geslagen. In plaats daarvan deed hij Dobie voor hoe hij zijn geweer moest vasthouden. 'Leg je vinger hier, langs de trekkerbeugel. Je raakt de trekker alleen aan als je iemand gaat doden.'

'Hij heeft gelijk, broeder.' Een man in gevechtstenue had zich bij hen gevoegd, waardoor ze nu met z'n zestienen waren. Hij begon bevelen te blaffen. 'Alpha, breek de deur open. Stel de benedenverdieping veilig. Bravo en Charlie, jullie zijn de tweede golf. De trap op. Bravo gaat rechts. Charlie naar links.' Tegen Will zei hij: 'Jij bent Charlie. We gaan naar de achterkant. Daar wachten we op het teken. Dobie opent de deur. Lopen!'

Ze renden de trap nog niet op, maar bleven allemaal buiten het nepgebouw staan. Will keek naar beneden. Het gras was kapotgetrapt door de tientallen mannen die daar hadden staan wachten tot ze naar binnen mochten. In het bouwskelet zat een opening zo breed als een stel dubbele deuren.

Ze hadden echte deuren moeten gebruiken. In een echt gebouw kon je niet door muren kijken. Je kon niet door deuren kijken en de tegenstander zien. De papieren rompschijven in het midden van de ruimte zaten onder de verf. Ze hadden ze waarschijnlijk nog nooit verplaatst. Je moest een aantal basisfeiten kennen voor je een openbaar gebouw bestormde. Waar stonden de meubels? Wat waren de obstakels? Hoeveel mensen bevonden zich ongeveer binnen? Welke kant zou je op vluchten wanneer de kogels je om de oren floten? Waar waren je uitgangen? Wie was je doel? Hoe waarborgde je je eigen veiligheid en die van je team?

'Oké, broeders.' Gerald had een stopwatch in zijn hand. 'Actie!'

Acht mannen stormden naar binnen. Het geweer in de aanslag, knieën gebogen. Ieder vuurde twee keer snel achter elkaar op de rompschijven. De mannen splitsten zich op in teams van twee om de vier muren te dekken. Zwijgend en geruisloos bewogen ze zich voort, gaven handsignalen, tikten elkaar op het been als ze moesten stoppen of doorgaan. Nepdeuren werden geopend. Trekkers werden overgehaald. Verf sloeg buiten tegen de bomen. Magazijnen werden opnieuw geladen.

'Actie!' herhaalde Gerald.

De drie mannen vóór Will renden naar voren. Dobie volgde. Will hield zijn geweer naar beneden gericht. Adrenaline stroomde als vuur door zijn lichaam. Zijn blikveld vernauwde zich. Zijn hart begon te bonken. Hij dwong zichzelf in en uit te ademen.

Hiervoor oefende je. Hiervoor droeg je gevechtskleding, verschool je je achter muren en opende je echte deuren, want je lichaam was dom en wist het verschil niet.

Het Bravoteam denderde over de trap en zwenkte de T op. Charlie kwam er meteen achteraan. Will zag dat er twee letters op de vloer waren gespoten.

LG.

Hij volgde Dobie langs de andere kant. Ze renden over de galerij en bleven voor een nepdeur staan. Ook hier was een letter op het multiplex gespoten.

G.

Dobie keek naar Bravo. Op een teken deed hij alsof hij de deur opende.

Will hield zijn geweer nog steeds naar beneden. Dobie begon door de opening te schieten. Hij haalde de trekker net zo lang over tot zijn magazijn leeg was.

'Oké, dat was het!' riep Gerald. 'Achtentwintig seconden.'

Het had gevoeld als tien minuten. Wills hart klopte in zijn keel. De hitte was naar zijn hoofd gestegen. Hij nam zijn helm af en schoof zijn bril en bivakmuts omhoog.

'Hé, broeder.' Will voelde een hand op zijn schouder. 'Waarom schoot je niet?'

Will keek de man aan. Hij had zijn spullen ook afgedaan.

Normale bouw, normale lengte. Bruin haar en bruine ogen.

Hij had zijn duim over de gesp van zijn riem gehaakt, maar zijn arm stond in een vreemde hoek. Zijn houding was niet bedoeld om zijn hand te laten rusten, maar hij probeerde zijn schouder te ontlasten omdat er twee dagen eerder op hem geschoten was.

En daarna hadden zijn mannen Sara ontvoerd.

Dash klemde Wills schouder nog iets steviger vast. 'Majoor Wolfe?'

Will moest iets zeggen. Hij kon niet volstaan met wat gebrom en geknik. Hij wreef over zijn baard om Jack Wolfe op te roepen. 'Je raakt de trekker alleen aan als je gaat doden.' Hij haalde zijn schouders op. 'Er viel niks te doden.'

'Aha,' zei Dash. 'Je hebt je eigen regels.'

'Training,' wrong Will eruit. Met elk grammetje energie speurde hij Dash' gezicht af op zoek naar het geringste teken van herkenning. 'Als je schiet, schiet je om te doden.'

'Loop eens mee,' zei Dash. 'We hebben iets te vieren. Wedden dat een grote vent als jij wel een malse lap vlees lust?'

Wills maag balde zich tot een vuist. Nu moest hij de tracker aanzetten. Dash stond pal voor hem. Zonder hem zou het hele plan de mist in gaan.

Maar Sara dan?

'Kom.' Dash liep de trap af. De mannen weken voor hem uiteen. 'Oefen nog maar eens met team Eén,' zei hij tegen Gerald. 'Ik wil ze onder de tien seconden hebben voor we de deur openbreken.'

'Yes, sir.' Gerald bracht een kort saluut. De mannen van de verzamelplek deden hun bivakmutsen en helmen op. Nog zestien man erbij. Glocks en geweren paraat.

'Ik heb nog nooit eerder bij het tweede team gezeten,' zei Will.

Dash lachte. 'Dat is dan goed nieuws voor je, broeder. In de eerste golf vallen altijd de meeste slachtoffers. De generaals noemen ze dan ook kanonnenvoer.'

Dat zei hij waar zijn mannen bij stonden. Zijn onverschilligheid ten aanzien van hun levens leek hen niet te raken. Het was bijna alsof ze er energie van kregen.

'Na de viering doen we het nog een keer,' zei Dash tegen Will.

'Viering?'

'Morgen is het zover. Dan wordt de Boodschap verkondigd. Het kan geen dag meer wachten.'

Will had het gevoel alsof zijn buik vol punaises zat.

'Rustig maar, Wolfe. Na één oefening heb ik al gezien dat je weet wat je doet.' Dash gooide zijn spullen op de hoop. Hij nam niet de moeite zijn Simunitionmagazijn te verwisselen. Het blauwe plastic omhulsel was als een baken in zijn holster.

Will herkende de greep van zijn eigen Glock 19. Dash had zijn wapen uit Sara's auto gepakt. Hij had er twee mensen mee gedood en waarschijnlijk had hij Sara ermee bedreigd. Wat er ook ging gebeuren, Will zou zijn pistool terugpakken en het diep in Dash' keel rammen.

'We hebben ruim duizend uur voor deze missie getraind,' zei Dash.

Will knikte, alsof het geen idioot aantal was. SEAL Team Six had maar een paar dagen getraind voor ze Bin Ladens schuilplaats waren binnengevallen.

'We hebben hier iets opgebouwd,' vervolgde Dash. 'Onze gemeenschap is jong, maar we zijn zeer gedreven. We zullen offers moeten brengen, er zullen slachtoffers vallen, maar de Boodschap is belangrijker dan welk individu ook. Dat zul je wel zien wanneer je de rest van de groep ontmoet. Ik wil graag dat je bij mijn gezin komt zitten. Dat je ons leert kennen. Dan begrijp je waarvoor we vechten.'

Will betwijfelde of Dash zichzelf ging opofferen. Megalomane gekken gebruikten grote woorden, maar zelf liepen ze nooit een schrammetje op. Het grootste aantal slachtoffers zouden de 'broeders' zijn, die dachten dat rondrennen in zwart gevechtstenue hen voorbereidde op de oorlog.

'Veel jonge gasten hier,' zei Will.

'Ja, inderdaad. Daarom hebben we behoefte aan taaie, in de strijd geharde soldaten om hen te trainen. Misschien ben jij zo iemand, majoor Wolfe.'

Will maakte een vaag schoudergebaar. Ze liepen in de richting van het bos. Hij zag twee oudere mannen met geweren. In een van de bomen was een plateau gebouwd. Een grijze man leunde over de reling. Zijn AR-15 hing over zijn schouder.

Met zijn Sig Sauer kon Will één man uitschakelen voor hij zelf werd neergeschoten. Als ze dezelfde FMJ's gebruikten als die op de verzamelplaats, zou de kogel dwars door Wills borst beuken en Dobie recht in zijn hoofd raken.

'Deze kant op, majoor.' Dash voerde Will mee naar een vrijgemaakt pad.

Dobie sjouwde als een puppy achter hen aan. Een paar meter verder naar achteren volgde het ongeordende B- en C-team.

'Ik denk dat het je hier wel zal bevallen.' Het pad was smal, toch kwam Dash naast Will lopen. 'Volgens Gerald ben je bevriend met Beau.'

'Ja, maar ik ben niet...' Will deed alsof hij een naald in zijn arm stak. 'Dat is niet mijn ding.'

'Wat is wel je ding, broeder?'

Will haalde zijn schouders op. Een makkelijke weg was er niet.

'Een kwart miljoen dollar is veel geld,' zei Dash.

Will voelde zijn blik. 'Zeker.'

'Wat ga je daarmee doen, majoor Wolfe?'

De vraag was minder eenvoudig dan hij klonk. Will nam de tijd voor hij antwoordde. Dit was niet het moment voor Jack Wolfe om een racistische tirade af te steken of tekeer te gaan tegen de overheid die hem in de steek had gelaten. 'Ik denk dat ik naar een plek zoals deze ga. Alleen ikzelf en verder niemand.'

'Zou je geen vrouw meenemen?'

Hij schudde zijn hoofd. Hij keek even naar Dobie, die vol aandacht luisterde. 'Dat wordt me te ingewikkeld.'

Dash knikte, maar Will had geen idee of hij het juiste antwoord had gegeven. Het deed er niet toe. Hij kon zijn woorden niet meer terugnemen. Inmiddels waren ze op een open plek aangekomen. Aan de rand, tussen de bomen, stonden kleine blokhutten. Vrouwen waren aan het koken boven open vuren. Ze vulden kommen en borden. Will telde er acht. Op plateaus boven in de bomen zag hij drie oudere mannen. Op de grond nog drie. Twaalf jonge vrouwen dekten de picknicktafels met bestek en borden. Kinderen stoven alle kanten op, tolden rond, gilden en lachten. Er waren er te veel om te tellen.

'Hou je van kinderen?' vroeg Dash.

Wills adem stokte in zijn borst. Als hier kinderen waren, was Sara misschien in de buurt. Maar het waren er zoveel. Hij kon niet gaan schieten als er kinderen bij waren. Sommigen konden nog maar net lopen.

'Majoor Wolfe?'

Will besefte dat hij naar de meisjes keek. En toen besefte hij dat een man als Dash dat niet smerig vond. 'Ze zijn mooi. Die kleine blondjes.'

Dash grinnikte. 'Mijn meisjes zijn dol op hun papa.'

Will slikte zijn walging weg. 'Hoeveel zijn van jou?'

Dash keek Will aan en antwoordde: 'Ze zijn allemaal van mij.'

Het was als waarschuwing bedoeld. Het kostte Will moeite zijn vuisten niet te ballen. Langzaam draaide hij zich om en keek naar Dobie. De jongen had een grasspriet in zijn mond gestoken. Hij sloeg een vlieg weg.

'Heeft hij iemand die hem een beetje begeleidt?' vroeg Will.

Dash glimlachte, alsof hij majoor Wolfe eindelijk begreep. 'Je mag hem hebben als je wilt.'

Will knikte. 'Goed.'

Dobie haalde uit naar de vlieg in een poging hem te vangen.

'Dobie, broeder,' riep Dash, 'hou jij een oogje op majoor Wolfe?' Hij klopte Will op zijn schouder. 'Na de viering praten we verder, vriend. Dan begint het echte werk.'

Will knikte. Hij duwde zijn handen diep in zijn zakken toen hij Dash naar de kinderen zag lopen. Ze renden op hem af, riepen: 'Papa, papa, papa!'

Will spuwde de gal uit die zijn mond had gevuld. Dash was deze speelgoedsoldaatjes niet echt aan het trainen. Hij had maar één plan: zo veel mogelijk mensen vermoorden. Als Will moest raden zou hij zeggen dat de enige 'broeder' die had geoefend hoe hij levend uit dat gebouw moest komen de racistische pedofiel was die de jongens naar binnen dreef. Dit was een zelfmoordmissie, zo simpel was het.

Hij dacht aan de gps-tracker. Hij had niet veel tijd meer om Sara te vinden. Hij gaf zichzelf nog een kwartier. Als hij langer wachtte, zou hij niet meer de man zijn naar wie Sara wilde terugkeren.

'Heb je die kogels gezien?' Dobie dook naast hem op. 'Die hebben ze met varkenspekel bespoten voor het geval we moslims raken.'

Het was zo ongeveer het domste wat Will ooit had gehoord. Van zout ging metaal roesten. Wapens waren van metaal gemaakt. Deze lui hadden kennelijk een voorkeur voor haperende wapens.

'Heeft Dash nog iets gezegd?' vroeg Dobie. 'Heeft hij gezegd wat we gaan doen? Niemand die het weet. Hij heeft het altijd over de Boodschap, en we hebben getraind, maar –'

'Bek houden!' Will liet zijn blik over de open plek gaan. Tot dan toe had hij veertig mannen geteld, eenenveertig met Dobie erbij. De acht kokende vrouwen waren ouder, maar de twaalf vrouwen bij de tafels waren allemaal begin twintig. Ondanks hun rare trouwjurken zag Will hoe aantrekkelijk ze waren. Dat verklaarde waarom Dobie en zijn drie Amigo's hier bleven.

'Toe nou,' smeekte Dobie. 'We zijn nu een team. Vertel eens wat Dash heeft gezegd.'

Aan de andere kant van het terrein zag Will een langgerekt, laag gebouw. Naast het trapje waren een wasbak en een douchecabine. De ramen waren afgeplakt met wit papier.

Hij zag de deur opengaan. 'Haal eens wat Gatorade.'

'Van Dash moest ik een oogje op je houden,' zei Dobie.

Een vrouw kwam naar buiten. Lang en slank. Een witte jurk. Een witte sjaal om haar hoofd.

Dobie wilde iets zeggen, maar Will legde zijn hand tegen zijn gezicht en duwde hem ruggelings op de grond.

De vrouw ging op het trapje zitten. Ze trok haar schoenen aan.

Will hield zijn adem in.

'Fuck, man. Waarom deed je dat?' jammerde Dobie.

De vrouw keek op naar de lucht. Haar bleke huid was al verbrand door de zon.

Will wist niet meer hoe hij moest uitademen. Het was alsof zijn longen naar binnen werden gevouwen.

'Gast, wat heb jij?'

Met de zoom van haar jurk veegde de vrouw haar gezicht af. Ze trok haar sjaal weg. Haar lange, kastanjebruine haar viel om haar schouders.

Sara.

ZEVENTIEN

Dinsdag 6 augustus, 17.32 uur

Sara vouwde haar geïmproviseerde sjaal op tot een keurig vierkant. Ze had een katoenen servet om haar hoofd geknoopt, in de hoop dat haar haar dan niet ging krullen bij het opdrogen. Het liefst had ze haar gezicht in de stof geduwd en gehuild – om Michelle en Tommy en alle andere gruwelen waarvan ze getuige was geweest – maar het ontbrak haar aan wilskracht om een andere emotie dan hopeloosheid aan te spreken.

Met geen van de kinderen ging het beter. Joy kon niet wakker blijven. Er hadden zich nog drie volwassenen bij de barak gemeld met klachten over misselijkheid, vermoeidheid en ademhalingsproblemen. Benjamin was niet bij kennis. De dysenterie van Lance was voorbij, maar hij slikte zijn woorden in en klaagde dat hij dubbel zag. De uiteenlopende symptomen konden op van alles wijzen, van een door teken veroorzaakte ziekte tot Guillain-Barré tot glaucoom tot massapsychose.

Sara had van alles geprobeerd, maar niets werkte. De medicijnen moesten wel erg slecht zijn. De verschillende antibiotica en pillen waren verkeerd geëtiketteerd of het waren placebo's of gif.

Gif.

Zou Gwen een soort Dark Angel zijn?

In de loop van haar medische carrière had Sara vaak gehoord over het bespoedigen van de dood van terminaal zieke patiënten. Het willen beëindigen van iemands lijden was een natuurlijk verlangen. Sara had nog nooit iemand aan een dergelijke impuls zien toegeven, ongeacht hoe schrijnend de situatie was. De kinderen in de barak waren ziek, maar er waren behandelingen, medicijnen waardoor ze er weer bovenop konden komen. Twee dagen geleden was Sara er nog van uitgegaan dat Adriel door haar moeder beschermd zou worden. Nu wist ze dat Gwen tot moord in staat was als de rekensom in haar of Dash' voordeel uitviel. De vrouw deelde het bed met een massamoordenaar. Ze voedde haar kinderen op door ze bang te maken en te intimideren. God mocht weten waartoe ze nog meer in staat was.

Sara keek het terrein rond. Vrouwen snelden heen en weer, troffen voorbereidingen voor het feest en bleven bij Gwen uit de buurt om haar toorn niet over zich af te roepen. De viering van die avond was bedoeld om in de juiste stemming te komen voor het brengen van de Boodschap. Als Dash zijn zin kreeg, zou alles de volgende dag veranderen. Sara werd geacht zijn Getuige te zijn. Ze huiverde bij de gedachte aan wat dat inhield. Hij had voorspeld dat het aantal doden niet te tellen zou zijn. Ze was slechts enkele meters van de kas verwijderd, maar ook al slaagde ze erin binnen te dringen, ze zou niet kunnen voorkomen wat er ging gebeuren. Ze zou alleen gebukt gaan onder het afschuwelijke besef van wat hun te wachten stond.

Ze had zich nog nooit zo alleen gevoeld, hier op deze ellendige berg.

Sara hees zich moeizaam overeind. Ze daalde de trap af en liep over het met gras begroeide terrein. Er waren zoveel nieuwe gezichten dat ze de tel kwijtraakte: de jonge meiden die de tafels dekten, de jongetjes die zich bij Dash' toom van kleine meisjes hadden gevoegd. De gewapende mannen hielden nog steeds de wacht. Een paar uur geleden was het geronk van de generator weggestorven. Van de andere kant van de heuvel hoorde ze telkens luide knallen. Naar het aanhoudende geweervuur te oordelen had Dash de training opgevoerd.

In Sara's hoofd doken geen songteksten meer op; die hadden plaatsgemaakt voor een mantra:

Black box, de kas, de Boodschap, morgen.

Ze nam haar theorie over een biologisch middel nog eens door. Ze had zich te zeer vastgebeten in het deel van Michelles functie dat besmettelijke ziekten betrof. De afdeling klinische chemie van de CDC was het mondiale referentielaboratorium voor bepaalde infectieziekten. Het nationale biomonitoringsprogramma van het centrum mat de mate van blootstelling aan giftige stoffen zoals antrax, botulinetoxine, kinkhoest en aflatoxine. Om dergelijke gegevens te vertalen naar praktische behandelingen moest Michelle over een buitengewoon diepgaande kennis van scheikunde hebben beschikt.

Als onderdeel van haar medische vooropleiding had Sara een minor in scheikunde gehaald. Ze wist dat thermiet werd gemaakt van aluminiumpoeder en metaaloxide. Uit een combinatie van nafteenzuur en palmitinezuur ontstond napalm. Fosforiet verhit met koolstof en silica leidde tot witte fosfor, een wasachtige vaste stof die zo ontvlambaar was dat hij onder water moest worden bewaard om zelfontbranding te voorkomen.

Elk van deze stoffen kon in een commercieel laboratorium synthetisch worden geproduceerd. Of in een kas met een commercieel laboratorium. Op de juiste manier gehanteerd kon een explosieve stof overal in aangebracht worden, van een handgranaat tot een raket tot een black box. De explosie die daarvan het gevolg was, zou catastrofaal zijn, vooral in dichtbevolkt gebied. Fosfor kon een gat in huid en organen branden. Als water op thermiet werd gegoten ontstond er een stoomexplosie en werden gloeiend hete deeltjes alle kanten op geblazen. Napalm kon een hele reeks aan aandoeningen veroorzaken, van onderhuidse brandwonden tot verstikking met de dood tot gevolg.

Als Dash van plan was de black box tot ontploffing te brengen in iets wat op het bouwwerk leek, zouden honderden zo niet duizenden mensen de dood vinden.

'Hoe gaat het met haar?' Gwen had haar ruwe handen weer in haar schort geduwd. Ze stond naast een tafel met verschillende ijsmachines. Ze had handmatig aan de hendels staan draaien. 'Adriel? Is ze al wat beter?'

Sara haalde haar schouders op en schudde haar hoofd. 'Hoezo? Je onderneemt toch niets om haar te helpen.'

Gwen begon weer aan een hendel te draaien. Brokken steenzout vielen op tafel. Het rook naar verse vanille. Onwillekeurig bedacht Sara dat cyanide net zo rook wanneer het door het lichaam werd verwerkt.

'Goedenavond, dames.' Grijnzend kwam Dash aanstrompelen. Aan ieder been hing een kind. Esther en Grace giechelden als aapjes.

'Alles in orde, dokter Earnshaw?' vroeg hij.

Sara knikte. Sinds ze hem op zijn nummer had gezet, had ze niet meer met hem gesproken. Ze vermoedde dat hij net als de meeste psychopaten de confrontatie niet aankon.

'Vertel eens, hoe gaat het met je patiënten?' vroeg hij.

'Er zit helaas geen vooruitgang in,' begon ze. 'Weet je zeker dat de medicijnen –'

Grace slaakte een kreetje. Haar moeder had twee papieren bekertjes met ijs gevuld.

'Delen met je zusjes,' zei Gwen.

Gillend van verrukking renden de meisjes weg.

'Ik ben geen medisch deskundige, dokter Earnshaw,' zei Dash, 'maar klopt het dat kleine kinderen vaak zomaar ziek worden, zonder aanleiding?'

Sara ergerde zich aan elk deel van de vraag. 'Als medisch deskundige kan ik je vertellen dat de symptomen niet bij de sequelae van een mazeleninfectie horen.'

'Hm.' Hij deed alsof hij nadacht, en tot haar genoegen constateerde ze dat hij geen idee had wat 'sequelae' betekende.

Gwen zei: 'Eigenlijk zou je een paar woorden moeten zeggen voor we beginnen.'

Dash keek zijn vrouw glimlachend aan. 'Als je het niet erg vindt, dokter Earnshaw, wil ik graag dat je even met me meeloopt.'

Hij ging haar niet voor naar het picknickgedeelte. In plaats daarvan wees hij in de richting van haar blokhutgevangenis. Als hij haar dacht te straffen door haar op te sluiten, had hij het mis.

'Het is een prachtige avond,' zei Dash. 'Volgens mij is het voorlopig afgelopen met de hitte.'

Sara reageerde niet. Het wapen in zijn holster leek anders. Ze herkende de blauwe slede die het pistool geschikt maakte voor Simunition.

‘Ik vind het vervelend om erover te beginnen, dokter,’ zei Dash, ‘maar het lijkt erop dat je mijn vrouw overstuur hebt gemaakt.’

Sara beet op haar lip. Hij had haar nog niet eerder tot de orde geroepen.

‘Onenigheid in het Kamp kan ik nu niet gebruiken. Vooral vanavond niet. Wat we morgen gaan doen is te belangrijk.’

Sara keerde zich naar hem toe.

Ze zag dat hij niet van plan was in te binden. Hij glimlachte, maar zijn ene mondhoek zat hoger dan de andere. Dit was niet het masker dat afgleed. Hij verheugde zich op de gruwelen die komen gingen.

‘Toen Michelle steeds minder in staat was om ons te helpen, had ik mijn hoop op jou gevestigd als onze nieuwe Getuige.’

Sara wendde haar blik het eerst af en verweet zichzelf dat ze Russische roulette speelde. Ze was een gijzelaar. Hij was een moordenaar. Ze had hem twee mannen zien neerschieten. Ze wist dat hij die bommen bij het Emory had laten afgaan. Hij was iets aan het voorbereiden wat nog veel schokkender en erger was. Tegen hem ingaan, druk op hem uitoefenen, zou haar dood alleen maar bespoedigen.

‘Volgens Gwen heb ik je te veel vrijheid gegeven,’ zei Dash.

Sara zag hem het wapen uit zijn holster halen. De blauwe slede stak boven de kast uit. Hij had geen idee dat Sara wist dat de verfkogels niet dodelijk waren. Hij vond het gewoon leuk om een spelletje met haar te spelen.

‘Je hebt gelijk.’ Ze probeerde hem naar de mond te praten. Dash’ wapen vormde geen bedreiging, maar er waren minstens dertig mannen op het terrein die wel met scherp konden schieten. ‘Dat van de kinderen zit me dwars. Maar ik had tegenover Gwen een andere toon moeten aanslaan. En tegenover jou.’

‘Ik doe dit niet voor mezelf.’ In plaats van het wapen op haar te richten woog hij het op zijn hand. ‘Tussen ons gezegd en gezwegen: het gebeurt zelden dat ik mijn intellectuele gelijke tegenkom. Misschien vond ik het te fijn om de degens met je te kruisen.’

'Ik –'

Hij richtte het pistool op haar buik. 'Kom, dan ronden we dit af bij de rivier.'

'Wacht.' Sara wierp een wanhopige blik over zijn schouder, alsof ze ook maar enige hulp kon verwachten. De meisjes zaten aan de picknicktafel. Ze waren omringd door mannen in het zwart. Jonge gezichten, oude. Allemaal gladgeschoren, op één na.

Tranen vulden haar ogen. Ze hapte naar adem.

'Dokter Earnshaw?'

Ze sloeg haar handen voor haar mond.

Will?

Hij stond bij de picknicktafel. Hij lachte met de meisjes.

Was het hem echt?

'Dokter –' zei Dash.

'Het spijt me!' gooide ze eruit. 'Het spijt me zo!' Smekend sloeg ze haar trillende handen ineen. 'Neem het me alsjeblieft niet kwalijk. Het spijt me. Alsjeblieft.' Ze bleef maar smeken. Had Will haar gezien? Hij keek niet eens haar kant op. 'Ik zal me gedragen. Dat beloof ik. Alsjeblieft. Alleen... je zei dat ik jullie Getuige ben. Dan zal ik... Dan zeg ik... dat jullie een gemeenschap zijn. Een familie.'

Dash kneep zijn ogen tot spleetjes. Haar reactie kwam te laat.

'Alsjeblieft.' Sara's handen trilden zo hevig dat ze ze met moeite bij elkaar hield. Will had zich van haar afgewend. Ze zag zijn rug, zijn brede schouders. 'Alsjeblieft, Dash. Het spijt me verschrikkelijk. Doe me... Doe me alsjeblieft niks. Alsjeblieft. Ik... Doe me geen pijn. Alsjeblieft.'

'Waar heb je het over?' zei hij. 'Je denkt toch niet dat ik je ga verkrachten?'

'Nee...' Sara was zo wanhopig dat ze het bijna uitschreeuwde. 'Nee, natuurlijk niet. Ik was –'

'Ik heb je verzekerd dat je geen haar zal worden gekrenkt.'

'Dat weet ik, maar...' Een snik ontglipte haar. Ze keek naar Will, smeekte hem zich om te draaien. 'Alsjeblieft. Ik zag het pistool en dacht –'

'We houden ons aan de bepalingen van de Conventies van Genève.' Al pratend zwaaide Dash met zijn wapen. 'Dat weet je. We zijn geen beesten. We zijn soldaten.'

'Dat weet ik. Dat weet ik. Alleen… het spijt me. Ik had niet moeten zeggen… Ik ben aangeslagen vanwege de kinderen. Ze zijn zo ziek. En Michelle…'

Draai om-draai om-draai-om…

'Dokter Earnshaw, ik ben een getrouwd man.'

'Dat weet ik.' Sara deed geen moeite meer haar tranen weg te vegen. 'Het spijt me. Ik had je inmiddels beter moeten kennen. Ik besef dat je nooit… dat je een eerlijk man bent. Je houdt je aan je woord.'

'Inderdaad.'

'Het spijt me vreselijk. Alleen… ik zag het pistool en ik raakte in paniek, want mijn… mijn man is met zo'n soort wapen doodgeschoten.' Ze had geen idee waar die leugen vandaan kwam, maar hij ging er bij Dash kennelijk wel in.

'Vast en zeker neergeschoten door een smerige bastaard,' zei hij.

'Ik ben bang voor wapens. Doodsbang. En ze zijn overal. Waar je ook kijkt. En ik ben zo bang. Voortdurend. Sorry dat ik niet –'

Dash slaakte een theatrale zucht. Langzaam schoof hij het wapen weer in zijn holster. Voor de goede orde trok hij het klittenband strak. 'Het is mijn vurige verlangen, dokter Earnshaw, dat wat we morgen gaan doen ervoor zal zorgen dat goede blanke vrouwen zoals jij niet meer bang hoeven te zijn.' Hij legde zijn hand op haar schouder. 'Zodra de wereld is gezuiverd van de bastaarden en hun pleitbezorgers, zullen we bevrijd zijn van het soort criminaliteit waardoor je man van je is weggerukt. Agenten zullen weer veilig zijn op onze straten. Rust en orde zullen weer heersen. Je zult de laatste weduwe van je soort zijn.'

Sara knikte. Tot meer was ze niet in staat. Haar hele lichaam beefde. Ze richtte haar blik op de grond. Tranen gleden over haar neus en spatten op de aarde.

Dash gaf haar een schouderklopje. 'Kop op, dokter. Zo mogen de kinderen je niet zien.'

Met klapperende tanden volgde Sara hem terug naar de open plek. Ze kreeg haar voeten nauwelijks van de grond. Elke zenuw lag bloot. Na zo lang niets te hebben gevoeld, voelde ze nu alles. Ze hield haar blik naar beneden gericht uit angst te zullen instorten als ze naar Will keek.

Bij de picknicktafel gaf Gwen de meisjes een donderpreek over hun manieren. Sara waagde een snelle blik op Wills gezicht. Zijn haar klitte samen van het zweet. Om zijn ogen zaten donkere kringen. Zijn baard was voddig en vies.

Opeens voelde ze zich licht in haar hoofd. Ze werd overspoeld door een zintuiglijke herinnering aan de man die haar had verkracht. *De ruwe baard die naar sigaretten en frituur stonk. Zijn klamme, bleke huid toen hij tegen haar aan stootte.*

Gal steeg op naar haar mond. Met brandende ogen slikte ze die weg.

'Ga zitten, dokter Earnshaw.' Dash sloeg zijn servet met een klap open en legde het over zijn schoot. 'Majoor Wolfe, dit is onze kinderarts. We hebben hier wat zieke kinderen gehad. Gelukkig hebben bijna al mijn dochters het goed doorstaan.'

Will bromde iets. Hij keek naar het stuk vlees op zijn bord.

Sara ging op haar vaste plek naast Grace zitten. Will zat aan de andere kant, bij het uiteinde. Naast hem zat een tiener, met rechte rug en zijn armen over elkaar, in precies dezelfde houding als Will.

Ze sloeg haar nagels in haar handpalmen. Ze dwong zichzelf naar de werkelijkheid terug te keren. Het was gewoon een lelijke baard. Ze zat niet vastgeketend in een wc-hokje. Will zou haar nooit iets aandoen. Ze hield van deze man. Hij hield van haar. Hij was hier voor haar. Om haar te redden.

Ze liet haar blik over het terrein gaan. De bewakers in het bos. De geweren en Glocks en jachtmessen en kinderen.

Hoe moest hij haar redden?

Dash zei: 'Majoor Wolfe heeft bij de luchtmobiele brigade gediend, samen met onze vriend Beau.'

Sara's handen trilden nog steeds. Ze concentreerde zich op het eten. Weer kreeg ze crackers met kaas. Naast haar bord lag een appel. De andere vrouwen hadden kommen met stoofschotel voor zich, de mannen aardappelen met vlees, flessen water en gele Gatorade.

'Na onze laatste actie komen we een paar soldaten tekort,' zei Dash tegen Sara. 'Ik ben ervan overtuigd dat de majoor een beslissende rol zal spelen bij het verspreiden van de Boodschap.'

Sara kon Will niet blijven negeren. Ze dwong zichzelf naar hem te kijken, hem echt te zien.

Hij sneed het stuk vlees aan. Uit het midden sijpelde bloed. Sara zag zijn diepe walging. Hij had zijn vlees het liefst zo doorbakken dat het in een rubberen ijshockeypuck veranderde. Op zijn verjaardag had ze hem meegenomen naar een van de beste steakhouses van Atlanta, waar ze hem ketchup over een Wagyu New York Strip van negentig dollar had zien gieten.

Opeens kon ze weer ademen. De plotselinge stroom zuurstof maakte haar duizelig.

Aan die herinnering moest ze zich vastklampen. De eerste keer dat ze Wills favoriete zwarte jurk had gedragen was naar dat etentje. Op sexy toon had ze hem het menu voorgelezen. De prijzen had ze voor hem achtergehouden, want dan zou hij met een rekensommetje hebben vastgesteld hoeveel T-bonesteaks hij voor hetzelfde bedrag bij Waffle House had kunnen eten.

'Dokter Earnshaw?' Dash had een antenne voor haar stemmingen. Ze moest stoppen met deze emotionele achtbaan.

'Sorry.' Sara brak een stukje kaas af en schoof het in haar mond. Ze kon de tranen niet tegenhouden die als een rivier over haar wangen stroomden. In het restaurant had ze Will van haar whisky laten proeven. Hij had bijna een long uitgehoest. Ze hadden de hele avond elkaars hand vastgehouden, en in de auto hadden ze als een stel pubers zitten zoenen.

'Papa, mag ik majoor Wolfe vragen of hij getrouwd is?' vroeg Grace.

Dash glimlachte. 'Volgens mij heb je dat al gedaan, snoes.'

Grace zat te wippen van spanning. 'Bent u getrouwd, majoor Wolfe?'

Zoals Will zijn stuk vlees weg kauwde, kauwden Sara's windhonden de bittere pillen tegen hartworm weg. Hij slikte hoorbaar. 'Nee.'

Grace zakte in als een leeglopende ballon.

'Ik, eh...' Weer slikte Will. 'Ik ben weleens op een bruiloft geweest.'

Sara wist dat Will amper op zijn eigen bruiloft was geweest. De hele vertoning was het gevolg geweest van een uit de hand gelopen weddenschap.

'Op de receptie kregen we verse muffins,' zei Will.

'O.' Dat vond Grace interessant. 'Wat voor muffins?'

'Met stukjes chocola. Met witte vulling. Cranberry's. Blauwe bessen. Snorkelbessen.' Will krabde over zijn afgrijselijke baard. De meisjes wisten niet of hij het meende. 'Kennen jullie dat verhaal over de twee muffins die in de oven stonden te bakken?'

Grace was zo opgewonden dat ze alleen maar haar hoofd kon schudden.

'De ene muffin kijkt de oven rond en zegt: "Wauw, wat is het hier vreselijk heet." ' Will veegde zijn mond af om de spanning op te voeren. 'En dan gilt de andere muffin: "Help! Een pratende muffin!" '

De meisjes waren geen grapjes gewend en het duurde even voor ze in lachen uitbarstten. Zelfs Gwen glimlachte. Grace liet zich zo meeslepen dat Sara haar moest vasthouden omdat ze anders van de bank zou tuimelen.

Dash begon met zijn vingers op tafel te roffelen. Het gelach stopte abrupt. Sara dacht aan de jonge jongens die hij had weggestuurd.

Hij duldde geen concurrentie.

'Ik wist niet dat u ook grappig kon zijn, majoor Wolfe,' zei hij.

Sara probeerde de spanning te verbreken. 'Grace, heb ik je al verteld over –'

'Dobie,' zei Dash. 'Zou jij dokter Earnshaw naar haar blokhut willen brengen? Ik vrees dat Lance zich nog steeds niet lekker voelt. En jij houdt hem gezelschap, majoor Wolfe. Dan train je later maar met het team. Bovendien is het beter in het donker. Ik stuur wel iemand wanneer we je nodig hebben.'

Sara's hele lichaam begon te tintelen. Will die haar naar de blokhut bracht. Waar dat stomme joch bij was. Will kon hem moeiteloos uitschakelen. Dan konden ze ervandoor gaan, maar waar naartoe? Will had vast een plan. Hij had altijd een plan. Ze sloeg haar bevende handen onder de tafel ineen.

Dobie stond op. Hij ging weer zitten toen hij zag dat Will geen aanstalten maakte.

Sara verbeet zich. Wat deed hij nu? Dit was hun kans. Ze konden het bos in rennen en…

Neergeschoten worden door de mannen op de jachtplateaus. Of door de bewakers in het bos. Of Will schoot terug en doodde een van de kinderen.

Sara's tranen begonnen weer te stromen.

Will liet het restje Gatorade in het flesje rondwervelen en sloeg het achterover. Naast hem volgde Dobie zijn voorbeeld. Zijn keel bewoog als die van een ooievaar. Ten slotte ging Will staan. Zijn kleine schaduw volgde hem om de tafel heen.

Will greep Sara's arm.

Ze slaakte een kreet, hoewel het geen pijn had gedaan.

'Voorzichtig, majoor Wolfe,' zei Dash. 'Dokter Earnshaw speelt een heel belangrijke rol bij de Boodschap.' Hij knikte naar Dobie. 'Hou je ogen goed open.'

Sara stond op. Haar knieën knikten. Ze liep voor hen uit, over de open plek, het pad op. De hele tijd dacht ze aan dat moment twee dagen geleden, toen ze naar haar BMW was gelopen, aan de angst die haar had bevangen toen ze had beseft dat ze werd meegenomen.

Wat nu? Wat nu?

Achter zich hoorde ze Wills vaste tred. Dobie sjokte traag achter hen aan. Het liefst had Sara zich omgedraaid. De wereld op pauze gezet om voor een paar seconden Wills armen om zich heen te voelen.

Ze waren bij de blokhut. Sara stapte op het houtblok. Ze voelde Wills hand in haar rug. Hij raakte haar nauwelijks aan, maar alleen al zijn aanwezigheid deed een huivering door haar heen gaan.

De deur viel achter haar dicht.

‘Volgens mij worden we gestraft, man.’ Dobies stem klonk vlakbij terwijl hij met het hangslot rommelde.

Sara kon wel schreeuwen. Alleen Dash had de sleutel.

‘Ik had zin in ijs,’ zei Dobie.

‘Ga maar halen,’ bood Will aan.

‘Shit, nee man. Dash maakt me af.’ Hij gaapte lang en luid. ‘Jezus, wat ben ik moe.’

‘Adrenaline.’ Will zat op het houtblok voor de deur. Zijn stem klonk anders: dieper en ruwer. ‘Ga er maar lekker voor zitten. We zijn hier nog wel een tijdje.’

Sara ging plat op haar buik liggen. Ze keek onder de deur door. Ze zag Will. De kier was breed genoeg om haar hand erdoorheen te steken. Ze kon hem aanraken. Haar hart trilde van verlangen, van angst en paniek. Misschien zou de jongen het zien. Kon ze dat riskeren? Ze hoefde alleen maar met haar vingers over zijn rug te strijken om weer houvast te vinden.

Dat kon toch?

Dobie gaapte. ‘Ik denk namelijk…’ Een tweede gaap verbrak zijn gedachtegang.

‘Het is morgen een belangrijke dag,’ zei Will.

‘Ja, de Boodschap. Wat dat ook moet voorstellen.’ Dobies hoofd sloeg herhaaldelijk tegen de deur. Het slot rammelde. ‘Heeft Dash gezegd wat we gaan doen?’

Will schudde vermoedelijk zijn hoofd. ‘En jij? Weet jij het?’

Ook Dobie schudde waarschijnlijk zijn hoofd. Het gerammel stopte.

‘Ik moet bekennen dat ik ’m wel een beetje knijp,’ zei Will. ‘Zoiets als dit is niet makkelijk. Er gaan mensen dood. Ik heb zo’n tienduizend kogels geteld op de verzamelplaats. Dertig AR-15’s. Veertig man. Vijf zwarte busjes. Twee teams die trainen hoe ze een hotellobby moeten bestormen, of een moskee of een winkelcentrum of weet ik het.’

In Sara’s hoofd ging een schakelaar over. Hij was haar aan het vertellen wat hij had gezien.

‘Bravo gaat de ene kant op,’ vervolgde Will. ‘Charlie de andere. Wij zijn Charlie, toch? We zijn dus met zijn zessen, allemaal in Team Twee. Maar hoe zit het met de tweeëndertig man in Team Eén? Wat gaan die doen voor wij arriveren? En ik vraag me ook af waarom je in godsnaam kogels met varkenspekel insmeert. Dood is dood, of niet? En hoe zit het met die dozen die we in het pakhuis hebben verwisseld?'

Black boxes?

'Waarom zou je een verzameling dozen vervangen door precies dezelfde dozen? Er waren er minstens twintig. Bruine kartonnen dozen met vrachtlabels, zo'n vijfenzeventig bij vijfenzeventig. De dozen die wij hebben gestolen staan in de metalen opslag aan de andere kant van het nepgebouw. Wat is er gebeurd met de dozen die we in het pakhuis hebben achtergelaten?'

'Geen idee.' Dobie klonk vaag, alsof hij langzaam in slaap viel.

'En dan die oefeningen,' ging Will verder. 'De trap op, bovenaan splitsen. Aan de ene kant is met verf *LG* gespoten. Aan de andere kant een *G*. Wat moet dat voorstellen? Die *LG* is vlak bij de bovenkant van de trap, maar de *G* is aan de andere kant van de galerij. Misschien is het geen *L* in die *LG*. Het zou een hoofdletter *I* kunnen zijn.'

Dobie smakte met zijn lippen.

'Gek, vind je niet?' zei Will.

Dobie antwoordde niet. Hij haalde zwaar adem. Sara keek onder de deur door, maar ze zag alleen zijn smalle schouders.

Ze hoorde Will met zijn vingers knippen. Het klonk als een brekende tak.

'Dobie?' zei hij. 'Hé, jongen?'

Ze zag dat hij hem als een kind optilde. Hij keerde zich van haar af en liep het bos in. Ze zag hem stukje bij beetje verdwijnen: eerst zijn benen, toen zijn schouders, toen de bovenkant van zijn hoofd. Sara wachtte. En wachtte. Ze ging op haar knieën zitten en legde haar hand tegen de deur.

Wat was hij aan het doen? Ging hij weg? Kwam hij wel weer terug?

'Sara?' Will stak zijn hand door de kier onder de deur. Zoekend bewoog hij zijn vingers heen en weer. 'Sara? Ben je daar?'

Ze werd overmand door emotie. Ze kon alleen maar vooroverbuigen en haar lippen op de palm van zijn prachtige hand drukken.

'Sara?' Will klonk gespannen. 'Gaat het wel goed?'

Met haar gezicht tegen zijn hand snikte ze zachtjes. Zijn vingers omklemden haar. In haar binnenste brak al het verlangen van de laatste twee dagen open.

Ik hou van je. Ik verlang naar je. Ik heb je zo gemist. Niet weggaan, alsjeblieft.

'Ik ben bij je.' Will kuchte. Hij haalde zijn neus op. 'Ik ben bij je.'

Sara begon nog harder te huilen, want ze wist dat hij zijn tranen probeerde te bedwingen.

'Lief.' Zijn stem haperde. Weer kuchte hij. 'Is dat... Is dat een nieuwe jurk?'

Sara lachte door haar tranen heen.

'Daarin komt het rood van je huid goed uit,' zei hij.

Weer lachte ze. Met beide handen klemde ze zijn hand vast. 'Die heb ik zelf gemaakt.'

'Echt?' Hij klonk opgelucht. 'Dat wist ik niet. Hij is... Hij is heel mooi.'

Sara leunde met haar voorhoofd tegen de deur. Ze sloot haar ogen en liet in gedachten het stuk hout dat hen scheidde verdwijnen. Haar hoofd op zijn schouder. Haar armen om zijn middel. 'Wat is er met Dobie gebeurd? Kan hij ons horen?'

'Eh... tja, dat is een grappig verhaal.' Will zweeg even. 'Amanda heeft me wat pillen meegegeven. Volgens mij Percocet.'

'Wat?' Van schrik zou Sara haar zorgen bijna vergeten. Hij nam nooit iets tegen pijn. Het enige wat hij deed, was zijn gezicht vertrekken en kreunen, tot ze hem wel kon wurgen.

'Amanda zei dat het aspirine was, maar toen besefte ik dat het hetzelfde was als wat ze Beau gaf toen we naar het park gingen.' Will sloeg de details over. 'Hoe dan ook, het werd een en al pap in het zakje, want ik had het veel te warm, maar ik denk dat ik zo'n tweeënhalve pil in Dobies Gatorade heb gestopt.' Na een korte stilte vroeg hij: 'Is hij nu dood?'

'Ik weet niet... nee.' Geërgerd schudde Sara haar hoofd. Waarom nam hij alle tijd voor een stom verhaal over Dobie?

De moed zonk haar in de schoenen.

Will vertelde over Dobie omdat er niets anders was om over te praten.

Hij had geen plan. In elk geval geen plan waarmee hij haar uit deze levende hel kon bevrijden. Hij had het bouwwerk gezien. En er was iets nieuws, iets met kartonnen dozen. Tienduizend kogels ingesmeerd met pekel. Veertig bewapende mannen. En dat alles voor een aanval die morgen ergens – waar dan ook – ging plaatsvinden.

'Ik heb een tracker in mijn holster,' zei Will. 'Ik wilde hem aanzetten, maar volgens mij is de accu kortgesloten. Of misschien zitten we te hoog in de bergen en is er geen satellietverbinding. Het ding werkt op draadloze netwerken.'

Sara leunde tegen de deur. Ze vlocht haar vingers door de zijne.

Hij greep haar hand. 'Ik kan heel wat mensen neerschieten, maar –'

'De kinderen.' Sara wist dat er meer achter zat. Will kon Dash alleen tegenhouden door in zijn rol van majoor Wolfe te blijven en zich door Dash te laten meenemen op de Missie.

Met heel haar wezen wilde ze hier weg. Toch zei ze: 'Van Dash moet ik zijn getuige zijn, wat dat ook inhoudt. Hij heeft me beloofd dat ik morgen vrijgelaten word.'

Will zweeg, maar ze voelde zijn scepsis dwars door de deur heen.

Sara ademde diep in. 'Ik red me hier wel. Hij doet me geen kwaad. Niemand doet me kwaad. En er zijn kinderen... Ze zijn heel ziek, Will. Ik dacht dat het mazelen was, en het was eerst ook mazelen, maar nu is het iets anders. Ik weet niet wat er met hen aan de hand is. Steeds worden er mensen ziek, en ik moet hier blijven om voor hen te zorgen. Michelle werkte aan iets in een kas. Die is –'

'Aan de andere kant van het pad,' maakte Will haar zin af. 'Ik heb hem gezien. De thermische tent. Buiten staan twee bewakers. Er zit er ook een in de bomen. Ik weet niet wie er verder nog is. Ik kan daar nu niet naar binnen. Misschien later, maar dat weet ik niet.'

Sara werd weer door wanhoop overvallen. ‘Michelle heeft een boodschap op haar hand geschreven. Die heb ik ontdekt toen ik… toen ik haar lichaam vond.’ Ze beet hard op haar lip om niet te gaan huilen. ‘Ze had de woorden “black box” opgeschreven.’

‘Black box,’ herhaalde hij. ‘Zoals in een vliegtuig?’

‘Weet ik niet. Het kan een bom zijn. Het kan ook een biologisch wapen zijn. Je moet ze tegenhouden, Will. Maak je geen zorgen om mij. Dit overstijgt het leven van één mens. Je hebt vast gezien wat ze bij het Emory hebben gedaan. Ik ken Dash. Hij is iets nog schokkenders van plan. Dat bedoelt hij met de Boodschap. Hij gaat honderden, misschien wel duizenden mensen vermoorden.’

Will reageerde niet. Ze wist dat hij het al had doorgedacht, de zwakke plekken had gepeild, naar invalshoeken had gezocht. De enige uitweg was voorwaarts. Hij maakte zich geen zorgen over het gevaar dat hij de volgende dag zou lopen. Hij werd alleen gekweld door de gedachte dat hij haar moest achterlaten.

‘Het komt goed.’ Het ontbrak haar aan kracht voor zichzelf, maar voor hem moest ze sterk zijn. ‘Met mij komt het goed, schat.’

Wills adem stokte.

‘Liefste.’ Sara’s keel trok zich als een vuist samen. ‘Met mij komt het goed. Met ons allebei. We slaan ons hier wel doorheen. Ik weet dat we ons hierdoorheen zullen slaan.’

Opnieuw kuchte hij. Ze voelde dat hij hetzelfde deed als zij, dat hij probeerde greep op zichzelf te houden, sterk te zijn voor haar.

‘Je familie heeft voor je gebeden,’ zei hij. ‘Je moeder vroeg of ik mee wilde doen. We hebben allemaal ons hoofd gebogen. Volgens mij deed ik het wel goed.’

Sara sloot haar ogen. Haar familie. Ze hadden hem opgenomen.

‘Je zus is nogal aanrakerig. In de zin van: ze raakt mensen aan. Nogal vaak.’

Met een glimlach verbeeldde Sara zich de blik in Wills ogen toen hij de complete Tessabehandeling kreeg. ‘Daar zul je aan moeten wennen.’

‘Ja.’ Weer haalde hij zijn neus op. ‘Weet je, eh… ik moet je nog iets vertellen. Iets bekennen.' Hij zweeg om de spanning op te voeren. 'Ik heb die aflevering van *Buffy* gekeken waarin Giles wordt ontslagen omdat hij met het Cruciamentum heeft geknoeid.'

Sara dwong zichzelf het spel mee te spelen. 'Klootzak.'

Zijn lach klonk al even geforceerd. 'Je bent al twee dagen weg. Wat moest ik anders?'

Ze genoot van het diepe timbre van zijn stem. Het ruwe was weg. Dit was haar Will. Ze vroeg: 'Hé, schat, ken je dat nummer, met die vent die zoiets zingt als *you were at a motel bar, but you got too big for your britches* en dan zingt het meisje van *yeah, I was at the bar and it was great, loser, but I'm outta here*?'

Hij vloekte binnensmonds.

'En dan zingt hij weer van –'

' "Don't You Want Me". Human League. En het was een cocktailbar.'

'Verdomme, ik had het bijna.' Sara hoefde haar opluchting niet te spelen. 'En ook –'

'Sara, als je weer een nummer verkloot, zweer ik dat ik wegga.'

Ze grijnsde, want dit alles voelde zo normaal. 'Het gaat niet om een ander nummer. Het gaat om die schimmel die op je gezicht groeit.'

'Dat is mijn vermomming, schat.'

'Het is ranzig, en het moet eraf.' Sara voelde haar lach weer verflauwen. Ze wist bijna niets meer om over te praten, nu ze probeerden om niet over dingen te praten die werkelijk belangrijk waren. 'Will?'

'Wat nu weer? Vind je mijn kleren ook al niet mooi?'

Ze keek naar hun handen.

Zijn linkerhand. Haar rechter.

'Dank je,' zei ze.

'Waarvoor?'

'Dat ik van je mag houden.'

Hij werd stil. Hij sloeg zijn vingers stevig om haar hand.

Sara had hem zo vaak op zijn kop gegeven vanwege zijn zwijgen, maar op dit kostbare moment waren woorden overbodig. Wills duim streek over haar handpalm. Zachtjes streelde hij de lijnen en kuiltjes, en toen drukte hij op haar pols.

Sara sloot haar ogen. Ze leunde met haar hoofd tegen de deur. In de vredige, ontspannen stilte luisterde ze naar haar hartslag, tot het tijd voor hem was om te gaan.

DEEL DRIE

WOENSDAG 7 AUGUSTUS 2019

EEN UUR VOOR DE BOODSCHAP

ACHTTIEN

Woensdag 7 augustus, 8.58 uur

Will zat achter in een ander busje, met zijn AR-15 tussen zijn handen geklemd. Aan de ene kant had hij Dobie, aan de andere kant Dash. De drie mannen van het team Bravo zaten tegenover hem. Ze waren gekleed in hun trainingsoutfit, inclusief het gecapitonneerde vest dat wel een BB-balletje maar geen echte kogel tegenhield. Vanwege de hitte hadden ze hun zwarte capuchons afgedaan. Hun geweren wezen naar het plafond. Hun pistoolholsters en schedes met hun twintig centimeter lange jachtmessen tikten tegen de metalen vloer terwijl de wielen over het asfalt denderden.

Het verkeer schoot niet op, dus waarschijnlijk bevonden ze zich op de snelweg. In de spits: stoppen en optrekken. Mogelijk reden ze Atlanta in. Maar misschien ook niet.

Will keek op zijn horloge.

8.58 uur.

De busjes hadden het kamp twee uur eerder verlaten. Will had geen kans gehad naar de open plek terug te keren. Tot middernacht hadden ze getraind op het binnendringen van het nepgebouw. Ze hadden samen geslapen. Samen gepist. Samen ontbeten. De wereld was klein geworden. Op het terrein had een griezelige stilte geheerst. De zon was nog niet op geweest toen ze te horen hadden gekregen dat het tijd was om zich klaar te maken voor de strijd.

Gwen was als enige vrouw bij hun vertrek aanwezig geweest. Ze had een koud ontbijt geserveerd en hen in haar witte trouwjurk gezegend met een gebed. Ze had een kort Bijbelvers voorgelezen, een waarschuwing over rampspoed in het hart van de stad, terreur en bedrog op het plein. Iedereen had het hoofd gebogen en de handen gevouwen. Gwens gebed leek in niets op Cathy's nederige verzoek om Sara's terugkeer. Haar stem was vervuld geweest van haat en oprechte verontwaardiging toen ze God had opgedragen de wereld te zuiveren van de bastaarden en hun pleitbezorgers.

'Bloed en bodem!' had ze met geheven vuist uitgeroepen.

Op Will na hadden ze allemaal 'Bloed en bodem!' gescandeerd.

Ze waren met veertig man. Tot de tanden gewapend. In het zwart. Achter in vijf busjes die over de snelweg reden naar een plek waar heel binnenkort onbeschrijflijk geweld tot uitbarsting zou komen.

'Fuck.' Naast Will ging Dobie verzitten. Hij was nukkig en verward. Hij begreep niet waarom hij in het bos wakker was geworden. Hij was kwaad omdat hij de training had gemist. Hij was woest op Will, die hem ermee plaagde. Hij had duidelijk een kater van de Percocet.

Dobie was nog een jongen, maar net zozeer bereid te moorden als de rest.

Will wendde zich af van Dobies ongelukkige gezicht.

Hij had al eens eerder de nasleep van een massaschietpartij meegemaakt. Om voor de hand liggende redenen richtte de pers zich altijd op het aantal doden, maar Wills gedachten waren deze keer bij degenen die het zouden overleven. Degenen met traumatisch hersenletsel, missende ledematen, diepe littekens, wonden die niet zouden genezen. Sommigen zouden tot aan hun dood in angst leven. Anderen zouden door schuldgevoel worden verlamd. Ze zouden leven, maar het leven zoals ze het hadden gekend zou voorbij zijn.

Tenzij Will dat kon voorkomen.

'Fuck,' mompelde Dobie opnieuw. Hij zocht aandacht.

Op gedempte toon zei Will: 'Je hoeft dit niet te doen.'

'Shit.' Boos sloeg Dobie zijn armen over elkaar. 'Wat moet ik dan, man? Achter de kassa bij de Kwiki Mart, als zo'n vieze voddenkop?'

Will bracht het niet op hem weer aan te kijken, uit angst datgene te zien wat hij het meest aan Dobie haatte: de etterende zweer die ook in het binnenste van de achttienjarige Will had gewoekerd. Het ontbrak Dobie aan wilsvrijheid, aan een moreel kompas. Hij was een geladen wapen dat alle kanten op gericht kon worden.

Voor Will had Amanda alle verschil gemaakt. Een halfjaar nadat hij het kindertehuis had moeten verlaten, was ze in zijn leven gekomen.

Will had op straat geslapen. Hij had eten gestolen. Voor verkeerde mannen gewerkt die hem hadden betaald om slechte dingen te doen. Amanda had Will weggesleept uit een leven vol misdaad. Hij had van haar moeten studeren. Ze had hem gedwongen bij het GBI te gaan. Ze had Will het soort man laten worden dat een relatie kon hebben met een vrouw als Sara.

Hij zei nu tegen Dobie wat Amanda jaren geleden tegen hem had gezegd. 'Je moet doen wat goed is, niet wat gemakkelijk is.'

'Amen, broeder,' zei Dash.

Will klemde zijn kiezen zo hard op elkaar dat hij zijn kaak voelde kloppen.

De afgelopen twaalf uur had hij op een kans geaasd om Dash te kunnen doden. De man was nooit alleen. Gerald volgde hem als een schaduw. Hij werd altijd geflankeerd door minstens twee 'broeders'. Het blauwe Simunitionmagazijn in zijn Glock 19 – Wills Glock 19 – was verwisseld tegen de tijd dat Will Sara's blokhut had verlaten. Zelfs nu controleerde Dash telkens de kamer om zichzelf ervan te verzekeren dat het wapen geladen was. Will had niets tegen een zelfmoordmissie, maar er moest minstens tien procent kans op succes zijn.

'Vandaag verrichten we het werk van de Heer, majoor Wolfe,' zei Dash.

Will bromde iets. Hij hoefde niet langer Jack Wolfe te zijn. Hij schoof zijn vingers onder het gecapitonneerde vest. Sara's hoofddoek lag opgevouwen tegen zijn maag. Will had hem bovenaan de trap gevonden, waar ze hem had laten liggen. Binnenin zat één rode haar. Hij wreef nu met zijn vingers over de zoom. Hij voelde haar lippen tegen de palm van zijn hand.

Liefste.

Dash tikte met de kolf van zijn geweer op de vloer. Telkens als hij de aandacht van de mannen voelde verslappen, stak hij een nieuwe toespraak af. 'Broeders, vandaag eisen we onze waardigheid terug. Dat is onze Boodschap. We zullen niet langer genegeerd worden. We zijn de leiders van deze wereld!'

Er klonk gestamp van voeten. Juichend hieven ze hun vuisten.

Will wist precies wat hij ging doen zodra ze op hun bestemming waren aangekomen.

Zodra de deuren van de busjes werden geopend, zou hij met zijn Glock en zijn Sig Sauer zoveel mogelijk van deze mannen doden. Het geweer was te riskant. Will wist niet hoeveel burgers er ter plekke zouden zijn. Het feit dat al zijn doelwitten zwart droegen markeerde hen duidelijk als de vijand. Door het eindeloze drillen liepen ze over van zelfvertrouwen. Zodra de kogels hun kant op kwamen, zouden ze in paniek raken.

Will had zestien kogels in de Glock, elf in de Sig Sauer. Met nog twee magazijnen aan zijn riem kwamen er dertig bij.

Veertig mannen. Zevenenvijftig kogels.

De eerste twee zouden Dash in het hart raken.

NEGENTIEN

Woensdag 7 augustus, 8.58 uur

Faith keek op haar horloge.

8.58 uur.

Ze zat op een bank in de internationale terminal van Atlanta Airport. Haar hoofd rustte op haar hand. Haar mobiel brandde tegen haar oorlelletje. Amanda was des duivels sinds ze Will de vorige middag waren kwijtgeraakt, en haar humeur was al helemaal geëxplodeerd toen ze die ochtend het bevel had ontvangen rapport uit te brengen bij de gouverneur, in het Capitool.

'Alles wat we tot dusver hebben ontdekt wijst naar het vliegveld,' zei ze tegen Faith. 'Daar was Michelle Spivey vlak voor de bomaanslag. Dash en zijn team moeten bij haar zijn geweest. Wat waren ze van plan? Waarom namen ze het risico betrapt te worden? Zijn ze in hun missie geslaagd? Bestaat die uit twee delen?'

Haar vragen klonken Faith maar al te bekend in de oren. Terwijl ze zich in alle vroegte een weg door het verkeer had gebaand om op het vliegveld te komen, had ze ze gewikt en gewogen, als een oester met een parel.

Amanda zei: 'Het laatste wat ik op dit moment zou moeten doen is hier rondhangen terwijl een stel gulzige politici broodjes in hun mond propt.'

Op de achtergrond hoorde Faith de galm van voetstappen en stemmen in het marmeren atrium van het Capitool. De gouverneur had een speciale bijeenkomst belegd om te stemmen over geld voor het puinruimen na de meest recente orkaan. Het gebouw had geen kantine, maar waar politici waren, hingen altijd lobbyisten rond die bereid waren hen om te kopen met gratis eten.

'Lyle Davenport heeft zijn advocaat niet uit het telefoonboek,' zei Amanda.

Faith kreeg een bittere smaak in haar mond. Davenport was het stuk verdriet dat de vorige dag bij de Citgo zijn rode Kia naast Will had stilgezet. Amanda had hem door de verkeerspolitie laten aanhouden wegens te hard rijden. Bij het doorzoeken van zijn auto was er een wapen opgedoken waarvoor hij geen vergunning had. De jongen had het visitekaartje van zijn advocaat al in zijn hand toen hij zijn vingers achter zijn hoofd ineen moest slaan.

'Ondanks een nacht in de cel laat Davenport niks los over Dash of de IPA,' zei Faith. 'Over drie uur wordt hij voorgeleid. Blanco strafblad, witte jongen uit een betere buurt, wordt misschien op borgtocht vrijgelaten.'

'En als we de openbare aanklager tippen wie hij is, kan Will zijn undercovermissie vergeten.' Amanda liet zich een zeldzame, buitengewoon akelige verwensing ontglippen.

Faith vulde die stilzwijgend aan met een aantal eigen varianten. Haar woede richtte zich niet alleen op het stomme joch dat zich op zijn rechten had beroepen. Ze had twee uur met een verrekijker uit een helikopter gehangen om Will te zoeken. Het was aan haar doorzettingsvermogen te danken geweest dat ze de crossmotor buiten de driekilometerstraal had gespot. Geen van de buurtbewoners had de motor herkend. Niemand had melding gemaakt van een tiener en een man op de weg, laat staan van een auto die hen oppikte. Het chassisnummer van de motor was met een slijptol weggeschuurd.

'De forensische dienst gaat proberen om met zuur het nummer weer boven water te krijgen,' zei ze tegen Amanda. 'Als dat niet werkt, heb ik nog wel wat andere ideetjes.'

Aan Amanda's kant van de lijn klonk lawaai, een stel mannen die bulderden van het lachen. Faith hoorde Amanda bij hen weglopen. Er waren niet veel plekken in het Capitool die privacy boden. De gouden koepel was in wezen een soort echohal.

'Ga met de commandant van het vliegveld praten,' beval Amanda, alsof Faith zich niet met dat doel op het vliegveld bevond. 'Kan me niet schelen wat je moet doen of met wat voor smoesjes je moet aankomen, maar probeer uit te vogelen wat Michelle zondagochtend op die parallelweg deed en laat het me horen zodra je het weet. Direct.'

Het achtergrondlawaai stopte abrupt.

Faith keek hoe laat het was.

9.01 uur.

De commandant van het bureau van het Atlanta Police Department op het vliegveld was inmiddels officieel te laat op zijn werk. Faith had toch al niet de indruk dat ze veel aan hem zouden hebben. Iedereen bezat een deel van het vliegveld. De man kon niet naar de wc gaan zonder te overleggen met de luchtvaartautoriteiten, de Transport Security Administration, het Departement voor Binnenlandse Veiligheid en allerlei wetshandhavingsinstanties uit zowel Fulton en Clayton County als uit de steden Atlanta, College Park en Hapeville.

En dan had je de FBI nog.

Faith ging ervan uit dat Van Zandt beslag had gelegd op alle beveiligingscamerabeelden waar Michelle Spivey op stond. Deze ochtend voelde nu al als de ergst denkbare Groundhog Day. Will was weer verdwenen. Sara werd nog steeds vermist. Evenals Michelle Spivey. Alle sporen liepen dood. Ze hadden geen idee wat Dash van plan was. Weer had Faith een nacht lang lopen vloeken en briesen en online zinloze informatie zitten opzoeken.

Ze had geen moment vertrouwen gehad in die stomme gps-tracker in Wills holster. Het apparaatje was te dun. Het was niet waterdicht. Het signaal was gekoppeld aan het oude 3G-netwerk. Ondanks Amanda's orders was er geen denken aan dat Will het zou aanzetten, tenzij hij Sara daadwerkelijk bij zich had. God mocht weten wat hij op dit moment deed. Hij kon wel gewond zijn of dood in een greppel liggen. Dash was een psychotische moordenaar. Michelle was zo gek als een deur. Sara kon zich op geen enkele manier verdedigen. De IPA was zo afschuwwekkend dat de vrouw die opdracht had hen in beeld te houden het met haar nachtrust moest bekopen.

Faith liet haar hoofd tegen de rugleuning van de bank vallen. Ze keek naar het blauwe neonlicht dat over het hoge plafond kronkelde. Elke lokale politie-instantie verkeerde in de hoogste staat van paraatheid, maar niemand wist waarnaar ze moesten uitkijken. Dit was in de orde van *Aanval Bin Laden in VS verwacht*. Een maand vóór 11 september was er een presidentiële briefing geweest, maar niemand had voorzien dat er ooit zoiets verbijsterend gewelddadigs zou plaatsvinden, en de veiligheidsdiensten hadden het dan ook een 'falen van de verbeelding' genoemd.

Het schelle gekrijs van een peuter rukte Faith los uit haar sombere gedachten. Het besef dat zij niet de moeder aan de andere kant van de muur was had iets rustgevends.

Faith keek naar de enorme securityafdeling. De politiecommandant zou via de personeelsuitgang naar buiten komen. Passagiers schoven langzaam door de acht open poorten, maakten hun tassen leeg, trokken hun schoenen uit en gingen met hun handen omhoog in de scanners staan. Faith verbaasde zich over de drukte zo vroeg in de ochtend. De internationale terminal was gigantisch, bijna zo groot als een voetbalveld, met een galerij rond de eerste verdieping van het atrium. Er waren fastfoodtentjes, een visrestaurant, een boekwinkel, koffiezaakjes en vliegtuigen, die stonden te wachten om je uit je leven weg te grissen.

Faith had nog nooit een internationale vlucht genomen. Haar politiesalaris gekoppeld aan haar neiging om buitenechtelijke kinderen te baren had een behoorlijke deuk in haar reisbudget geslagen.

'Nu lopen we elkaar alweer tegen het lijf.'

Faith draaide zich niet eens om. De klank van Aiden Van Zandts stem had zich als een oorwurm in haar brein geboord.

Hij kwam naast haar zitten en begon met zijn das zijn bril te poetsen. 'Goedemorgen, agent Mitchell.'

Ze kwam meteen ter zake. 'Wat doe jij hier?'

'Ik ben hier lang niet de enige.'

Faith keek nog eens goed naar de passagiers in de terminal. Niet alles was wat het leek. Twee zakenlieden stonden met rolkoffers bovenaan de trap. Rechts hing een vrouw over de balustrade van de galerij en las haar mail. Links liep een derde zakenman heen en weer door de gang, al pratend in zijn telefoon. Op de begane grond zaten twee vrouwen te ontbijten in het boekwinkelcafeetje. Een man in het uniform van de Transport Security Administration stond bij de uitgang naar security.

Faith was hier nog maar een kwartier, maar dat was geen excuus voor het feit dat het haar ontgaan was dat ze allemaal de elastische oortjes in hadden die geliefd waren bij FBI-agenten. Haar brein trok snel een conclusie. De geruchten van de haatgroepen moesten in hevigheid zijn toegenomen. Michelle Spivey was de vorige zondag op het vliegveld geweest, dus was de FBI nu op het vliegveld.

Zoals Faith nu ook op het vliegveld was.

Ze overwoog Amanda te bellen in het Capitool, maar ze voelde er niets voor op haar donder te krijgen omdat ze haar chef iets vertelde wat die waarschijnlijk allang wist. Wat voor informatie Amanda ook met de FBI uitwisselde, ze koos ervoor deze niet te delen.

'Je hebt hier nogal wat agenten rondlopen,' zei Faith tegen Van Zandt.

'Ik beschouw ze als mijn posse.'

Faith besloot geen rechtstreekse vragen te stellen. Ze leunde weer achterover. 'Wanneer werd het recht om te haten institutioneel?'

'Die snap ik niet helemaal.'

'Ik heb over milities en anti-overheidsgroepen gelezen.'

'Aha.'

Faith vervolgde: 'Tijdens de Bundy-impasse richtten militieleden wapens op federale agenten en gingen vrijuit. Bij Standing Rock riep een groep oorspronkelijke bewoners leuzen en hield borden omhoog. Ze werden door honden aangevallen en beschoten met waterkanonnen.'

'Klopt allebei.'

'Het doet me denken aan mijn zoon toen hij nog klein was. Eigenlijk doen alle kinderen dat. Op zeker moment beseffen ze dat dingen oneerlijk zijn. Dat kunnen ze niet uitstaan. Hun kleine hoofdjes kunnen het niet bevatten. Ze blijven erover jammeren: *het is niet eerlijk, het is niet eerlijk*.'

Van Zandt knikte. 'Bekend riedeltje.'

Faith vroeg niet waar hij het van kende. Ze maakte zich eerder zorgen om haar getinte dochter en over het feit dat gewapende groepen zoals de IPA haar ongestraft iets zouden kunnen aandoen. 'Ik heb in mijn leven veel stront over me heen gekregen, maar nog nooit vanwege mijn huidskleur. Ik ben er doodziek van dat dingen alleen voor bepaalde mensen eerlijk zijn. Het is niet goed. Het is niet Amerikaans.'

Van Zandt leek over haar woorden na te denken. 'Nogal een provocerende uitspraak voor een wetshandhaver.'

Ze haalde haar schouders op. 'Dat kun je van een provocateur verwachten.' Ze keek naar een jongetje dat bij zijn moeder om een pak koekjes zeurde. De twee vrouwelijke agenten in de boekwinkel negeerden het conflict nadrukkelijk.

In gedachten keerde ze terug naar haar oorspronkelijke vraag, waar Van Zandt geen antwoord op zou geven.

Waarom praatte hij met haar?

Twee dagen daarvoor had de FBI Beau in hechtenis genomen. Omdat hij bij de ene instantie was doorgeslagen, ging Faith ervan uit dat hij dat ook bij de andere zou doen. Wat betekende dat Van Zandt op de hoogte was van het plan om Will bij de IPA te laten infiltreren. Kate Murphy had hem hiernaartoe gestuurd om informatie in te winnen of hij probeerde er zelf achter te komen.

Faith besloot haar theorieën uit te testen. 'En dan ga je me nu vertellen hoe Michelle Beau heeft ontmoet en wat jullie uit hem hebben gekregen sinds jullie hem onder onze neus hebben weggegrist.'

'Ik dacht dat ik je nu ging vragen of ik je op een kop koffie kon trakteren.'

Dit moest in de kiem gesmoord worden, vond Faith. 'Hoor eens, ik heb de afgelopen twintig jaar kinderen grootgebracht. Er is niet één kledingstuk in mijn kleerkast of in een la waar niet een of andere vochtvlek op zit. Ik speel vals bij het Ladderspel. Ik heb het leven van mijn eigen zoon geofferd om te kunnen winnen bij Fortnite. Ik vermoord iedere stomme idioot die beweert dat Jodie Whittaker niet de beste Doctor Who is, en ik citeer elke regel tekst uit *Frozen* tot het bloed uit je oren stroomt.'

'Moet ik echt geloven dat je je kleren ophangt en opvouwt?' vroeg hij.

'Zit daar maar niet over in.'

Van Zandt lachte. 'Oké, Mitchell. Volg me.'

Faith pakte haar tas en hing die over haar schouder. Terwijl ze naar de gates liepen, liet ze haar blik over de galerij gaan. De agent die aan het bellen was keek hen na. De zakenlieden hadden hun koffers in beweging gezet.

Van Zandt sloeg rechts af en ging haar voor door een lange, kleurloze gang. Zijn badge activeerde de deur, want kennelijk activeerde zijn badge elke deur in elk beveiligd gebouw. Faith hoorde een luid gezoem, waarna ze zich in een verduisterde zaal bevonden met tientallen grote kleurenschermen en oplopende rijen bureaus waaraan mensen aandachtig op schermen tuurden.

Ze beet op haar lip. Ze ging die vent uiteindelijk nog pijpen, alleen omdat hij toegang had tot geheime controlekamers van de overheid.

'Dit is het zenuwcentrum voor hal F,' zei Van Zandt. 'Die voor T en A tot en met E zijn nog indrukwekkender. En verder heb je de terminals noord en zuid, de Plane Train en de parkeergelegenheden. Lieve god, breek me de bek niet open over parkeren. Het lijkt daar wel Frogger.'

Faith was meer geïnteresseerd in wat ze pal voor zich zag. Op elke gate, elk restaurant, elke ingang naar een toilet stonden minstens twee camera's gericht. Zelfs het buitenterrein was in beeld, tot aan de toegangswegen.

Van Zandt bleef bij een onbemand bureau staan en tikte op een toetsenbord. Op het scherm verscheen het uitzicht naar buiten vanaf de eerste verdieping van de internationale terminal. Hij liet het beeld verspringen tot aan de aangrenzende gebouwen. Hij wees naar een straat.

'De Maynard H. Jackson Service Road,' zei Faith. Ze zag een zilverkleurige Chevy Malibu langzaam naderen over de weg. De raampjes waren getint, maar ze zag twee mensen voorin zitten en twee op de achterbank. Ze keek naar de tijdsaanduiding. 'Dit is van zondagochtend, vijf uur voor de bommen afgingen.'

De Malibu kwam langzaam tot stilstand. De camera was er een met hoge resolutie, maar het was geen vergrootglas. Faith kon alleen maar vermoeden dat de vrouw met het platinablonde haar en het slanke postuur die uit de auto stapte Michelle Spivey was.

Michelle zette vier stappen en viel toen voorover op het gras.

Van Zandt zette het beeld stil. 'Eerder was ze al misselijk. Dit is de tweede keer dat hij voor haar stopt.'

Faith knikte, maar zij zag het iets anders. Ze had weleens achter het stuur van een auto gezeten terwijl iemand op het punt stond te gaan kotsen. Je kwam niet langzaam tot stilstand. Je trapte vol op de rem en duwde de ander de auto uit.

'We denken dat Spiveys blindedarm al enige tijd opspeelde,' zei Van Zandt. 'Ze valt flauw van de pijn, en dan...' Hij drukte op een andere toets, en nu rende de bestuurder naar Michelle. Hij was groot en breed, hoogstwaarschijnlijk Robert Hurley. Hij tilde haar bewusteloze lichaam op en zette haar op de passagiersstoel. Toen rende hij om de auto heen en reed weg.

'Dat is het,' zei Van Zandt.

'Hm,' zei Faith. Dat was het niet echt. Het filmpje was bewerkt.

Wat Faith te zien had gekregen was een auto die was gestopt. Michelle was uitgestapt. Ze was na vier passen in elkaar gezakt. In het stilgezette beeld van toen ze in elkaar zakte stapte Hurley al uit de auto. Hij hield iets in zijn handen.

Toen versprong het beeld 1,13 seconden.

Michelle lag al op de grond.

Hurley keerde zich om naar de auto en zette iets op de stoel, iets wat zo zwaar was dat hij beide handen moest gebruiken.

Dat was het gedeelte dat Van Zandt niet aan Faith wilde laten zien: dat Hurley uit de auto wilde stappen om zich bij Michelle te voegen. Dat hij iets zwaars of onhandigs bij zich had, zoals een betonschaar om een gat in het hek te knippen.

'Staat dat hek onder stroom?' vroeg ze.

Van Zandt schudde zijn hoofd.

Ze wees naar het gebouw waar Michelle op af was gelopen. 'Wat is dat?'

'Air Chef, daar wordt al het eten voor de vliegtuigen bereid. Zogenaamd eten.' Hij klikte over het scherm en benoemde de witte vierkanten. 'Reiniging en toezicht voor de vliegtuigen. Onderhoud van de hal. Bordenwerkplaats. Machinewerkplaats. Delta Operations.'

Hij was een wandelende MapQuest. Ze wees naar het enige vierkant dat hij had overgeslagen. 'Wat is dat?'

'Een overheidsgebouw.'

Faith keek hem aan. 'Misschien een overheidsgebouw van de CDC?'

Hij tuurde naar het scherm. 'Zou het?'

Faith reikte naar de toetsen en zoomde in op de deur. Een bord ontbrak, niets gaf aan wat zich binnen bevond, maar er was wel allemachtig veel beveiliging. Ze wees het voor hem aan. 'Dat is een camera. Dat is een paslezer. Dat is een handafdrukscanner.'

'Dat meen je.'

'De dag dat Michelle werd ontvoerd, stopte ze vroeg met werken. Ze haalde haar dochter van school en ging naar de supermarkt. Haar tas is niet teruggevonden op het parkeerterrein. Daar moet haar CDC-pas in hebben gezeten.'

'Denk je?'

Faith boog zich naar voren om het beter te kunnen zien. Er was niet eens een deurknop. Boven het kozijn brandde een rood licht. Wat wilde de IPA hebben uit dat gebouw? Ze hadden het risico genomen betrapt te worden door Michelle hiernaartoe te brengen. Ze hadden ook een risico genomen toen ze haar naar het ziekenhuis brachten. Waren ze van plan geweest met haar terug te rijden naar het vliegveld zodra ze geopereerd was? De handafdrukscanner werkte alleen bij haar eigen hand, en zolang die aan haar lichaam vastzat.

Faith stond op. Ze keerde zich naar Van Zandt toe. De zaal was zo donker en het scherm was zo fel dat haar spiegelbeeld haar vanaf zijn brillenglazen aankeek. 'Jij hebt die briefing voor me geregeld bij de CDC. Jij hebt me Michelles dossiers gegeven, die me naar het vliegveld hebben geleid. Jij had dit bewerkte filmpje al voor me klaar nog voor we deze zaal binnenliepen.'

'Bewerkt?'

'Michelle en Hurley zouden samen uit de auto stappen. Hurley zou met een betonschaar een gat in het hek knippen. Michelle zou met haar CDC-pas en haar handafdruk op de biometrische scanner de deur openmaken, en dan zouden ze samen dat gebouw binnengaan.'

'Denk je?'

'Weet je wat ik denk? Jouw chef en mijn chef zijn bevriend, maar het zijn quarterbacks die in verschillende competities spelen. Jouw chef heeft je opgedragen me bepáálde dingen te vertellen, maar niet álles, maar jij denkt dat ik jou kan helpen, en daarom is elke ontmoeting die ik met jou heb godbetert een leermoment.'

'Leuk trouwens dat je verstand hebt van football.'

Faith blies de lucht sissend tussen haar tanden door. Amanda wachtte op haar in het Capitool. Faith werd verondersteld erachter te komen wat er in hemelsnaam bij het vliegveld met Michelle was gebeurd. Het enige wat ze op dit moment kon bieden, was wat ze altijd al kon bieden: giswerk en intuïtie. De enige tactiek die ooit had gewerkt bij deze onuitstaanbare FBI-kwal was eerlijkheid, en daarom probeerde ze het met een variant: 'Ik zal zeggen wat ik je van mijn chef niet mag vertellen. Mijn partner wordt vermist. Hij is undercover gegaan bij de IPA. We hebben hem sinds gistermiddag drie uur niet meer gezien, en ik ben bang dat wat Dash ook van plan is vandaag gaat gebeuren, en wel nu, en volgens mij denk jij daar hetzelfde over.'

Van Zandt gaf een knikje, alsof hij hier al die tijd op had gewacht. 'Kom, dan trakteer ik je op koffie.'

TWINTIG

Woensdag 7 augustus, 8.56 uur

Sara zat met haar rug tegen de deur van de blokhut. Ze had Wills mes in haar handen. Voor hij de vorige avond was weggegaan, had hij het onder de deur door geschoven. Telkens weer drukte ze op de knop en sprong het lemmet naar buiten. Het ritmische geluid bood een soort troost. Na zoveel dagen, na zoveel verspilde, hulpeloze uren gaf het mes haar een gevoel van macht. Dash wist niet dat ze niet langer weerloos was. Gwen had niet het geringste vermoeden. De bewaker buiten had geen idee dat ze gewapend was. Hiermee kon ze iemand verwonden. Doden.

In het motel had Michelle haar via Carter de routekaart getoond.

De halsader. De luchtpijp. De okseladeren. Het hart. De longen.

Sara klapte het mes dicht. Ze drukte weer op de knop. Het lemmet schoot naar buiten. In het roestvrije staal zag ze haar vertekende spiegelbeeld. Ze klapte het lemmet weer dicht.

Ze voelde Will in het mes. Aan de andere kant van de deur. Om haar hand. Elk deel van de blokhut was doordrongen van zijn wezen. Sara dacht aan de eerste keer dat ze na Jeffreys dood door het huis was gelopen. Bijna het allerverschrikkelijkste aan hem kwijt te zijn was dat ze hun spullen nog steeds had. De slaapkamermeubels die ze samen hadden uitgekozen. De gigantische tv die hij boven de haard had gehangen. Zijn gereedschap in de garage. Zijn luchtje dat in de lakens en handdoeken was blijven zitten, in zijn kast en in haar huid. Elk voorwerp, elke geur was een bittere herinnering aan haar verlies geweest.

Sara dacht aan drie dagen geleden, een heel leven geleden, toen ze haar moeder bonen had zien breken in Bella's keuken. Cathy had gelijk gehad. Of bijna gelijk. Sara was niet huilerig omdat ze Jeffrey niet los kon laten. Ze was huilerig omdat ze doodsbang was om Will vast te houden.

Weer klapte ze het mes dicht. Ze keek naar de strepen op de vloer en bestudeerde haar primitieve zonnewijzer. Het blauwe licht dat door de kieren in de muren was gesijpeld was al een hele tijd geel. Halfnegen? Negen uur?

Ze drukte haar hoofd tegen de ruwe planken. Ze was uitgeput omdat ze niets deed met haar lichaam. Ze probeerde af te stemmen op het vaste ritme van het Kamp. De kokende vrouwen. De kleine meisjes, die om elkaar heen tolden. Gwen met haar dreigende blik bij elke vermeende kleinering of misstap.

Sara geloofde niet in aura's, maar iets om haar heen voelde anders. Wat miste er? Het geknal van de mannen die in het bouwwerk aan het trainen waren? Het gegiechel en gejuich van de kinderen? De geur van brandend hout, van kokende was, van eten dat bereid werd?

Waren ze verdwenen? Maakte dit deel uit van Dash' Boodschap, dat hij zijn volgers wegstuurde zodat Sara kon getuigen van hun utopische berggemeenschap?

Ze stond op. Ze verborg het mes in haar bh. De metalen beugel prikte al in haar zij, dus dit ongemak kon ook nog wel aan de toch al lange lijst worden toegevoegd.

Haar drang om te bewegen was samen met Will verdwenen. Ze zette haar handen in haar zij. Rond deze tijd had Dash doorgaans de deur al van het slot gedaan. Ze vermoedde dat hij het Kamp had verlaten. Om de Boodschap te verspreiden. Of althans een poging te doen.

Sara moest er wel van uitgaan dat Will hem zou tegenhouden. Hij had niet veel vertrouwen in de gps-tracker gehad, maar Sara wist dat hij pas zou stoppen als Dash was uitgeschakeld.

Ze legde haar hand op de deur om te voelen of het slot er nog op zat. Ze hoorde metaal over metaal schuren. De scharnieren kreunden, maar gaven niet mee. Gwen zou de sleutel wel hebben. Echt iets voor die akelige heks om haar in de blokhut te laten smoren.

Ze luisterde of de bewaker nog bij de deur was. De nieuwe man had zich niet eens voorgesteld toen hij Will had vervangen. Ze vermoedde dat Lance nog in de barak was. Niet-Lance had de hele nacht op het houtblok voor de deur gezeten. Hij was zwaargebouwd en leed hoorbaar aan slaapapneu. Telkens schrok hij happend naar adem wakker, en tussen het diepe gesnurk door liet hij een panisch gegorgel horen.

Sara ging op haar knieën zitten. Ze keek onder de deur door. Met zijn brede rug blokkeerde Niet-Lance haar uitzicht; het enige wat ze zag was zijn zwarte shirt.

'Hallo?' Sara wachtte even, maar er kwam geen antwoord. 'Zou je alsjeblieft de deur willen openen?'

Nog steeds niets.

Sara dacht aan het mes in haar bh. Wills hand had maar net onder de deur gepast, maar zij kreeg er het grootste deel van haar onderarm onderdoor. Ze zou Niet-Lance kunnen neersteken, onder zijn linkerschouder. Het lemmet was lang genoeg om zijn hart binnen te dringen.

'Hallo?' Ze besloot af te zien van moord. Ze schoof haar hand naar buiten en gaf hem een por met haar uitgestrekte vingers. 'Hall–'

Hij tuimelde voorover en sloeg met zijn hoofd tegen de grond.

Sara deinsde verbijsterd terug. Ze luisterde. Ze wachtte. Ze bracht haar oog naar de spleet onder de deur.

Niet-Lance was met zijn gezicht op de grond gevallen. Door de klap was hij op zijn zij gerold. Zijn lichaam was nog in zitpositie. Hij had een harde smak gemaakt. De loop van zijn geweer had een spoor getrokken in de huid langs de zijkant van zijn hals.

Sara bekeek de wond, bestudeerde hem alsof het een kunstwerk was. Ze wachtte op een druppel bloed, maar er kwam geen bloed uit de diepe jaap, want het hart van Niet-Lance was uren geleden al gestopt. Lijkstijfheid was al ingetreden in zijn spieren. Zijn enkels waren omringd met paarse lijkvlekken. Zijn broek was doorweekt van de ontlasting en urine die hij had laten lopen.

Hij was dood.

Sara ging op haar knieën zitten. Ze sloeg de aarde van haar handen. Haar hart bonkte in haar borst. Was de apneu hem fataal geworden? Was het iets anders?

Opeens werd ze bevangen door het griezelige gevoel dat er iets heel erg mis was. Ze huiverde, maar tegelijkertijd zweette ze. De fijne haartjes op haar armen gingen overeind staan. Met al haar zintuigen probeerde ze de gebruikelijke activiteit in het Kamp op te pikken. De geuren, de geluiden, het gevoel dat ze niet alleen was.

Was ze alleen?

Sara stond op. Ze liep naar de achterkant van de blokhut. Ze betastte de wand tot ze het meegevende gedeelte had gevonden waar de spijkers waren verroest. De planken veerden tegen haar handpalmen. Sara verplaatste haar gewicht naar haar hielen. Ze zette haar handen schrap tegen het hout. Ze duwde tot de spieren in haar schouders in brand stonden.

'Shit,' mompelde ze. Splinters waren in haar huid gedrongen. De plank had bewogen, maar niet voldoende. Wel viel er meer zonlicht door de ruimte tussen de latten.

Ze veegde haar vuile handen af aan haar jurk. De splinters prikten als kleine naaldjes. Ze probeerde het nog eens, duwde uit alle macht tot de planken doorbogen. Er klonk zacht gekraak, als van een brekende twijg, en toen begon de plank te splijten.

Maar nog niet genoeg.

Sara keek naar haar handen. Haar handpalmen bloedden. Ze deed een stap naar achteren en schopte zo hard mogelijk tegen het hout.

Het versplinterde. Het gekraak klonk deze keer veel luider, eerder als een bliksemschicht die een boom doorkliefde.

Sara wachtte weer en luisterde of ze buiten geluiden hoorde. De mannen op de jachtplateaus. De gewapende soldaten in het bos. Gwen, Grace, Esther, Charity, Edna, Hannah en Joy.

Niets.

Weer schopte ze tegen de wand. En nog eens. Ze was nat van het zweet toen ze er uiteindelijk in slaagde een stuk af te breken dat het gat groot genoeg maakte om erdoorheen te klimmen.

Zachtjes landden haar voeten op de grond. Achter de hut voelde de lucht frisser. Sara kon haar emoties niet helemaal doorgronden, maar ze besefte dat wat ze voelde vrijheid was.

Niemand was op haar af komen rennen. Niemand probeerde haar tegen te houden, te bedreigen of neer te schieten.

Ze liet haar blik over het terrein achter de blokhut gaan. De bodem van het bos was dichtbegroeid met ranken en *poison oak*.

De kas.

Sara liep om de blokhut heen. Ze bereikte het pad en liep aarzelend door, spiedend naar links en naar rechts voor het geval iemand haar wilde tegenhouden. Er waren geen gewapende mannen die haar de doorgang versperden. De jachtplateaus waren verlaten. Ze hees haar jurk op toen ze over een gevallen boomstam stapte. De lucht was zwaar van vocht. Haar blik schoot alle kanten op, deze keer op zoek naar de kas. Ze had hem twee keer gezien, beide keren bij toeval. Ze bleef staan en luisterde of ze de rivier hoorde. Rechts van haar klonk het geruis van de waterval, maar links hoorde ze een kitten miauwen.

Ze draaide zich om en zette een paar stappen op het pad. Toen luisterde ze weer.

Het was geen kitten.

Het was een huilend kind.

Voor Sara een rationele beslissing kon maken, rende ze al naar de open plek. Het pad werd smaller. Het huilen werd heviger. Ze had het gevoel op een tredmolen te rennen. Hoe harder ze zichzelf voortdreef, hoe verder de open plek zich leek te verwijderen.

'Help!' riep een stemmetje.

Een klem sloot zich om Sara's hart. Het was altijd haar levenswerk geweest om op de roep van kinderen te reageren. Ze wist hoe ze klonken wanneer ze bang waren, wanneer ze behoefte hadden aan genegenheid, wanneer ze in doodsangst verkeerden.

Ze stormde de open plek op. Ze tolde rond over het keurig verzorgde gras, op dezelfde manier als de meisjes dat talloze keren hadden gedaan. Wat ze zag was niet hetzelfde. Het griezelige gevoel dat er iets mis was trok haar huid strak. De deuren van de blokhutten hingen open. Op het kookgedeelte smeulden de vuren. Er waren geen vrouwen, geen kinderen, alleen stukken witte confetti, verspreid over het gras. De wind plukte eraan. Witte stof zweefde vederlicht omhoog en daalde weer neer. Ze zag een blote voet, een flits van een wit been, een hand die naar de aarde graaide, een gezicht dat naar de zon was gekeerd.

Sara struikelde. Haar knieën begonnen het te begeven. Haar hart sloeg een scherpe, pijnlijke roffel in haar borstkas.

Het was geen confetti.

Witte jurken. Hoge kragen. Lange mouwen. Jonge en oude gezichten, opzwellend in de ochtendzon.

'O, nee...' Sara viel op haar knieën. Zacht kreunend drukte ze haar voorhoofd tegen de grond. Haar hart verstarde halverwege een slag. Haar gedachten draaiden radeloos rond, duwden de waarheid weg tot ze zichzelf dwong om die toe te laten.

Ze kroop door het gras. Haar vingers trilden toen ze een pols probeerde te voelen, zijdezacht blond haar wegstreek van ogen die niets meer zagen.

Esther. Edna. Charity. De kookvrouwen. De jonge dames die de picknicktafels hadden gedekt. De mannen in de bomen. De bewakers die zich hadden verscholen in het bos.

Dood.

'Help,' fluisterde Grace. Ze lag onder een van de picknicktafels. Haar tengere lijfje was tot een bal opgerold.

Sara kroop naar haar toe. Ze trok het meisje in haar armen. Grace' oogleden hingen. Met haar vergrote pupillen keek ze op naar Sara. Ze bewoog haar geluidloze lippen.

'Liefje.' Sara streek haar haar glad, drukte haar lippen op het voorhoofd van het kind. 'Wat is er gebeurd? Zeg alsjeblieft wat er gebeurd is.'

Grace probeerde te praten. De woorden gorgelden in haar mond. Haar armen lagen slap langs haar zij. Haar benen waren van lood.

'O, lieverd, volhouden.' Sara tilde haar op en droeg haar naar de barak. 'Volhouden, schat.'

Vanuit haar ooghoeken ving Sara een waas aan witte jurken op. Opgezwollen buiken. Samengetrokken spieren. Tekenen van een martelende, wrede dood.

De deur van de barak stond open. Vanaf de onderste tree kon Sara de lijken al ruiken. Ze legde Grace op de grond. 'Ik ben zo terug, kindje. Blijf maar hier.'

Het verzoek was overbodig. Het meisje kon zich niet bewegen, kon niet praten. Sara rende de barak in. Benjamin. Joy. Lance. Adriel. Ze ging ze allemaal langs. Alleen Joy leefde nog.

Sara greep haar bij haar schouders, schudde haar wakker. 'Joy! Joy! Wat hebben ze gedaan?'

Joys ogen bewogen niet. Haar onderbuik was zo rond als een bal. Haar gezicht was verslapt, maar ze was bij bewustzijn. Uit haar mondhoek gleed speeksel, dat haar kussen doordrenkte. Haar armen waren slap. Haar benen waren verlamd. Ze kon haar hoofd niet bewegen.

'Nee...' fluisterde Sara. 'Nee.'

Ze stoof de deur uit, het trapje af, sprong over Grace heen. Haar voeten stampten over de open plek. Ze zocht het pad op en rende naar de rivier. Het geraas van de waterval klonk steeds dichterbij.

Zoekend naar de kas draaide Sara in het rond en schreeuwde: 'Waar zijn jullie!'

Zonlicht blonk van het glas.

Sara strompelde door het kreupelhout. Op de bosbodem lagen twee in het zwart geklede mannen. Een derde man was van een jachtplateau gevallen. De val had zijn nek gebroken. Zijn hoofd was naar achteren gedraaid. Hij had zijn armen gespreid.

Sara liep door, naar de kas, met het glas als een baken dat haar waarschuwde weg te blijven. De penetrante geur van de dood sneed in haar keel. Ze opende haar mond om te kunnen ademen. Ze proefde het sudderende vocht dat uit de lijken lekte. Hoe dichter ze bij de kas kwam, hoe heviger haar ogen begonnen te tranen. Ze naderde het epicentrum van de dood. Wat Michelle ook had gebrouwen daar in die kas, de eerste slachtoffers waren de mannen en vrouwen geweest die binnen hadden gewerkt.

Sara kokhalsde. De lichamen buiten de kas waren gaan smelten in de hitte. Huid gleed van bot. Ogen puilden uit. Wijdopen monden toonden plassen bloed en braaksel, vastgekoekt in kelen.

Ze waren jong en oud, het waren mannen en vrouwen, niet in het zwart maar in witte laboratoriumjassen. Op hun gezichten stond de gruwel van hun sterven.

Bij vol bewustzijn. Verlamd. Langzaam stikkend.

Sara wist wat hen gedood had.

Ze duwde hard tegen de deur van de kas. Een lijk blokkeerde de doorgang. Ze schoof het opzij met haar voet. Ze liep de thermische tent in. De hitte was bijna verblindend. De elektriciteit was uitgevallen. De airconditioners deden het niet. De thermische tent en het glas versterkten het zonlicht en brachten binnen alles aan de kook.

Wat ze zag was precies wat ze had verwacht.

Een commercieel laboratorium.

Bekers en kolven, ringstandaards, pipetten, tangen, branders, vacuumbuizen, reageerbuisjes, druppelaars, thermometers.

De tafel was bezaaid met spuitflessen waarin een heldere vloeistof zat. Een metalen rek bevatte grondstoffen. Sara duwde zakken met bedorven appels en rottende aardappelen opzij.

Black box.

Sara's lijst van mogelijke betekenissen van Michelles boodschap was lang geweest, maar dít had ze niet verwacht. Het doosje met HBAT was in werkelijkheid wit. De 'black box' was letterlijk een gedrukte zwarte rechthoek rond een waarschuwing, uitgevaardigd door de Food and Drug Administration:

GEVAARLIJK! WEES UITERST VOORZICHTIG! PAARDENSERUM MOET IN STEEDS HOGERE DOSERING WORDEN TOEGEDIEND OM OVERGEVOELIGHEIDSREACTIES EN MOGELIJKE DOOD TE VOORKOMEN

Sara opende de doos. Het flesje dat erin zat kwam uit de nationale strategische voorraad van het ministerie van Volksgezondheid en Sociale Zaken. Pushpakketten met noodvoorraden antibiotica, vaccins en antitoxinen werden door het ministerie opgeslagen en beheerd om in het geval van een biologische aanval onder gewapende bewaking verscheept te worden.

‘Biologische aanval’ leek een nogal gematigde beschrijving van wat Dash van plan was. Daarom had hij voorspeld dat historici nooit in staat zouden zijn om het aantal mensen dat vandaag vermoord zou worden nauwkeurig te berekenen. De Boodschap was: een ondraaglijke, meedogenloze dood. Sara hield het enige in haar hand dat dit alles een halt kon toeroepen.

HBAT was speciaal ontworpen voor de behandeling van botulisme, de zwaarste vergiftiging die de mens kende.

EENENTWINTIG

Woensdag 7 augustus, 9.17 uur

Faith roerde een pakje blauw spul door haar zwarte koffie. Van Zandt stond nog bij het buffet en deed ongeveer een pond suiker in zijn mocha latte. Haar telefoon had gezoemd met drie korte berichten van Amanda met een dwingend verzoek om een update, wat betekende dat ze nog niet bij de gouverneur was ontboden, wat betekende dat ze nu waarschijnlijk als een razende door het Capitool stampte, tierend dat iedereen haar tijd aan het verspillen was.

Faith stuurde een simpel antwoord: wordt aan gewerkt.

Amanda kaatste meteen terug: werk dan harder.

Faith legde de telefoon met het scherm naar beneden op tafel. Ze keek naar Van Zandt, die chocoladesnippers aan zijn latte toevoegde. Ze had hem alleen de informatie gegeven die hij waarschijnlijk al aan Beau Ragnersen had ontfutseld: Will ging undercover. Ze wisten dat de IPA vandaag iets groots van plan was. Faith had het feit achtergehouden dat Will van de Citgo was weggevoerd op een crossmotor die niet na te trekken was. Ook zweeg ze over Lyle Davenport, de Kia-bestuurder die hem had aangesproken bij het tankstation en die zich had beroepen op zijn zwijgrecht. En over de gps-tracker in Wills holster, overduidelijk een waardeloos ding.

Als je overtuigend wilde liegen, zo wist Faith uit ervaring, kon je maar beter een paar waarheden achter de hand houden om rond te strooien voor het geval je op je bullshit werd aangesproken.

Eindelijk kwam Van Zandt aan tafel zitten. Hij nam kleine slokjes koffie. Faith verwachtte een ingewikkeld verhaal, maar bij wijze van uitzondering kwam hij meteen ter zake. 'Vorig jaar september werd Beau opgenomen in het Emory Hospital met een geval van wondbotulisme.'

Faith begreep de individuele woorden, maar uit het geheel kon ze geen wijs worden. 'Wondbotulisme?'

'*Clostridium botulinum* is een bacterie die van nature in grond en water voorkomt. Onder bepaalde omstandigheden verandert hij in botulinum neurotoxine, oftewel de veroorzaker van botulisme.'

Het enige wat Faith over botulisme wist, was dat rijke vrouwen er hun gezicht mee straktrokken. 'Onder wat voor omstandigheden?'

'In Beaus geval spoot hij zwarteteerheroïne in zijn spieren, die was versneden met aarde. Wondbotulisme komt zeer zelden voor. In de VS worden er jaarlijks zo'n twintig gevallen gemeld. Beau verscheen op de spoedeisende hulp met hangende oogleden, gezichtsverlamming, spierzwakte, ademhalingscomplicaties. Door de naaldsporen op zijn armen dachten ze dat hij een overdosis had genomen. Hij kreeg Narcan ingespoten, maar dat maakte het alleen maar erger.'

Faith bevond zich in de zeldzame situatie dat ze geen vraag kon formuleren.

'De diagnose botulisme is buitengewoon moeilijk te stellen. Tenzij de arts toevallig "botulisme" denkt, is het ongeveer het laatste wat bij hem opkomt. En de symptomen bootsen van alles en nog wat na. Het zou weleens kunnen dat er meer mensen aan doodgaan dan wordt gemeld.'

Nog steeds had ze geen vragen. Haar telefoon lag te zoemen op tafel. Inmiddels zat Amanda waarschijnlijk al bij de gouverneur. Ze wilde de meest recente informatie, maar eerst moest Faith meer van Van Zandt horen.

'Ga door,' zei ze.

'De CDC is de enige instantie die op botulisme kan testen en HBAT kan toedienen, de antitoxine die de werking van het gif een halt toeroept.' Hij draaide de koffiekop rond in zijn handen. 'Het is geen kwestie van een injectie die alles verhelpt. Het medicijn wordt gewonnen uit paardenserum. De eerste keer was dat uit een paard genaamd First Flight, als het je interesseert. De FDA gaf het serum een black box, de zwaarste waarschuwing. Je moet het mengen met een ander medicijn en het dan langzaam per infuus toedienen om ervoor te zorgen dat de patiënt de behandeling overleeft. En de staat waarin de patiënt op dat moment verkeert – of hij aan de beademing ligt, of zijn ledematen verlamd zijn – kan waarschijnlijk niet helemaal teruggedraaid worden. Zodra de neurotoxinen een verbinding aangaan met de zenuwuiteinden is het einde verhaal. Beau had het geluk dat Michelle het had uitgepuzzeld voor hij blijvende schade opliep.'

Faith zette vraagtekens bij dat geluk. 'Dus hij bedankte Michelle door Dash over haar te vertellen?'

'Zo is het niet gegaan,' zei Van Zandt. 'Adam Humphrey Carter was de enige die bij Beau op bezoek kwam op de intensive care. Door Michelles aantekeningen op zijn status weten we precies wanneer ze in het ziekenhuis was. Toen Carter verscheen, gedroeg hij zich als de klootzak die we kennen. Hij bezorgde Michelle een zeer onbehaaglijk gevoel. Ze vroeg het personeel de beveiliging te bellen. Die gaf hem een waarschuwing en stelde een intern rapport op.'

Nu had ze vragen. 'En je vond het twee dagen geleden niet nodig om me dit te vertellen, toen ik vroeg of je het dossier van Michelle naast dat van Beau Ragnersen wilde leggen?'

'Dit wist ik twee dagen geleden nog niet. Spivey had duizenden patiëntendossiers en werkte aan honderden projecten, waarvan vele topgeheim. Maar de naam Ragnersen viel op. Gisterochtend heb ik wat lopen spitten in het Emory, met het personeel van de intensive care gepraat en me bij de beveiliging gemeld. Het interne rapport was niet meer dan dat: intern. Ik moest handmatig de dossierkasten doorzoeken tot ik het document had gevonden.'

Opeens snapte Faith Kate Murphy's aarzeling om de ontvoering van Michelle Spivey aan de IPA toe te schrijven in plaats van het als sekshandel af te doen. 'Heeft Carter Michelle ontvoerd en verkracht om het haar betaald te zetten dat ze de ziekenhuisbeveiliging op hem had afgestuurd of heeft hij haar ontvoerd voor de IPA?'

'Dat vroegen wij ons ook af,' zei Van Zandt. 'Carter haatte vrouwen. Hij wilde ze straffen voor… tja, zeg het maar. Vrouwenhaat is geen krankzinnig nieuw fenomeen. Als je ervan uitgaat dat Carter Michelle ontvoerde omdat hij haar wilde straffen voor het feit dat ze hem aan de beveiliging had overgedragen, dan is het ergens logisch dat hij haar in leven wilde houden om haar des te langer te kunnen martelen. Simpel geval van ontvoering en verkrachting.'

'Waardoor ben je van gedachten veranderd?'

'Door de bomaanslag. Dat ongeluk waarbij je partner Carter aan Dash en de rest koppelde. De doorslag gaf een RISC-alarm dat ik zondagavond ontving. Dat is –'

'De Repository for Individuals of Special Concern, een soort databank met personen die in de gaten gehouden moeten worden.'

'Klopt. Michelles gegevens waren al in de RISC opgenomen. Het netwerk is verbonden met servers door het hele land. De updates zijn niet in real time, maar we krijgen ze sneller dan je zou denken. Het RISC-alarm kwam zondagavond rond zes uur binnen op mijn telefoon, negen uur nadat de gezichtsherkenningssoftware van de luchthaven Michelle had gepingd op die specifieke parallelweg, op die specifieke dag, op die specifieke plek en vóór dat specifieke gebouw.'

Er kwam weer een bericht binnen op Faiths telefoon. Inmiddels zou Amanda wel tegen de marmeren muren van het Capitool op klimmen.

'Wat is dat precies voor gebouw?' drong ze aan.

Hij wierp een blik om zich heen en zei: 'Het is een quarantainestation van de CDC, waar een deel van de nationale strategische voorraad wordt opgeslagen. Zie het maar als een instrumentarium tegen biologische aanvallen. De CDC stelt zogenoemde pushpakketten samen met noodmedicatie, die onmiddellijk verstuurd kunnen worden. Die bevatten antigif, antitoxinen en antibiotica. Al je lievelingsanti's voor de naderende apocalyps.'

'Wordt HBAT daar ook opgeslagen?'

'Ja.'

'Was Michelle daar misschien om de antitoxine te stelen of om die te vernietigen?' Voor Van Zandt zijn mond open kon doen, had Faith het antwoord al klaar. 'Dash had al twee pijpbommen geïnstalleerd en afgesteld toen Michelle uit het Emory werd weggehaald. Je rijdt niet zomaar rond met explosieven in je kofferbak. Hij moet van plan zijn geweest met die bommen het quarantainestation op te blazen, maar toen werd Michelle ziek en brak de pleuris uit, en daarom besloot hij ze op het parkeerdek te laten afgaan.'

'Mooi zoals je in het hoofd van een terrorist kruipt.'

'Had Dash die bommen niet aan de buitenkant van het gebouw kunnen bevestigen?' Weer beantwoordde ze haar eigen vraag. 'Het gebouw is versterkt, hè? Al die beveiliging, die stalen deur. Michelle was hun enige kans om binnen te komen. Ze hadden haar biometrische gegevens nodig om de deur te openen.'

Van Zandt haalde zijn schouders op. 'O?'

'Zijn er geen andere quarantainestations?'

'Ja, maar...' Het bleef bij dat 'maar'.

Atlanta bevond zich binnen twee uur vliegen van tachtig procent van de Amerikaanse bevolking. Het was logisch dat de grootste voorraad werd opgeslagen op de drukste luchthaven van de wereld.

'Hoelang doe je erover om te sterven aan botulisme?' vroeg Faith.

'Hangt af van de hoogte van de toxine. In de zuiverste vorm hebben we het over seconden. Als het iets minder puur is, bijvoorbeeld als een natuurlijk voorkomend gif in voedsel, kan het een paar dagen en misschien wel een paar weken duren. Zonder behandeling is het afgelopen met je.' Hij legde het uit: 'Geleidelijk aan verlamt de neurotoxine alles. Je oogleden, je gezichtsspieren, zelfs je oogbollen. Meestal ben je wakker, maar je kunt niet praten, en je hersens proberen wanhopig signalen uit te zenden om je spieren te laten bewegen, maar je spieren reageren niet. Uiteindelijk raken alle mechanismen verlamd die nodig zijn om adem te halen, en dan stik je.'

Faiths mond viel open van afschuw.

'Dieren kunnen het krijgen. Vooral vissen of beesten die vis eten. Er zijn vijf stammen die mensen kunnen infecteren. Botulisme kan worden overgebracht via voedsel, ingeademd via sporen, geïnjecteerd, maar het wordt gelukkig niet van de ene mens op de andere overgedragen. De giftigheid heeft iets te maken met temperatuur en zuurstofgehalte. Er bestaat ook kinderbotulisme, dat bij kleine kinderen in het darmstelsel optreedt.'

Faiths buik trok samen.

‘We hebben het hier over een zeer akelige bacterie, Mitchell,’ zei Van Zandt. ‘Met één kilo kun je de hele mensheid uitroeien.’

Faith dacht aan de kartonnen dozen die Will in het pakhuis had verwisseld. Twintig exemplaren van vijfenzeventig bij vijfenzeventig, die elk door twee sterke jongemannen moesten worden gedragen.

‘Oké.’ Faith zette het voor zichzelf op een rijtje. ‘Carter bezocht Beau in het ziekenhuis. Daar hoorde hij over wondbotulisme. Hij wist hoe dodelijk het was. Wist hij ook wat Beau had moeten doorstaan voor de diagnose uiteindelijk werd gesteld?’

‘Ja.’

‘Dus waarschijnlijk heeft Carter Dash over het botulisme verteld, toch? En in plaats van zich dood te schrikken besloot Dash het als wapen in te zetten.’

‘Dat vermoeden we.’

Ze vreesde het antwoord, maar ze moest het vragen: ‘Zou Michelle voldoende botulinetoxine kunnen maken voor een grootschalige aanval?’

‘Het korte antwoord luidt ja.’

‘Doe het lange antwoord maar.’

‘In dat geval hopen we dat Michelle het proces heeft kunnen saboteren.’

‘Hópen?’

‘De IPA houdt Michelle nu ruim een maand vast. Ze is verkracht en mishandeld. Ziet eruit alsof ze wordt uitgehongerd. Waarschijnlijk heeft ze bloedvergiftiging door die gescheurde blindedarm. In het motel ging ze helemaal los op Carter. We weten dat Carter haar dochter bedreigde.’ Hij leunde met zijn ellebogen op tafel. ‘Ik zal het je maar eerlijk vertellen. Michelle Spivey is een sterke, briljante vrouw, maar onze profilers en onze psychiater zijn er niet zo zeker van dat ze zich kan handhaven onder een dergelijke niet-aflatende fysieke en psychologische marteling.’

Faith betwijfelde of er iemand was die dat kon. ‘Denk je dat Michelle wanhopig genoeg is om het echte spul te maken?’

‘Volgens mij zou Dash haar dwingen het net zo lang te proberen tot hij er honderd procent zeker van was dat elke druppel die ze produceerde echt was.'

Faith bespeurde een probleem. 'Je zei dat alleen de CDC het kan testen. Michelle zou met de test kunnen knoeien.'

'Je kunt botulisme ook op een andere manier testen.' Van Zandt haalde zijn schouders op toen ze zich niet aan een gok waagde. 'Je geeft het aan een stel mensen en dan kijk je of ze doodgaan.'

TWEEËNTWINTIG

Woensdag 7 augustus, 9.23 uur

Sara opende de doos met HBAT. Ze vouwde de gebruiksaanwijzing open.

> *20 ml verdund met 0,9 procent natriumchloride verhouding 1:10 langzaam toedienen via volumetrische infuuspomp 0,5 ml/min gedurende de eerste 30 minuten...*

Ze keek op naar het plafond. Ze had gedacht dat ze sinds Wills vertrek geen tranen meer overhad, maar nu raakte ze alle greep op zichzelf kwijt.

Ze kon niets doen voor Grace of Joy of voor wie dan ook.

Met het nutteloze flesje serum in haar hand geklemd liep ze de kas uit. Toen ze de witte confetti op de open plek zag, begonnen de tranen nog heviger te stromen. Ze liep naar Grace. Het meisje ademde al niet meer. Ze ging naar Joy in de barak. Ze leefde nog, maar aan haar schorre gehijg te horen had ze nog maar een paar minuten.

Geluidloos huilend ging Sara bij haar zitten, tot ze er niet meer was.

Black box.

Een waarschuwing van de FDA. Een doodvonnis. Een doodskist.

Ze keek naar het flesje antitoxine dat ze nog steeds in haar hand hield. De metalen ring rond het zegel was verbroken. In de rubberen stop zat het gat van een naald.

Was ze zelf ook geïnfecteerd? De eerste dag in het Kamp was ze te aangeslagen geweest om te kunnen eten. Daarna had Dash haar op een vegetarisch dieet gezet. Was hij al die tijd van plan geweest Sara tot zijn Getuige te maken?

Er zullen zoveel doden zijn dat ik betwijfel of historici een definitief aantal zullen kunnen vaststellen.

Niet alle mensen in het Kamp waren de vorige avond vergiftigd. Het verhaal was af te lezen aan hun ontbindende lichamen. Ze waren geïnfecteerd in groepen van vijf of tien. Dat was de verschrikkelijke schoonheid van botulinetoxine: iedereen reageerde anders op de giftige stof. Zelfs in een ziekenhuis was het moeilijk om een diagnose te stellen. De symptomen liepen uiteen, bootsten andere ziekten na. De een stierf misschien na een paar uur, een ander deed er een paar weken over, en weer een ander knapte op. Dash had op zijn eigen mensen geëxperimenteerd. Hij had geweten dat hij zijn volgelingen langzaam doodde. Terwijl hij met hen had zitten eten, zijn preken had afgestoken, tekeer was gegaan tegen de bastaarden, had hij hen allemaal langzaam zien bezwijken aan het echte gif dat hij hun voerde.

Als Sara moest raden, zou ze zeggen dat Benjamin patiënt nul was geweest. Lance' hangende oogleden en half ingeslikte woorden duidden erop dat hij een versie met een tragere werking toegediend had gekregen. De buikpijn die Joy had gevoeld plaatste haar vergiftiging in een derde of vierde golf. Michelle zou over de kennis hebben beschikt om de sterkte van het middel aan te passen. Met de overige kinderen leek de vorige avond niets aan de hand te zijn geweest, dus zij moesten vóór bedtijd zijn geïnjecteerd met een sneller werkende vorm van het gif.

Sara nam haar hoofd in haar handen. Ze begreep niet hoe Dash zijn eigen kinderen had kunnen vermoorden. De rol van goede vader paste hem te goed.

Ze begon haar hoofd te schudden. Dash zou hieraan zijn handen niet vuil hebben gemaakt. Gwen had de meisjes geïnjecteerd. Of misschien had ze het gif in het ijs gestopt. Zij had de leiding over het Kamp. Zij was in alles Dash' partner.

Zijn Dark Angel.

Zijn Lady Macbeth.

Sara dwong zichzelf in beweging te komen. Het vermoorden van de mensen in het Kamp was slechts deel één van het plan. Deel twee was het verspreiden van het gif onder de nietsvermoedende mensen die Dash 'de pleitbezorgers en de bastaarden' noemde. Sara hoopte vurig dat Will hem kon tegenhouden, maar hij was omringd door gewapende mannen die bereid waren hun leven te geven voor de IPA.

Ze moest een manier vinden om Faith en Amanda te waarschuwen. Dash had op de een of andere manier met de buitenwereld in contact gestaan. Op haar eerste ochtend in het Kamp had ze hem gevraagd naar het aantal slachtoffers bij het Emory. Hij had prompt geantwoord. Er moest ergens een telefoon of een tablet zijn.

Sara liep de barak uit en de heuvel op. Ze zou willen rennen, maar ze was verdoofd. Haar lichaam verkeerde in shock door al het redeloze, gruwelijke geweld. De lieve kleine meisjes, rondtollend in hun witte bruidsjurkjes. Grace, die zo had moeten lachen om Wills grapje dat ze bijna omver was getuimeld.

Met de rug van haar hand streek Sara langs haar ogen. De huid was ruw van haar zilte tranen.

Vóór haar verrees het bouwwerk. Sara dacht aan de mannen die daar urenlang hadden getraind. Twee teams die in twee aparte golven binnenvielen. De kogels waarover Will haar had verteld waren niet met varkenspekel bespoten. Er was een laagje botulinetoxine op aangebracht. Dash wilde niet alleen maar moorden. Hij wilde er zeker van zijn dat eventuele overlevenden dezelfde martelende dood stierven als zijn broeders en zusters in het Kamp.

Sara begon weer te huilen toen ze aan de lieve, onschuldige kinderen dacht. Had ze de glimlach op Gwens gezicht verkeerd geïnterpreteerd toen ze Esther en Grace ieder een bakje ijs aanreikte? Ze herinnerde zich nog goed dat Gwen haar ook een portie had voorgehouden. Er had een grijns om haar lippen gespeeld, maar het was moeilijk te zeggen of Gwen had geglimlacht omdat ze Sara gif had aangeboden of omdat ze had geweten wat Sara zou aantreffen als ze die ochtend haar blokhut verliet.

Sara hoorde een automotor ronken.

Haar hart bonkte in haar keel.

Ze rende naar de top van de heuvel. Beneden zich zag ze een groene personenwagen voor de metalen opslagloods staan. Uitlaatgassen wolkten omhoog. De auto schudde onder het gebrul van de motor.

'Wacht!' riep Sara. Met haar handen gespreid voor zich uit stoof ze de heuvel af. 'Wacht!'

De auto reed niet weg. Het linkerportier hing open. Gwen zat achter het stuur. Haar voet drukte op het gaspedaal. De pook stond in zijn vrij. Haar lichaam hing in de veiligheidsriem. Haar ogen waren half-dicht. Ze stak haar hand naar buiten, raakte met haar vingertoppen de greep aan, in een vergeefse poging het portier te sluiten.

Sara schopte het portier buiten haar bereik. Op de achterbank stond een koffer. Gwen droeg jeans en een witte blouse. Haar haar was netjes gekapt. Ze had oogschaduw, blush en lippenstift op.

Terwijl haar kinderen stierven, had zij de moeite genomen zich op te maken.

'Je wist het,' zei Sara met dichtgeknepen keel.

De kookvrouwen. De barak. De kinderen – haar eigen kinderen. Gwen wist wat Michelle in de kas uitspookte. Ze wist dat de mannen trainden in het bouwwerk, dat ze trainden voor een 'missie', dat ze 'in oorlog' waren.

'Je wist het!' Sara greep Gwens arm en sleurde haar de auto uit. Ze tastte naar het mes in haar bh. 'Je hebt ze vermoord!'

'Da...' Vanachter zware oogleden keek Gwen Sara aan. Haar kaak hing slap. Haar buik was opgezwollen, net als die van Joy, net als die van Grace, net als die van de mensen die ze in het Kamp had gedood.

Sara ging op haar hurken zitten. Het mes lag op haar schoot. Ze had angst verwacht in Gwens ogen, maar het enige wat ze zag was dezelfde kille blik als waarmee ze Sara had aangekeken toen ze Tommy had laten stikken.

'Da...' Kwijl gleed uit Gwens mondhoek. 'Heeft hij m-mij... ook... v-vergiftigd?'

Sara liet een verbijsterd lachje ontsnappen. 'Natuurlijk heeft Dash jou ook vergiftigd, stomme koe.'

'M-Ma...' Haar keel bewoog. 'M-Ma... hij...'

Sara boog zich over Gwen heen, tot hun gezichten nog maar centimeters van elkaar verwijderd waren. 'Waar gaat Dash naartoe? Wat is hij van plan?'

Gwens ogen draaiden langzaam naar links.

Sara had het flesje antitoxine laten vallen.

'Wil je dit?' Sara hield de HBAT omhoog zodat Gwen het etiket kon lezen. 'Als jij zegt waar ze naartoe gaan, red ik je.'

'De k-kinderen –'

'Doe maar niet alsof je je druk maakt om je kinderen.' Sara schoof de oogleden van de vrouw omhoog zodat ze haar kon zien. 'Ze zijn allemaal dood, Gwen. En jij hebt ze vermoord.'

'Hij... h-heeft beloofd...' Gwens kaak verslapte. Haar blik verstarde.

'Wat heeft hij beloofd?' wilde Sara weten. 'Zeg het!'

'W-We...' Haar borstkas vocht wanhopig om lucht. 'We zouden... er m-meer... maken.' Het laatste woord loste op in haar keel. Haar stembanden waren verlamd. Ze kon alleen nog gorgelen, net als Grace voor ze in haar eigen speeksel was gestikt.

Sara hoopte dat ze tot het allerlaatste moment bij bewustzijn was.

Ze voelde in Gwens zakken. Ze keek in de auto. De telefoon zat in de console tussen de stoelen.

Ze klapte het toestel open en keek hoe laat het was.

9.49 uur.

Met trillende vingers draaide ze het nummer. Gwens gegorgel hield aan. Sara klemde nog steeds Wills stiletto vast. Het liefst had ze het lemmet in Gwens hals geramd, maar het mens verdiende geen genade.

Sara liep naar de opslagloods en luisterde ondertussen naar het overgaan van de telefoon.

'Mitchell,' zei Faith.

Sara's keel snoerde dicht toen ze haar vriendin hoorde. Ze hoestte de woorden uit. 'Faith, ik ben het.'

'Sara?'

'Ik...' Sara keek naar haar handen, die onbedwingbaar trilden. 'Ik ben in de bergen. In een soort kamp. Iedereen is dood. Dash heeft Michelle synthetisch botulisme laten maken. Hij heeft ze allemaal vermoord.'

'Oké, wacht.' Faith had haar hand kennelijk op de telefoon gelegd en gaf de informatie nu aan iemand anders door.

'Ik weet niet waar Will is,' zei Sara. 'Hij is samen met Dash en de andere mannen vertrokken. Vanochtend, geloof ik. Er waren...' Ze probeerde zich te herinneren wat hij haar had verteld. 'Veertig mannen met AR-15's. Ruim tienduizend stuks ammunitie. Dash heeft ze bespoten met botulinetoxine.'

'Jezus christus,' fluisterde Faith. 'Ik zet je op de luidspreker. Ik zit hier met de FBI. We gaan je telefoon traceren.'

'De dozen uit het pakhuis zijn hier.' Sara trok een transportbon los. 'De verzender is de Whisting Company in North Carolina. De ontvanger is ACS, Inc. 1642 Airport Parkway. Er staat een stuknummer op, en het aantal van tweeduizend.'

'We zoeken het adres op,' zei Faith. 'Kun je de doos openen?'

Sara was de tape al aan het wegsnijden met Wills mes. De inhoud zat vastgeknoopt in een plastic tas. Aanvankelijk begreep ze niet wat ze zag. 'Het zijn aluminium blikken, zoals die voor diepvrieseten.'

'O, god.' Faith klonk verbaasd. 'Air Chef Services. Die maken maaltijden voor vliegtuigen. Dash heeft de blikken met botulisme besmet. Hij gaat honderdduizenden mensen vergiftigen.'

'Wacht eens.' Sara rende de heuvel op. 'Er is nog iets. Dash heeft een gebouw van twee verdiepingen nagemaakt. Ter grootte van minstens een half footballveld. Daar trainde hij teams in volledig gevechtstenue op het bestormen van gebouwen. Twee teams, twee aanvalsgolven.'

'Hoe ziet het eruit?'

Sara rende naar het bouwwerk. Ze draaide in de rondte, op zoek naar aanwijzingen waarmee het doelwit geïdentificeerd kon worden. 'Op de eerste verdieping is een galerij. De trap gaat tot halverwege de benedenverdieping omhoog, dan is er een bordes vanwaar twee trappen naar links en naar rechts gaan.'

'Zie je verder nog iets?'

Sara stond nu op het bordes. Ze keek naar rechts.

'Op de vloer bovenaan de rechtertrap zijn de letters *LG* of *IG* gespoten.' Ze rende de andere trap op. 'Als je naar links gaat, en dan naar het einde van de galerij, staat er een hoofdletter G gespoten op iets wat een deur moet voorstellen.'

'Een deur?' vroeg Faith. 'Geen ramen?'

'Alleen deuren. Vijf aan de rechterkant, drie aan de linkerkant. Tegenover de trap zijn er nog vier, en drie in de gang achter het bordes, waar de trap een T-splitsing vormt.' Sara keek over de leuning. 'Ik heb geen idee wat het moet voorstellen. Een hotellobby? Will dacht aan een synagoge of –'

'Wacht,' zei Faith. 'Ik weet wat je beschrijft. Het is een atrium.'

DRIEËNTWINTIG

Woensdag 7 augustus, 9.58 uur

'Nog twee minuten, broeders.' Dash schoof de slede van zijn Glock naar achteren om zich ervan te verzekeren dat er een kogel in de kamer zat. 'Denk aan onze zaak, vrienden. Denk aan de offers die onze gezinnen hebben gebracht opdat wij vandaag hier kunnen zijn.'

Van alle kanten klonk instemmend gemompel. Ze waren allemaal duidelijk bang, maar ze zaten al even duidelijk te popelen om een ramp aan te richten.

'Wat we vandaag doen is de eerste stap op weg naar het zuiveren van het land van de pleitbezorgers en bastaarden,' zei Dash. 'We moeten deze corrupte maatschappij vernietigen om onszelf te kunnen herscheppen zoals de Opstellers dat bedoelden. Dit land zal opnieuw geboren worden. Wij zullen opnieuw geboren worden. Dat is onze Boodschap. We zullen baden in het bloed van de lammeren en ons zaad over de wildernis verspreiden.'

Het gescandeer begon weer. 'Bloed en bodem! Bloed en bodem!'

Will keek op zijn horloge.

9.58 uur.

Vijf zwarte busjes. Veertig gewapende mannen.

In gedachten nam hij door wat er volgens plan ging gebeuren zodra ze hun bestemming hadden bereikt.

Team Eén, het grootst in aantal, zou het eerst gaan. Kanonnenvoer, zoals Dash ze had genoemd. Will leidde daaruit af dat er veel beveiliging was op de plaats van de inval. Misschien dat de helft van de mannen erin slaagde tot in het gebouw door te dringen. De andere helft zou al op de begane grond worden neergemaaid.

Op dat moment moest Team Twee de aanval inzetten.

Bravo naar de LG. Charlie naar de G.

Zover kon Will het niet laten komen. Hij zou zo veel mogelijk mannen moeten uitschakelen voor ze de ingang passeerden.

Uitschakelen.

Hij was niet in staat de mannen tot nevenschade te reduceren. Hij zou ze in hun borst moeten schieten, in hun rug, in hun hoofd. Ze waren geen papieren doelen met cirkels op hun romp. Will had de afgelopen zestien uur met hen doorgebracht. Van sommigen wist hij de naam, hij wist waar ze van hielden of niet van hielden, hij kende hun slechte grappen en hun verhalen over waar ze vandaan kwamen.

Ze hadden geen idee dat Will hen ging doden.

'Verdomme.' Dobies handen waren zo bezweet dat het hem niet lukte de slede van zijn wapen naar achteren te trekken. 'Waarom doet dat ding het niet?'

Will keek naar de gesloten deuren. Met opzet had hij Dobie achter zichzelf geplaatst. Will zou als een na laatste naar buiten gaan. Hij zou Dash neerschieten en vervolgens de rest van Charlie en Bravo zodra ze begonnen te rennen.

Het busje kwam met een slinger tot stilstand. Het rubber brandde van de banden toen het in z'n achteruit werd gezet.

Will keek weer op zijn horloge.

9.59 uur.

'Rustig, broeders,' zei Dash.

Iedereen trok zijn zwarte bivakmuts naar beneden en klikte zijn helm vast. Will knoopte zijn shirt open. Hij trok Sara's witte hoofddoek tevoorschijn. Alleen door die om zijn hals te knopen mocht hij hopen dat hij niet door zijn eigen mensen werd neergeknald.

Het busje stopte met piepende remmen.

'Wachten, broeders!' beval Dash.

Een tweede busje stopte naast hen. En een derde. Vier in totaal. Het moment voor peptalks en gebeden was verstreken. Portieren sloegen open. Voeten stampten over beton. Meteen werd er geschoten – geweren, Glocks, een *ratatat* dat werd overstemd door mannen en vrouwen die gilden om hun leven. De klank van hun paniek weergalmde in Wills oren.

Gerald beukte tegen de zijkant van het busje.

Will bond de doek om zijn hals. Zijn hartslag veranderde in een stopwatch.

Tik-tik-tik.

De portieren vlogen open.

Fel zonlicht verblindde hem. Hij kneep zijn ogen tot spleetjes, zag een trottoir, betonnen treden. Keurig bijgehouden gras en hoge bomen. Hoge, witte pilaren onder kalksteen.

Teams Bravo en Charlie hadden zich al in beweging gezet.

Will ramde zijn elleboog in Dobies gezicht. Het hoofd van de jongen sloeg galmend tegen het busje voor hij op de vloer viel.

'*Go! Go! Go!*' riep Dash, die vanuit de heup zijn AR-15 afvuurde.

Het voelde alsof Will in de lucht bleef zweven toen hij uit het busje sprong. Voor het eerst zag hij hun doel. De blinkende gouden koepel. De zuilengang van vier verdiepingen. De neoklassieke architectuur. De oost- en westvleugels, waar de wetgevende macht was gehuisvest.

Ze waren bij het Capitool van de staat Georgia.

'*Let's go!*' riep Gerald, high van uitzinnige razernij. Hij schoot een politieagent van het Capitool neer. Het hoofd van de man barstte open in een rode nevel. Een andere agent raakte hij in zijn maag. De kogel sloeg in het kalksteen. Mensen gilden, renden naar buiten, stormden ineengedoken over het gras. Gerald opende het vuur op hen. Tientallen, misschien wel honderden mensen renden blindelings een kogelregen in.

Will schoot Gerald door zijn hoofd.

Achter hem begon een vrouw te gillen.

'Weg hier!' Will gaf haar een duw. Hij zocht naar Dash, speurde gezichten af, schoot op iedereen met een zwarte bivakmuts. Een kogel floot langs zijn hoofd. Hij greep de pet van de dode agent en zette die op. Hij liet zijn geweer vallen en trok de Sig Sauer uit zijn holster. Met zijn Glock schoot hij de zoveelste man met bivakmuts neer. Iemand in een pak botste tegen hem op.

'Rennen!' Will duwde hem aan de kant.

Er stroomden zoveel mensen naar buiten dat hij werd teruggedrongen naar het trottoir. Hij tolde rond, zoekend naar een doelwit. Weer schoot hij een man met bivakmuts neer, en nog een. Hij richtte op een derde. De man sperde zijn ogen wijd open.

Daryl.

Hij hield van vissen. Twee jaar geleden had zijn vrouw hem verlaten. Zijn kinderen namen niet op wanneer hij belde.

Will schoot Daryl door zijn borst. Hij zwenkte naar de volgende en naar de volgende.

Oliver, die geen chocola lustte. *Rick*, die dol was op Franse buldogs. *Jenner*, die de hele nacht zenuwachtig had gevraagd hoe laat het was.

Borst. Borst. Hoofd.

'Alsjeblieft!' schreeuwde een vrouw.

Wills Glock raakte bijna haar gezicht. De slede zat naar achteren. Het pistool was leeg. 'Rennen,' gromde hij. Hij liet het magazijn vallen en klikte een nieuwe op zijn plek.

Jezus, waar was Dash?

Will speurde het terrein voor de ingang af. Blauwe jurken, zwarte pakken, felrode stropdassen, en bloed, bot en grijze massa die over het wegdek dropen, het gras besmeurden. Hij zag lichamen breeduit op de bloemperken liggen, tegen de bomen hangen, tegen de monumenten voor generaals van de Confederatie en voorstanders van rassenscheiding leunen.

Geen Dash.

Will sprong over de gebroken glazen deur en rende het Capitool binnen.

Lijken, puin, chaos. Het vier verdiepingen hoge atrium was gevuld met licht uit de ramen rond de lichtbeuk. Overal om hem heen regende het kogels. Will drukte zich tegen de muur. Het marmer voelde koel tegen zijn rug. De vloer lag bezaaid met lichamen, hoofdzakelijk van burgers. Onderaan de trap waren zes mannen in zwarte bivakmutsen neergehaald. Dat betekende dat tien, misschien wel twintig man de eerste verdieping hadden bereikt. Of de tweede, waar de wetgevers vergaderden in een grote zaal met eiken lambrisering. Of de derde, met een open galerij.

Het land zuiveren van de pleitbezorgers en bastaarden.

Achter zich hoorde Will het geknerp van een schoen. Hij draaide zich razendsnel om.

Een zwarte man. Blauw pak. Handen in de lucht.

Will duwde hem naar de uitgang en keerde zich weer om. Nog drie mannen zaten ineengedoken tegen een gesloten deur. Politici met Amerikaanse vlaggetjes op hun revers. Hun handen krabden zachtjes over het hout, smekend om binnengelaten te worden. Een van hen hield zijn arm in een stramme greep. Bloed sponsde tussen zijn vingers door.

Will stuurde hen met een zwaai naar de uitgang. Hij luisterde, spitste zijn oren om boven hun haastige voetstappen andere geluiden op te vangen.

Even hield het schieten op.

Will liet zijn blik door de grote ruimte gaan, die precies dezelfde afmetingen had als het nepgebouw in het Kamp. Hij keek omhoog naar de drie galerijen, speurend naar een teken van Dash. Hij dook ineen toen het plotselinge *deng-deng-deng* van geweerschoten door het atrium weergalmde. Team Eén had het Huis van Afgevaardigden bereikt. De senaatskamers bevonden zich aan de overkant van de koepelruimte. Aan het geratel van geweervuur verderop hoorde Will dat beide kanten waren bestormd.

Ineengedoken rende hij over de open vloer, stapte over glasscherven en neergestorte lichamen. De imposante trap deelde de ruimte in tweeën. Bewerkt marmer, rood tapijt, houten lambrisering. Documenten, schoenen, kapotte brillen, plassen bloed, stukjes tand en bot. Kelen waren doorgesneden. Lijken lagen over elkaar heen waar één enkele kogel twee, drie en soms vier mensen had gedood.

Twee gewonde vrouwen zaten snikkend op de trap. Toen ze Will zagen, deinsden ze met opgetrokken schouders terug. Een hulpsheriff had zijn riem om zijn been gesnoerd om het bloeden te stelpen. Hij had zijn pistool op Will gericht, maar de kamer was leeg. Toch bleef zijn vinger de trekker overhalen. Het rappe *klik-klik* van de hamer ging gelijk op met Wills bonkende hart.

Hij sprintte naar het bordes, zoals hij dat in het Kamp had geoefend.

De gespoten LG sloeg op het bureau van de luitenant-gouverneur.

De G was voor de gouverneur.

Team Bravo was uitgeschakeld nog voor het de deur had bereikt. Hun borstkassen waren door geweersalvo's opengereten. Plukken witte voering staken uit hun schuimrubberen vesten. Eén man miste een stuk van zijn kaak. Een ander was een arm kwijt. Will stapte over een losse hand, die nog steeds het twintig centimeter lange jachtmes omklemde dat de 'broeders' allemaal aan hun riem hadden hangen.

Team Charlie was nergens te bekennen. Weggedoken achter de dikke, marmeren leuning rende Will verder naar boven. Hij wilde net om de hoek gluren toen er geweervuur klonk en hij snel zijn hoofd introk.

Het geluid kwam van een verdieping hoger. Kogels flitsten als brandende sintels. De restanten van Team Eén. Ze knalden de achterblijvers in het Huis van Afgevaardigden af, of iemand had een wapen gegrepen en beantwoordde nu het vuur.

Dash zou inmiddels wel in het bureau van de gouverneur zijn, waar hij een wapen tegen het hoofd van de man zou houden en zijn eisen bekend zou maken.

Blanke macht. Dood de pleitbezorgers. Bloed en bodem.

Weer probeerde Will om de leuning heen te kijken.

Hij staarde recht in de loop van een vijfschots Smith and Wesson.

Amanda.

Ze bracht haar vinger al naar de trekker. Toen herkende ze Will. Langzaam legde ze haar vinger weer langs de trekkerbeugel. Hij zag haar mond opengaan toen ze inademde.

Will stak zijn Glock in de holster. Hij hield de Sig Sauer in zijn hand. De galerij was verlaten. Geen mannen in zwarte bivakmutsen. Geen ineengedoken, schuilende burgers. Geen agenten, op hem en Amanda na.

Het schieten was gestopt. In het atrium heerste de stilte van een graf. Het zonlicht door de hoge ramen streek flikkerend over langslopende mensen. SWAT zat op het dak. In de verte hoorde Will sirenes.

'Waar is Dash?' vroeg Amanda.

Wills blik ging naar de gesloten deur van het bureau van de gouverneur. Twee leden van de Highway Patrol hielden de wacht, gewapend met riotguns. Een van hen was gewond. Bloed sijpelde uit een gat in zijn biceps.

'Will?'

Hij schudde zijn hoofd in een poging alles helder te krijgen. Hij had Dash voor het laatst bij het busje gezien. Mensen waren het gebouw uitgestroomd. Gerald had zo veel van hen vermoord als hij maar kon. Dash had in het wilde weg om zich heen geschoten – vanuit zijn heup, niet vanaf zijn schouder – en zijn mannen toegebruld dat ze door moesten lopen. De golf aan mensen die de deur uit waren gestroomd had hem volledig opgeslokt en hem er onbewust toe gedwongen dekking te bieden, waardoor hij Dash niet had kunnen doden.

Tegen de tijd dat hij weer in staat was geweest naar Dash te zoeken, was de man verdwenen.

Dat keiharde feit was als een stomp tegen Wills borst. 'Het is een lafaard, geen strijder. Die is nooit van plan geweest naar binnen te gaan.'

Will stormde met drie treden tegelijk de trap af. Hij sprintte over de marmeren vloer, zwenkte om de lijken heen en wierp zich door de kapotte glazen deur het daglicht in.

Hij sprong de betonnen trap af, rende in het rond, wanhopig zoekend naar Dash. Wat hij zag was misselijkmakend.

Het parkachtige terrein rond het Capitool was in een hels landschap veranderd. Mensen kreunden, huilden, schreeuwden. Kogels hadden gaten in vlees geslagen. Ogen ontbraken, borstkassen lekten bloed.

Will zag Dash aan de overkant van het oostelijke gazon.

Een grote kornoelje hulde hem in schaduw. Hij zat op zijn knieën, maar hij was niet geraakt. Gejaagd doorzocht hij de zakken van de doden.

De psychopaat had alles zo zorgvuldig gepland, zijn 'broeders' gedrild tot ze in trance raakten en ze de dood in gejaagd, maar hij had er geen moment bij stilgestaan hoe hij zonder autosleutels moest vluchten.

Will hief zijn Sig Sauer, richtte op Dash' hart en riep: 'Stop!'

Dash' hoofd schoot omhoog.

'Politie!' zei Will. 'Handen omhoog.'

Dash dook tegen de grond. Will vuurde twee kogels op hem af voor hij besefte wat de man deed. Hij had zich omringd met gewonden. Hij greep een vrouw bij haar arm en trok haar met een ruk op haar knieën zodat ze hem met haar lichaam afschermde. Ze was al in haar been geraakt. Dash' jachtmes drukte zo hard tegen haar hals dat er bloed in de kraag van haar witte blouse drong.

Ontzetting doorsneed elke lijn op haar gezicht. Ze was de angst voorbij en werd nu verlamd door het dreigende duister.

'Laat haar los.' Will liep op Dash af, met de Glock en de Sig Sauer op hem gericht. 'Nu.'

'Twee wapens,' zei Dash, zijn gezicht achter de schouder van de vrouw verbergend. 'Denk je dat je me kunt raken, Wolfie?'

Nog vier stappen en de man zou dood op de grond liggen. 'Ik kan je doden nog voor je weer ademhaalt.'

'Hé, klootzak!' riep Dobie.

Brokken beton spatten op rond Wills voeten.

Dobie schoot op hem. De tweede kogel was ver naast. De derde schoot het glas uit een raam. De enige reden waarom Will niet ter plekke dood neerviel, was dat Dobie door de terugslag van het geweer achteruit tegen de bus was gesmeten.

Terwijl hij overeind krabbelde, dook Will weg achter een metalen afvalbak.

'Kom dan hier, laffe klootzak!' riep de jongen.

Will hield Dash met zijn Glock onder schot. Hij richtte de Sig op Dobie. Zijn armen vormden een driehoek tussen hem en de twee anderen.

'Dobie, leg dat geweer neer!' riep hij. 'Nu!'

'Fuck you, klootzak.' Dobie stond nu vrij, met het geweer hoog aan zijn schouder.

SWAT zat op het dak. Amanda stond met haar vijfschots in de deuropening. Sirenes loeiden door de straat. Overal lagen lijken. Nog even en het joch werd gedood.

'Niet schieten!' Will hoorde zijn stem overslaan als een naald op een plaat. 'Ik ben GBI! Niet schieten!'

Dash grijnsde, zwelgend in de gruwel. Hij had de gewapende mannen over straat zien naderen, de scherpschutters op het dak gezien. Hij zat in de schaduw van een boom, op zijn knieën, met een gegijzelde als een schild vóór zich.

Vanuit Dash' optiek was het enige wapen waarmee hij misschien geraakt kon worden, dat van Will.

'Dobie.' Will hield zijn Glock op Dash gericht, maar zei smekend: 'Alsjeblieft, Dobie, leg dat geweer neer.'

'Ik ga je vermoorden, vuile smeerlap!' Dobie was razend, witheet van woede vanwege het verraad. 'Je was mijn vriend!'

'Dobie, ik ben nog steeds je vriend.' Will kwam vanachter de afvalbak tevoorschijn. Hij wachtte op een kogel van Dobie of van SWAT. Toen er niets gebeurde, zette hij een stap in de richting van de jongen, en toen nog een stap. Hij hield zijn blik op Dash gericht, ook al liep hij bij hem vandaan. 'Dobie, leg dat geweer op de grond. Alsjeblieft.'

'Fuck you!'

Dash' grijns was zo zelfvoldaan dat Will het liefst een kogel tussen zijn tanden door had gejaagd. Het mes drukte nog steeds tegen de keel van de vrouw. Op haar gezicht mengden tranen zich met bloed. Ze probeerde niet te ademen, haar lichaam zo roerloos mogelijk te houden.

Will had een rekensommetje gemaakt: Dash had een Glock aan zijn riem. Zodra Will zijn blik afwendde, zou hij haar keel doorsnijden, het wapen trekken en Will doodschieten.

Dash had kennelijk hetzelfde sommetje gemaakt. Zijn grijns bleef op zijn gezicht geplakt. 'Lastige situatie, broeder.'

Will knikte kort, alsof hij het beaamde, maar Dash wist niet dat Amanda net binnen de versplinterde deuropening stond. Hij wist niet dat zij hem scherper in het vizier had, dat ze een betere schutter was dan Will.

'Kijk me aan, godverdomme!' gebood Dobie.

Met zijn blik nog steeds op Dash gericht zette Will weer een paar passen in Dobies richting. Hij zag wat Amanda waarschijnlijk ook zag: dat de gegijzelde niet hun enige zorg was. Er lagen tientallen mensen achter Dash, onschuldige burgers, geknakte lichamen die als drijfhout over het gazon van het Capitool waren verspreid.

De pleitbezorgers en bastaarden.

Secretariaatsmedewerkers. Politici. Agenten. Conciërges. Assistenten.

'Je hebt tegen me gelogen!' zei Dobie ziedend. 'Ik vertrouwde je, maar je hebt tegen me gelogen, godverdomme!'

'Alsjeblieft.' Will was nog maar een meter van de jongen verwijderd. Hij draaide zich om en keek hem aan, in het volle bewustzijn dat hij Dash zijn borstkas als doelwit bood. 'Dobie, het is voorbij. Leg alsjeblieft –'

De kogel van de scherpschutter reet Dobies hoofd open.

Zijn armen vlogen de lucht in. Het geweer viel op de grond.

Will wendde zich af, maar hij rook de koperachtige geur van bloed, dat als fijne kant zijn huid omsloot.

De smak waarmee Dobie de grond raakte was als een doodsklap tegen zijn eigen lijf.

Will keek naar het wegdek. Een sliert bloed zat om zijn schoen gewikkeld. Dobies bloed. Het zat op zijn arm, kleefde aan zijn baard.

Hij keek op.

Dash had zich niet verroerd. De vrouw diende nog steeds als zijn schild. Hij zat ineengedoken achter haar schouder. De Glock hing nog steeds aan zijn riem. Hij had nog steeds die zelfingenomen grijns op zijn smoel.

Hij had de gegijzelde niet gedood, hij had niet geprobeerd Will te doden, omdat hij iets wilde.

Will kon wel raden wat het was, nog voor zijn ogen het antwoord hadden gezien. Mensen hielden hun telefoons omhoog, legden alles vast wat er gebeurde. Zelfs met hun handen onder het bloed en omringd door lijken waren ze nog aan het filmen.

Met de buitenkant van zijn arm veegde Will Dobies bloed uit zijn ogen. 'Laat die vrouw los,' zei hij tegen Dash.

'Dacht het niet, broeder.' Dash verstevigde zijn greep op de gegijzelde. Ze hapte naar lucht, maar verroerde zich nog steeds niet. 'Vanochtend bleken mijn engelen er niet meer te zijn. We hebben behoefte aan nieuwe zusters om de schare aan te vullen.'

Wills kaak verstrakte. De vrouwen in het Kamp. Alleen Gwen had die ochtend het ontbijt geserveerd. Het eten was koud geweest. Kwam dat doordat de vrouwen die de maaltijden bereidden, de kleren wasten en de kinderen baarden dood waren?

'De zaak vereist zuiverheid, broeder,' zei Dash. 'Smetteloze bloedlijnen. Een leider moet het goede voorbeeld geven. We vegen de wereld schoon, te beginnen bij onszelf. We marcheren in triomf voor de laatste weduwen van de revolutie.'

'De vrouwen,' zei Will. 'De kinderen. Zijn ze –'

'Gezuiverd.' Dash grijnsde nu breeduit. ' "De boom van de vrijheid moet van tijd tot tijd verkwikt worden met het bloed van patriotten en tirannen. Dat is zijn natuurlijke meststof." '

Will kreeg geen adem meer. De hitte had zijn huid doorboord. Zijn brein stond in brand.

Had hij Sara opgeofferd?

'Die woorden werden gesproken door Thomas Jefferson, de vader van de Onafhankelijkheidsverklaring, een van de oorspronkelijke Bouwers van onze grondwet.'

Will knipperde bloed uit zijn ogen. 'Heb je ze vermoord? Zeg het, heb je –'

'Mijn naam is Douglas Shinn, ik ben de rechtmatige leider van de Invisible Patriot Army.' Dash had zijn hoofd afgewend. Hij sprak nu rechtstreeks tot de camera's. 'Als de uitverkoren profeet van Martin Elias Novak vraag ik de blanke mannen van dit land om onze daden te aanschouwen en zich te verheugen over het bloedbad dat door de IPA is aangericht. Sluit je aan, broeders. Sluit je bij mij aan en eis je rechtmatige plaats als man op. Je zult worden beloond met onvoorstelbare rijkdommen en het gezelschap van goede blanke vrouwen.'

Sara?

'We moeten ons afkeren van de zieken, van de wanhopigen, van de bruine en zwarte bastaarden die onze kinderen zullen verkrachten en vermoorden.'

Will keek naar de keel van de vrouw. Rank, net als die van Sara, met onderaan hetzelfde tere kuiltje.

'Sluit je bij me aan zodat we de natuurlijke orde in de wereld kunnen herstellen, broeders. Neem je wapens op. Hef je vuist. Laat de wereld weten dat we ons niet bang laten maken.'

Wills vinger gleed van de trekkerbeugel van de Glock naar de trekker. Het enige wat telde was het mes tegen de keel van de vrouw. De glanzende lijnen van het lemmet weerspiegelden het blauw van de lucht. Het bloed dat uit de wond sijpelde was donkerrood. Will zag alleen nog het roestvrijstalen lemmet. Dash had een vaste hand. Angst kende hij niet. Hij was precies waar hij zijn wilde: op de plek waar de ogen van de wereld op hem waren gericht.

Tegen de camera's zei hij: 'Vandaag, broeders, schrijven we met ons eigen bloed onze namen op de grond van het Capitool. We offeren onszelf op voor het hogere goed. Laat alle pleitbezorgers en bastaarden acht slaan op onze heldenmoed in de strijd. Blank bloed! Blanke macht! Een blank Amerika! Voor eeuwig!'

De punt van het lemmet kwam in beweging.

Will haalde de trekker over.

Het exploderende kruit vulde zijn oren met een hoogtonig gegier. Hij werd tijdelijk verblind door de flits aan het uiteinde van de loop. Hij voelde de hitte van de lege huls die uit de zijkant van de Glock werd geworpen.

Het gegier ging over in een doordringende kreet. Razend van angst kroop de gegijzelde op handen en knieën weg. Ze klemde Dash' mes in haar handen.

Dash lag op zijn zij, met gapende mond en zijn ogen wijd opengesperd.

Hij leefde nog.

Will had zo'n zeven centimeter naast zijn doel geschoten. De kogel had Dash' hoofdhuid boven zijn oor opengereten. Het bloed stroomde als water de grond in.

Bloed en bodem.

Will keek naar de man langs het vizier van zijn Glock. De metalen keep omlijstte het heldere wit van Dash' schedel, de kapotte bloedvaten, het gele vet en de zwarte haarzakjes.

Dash tastte naar de wond. Zijn vingers bevoelden de diepe snee. Hij raakte het gladde bot. De glazige blik trok weg uit zijn ogen. Met zijn hoofd in zijn handen liet hij zich op zijn rug rollen.

'Fuck!' schreeuwde hij. 'Fuck!'

Amanda nam de Glock van zijn riem en boeide zijn polsen. Ze had haar jasje uitgetrokken. Ze ging op haar knieën zitten en wikkelde het om Dash' hoofd.

Eigenlijk moest Will haar helpen. Overal om hem heen werd geleden. Het terrein was in een kerkhof veranderd. Maar hij kon zich niet verroeren. Zijn lichaam was in graniet veranderd.

De vrouwen in het Kamp. De kinderen. Dobie.

Sara?

Wills pistool was nog steeds op Dash' hoofd gericht. Zijn vinger lag nog aan de trekker. Hij had zijn ellebogen iets gebogen om de terugslag op te vangen. Zijn voeten stonden nog in schietstand, want zijn lichaam wilde deze man doodschieten, en deze keer écht.

'Wilbur!' riep Amanda.

Will haalde zijn neus op. De smaak van Dobies bloed drong zijn mond binnen, bleef tussen zijn tanden steken en nestelde zich in zijn longen. Hij voelde de spieren tussen zijn hersens en zijn vinger de strijd met elkaar aanbinden, terwijl hij één reden probeerde te bedenken om Dash niet in koelen bloede te doden.

'Met Sara is alles goed,' zei Amanda. 'Faith heeft haar aan de telefoon gehad. Sara maakt het goed.'

Sara?

'Will,' herhaalde Amanda. 'Ademen.'

Een beeld knaagde aan Wills woede, als water dat tegen de zijkanten van een boot klotst.

Hij was hier niet meer. Het Capitool, het gras, de bomen, het was allemaal weg.

Hij was in Sara's appartement. Ze stond op het punt hem voor het eerst te kussen.

Dat was gênant geweest.

Will had haar eerst moeten kussen, al veel eerder, maar hij wist niet of ze wel gekust wilde worden en hij wist niet waar hij zijn handen moest laten en hij was zo gespannen en zo bang en hij had zo'n stijve, dat alleen al de gedachte aan haar zachte mond een schok door al zijn vezels had gejaagd.

Sara had haar mond tot vlak bij zijn oor gebracht en twee woorden gefluisterd.

Blijf ademen.

'Wilbur?' Amanda knipte met haar vingers.

Het geluid was als een licht dat aanging.

Het Capitool. Het gras. De bomen. De monumenten.

Will opende zijn mond. Lucht vulde zijn longen. Zijn vinger gleed van de trekker.

Hij stak het pistool weer in zijn holster.

Hij knikte naar Amanda.

Ze knikte terug.

Wills zintuigen vulden de wereld om hem heen weer in. Overal waren reddingsteams. Brandweerwagens huilden. Sirenes loeiden. Noodhulpdiensten. De politie van Atlanta. Hulpsheriffs. De Highway Patrol. Iedere wetshandhaver in de wijde omgeving had de schoten gehoord en was op het geluid afgestormd.

De goede kant.

'Dankzij Faith en Sara hebben we drie minuten van tevoren een waarschuwing ontvangen,' zei Amanda. 'We konden wat mensen naar buiten halen of ter plekke laten schuilen. De vergaderzalen waren leeg, maar ik weet niet hoeveel...' Haar stem stierf weg, maar ze hoefde de zin niet af te maken. De doden lieten zich onmogelijk tellen. Alleen al op het gazon lagen er tientallen. In het gebouw waren er nog meer. Zelfs de gewonden leken te zweven boven de grens tussen leven en dood.

'Miss?' Dash' bevende stem schoot een octaaf omhoog. 'Miss, ik heb hulp nodig. De kogel die me raakte –'

'Het is een vleeswond.' Amanda keek op hem neer. 'Die overleef je wel. In elk geval lang genoeg om berecht te kunnen worden.'

'Alstublieft, miss, u begrijpt het niet.' Dash' tanden klapperden. Tranen vulden zijn ooghoeken. 'Alstublieft. Bel de CDC. Ik wil niet sterven zoals zij.'

EPILOOG

VIER DAGEN LATER
Zondag 11 augustus, 10.17 uur

Sara werd uit haar slaap gehaald door het geluid van een hond die water opslobberde uit de bak in de keuken. Ze tuurde naar haar horloge, maar zag alleen haar blote pols. Ze draaide zich om, benieuwd of Will nog in bed lag, maar er was geen Will.

Zoals gebruikelijk was hij bij het aanbreken van de dag opgestaan. Sara had geluisterd terwijl hij cacaopoeder in een beker roerde, tegen de honden praatte, rekoefeningen deed en zijn mail checkte, want Wills slaapkamer kwam uit in de keuken, dus kon ze nooit uitslapen wanneer ze bij hem was.

Ze trok Wills kussen naar zich toe. Ze rook hem nog op de lakens. Na al die vruchteloze uren in haar houten cel waarin ze een lijst had opgesteld van alle manieren waarop ze hem ging neuken, had ze de afgelopen drie nachten alleen maar in zijn armen liggen huilen.

Ook voor Will was het voldoende geweest om haar alleen maar vast te houden. Sara wist dat Dobies dood nog steeds op hem drukte. Dat hij er met haar over sprak was al een teken dat hij eronder leed. Het 'wat als' liet hem niet met rust. Wat als hij Dash had doodgeschoten voor de deuren van het busje open waren gegaan? Wat als hij Dash buiten had neergeschoten en niet eerst had geprobeerd zo veel mogelijk mensen weg te krijgen? Wat als Wills twee schoten raak waren geweest toen hij Dash op het gazon van het Capitool had gezien?

Wat als hij Dobie had kunnen overhalen het geweer te laten vallen voor de kogel van de scherpschutter een eind aan zijn korte, van haat vervulde leven had gemaakt?

Hoewel Sara het eens was geweest met de keuzes die Will had gemaakt, had ze geen enkele poging gedaan zijn handelingen te rationaliseren of het schuldgevoel glad te strijken. Ze wist dat Will dat op eigen kracht moest doen. Ze wist maar al te goed hoe je beste, meest beredeneerde beslissing tot het allerslechtste resultaat kon leiden. Ze droeg ook voor altijd de herinnering met zich mee aan iedere patiënt die ze niet had kunnen redden. Nu hadden Benjamin, Grace, Joy, Adriel en al die stukjes witte confetti zich gevoegd bij de nooit vergeten zielen die ze in haar hart had gesloten.

Ze keek op de klok naast het bed.

10.21 uur.

Over twee uur werden ze bij haar familie verwacht voor de lunch. Sara had zich te lang in Wills huis opgesloten. Ze had zich willen verschuilen voor de stortvloed aan informatie die haar vader van minuut tot minuut volgde op het nieuws.

Eddie wilde alles over Dash weten. Over Gwen en Martin Novak. Over de 'broeders' die het hadden overleefd en die nog steeds hun boodschap vol racistische, vrouwonvriendelijke haat uitstortten over iedere journalist die een microfoon voor hun lelijke mond hield.

Zesenveertig doden in en rond het Capitool. Drieënnegentig gewonden. Alle overlevenden waren geïnfecteerd met botulisme door de met het gif bespoten kogels. Ze hadden allemaal een infuus met HBAT gekregen.

Zelfs Dash.

Gelukkig was niemand door de maaltijden van Air Chef geïnfecteerd. De aluminium voedseltrays werden net op de lopende band geladen toen de FBI een inval had gedaan bij het bedrijf. Testen hadden uitgewezen dat onder in elke tray een laagje botulinetoxine zat. Als het voedsel zou zijn verwerkt en in de vliegtuigen zou zijn geladen, zou iedere passagier die een maaltijd at op een van de duizenden vluchten vanaf de luchthaven van Atlanta met het gif geïnfecteerd zijn geraakt.

Aangenomen werd dat Michelle Spivey die dag naar het vliegveld was gebracht om Dash in staat te stellen de grootste strategische voorraad HBAT in het land op te blazen. Zonder de antitoxine zouden er talloze doden te betreuren zijn geweest. Botulinetoxine kon een onvoorspelbaar gif zijn met een trage werking. Zoals Dash had gezegd, zouden zelfs de historici geen definitief aantal hebben kunnen vaststellen. Sara probeerde zich Dash' razernij voor te stellen toen Michelle in elkaar was gestort op slechts enkele meters afstand van het doel van zijn missie.

Of misschien was hij niet razend geweest.

Misschien was Dash tegen de tijd dat ze Michelle naar het Emory Hospital hadden gebracht tot de conclusie gekomen dat HBAT er niet toe deed. Hij had twee bommen die hij elk moment kon laten afgaan. En hij had een parkeergarage van een ziekenhuis, waar het een komen en gaan was van personeel en bezoekers.

Broeders, we gaan voor plan B.

De vraag die Sara vooral bezighield was hoe Dash in het bezit was gekomen van een flesje HBAT. Gwen had het antigif herkend, wat betekende dat Dash ervan wist, wat betekende dat ze waarschijnlijk een noodvoorraad achter de hand hielden voor het geval ze zelf geïnfecteerd raakten. De stof stond onder streng toezicht en was alleen beschikbaar voor burgers via het departement van Binnenlandse Veiligheid of de CDC.

Beau Ragnersen had uiteindelijk het antwoord verschaft. De HBAT was afkomstig geweest uit zijn eigen geheime voorraad.

Onder Saddam Hussein had het Iraakse leger negentienduizend liter botulinetoxine geproduceerd. Tienduizend liter van het gif was in vliegtuigbommen, artilleriegranaten en raketkoppen gestopt. De werkzaamheid van de neurotoxine was getest op Iraanse krijgsgevangenen. Sindsdien had HBAT standaard in de pushpakketten van het Amerikaanse leger gezeten. Beau Ragnersen had zo'n pakket als souvenir uit Afghanistan meegesmokkeld. Naast het antigif bezat hij middelen tegen van alles en nog wat, van chloorvergiftiging tot antrax. Hoewel Beau alle betrokkenheid bij de IPA ontkende, was het feit dat hij ze van het antigif had voorzien voldoende indirect bewijs om hem op te zadelen met een veelvoud aan aanklachten, van aanklachten wegens eerstegraads moord en samenzwering tot een aanklacht wegens het plegen van twee terroristische aanslagen op vaderlands grondgebied.

Amanda dacht dat het slechts een kwestie van tijd was voor hij de waarheid ging vertellen.

Will verwachtte dat Beaus nihilisme zou toeslaan en hij zich aan de doodstraf zou onderwerpen.

Sara draaide zich op haar rug. Ze staarde naar het plafond. Voor haar geestesoog doemden de gezichten op van de zieke kinderen uit de barak. Benjamin, Adriel, Martha, Jenny, Sally. De ontstoken ogen, de loopneuzen, de blafhoest. Waarschijnlijk zouden ze de mazelenuitbraak allemaal hebben overleefd, zij het met blijvende littekens.

Sara vroeg zich af wanneer Gwen had besloten dat ze de moeite van het redden niet waard waren. Net als met Tommy had de vrouw waarschijnlijk geen 'voorraden' willen verspillen aan een verloren zaak. De koffer in haar auto was gevuld geweest met medicijnen die ze uit de barak had meegenomen. In de kofferbak hadden nog meer witte jurken gelegen en een lijst met hotels tussen North Carolina en Arizona, waar Gwen kennelijk met Dash had afgesproken zodra de Boodschap zou zijn verspreid. Een nieuw Kamp. Nieuwe broeders en zusters. Nieuwe kinderen.

Als Gwen de gedachte had toegelaten, had ze kunnen weten dat Dash klaar was met haar. De voortdurende zwangerschappen, het ontbreken van medische zorg en voedingsadviezen, de niet-aflatende eisen die borstvoeding of het dragen van nieuwe baby's jarenlang aan haar lichaam hadden gesteld, hadden het beroofd van het vermogen Dash nog meer kinderen te schenken.

Zuster, we gaan voor plan B.

Sara weigerde blij te zijn met Gwens dood, maar ze kon er ook niet om rouwen. Na een leven vol misbruik, eerst door Martin Novak en toen door Dash, en na het wreken van dat misbruik op haar eigen kinderen, op het hele Kamp, had Gwen geen manieren meer gehad om te voorzien in de behoeften van de mannen in haar leven.

Esther. Charity. Edna. Grace. Hannah. Joy. Adriel.

Op alle kinderen van het Kamp was autopsie gepleegd. Bij allemaal waren tekenen aangetroffen van mishandeling en seksueel misbruik.

Geplaagd door haar eigen twijfels sloeg Sara haar handen voor haar ogen. Wat als ze eerder had beseft dat de kinderen werden misbruikt? Wat als ze de hangende oogleden, de verlammingen, de half ingeslikte woorden met elkaar had verbonden? Wat als ze Gwen ter verantwoording had geroepen? Wat als ze Dash had tegengehouden? Wat als het haar was gelukt de kas binnen te dringen om het gif te vernietigen voor ook maar iemand geïnfecteerd kon raken?

Wat-als-wat-als-wat-als.

Sinds haar kindertijd was Sara al op de hoogte van het bestaan van botulisme, alleen heel vaag. Elke zomer weckte Cathy groenten. Tessa en Sara hadden geruzied over wie de thermometer mocht aflezen, maar waarom de temperatuur ertoe deed hadden ze nooit gevraagd.

Tijdens haar studie had ze geleerd dat hypotonie, ook wel het slappebabysyndroom, kon wijzen op kinderbotulisme, maar de symptomen – lusteloosheid, het weigeren van eten, een ander soort huilen, toenemende spierzwakte – lieten zich moeilijk naar volwassenen vertalen.

Voor zover Sara zich herinnerde was ze de neurotoxine verder alleen tegengekomen in een paper in *The Journal of American Medical Examiners*, het vakblad voor pathologen. Een gevangene was gestorven zonder duidelijke oorzaak. Bewakers hadden een zak *pruno* onder zijn stapelbed aangetroffen. De gevangeniswijn was gefermenteerd door een aardappel te combineren met een handvol harde snoepjes en een sok met een stuk brood erin. Door de lage temperatuur in de afgesloten plastic zak was botulisme ontstaan.

In de keuken blafte Wills hond. Het geluid weergalmde door het stukje gang van een halve meter naar de slaapkamer. Sara hoorde Betty met haar kopje tegen de flap in het hondenluik tikken. Dat was normaal ochtendgedrag. De chihuahua gebruikte het luik om het huis binnen te komen, maar ze weigerde via dezelfde weg naar buiten te gaan. Ze sloeg net zo lang met haar kop tegen de flap tot Will of Sara opstond om de deur open te doen.

Weer blafte Betty.

Sara sloot haar ogen. Stukjes witte confetti dwarrelden voor haar ogen.

Ze stond op en deed de deur voor Betty open. De tv in de keuken stond aan, maar zonder geluid.

Weer werd er een profiel van Gwen en Martin Novak vertoond. Sara was blij dat het geluid uit stond zodat ze Novaks stem niet hoefde te horen over de telefoon vanuit het safehouse waar hij door de overheid werd vastgehouden. De bankrover maakte volop gebruik van zijn rechten onder het eerste amendement, aan hem verleend dankzij het rechtssysteem dat hij als onherstelbaar corrupt had bestempeld.

Op tv werd de reis naar Mexico geïllustreerd met kaarten en foto's. MSNBC had inspecteur Norge Garcia opgespoord, die maar al te graag vertelde over de racistische pedofielen die hij zijn land uit had geschopt.

Het beeld versprong voor Sara haar blik kon afwenden.

Ze bracht haar hand naar haar keel.

Dash.

Op de banner onder in beeld stond zijn echte naam.

Douglas Alejandro Shinn.

Sara zette de tv uit. Dat verhaal kende ze al.

Faith had het op alle punten mis gehad. Dash' bijnaam was aan zijn initialen ontleend. Douglas kwam van zijn vader. Alejandro was met dank aan zijn moeder. Shinn kwam van het Middelengelse *skinner*, oftewel huidenhandelaar.

Voor zijn formele taalgebruik en amateuristische kennis van de geschiedenis van de Verenigde Staten was een verklaring. Zijn vader, die voor een Amerikaans oliebedrijf in het Neuquén Basin in Argentinië had gewerkt, was begin zestig geweest toen hij Dash' dertigjarige moeder had ontmoet. In 1972 waren ze getrouwd. Een jaar later was Dash geboren. Het gezin had twaalf jaar in Latijns-Amerika gewoond en was toen naar Texas verhuisd, waar Dash een onopvallend maar welgesteld leven had geleid.

Dat alles maakte zijn haat voor immigranten en minderheden nog onzinniger. Zelf was hij de belichaming van bijna alles wat volgens hem verkeerd was in Amerika.

Het is niet jouw schuld, broeder, maar die van de anderen.

Op zijn zeventiende was Douglas Alejandro Shinn in Uruguay gearresteerd wegens aanranding van een negenjarig meisje. Op zijn drieëntwintigste was hij er door de Colombiaanse politie van beschuldigd een twaalfjarig meisje te hebben verkracht. Er waren meer aanklachten geweest in andere landen, maar de meeste waren ingetrokken. Geld en zijn perfecte beheersing van het Spaans en het Engels hadden in zijn voordeel gewerkt. Hij had afwisselend zijn Argentijnse en Amerikaanse paspoort gebruikt en zo elk risico omzeild vanwege zijn vingerafdrukken of DNA ooit te worden aangehouden voor een misdaad die hij in de Verenigde Staten had gepleegd.

Was Dash' pedofilie de bron van zijn woede? Sara koesterde niets dan walging voor iedereen die een kind verkrachtte, maar ze wilde begrijpen waarom Dash, het kind van een rijke Amerikaanse vader en een geslaagde immigrant, zo vervuld was geraakt van haat.

Wills theorie wees naar Martin Novak. Dash was een tiener geweest toen zijn vader was gestorven. Novak had waarschijnlijk diens plaats ingenomen en had Dash zijn kudde binnengelokt door hem zijn eigen elfjarige dochter aan te bieden.

Een van de deprimerendste aspecten van deze hele tragedie was dat Dash uiteindelijk precies had gekregen wat hij zo graag wilde, namelijk aandacht. Het YouTubefilmpje van zijn toespraak op het terrein van het Capitool was meer dan tien miljoen keer bekeken. Zijn manifest was in het Kamp aangetroffen en was al online beschikbaar. In zijn epistel zette hij de 'hoogtepunten' uiteen waarmee hij Sara tijdens haar gevangenschap om de oren had geslagen. Het kapitalisme had Amerika te gronde gericht. Door toegang tot anticonceptie en abortus hadden vrouwen te veel macht verworven. Blanke mannen werden gemarginaliseerd. Minderheden namen het land over en solden met onze joods-christelijke waarden. De wereld kon maar op één manier gered worden: door haar te vernietigen.

Nog erger, hoewel niet helemaal onverwacht, was dat alle nieuwsmedia zich in bochten wrongen om 'de andere kant' te tonen, alsof racisme getolereerd en begrepen moest worden in plaats van veroordeeld en verworpen. Met zijn krakerige stem ging Martin Novak over de telefoon tekeer tegen rassenvermenging. Openlijke nazi's in pak met stropdas verschenen naast Holocaustkenners en deskundigen op het gebied van haatcriminaliteit, alsof ze hetzelfde recht van spreken hadden. Kennelijk waren hun verhitte debatten fantastisch voor kijkcijfers en retweets. Er waren memes, Instagramstories en YouTubefilmpjes waarin iedereen tekeerging en niemand meer besefte dat ze allemaal Amerikaan waren.

Zoals Sara het zag, deden de platforms waar ze goed in waren: haat tot een product reduceren.

Betty stoof door de flap in het hondenluik. Haar nageltjes schraapten over de hardhouten vloer toen ze met een scherpe bocht de slaapkamer in rende en vervolgens terug racete, op zoek naar Sara's windhonden in de woonkamer. De muren waren zo dun dat ze hun halsbanden hoorde rinkelen toen Betty zich tussen hen in nestelde.

Ze ging aan tafel zitten. Ze ademde een paar keer diep in en uit om haar lichaam te bevrijden van de aardbeving die haar overmande wanneer ze te lang aan Dash dacht.

Ze opende haar laptop.

Ontelbaar veel werkmailtjes. Sara scrolde naar beneden, naar een bericht van Faiths Gmailaccount. Glimlachend bekeek ze een filmpje van Emma, die in drie minuten uitlegde wat het verschil was tussen mozzarella en Zwitserse kaas.

Ze pakte haar bril om de inhoud van het bericht te lezen. Faith had er een paar regels uit het autopsierapport van Michelle Spivey in geplakt:

Spierweefsel test positief op botulinetoxine – geconcentreerd HBAT-niveau rond naaldsporen tussen tenen van linker- en rechtervoet zoals aangegeven.

Sara zette haar bril af. Ze liet de informatie bezinken. Michelle moest zichzelf kleine doseringen van het antigif hebben toegediend. Daarom was de metalen verzegeling van het flesje HBAT verbroken geweest. Ze had waarschijnlijk vanaf het begin geweten dat Dash haar zou vergiftigen. Of misschien had ze zichzelf met botulinetoxine geïnjecteerd om er maar vanaf te zijn. De vrouw had thuis een echtgenote en kind die voortdurend door de IPA werden bedreigd. In het begin moest Michelle hebben gedacht dat ze stand kon houden. En toen had Dash Carter op haar afgestuurd. De open wonden en littekens van brandende sigaretten op haar lichaam hadden het hele verhaal verteld. Michelle had het negenentwintig dagen volgehouden voor ze Dash uiteindelijk had gegeven wat hij wilde.

Ook dat was een reden waarom Sara niet naar het nieuws kon kijken. De journalisten waren geobsedeerd door de vraag of Michelle schuldig was. Zij had het gif gemaakt. Zij had Dash van een biologisch wapen voorzien. Sara had zich misselijk gevoeld toen ze de deskundigen, commentatoren en willekeurige voorbijgangers hoorde beweren dat zij in Michelles situatie sterker zouden zijn geweest.

Sterker.

Er waren zoveel mensen die zichzelf als onoverwinnelijk beschouwden.

Tot ze werden verkracht.

'Lief?' Wills sleutels vielen rinkelend in de kom bij de voordeur. Glimlachend liep hij de keuken in. Hij kuste haar op haar hoofd. 'Sorry, maar ik moest even naar de bank om geld te halen voor de lunch. Ik wilde je niet wakker maken.'

Ze streek over zijn gladde gezicht. 'Betty heeft me wakker gemaakt. Zoals gewoonlijk.'

Nadrukkelijk het onderwerp vermijdend pakte hij pindakaas en jam om brood te smeren, want hij hield het geen anderhalf uur vol tot de lunch.

Sara keek hoe zijn pezige spieren zich over zijn schouders bewogen. Zijn shirt kleefde aan zijn huid. De hitte-index gaf inmiddels al achtendertig graden aan, maar God verhoede dat de thermostaat van de airconditioning de vijfentwintig graden overschreed.

Ze keek naar zijn vingers toen hij de sluiting van de broodzak openmaakte. Ze dacht aan hoe ze zijn hand had vastgehouden onder de deur van de blokhut door.

Zijn linkerhand. Haar rechterhand.

Hun verstrengelde vingers. Zijn duim die over haar huid streek.

Sara sloot haar ogen en gaf zich over aan de gedachte dat ze hem kuste, hem in haar armen hield, dat ze uiteindelijk, misschien, mogelijk voor de rest van haar leven bij hem bleef.

Weer spookte er een uitspraak van Cathy door haar hoofd:

Waar wacht je in godsnaam op?

'Will?' vroeg Sara.

Hij bromde iets terwijl hij een mes uit de la pakte.

'Waarom betaal jij altijd met cash?'

'Uit gewoonte, denk ik.' Hij veegde het mes af aan een vochtig stuk keukenpapier. De vaatwasser was ouder dan zij allebei. 'Tijdens mijn studie heb ik een creditcard aangevraagd, maar een van mijn pleegouders had mijn socialeverzekeringsnummer gestolen zodat mijn krediet verdampte. Ik zou er nu waarschijnlijk wel voor in aanmerking komen, maar de laatste keer dat ik ernaar heb gekeken, bleek ik niet eens een kredietscore te hebben.'

Sara was zowel ontzet als beduusd. 'Waarom heb je me dat nooit verteld?'

Hij haalde zijn schouders op en gaf zo stilzwijgend aan dat er heel veel was wat hij haar niet vertelde.

'Hoe heb je dan een hypotheek kunnen krijgen?' wilde ze weten.

'Die heb ik niet.' Hij smeerde een dikke laag pindakaas over een boterham uit. 'Ik heb het huis cash betaald op een executieveiling. Toen ik weer geld had, heb ik het opgeknapt, maar het land is meer waard dan het huis. Met mijn auto is het hetzelfde verhaal. Die stond uitgebrand op een braakliggend terrein. Ik heb wat geld aan een paar daklozen gegeven en die hebben me geholpen het chassis de straat door te dragen. Het was minder zwaar dan je zou denken.'

'Dat is...' Sara wist niet wat ze daarop moest zeggen.

Ze had Will altijd eerder sober dan zuinig gevonden, maar ze had zich nog nooit in zijn financiële situatie verplaatst. Telkens als het tegenzat in haar leven, had ze steun bij haar familie gezocht. Will had zich altijd zelf moeten redden, ook toen zijn afgrijselijke vrouw nog in beeld was. Een echt thuis had hij niet meer gehad sinds het tehuis hem had weggestuurd.

De stoel waarop ze zat, de tafel, deze kamer, dit huis… Dat was alles wat Will bezat.

En haar.

'Zo erg is het nu ook weer niet.' Hij boog zich voorover om ervoor te zorgen dat het hele oppervlak van de boterham gelijkmatig was besmeerd voor hij verderging met de volgende snee, die hij met jam besmeerde. 'Ik hou van mijn auto.'

'Er staat een nieuwe pot jam in de koelkast,' zei ze.

'Hier zit nog genoeg in.' Met het mes schraapte Will de laatste halve gram jam van de bodem. Het geklingel klonk als een bel van het Leger des Heils.

'Liefje?' zei ze.

Will bromde. Hij schudde met de pot boven het brood. Er viel één druppel uit. Hij at de boterham in twee happen op. Het brood en de pindakaas gingen weer in de kast. De jam werd weer in de koelkast gezet, want er zat nog genoeg in om een tiende van een volgend broodje mee te besmeren.

'Vind je het fijn om voor het GBI te werken?' vroeg Sara.

Hij knikte en veegde ondertussen het werkblad af met het vochtige stuk keukenpapier.

Ze wachtte op uitleg of op zijn minst op de vraag waarom ze die vraag had gesteld, maar toen bedacht ze dat dit Will was.

'Waarom hou je van je werk?' vroeg ze.

Hij hing het keukenpapier te drogen over de kraan en draaide zich om. Sara voelde dat hij iets wilde zeggen, maar dat betekende nog niet dat hij het ook ging doen.

Uiteindelijk haalde hij zijn schouders op. 'Ik hou van de jacht.'

'Van de jacht?'

'De jacht op het tuig. Ze te slim af zijn. Ik weet dat ik domme dingen doe en risico's neem.' Hij keek haar aandachtig aan om haar reactie te peilen. 'Sorry.'

'Waarom zeg je dat?'

Weer haalde hij zijn schouders op.

'Dacht je dat ik niet doorheb hoe graag je de strijd aangaat? Je laat de jam niet eens winnen.' Als hij niet zo ernstig had gekeken, was ze in lachen uitgebarsten. 'Will, dat is geen wereldschokkend nieuws. Ik weet dat je enorm veel bevrediging uit je werk put. Dat je er zo goed in bent is een van de dingen die ik geweldig aan je vind.'

Hij liet zijn hand op het keukenblad rusten. Hij was in de war. Hij snapte nooit waarom ze hem niet op zijn kop gaf vanwege al die dingen die hij verkeerd vond aan zichzelf.

'Hoeveel geld heb je?' vroeg ze.

Hij had zijn portefeuille al in zijn hand. 'Hoeveel heb je nodig?'

'Nee, ik bedoel hoeveel geld heb je alles bij elkaar?'

Hij klapte de portefeuille weer dicht.

Sara tikte haar laptop wakker. Ze opende een bestand. Ze wees naar het getal onder aan een spreadsheet. 'Dit is mijn nettowaarde.'

Hij verbleekte.

'Zit je daarmee?' vroeg ze.

'Eh...' Hij keek alsof hij het liefst door de grond wilde zakken. 'Schokkend is het niet.'

'Maar, geeft het je het gevoel dat je...' Tot haar ergernis dook Dash weer in haar hoofd op. '...dat je minder bent?'

'Minder?' Hij reikte naar beneden en tikte wat cijfers aan op het toetsenbord. 'Dit heb ik zo ongeveer. Minus het huis. Het is... minder.'

Dat zag Sara ook wel.

'Zit je daarmee?' Will wreef over zijn kaak, zoals altijd wanneer hij gespannen was. 'Want zolang ik agent ben, met een agentenloon, zal daar waarschijnlijk geen verandering in komen. Het is niet zo dat ik op Amanda's baan zit te azen. Ik wil niet achter een bureau eindigen.'

'Je zou je ellendig voelen achter een bureau,' zei Sara. 'Schat, ik heb het geluk gehad dat het werk waarvan ik hou zo goed wordt betaald, maar een salarisstrookje staat niet gelijk aan succes. Dat je voldoening put uit je werk, dat je betekenis ontleent aan wat je doet, dat is mijn definitie van succes.'

'Oké. Mooi.' Hij knikte, alsof de zaak daarmee was afgedaan. 'Ik ga maar eens douchen voor –'

'Wacht.' Sara's hart maakte een raar sprongetje. Ze duwde de woorden haar mond uit voor ze ze kon tegenhouden. 'Ik wilde eigenlijk naar een vastgoedtaxateur gaan om te kijken hoeveel je huis waard is.'

Hij staarde haar sprakeloos aan.

Sara wist ook niet wat ze moest zeggen. Zo had ze dit gesprek niet gepland, maar kennelijk voerden ze het nu wel. 'Het bedrag dat eruit komt, investeer ik dan in het verbouwen van je huis.'

Nog steeds geen reactie.

'Ik kan niet uitslapen als jij in de keuken loopt rond te stampen.'

'Wat?' Nu had ze zijn ergernis gewekt. 'Ik kan wel zachtjes doen. Het is helemaal niet nodig om –'

'Ik wil een extra verdieping,' zei Sara. 'Ik wil een groot bad, waar meer in gaat dan vijf centimeter water. En ik moet een eigen kleerkast. En ik ga geen badkamer met je delen, dus jij neemt de gastenbadkamer maar.'

'Gastenbadkamer?' Hij lachte. 'Hoe groot denk je dat deze villa is?'

'Ik laat het door een aannemer doen.'

Hij keek haar ontzet aan. 'Is dit een grap of zo?'

'Dan doe jij de afwerking. Dat is alles. Voor de rest huur ik anderen in.'

Will lachte kort en ongelovig. 'Je neemt me in de maling, hè?'

'En dan nog iets, luister goed.' Sara zweeg tot hij bij de les was. 'Als we gaan samenwonen, regel ik de thermostaat.'

Will deed zijn mond open om te protesteren, maar toen leek hij te beseffen wat ze had gezegd.

Als we gaan samenwonen.

Zijn mond hing al open, en daarom deed hij hem weer dicht.

Betty kwam de keuken in. Ze ging voor de koelkast liggen en rolde zich op haar rug. Will keek naar haar alsof haar gedrag zijn volle aandacht vereiste.

Dit was niet het soort zwijgen dat ze van hem kende. Er was iets mis. Sara had het mis gehad. Haar gezicht gloeide van gêne. Ze had hem overdonderd. Hij haatte het als er druk op hem werd uitgeoefend. Ze hadden nog maar net de hel overleefd. Ze had gezegd dat ze zijn huisje onder ging schoffelen met al haar villageld. Ze waren allebei tevreden geweest met hoe ze het hadden geregeld. Waarom wilde ze altijd dingen herstellen die niet eens kapot waren?

'Will.' Sara zocht naar woorden om zich te verontschuldigen. 'We hoeven niet –'

'Oké,' zei hij ten slotte. 'Maar we gaan wel in een kerk trouwen. Ik wil dat je moeder ook blij is.'

DANKWOORD

Zoals gewoonlijk allereerst dank aan Kate Elton en Victoria Sanders. Graag voeg ik daar de fantastische dames van het VSA-team aan toe, aangevoerd door de onwankelbare Bernadette Baker-Baughman, en Hilary Zaitz Michael en Sylvie Rabineau van WME. Bij HarperCollins: Liate Stehlik, Emily Krump, Kaitlin Hairi, Kathryn Gordon, Virginia Stanley, Heidi Richter-Ginger, Kathryn Cheshire, Elizabeth Dawson, Miranda Mettes, Annemieke Tetteroo, Chantal Hattink, Alice Krogh Scott en last but not least Adam Humphrey, al dertien jaar een goede vriend, die zo vriendelijk was zijn naam te lenen aan treurnis en ontluistering. En ook aan mijn fictie.

Weer heeft David Harper me geholpen van Sara een redelijk echte arts te maken. Bedankt, David, voor bijna twintig jaar aan gratis medisch onderwijs. Sorry – maar niet heus – dat ik mijn patiënten steeds de dood injaag. Ik heb alle waardering voor Stacey Abrams en David Ralston, die me een blik op hun werkplek hebben gegund. Mijn vrienden bij het GBI: ik ben jullie eeuwig dankbaar voor jullie inbreng, en als inwoner van Georgia voor jullie ijver en professionaliteit. Special agent Dona Roberts (b.d.): ik ben je altijd zeer erkentelijk voor je kijk op het politiewerk en op de wereld in het algemeen. Dank aan collega-auteur Carolina De Robertis, oftewel *Dr Palabras Sucias*, voor je hulp met mijn Spaans. Michelle Spivey en Theresa Lee wilden heel graag met hun naam in dit boek (en 'Save the Libraries' steunen), dus ik hoop dat jullie tevreden zijn met jullie rol, en ik weet dat de Decatur Library heel blij is met jullie geld, waarmee ze kinderen kunnen helpen leren lezen.

Een opmerking over het verhaal: het mag duidelijk zijn dat ik me allerlei vrijheden heb veroorloofd met plattegronden, ontwerpen en methodes. Als je het leuk vindt om mijn van spoilers vergeven research door te nemen, ga dan naar karinslaughter.com/TLWreferences. Als je met Sara mee wilt zingen: Joan Armatrading, Beastie Boys, Dolly Parton, Bronski Beat, Patti Smith, Edie Brickell, Red Hot Chili Peppers.

Ten slotte gaat zoals altijd mijn dank uit naar DA, mijn liefste, en naar mijn vader, die ik dit jaar ongeveer vijf minuten mocht verzorgen, waarin we allebei bijna gek werden. Dat doen we dus nooit meer.